A Fernand,

Que les traces d'Ibn Khaldoun
vous mènent à mille découvertes

Déc. 2002

Ibn Khaldoun
L'Honneur et la Disgrâce

Jean Mohsen Fahmy

Ibn Khaldoun
L'Honneur et la Disgrâce

roman

collection « Paysages »

L'INTERLIGNE

Catalogage avant publication de la Bibliothèque nationale du Canada

Fahmy, Jean Mohsen
    Ibn Khaldoun : l'honneur et la disgrâce / Jean Mohsen Fahmy.

(Vertiges)
ISBN 2-921463-66-0

    I. Titre. II. Titre: Honneur et la disgrâce. III. Collection: Vertiges (Ottawa, Ont.)

PS8561.A377I36 2002   C843'.54   C2002-903614-3
PQ3919.2.F33I36 2002

Correspondance :
255, chemin de Montréal, bureau 201
Vanier (Ontario) K1L 6C4
Tél. : (613) 748-0850 ; téléc. : (613) 748-0852
Courriel : livres@interligne.ca

Conception de la couverture : Christian Quesnel
Mise en pages : APOR

Les Éditions L'Interligne remercient le Conseil des Arts du Canada, le Conseil des arts de l'Ontario et la Municipalité régionale d'Ottawa-Carleton de l'aide apportée à leur programme de publication.

Distribution : Diffusion Prologue inc. (1-800-363-2864)

À la mémoire de mon frère Nagui.

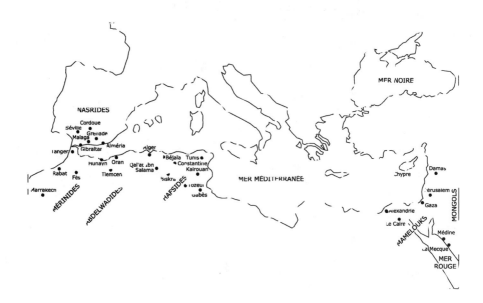

NASRIDES

Séville •Cordoue
        Grenade
Malaga •Aléria
Tanger •Gibraltar •Alméria Alger
                              •Béjaïa Tunis
        Hunayn •Oran   •Constantine
Rabat   Qal'at ibn •Kairouan
  •Fès Tlemcen Salama
Marrakech   Biskra
        MÉRINIDES   Tozeur
              ABDELWADIDES HAFSIDES Gabès

MER NOIRE

MER MÉDITERRANÉE

Chypre   •Damas

        •Jérusalem
Alexandrie •Gaza   MONGOLS
  •Le Caire
              MAMELOUKS •Médine
                    •La Mecque
                          MER
                          ROUGE

1

Damas

Mon maître, suspendu à une corde, se balançait dans le vide.

Nous le regardions, inquiets, fascinés. Insensible à nos cris, il s'était arrêté à mi-hauteur de la muraille. La corde enroulée autour du poignet, il regardait à l'horizon le miroitement du soleil sur le camp de Tamerlan.

Je l'avais précédé avec deux serviteurs. Au bas de la muraille, la garde envoyée par Tamerlan regardait d'un air goguenard ce vieillard suspendu entre ciel et terre, qui ne pouvait remonter et ne se décidait pas à descendre.

Je savais ce qui le retenait. Il attendait depuis longtemps le moment où il allait rencontrer le maître de l'univers. La veille, répondant à une invitation qu'un émissaire de Tamerlan lui avait fait parvenir, il avait décidé d'aller visiter le sultan des Tatars. Mais les cadis et le gouverneur de la citadelle de Damas, paralysés par la peur, avaient fermé les portes de la ville et lui avaient interdit d'en sortir.

Il en fallait bien plus pour retenir mon maître. À l'aube, nous nous étions glissés hors de la médressa Adeleyya où nous logions. Nous étions montés au haut des murailles qui enserraient la ville. Ses serviteurs avaient attaché une corde. J'étais descendu le premier, malgré ma peur. Puis, sans hésitation, mon maître avait enfourché le parapet. Au moment où le soleil montait à l'est, il s'était tourné vers les milliers de tentes des Tatars, les feux qu'on éteignait, le bourdonnement lointain de centaines de milliers d'hommes.

Depuis plusieurs semaines, je sentais monter en lui une fièvre. Il connaissait parfaitement les Arabes. Maintenant, il voulait se familiariser avec ces Turcs qui leur disputaient la domination du monde.

L'heure du destin avait sonné : il allait rencontrer le chef incontesté des Tatars, l'empereur devant qui se prosternaient les princes et les rois du Hind et du Sind, de Baghdâd et de Delhi.

Au moment où son poignet engourdi allait lâcher prise, mon maître sembla se réveiller de sa rêverie et reprit sa descente. Au bas de la muraille, Shah Malik, le lieutenant de Tamerlan, le reçut avec courtoisie et le fit escorter jusqu'à la tente de l'empereur.

Je suivais mon maître à quelques pas de distance. J'admirais son maintien noble et assuré. Il avait mis, plus encore que d'habitude, un soin particulier à s'habiller. Sa jubba[1] était de pure laine soyeuse. Son turban de soie blanche resplendissait au soleil. La veille, au moment de préparer l'expédition, il s'était confié à moi. Il fallait, me dit-il, impressionner Tamerlan. Notre avenir — et peut-être même notre vie — en dépendaient.

On nous fit attendre quelque temps près de la grande tente des audiences. Je sentais l'impatience gagner mon maître, même s'il continuait à rester impassible. L'impatience, et aussi l'inquiétude. Avait-il bien fait de quitter Damas et la sécurité de sa forteresse et de ses murailles ? Que penserait son maître, le Grand Sultan d'Égypte, de cette visite chez son pire ennemi ? Quitterait-il sain et sauf le camp mongol ?

Un officier nous fit entrer bientôt dans la grande tente. Il annonça mon maître à haute voix, dans une langue que je ne comprenais pas. Je saisis pourtant qu'il mentionnait le Grand Cadi malékite maghrébin.

Tamerlan, appuyé sur un coude, était à moitié couché sur des coussins. Mon maître baissa respectueusement la tête, tandis que je me prosternais, le front dans la poussière. L'empereur tendit sa main, que mon maître baisa. Puis il le fit asseoir près de lui, convoqua son interprète et fit signe à ses officiers de nous servir à manger.

Des esclaves chargés de plats vinrent s'incliner devant le sultan des Mongols. Il ordonna de les passer à ses officiers, assis en cercle autour de lui. Je pus moi-même me nourrir d'un grand bol de soupe fumante dans laquelle surnageaient des morceaux de pâte. J'entendis l'interprète dire à mon maître qu'il s'agissait d'un plat nommé « reshtaya » que les Tatars préparaient à merveille. L'empereur, en lui offrant ce mets de choix, voulait lui témoigner sa bienveillance.

Après avoir bien mangé, Tamerlan se tourna vers mon maître. Il lui demanda quel était son lieu de naissance : « Je suis né à Tunis, Sire. » L'empereur lui demanda alors de décrire la ville. « Comme

Votre Majesté le sait, Tunis est la capitale de l'Ifrîqîya. Elle est bâtie sur les rivages de la mer des Syriens, à l'est du Maghreb… »

○

○   ○

Séville

La mer des Syriens ! La grande mer, que mon maître appelait quelquefois la mer des Romains, et qui avait émerveillé mes yeux d'enfant et ceux de mon maître. La mer, tour à tour amie et ennemie, qui nous avait si souvent permis de fuir le malheur et qui, d'autres fois, s'était montrée aveugle et cruelle !

Pourtant, je ne l'avais vue pour la première fois qu'à l'âge de dix ans. Jusque-là, mon horizon s'était borné à la campagne qui entourait Séville.

C'est dans la basse ville, près du barrio de Santa Cruz, que je suis né, un jour de 1335 de l'ère des chrétiens. Ma mère a toujours insisté pour que je n'oublie jamais la façon de compter les années des chrétiens. Mon maître ignorait et dédaignait le calendrier des infidèles. Cependant, à quelques reprises, il m'avait demandé discrètement quelle était alors la date des chrétiens. Il s'y était intéressé particulièrement au moment de son séjour au pays d'al-Andalus, et lors de son ambassade chez le roi Pedro de Séville.

J'ai grandi dans une petite maison blanche gorgée de soleil. Ma petite sœur et moi courions sans arrêt dans les ruelles bordées de balcons mystérieux surchargés de clématites. L'ombre fraîche rendait plus éclatante la lumière dorée qui baignait les terrasses. Des bougainvillées enfouissaient les murs sous des amoncellements de couleurs. Des parfums subtils se répandaient des jardins clos.

Ma mère souriait en nous voyant rire et babiller. Mon père, lui, était souvent absent. Il était lieutenant dans la garde royale et son devoir l'amenait fréquemment à dormir au palais. Quelquefois, il partait avec l'armée pour quelque expédition lointaine et nous ne le voyions pas pendant plusieurs semaines, sinon quelques mois.

Mais quand il revenait à la maison, il s'intéressait toujours à nous. Il ne cessait de demander à ma mère de lui parler de nos jeux. Un jour, il se fâcha quand il apprit que je ne savais pas lire et que ma mère n'avait pris aucune mesure en vue de mon instruction. Depuis ce moment, tous les matins, je passais deux heures avec un séminariste tonsuré qui m'enseigna à lire et à écrire ; j'ânonnais les rudiments du latin et j'appris aussi à compter.

J'en voulais à mon père, car j'aurais préféré passer ces deux heures avec les galopins de Séville. Pour me récompenser, ma mère nous menait quelquefois à la campagne. Nous quittions le barrio, nous passions devant l'alcazar du roi et laissions à gauche la tour carrée des Maures. Quelquefois, nous traversions en barque le Guadalquivir.

Dans les champs, nous courions au milieu des blés et de l'herbe fauchée. Au loin, quelques montagnes déployaient leurs flancs arrondis. Le Guadalquivir était partout, vaste et lent. Je croyais que le paradis se trouvait entre Séville et le Guadalquivir.

Un jour — j'avais huit ans — un officier que je ne connaissais pas vint frapper à notre porte. Il s'entretint un moment avec notre mère. J'entendis soudain s'élever un cri déchirant. Ma mère, que j'avais toujours connue placide et souriante, sanglotait en se tordant les mains et se frappant les joues.

Mon père était mort. Le roi avait tendu une embuscade aux troupes du sultan de Grenade. Un coup de cimeterre qu'il n'avait pu parer avait tué mon père sur le coup. Il eut droit à des funérailles solennelles. Le roi y délégua le capitaine de sa garde. Dans son homélie, l'archiprêtre de la cathédrale invoqua les malédictions du ciel et les feux de l'enfer sur les Maures, ces ennemis de Dieu, du Christ et du roi de Castille.

Ma mère pleura longtemps. Puis un jour elle s'essuya les yeux, retroussa ses manches et alla frapper à la porte des palais des riches Sévillans. Je la vis dorénavant se diriger tous les jours vers le Guadalquivir, portant de lourds paniers de linge. Elle lavait les draps, les pourpoints et les habits des seigneurs et des grandes dames. Elle revenait le soir fourbue, les reins brisés.

Un jour, elle alla voir l'archiprêtre et le pria d'écrire pour elle une lettre à son frère. Je n'avais jamais entendu parler de cet oncle lointain. Ma mère, qui trouvait qu'à dix ans j'étais déjà un garçon mûr et réfléchi, se confiait de plus en plus à moi. Elle m'expliqua que son frère avait fait carrière dans la marine du roi d'Aragon, avant de s'installer à Majorque où il avait un petit commerce.

Elle n'en pouvait plus de cette vie éreintante, qui lui permettait à peine de nous nourrir de pain, d'olives et de fromage de chèvre. Elle demandait à son frère de nous accueillir chez lui. Elle travaillerait à son commerce. Moi, je serais mousse sur un des navires de pêche de Majorque. Mousse ? Je ne connaissais de bateaux que ceux qui sillonnaient le Guadalquivir. Ma mère m'expliqua qu'à Majorque je ne naviguerais pas sur un fleuve, mais sur la mer. Je rêvais, curieux et inquiet, à cette vaste étendue d'eau bleue.

La réponse de mon oncle nous parvint trois mois plus tard. Ma mère ferma la maison, embrassa ses voisines et nous montâmes sur un chariot qui devait nous amener, par le nord, vers Valence, en évitant les territoires des Maures. À chaque instant, je craignais de voir surgir à un détour de la route ces guerriers sauvages et effrayants.

Au bout de quelques semaines, nous atteignîmes Valence. Je vis pour la première fois l'immensité de la mer. Le miroitement du soleil sur l'eau m'éblouit. L'horizon était infini. Une exaltation s'empara de moi. Vivement, que l'on se rend à Majorque ! Je voulais devenir mousse, sillonner l'océan, aller voir ce qui se cachait derrière cette ligne où le bleu de la mer se confondait avec l'azur du firmament en une brume phosphorescente.

Nous embarquâmes dans une petite nef qui transportait une cargaison de jarres d'huile. Nous étions les seuls passagers à bord. Les six matelots qui formaient l'équipage se mirent à souquer ferme pour nous sortir du port. Au large, le patron déploya la voile. Chaque fois cependant que le vent faiblissait, les matelots reprenaient les rames.

Le patron scrutait sans cesse l'horizon. Le troisième jour, à midi, il se tourna brusquement vers ses hommes et se mit à hurler des ordres. Les matelots se précipitèrent sur les rames. J'étais surpris : le vent était fort et la voile gonflée.

Ma mère nous prit dans ses bras. Elle avait le visage décomposé. Je l'entendais murmurer : « Les barbaresques ! Les barbaresques ! » Je ne comprenais rien à cette litanie, mais la peur de ma mère, les ordres de plus en plus frénétiques du patron me glaçaient. Ma sœur se mit à pleurer.

Bientôt, une voile parut à l'horizon. Elle grandissait de plus en plus, malgré les efforts des rameurs. Une grande nave s'approcha de nous et mit à l'eau deux barques. Le patron et ses matelots, qui avaient cessé de ramer, juraient abondamment.

La plus grande des barques accosta. Deux hommes sautèrent à bord. Ils étaient noirs et portaient une coiffure que je n'avais jamais vue auparavant. En voyant ma mère contre laquelle nous nous blottissions, ils eurent un mouvement de surprise. Puis nous embarquâmes tous dans la grande barque, tandis que les matelots attachaient une corde à la nef et la déroulaient jusqu'à la nave.

Plusieurs hommes nous attendaient sur le pont du navire, qui me sembla immensément haut. Ils passèrent immédiatement des fers aux pieds du patron et de ses matelots. Devant ma mère, ils haussèrent les épaules et se contentèrent de lui montrer un recoin du pont.

Quelques jours plus tard, nous arrivâmes dans un grand port plein de navires. On nous fit descendre sur le quai. J'étais étourdi : il y avait là plusieurs centaines d'hommes qui discutaient, criaient, vociféraient. Ils étaient noirs, bruns ou blancs, et leurs habits me semblaient étranges. Jamais, même sur la Plaza Mayor de Séville, je n'avais vu tant de mouvement et de couleurs, jamais je n'avais entendu tant de sons différents.

Nous passâmes quelques jours dans un vaste entrepôt, tout au bout du quai. Un matin, on nous fit sortir, nous traversâmes la porte d'une muraille et on nous amena sur une vaste place. Il y avait là plusieurs dizaines d'hommes, les fers aux pieds. Parmi eux, je reconnus le patron de la nef valencienne et ses matelots. Les femmes et les enfants, dans un coin, n'étaient pas enchaînés.

D'autres hommes arrivèrent. Ils circulaient lentement parmi nous, s'arrêtaient quelquefois, désignaient l'un ou l'autre, et des palabres interminables éclataient alors. Ma mère pleurait.

Un homme s'approcha de nous, accompagné de l'officier de la galère qui nous avait saisis en mer. L'officier dit quelques mots en nous montrant. L'homme eut un mouvement de surprise, puis nous fit signe de le suivre.

Quelques années plus tard, mon maître me dit : « Mahmoud, notre intendant, allait passer outre quand il apprit que ta mère, ta sœur et toi étiez originaire de Séville. Tu sais que notre famille vient aussi de Séville, où elle a établi sa fortune et y a même occupé un moment le pouvoir. Quand les chrétiens ont menacé la ville, nous avons émigré au Maghreb, avant de nous installer à Tunis. Mais Séville est toujours un souvenir de gloire pour notre famille. Mahmoud a pensé que des esclaves originaires de Séville plairaient à mon père, qu'Allah lui fasse miséricorde. Malgré votre piètre mine, il vous a alors achetés », conclut mon maître avec l'un de ces imperceptibles sourires que j'avais appris à lire sur son visage impassible.

Dans la vaste demeure où l'intendant nous mena, on me sépara de ma mère et de ma sœur. Je n'allais les revoir que voilées, sauf en de rares occasions. On m'assigna au service de mon maître, qui venait d'avoir quinze ans.

Je devais le suivre partout. Au début, je ne comprenais rien à ses ordres, et mon maître s'agaçait alors. Bientôt, je commençai cependant à saisir un mot de ci, une expression de là. Au bout d'un an ou deux, j'avais appris suffisamment d'arabe pour le comprendre et pour lui répondre. Je devais pourtant garder toute ma vie, et jusqu'à aujourd'hui, un léger accent. Quand il est de bonne humeur, mon maître se moque quelquefois de moi : « Mon pauvre Ibrahim, tu auras toujours de la difficulté à dégager tes idées… »

Mon service auprès de mon maître consistait surtout à l'aider dans ses études. Il était déjà, comme il le restera toute sa vie, dévoré par la curiosité. Il passait de longues heures dans la bibliothèque de son père. Je devais ranger les livres et les manuscrits qu'il avait lus ou lui en chercher d'autres à sa demande. Quelquefois, je lui servais une boisson rafraîchissante ou une légère collation.

Plusieurs fois par semaine, il s'enfermait avec son père pour étudier la grammaire et la poésie. D'autres fois, il se rendait chez d'éminents professeurs. Je me souviens ainsi de deux maîtres pour qui il avait une dévotion particulière, Abou Abdallah al-Ançari et Abou Abdallah Ibn Bahr. Il répétait chez eux le Coran, qu'il connaissait selon les sept lectures célèbres, et perfectionnait sa maîtrise de la langue, de la grammaire et de la poésie. Avec d'autres, il apprenait le droit et la tradition.

Je le suivais chez ses professeurs. Je portais pour lui des liasses de manuscrits en vélin et des plumes bien taillées. Je m'asseyais derrière lui, engourdi par le bourdonnement de la voix des professeurs qui parlaient dans une langue qu'au début je ne comprenais pas.

Quelquefois le soir, au coucher du soleil, mon maître était fatigué. Il sortait alors pour se rendre à Abou Fitr, le grand parc attenant au palais de Ras Tabia. Il se promenait dans les jardins, au milieu des fleurs et des bassins où cascadait l'eau. Il y rencontrait des jeunes gens de grandes familles, qui étaient ses amis. Ils s'arrêtaient pour deviser ensemble, et leurs éclats de rire troublaient à peine la douceur du soir. Au loin, le soleil sombrait dans la mer mauve.

Certains soirs, le sultan se promenait lui aussi dans le parc, entouré de ses gardes. À son passage, les jeunes gens s'inclinaient bien bas. Quelquefois, il s'arrêtait devant mon maître et d'un ton paternel lui demandait : « Abdel-Rahman, mon fils, ta santé va bien ? On me dit que tu étudies beaucoup, et déjà les maîtres et les cheikhs répètent partout tes louanges. » Mon maître s'inclinait encore plus. Le sultan reprenait : « Et ton père, Mohammad, qu'Allah veille sur lui, sa santé est-elle florissante ? Tu lui transmettras mon salut. Qu'Allah garde et bénisse les Banou Khaldoun, eux qui nous ont toujours servis avec célérité. »

Quand mon service ne me retenait pas auprès de mon jeune maître, j'étais libre de me promener dans les jardins du palais, ou de me rendre dans les communs ou les cuisines. J'y trouvais ma mère. Celle-ci me serrait dans ses bras : « Alfonso, me disait-elle, n'oublie jamais la foi de tes ancêtres. Prie le Christ et la Vierge qu'ils nous délivrent. » Je l'assurais que je me portais bien et que mon maître me traitait avec bonté. Elle m'apprenait que son service auprès de la mère et des sœurs de mon maître était absorbant mais léger, et qu'elle et ma sœur étaient bien traitées.

Souvent, quand mon maître désirait un livre en particulier, il me disait distraitement : « Apporte-moi donc le *Tasshil* d'bn Mâlik, ou le *Mukhtaçar* de Droit d'Ibn al-Hajib. » Je me troublais, ne sachant lequel il voulait. Il se levait, agacé, pour chercher lui-même ce dont il avait besoin. Un jour, il eut un mouvement d'humeur : « Si tu es incapable de lire les titres, de quelle utilité me seras-tu ? » Puis, après un moment de silence : « Tu sais lire et écrire le langage des chrétiens, et même un peu de latin, l'ancienne langue des roums. Tu comprends donc le mécanisme du langage. Je t'apprendrai l'arabe. »

Tous les jours, il me montrait pendant une heure les lettres de l'alphabet et les liens qui les unissent. J'appris peu à peu à déchiffrer l'arabe, et même à placer correctement les accents. Je me mis moi-même à transcrire certains mots et certains titres. Mon maître était satisfait de moi et mon service lui devenait de plus en plus utile.

Je comprenais maintenant ce qui se passait entre mon maître et son père. Celui-ci déclamait devant son fils des poèmes qu'il lui faisait ensuite répéter. Je ne sais pourquoi, deux vers d'une ode sur le temps et l'avenir se sont particulièrement gravés dans mon esprit :

Que mon excuse soit le changement de temps
Qui trompe bien les gens, de son rire éclatant.

Un jour de l'année 748, l'an 1347 de l'ère des chrétiens, mon maître était absorbé dans la lecture d'un livre de la Sunna[2] lorsque son père fit irruption dans la bibliothèque. Il semblait pâle et agité : « Abdel-Rahman, écoute-moi, mon fils. »

Mon maître sauta sur ses pieds pour embrasser la main de son père. Celui-ci reprit : « Un messager vient d'arriver à bride abattue.

– Oui, père.

– Le sultan Aboul Hassan approche de Tunis avec une nombreuse armée.

– Le sultan Aboul Hassan ? Le maître du Maghreb Extrême[3] ? Que vient-il faire à Tunis, si loin de Fès, sa capitale ?

– Tu sais bien, mon fils, que la mort récente de notre maître bien-aimé, le sultan Abou Bakr, a provoqué des désordres dans notre ville. Le sultan du Maghreb Extrême a donc décidé de conquérir l'Ifrîqîya[4] pour y rétablir l'ordre. Ses troupes sont à trois jours de marche de la ville.

– Et... qu'allons-nous faire, mon père ?

– On dit beaucoup de bien du sultan Aboul Hassan. C'est un homme énergique. Peut-être réussira-t-il à ramener le calme et à écarter les factions qui ensanglantent notre ville.

– Et qu'attendez-vous de moi, père ?

– Abdel-Rahman, je sais que tu es un jeune homme réfléchi. Regarde, observe autour de toi ce qui va survenir dans notre ville, et tâche d'apprendre comment les grands se comportent et comment les peuples réagissent. Je sais, mon fils — et dans sa voix perçait une émotion retenue —, que tes études ont commencé à ouvrir tes yeux sur le vaste monde. Je sais à quel point nos livres d'histoire n'ont presque plus de secrets pour toi. Mais tu as là une occasion unique de lire dans le grand livre de la réalité. »

Trois jours plus tard, j'accompagnais mon maître à l'extérieur de la ville. Une foule immense attendait l'arrivée du sultan de Fès. Les troupes mérinides faisaient la haie, depuis la tente d'Aboul Hassan jusqu'aux portes de la ville. Quand le sultan apparut sur son cheval, des dizaines de tambours se mirent à battre. Plus de cent drapeaux, portés par la garde qui entourait le sultan, claquaient au vent. Les régiments, précédés de leurs oriflammes, le suivaient. Le soleil brillait, la foule criait des vivats. Le spectacle était grandiose.

Le calme revenu en ville, mon maître se remit au travail. Ses anciens professeurs ne lui suffisaient plus, car il maîtrisait déjà tout leur savoir. La chance lui sourit alors : le sultan Aboul Hassan s'était fait accompagner de nombreux savants, la fine fleur des érudits du Maghreb Extrême. Mon maître alla frapper à leurs portes, se présenta à eux et sollicita leur bienveillance. Ils l'accueillirent tous avec bonté et l'invitèrent à leurs cours.

Mon maître se mit alors à approfondir la grammaire et la poésie, la tradition, le droit et la jurisprudence, l'étude du hâdith et de la littérature, ainsi que les sciences rationnelles. Je rangeais dorénavant des ouvrages aux titres nouveaux, et que je ne comprenais pas toujours : logique, philosophie, mathématiques, médecine, astronomie, astrologie...

Le plus illustre des savants qui avaient accompagné le sultan s'appelait al-Abili. Il vint s'installer dans la maison des Banou Khaldoun. Mon jeune maître s'attacha à lui ; il allait le voir à tout bout de champ et suivait ses cours avec dévotion. Un jour, mon maître se tourna brusquement vers moi : « Al-Abili, mon maître vénéré, sais-tu d'où vient sa famille ? D'Avila, en Castille. » J'avouai mon ignorance : j'avais quitté Séville trop jeune pour avoir entendu parler d'Avila, même si je connaissais la Castille. Il reprit : « C'était une époque de gloire, pour nous musulmans. La vraie foi régnait partout en Ibérie, et l'Andalus s'étendait jusqu'aux montagnes du Nord. Ma famille régnait alors dans le sud, à Séville, et celle de mon maître dans le nord, à Avila. »

Les jours passaient sans que je visse le temps s'écouler. La science de mon maître grandissait et les échos en parvenaient même aux oreilles du nouveau sultan. Sa soif de connaissances était contagieuse : au lieu de me contenter de lire les titres des ouvrages pour mieux les ranger, je me mis à en déchiffrer quelques pages. J'acquis au début quelques vagues connaissances qui m'aidèrent à répondre plus promptement aux demandes de mon maître.

Je voyais de temps en temps ma mère. Au début de notre captivité, elle soupirait et pleurait souvent : elle espérait que son frère de Majorque apprendrait notre sort et verserait une rançon pour nous racheter. Mais les mois et les années passaient. Son frère restait silencieux : savait-il même où nous étions ? De plus, ma mère n'était guère malheureuse. Son service était facile et les femmes de la maison appréciaient sa douceur et sa discrétion. Ma sœur aussi grandissait près d'elle et la consolait quand elle pleurait.

Chaque fois qu'elle me voyait, ma mère me répétait avec insistance, les larmes aux yeux, ce qui pour elle était devenu une obsession et une litanie : «Alfonso, ne renie jamais ta foi. C'est la foi de nos ancêtres. Quand nous serons libres, nous irons en pèlerinage à Santiago de Compostela. Je prie tous les jours la Vierge, pour qu'elle invoque sur nous la protection de son Fils. »

Quand mon maître voulait se délasser, il partait tôt le matin sur son cheval. Je le suivais sur une mule solide et nous quittions la ville par Bab Qartajanna. Nous atteignions bientôt Carthage. L'endroit était désert et désolé. Mon maître se promenait entre les ruines, pensif et silencieux. Puis il montait sur une butte et regardait la mer. Les pans de murailles écroulées et les colonnes romaines se détachaient avec une douloureuse netteté sur le bleu aveuglant de la mer. Alors, une exaltation fébrile s'emparait de mon maître : «Ibrahim, me disait-il, les flottes romaines et carthaginoises ont croisé ici ; avant elles, les Grecs dominaient la mer et le monde, et avant eux encore, les Perses et les Coptes. L'histoire de l'univers s'est jouée autour des rives de la mer des Syriens. » Je ne saisissais pas la moitié de ce qu'il me disait, mais j'admirais sa fougue et son énergie.

D'autres fois, mon maître accompagnait sa famille dans sa ferme au lieu-dit Hanshîr al-Fallahîne, à mi-chemin entre Tunis et Sousse. Nous y passions quelques jours. Le père de mon maître s'occupait des récoltes, tandis que nous partions tous deux dans la campagne, nous grisant de courses, de couleurs et de parfums. Quand nous étions fatigués, nous nous reposions à l'ombre d'un olivier gris et frissonnant. Une ou deux fois, nous allâmes à l'île de Djerba, où la douceur du climat et la beauté des paysages nous enivraient comme une boisson capiteuse.

Les mois passaient doucement, et les années. J'étais de plus en plus heureux auprès de mon maître. Il se préparait à devenir professeur et l'on disait déjà qu'il serait l'un des esprits les plus distingués que l'Ifrîqîya eût donné à l'Umma des Croyants.

Notes

1. Longue robe à amples manches. Habit habituel des hommes du Maghreb au Moyen-Âge.
2. Tradition du Prophète.
3. Le Maroc.
4. L'actuelle Tunisie.

2

Damas

Tamerlan écoutait mon maître avec une attention passionnée. Il l'interrompait de temps en temps pour demander des précisions. Il voulait surtout savoir comment Tunis était bâtie, si elle était entourée de murailles et si les routes qui y menaient étaient bien entretenues.

Au bout de quelque temps, Tamerlan se leva de sa couche. Il était ankylosé et fit quelques pas dans la tente. Le maître de l'empire mongol était grand ; il avait une tête énorme, des sourcils épais, une barbe carrée, des épaules larges et musclées, des yeux perçants et une voix forte. Il lui manquait deux doigts à la main droite et il traînait sa jambe droite, car son genou était ankylosé. Quelques jours plus tard, il devait lui-même révéler à mon maître qu'une flèche l'avait atteint à la cuisse lorsqu'il était enfant et l'avait depuis lors paralysé. Les Mongols l'appelaient Taymour Leng, Taymour le Boiteux.

Le sultan nous renvoya ensuite, en invitant mon maître à revenir le voir. Le lendemain, nous fûmes de nouveau introduits auprès de lui dans la grande tente des audiences. Tamerlan était entouré de plusieurs personnages que je n'avais pas vus la veille. Je devais apprendre qu'il s'agissait de certains de ses officiers supérieurs, ainsi que de nombreux lettrés et savants tatars et persans de sa suite. Fortement impressionné par l'érudition de mon maître, il voulait en faire profiter sa cour.

« Grand Cadi, dit-il en s'adressant à mon maître, tu m'as parlé de Tunis où tu es né et tu as grandi. Tu as évoqué ses sultans, ses palais et ses jardins. Sa Grande Mosquée almohade fait l'orgueil de tous les musulmans. Tu as également mentionné Carthage, que les prédécesseurs des Roums[1] avaient conquis. Tunis semble donc être une ville puissante et grande. Est-elle la capitale du Maghreb ?

– Non, Sire. Elle est la capitale de l'Ifrîqîya. Le Maghreb Central[2] est sous la domination des souverains de Tlemcen, tandis que le Grand Sultan du Maghreb Extrême règne à Fès.

– Ah ! Fès ! L'on dit que c'est une puissante et belle cité. Tes pas t'ont-ils mené à Fès ?

– Oui, Sire. Dieu, qui pourvoit à tout, m'a fait sillonner tout le Maghreb.

– Dis-moi donc dans quelles circonstances tu as quitté Tunis pour te rendre à Fès.

o

o   o

Tunis

Mon maître n'a jamais oublié son arrivée, la première fois, à Fès, ni l'extraordinaire réception qui l'y attendait. Mais le chemin de Tunis à Fès avait été long et tortueux.

Mon maître poursuivait avec assiduité ses études, montrant de l'intérêt pour toutes les branches du savoir. Un de ses nouveaux maîtres, venu du Maghreb Extrême, était le secrétaire principal du sultan Aboul Hassan. Il avait apporté dans ses bagages une bibliothèque de plus de trois mille ouvrages, et mon maître découvrait avec délices des auteurs nouveaux. Il se mit ainsi à lire les œuvres de Platon, qui avait reçu la science de Socrate, d'Aristote, dont il me dit qu'il était le « Premier Maître » des Grecs, et de bien d'autres maîtres grecs et roumis dont les œuvres avaient été traduites en arabe.

Vint l'année terrible, l'an 748 de l'hégire, 1348 de l'ère des chrétiens. Nous travaillions un jour tranquillement dans la salle d'étude lorsqu'un serviteur vint convoquer mon maître chez son père. Mohammad Ibn Khaldoun était pâle et agité : « Mon fils, dit-il à mon maître, un grand malheur s'abat sur Tunis.

– De quoi s'agit-il, mon père ?

– On vient de signaler quelques morts suspectes dans les faubourgs. Les cadavres sont noirs et gonflés. Tu sais ce que cela veut dire ?

– Oui, père. Il s'agit de la peste.

– Tu as raison, dit sombrement Mohammad Ibn Khaldoun. Il faut donc prendre nos précautions. Nous ne quitterons cette demeure que si c'est absolument nécessaire. Tu cesseras de suivre pendant quelques semaines les cours que donnent les savants de Tunis et de Fès, afin de ne pas aller de demeure en demeure ou de te retrouver à la Grande Mosquée d'al-Zeïtouna au milieu d'une foule nombreuse.

– Je vous obéirai, père. »

Pendant quelques jours, un silence menaçant s'abattit sur la maison. Chacun parlait à voix basse. Les serviteurs rasaient discrètement les murs, comme pour déplacer le moins d'air possible. On craignait de fouetter les miasmes pestilentiels ou, comme le confia d'un air mystérieux un vieux serviteur, d'exciter les djinns qui transportaient le fléau.

Hélas ! rien n'y fit. Au bout de quelques jours, un grand cri s'éleva dans les cuisines. On avait trouvé une jeune servante qui se roulait par terre, le corps couvert de pétéchies. Elle délirait. Au bout de trois jours, des bubons apparurent sous ses aisselles. Elle mourut dans d'atroces souffrances. On se débarrassa immédiatement de son corps.

La panique s'abattit sur la maison. Bientôt, des rats apparurent dans les jardins. Ils étaient de plus en plus hardis et titubaient en plein jour dans les allées.

Des serviteurs qui étaient partis aux nouvelles revinrent avec des histoires effrayantes. Les rats mouraient par centaines dans les rues, la gueule sanguinolente, les moustaches raidies. On les ramassait avec de grandes pelles pour aller les brûler à la campagne. La mort était partout : chaque matin, on trouvait sur le pas des portes les cadavres de ceux qui avaient succombé dans la nuit.

Au début, nous crûmes que la petite servante allait être la seule victime chez les Banou Khaldoun. Hélas ! d'autres serviteurs moururent. Puis, un jour, des cris déchirants retentirent dans le quartier des femmes : la mère de mon maître venait de tomber malade. Malgré les conventions, mon maître, son père et ses frères se rendirent à son chevet. Les servantes avaient ôté ses voiles et on voyait sur son visage les marques rouges des terribles taches. Elle mourut au bout de quelques jours.

Mon maître s'enferma dans la salle d'étude et refusa d'en sortir pendant plusieurs jours. Il en condamna la porte à tout le monde et refusa même de me voir. Pour ma part, j'étais terrifié : ma sœur venait de me faire appeler. Notre mère, à son tour, était malade.

On l'avait installée dans une chambre séparée, afin que je puisse la voir. D'autres servantes la veillaient, en pleurant et en se frappant les joues. Le premier jour, elle me reconnut. Elle nous conjura, ma sœur et moi, de prier la Vierge pour obtenir sa guérison. Elle nous supplia de ne jamais renoncer à notre foi, même si nous devions la garder secrète au fond de nos cœurs.

Le deuxième jour, elle commença à délirer. Ses pétéchies virèrent au brun. Son corps se raidissait. Elle commençait à dégager une odeur fétide. Le troisième jour, d'énormes bubons apparurent sur son cou et sous ses aisselles. Elle était saisie de soubresauts terribles, qui arquaient son dos. Une plainte continue sortait de ses lèvres. Elle mourut en quelques heures.

Je me jetai dans les bras de ma sœur et me mis à pleurer. Je venais d'avoir treize ans.

Les semaines et les mois passaient. Au début de l'an 1349, ce fut au tour de Mohammad Ibn Khaldoun d'être emporté par la peste. J'assistai avec mon maître à la terrible agonie de son père, qui raviva les souvenirs de celle de ma mère.

Le soir de sa mort, mon maître, faisant fi de toute prudence, sortit de sa maison, enfourcha son cheval, me fit signe de le suivre et se dirigea à bride abattue, à travers la campagne somnolente, vers Carthage. Il se mit à arpenter les ruines de long en large dans un état de grande agitation. Je le suivais, inquiet. Quand il se fatigua, il s'assit sur un fût de colonne, face à la mer. La douce lumière du soir était apaisante. La mer clapotait sur la berge toute proche. Un oiseau chantait quelque part dans les ruines. Mon maître s'affaissa soudain, enserra ses genoux de ses bras et se mit à pleurer, à longs sanglots qui lui secouaient les épaules. Il n'avait pas encore dix-sept ans.

Enfin, la peste relâcha son étreinte. Les victimes se firent plus rares ; il n'y eut bientôt plus de morts. Les gens commencèrent à sortir de chez eux. Mon maître fit le tour de ses amis et de ses professeurs. La plupart avaient été emportés par l'épidémie. Le soir, il tournait sombrement dans le jardin. «Morts, ils sont tous morts, me disait-il. La grande peste est un tapis que la mort a roulé sur toute chose. Mes maîtres ont presque tous disparu. Mon professeur al-Ançari, le spécialiste des lectures du Coran ? Mort. Le cheikh al-Haçayri, le grammairien ? Mort. Ibn Bahr, cet océan de science en langue et littérature ? Mort. Al-Jayanî, le grand juriste ? Mort. Le mathématicien al-Najjar ? Mort. » Mon maître poursuivait ainsi longtemps sa sombre litanie, mentionnant pêle-mêle des médecins, des philosophes, des astronomes et des astrologues, et bien d'autres encore.

Celui qui le tira enfin de sa léthargie et de ses idées sombres fut son maître al-Abili. Celui-ci, qui demeurait chez les Banou Khaldoun, avait survécu à l'hécatombe. Il secoua mon maître, lui remit entre les mains des ouvrages à lire. Or mon maître avait une vénération particulière pour al-Abili. Aujourd'hui encore, plus de cinquante ans après ces événements, il continue de me dire que l'austère savant a été son principal professeur, celui à qui il doit surtout le goût de la science et la vraie méthode pour parvenir à la connaissance.

Il se remit donc aux études, avec une ardeur renouvelée. Al-Abili approfondit ses connaissances en histoire, en logique et dans toutes les branches de la philosophie. Il l'initia surtout aux arcanes des mathématiques, où il était passé maître.

Al-Abili lui demanda un jour d'écrire un commentaire du *Mohassâl* de Fakhr al-Din al-Râzi. Mon maître se mit au travail et rédigea en quelques semaines un ouvrage de plusieurs dizaines de pages. Le vieux savant de Fès fut impressionné : mon maître avait parfaitement saisi les spéculations du philosophe et s'était même enhardi jusqu'à critiquer certaines des vues d'al-Râzi, qu'il estimait aventurées.

La réputation de mon maître se répandait de plus en plus. Quelques années après ces événements, le chambellan Ibn Tafragîn le convoqua au palais. Ses talents innombrables, lui dit-il, méritaient d'être mis au service de l'État. Il le nommait donc chancelier auprès du nouveau sultan.

Le sultan du Maghreb Extrême, Aboul Hassan, avait en effet quitté Tunis, qu'il avait conquise quelques années auparavant avec tant de panache. Des troubles avaient éclaté dans son vaste empire. Des révoltes secouaient les grandes villes. Une sédition avait éclaté à Tunis même. Le sultan se replia donc vers Fès. Un jeune prince originaire de Tunis le remplaça et monta sur le trône.

Tous les jours, je suivis donc mon maître au palais, au cœur de la casbah. Il s'asseyait modestement non loin du sultan et je m'accroupissais derrière lui. Chaque fois que le souverain désirait envoyer une lettre officielle ou édictait une ordonnance, mon maître prenait une grande feuille de vélin. Il écrivait au haut de la page en gros caractères de calligraphie : *Louange et Grâce à Dieu*. Quelquefois, à la demande expresse du sultan, c'est lui qui écrivait aussi la formule consacrée : *Au nom de Dieu, le Clément, le Miséricordieux*, ou encore les titres du souverain.

Au début, cet emploi convint à mon maître. Il se trouvait maintenant au palais, tout près du pouvoir, et observait d'un œil attentif les manœuvres des gens en place, les intrigues et les alliances qui s'y faisaient et défaisaient.

Mon maître avait par ailleurs déjà développé le goût — qu'il gardera toujours — de la belle calligraphie. Il se penchait amoureusement sur l'écritoire, dessinait lentement les arrondis des lettres, ajoutait quelquefois une délicate fioriture. Quand je lui recopiais des documents, il insistait pour que je m'applique à mon tour.

Ce fut une période heureuse dans la vie de mon maître. C'est à cette époque qu'il se maria. Ses frères insistaient pour qu'il prenne épouse. Il se rangea à leur avis. Dès que le bruit s'en répandit, ce fut un flot ininterrompu de visiteurs : tous les personnages importants de la ville souhaitaient s'allier aux Banou Khaldoun et venaient offrir leurs filles en mariage. Le frère aîné de mon maître, qui s'appelait Mohammad, comme son père, finit par choisir la fille d'un vieil ami de la famille, le général Mohammad al-Hakim, ancien ministre de la guerre, un personnage respecté et fort riche.

Le mariage donna lieu à de grandes réjouissances. On eût dit que la famille de mon maître, et tous les grands de la ville, voulaient oublier le fléau de la grande peste et la famine qui l'avait suivi.

Un soir, un banquet fut offert aux dignitaires de la cour et aux grands de la ville. La maison de mes maîtres était tout illuminée. Les invités se pressèrent dans la grande salle. On servit des poulets et du faisan, des rôtis de chevreaux et des pâtés de croûte fine. Pendant ce temps, dans le quartier des femmes, la fête battait également son plein. Ma sœur me raconta qu'après le banquet, des danseuses hardies et lascives avaient porté la gaieté à son comble.

Au dessert, les invités passèrent dans une autre salle. Des esclaves leur offrirent de l'eau de rose ; chacun s'en frottait les mains et s'en imprégnait lentement la barbe. Puis des plats circulèrent. Sur des pétales de rose, des gâteaux au miel alternaient avec des pâtes d'amandes, des cœurs de cédrat et des pâtes de fruits fourrées de pistaches et de noisettes. Des dattes brunes formaient de gracieuses arabesques sur de grands plateaux. Des boissons rafraîchissantes prolongèrent les réjouissances jusqu'à l'aube.

Après le mariage, l'épouse de mon maître vint demeurer au quartier des femmes, dans sa maison. Elle donna à Abdel-Rahman Ibn Khaldoun deux garçons et cinq filles. Mon maître lui témoigna toujours de l'attachement, jusqu'à leur séparation définitive. Tout au long de sa vie si tumultueuse, il insistait pour que sa femme et ses enfants le rejoignent dans les diverses régions de l'univers où sa course le menait.

Mon maître occupait ses fonctions de chancelier depuis quelques mois à peine qu'il commença à s'ennuyer. Ce travail de copiste, tout prestigieux qu'il fût, ne lui suffisait plus. Il l'empêchait par ailleurs, disait-il, de s'adonner totalement à ses études. Le départ de son maître al-Abili mit enfin le comble à son malaise.

Al-Abili était resté à Tunis après le départ du sultan mérinide à Fès. Mais le sultan Abou Inan, qui avait succédé sur le trône du Maghreb Extrême à son père Aboul Hassan, l'invita formellement à retourner auprès de lui. L'éminent professeur nous quitta et mon maître en eut le cœur brisé.

Dès lors, il ne pensa plus qu'à le rejoindre, ainsi que les autres érudits qui avaient survécu à la grande peste et qui s'étaient repliés sur Fès. Il hésitait cependant à démissionner de ses fonctions, de peur d'indisposer le maître de Tunis, et attendait la première occasion favorable de quitter le palais et la ville.

Celle-ci se présenta bientôt. Des ennemis du souverain de Tunis rassemblèrent une armée pour l'attaquer. Il convoqua ses émirs et décida de sortir les affronter en rase campagne. Mon maître devait l'accompagner. Il avait décidé en son for intérieur de profiter de ces troubles pour fuir Tunis et se diriger vers le Maghreb Extrême.

La veille du départ en campagne de l'armée, mon maître me demanda de l'accompagner à Carthage. Nous étions de nouveau seuls. Au milieu des ruines, quelques Bédouins avaient dressé leurs tentes. Des chèvres broutaient les orties qui avaient poussé entre les colonnes érigées par les Romains.

Mon maître se tourna vers moi : « Tu sais que nous partons demain avec le sultan. Du moins, je pars.

– Vous partez ? Et moi, mon maître ?

– Cela fait bientôt sept ans que tu es à mes côtés. Tu as toujours montré une grande diligence à me servir.

– Et vous m'avez toujours témoigné une grande bonté.

– Tu as également manifesté beaucoup d'application et d'intelligence. Tu as appris à parler l'arabe, puis à le lire et à l'écrire. Tu m'es donc devenu précieux pour mes études. Tu ranges fort bien tous les ouvrages et les manuscrits de ma bibliothèque. Ta calligraphie s'est nettement améliorée. Tes copies sont de plus en plus claires et agréables.

– Je suis heureux de pouvoir servir mon maître.

– C'est pour parler de tout cela que nous sommes ici. Quand nous quitterons Tunis avec le sultan, je… souhaite ne pas y revenir. Je veux me rendre à Fès, la mère des cités du Maghreb Extrême, auprès de mon vénéré maître al-Abili. Nul ne connaît encore mes intentions.

– Je vous remercie de la confiance que vous me témoignez.

– Cependant, ce voyage sera long. Il peut être dangereux. Je veux donc que tu me suives de ton plein gré.

– Ne suis-je point votre serviteur ? Je vous suivrai où vous me l'ordonnerez.

– Tu es mon serviteur jusqu'à aujourd'hui. Ton talent, ta fidélité, tout m'incite à te récompenser. J'ai donc décidé de t'accorder ta liberté. Dès maintenant, tu es affranchi. Tu n'es plus esclave des Banou Khaldoun. »

Et mon maître sortit de la sacoche qui pendait au flanc de son cheval un document qu'il me tendit. C'était un acte notarié d'affranchissement, en mon nom. Je restai sans voix.

« Cependant, poursuivit mon maître, tu peux toujours rester à mon service, si tu le veux. Tu deviendrais mon secrétaire particulier. Tu recevrais chaque année deux robes et des émoluments. »

Je n'avais aucune hésitation. Je me précipitai vers sa main pour l'embrasser.

– Tu peux aussi refuser, reprit-il, car l'avenir est entre les mains de Dieu et, je te le répète, le voyage que j'entreprends demain est plein de dangers.

Je lui dis avec force que je voulais le suivre. Il sourit.

– Dans ce cas, il faudra que tu t'équipes un peu mieux que pour une absence de quelques jours.

– Et votre famille, mon maître ?

Il était inconvenant d'évoquer directement son épouse. Mon maître et ses amis, en parlant de leurs femmes, disaient toujours : ma famille.

– Je lui demanderai de nous rejoindre, dès que nous aurons atteint Fès.

– Et… ma sœur ?

– Je sais bien, dit-il avec l'ombre d'un sourire, que tu l'affectionnes profondément. J'ai déjà demandé qu'elle soit attachée au service de ma famille. Quand celle-ci nous rejoindra à Fès, elle l'accompagnera.

Je lui exprimai de nouveau ma gratitude.

– Cependant, dit-il, à propos de ta sœur, il y a autre chose.

– Oui, mon maître.

– Je sais qu'elle t'appelle Alfonso, comme le faisait ta défunte mère. Cette pratique me déplaît. Alfonso est un nom de nos ennemis chrétiens, surtout des chrétiens qui nous combattent partout en Espagne. Je souhaite que ce nom ne soit plus prononcé dans ma maison.

Je restai paralysé de surprise.

– Si tu veux continuer à me servir en qualité de secrétaire, reprit Abdel-Rahman Ibn Khaldoun, je t'appellerai dorénavant Ibrahim. Pour tous, tu deviendras Ibrahim al-Andalusi.

Les paroles de mon maître me plongèrent dans le plus profond embarras. Jusqu'alors, il s'était toujours adressé à moi sans me nommer. En souhaitant que je devienne Ibrahim al-Andalusi, il voulait m'arracher pour de bon à mon enfance, à ma religion, à tout ce que j'avais été jusqu'à ma capture par les barbaresques. Il m'arrachait aussi à ma mère.

J'étais déchiré. Je me souvenais des supplications de ma mère, qui m'implorait de préserver la foi de nos ancêtres. Au cours des dernières années, j'avais été tellement occupé avec mon maître que je n'avais guère pensé ni à ma captivité ni à mon avenir.

Quelquefois, quand mon maître n'avait pas besoin de mes services, je sortais pour me promener dans la médina. D'autres fois, je sortais par Bab al-Bahr, je me dirigeais vers le port. Là, je voyais les marchands et les marins chrétiens qui vivaient autour du fondouk[3] du roi d'Aragon. Il y avait aussi le caïd des chrétiens, qui commandait la milice espagnole au service du sultan, et ses soldats.

Je me réjouissais alors d'entendre parler ma langue maternelle. Je m'arrêtais pour engager la conversation. Le consul et les commerçants avaient fini par me connaître. On m'accueillait avec sympathie, en attendant, disait-on, qu'une occasion se présentât pour racheter ma liberté.

Quelquefois, on m'entraînait dans quelque obscure demeure où les chrétiens priaient. J'entendais alors les chants qui avaient bercé mon enfance dans la cathédrale de Séville. Ces paroles, en latin, en castillan ou en catalan, ces mélodies me faisaient venir les larmes aux yeux : elles me rappelaient ma mère.

Mon maître me demandait de tourner le dos à tout cela. Je ne savais que dire. Cependant, une chose m'intriguait. Mon maître avait choisi pour moi un nom qui, certes, était bien connu, mais guère répandu à Tunis.

J'étais silencieux et pensif depuis plusieurs minutes et mon maître me regardait avec curiosité. Finalement, je me tournai vers lui :

– Je comprends que vous souhaitiez que l'on m'appelle al-Andalusi, mon maître, puisque je suis né à Séville. Mais pourquoi Ibrahim ?

– Ibrahim[4], que le salut soit sur lui ? Eh bien, n'est-il pas le premier des prophètes ? N'a-t-il pas précédé Moïse, Jésus et Mohammad, le Sceau des Prophètes, que les prières de Dieu soient sur lui ? »

Je saisis alors que mon maître, en me donnant un nom vénéré dans la Bible et dans le Coran, avait deviné d'avance mon dilemme. Il ne voulait pas d'un secrétaire qui portât un nom chrétien. Il ne voulait pas non plus m'humilier. Il avait choisi un nom qui, pensait-il, ne me heurterait pas de front.

Sans ajouter un mot, il monta à cheval et nous revînmes à Tunis.

Le lendemain, je suivais mon maître dans le cortège du sultan. Nous quittâmes la médina par la Porte des Filles et les troupes s'avancèrent dans la campagne. Quelques jours plus tard, les éclaireurs revinrent à bride abattue : l'ennemi campait dans la plaine de Marramâjanna.

Le sultan s'avança à la tête de son armée contre ses ennemis. Ceux-ci s'étaient rallié les tribus bédouines de la région. Des milliers d'Arabes, à cheval ou montés sur des dromadaires, harcelaient les flancs des troupes. La bataille fut brève mais violente, et les troupes du sultan furent battues et se débandèrent.

Mon maître profita alors du désordre affreux qui régnait dans le camp du sultan. Il me fit un signe discret et nous nous engageâmes dans un sentier de traverse.

Nous montions deux bons coursiers. Mon maître avait accroché aux flancs de son cheval deux sacoches : dans l'une, il avait mis une bourse pleine de dinars et dans l'autre son tapis de prière. Quant à moi, je transportais des habits, de l'eau et des dattes, ainsi qu'une écritoire, des feuilles et des plumes.

Nous arrivâmes à Tébessa, mais mon maître ne s'y sentait pas en sécurité. Après quelques jours à Gafsa, il se rendit à Biskra, dans le Maghreb Central, où il passa plusieurs semaines.

Partout où nous nous arrêtions, dans les grandes villes comme dans les villages, on accueillait mon maître avec générosité et respect. Le nom des Banou Khaldoun était connu dans toute l'Ifrîqîya, et même au delà. On se souvenait de ses aïeux qui avaient été ministres et chambellans du sultan. Certains marabouts et gouverneurs de villes avaient même entendu parler de mon maître et de ses fonctions de chancelier à la cour.

Après nous être reposés, nous quittâmes Biskra. Mon maître avait appris que le sultan Abou Inan, le maître de Fès et du Maghreb Extrême, venait de conquérir Tlemcen, la capitale du Maghreb Central. Il décida donc de s'y rendre pour lui présenter ses hommages.

En route pour Tlemcen, nous rencontrâmes le chambellan du sultan Abou Inan. Mon maître lui fut présenté. Il se prit d'amitié pour lui et lui offrit des robes d'honneur, des montures et des tentes. Il lui proposa également de l'accompagner à Tlemcen, où il pourrait le présenter au sultan.

J'étais heureux, en particulier, des tentes que mon maître venait de recevoir en cadeau. Pour la première fois depuis de nombreuses semaines, je pus dormir dans un relatif confort. Depuis notre départ de Tunis, nous avions traversé des campagnes et des déserts, nous avions contourné des villes, évité des villages et dormi à la belle étoile dans les anfractuosités des rochers, enroulés dans quelques couvertures. Il fallait se méfier des animaux sauvages, des serpents et des scorpions, et encore plus des bandits et des rôdeurs.

Nous arrivâmes à Tlemcen. La ville étendait ses terrasses étagées sur un fond de vert tendre. Des milliers d'oliviers frémissants l'encerclaient de leur vif-argent. Mon maître se précipita tout de suite à la Grande Mosquée pour y faire ses dévotions. Une forêt de colonnes y multipliait l'espace à l'infini, créant partout une douce pénombre propice à la méditation. Le marbre y était travaillé avec une délicatesse extrême : on aurait dit une fine dentelle d'où s'effilochaient des ciselures d'une grâce frêle et dansante. Son minaret carré projetait vers le ciel l'entrelacs de sa décoration de pierre et le bleu de ses faïences.

En attendant d'être reçu en audience par le sultan Abou Inan, mon maître prit un logement dans le quartier des Hadars, tout près de la mosquée de Sidi-Boumedienne. Tous les matins, nous étions réveillés par le tintamarre des travailleurs du métal. Nous descendions nous promener dans les rues étroites et poussiéreuses. Nous avions quelque difficulté à comprendre les cris, les conversations, les marchandages : l'accent des gens de Tlemcen était bien différent de celui de Tunis.

Une grande foule se bousculait en permanence dans les échoppes des teinturiers et des cordonniers. Dans leurs boutiques, les tisserands, penchés sur leurs métiers, répétaient inlassablement les mêmes gestes. Les dinandiers martelaient sur leurs pots de cuivre des arabesques sinueuses et raffinées. Des odeurs de peintures, de viandes grillées, de colle et de cuirs se mêlaient en des effluves puissants.

Au bout de deux ou trois jours, mon maître fut convoqué par le sultan. Abou Inan avait le regard vif et l'esprit prompt. Il nous reçut avec bonté, dans la grande salle du palais où se pressaient son chambellan, les hauts officiers de sa cour et les cheikhs des tribus arabes de la région.

Le sultan s'enquit des conditions qui régnaient à Tunis et en Ifrîqîya. Mon maître lui parla des troubles qui avaient ensanglanté la capitale et de la misère qui avait suivi la grande peste et la famine.

« Je sais, dit le sultan, que mon père, le sultan Aboul Hassan, avait ta famille en grande estime.

– Nous avons accueilli son entrée à Tunis avec joie, car nous savions qu'il voulait y rétablir la paix, l'ordre et la justice.

– Vous nous avez été fidèles, même dans l'adversité, poursuivit le sultan. Au moment de la sédition contre mon père, les révoltés poursuivaient partout, dans la casbah de Tunis, nos fidèles partisans. Une foule furieuse voulait s'emparer de mon secrétaire en chef et chancelier. On m'a raconté qu'il s'était réfugié chez ton père, Mohammad Ibn Khaldoun, qu'Allah l'ait en Sa miséricorde, et que celui-ci l'avait caché dans sa maison pendant trois mois.

– Ton secrétaire, Seigneur, était aussi un grand savant qui nous a honorés de son amitié. Les lois de l'hospitalité ont toujours été sacrées pour les Banou Khaldoun. »

Le sultan fut extrêmement satisfait des informations que lui donnait mon maître et de sa conversation. Il ordonna qu'on lui remette une bourse généreuse, plusieurs robes d'honneur et de beaux chevaux. Il lui promit également de lui faire rendre tous ses biens et ses privilèges en Ifrîqîya. Le sultan se proposait en effet de reconquérir Tunis, dès que les circonstances le lui permettraient.

Notes

1. Les Byzantins. Singulier «Roumi», qui est le terme passé en français.
2. L'Algérie.
3. Sorte de consulat chrétien en pays musulman, particulièrement dans les ports.
4. Abraham.

3

Damas

Nous venions de pénétrer dans la tente des audiences lorsqu'un messager vint en courant se prosterner devant Tamerlan. Il prononça quelques mots dans le langage des Mongols. Immédiatement, tous les officiers présents se redressèrent dans un grand brouhaha. Ils se mirent à taper à grand bruit sur leurs boucliers. La tente se remplit de courtisans qui entouraient Tamerlan, riaient et se félicitaient.

L'empereur des Mongols s'était levé de sa couche. Debout, il les dominait de toute sa taille. Sur son visage, une expression terrible s'était dessinée, faite de joie, de triomphe et d'une implacable volonté.

Mon maître se pencha vers l'interprète, le savant Abdel-Jabbar al-Khawarezmi, avec qui il s'était lié au cours des derniers jours, et lui demanda la cause de toute cette agitation. L'interprète répondit: «Les cadis et les notables de Damas viennent livrer les clés de la ville à l'empereur. Ils ont négocié avec lui la reddition de la capitale de la Syrie, en échange de leur amân[1].»

Ce jour-là, le genou de Tamerlan le faisait particulièrement souffrir. Il s'assit dans un siège, ses guerriers le portèrent hors de la tente sur leurs épaules, et il monta alors sur son cheval.

Dès que l'empereur parut à l'extérieur, une énorme clameur monta de l'armée mongole campée à l'infini dans la plaine devant Damas. Les tambours de sa garde se mirent à battre. D'autres, de plus en plus éloignés, se joignirent à eux, jusqu'à ce qu'une seule vibration intense et soutenue fasse bourdonner l'air tout entier.

L'empereur s'avança vers Damas, suivi de sa garde et de son état-major. Nous le suivions, en compagnie de l'interprète et des hauts officiers de sa cour. Nous entrâmes dans la ville par la Porte de la Victoire, la même que les cadis avaient barricadée trois jours auparavant devant mon maître, l'obligeant à descendre des murs accroché à une corde.

Tamerlan fit dresser ses tentes au cimetière de Manjak, près de la Porte du Bassin. Les cadis, les notables et les riches Damascènes vinrent se prosterner devant lui. Il leur fit offrir des robes d'honneur et les congédia en leur réitérant son aman.

Dès qu'ils eurent le dos tourné, il fit venir ses lieutenants et invita mon maître à se joindre à la discussion. Le triomphe du sultan tatar n'était pas complet : la ville s'était bien rendue à lui, mais le vice-roi de la Citadelle, rendu furieux par la couardise des cadis et des bourgeois de Damas, s'était barricadé dans la forteresse avec une poignée de mamelouks égyptiens fidèles et avait juré de la défendre jusqu'au dernier soldat.

L'empereur voulait donc discuter des meilleures façons de réduire la forteresse. Il fallait tout d'abord assécher le fossé qui l'entourait. Des architectes et des ingénieurs se penchèrent sur les plans. On fit mille propositions. L'empereur participait activement aux discussions. Quelquefois, il levait la tête et demandait à mon maître de donner son avis.

Le soleil déclinait à l'horizon. Tamerlan renvoya ses experts et se tourna vers mon maître : « Tu m'as parlé de l'Ifrîqîya et de sa capitale Tunis, où ta carrière a débuté. Puis, tu m'as décrit le Maghreb Central et sa capitale Tlemcen, où tu as rencontré le sultan Abou Inan. J'ai hâte d'entendre parler du Maghreb Extrême et de Fès, sa capitale. »

o

o o

Fès

Quelques semaines après notre arrivée à Tlemcen, le sultan Abou Inan quitta la ville pour retourner à Fès. Mon maître se rendit alors à Béjaïa[2], en attendant qu'Allah le conduise à son destin.

À la fin de l'hiver 1354, un messager vint livrer une lettre du sultan à mon maître. Abou Inan l'y invitait à se rendre à Fès, où il souhaitait le voir participer aux délibérations de son Conseil des

Savants. La joie, l'orgueil qui se lurent alors sur son visage étaient indescriptibles.

Nous quittâmes Béjaïa un matin à l'aube, munis d'une bonne bourse, montés sur de bons chevaux. Mon maître prit tout d'abord la route qui longeait la mer des Syriens. De grandes plages de sable blond étincelaient sous une lumière blanche. Des chênes-lièges bordaient de beaux vergers pleins de fruits. Plus loin, des falaises rouges et grises tombaient dans la mer.

Après avoir contourné Tlemcen, nous pénétrâmes dans le Maghreb Extrême. Nous chevauchions chaque jour pendant de longues heures dans des oueds tapissés de verdure. Les amandiers en fleurs piquetaient de lilas la vallée surplombée par des montagnes de grès rose. Quelques bergers poussaient devant eux leurs troupeaux. La lumière, adoucie et tremblante, avait perdu l'éclat tranchant du bord de mer.

Un soir, nous grimpâmes sur une colline aux flancs arrondis. Au sommet, mon maître et moi nous arrêtâmes, saisis : Fès s'étendait à nos pieds dans la lumière dorée du couchant. Une armée de minarets ocre et or dominait ses toits plats. Une couronne de collines couvertes de maisons de pierre la ceinturait. Des cyprès, austères et orgueilleux, détachaient leur vert sombre sur l'émeraude de la campagne avoisinante. Au loin, un vaste ciel mauve dévorait l'horizon.

Mon maître n'arrivait guère à contenir son excitation. Il avait si souvent entendu parler de Fès ! Il avait si longtemps rêvé de s'y rendre ! Il se tourna vers moi : «Ibrahim, Ibrahim ! Nous y voilà enfin. Tunis est une grande et belle ville, tu le sais bien. Mais Fès est l'incomparable joyau du Maghreb. Ses monuments, que nous ne distinguons pas bien d'ici, sont partout illustres. Mais ce sont ses savants qui sont sa plus belle couronne. Les plus grands esprits du Maghreb et de l'Andalus sont rassemblés derrière ces murs. Ils font partout la gloire et l'orgueil de l'Islam.»

Quelques semaines après notre arrivée et notre installation dans la Ville-Neuve, mon maître fut invité à se présenter devant le sultan. Il mit ce jour-là ses plus beaux atours. Dès qu'il le vit, Abou Inan l'accueillit avec la plus grande cordialité. De nombreux savants et officiers de la cour, qui l'avaient connu quand les troupes mérinides avaient conquis Tunis, lui ouvrirent également les bras. Mon maître fut particulièrement heureux de retrouver le cheikh al-Abili, son professeur de Tunis. Il sut plus tard que ce fut sur l'insistance d'al-Abili et des autres savants que le sultan, convaincu de sa science et de son mérite, l'avait invité à Fès.

Dès le lendemain, mon maître se rendit au palais pour participer aux réunions du Conseil des Savants. Tous les grands professeurs s'y retrouvaient, sous la présidence du sultan Abou Inan. Celui-ci proposait un sujet de discussion. Chaque savant était invité à se prononcer. La discussion s'animait et le sultan y prenait une part active. Au début, mon maître hésitait à donner son avis. Le sultan, d'autres encore, l'y encouragèrent. Il intervint alors dans les débats. Ses paroles étaient déjà pleines de savoir et de sagesse. Déjà, il refusait de s'incliner devant ceux qui invoquaient l'autorité de tel ou tel, et demandait des preuves. Il posait toujours la même question : « Est-ce que cela est vraisemblable ? Est-ce que cela est physiquement et matériellement possible ? »

Le sultan était en admiration devant l'éloquence et la sagacité d'Abdel-Rahman Ibn Khaldoun. Il l'invita dès lors à venir au palais, même en dehors des réunions du Conseil. Il lui fit l'obligation d'assister avec lui aux prières. Cela ne lui suffisait toujours pas : il le nomma son secrétaire particulier, responsable de rédiger les décisions et les sentences du sultan.

Chaque fois que celui-ci donnait audience, mon maître s'asseyait à une table, tout près de lui. Les plaideurs, les courtisans, les simples solliciteurs et les cheikhs des tribus arabes se pressaient dans la grande salle du trône. Chacun exposait au sultan, qui son grief, qui ses doléances, qui sa requête. Abou Inan tranchait en quelques mots. Mon maître les prenait en note. Après l'audience, il passait de longues heures à rédiger les sentences. Puis le sultan y apposait son sceau. Abou Inan admirait l'art avec lequel mon maître habillait ses décrets d'éloquence et de subtilités. Un jour, il lui dit en riant : « Ma foi, Abdel-Rahman, tu as mieux saisi que moi ma propre pensée. Cet argument que tu développes si bien m'a certainement traversé l'esprit sans que je m'en rende compte. »

Quand son service auprès du sultan le lui permettait, mon maître quittait la Colline du Palais pour se rendre à la mosquée d'al-Qaraouiyyîne, ou dans l'une des nombreuses madrasas[4] de la ville — particulièrement à la splendide madrasa al-Mottawaqqilia, que le sultan venait de faire construire, non loin de la madrasa des chaudronniers — pour suivre les leçons des savants et des professeurs de

Fès. Il s'asseyait modestement sur une natte étendue sur le sol et, sans se laisser distraire par les ciselures de pierre des arcades, les chapiteaux dentelés et les arabesques des linteaux, il les écoutait attentivement.

Il empruntait aussi leurs ouvrages. Que de fois ne suis-je pas revenu à la maison de mon maître lourdement chargé d'un ballot de livres et de manuscrits! Lisant un jour un commentaire d'Aristote par Ibn Rochd[3], il me dit: «Vois-tu cet ouvrage? Il était tombé entre les mains des chrétiens, après l'une de nos défaites en Andalus. Le traité de paix qui a suivi contenait une clause qui stipulait expressément le retour des livres saisis par les chrétiens.»

Cependant, mon maître ne se contentait pas d'étudier, de lire, de débattre de logique, de droit, de mathématiques ou de théologie avec le sultan et sa cour de lettrés. Nous sortions souvent l'après-midi, au moment où la chaleur commençait à tomber, pour nous promener dans Fès.

Mon maître ne cessait d'admirer les édifices nouveaux qui poussaient partout: «Que de palais! Que de marbre!» s'exclamait-il. Il goûtait en particulier la sobre majesté de la mosquée d'al-Qaraouiyyîne, que le père du sultan avait restaurée et embellie quelques années auparavant. Il faisait le tour de ses dix-huit portails en bois sculpté recouverts de plaques de bronze ciselé. Ses toits de tuiles vertes resplendissaient au soleil couchant. Ses arabesques de pierre avaient une grâce aérienne. Il était une fois monté au sommet de son minaret pour admirer l'horloge hydraulique.

Nous nous promenions longuement dans les souks des épices, des orfèvres ou des dinandiers, couverts de claies de roseaux. Une foule innombrable marchandait dans la poussière dorée du soir. Nous devions écarter de nous les mendiants, hardis et arrogants. Ils ne se contentaient pas de tendre la main, ils mendiaient —quelquefois ils exigeaient même — des denrées de luxe, de la viande, du beurre, des plats cuisinés, des habits et même des tamis ou des vases.

Les boutiques de henné, de babouches, de pots de cuivre voisinaient avec les échoppes des potiers et des drapiers. Des ménagères marchandaient âprement l'achat de cages à poules, de peignes de bois, de balais ou de socques. Des oiseliers nous poussaient sous le nez des oiseaux aux étranges couleurs. Quelquefois, dans une grande cour à ciel ouvert, des hommes à moitié nus plongeaient dans d'énormes cuves pour transformer les peaux de chèvre en maroquins aux couleurs éclatantes.

Une fois par semaine, mon maître se rendait au hammam, juste après la prière de l'aube. Des hommes de tout âge et de toutes conditions s'y promenaient tout nus, sans la moindre gêne. Je l'y accompagnais, mais c'était pour moi une épreuve : je n'étais pas circoncis et, les premières fois, je fus en butte à des moqueries et des sarcasmes, sinon à de l'hostilité. On me bousculait sans ménagement. Certains pensaient même que j'étais un esclave et voulaient me faire un mauvais sort, et il fallut que mon maître intervienne pour leur assurer qu'il m'avait légalement affranchi. Dès lors, je me glissais dans les recoins les plus sombres du hammam et me tournais vers le mur chaque fois qu'un baigneur s'approchait de moi.

Nous passions dans deux ou trois salles, de plus en plus chaudes. Des garçons vigoureux nous étrillaient la peau, avant de nous enduire d'onguents. Quelquefois, l'un ou l'autre des baigneurs, alangui par la vapeur et les massages, allait se coucher sur une natte pour un petit somme. Quand nous étions bien frottés et bien propres, nous passions enfin dans une salle fraîche où, toujours tout nus, nous partagions un repas. C'est là qu'enfin détendus, les hommes bavardaient longuement, au milieu de gros rires.

Je me tenais avec le groupe des adolescents. Ils se vantaient sans cesse des faveurs des belles de la médina, parlaient des yeux noirs qui les invitaient sans vergogne derrière les voiles, faisaient allusion, avec des airs entendus et mystérieux, à des expéditions nocturnes derrière les murailles des belles maisons de la Ville-Neuve. Je n'en croyais pas le quart, mais leurs propos m'intriguaient et me troublaient vaguement.

Quelquefois, les éclats de voix du groupe des hommes se muaient en confidences chuchotées. Je tendais désespérément l'oreille. Je n'entendais que des bribes, mais je captais quelquefois des allusions à des «pannes», ou encore on se lamentait sur des «précipitations» ou une «hâte» qu'on ne pouvait refréner, et dont je ne comprenais pas la nature.

D'autres fois, on brocardait le sellier ou le muletier qui venait de prendre une deuxième ou une troisième épouse, en le plaignant de ses fatigues et en le mettant en garde contre l'épuisement...

Mon maître, si souvent sérieux, se laissait aller à la détente et s'amusait franchement de cette paillardise. Il riait de bon cœur.

Puis, quand les rires retombaient et que la discussion portait sur la politique ou les intrigues du palais, il y prenait une part active.

Avant de quitter le hammam, mon maître passait entre les mains du barbier. À son arrivée à Fès, il était encore imberbe, mais quand le sultan l'invita à siéger au Conseil des Savants, il se laissa pousser la barbe. Il était à cet égard coquet et insistait pour que le barbier la lui taillât de façon à le montrer sous son meilleur jour. Ce souci de son apparence s'accompagnait d'un goût certain pour les belles robes et les atours recherchés, comme je l'ai déjà mentionné. Les séances entre les mains du barbier ne pouvaient cependant se prolonger indéfiniment, car à la fin de la matinée une négresse apparaissait à la porte du hammam. C'était le signal que les hommes devaient le quitter pour faire place aux femmes.

Mon maître ne se contentait pas, en se promenant en ville, d'admirer les palais, les madrasas et les mosquées, ou de se plonger dans la vie grouillante et chaleureuse des souks. Il observait d'un œil attentif les gens ; il engrangeait des bribes de leurs conversations ; il détaillait les habits et les parures des bourgeois. « Vois-tu ces habits de soie, ces beaux chevaux et ces lourds bijoux d'or et d'argent ? me disait-il. Eh bien, les ancêtres de ces guerriers qui se vautrent dans le luxe étaient d'austères nomades. Il y a à peine trois ou quatre générations, ils se vêtaient de laine écrue et mangeaient sobrement. » Puis il restait longtemps pensif.

Les mois coulaient doucement à Fès. Mon maître et moi y étions heureux. Notre seul regret était l'absence, pour lui, de sa femme, et pour moi de ma sœur. Il n'osait encore leur demander de nous rejoindre à Fès, car des troubles politiques agitaient tout le Maghreb, des bandes de guerriers et quelquefois de pillards parcouraient les campagnes, et mon maître craignait pour leur sécurité si elles quittaient Tunis.

Un soir, on frappa à notre porte. Un serviteur apportait un message de la part de l'émir Abou Abdallah. Celui-ci invitait mon maître, dans les termes les plus gracieux, à se rendre chez lui : « Par ma vie, si tu daignes venir, nous nous croirons au Paradis, car tu es la perle au milieu du collier. » Mon maître parut surpris, mais se dépêcha de se rendre à l'invitation.

L'émir Abou Abdallah avait jadis gouverné Béjaïa. Quand le sultan, après avoir conquis cette ville, était revenu à Fès, il l'avait ramené avec lui. L'émir était libre de ses mouvements, mais n'avait pas le droit de quitter la capitale du Maghreb Extrême. Il y avait acheté une fort belle demeure de pierre et y menait depuis lors grand train.

L'émir accueillit mon maître avec bienveillance. Il l'invita à s'asseoir : « Abdel-Rahman, votre réputation est parvenue jusqu'à nos oreilles. On dit de vous que vous êtes un homme de science.

– Je vous remercie, Seigneur, de vos bonnes paroles. J'aime effectivement la science et la connaissance qu'elle nous donne.

– Vous êtes trop modeste. On me dit que les plus grands savants du Maghreb et de l'Andalus n'ont presque plus rien à vous enseigner.

– Ils sont et resteront pour toujours mes maîtres, même si certains ont déjà eu la bonté de me donner des licences particulières, ou même une licence générale[5].

– Permettez-moi de vous dire qu'à votre âge (mon maître avait vingt-cinq ans), peu de lettrés peuvent se targuer de telles marques d'estime. Mais nous ne sommes pas là pour parler seulement de science. Je sais qu'en route pour Fès, vous avez séjourné à Béjaïa. Y êtes-vous resté longtemps ? »

L'émir interrogea longuement mon maître sur la ville où il avait jadis régné. Il voulait savoir qui la dirigeait et qui y avait de l'influence. Le peuple y était-il heureux ? Les cheikhs des tribus arabes avoisinantes payaient-ils volontiers le tribut ou s'étaient-ils repliés dans le désert ou en Kabylie ?

Mon maître répondait très précisément aux questions de l'émir. Son don d'observation lui permettait de se souvenir des moindres détails, de nuancer un tableau général, d'aller au-delà des apparences. Abou Abdallah semblait fort attentif. Il remercia mon maître quand celui-ci eut fini de parler et l'invita chaleureusement à revenir le voir.

Au bout de quelques jours, comme mon maître ne se décidait pas à donner suite à l'invitation, l'émir le relança. Un serviteur revint avec une missive pressante. Mon maître se rendit donc de nouveau chez l'émir. Il y trouva le vizir Amar, un des grands personnages de Fès et un ami de l'émir.

Dès lors, Abdel-Rahman Ibn Khaldoun, l'émir Abou Abdallah et le vizir Amar devinrent d'inséparables amis. Ils se retrouvaient le plus souvent chez l'émir. Les trois hommes étaient de fins lettrés. Ils passaient une partie de leurs soirées à déclamer des poèmes. Quelquefois, l'un ou l'autre composait lui-même un poème, qu'il soumettait à la critique des deux autres.

L'émir Abou Abdallah était d'un naturel gai. Il interrompait souvent la conversation pour raconter de savoureuses anecdotes et même des plaisanteries qui n'étaient pas toujours des plus fines. Mon maître et le vizir partaient d'un grand éclat de rire. L'ambiance était chaleureuse et détendue.

L'émir faisait un signe à ses serviteurs ; ceux-ci apportaient des collations. On servait des pâtés de volaille, des rôtis de faisan, du riz au camphre, du lait caillé, des purées d'olives. Des gâteaux de miel et des pâtes d'amandes terminaient le repas. Dans un coin, un grand bassin de cuivre plongé dans une cuve pleine de glace était rempli de sirop de rose, que les serviteurs offraient aux convives pour étancher leur soif. Dans des coupes de faïence, des figues de Barbarie, des grenades d'Andalousie et des pommes de Syrie mariaient leurs couleurs en une somptueuse harmonie.

Après le repas, les serviteurs offraient aux trois hommes des boulettes de gomme. Ceux-ci les mâchaient et l'ambiance devenait euphorique. De grands éclats de rire éclataient, des mots d'esprit fusaient. Puis des musiciens entraient avec leurs luths et leurs tambourins. Des mélodies mélancoliques s'élevaient dans l'air, tandis qu'un des musiciens dodelinait de la tête en psalmodiant : « Ô nuit ! Ô nuit ! »

L'émir se tournait vers mon maître : « Dis, Abdel-Rahman, la mer des Syriens n'est-elle pas belle ? N'aimerais-tu pas la revoir ? Si je retournais à Béjaïa, m'accompagnerais-tu ? Tu pourrais alors retourner toi aussi chez toi, à Tunis. » Mon maître souriait vaguement. L'émir revenait à la charge : que ce serait donc agréable de pouvoir quitter Fès ! M'aiderais-tu, mon ami Abdel-Rahman ? Le vizir Amar assistait en silence à ces échanges, l'air énigmatique.

Mon maître fréquentait l'émir Abou Abdallah depuis déjà quelques mois lorsqu'un soir on frappa à la porte. C'était le vieux cheikh al-Barji, l'un des professeurs les plus éminents de Fès, un homme doux et bon. Surpris et flatté de cette visite qui lui faisait honneur, mon maître se précipita pour lui baiser la main.

« Abdel-Rahman, mon fils, dit le cheikh, tu sais bien dans quelle estime je te tiens et quelle affection je te porte.

– Votre protection est l'étoile qui me montre le chemin.

– Je suis venu te voir car, au Palais, nous sommes toujours dérangés et je ne peux t'ouvrir mon cœur en toute tranquillité.

– Tu as honoré et béni cette maison depuis que tu en as franchi le seuil.

– Eh bien, mon jeune ami, on me dit que tu mènes une vie fort… active.

– J'essaie d'accomplir de mon mieux ma tâche auprès du sultan.

– Oh ! Il ne s'agit pas de tes fonctions à la cour. Tout le monde — et le sultan le premier — loue tes talents et admire ton élégance et ta rhétorique.

– Peut-être alors mon maître pourrait-il m'éclairer sur ce qu'il veut dire quand il évoque ma vie active ?

– Voilà. On dit en ville que tu es l'ami de l'émir Abou Abdallah.

– L'émir me fait l'honneur de sa protection et de son amitié.

– Il y a cependant des bruits qui courent au Palais.

– Des bruits ?

– Oui. On y dit que l'émir est las de son séjour à Fès. Malgré l'interdiction du sultan, il rêve de retourner à Béjaïa.

– N'est-il point normal que l'homme aspire à revoir son pays natal ? Moi-même, quand je pense à Tunis et à l'Ifrîqîya, la mélancolie m'envahit le cœur.

– Oui, mais toi, tu n'es pas sous le coup d'une interdiction. Tu sais bien que, dès le moment où l'émir Abou Abdallah franchirait les murailles de Fès, il commencerait à recruter des guerriers pour se révolter contre le sultan. On dit même… »

Le cheikh hésita un moment :

« On dit aussi qu'il se fait des amis à l'intérieur même de la cité, pour l'aider à en franchir les portes. Et c'est alors qu'on parle de tes nombreuses visites chez lui… »

Mon maître se redressa : « Comment ose-t-on ? Le sultan peut-il donner crédit à ces ragots ? Peut-il croire ces bavardages ?

– Je ne sais, rétorqua le vieux cheikh avec un fin sourire, ce que le sultan doit croire ou ne pas croire. Tout ce que je sais, c'est que tu es mon ami, que la cour bourdonne de rumeurs et que ta place éminente auprès du sultan, malgré ton jeune âge, crée bien des jaloux. »

Mon maître était en effet bien jeune encore. Malgré toute son intelligence et sa perspicacité, il n'avait pas encore pris la vraie mesure des intrigues de cour. Il oublia vite l'avertissement du cheikh al-Barji et continua à fréquenter l'émir Abou Abdallah, dont la compagnie lui semblait la plus plaisante en ville.

Trois semaines plus tard, à l'aube, un tumulte se fit entendre dans la rue, des coups violents ébranlèrent la porte. À peine avais-je eu le temps de sauter de ma couche que des gardes du palais entraient avec leurs armes et tiraient sans ménagement mon maître de son lit. Ils l'emmenèrent sans lui donner le temps de bien se vêtir, et la vue de mon maître avec sa jubba de travers et un turban de guingois restera à jamais gravée dans ma mémoire.

Je le suivis de loin. On le mena à la prison. Il demandait de savoir qui avait ordonné son arrestation, mais on le rudoyait en lui ordonnant de se taire. En arrivant à la prison, je vis arriver un autre groupe de gardes, entourant l'émir Abou Abdallah. Le prince était pâle et regardait d'un air hautain ses gardiens.

Je ne savais que faire. Je me rendis tous les jours à la prison. Au début, on m'en interdit l'accès. Au bout de quelques jours, on me permit enfin de voir mon maître. Il était pâle et amaigri. Il me raconta que, les premiers temps, ses geôliers le maltraitaient. On lui servait un brouet infâme et on l'avait mis dans une cellule nauséabonde, sans lumière. La nuit, le trottinement des rats le gardait éveillé.

Puis, un jour, un ordre avait dû venir d'en haut. On le transféra dans une cellule beaucoup plus vaste, propre, avec un soupirail. On lui permit de sortir dans la cour de la prison. Son ordinaire s'améliora nettement. C'est alors qu'on m'avait autorisé à le visiter.

Mon maître était furieux contre le sultan, contre les courtisans qui avaient comploté sa perte et surtout contre lui-même. Il s'en voulait de ne pas avoir accordé plus d'importance aux avertissements du cheikh al-Jabli. D'autres indices aussi — des amis qui l'évitaient, des chuchotements sur son passage — auraient dû l'alerter.

Le sultan avait eu un accès de rage quand on lui avait laissé entendre que l'émir Abou Abdallah complotait sa fuite de Fès, avec l'aide d'Abdel-Rahman Ibn Khaldoun. Il avait ordonné l'arrestation des deux hommes. Il en voulait particulièrement à mon maître, qu'il avait comblé de ses bienfaits. Au bout de quelques semaines cependant, il fit libérer l'émir pour des raisons politiques. Abou Abdallah retrouva son palais et sa cage dorée à Fès. Mon maître, quant à lui, resta en prison.

Il espérait en sortir assez vite grâce à ses amis et alliés à la cour, mais les jours passaient, et les semaines, et bientôt les mois. J'allais tous les jours le voir. Il me demanda de lui apporter un tapis de prière et de quoi écrire. Je lui apportais également des ouvrages de sa bibliothèque et de celles de ses maîtres ; il les lisait et les annotait attentivement.

Je lui servais aussi d'intermédiaire avec ses amis. Il écrivait des missives à tous les personnages importants de Fès, plaidant sa cause, clamant son innocence. Je lui rapportais leurs réponses.

Mes visites à mon maître, si régulières fussent-elles, m'accaparaient cependant moins que mon service antérieur. Je disposais maintenant de plusieurs heures de liberté par jour. Lire ne me suffisait plus. Je m'ennuyais.

Je pris l'habitude de sortir me promener longuement dans la ville. Les rues grouillantes et les souks assourdissants étaient pour moi un spectacle toujours renouvelé. J'admirais les nouvelles madrasas — celle des épiciers, des bassins, des feutriers, que l'on nommait ainsi à cause des quartiers où elles étaient situées — qui poussaient partout. Les faubourgs de la ville grandissaient et il fallait aller de plus en plus loin pour en voir les limites.

Je sortais parfois de la médina. Après avoir franchi Bab el Oued, je longeais les hautes murailles crénelées. La lumière changeante du jour les teintait quelquefois d'ocre, quelquefois de jaune. Des bouquets d'arbustes piquetaient de vert sombre l'émeraude des prairies. Parvenu au haut d'une colline, j'admirais sans jamais me lasser les orgueilleuses tours carrées des minarets de la ville, et surtout les plus imposantes, celle de la Qaraouiyyîne et celle de la mosquée des Andalous.

Je pris aussi l'habitude de me promener à Rabat al-Nassara, le faubourg des Nazaréens ou des chrétiens, où se trouvaient tous les fondouks des États francs. Celui des Aragonais était le plus important de la ville. Il était situé au milieu d'un lacis de ruelles qui abritaient non seulement le consul et les habituels commerçants, mais également de nombreux miliciens de l'Aragon, de la Catalogne et de la Castille au service du sultan. Certains d'entre eux étaient venus avec leurs femmes ou avaient pris épouse au sein de la minuscule communauté mozarabe[6] du Maghreb Extrême.

On avait vite fait de me connaître. On savait que j'étais Sévillan, que mon maître m'avait affranchi et que je m'étais mis librement à son service. Je bavardais avec les miliciens et avec leur chef, un certain capitaine Giraldo ; j'étais heureux de pouvoir parler ma langue natale avec certains d'entre eux.

Au début, ils me taquinaient sur mon emploi auprès d'un Maure et sur ma maîtrise de l'arabe. Je ne répondais rien à leurs pointes. Ils se lassèrent bientôt et me laissèrent me mêler tranquillement à eux. Quelques-uns, que j'interrogeais avidement sur les royaumes d'Aragon, de Léon ou de Castille, me témoignaient de l'amitié. On m'invitait quelquefois aux prières qu'ils disaient dans une minuscule chapelle au fond du fondouk, ou aux fêtes qu'ils organisaient dans la grande cour.

Je me retrouvais donc souvent, le soir, accroupi avec les miliciens et les marchands, devant un grand feu qui brûlait au milieu de la cour. Leurs femmes se mêlaient à nous, ce qui me surprit tout d'abord, moi qui, depuis l'âge de dix ans, n'avait vu pratiquement d'autres visages de femmes que ceux de ma mère et de ma sœur.

Les soldats commençaient à chanter. Je ne saisissais pas toujours tout, surtout quand c'étaient les Catalans qui fredonnaient des chansons mélancoliques qui évoquaient le vieux pays.

Puis, une ou deux femmes se levaient pour danser au milieu des applaudissements et des cris. Un tambourin scandait leurs mouvements, parfois accompagné d'un luth. Je regardais, fasciné, la gorge sèche, ces femmes qui se déhanchaient devant nous. Leur respiration se faisait rapide, leur poitrine palpitait sous les tissus de leurs robes, leurs hanches dessinaient dans l'espace des arabesques de feu. Mon cœur battait plus vite.

La nuit, dans ma couche, je me tournais dans tous les sens, incapable de trouver le sommeil. Jusqu'alors, mon service incessant auprès de mon maître, la fascination qu'il exerçait sur moi m'avaient empêché de penser aux femmes. Il est vrai que j'admirais dans les rues de la ville certaines silhouettes dont les longues robes enveloppantes cachaient mal la grâce et la fluidité. Parfois, je captais des yeux noirs et brillants derrière les voiles austères. Mais je revenais vite à mes tâches, aux manuscrits que je rangeais et aux livres que mon maître me demandait de recopier ou même de résumer pour lui.

Après son emprisonnement, mon désœuvrement m'avait mené quelquefois dans le faubourg de la Ville-Neuve habité par les femmes faciles. On y voyait des bourgeois qui longeaient les murs. On entendait, derrière les moucharabiehs, des rires gras. Quelquefois des portes s'entrouvraient et on voyait dans la pénombre des femmes aux longs cheveux déliés, aux robes échancrées, qui faisaient de grossiers gestes d'invite. Ce spectacle me répugnait. J'étais oppressé. Je quittais alors rapidement le quartier. J'avais vingt-deux ans et j'étais encore vierge.

Dans les faubourgs, je passais quelquefois devant des tavernes aux porches obscurs. J'avais juste le temps de voir des hommes attablés devant de grandes cruches, qui riaient à haute voix en se penchant vers des femmes découvertes. L'éclat d'une chandelle sur une longue chevelure noire et lustrée me semblait, l'espace d'un instant, le scintillement d'une étoile dans un ciel obscur. Mais le tenancier de la taverne me chassait vite en jurant, et je n'avais guère le temps de m'attarder aux visages fardés et aux gorges découvertes de ces femmes.

En quittant le quartier, j'étais harcelé par les «chammâms», ces renifleurs, ces dévots zélés chargés de dépister à l'odeur les buveurs de vin. Ils se collaient à moi, levaient le nez, reniflaient bruyamment dans mon visage et je devais les écarter de mon chemin avec rudesse.

Les femmes des fondouks francs, qui étaient les premières que je pouvais regarder longuement et librement, avaient bouleversé ma quiétude, troublé mes sens. J'entrevoyais un univers que j'ignorais, un monde nouveau. Je revins régulièrement me mêler aux miliciens et aux autres chrétiens, participer à leurs fêtes.

Un soir, j'étais assis devant le feu lorsqu'un malaise indéfinissable me saisit. Je levai la tête : de l'autre côté de la cour du fondouk, une paire d'yeux me fixait avec insistance. Quand je finis par m'habituer à la pénombre, je vis qu'une jeune fille me regardait. Elle croisa mon regard, baissa les yeux, puis les releva.

Elle avait la tête découverte. Ses yeux brillaient dans la nuit. Faisant semblant de me lever nonchalamment, je m'approchai d'elle. Elle ne bougea pas. Un sourire flottait sur ses lèvres. Je n'osais trop la regarder avec insistance, mais elle me semblait jeune. Elle continuait à me fixer sans ostentation. Elle se leva quand une de ses compagnes vint l'aborder : elle avait une silhouette gracile, qu'on devinait fine et déliée sous sa robe.

Elle rit un moment avec son amie, puis se tourna de nouveau vers moi. Le choc de son regard, de ses yeux noirs, me fit presque vaciller. J'étais cloué sur place. Je voulais quitter le fondouk, mais mes pieds semblaient de plomb. Je la vis faire quelques pas : la fluidité de ses mouvements m'alla droit au cœur.

Elle allait et venait, libre, détachée, revenant toujours vers moi, me regardant franchement. Je crus que son sourire devenait moqueur. Je finis par m'arracher à l'hypnose qui me paralysait et quittai le fondouk précipitamment.

Cette nuit-là, je ne pus dormir. Je voyais dans l'obscurité de ma chambre deux yeux noirs qui scintillaient comme des étoiles. Mon imagination s'emballait. Je voyais la jeune fille qui traversait la cour, sa silhouette dansante se détachant contre le feu qui flambait au centre. Mes paumes devenaient moites, mes sens se troublaient, j'avais chaud. Je repoussai les couvertures. Quelque chose de trouble, de terrible et de doux coulait dans mes veines.

À l'aube, juste avant de sombrer dans le sommeil, je savais que je retournerais au fondouk.

Notes

1. Promesse de sécurité, faite quelquefois par écrit.
2. Bougie, dans l'actuelle Algérie.
3. Averroès.
4. Collèges d'enseignement religieux.
5. En pays d'Islam, au Moyen Âge, un lettré ou un savant qui estimait avoir transmis toute sa science à un de ses élèves lui accordait alors une licence générale pour l'enseigner et la transmettre à son tour. Une licence particulière portait sur la transmission d'un aspect de cette science, ou d'un seul domaine de connaissance.
6. Espagnol chrétien vivant sous suzeraineté musulmane.

4

Damas

La veille, l'interprète, le cheikh Abdel-Jabbar al-Khawarezmi, avait pris mon maître à part, à la fin de son audience avec l'empereur des Tatars: «Cheikh Abdel-Rahman, lui dit-il, il y a une coutume mongole dont je dois t'entretenir. L'usage veut que l'on offre des présents à l'empereur, lorsqu'il daigne nous faire comparaître devant sa face.»

Mon maître, tout absorbé par la formidable aventure qui lui arrivait depuis sa première rencontre avec Tamerlan, quatre ou cinq jours plus tôt, n'avait guère pensé à lui offrir des présents. Pourtant, c'était une coutume qu'il suivait scrupuleusement à Fès, à Grenade ou au Caire, avec les puissants comme avec ses amis. Lui-même avait reçu de nombreux présents des maîtres qu'il avait servis. Mais nous nous rendions tous les jours, dès l'aube, au camp de l'empereur, et quelquefois deux fois par jour, le matin et l'après-midi. Puis, la reddition de Damas, l'entrée victorieuse de Tamerlan dans la ville, l'attention que l'empereur accordait à sa conversation, tout cela avait distrait mon maître. L'intervention du cheikh al-Khawarezmi lui rappelait soudain qu'il avait manqué à la courtoisie, sinon à la prudence.

Ce matin donc, mon maître m'avait entraîné dans les souks de Damas, non loin de la mosquée des Omeyyades. Les Damascènes étaient soulagés: l'entrée des Mongols dans leur ville s'était faite pacifiquement, grâce à la médiation des cadis et des notables. Les affaires pouvaient donc reprendre. On bavardait à haute voix sur le seuil des boutiques des souks, un vaste labyrinthe de rues étroites et couvertes. De petits garçons portant des verres de sirop de rose en équilibre sur de vastes plateaux tanguaient prestement au milieu de la foule. Les mendiants aux yeux chassieux et aux membres amputés semblaient eux-mêmes participer à l'allégresse générale et gémissaient sur leur mauvais sort et l'injustice du monde avec moins de conviction que d'habitude.

Nous passâmes trois heures dans les souks. Puis, nous nous précipitâmes chez Tamerlan. Deux esclaves nous suivaient, portant des couffins. Nous arrivâmes bientôt au Palais Gris, où Tamerlan avait pris résidence après son entrée à Damas. Le sultan des Tatars était dans la salle du trône. Mon maître alla s'asseoir modestement à côté de lui. Au bout de quelques instants, l'empereur lui fit signe de s'approcher. Aussitôt les serviteurs se précipitèrent et déposèrent les couffins devant Tamerlan. Après un bref moment de surprise, l'empereur esquissa un sourire :

« Qu'est-ce donc, cheikh Abdel-Rahman ?

– Seigneur, un présent de ton humble serviteur. J'ose te l'offrir, même si le maître de l'univers n'a besoin de rien. Seul Dieu connaît le fond des cœurs.

– Et qu'est-ce donc que tu m'apportes ? »

Ibn Khaldoun prit dans un couffin un magnifique exemplaire du Coran, avec une reliure aux fers. Dès qu'il vit le Livre sacré, Tamerlan sauta sur ses pieds, malgré sa jambe raide, s'en saisit et le mit humblement sur sa tête. Il resta silencieux quelques instants, les yeux baissés, les lèvres s'agitant dans une prière silencieuse.

Mon maître lui remit ensuite un exemplaire de *Qasidat al-Burda*, le grand poème d'al-Busiri, dans lequel le poète chante les vertus et exalte les qualités du Prophète, que la prière et le salut de Dieu soient sur lui. Tamerlan ignorait tout du livre et de son auteur et parut fort intéressé par les explications de mon maître. Celui-ci était d'autant plus à l'aise de les lui donner qu'il avait lui-même écrit, de nombreuses années auparavant, un commentaire détaillé et élogieux de *Qasidat al-Burda*. Il offrit également à Tamerlan un tapis de prière de douce laine soyeuse.

Mon maître présenta enfin au sultan quatre boîtes de halawa. Il avait été heureux de trouver ce mets égyptien au souk de Damas. Il en ouvrit une, prit un morceau de confiserie et le mangea selon l'usage. Puis il tendit la boîte à l'empereur. Tamerlan en goûta à son tour et la fit circuler à ses officiers. Il semblait apprécier le velouté de la pâte aromatisée fourrée de pistaches.

L'empereur manifestait, par son ton et son attitude, sa satisfaction devant les cadeaux de mon maître. Quand les couffins furent enfin vides, il dit, avec un large sourire : « Grand Cadi, raconte-moi donc toutes ces intrigues de la cour de Fès, qui t'ont coûté si cher puisqu'elles t'ont mené en prison. »

○

○ ○

Fès

Pendant quelques jours, je faillis oublier mon maître et sa prison. J'étais revenu au fondouk des Aragonais et j'avais retrouvé la jeune fille dont la vue m'avait troublé si fort.

Le lendemain de notre première rencontre, je pus mieux la regarder. Elle était bien jeune ; son visage frais était dévoré par deux grands yeux, dont je ne savais s'ils étaient noirs ou bruns, mais qui brillaient pour moi d'un grand éclat. Ses lèvres, que je regardais avec un trouble moite et délicieux, étaient pleines. Ses cheveux, qu'elle couvrait quelquefois d'une voilette, lui descendaient jusqu'à mi-taille. Elle avait les épaules étroites, les hanches renflées, les mains fines et la peau blanche et mate, comme celle de certaines Mauresques de Tunis.

Elle aussi me regardait souvent, je le sentais. Nous nous rapprochions quelquefois, quand des groupes se formaient pour bavarder, rire ou chanter. Une ou deux fois, je la frôlai sans le vouloir. J'eus le sentiment qu'elle ne s'éloignait pas tout de suite. Je me sentais alors tout amolli. Un jour, j'entendis une de ses amies l'appeler « Esperanza. »

Esperanza, Esperanza ! Toute la journée, je me répétais le nom, le roulant dans ma bouche, le faisant vibrer dans mon corps, savourant sous ma langue sa sonorité langoureuse. Esperanza : je trouvais son nom plein, ferme et doux. Il portait la promesse de lendemains heureux.

Le soir, je me laissai aller à des songeries voluptueuses. Puis je m'endormis. Dans mes rêves, je m'approchais d'Esperanza pour lui parler hardiment. Elle se tournait vers moi, je sursautais, je m'éveillais, car ce n'était pas son visage que je voyais, mais celui d'une des prostituées que j'entrevoyais dans les tavernes ou les maisons closes, et qui riait bruyamment en se frottant contre moi. Je me calmais en repensant à Esperanza et je me rendormais dans une langueur souriante et tiède.

Un soir, dans la cour du fondouk, un jeune homme s'approcha de moi. Je le connaissais de vue, j'avais même déjà échangé quelques mots avec lui. Il me dit :

« Quel est ton nom ?

– Ibrahim.

– Oui, c'est comme cela qu'on t'appelle. Quel est ton vrai nom ? »

J'hésitai un moment, puis je répondis : « Alfonso. C'est comme cela que ma mère m'appelait. Mais mon nom est dorénavant Ibrahim.

– Je t'appellerai Alfonso. Moi, je m'appelle Rafaël. Viens donc par ici — il m'entraîna vers un coin reculé de la cour —, nous serons plus à l'aise pour bavarder.

– Bavarder ? De quoi donc ?

– Eh bien, répondit Rafaël avec un grand éclat de rire, tout le monde ici, et moi le premier, a remarqué ton manège. »

Je commençais à m'inquiéter. La moutarde me monta au nez : « De quoi parles-tu donc ? Et d'abord, qui es-tu ?

– Je m'appelle Rafaël, je te l'ai déjà dit. Je suis le fils de Joaquin Garcia. »

Ce Garcia était le lieutenant du caïd des chrétiens. Cette révélation ne me tranquillisait guère. Rafaël venait-il de la part de son père ? Il poursuivit : « Je veux aussi être ton ami. Je veux t'aider.

– M'aider ? À quoi donc ?

– Comme je te le disais, ton manège est transparent. Tout le monde a remarqué comme tu tournes autour d'Esperanza. Tu la dévores des yeux. Mais oui, mais oui, mon ami, ajouta-t-il en riant devant mon embarras. D'ailleurs, tu as bien raison, Esperanza est un morceau de choix. »

J'étais déconcerté. Mes manœuvres, que je croyais invisibles, avaient donc été bien naïves ! J'avais été imprudent. Dans le fondouk des chrétiens, je n'étais pas chez moi. La bonhomie de Rafaël ne m'en semblait que plus suspecte. Il reprit : « Et pour te prouver mon amitié, je veux t'aider à… conquérir son cœur. » J'étais abasourdi. Il rit encore devant ma mine perplexe : « Je suis sérieux, mon cher Alfonso. Tu pourras lui parler. Il y a moyen d'organiser cela. Cependant, il faudra aussi que tu me témoignes ton amitié. »

Je tressaillis. Le chat sortait du sac. Que me voulait-il ? Je le lui demandai. Il reprit : « Tout le monde sait que ton maître était, avant sa mésaventure malheureuse, un ami du sultan. Il sortira bien un jour de sa prison et retournera à la cour. Il y a de nombreux amis, il fréquente tout ce qui compte de gens importants à Fès. Eh bien, au nom de notre amitié, tout ce que je te demande, c'est que tu me confies ce qui se dit à la cour. Oh! rien de bien important! Simplement, qui est l'ami du sultan et qui le critique, ce que pense le grand vizir de la situation, qui commande la garde. Rien de secret, bien sûr, mais je suis curieux et cela m'amuserait de connaître la comédie que jouent ces grands personnages. »

J'étais atterré. Je comprenais tout, soudain. Ce Rafaël m'avait été envoyé par le caïd des chrétiens. Ce dernier était un personnage considérable à Fès, car ses quelques centaines de miliciens représentaient une force importante. Les diverses factions qui gravitaient autour du sultan essayaient soit de neutraliser les Aragonais et les autres Francs, soit de les entraîner dans leur camp. Leur caïd avait donc intérêt à connaître les intrigues de la cour et les rapports de force qui s'y dessinaient. Mon arrivée dans son fondouk avait dû lui sembler providentielle. Il voulait se servir de moi comme espion.

J'étais furieux, surtout contre moi-même. Je m'apprêtais à répondre à Rafaël sur un ton cinglant lorsque quelque chose me retint. Il me proposait de me faire rencontrer Esperanza. En contrepartie, que demandait-il? Que je lui rapporte des ragots, des rumeurs, du vent, rien. Et puis, mon maître était en prison. D'ici à ce qu'il en sorte… Je ne mettrais peut-être jamais les pieds de nouveau au palais du sultan, tandis qu'Esperanza…

Je m'en voulais de ces pensées qui me traversaient l'esprit comme l'éclair. Je me méprisais de les entretenir. Mais l'image d'Esperanza me brouillait les idées. Elle était là, si proche! Son nom, son visage, sa présence étaient comme un ouragan qui balayait tout sur son passage, mes hésitations, mes scrupules, m'ôtaient à mon confort et à ma routine. Depuis quelques jours, l'image de ses grands yeux noirs me hantait. Si je repoussais Rafaël, je savais que je ne resterais pas une minute de plus au fondouk, qu'on m'en interdirait l'accès. À cette pensée, tout chavirait autour de moi, mes yeux se brouillaient, mon cœur battait à se rompre.

Rafaël me regardait avec curiosité, pendant que je ruminais tout cela. Je finis par grommeler quelque chose d'inintelligible et je lui tournai le dos. Il sourit. Il avait compris.

Le soir même, je me rendis à la prison pour visiter mon maître, que je n'avais pas vu depuis ma première rencontre avec Esperanza. J'avais du remords, surtout après mon échange avec Rafaël, de m'être éloigné de lui. En me voyant, il s'étonna de mon absence de quelques jours, la première depuis son entrée en prison. Je bafouillai. J'avais été occupé, dis-je. Il me regarda avec surprise, mais n'insista pas. Il me donna quelques commissions à faire, m'envoya chercher des livres à la bibliothèque de la Qaraouiyyîne et me chargea de recopier proprement des textes qu'il avait griffonnés dans sa cellule depuis quelques semaines. En le quittant, j'étais ému. Je me jurai de ne plus jamais le quitter et de poursuivre mes visites quotidiennes à la prison, quoi qu'il advînt.

Je respectai ma résolution, et de son côté Rafaël tint parole. Le lendemain de notre conversation, il m'aborda et me demanda de me rendre, un peu avant le coucher du soleil, dans un lieu qu'il m'indiqua.

Je rendis visite plus tôt à mon maître, puis traversai la ville au moment où elle se réveillait de la sieste. Sur les terrasses bourdonnaient mille conversations. Après avoir contourné la mosquée de la Femme Rouge, je franchis le pont des Deux-Villes et quittai la ville par Bab Oyyoun Sanhaya. Je me dirigeai vers le sud, à un endroit où il n'y avait pas de maisons. De grands jardins embaumaient des parfums des orangers, des citronniers et des cédratiers. Les roses de Damas mariaient leurs couleurs vives au jaune éclatant des genets.

Je trouvai Esperanza dans un épais bosquet de citronniers, en compagnie d'une de ses amies, sœur ou cousine de Rafaël, je ne sais trop. L'endroit était désert, ensoleillé et fleurait bon. Je m'approchai d'un air détaché, selon les instructions de Rafaël. Dès qu'elle me vit arriver, la compagne d'Esperanza s'éclipsa discrètement.

Esperanza attendait en souriant. Nous étions tous deux intimidés. Le silence se prolongeait et je me sentais de plus en plus bête. Une gêne horrible me paralysait. Comme elle voyait que je ne me décidais pas à prendre la parole, elle s'enhardit et me demanda si je me plaisais dans le faubourg des chrétiens. Je répondis, un peu trop vite, que le quartier me plaisait beaucoup, et encore plus le fondouk des Aragonais. Elle sourit. La glace était rompue et nous bavardâmes longuement.

Son père était installé à Fès depuis une dizaine d'années. Elle était arrivée d'Espagne à l'âge de six ans et ne gardait que de vagues souvenirs de son pays natal. Fès était sa ville et le faubourg des Chrétiens sa patrie. Elle avait appris l'arabe, baragouinait quelques mots de berbère, mais parlait surtout le castillan avec sa famille et ses amies. Elle s'ennuyait quelquefois dans les ruelles de son quartier. Quand elle le quittait pour se rendre au souk des épiciers, des droguistes ou des drapiers, elle devait se voiler complètement.

«Je sais que tu t'appelles Alfonso et qu'Ibrahim est ton surnom», me dit-elle. Elle était curieuse : d'où donc était venue cette transformation ? Je lui racontai mon enfance, la mort de mon père, la capture de la barque valencienne par les corsaires barbaresques, notre vente sur le marché de Tunis. Je lui parlai longuement des relations que j'avais avec mon maître. Je lui dis comment il s'était attaché à moi, m'avait appris à lire et à écrire l'arabe et m'avait affranchi. À mon tour, j'admirais son intelligence, son inlassable curiosité, sa science ; je lui étais dévoué corps et âme.

Elle ouvrit grands ses yeux — et mon cœur se mit à battre plus fort — quand j'en vins à lui raconter la bataille dans la campagne de Tunis, notre fuite dans le désert, notre arrivée à Tlemcen et plus tard à Fès. Elle dit que c'étaient là des exploits extraordinaires. Je bombais imperceptiblement le torse et je ne cessais de la dévorer des yeux.

Nous parlions depuis deux bonnes heures ; le soleil s'était couché. Il fallait revenir pour ne pas risquer de trouver les portes de la ville fermées. Je lui demandai si je pouvais la revoir le lendemain. Elle rit fort et me dit qu'elle ne pouvait s'absenter tout de suite. Nous nous donnâmes rendez-vous trois jours plus tard.

Ce soir-là, j'étais euphorique. Les prostituées du faubourg d'al-Mers avaient complètement disparu de mes rêves. À leur place, le visage d'Esperanza, les mots d'Esperanza, le cou d'Esperanza que j'avais entrevu furtivement, tout cela m'agitait dans mon lit.

Le lendemain et les jours suivants, je retournai fidèlement à la prison pour accomplir mon devoir auprès de mon maître. Il me donnait maintenant tous les jours de nouveaux feuillets à recopier au propre. Je commençai à prêter attention à ce que je transcrivais : c'était un traité de logique. Ce fut là le premier d'une longue série de travaux que mon maître a composés et dont j'ai recopié le premier jet. Il était satisfait du manuscrit propre que je lui ramenais. Quelquefois, il le corrigeait, raturait par ci, ajoutait une phrase par là. Je devais recopier de nouveau. Cependant, il ne le faisait pas à la légère, car le vélin coûtait cher. Quelquefois, il rédigeait ses brouillons sur des peaux de gazelle, qu'on pouvait réutiliser après les avoir grattées et nettoyées.

Dès que j'avais fini mon travail auprès de lui, je courais au fondouk des Aragonais. Je ne pouvais certes y parler à Esperanza, mais j'avais besoin de la voir, de tourner autour d'elle, de respirer le même air qu'elle. Comme cependant je la voyais aussi à l'extérieur, je me dominais mieux pour ne pas trop attirer l'attention sur moi, même si, de temps en temps, Rafaël me souriait d'un air entendu que je détestais. Il faut dire qu'il ne me demandait rien d'autre : j'eusse été bien en peine de lui dire quoi que ce soit, puisque, depuis l'emprisonnement de mon maître, je n'avais pas remis les pieds sur la Colline du Palais, encore moins dans le palais lui-même.

Tous les trois ou quatre jours, Esperanza et moi nous nous retrouvions. C'était le plus souvent dans les mêmes jardins du sud, à l'extérieur des murailles. À quelques reprises, des promeneurs avaient failli nous y surprendre. Nous essayions alors d'aller ailleurs, plus loin dans la campagne, ou encore nous allions nous asseoir dans une anfractuosité de rocher, dans l'une des collines qui entourent la ville.

Nous parlions longuement, ou plutôt je parlais. La vie d'Esperanza était unie et étale et une fois qu'elle m'eût dit le métier de son père, l'exaspération et les colères de sa mère enfermée à la maison, ses jeux avec ses frères et ses sœurs et ses bavardages avec ses amies, elle n'eut plus rien à ajouter. Elle me demandait alors, d'un air juvénile et heureux, de lui raconter ma vie, encore et encore.

J'avais vingt-deux ans, mais je me rendais compte, en lui parlant, que mon sort avait été extraordinaire et ma vie pleine de péripéties. J'étais allé de la plus grande désolation et de l'esclavage à un poste de secrétaire, presque de confident d'un jeune homme remarquable. J'avais déjà beaucoup voyagé. Je racontais mes souvenirs, je les embellissais souvent, rien que pour voir briller un éclair d'admiration dans les yeux d'Esperanza. Je n'étais pas loin de me prendre moi-même pour un être d'exception.

Nous parlions beaucoup, mais nous ne nous touchions guère. J'hésitais même à m'asseoir trop près d'elle, de peur de la frôler. Mais chaque minute que je passais loin d'elle, sa pensée ne me quittait pas. Esperanza m'envahissait peu à peu. Les rêveries délicieuses du début faisaient maintenant place à des élans troubles. Quand je le pouvais, je regardais sa silhouette sous ses robes qui quelquefois ne cachaient pas tout. Je devinais des seins hauts et fermes. Ses hanches ondoyantes dansaient devant mes yeux. J'entrevoyais quelquefois une cheville qui me plongeait dans de grands émois.

L'hiver vint. Il fit un froid glacial, et les journées plus courtes nous empêchèrent de nous voir régulièrement. Je travaillais alors très fort avec mon maître, qui profitait de sa réclusion pour étudier et écrire.

J'étais engourdi de corps et de cœur car, dans mes brèves rencontres avec Esperanza, elle était emmitouflée dans de grosses capes de laine et je n'entrevoyais qu'à peine la silhouette que j'aimais tant. J'attendais. Quoi ? Je ne savais trop, mais mon malaise grandissait.

Le printemps éclata avec la brusquerie et la soudaineté d'un déferlement. En quelques jours, les arbres se couvrirent de feuilles et les jardins des faubourgs éclatèrent de mille couleurs. Le jasmin commença à répandre son parfum sucré et entêtant.

Mon engourdissement s'était évaporé. Je ne tenais plus en place. Lorsque je vis Esperanza la fois suivante, elle était vêtue beaucoup plus légèrement. Au cours de l'hiver, sa silhouette s'était arrondie. L'angle des épaules s'était adouci. Le visage, plus plein, tendait une peau douce et ambrée. Elle avait mis une légère trace de khôl sous les yeux, qui les agrandissait et les étirait vers les tempes. Ses lèvres étaient-elles peintes de rose ou était-ce moi qui rêvais ? Un puissant jaillissement, venu du plus profond de moi-même, me tendait vers elle.

Nous parlions depuis quelques instants lorsqu'un élan me poussa vers elle. Je frôlai son poignet découvert. Elle parut surprise, puis sourit, la tête légèrement inclinée. Je ne pus me retenir, me penchai vers elle et effleurai ses lèvres avec les miennes. Elle eut un mouvement de recul. J'étais affreusement gêné. Au bout de quelques instants, je lui dis qu'il fallait partir. Elle sembla malheureuse.

Un sort m'avait été jeté. Je ne pouvais plus la voir sans penser à ces lèvres que j'avais à peine caressées. Lors de notre rencontre suivante, je ne pus de nouveau me retenir. Il semblait qu'un djinn s'était emparé de moi, contrôlait ma volonté. Je me penchai pour l'embrasser. Cette fois-ci, elle ne résista pas.

Je pris l'habitude de baiser ses lèvres. Au début, je les frôlais à peine. Un jour, je crus sentir qu'elles bougeaient sous les miennes. Je m'en saisis. Un ouragan soufflait en moi. Je sentais les lèvres d'Esperanza se gonfler entre les miennes. Je me collai à elle, ce que je n'avais jamais fait. Je ne pouvais refréner cet élan, mais j'étais horriblement embarrassé : j'espérais qu'Esperanza ne se rendrait pas compte, à travers sa robe, de mon trouble. Au bout de quelques instants, un grand frisson m'agita et je n'eus plus à m'en préoccuper.

Ce furent des mois délicieux, dans la tiédeur du printemps et dans la chaleur de l'été. Chaque fois que nous le pouvions, Esperanza et moi nous nous retrouvions. Il nous fallait des ruses infinies pour ne pas attirer l'attention. Nous finîmes par connaître tous les jardins, tous les vergers, toutes les granges et les cabanes abandonnées des environs de Fès.

Nous passions de longs moments enlacés, à nous embrasser tendrement. Nous nous répétions mille fois les événements de la veille, les histoires que nous nous étions déjà dites, et elles nous semblaient neuves à chaque fois. Quelquefois, elle me caressait doucement le visage, lissait ma barbe en souriant. Pour ma part, je ne cessais de me plonger, de me perdre dans ses yeux noirs.

J'étais heureux, comme je ne l'avais jamais été depuis qu'enfant je folâtrais sur les bords du Guadalquivir. Je retrouvais la même félicité, la même plénitude totale, lisse, compacte. Fès me semblait la plus belle ville du monde, le faubourg des chrétiens le plus beau quartier. Mais mon horizon, mon univers tout entier se bornait à Esperanza, aux yeux d'Esperanza, au sourire d'Esperanza, et à cette douceur et à cette souplesse du corps d'Esperanza que je devinais et que je sentais malgré les robes, les tissus et les voiles.

Des fièvres de plus en plus fortes se saisissaient de moi quand je m'asseyais à côté d'elle et que je l'embrassais. Au début, ses lèvres que je buvais sans arrêt suffisaient à étancher ma soif. Mais d'autres faims me taraudaient, d'autres élans fouaillaient mon corps, d'autres urgences faisaient trembler mes mains, qui se perdaient dans sa robe avec de plus en plus d'insistance. Elle me regardait avec reproche, m'obligeant à m'arrêter un bref instant. Puis je me penchais sur elle, je chiffonnais les tissus avec frénésie, je sentais sous le lin un corps ferme et une hanche souple. Alors Esperanza fermait les yeux, penchait la tête en arrière et s'offrait à mes baisers et mes caresses avec un visage grave et frémissant.

Un jour, je glissai mes mains sous ses jupes. Elle tenta de me repousser, mais mon vertige la troublait. Après quelques instants, encore une fois elle se laissa aller. Je caressai une chair tiède qui me brûlait. Au bout de quelques minutes, je perçus en elle une tension nouvelle, que je n'avais jamais sentie auparavant. Ma surprise me tendit vers elle, contre elle. La violence de mon étreinte sembla la surprendre à son tour. Elle ouvrit les yeux. Je crus y percevoir un reproche.

Quelques semaines plus tard, nous allâmes, par un chaud après-midi d'automne, dans une bergerie que les troupeaux avaient désertée au printemps. Ils y reviendraient quelques semaines plus tard, descendant des collines pour y passer l'hiver. Nous l'avions découverte au cours de nos promenades à la campagne ; elle nous offrait l'inappréciable avantage d'être couverte et discrète. Nous y avions passé de longues heures à parler.

Ce jour-là, j'embrassai Esperanza longuement. N'y tenant plus, je fouillai sous ses jupes, puis je les relevai. Avec un soupir, elle se laissa aller en arrière, sur une vieille paillasse sur laquelle étaient jetées quelques couvertures. Je m'étendis sur elle. Elle eut un petit cri. Elle garda les yeux fermés jusqu'à ce que je roule sur le côté.

Tant que le soleil resta tiède, nous retournâmes à la bergerie. J'avais appris à refréner ma hâte. Esperanza maintenant se laissait aller à moi, confiante, vibrant sous mes caresses. Souvent je criais, et ce cri soulevait en elle des houles de plaisir, arquant son corps, la soudant à moi, pleine de frémissements, le cou rejeté en arrière, le visage supplicié. Nous étions insouciants et heureux.

Un jour, en nous approchant de la bergerie, nous vîmes un vieil homme qui balayait tout autour. Nous comprîmes : les troupeaux ne tarderaient pas à rentrer ; nous ne pourrions plus y retourner. D'ailleurs, les premières nuits glaciales de Fès annonçaient l'arrivée de l'hiver.

Les mois suivants furent longs, sombres et froids. Nous ne pouvions plus nous retrouver à la campagne, où les arbres dénudés ne nous offraient plus leur discrète complicité. Nous ne sortions jamais du faubourg des chrétiens, ou si peu ! Nous volions parfois quelques minutes pour nous retrouver seuls. Nous craignions tout le temps d'être surpris. Nos baisers étaient hâtifs, nos caresses incomplètes. L'hiver avait tout engourdi autour de nous, mais mes sens brûlaient et Esperanza m'obsédait.

Quand le printemps revint, la fête somptueuse des fleurs et des parfums accompagna de nouveau nos longues promenades. Nous étions passés maîtres dans l'art de nous esquiver, de partir seuls, d'éviter toute rencontre, afin de nous laisser envahir et enivrer par l'élan qui nous portait l'un vers l'autre.

Je ne réfléchissais guère. Je me laissais aller. Mon maître était en prison depuis vingt mois déjà. Il me semblait qu'il y resterait à jamais. Je le servais avec fidélité, avec attachement. J'étais cependant obscurément heureux que son malheur me permît de disposer de tant de liberté. J'avais le vague sentiment que la vie pouvait continuer ainsi indéfiniment.

Mon maître, cependant, avait fini son *Traité de Logique*. Je l'avais mis au net, il m'avait chargé de le montrer à certains de ses amis et les échos qui lui en parvenaient étaient unanimement élogieux. Ce succès raviva son impatience : maintenant que son œuvre était finie, il supportait difficilement de rester derrière les barreaux. Ses missives à ses amis se multiplièrent de nouveau, mais sans grand succès. En désespoir de cause, il décida d'écrire directement au sultan Abou Inan.

Je me souviens encore parfaitement de ce long poème où mon maître exhalait son chagrin et son amertume. Après avoir répété sa fidélité au souverain, il s'étendait sur le sort contraire qui l'avait frappé. Sa nostalgie des jours heureux donnait à ses confidences des accents mélancoliques. Il écrivait :

Je ne vous ferai point grief, ô nuits ;
Je ne te combattrai pas, cruel destin.
Il suffit à ma douleur de perdre la présence de l'ami,
seul me hante le souvenir des lieux
témoins des prodiges de nuits révolues.
Leur parfum ravive encore ma nostalgie,
et me frappent au cœur leurs éclairs séducteurs.

Le cheikh al-Barji, qui avait tenté en vain d'avertir mon maître des machinations de ses ennemis à la cour, accepta de remettre la missive à Abou Inan. Le sultan la lut, en fut touché et promit de faire libérer mon maître. Il était cependant sur le pied de guerre et s'apprêtait à partir en campagne pour reconquérir Constantine et Tunis. Le sultan voulait en effet suivre les traces de son père, le grand sultan Aboul Hassan, qui avait réalisé pendant quelques années l'union de tout le Maghreb sous son autorité. Abou Inan ne prit pas le temps de signer l'ordre de libération avant de quitter Fès à la tête de son armée. À son grand désespoir, mon maître resta en prison.

Quelques semaines après le départ du sultan, le Grand Vizir al-Hassan, qui exerçait la régence du royaume en l'absence du souverain, fit libérer mon maître. Un matin, au moment où je m'habillais pour me rendre à la prison, j'entendis un grand bruit, j'ouvris la porte et je me trouvai nez à nez avec mon maître qu'accompagnaient deux gardes. Pour la première fois de sa vie, il m'étreignit longuement. J'étais ému aux larmes.

Mon maître avait longuement réfléchi pendant sa captivité. Sa première décision fut de faire venir sa femme auprès de lui. Près de quatre ans s'étaient écoulés sans qu'il la voie. Et même si la sécurité des routes continuait à le préoccuper, il ne voulait pas attendre plus longtemps. Il envoya des messagers à Tunis ; en même temps, il faisait parvenir des lettres aux frères de sa femme, qui vivaient à Constantine, et à certains de ses amis à Tlemcen, pour leur demander de veiller particulièrement à la sécurité de la caravane dans laquelle se trouverait sa femme. J'étais pour ma part heureux de cette décision, car ma sœur, que je n'avais pas vue depuis fort longtemps, devait accompagner sa maîtresse et venir donc à Fès.

Ibn Khaldoun voulut ensuite mettre les bouchées doubles pour rattraper le temps perdu à Fès. Il alla frapper à la porte de ses amis, surtout ceux qui l'avaient soutenu pendant son emprisonnement. Ils le reçurent à bras ouverts. Il se rendit un soir chez l'émir Abou Abdallah, dont l'amitié avait été la cause de tous ses malheurs. L'émir lui fit l'accueil le plus chaleureux. Il insista pour que mon maître redevienne son commensal. Mon maître, échaudé par sa mésaventure, l'assura de son amitié indéfectible, mais se garda bien de retourner tous les soirs chez lui, comme il en avait eu l'habitude.

Il était cependant par trop politique pour s'en tenir là et renouer les fils seulement avec ses amis. Il visita même ceux qui l'avaient oublié au moment de sa disgrâce. Cette magnanimité lui valut partout des éloges. Ibn Khaldoun avait à peine quitté sa prison depuis quelques semaines qu'il était redevenu un rouage indispensable de la vie politique et de la belle société à Fès. Tout ce qui comptait dans la capitale mérinide recherchait sa compagnie, les uns à cause de sa science, les autres de sa sagacité, d'autres encore pour l'influence que lui donnaient ses nombreux amis, et tous pour son urbanité.

Pendant que mon maître retrouvait sa place dans la capitale du Maghreb Extrême, j'étais pour ma part désorienté. Ibn Khaldoun était un travailleur acharné, un homme d'une énergie indomptable. Il menait de front ses contacts, ses visites et une intense vie intellectuelle. Il tissait autour de lui une toile d'influence, tout en se plongeant avec voracité dans ses livres, ses études, ses recherches. « Te rends-tu compte, me disait-il souvent, de la quantité de livres et de manuscrits qu'il y a à Fès ? Il n'y a pas une minute à perdre. » Et il m'envoyait à la bibliothèque de la Qaraouiyyîne ou de la madrasa des Sept lectures canoniques du Coran pour lui ramener de nouveaux ouvrages. Il me demandait de recopier, de résumer, de trier, d'élaguer. J'étais tout étourdi de ce tourbillon.

J'étais aussi très occupé. Ma liberté des derniers mois n'était plus qu'un souvenir. Je n'avais presque plus le temps de retourner au Rabat al-Nasara. Je voyais à peine Esperanza. Quand j'avais bien manœuvré et que je réussissais à m'isoler quelques instants avec elle, elle me faisait de doux reproches. Ses yeux tristes, et même son impatience grandissante, ajoutaient à mon désarroi. Et la nuit, dans ma couche, quand l'agitation du jour s'était enfin calmée, je retrouvais dans mon corps le souvenir de nos étreintes. Une faim que je n'arrivais pas à apaiser m'agitait sous les couvertures.

J'étais donc malheureux et je ne savais trop quoi faire. Je commençais d'ailleurs à m'inquiéter pour d'autres raisons encore. Rafaël, qui m'avait laissé tranquille tant que mon maître était en prison, recommençait à tourner autour de moi. Quand j'arrivais au fondouk des chrétiens, il me faisait à haute voix des reproches sur mon absence. Il m'assurait de son amitié renouvelée. Je la trouvais surtout pressante et je savais ce qu'il attendait de moi. Je souhaitais ne plus le revoir. Mais comment ne pas retourner au fondouk sans perdre Esperanza ?

Des événements terribles allaient bientôt me faire oublier pendant un moment mon dilemme. Tous les jours, des messagers arrivaient du camp du sultan avec des nouvelles alarmantes. Au début, il avait remporté quelques succès dans sa campagne pour reconquérir le Maghreb Central et l'Ifrîqîya, mais très vite l'armée avait rencontré une résistance tenace. Des chefs militaires avaient fait défection. Abou Inan s'était retrouvé seul, loin de sa capitale. Le Grand Vizir al-Hassan, un homme ambitieux et sans scrupule, voulut profiter des difficultés de son maître pour prendre le pouvoir. Il conclut une alliance avec les grands chefs des tribus arabes du Maghreb Extrême et s'apprêtait à mettre sur le trône l'une de ses créatures, lorsqu'on apprit le retour imminent d'Abou Inan dans sa capitale, avec les restes de son armée.

Le sultan était tombé malade, quelques jours avant de revenir à Fès. Quand il regagna son palais, mon maître alla le visiter. Abou Inan était étendu dans sa couche. Il était gris, avait le souffle court et parlait avec difficulté. Je reconnus à peine dans cet homme le sultan à l'esprit vif et à la repartie foudroyante qui présidait quelques années auparavant le Conseil des Savants.

Autour du sultan, les courtisans chuchotaient. Le palais bourdonnait d'intrigues. Le Grand Vizir manœuvrait avec habileté entre les différents groupes. Il avait son plan : dès la mort du sultan, que les médecins disaient inévitable, il mettrait sur le trône son protégé et deviendrait le sultan de fait. Il corrompait les uns, promettait monts et merveilles aux autres, éloignait du palais ceux qui lui semblaient par trop récalcitrants. Une ambiance de complot permanent électrifiait l'air.

Mon maître se rendait tous les jours au palais et passait quelque temps au chevet du sultan. Celui-ci, au début, échangeait quelques mots avec lui. Puis, au fil des semaines, il s'affaiblit au point de ne plus pouvoir parler, mais une ombre de sourire lui animait brièvement le visage quand il voyait Ibn Khaldoun.

Une fois payé son respect au souverain, mon maître allait s'entretenir avec le Grand Vizir, le chambellan, les chanceliers. Il observait avec un froid détachement le grouillement qui agitait la cour. Il souriait à tout le monde, ne se brouillait avec personne et ne promettait rien. J'avais le sentiment que chaque faction croyait qu'Ibn Khaldoun était dans son camp.

Les semaines passaient. L'agonie d'Abou Inan se prolongeait. Les médecins hochaient la tête : il aurait dû être mort depuis longtemps. Cette impertinence du sultan agitait les alliés du Grand Vizir ; des délégations continues de chefs de tribus l'assiégeaient. Les ralliements devenaient de plus en plus difficiles à obtenir et chers à acheter. Mon maître sentait monter la frustration d'al-Hassan, et bientôt sa rage. Puis, un jour, au palais, le Grand Vizir nous sembla beaucoup plus calme. Il souriait à tous et se montrait gracieux avec chacun. Le soir, mon maître me confia que cette sérénité retrouvée ne lui disait rien qui vaille.

Le lendemain, nous nous rendîmes au palais, comme d'habitude. Ibn Khaldoun se dirigea vers les quartiers du sultan. La garde à la porte de ses appartements, qui nous connaissait bien – mon maître était un des rares courtisans à se rendre encore au chevet du souverain –, nous laissa passer. Nous étions dans un corridor au fond duquel se trouvait la porte de la chambre où gisait Abou Inan lorsque mon maître, d'un mouvement brusque, me tira avec lui dans un renfoncement sombre.

J'allais lui poser une question. D'un geste impératif, il me fit signe de me taire. Nous restâmes silencieux, immobiles. Au bout de quelques instants, je vis à mon tour ce qui avait attiré son attention. Un rideau bougeait; il s'écarta lentement. Derrière, il y avait une porte que je n'avais jamais remarquée. Elle était entrouverte. Le Grand Vizir en sortit. Il regarda longuement autour de lui, puis s'avança dans le corridor. Mon maître quitta son renfoncement et, souple et silencieux, le suivit de loin, rasant les murs. J'étais derrière lui, dans une pénombre complète.

Un lourd rideau fermait la chambre du sultan. Le Grand Vizir le franchit et mon maître fit quelques pas rapides; il arriva au coin du corridor et écarta lentement un pan du rideau. Nous pouvions voir l'angle de la chambre où se trouvait Abou Inan.

Le Grand Vizir s'approcha du souverain. Un mouvement de la tête, un clignement des yeux nous indiquèrent que le sultan l'avait reconnu. Le Grand Vizir se pencha vers lui. D'un mouvement lent, presque imperceptible, il glissa sa main dans une poche de sa jubba et en sortit une cordelette. Abou Inan n'avait rien remarqué.

Tout se précipita soudain. Le Grand Vizir prit sa cordelette et, prompt comme l'éclair, l'enroula autour du cou d'Abou Inan et commença à serrer.

Le sultan, si immobile au cours des semaines précédentes, eut un violent soubresaut. Ses mains s'agitèrent. Son dos s'arqua. Je crus voir sa tête rouler d'un côté et de l'autre sur l'oreiller. Le Grand Vizir serrait de plus en plus fort. Je vis ses articulations blanchir. La scène était d'autant plus terrible qu'elle se passait dans le silence le plus total. J'entendais mon cœur battre à grands coups dans ma poitrine.

Le sultan cessa de gigoter. Le Grand Vizir attendit de longues secondes encore avant de relâcher la torsion de la corde. Il la fourra dans sa poche, se pencha sur Abou Inan et scruta longuement son visage. Puis il se redressa.

Mon maître et moi nous nous serrâmes sans respirer derrière les replis du lourd rideau. Le Grand Vizir sortit quelques instants plus tard et disparut derrière la porte discrète d'où il était venu. Ibn Khaldoun quitta rapidement les appartements du sultan. Je croyais qu'il retournerait chez lui. Il m'étonna: il alla de nouveau faire sa ronde quotidienne des personnages importants, souriant à l'un, bavardant avec l'autre.

Ce n'est que l'après-midi que le bruit se répandit en ville: le sultan était mort. Je n'oublierai jamais ce jour: nous étions le 24 zou-al-hijja de l'an 759 de l'hégire, 27 novembre 1358 de l'ère des chrétiens.

Aussitôt, le Grand Vizir annonça des funérailles solennelles pour le souverain et l'accession au trône d'un des plus jeunes enfants d'Abou Inan, un prince de cinq ans.

Le soir, mon maître fit peu de commentaires sur ce que nous avions vu. Il ne me demanda même pas de n'en jamais parler à quiconque : il savait qu'il pouvait compter sur ma discrétion et ma fidélité absolues. Il se contenta de me dire que chacun devait payer, un jour ou l'autre, son dû. Je ne comprenais pas cette allusion sibylline. Il m'apprit alors ce que j'ignorais jusqu'à ce moment : quelque dix ans auparavant, le sultan Abou Inan avait fait assassiner son propre père pour monter sur le trône. Je restai éberlué : était-ce bien le même Abou Inan qui présidait avec tant d'autorité et tant de sagesse le Conseil des Savants ? Était-ce bien lui qui discutait savamment avec les lettrés et les docteurs de théologie, de logique, de droit et de la Tradition du Prophète ?

Ce fut le lendemain même de ces événements que la femme de mon maître arriva saine et sauve à Fès. Ma sœur se précipita dans mes bras et nous nous étreignîmes longuement. Mon maître semblait lui aussi heureux et ému. Nous aménageâmes rapidement un harem dans la maison.

L'arrivée de ma sœur, la mort terrible d'Abou Inan, la difficulté que j'avais de voir Esperanza, l'insistance de Rafaël qui voulait maintenant me voir en tête-à-tête, tout cela m'avait troublé au-delà de toute mesure. Je ne savais vers qui me tourner. Je ne pouvais me confier à mon maître. Des pressentiments inquiétants m'agitaient. Allais-je perdre ce bonheur auquel j'avais goûté avec Esperanza et qui m'avait enivré pendant de longs mois ?

5

Damas

Mon maître était assis dans un coin de la grande salle du Palais Gris, regardant d'un air impénétrable la scène pathétique qui se passait sous nos yeux. Je le connaissais fort bien et je devinais, sous son apparente impassibilité, les sentiments qui l'agitaient. Un tressaillement de ses mains, un éclair dans ses yeux dévoilaient son désarroi et sa répulsion.

Un groupe de Damascènes était à genoux devant Tamerlan, tendant vers lui leurs mains dans un geste de supplication. Le sultan mongol, à demi couché sur des coussins ronds, comme à son habitude, les regardait d'un air narquois. Parmi ceux qui l'imploraient se trouvait le vénérable cheikh Ibn Muflih, un vieil homme qui avait négocié avec lui la reddition de la ville. Je savais que mon maître devait être particulièrement ému de voir ce lettré, ce vieillard à la barbe blanche, aux pieds de l'empereur.

Il ne s'agissait que d'un malentendu, répétait Tamerlan. Un malentendu qu'il ne vous reste qu'à corriger. Les choses rentreront ensuite dans l'ordre, et mes nouveaux sujets de Damas pourront reprendre leurs activités.

Le tout avait commencé une dizaine de jours plus tôt, quand Ibn Muflih s'était présenté au camp des Tatars pour négocier avec Tamerlan la reddition de la ville, au nom de ses notables et de ses bourgeois. L'empereur lui avait donné par écrit une lettre d'aman, à charge pour les Damascènes d'ouvrir les portes de leur ville et d'y laisser entrer un gouverneur tatar. L'empereur avait ensuite ajouté que la rançon qu'il exigeait s'élevait à un million de dinars.

La lettre de l'empereur avait été lue dans la mosquée des Omeyyades. La rançon exigée était énorme, mais les bourgeois de

69

Damas s'étaient résignés à la collecter afin de garantir la sécurité de leur ville. Les chefs des corporations avaient fait le tour des souks. Chaque commerçant avait remis sa contribution, en fonction de sa richesse. Les souks avaient résonné des jurons et des grommellements des boutiquiers, mais les Damascènes étaient soulagés : au moins leurs personnes et leurs familles ne seraient pas molestées et leurs biens ne seraient pas pillés.

Ibn Muflih et les autres notables étaient venus en grande pompe remettre la somme à l'empereur. Nous étions en sa compagnie. Tamerlan demanda quel en était le total. Quand on le lui eut dit, il leva le sourcil d'un air parfaitement étonné. « Un million de dinars ? dit-il. Qui a parlé de dinars ? Je vous avais demandé mille tomans ». Les bourgeois de la ville se regardèrent, atterrés. Un toman valait dix mille dinars. Tamerlan leur demandait dix millions, soit neuf de plus que ce qu'ils avaient déjà réuni.

Ile eurent beau plaider leur cause, assurer l'empereur que le sultan Faraj d'Égypte les avait déjà mis à contribution avant l'arrivée de l'armée mongole, jurer sur leur honneur de commerçants que leurs caisses étaient vides, Tamerlan ne broncha pas. Il les regardait avec un demi-sourire ; quand il en eut assez, il eut un geste d'agacement. Quelques gardes portant casques à pointes et cimeterres recourbés s'avancèrent. Les bourgeois se relevèrent en hâte et coururent vers les portes de la ville.

Ce furent deux jours terribles. Les chefs civils et religieux haranguaient la population. Quelques boutiquiers voulurent quitter la ville subrepticement. Ils furent arrêtés par les gardes et leurs têtes ornèrent la muraille. On vit des scènes pathétiques : les femmes venaient remettre leurs bijoux dans de grands couffins à la porte de la mosquée des Omeyyades et de la mosquée du Pied du Prophète. La ville résonnait de lamentations, les pleureuses se frappaient les joues et les chiromanciennes faisaient des affaires d'or.

Au bout de vingt-quatre heures, on était encore loin de compte. Ibn Muflih et les autres notables étaient dans un état de grande panique : Tamerlan ne leur ferait pas grâce s'ils ne lui ramenaient pas la rançon. Ils donnèrent des ordres à la milice : des patrouilles circulèrent dans les rues et les venelles de Damas, frappant à toutes les portes. Quand on tardait à répondre, les gardes les défonçaient et pénétraient dans les maisons, sans même respecter les harems.

Les habitants étaient sommés de remettre de l'argent. Ceux qui faisaient mine d'hésiter voyaient leurs enfants tirés brutalement dans la rue, mis à genoux, tandis qu'un garde appuyait son sabre sur leurs cous. Les mères sortaient en hurlant, le visage découvert. Des bourgeois, d'habitude graves et pleins de componction, se précipitaient dans leurs cours pour creuser des trous et en retirer des cassettes pleines d'or. On en vit même certains qui, dans leur désarroi, avaient oublié de mettre leurs turbans.

À la fin de la seconde journée, la somme avait été réunie. La même délégation se rendit chez Tamerlan. Celui-ci commença par remercier les Damascènes de leur zèle, puis il fit appeler ostensiblement son khazindar, responsable des finances de l'armée. Il se pencha pour lui murmurer quelques mots à l'oreille. L'autre répondit aussi discrètement. Les bourgeois se regardaient, tandis que mon maître ne détachait pas ses yeux du visage de l'empereur.

Tamerlan se tourna vers les Damascènes : « Mon khazindar m'affirme que la somme que vous m'apportez équivaut seulement à trois cents tomans, à cause du taux de change qui a lieu dans le reste de l'empire. Vous me devez encore sept cents tomans. »

C'est alors que les notables et les cadis s'étaient mis à genoux, le front contre les carreaux de la salle du Trône, pleurant et adjurant le sultan mongol d'avoir pitié d'eux. Ibn Muflih, en particulier, était pathétique, car son énorme turban, symbole de l'éminence de ses fonctions de Grand Cadi, traînait misérablement sur le sol. Je regardais mon maître : il était devenu livide. Je me souvins de sa rencontre, deux semaines plus tôt, avec les mêmes notables, dans la mosquée d'al-Adeleyya. L'armée égyptienne avait quitté Damas pour retourner au Caire. Les Mongols campaient devant la ville. Yazzadar, le vice-roi de la Citadelle, insistait pour qu'on se défende. Les notables tremblaient de peur. Ils avaient vu du haut des murailles la plaine autour de Qubbat Yalbugha se couvrir d'une foule innombrable de soldats tatars, de chevaux, de chariots. Dans un enclos spécial, les éléphants de Tamerlan barrissaient. Ces bêtes énormes, qu'aucun fidèle n'avait encore jamais vues, avaient glacé les cœurs des plus courageux.

Ibn Khaldoun était alors intervenu pour conseiller l'envoi d'une délégation à Tamerlan : l'empereur mongol, dit-il, accepterait sûrement d'épargner Damas si on lui en ouvrait les portes. Son éloquence avait convaincu les autres. Ibn Muflih avait été désigné pour aller négocier les conditions de la reddition. L'engrenage infernal avait été déclenché. Je me demandais ce que devait penser mon maître de ses conseils de modération.

Tamerlan finit par renvoyer la délégation. Il fit appeler ses officiers supérieurs : que l'on aille, dit-il, récupérer la rançon que refusent de livrer ces Damascènes têtus. C'était le signal qu'attendait l'armée mongole depuis plusieurs jours. Les centaines de milliers de guerriers venus du fin fond des steppes de l'Asie centrale piaffaient d'impatience devant la ville superbe. Depuis le sac de Delhi, deux ans plus tôt, ils ne s'étaient pas trouvés devant une ville aussi belle, aussi grande, aussi riche. Les palais resplendissants et les mosquées aux toits couverts de tuiles vernissées, que l'on voyait par-delà les murailles, attisaient toutes les convoitises. En plus, elle était tombée sans combattre, comme un fruit mûr.

Les soldats se précipitèrent en hurlant dans la ville. Ce fut, pendant plusieurs jours, une orgie terrible de sang, de cris, de pleurs. Les Tatars arrachaient les femmes de leurs maisons et les violaient en pleine rue. Quand elles résistaient, ils sortaient les enfants devant elles et les transperçaient de leurs sabres. Les hommes avaient la tête coupée, sauf s'ils arrivaient à prouver qu'ils étaient menuisiers, maçons, graveurs, joailliers, fabricants d'arcs ou souffleurs de verre, bref, qu'ils avaient un métier. On les rassemblait alors dans un camp hors de la ville, car Tamerlan voulait emmener avec lui les artisans damascènes, dont l'adresse et l'habileté étaient partout célèbres, pour embellir sa capitale Samarcande.

Beaucoup de Damascènes n'avaient pas les talents nécessaires pour contribuer à la gloire de l'empereur mongol. Dès le premier jour, des têtes commencèrent à s'empiler devant la Petite Porte et la Porte de la Victoire. Je me souvins de certaines rumeurs qui étaient parvenues aux oreilles de mon maître : on disait que, chaque fois que Tamerlan conquérait une ville, il ne la quittait qu'après avoir flanqué ses portes de hautes tours de crânes humains. À Delhi, elles avaient atteint plusieurs dizaines de pieds de hauteur. Nous étions en train de vérifier, à Damas, que ces rumeurs étaient fondées.

Nous étions sains et saufs, car nous nous rendions tous les jours au Palais Gris, qui se trouvait hors les murs, à l'ouest de la Citadelle. Quand je traversais les rues pleines de bruit et de fureur, quand nous devions soulever nos robes pour éviter les ruisseaux de sang, quand je voyais des soldats courir dans les venelles avec leurs cimeterres nus au poing, je me souvenais d'une autre ville, d'autres soldats, d'autres combats…

Fès

Le désordre le plus absolu régnait à Fès. La mort du sultan Abou Inan, dont on avait fini par savoir, ou par deviner, les vraies circonstances, avait donné libre cours à tous les appétits.

L'ambition effrénée du Grand Vizir al-Hassan avait dressé contre lui tout le monde à Fès. Les princes mérinides se rassemblèrent dans le palais du chambellan : ils débattirent longuement de ce qu'il fallait faire. Certains penchaient pour un ralliement au Grand Vizir, quitte à attendre une occasion propice pour se débarrasser de lui. D'autres affirmaient que ce moment était arrivé et qu'il fallait profiter du trouble des esprits pour prendre des mesures radicales.

Les conjurés finirent par se mettre d'accord : ils choisirent en leur sein un prince nommé Mansour, qu'ils nommèrent sultan. Ils voulaient arrêter le Grand Vizir, mais celui-ci, informé par ses espions, quitta le palais au milieu de la nuit, entouré de ses fidèles et emmenant avec lui le jeune prince de cinq ans, fils d'Abou Inan, qu'il avait mis sur le trône.

Fès appartenait aux conjurés. Mansour entra en grande pompe au palais. Il convoqua mon maître et lui annonça qu'il avait décidé d'en faire son secrétaire. Mon maître ne dit mot, s'inclina et accepta la robe d'honneur que lui remettait le chambellan et qui symbolisait ses nouvelles fonctions.

Le soir, il me dit : « Vois-tu, Ibrahim, ils ont, pour le moment, la haute main sur Fès. Est-ce que cela durera longtemps ? Le Grand Vizir s'est enfui. Il ne tardera pas à revenir. D'autres vont s'agiter, comme tu as pu le voir au cours des dernières semaines. Les factions se multiplient : tu sais pourquoi ? Eh bien, parce que les Mérinides sont au pouvoir depuis trop longtemps. Ils se sont laissés corrompre par l'argent, le luxe, les richesses, la volupté. Ils n'ont plus cet esprit de corps, ce lien de solidarité indéfectible qui soude ensemble les tribus du désert. Ils ont perdu leur élan vital, et cet affadissement causera leur perte. Pour nous, il nous faut survivre au désordre. Il faut être vigilant, ne rompre avec personne, rester près du pouvoir. N'est-ce point fascinant, ce qui se passe ? Tu ne trouves pas intéressant d'observer tout ce grouillement ? »

Mon maître avait raison sur un point. Quelque temps après, le Grand Vizir al-Hassan, qui avait rameuté quelques partisans, revint à Fès. Il s'enferma avec son jeune prince dans la Ville-Neuve. Aussitôt, les princes mérinides et le sultan Mansour allèrent l'assiéger. On vit alors des soldats lancer quelques flèches du côté de la Ville-Neuve. Les partisans du Grand Vizir leur répondaient aussi mollement. La situation s'enlisait.

Mon maître allait tous les jours au palais, où il accomplissait scrupuleusement sa tâche de secrétaire. Le succès qu'il avait eu auprès d'Abou Inan se répétait avec Mansour : le sultan louait ses talents, les courtisans admiraient en lui l'homme de pouvoir, qui avait l'oreille du souverain, et les lettrés s'exclamaient devant l'élégance de son style et l'éloquence de ses textes.

Le retour de mon maître au palais, où je n'étais pas obligé de le suivre tout le temps, me permit enfin d'avoir quelques moments de liberté. Je pus de nouveau voir Esperanza. Nous décidâmes de nous rencontrer en dehors du fondouk des chrétiens, car je voulais éviter autant que possible de me retrouver nez à nez avec Rafaël. Nous connaissions maintenant assez de lieux dans les faubourgs et à la campagne pour nous voir sans que je doive retourner au Rabat al-Nasara.

Je pus de nouveau m'enivrer du sourire de ma bien-aimée, de son regard, de ses yeux noirs qui me remuaient profondément. Je pus de nouveau baiser doucement ses lèvres, ses paupières, ses tempes, enlacer son corps frêle et souple comme une liane. Je pus de nouveau allumer en elle et en moi des feux dévorants, que nous éteignions dans de longues étreintes inquiètes.

Quelques semaines passèrent. J'étais heureux avec Esperanza, mais je sentais obscurément que le temps m'était compté. Ma bien-aimée soupirait quelquefois : il lui était de plus en plus difficile de quitter son faubourg. Rafaël la surveillait et lui avait même demandé brutalement les raisons de mon absence. Elle avait fait l'étonnée. Elle pouvait encore me voir grâce à la complicité de deux ou trois de ses amies, pour qui l'aventure d'Esperanza avec l'étranger que j'étais semblait merveilleuse et rompait la monotonie de la vie du faubourg.

Je savais pour ma part que Rafaël ne patienterait pas longtemps. Il avait fait un pacte avec moi, qu'il avait respecté de son côté. J'avais eu la faiblesse de faire semblant de l'accepter de mon côté. Je ne regrettais rien : cette faiblesse m'avait permis d'aimer Esperanza.

Mais je sentais les mailles du filet se resserrer autour de moi. Et je ne savais que faire.

Un jour que je devais rencontrer Esperanza dans une espèce de cahute de branchages au fond d'un jardin, je la vis de loin, qui m'attendait déjà. Je fus surpris : d'habitude, j'étais toujours le premier arrivé, pour m'assurer que l'endroit était sûr et désert.

En m'approchant d'elle, je fus surpris de son air troublé. Elle avait pleuré et les larmes n'avaient pas encore séché sur ses joues. Je la pris tendrement dans mes bras. Elle mit sa tête sur mon épaule et se remit à sangloter. J'étais bouleversé : je caressais longuement ses cheveux, je la serrais dans mes bras, je la berçais presque. Elle finit par se calmer. Je lui demandai alors la cause de ce grand chagrin : elle leva des yeux tristes vers moi et répondit : « Je crois que je suis enceinte. »

Ses paroles me surprirent tellement que je restai longtemps silencieux. Elle me regarda avec étonnement. Je finis par lui sourire. Je lui demandai si elle en était sûre. Elle me dit que son « habitude » tardait déjà depuis deux semaines, ce qui ne lui était jamais arrivé auparavant. « Qu'allons-nous faire ? me dit-elle. Que vais-je faire ? » Et elle se remit à pleurer. Je la consolai de mon mieux, en lui affirmant que nous trouverions une solution. Je sais déjà, lui dis-je, ce qu'il faut faire, mais j'ai besoin de vérifier une ou deux choses. Nous nous retrouverions donc bientôt. En attendant, qu'elle cesse de pleurer, qu'elle agisse normalement, afin de ne pas attirer l'attention.

Je la quittai. J'avais menti et je ne savais pas ce que je devais faire. J'étais complètement désemparé. Les idées, les images s'entrechoquaient dans ma tête. Les émotions les plus contradictoires m'agitaient.

Je me forçai à me calmer. Que devais-je faire ? Je savais que je ne pouvais attendre trop longtemps. Le destin maintenant m'obligeait à choisir. J'avais réussi à éviter Rafaël, mais je ne pouvais éviter la grossesse d'Esperanza.

J'avais vaguement entendu parler de vieilles matrones qui vivaient dans le quartier des prostituées. Elles louaient leurs services à celles qui n'avaient pas réussi à se laver assez vite après leurs étreintes avec les bourgeois de Fès et qui se retrouvaient grosses. Pour quelques pièces d'or, elles éliminaient la protubérance qui commençait à gonfler leurs ventres.

Était-ce vraiment cela que je voulais ? Esperanza accepterait-elle de se faire avorter ? J'avais pris tellement d'ascendant sur elle que je savais qu'elle le ferait si je le lui demandais.

Oui, mais… Que se passerait-il ensuite ? Je réalisais pour la première fois avec acuité que mon amour pour la jeune Espagnole n'était pas inoffensif. Même si elle se faisait avorter, elle serait marquée pour la vie : elle n'était plus vierge.

Je me souvins alors d'un mariage auquel j'avais assisté, quelques années auparavant. Mon maître avait été invité par un officier d'Abou Inan, dont le fils épousait une bourgeoise fort riche. L'officier, son fils et le père de la jeune fille s'étaient retrouvés à la mosquée. Ils avaient signé le contrat de mariage. La dot que la jeune fille apportait à son époux s'élevait à deux cents dinars d'or, trois esclaves noires, plusieurs pièces de tissus de grande valeur, en plus des vêtements de l'épouse et des objets de ménage. C'était une dot fort riche, digne de la situation élevée des fiancés.

Le jour des noces, l'épouse avait quitté la maison de son père dans une espèce de grande boîte en bois tapissée de brocart. Des porteurs l'avaient promenée en ville. En tête du cortège, l'époux, sa famille et ses amis ouvraient la marche. Le père de la jeune fille et sa parenté fermaient le cortège. De nombreux musiciens, jouant de la flûte, de trompettes et du tambourin, ameutaient les habitants de la bonne ville de Fès. On avait fait un long détour pour traverser les souks de la ville et faire le tour des deux grandes mosquées, celle de la Qaraouiyyîne et celle des Andalous. Les ménagères avaient laissé un moment leurs marchandages pour admirer la richesse du cortège et la beauté de la longue robe dorée qui couvrait l'épouse de la tête aux pieds.

À un certain moment, l'époux s'était discrètement éclipsé, pour se rendre chez lui et se préparer à recevoir sa nouvelle épouse. Quand le cortège était arrivé devant sa porte, le père, le frère et l'oncle de la jeune femme l'avaient aidée à descendre de son palanquin pour la remettre entre les mains de sa future belle-mère, et l'épousée avait été menée sans attendre dans la pièce où l'attendait l'époux, dont la porte avait été fermée.

Les invités se pressaient dans la grande salle, riant et plaisantant. Tout le monde attendait. Au bout d'une demi-heure, une femme était arrivée à la porte de la salle, agitant d'un air joyeux un linge ensanglanté. Les applaudissements éclatèrent. Les membres des deux familles se félicitaient mutuellement : la jeune fille était bien vierge, et c'était bien son époux légitime qui l'avait déflorée.

Je frissonnai en pensant à ce souvenir. Je ne me souvenais pas d'avoir jamais entendu dire que les invités avaient attendu en vain.

Les jeunes filles de Fès, au moins dans les familles que fréquentait mon maître, étaient toujours vierges. Il fallait cependant respecter les usages ancestraux et voir le linge souillé. J'imaginais ce qui se passerait si l'époux n'arrivait pas à exhiber son trophée : ce serait la honte et le déshonneur pour la famille de la jeune femme. Celle-ci serait répudiée sur-le-champ. Le banquet des noces serait annulé, ce qui exaspérerait les invités. Je frémissais à l'idée du sort qui serait réservée à la malheureuse.

Quel sort attendait donc Esperanza, maintenant qu'elle n'était plus vierge ? Je n'en étais pas sûr. Ces miliciens, ces commerçants chrétiens, avaient-ils d'autres usages que ceux des gens de Fès ? À force de vivre dans la capitale mérinide, avaient-ils adopté ses coutumes ? Je n'en savais rien, mais j'étais certain qu'Esperanza vivrait des moments terribles si l'on découvrait son secret.

Et puis, voulais-je vraiment qu'on le découvre ? J'aimais passionnément la jeune Espagnole et je savais qu'elle m'aimait. Elle me parlait peu, mais quand elle me regardait de ses yeux plissés, tout près de mon visage, quand elle posait sa tête sur mon épaule dans un geste d'abandon, je sentais en moi la certitude d'un amour chaud et rayonnant.

L'avortement ne réglerait rien. Je savais maintenant que je voulais vivre avec elle. Moi aussi, comme elle, je souhaitais sortir de la clandestinité dans laquelle nous étions enfermés. Il n'y avait qu'une façon de le faire : l'épouser.

Rien ne s'opposait à ce que j'épouse Esperanza : mon maître m'avait affranchi. J'étais libre de mes décisions. Il fallait cependant le lui dire, demander son approbation si je voulais continuer à vivre et à travailler avec lui. Je me demandais ce qu'il penserait de mon union avec une chrétienne : il n'aimait pas beaucoup les infidèles, dont il disait qu'il fallait les convertir soit par la force, soit par la persuasion.

J'hésitais. Je n'arrivais pas à me décider. Le destin allait trancher pour moi.

Le soir même, mon maître avait l'air un peu mystérieux. Je le sentais fébrile : quelque chose s'était passé. Je ne tardai pas à le savoir. Après avoir travaillé ensemble à déchiffrer un manuscrit difficile, il me dit qu'il allait bientôt être père : sa femme était enceinte.

Cette coïncidence me sembla providentielle. Poussé par un élan irrésistible, je lui dis que j'en étais extrêmement heureux pour lui et que je voulais en profiter pour lui demander d'approuver mon mariage. Il fut très surpris : il ne se doutait de rien, puisqu'il avait été si longtemps en prison.

Il me demanda si je connaissais le père de celle que je voulais épouser. Je me jetai à l'eau : je dis que je le connaissais fort peu, n'ayant échangé avec lui que quelques mots. Il me lança un regard aigu. Je lui annonçai enfin que je voulais me marier avec une jeune fille de Rabat al-Nasara, le faubourg des chrétiens.

Mon maître resta longtemps silencieux. Il finit par me demander comment elle s'appelait. Je le lui dis. Il n'ajouta rien et nous nous remîmes au travail. Mon maître venait de commencer depuis quelques jours son *Traité d'arithmétique*. J'étais mystifié et un peu inquiet de son absence de réaction.

Le lendemain, mon maître me dit que j'étais libre d'épouser qui je voulais. Cependant, dans sa maison, personne ne porterait un nom de nos ennemis espagnols. Il s'était renseigné, me dit-il avec l'ombre d'un sourire : il savait ce que voulait dire Esperanza. Sous son toit, ma future épouse s'appellerait Amal[1]. Elle se mettrait au service de sa femme, en compagnie de ma sœur.

J'étais abasourdi. Amal ? Esperanza me semblait tellement plus beau. Pour moi, ma bien-aimée resterait toujours Esperanza. Cependant, pour le moment, j'exultais. Toutes mes hésitations, tous mes doutes s'étaient effacés en un instant. J'épouserais celle que j'aimais, je vivrais avec elle, je la verrais tous les jours, en plein jour. La nuit, j'explorerais son corps sans craindre d'être surpris.

Une idée me traversa l'esprit, et je faillis esquisser un pas de danse : en épousant Esperanza, je coupais l'herbe sous le pied de Rafaël. J'imaginais sa tête quand il saurait le mauvais tour que je lui jouais, et je me sentis tout guilleret. Par ailleurs, la grossesse de ma bien-aimée m'obligeait à faire vite : je dis à Ibn Khaldoun que j'avais l'intention de me marier quelques jours plus tard. Il me regarda de nouveau d'un air étonné.

Dès le lendemain, je me rendis au fondouk des Aragonais. Rafaël me vit arriver, s'approcha de moi d'un air affairé. Je l'écartai et me dirigeai vers la demeure du père d'Esperanza. Comme je l'ai déjà dit, nous nous connaissions un peu : j'avais de temps en temps échangé quelques mots avec lui dans la cour du fondouk, il savait qui j'étais. Je le pris de côté et lui dis que je serais fort honoré d'épouser sa fille. Il en fut surpris, ne dit ni oui ni non et me demanda de revenir le voir. Je soupçonnai qu'il voulait en parler à sa femme.

Deux jours plus tard, il me dit qu'il serait heureux de me voir devenir son gendre. Je sus plus tard que sa femme avait demandé à Esperanza si elle me connaissait. Celle-ci avait dû cacher la joie violente qui l'avait submergée en apprenant ma demande en mariage ; son trouble la faisait bégayer. Elle finit par répondre qu'elle m'avait vu dans la cour du fondouk. Sa mère hésitait : est-ce qu'Esperanza se rendait bien compte qu'en m'épousant elle irait vivre dans la maison d'un Maure ? Mon aimée avait dû déployer des trésors d'ingéniosité pour calmer les appréhensions de sa mère, tout en cachant son excitation, sa fébrilité.

Les noces eurent lieu quelques jours plus tard. L'aumônier des miliciens, un franciscain de Salamanque, nous maria dans la petite chapelle du fondouk. Je cachai cette cérémonie à mon maître. Le soir, il y eut une grande fête dans la cour : ma sœur avait eu la permission de quitter son service pour être à mes côtés. De nombreux Espagnols étaient là, mais Rafaël ne se montra pas. Un repas fut servi : comme les miliciens et les commerçants vivaient depuis longtemps à Fès — certains d'entre eux y étaient même nés—, ils avaient adopté la cuisine du Maghreb. Nous mangeâmes des couscous, de l'agneau, des ragoûts, des sauces épicées. Les danses et les chants se prolongèrent tard dans la nuit : je retrouvais à nouveau ces rythmes andalous si lancinants, ces chants qui ressemblaient quelquefois à des cris de souffrance, et les danses à la sensualité savante, recherchée et lente.

À l'aube, je revins à la maison de mon maître. Ma sœur et ma femme m'accompagnaient. Ma femme ! J'étais étourdi. Je n'arrivais pas encore à réaliser pleinement ce qui m'arrivait. Tout s'était passé si vite ! J'étais heureux, d'un bonheur violent. Esperanza s'entendait bien avec ma sœur et, me dit-on, avec la femme de mon maître, qui l'appelait Amal. Quand son ventre commença à enfler, les femmes et les servantes du harem la plaisantèrent sur la hâte et l'ardeur de son mari. Quand elle pouvait s'éclipser et que j'étais libre, elle me rejoignait dans un petit appartement que l'on nous avait aménagé, en dehors du harem. C'est là qu'elle passait la nuit, blottie dans mes bras.

J'appris par Esperanza que Rafaël était entré dans une colère noire quand il avait appris notre mariage. Il s'était présenté chez le père de ma femme, quelques jours avant les noces. Épouvantée, Esperanza avait écouté derrière une porte. Rafaël n'y alla pas par quatre chemins : il accusa ma fiancée de dévergondage, et assura qu'elle me voyait déjà depuis longtemps.

Mon beau-père le crut-il ? Il pouvait interdire le mariage, revenir sur sa promesse, enfermer sa fille. Décida-t-il qu'il était plus sage de tout ignorer ? Toujours est-il qu'il se mit soudain dans une violente colère et renvoya le jeune homme en le menaçant des pires ennuis s'il répétait ces calomnies contre sa fille. Rafaël disparut et je n'entendis plus parler de lui.

Après les noces, j'avais repris mon service à plein temps avec mon maître. Son *Traité d'arithmétique* occupait tous les moments qu'il ne passait pas au palais. Un jour, il entendit parler d'un médecin et astrologue juif qui, lui dit-on, possédait des ouvrages et des grimoires pleins de chiffres. Il décida d'aller le voir et je l'accompagnai.

Nous arrivâmes au Rabat al-Yahoud, le faubourg des Juifs. Il s'agissait essentiellement d'une longue rue étroite, bordée de boutiques. Les Juifs, chaussés de sandales de jonc, portaient des turbans noirs. Certains, plus coquets, avaient des bonnets sur lesquels étaient cousus des morceaux d'étoffe rouge : on était ainsi sûr de les reconnaître, même quand ils quittaient leur faubourg et s'aventuraient dans les souks.

Mon maître s'enquit de la demeure d'Ibrahim Ibn Zarzar. On la lui indiqua. Le médecin nous accueillit avec courtoisie. C'était un homme encore jeune, myope, qui clignait constamment des yeux. Il avait déjà été médecin à la cour de Grenade, au service de son sultan. Il attendait une occasion propice pour retourner en Andalousie.

Mon maître lui dit l'objet de sa visite. Le Juif s'empressa : il sortit d'une vieille caisse ses livres d'astronomie et d'astrologie et montra à mon maître quelques calculs compliqués qui permettaient de déchiffrer les mystères du ciel et les secrets de l'avenir. Mon maître fut fort intéressé. Ibn Zarzar lui prêta certains de ses ouvrages.

Mon maître revit souvent Ibrahim Ibn Zarzar. La science de l'homme était grande : mon maître l'invita même à le visiter chez lui. Il y venait chargé d'ouvrages et de documents. Ibn Khaldoun et lui passaient de longues heures à discuter d'équations, de plantes médicinales, de conjonction de planètes, de sciences des nombres et de progressions arithmétiques ou géométriques.

Une grande confiance s'établit entre les deux hommes. Ibn Zarzar devint l'ami de mon maître. Il devait le revoir dans les conditions dramatiques que je raconterai plus tard. À part quelques autres rencontres fortuites avec des savants ou des commerçants juifs, Ibn Zarzar fut le meilleur, sinon le seul ami juif de mon maître.

C'est aussi à cette époque qu'Ibn Khaldoun se lia avec l'homme qu'il considérera comme son meilleur ami, l'un des rares dont il estimera que l'intelligence et la science égalaient les siennes.

Ibn al-Khatib était déjà l'une des grandes figures de l'Andalousie et du royaume de Grenade quand il vint, vers ce temps-là, à Fès. Il accompagnait son maître, le sultan Mohammad de Grenade, qu'une révolution de palais avait chassé d'Espagne. Les deux hommes avaient trouvé refuge à Fès. Ibn Khaldoun s'empressa d'aller les saluer.

La réputation d'Ibn al-Khatib était déjà parvenue aux oreilles d'Ibn Khaldoun. Le lettré andalou ne tarda pas, pour sa part, à découvrir en mon maître, sous l'enveloppe du courtisan, l'érudit, le savant, le penseur. Les deux hommes fraternisèrent très vite et devinrent bientôt inséparables. Leur amitié se nourrissait du fait qu'ils étaient à peu près du même âge et qu'ils aimaient tous les deux la poésie. Ibn al-Khatib écrira des poèmes qui vivront éternellement comme certains des fruits les plus purs du royaume de Grenade. Hélas ! ils ne se doutaient ni l'un ni l'autre, en ces premiers jours de leur amitié naissante, qu'ils se retrouveraient à Fès, quinze ans plus tard, dans les circonstances terribles et tragiques que je raconterai plus loin.

Esperanza embellissait. Sa taille s'épaississait de mois en mois. Son dos s'arquait, et je la taquinais quand je la voyais s'avancer un peu de guingois, pressant d'une main le bas de son rein. Elle me regardait en souriant. Le soir, dans notre couche, elle me prenait la main et me la posait sur son ventre. Je le sentais vibrer et vivre sous ma paume. Je caressais longuement sa peau satinée et ambrée. Ses seins gonflaient et leurs aréoles, que j'avais tellement aimées et dont mes lèvres avaient si souvent éprouvé la douceur tiède, pâlissaient en s'élargissant autour des mamelons roses.

Sept mois après notre mariage, Esperanza entra en couches. On vint m'en informer. Je quittai immédiatement mon maître. J'attendis à la porte du harem. J'étais inquiet : des femmes entraient et sortaient, portant des bassines d'eau chaude et des linges. Ma sœur venait quelquefois me dire en souriant que tout allait bien : c'était le premier accouchement d'Esperanza, il était normal que cela prenne quelque temps. Je dus ronger mon frein pendant plusieurs heures. On vint finalement me dire que ma femme venait de mettre au monde une petite fille. Je revins auprès de mon maître, car on m'interdisait toujours de pénétrer près d'elle.

Le soir, je pus enfin l'embrasser. Esperanza avait les yeux cernés, mais souriait d'un air doux. L'enfant vagissait dans un tas de chiffons. Esperanza me dit qu'elle avait décidé de l'appeler Zahra.

Quand, quelques jours plus tard, ma femme retourna au Rabat al-Nasara, elle fut accueillie par des cris de joie. Sa mère s'empara d'autorité de Zahra. Quand on lui dit le nom de l'enfant, elle fronça le sourcil : « Zahra ? dit-elle. Je l'appellerai Flora. » Depuis lors, ma fille devint Zahra pour les musulmans et Flora pour les chrétiens.

Quelques semaines plus tard, ce fut au tour de Bint al-Hakim, la femme de mon maître, d'entrer en couches. Ibn Khaldoun quitta à son tour son étude pour une veille inquiète à la porte du harem. Lui non plus n'y était pas admis : l'accouchement était affaire de femmes. Les hommes étaient seulement tolérés aux portes.

L'accouchement fut plus long que pour Esperanza, et ce n'est que le lendemain à l'aube que l'on vint annoncer la naissance d'un garçon. Ibn Khaldoun se redressa, malgré sa fatigue, d'un air fier et conquérant : son premier-né était un garçon ! Il annonça tout de suite que celui-ci s'appellerait Mohammad. Sa femme qui, quelques heures plus tôt, était encore Bint al-Hakim[2] devint instantanément Om-Mohammad.

Sept jours après la naissance, la maison retentissait de cris joyeux : Mohammad allait être circoncis et Ibn Khaldoun avait voulu donner la plus grande solennité à la cérémonie. Il avait invité tout ce qui comptait à Fès. On avait vu arriver successivement les chambellans, le chancelier et les autres courtisans, les cheikhs et le Grand Cadi malékite, l'émir Abou Abdallah. Le sultan Mohammad le Cinquième, le souverain en exil de Grenade, daigna même honorer Ibn Khaldoun de sa présence. Son arrivée fit sensation : on vit tous les courtisans chuchoter et se presser autour de lui. Je captai des regards jaloux lancés à mon maître : la haute faveur dans laquelle le tenaient les grands de ce monde faisait de nombreux envieux. Ibn al-Khatib, le grand lettré et ami de mon maître, accompagnait l'ex-sultan de Grenade.

Le personnage important de la soirée n'était cependant ni l'ex-sultan, ni le Grand Cadi, ni Ibn Khaldoun : c'était le barbier. Il arriva au début de la fête. On psalmodia le Coran, puis on fit venir Mohammad : derrière les moucharabiehs qui surplombaient la grande salle des fêtes, sa mère et les autres femmes regardaient sans être vues. On déshabilla l'enfant qui dormait tranquillement. Le barbier sortit de sa trousse un couteau effilé, en tâta le tranchant sur son pouce et s'approcha du nourrisson. D'un geste rapide de prestidigitateur, il fit un moulinet de son bras, le couteau accrocha un reflet de la flamme d'un flambeau, un éclair jaillit, une goutte de sang perla sur la lame et Mohammad se mit à pleurer. D'un air triomphant, le barbier montra au père de l'enfant un minuscule bourrelet de chair.

Les invités se pressèrent autour d'Ibn Khaldoun pour le féliciter. Un grand banquet fut servi. Des danseuses vinrent égayer la soirée, au son d'un orchestre de cinq musiciens. Couvertes de la tête aux pieds, les danseuses poussaient des youyous en se déhanchant et en tapant du pied sur le sol couvert de tapis.

Le lendemain, mon maître donna une fête pour les pauvres du quartier : ils se rassemblèrent en grand nombre devant la maison. On leur distribua de la nourriture. Des acrobates vinrent amuser la foule. Des chanteurs s'accompagnant du tambourin ou d'une viole célébraient leur grand amour des dames, tandis que des dompteurs d'ours effrayaient la foule avec leurs animaux affamés et miteux. De jeunes garçons tâchaient de délester de leurs bourses les bourgeois attirés par le bruit. L'allégresse dura toute la journée.

Au bout de quelques jours, nous reprîmes le rythme de nos travaux. Mon maître poussait la rédaction de son *Traité d'arithmétique*. Il continuait à voir régulièrement le juif Ibn Zarzar et l'andalou Ibn al-Khatib. Les deux hommes s'étaient d'ailleurs déjà rencontrés à la cour de Grenade. Avec le premier, Ibn Khaldoun parlait chiffres, et avec le second poésie. Le siège du Grand Vizir félon al-Hassan, retranché dans la Ville-Neuve, se poursuivait, mais sans trop ralentir les activités des souks. Je coulais des jours studieux auprès d'Ibn Khaldoun et des nuits heureuses auprès d'Esperanza.

La période de purification après l'accouchement de Zahra avait duré quarante jours. Au bout de ce laps de temps, j'avais retrouvé le corps de ma bien-aimée avec la hâte et la fébrilité d'un affamé. Je la couvrais de longs et lents baisers, jusqu'à ce que monte en elle et en moi une tension douloureuse. Quand, épuisé, je desserrais mon étreinte, elle se tournait vers moi avec un sourire las et lisse et se lovait contre mon flanc, la tête sur mon épaule.

J'étais rassasié et heureux. Je ne remarquais pas que mon maître devenait nerveux. Ibn Khaldoun avait des amis partout, un sens de l'observation incomparable, un instinct qui le trompait rarement. Pendant que je coulais des jours sans histoire, tout à mes travaux et à mes amours, il sentait, il savait que des nuages s'accumulaient à l'horizon. Je n'aurais jamais imaginé la violence dévastatrice avec laquelle l'orage allait éclater sur nos têtes.

Notes

1. Espérance, en arabe.
2. La fille d'El-Hakim.

6

Damas

Les exigences de Tamerlan n'avaient pas de fin.

Il continuait d'affirmer que les dix millions de dinars que les Damascènes avaient rassemblés ne correspondaient pas à la rançon convenue de mille tomans, parce que le toman avait une valeur bien plus grande à Samarcande que celle qu'affirmaient Ibn Muflih et ses amis. Il persistait à vouloir sept millions de dinars de plus.

Ensuite, il avait demandé qu'on lui remette l'argent, les bagages, les armes et tous les biens laissés à Damas par le sultan Faraj d'Égypte et ses troupes, avant qu'ils quittent la ville qu'ils étaient venus défendre pour retourner précipitamment au Caire. On avait eu beau lui faire valoir que les mamelouks égyptiens avaient tout emporté dans leur retraite, il prétendait savoir qu'il y avait là un autre trésor qu'il devait récupérer. Les Damascènes n'avaient qu'à le retrouver.

Les malheureux dirigeants de la ville avaient alors imposé une autre taxe sur les individus, les édifices et mêmes sur les wakfs, ces fondations pieuses que des âmes charitables avaient établies pour venir en aide aux veuves, aux orphelins et aux pauvres de la ville. Jamais aucun musulman n'avait osé, de mémoire de fidèle, s'attaquer aux wakfs. Cette mesure ultime montrait bien la dernière extrémité à laquelle l'empereur acculait les Damascènes.

L'argent ne rentrait pas assez vite. On décida dès lors que le produit des ventes dans les souks allait servir exclusivement à contenter le conquérant. Les derniers commerçants qui osaient encore ouvrir leurs portes fermèrent boutique. Ibn Muflih les fit bâtonner sur la place publique. Rien n'y fit : il n'y avait plus d'argent en ville. Quand le cheikh osa le dire à l'empereur mongol, celui-ci le fit mettre aux fers et ne le libéra qu'après avoir obtenu de lui et de ses collègues une description écrite de Damas, rue par rue, quartier par quartier, afin de faciliter « l'inspection » de la ville par les émirs tatars.

Tamerlan publia ensuite un autre édit : en plus des biens des Égyptiens, on devait lui remettre toutes les armes que possédaient en propre les Damascènes, ainsi que leurs chevaux, leurs mules, leurs ânes et leurs chameaux. La terreur et le désespoir des habitants devinrent abjects : on vit des voisins dénoncer leurs voisins, des enfants livrer leurs parents. De vieilles querelles se réglaient par Mongols interposés.

Le vol, le pillage et le meurtre se poursuivaient ainsi à Damas. La ville retentissait de pleurs et de gémissements. La population ne savait à quel imam se vouer. Pendant ce temps, Tamerlan continuait à convoquer à son camp ou au Palais Gris les érudits de la ville, et parmi eux mon maître, pour de longues discussions sur l'histoire, la Tradition, la science et l'avenir…

○
○   ○

Fès

Je commençais moi-même à remarquer des événements curieux. Malgré la béatitude dans laquelle je vivais depuis mon mariage et la naissance de Zahra, je me demandais qui pouvaient bien être ces visiteurs qui frappaient tous les soirs à notre porte.

Ibn Khaldoun allait tous les jours au palais, auprès du sultan Mansour, son nouveau maître. Le soir, nous nous mettions au travail. Je sentais cependant, à certains signes, que mon maître était préoccupé. Il n'avait pas le cœur tout à fait à l'ouvrage. Son *Traité d'arithmétique* exigeait une concentration absolue et il reprenait souvent ses calculs.

Un serviteur nous interrompait quelquefois. Un visiteur ou deux venaient d'arriver. Mon maître, qui avait une totale confiance en moi et m'amenait partout avec lui, me demandait pourtant de me retirer. Je voyais entrer des hommes qui détournaient le visage ou se le cachaient avec un pan d'habit. Je ne les connaissais d'ailleurs pas. Ils passaient de longues heures avec Ibn Khaldoun. Quand j'étais dans la pièce voisine, je les entendais murmurer.

Un matin, Ibn Khaldoun me dit : « Nous n'irons pas au palais aujourd'hui. Fais seller deux chevaux. Prépare des couvertures et quelques victuailles. Nous pourrions être absents deux ou trois jours.» Je le regardai avec étonnement. Il sourit devant ma surprise : «Je t'expliquerai, Ibrahim. Pas maintenant. Nous devons partir.» Au moment de monter à cheval, je le vis qui rangeait dans les sacoches accrochées aux flancs de l'animal des bourses gonflées de pièces d'or et d'argent.

Nous sortîmes de la ville. Au bout de quelques heures de trot, nous avions quitté la campagne verdoyante autour de Fès et nous pénétrions dans le désert. À la première halte, Ibn Khaldoun me dit : «Il n'est que juste que tu saches ce qui est en train de se tramer. Les appuis du sultan Mansour s'effritent. Les princes mérinides, qui l'ont choisi comme sultan, sont en train de le déserter. Ils souhaitent un prince plus fort, qui finisse par réduire le Grand Vizir toujours retranché dans la Ville-Neuve. Or, ce prince existe. Il s'agit de l'émir Abou Salim.

– Abou Salim ? Le frère de feu le sultan Abou Inan, que Dieu l'ait en Sa miséricorde ? Si je me souviens bien, il est en Andalousie.

– Tu as parfaitement raison. Il s'agit bien du même prince. Il y a quelques années, il avait des ambitions à Fès. Son frère l'avait alors exilé en Espagne.

– Où il se trouve encore…

– Pas tout à fait, dit Ibn Khaldoun avec un bref sourire. Tu auras vu ces visiteurs du soir. Ce sont des émissaires d'Abou Salim. Il a quitté l'Andalousie, il a traversé la mer et il a débarqué à Ceuta. Il se dirige à marches forcées vers Fès.

– Et… que veulent ces émissaires ?

– Abou Salim souhaite ma collaboration. Il sait que j'ai partout des… amis. Il veut que je prépare le terrain pour son arrivée.»

Je me tus un bref moment. J'hésitais. Ibn Khaldoun le vit : «Et tu te demandes pourquoi je me mettrais au service d'Abou Salim, quand je suis le secrétaire du sultan Mansour ?» Ce diable d'homme avait lu dans mes pensées. J'inclinai la tête.

«Ibrahim, me dit-il, aucun État ne peut survivre si le prince qui est à sa tête est un faible. L'État, c'est le prince. Or, Mansour est faible. Donc l'État, qui est un organisme vivant, s'en trouve affaibli. La famille du sultan, qui est pour lui le premier cercle d'appuis, le plus fondamental, est en train de l'abandonner. Ses partisans, qui constituent le deuxième cercle, le quittent aussi. C'est pourquoi le vide se fait autour de lui.

– Et… Abou Salim ?

– Il vient avec du sang neuf. Il a des parents, des amis, qui sont disposés à se battre pour lui. Il recrée autour de lui un groupe de partisans dévoués.

– Je ne suis pas sûr…

– C'est ce lien indéfectible qui unit certaines personnes autour d'un souverain. C'est un sentiment d'honneur très vif. Partout, dans toute l'histoire, les fondateurs d'États avaient réussi à créer autour d'eux et à leur bénéfice ce sentiment de fidélité…

– Je comprends bien, maître, mais enfin, Abou Salim et nous…

– Eh bien, Abou Salim me semble le plus capable de redonner au Maghreb Extrême sa gloire d'antan. L'histoire, Ibrahim, est un éternel recommencement, et Abou Salim, et non pas Mansour, peut commencer un cycle nouveau…

– Et il vous demande de l'aider à mettre en branle ce nouveau cycle.

– Justement. Et c'est pourquoi nous avons quitté Fès… »

Deux jours plus tard, nous arrivions au campement des puissantes tribus arabes du sud. Ibn Khaldoun connaissait leurs chefs : il les avait rencontrés à la cour de Fès, où ils venaient régulièrement pour rendre hommage au sultan et lui remettre leurs tributs. Il avait noué des liens avec eux.

Nous fûmes reçus avec hospitalité. Ibn Khaldoun s'enferma avec les cheikhs. Il leur parla longuement de la situation à Fès et d'Abou Salim. Je ne sais s'il se servit des bourses pleines d'or qu'il avait apportées avec lui. Je sais cependant que, lorsque nous quittâmes le campement, il avait assuré leur ralliement à Abou Salim. Les cheikhs avaient même promis d'envoyer des guerriers soutenir le prétendant dans sa marche sur la capitale mérinide.

Nous revînmes à Fès au plus vite. La ville bourdonnait de rumeurs. Pendant notre absence, on avait appris le débarquement d'Abou Salim. Le sultan Mansour allait se trouver pris en tenaille : d'une part, le Grand Vizir tenait encore la Ville-Neuve, et d'autre part, Abou Salim approchait à marches forcées.

Mon maître ne revint pas au palais. Il prit à peine quelques heures de repos chez lui, changea d'habits et de monture et le soir nous quittâmes de nouveau discrètement la ville. Cette fois-ci, nous nous dirigions vers le nord. Nous campâmes le soir au Tertre des Berceaux, où de nombreux guerriers venus de tous les horizons du Maghreb avaient dressé leurs tentes.

Le lendemain, nous arrivions au lieu-dit al-Safihâ. C'était une colline chauve et dénudée, couverte de nombreuses tentes. C'était le campement d'Abou Salim. Une grande agitation y régnait. Des estafettes y arrivaient et en repartaient. Des guerriers accouraient de tous les horizons pour se joindre au prétendant. À notre entrée au camp, je vis, à ma grande surprise, de nombreux émirs et dignitaires de la cour de Fès qui se trouvaient là. Décidément, le plan d'Abou Salim semblait se dérouler à merveille.

Même s'il était assiégé par mille importuns, l'émir fit entrer Ibn Khaldoun dans sa tente dès qu'il sut sa présence au camp. Abou Salim était un homme de grande taille, à l'air jovial et assuré. Il remercia avec effusion mon maître de son ralliement. « Ta réputation est grande, lui dit-il, et est parvenue à nos oreilles. » Ce n'était pas seulement la réputation d'Ibn Khaldoun qui expliquait la chaleur de cet accueil. À côté du prétendant, je vis certains des cheikhs arabes que nous avions rencontrés quelques jours plus tôt dans le désert, et que mon maître avait convaincus de rejoindre le camp d'Abou Salim. Le prétendant avait donc pu prendre l'exacte mesure de l'influence et de l'efficacité d'Ibn Khaldoun.

Le lendemain, Abou Salim réunit autour de lui son état-major et les chefs des principales tribus qui s'étaient ralliées à lui. Ibn Khaldoun était là, au milieu de l'assemblée. Le prétendant posa une question essentielle : que faire maintenant ? Pour sa part, il voulait temporiser. Il voyait arriver tous les jours, dit-il, de nouveaux alliés, de nouveaux partisans, de nouveaux guerriers. Il suffisait d'attendre un peu pour se trouver à la tête d'une armée innombrable.

Les généraux, les courtisans, les chefs de tribus, tous abondèrent dans son sens. Oui, il fallait mieux attendre... C'est alors qu'Ibn Khaldoun, qui n'avait rien dit jusqu'alors, prit la parole.

Mon maître était l'un des derniers, sinon le dernier parmi les courtisans présents à avoir quitté Fès. Il parla longuement de l'ambiance qui y régnait, du défaitisme qui commençait à miner les rangs des fidèles du sultan Mansour. Il évoqua le Grand Vizir enfermé depuis des mois dans la Ville-Neuve et qui n'attendait qu'une occasion pour se sortir du guêpier dans lequel il s'était laissé enfermer. Il suggéra qu'il était peut-être temps d'envoyer des émissaires au Grand Vizir pour acheter son ralliement. Il plaida avec force, avec passion, avec chaleur pour qu'on parte sur-le-champ attaquer Mansour et s'emparer de Fès : « Le temps n'est plus aux atermoiements, dit-il. L'avenir appartient aux audacieux. Le sultan Mansour s'est laissé amollir par son palais, ses richesses, son entourage. Tes guerriers, Abou Salim, ont le courage et la détermination de ceux que le désert a épurés, que les vastes horizons ont rendus libres et dont la frugalité a trempé le caractère comme une lame d'acier. Il faut partir. Le pouvoir appartient à Dieu ; Il l'accorde à qui Il veut parmi Ses serviteurs. »

J'avais souvent vu mon maître argumenter sur des points de science, de littérature ou de jurisprudence. Son langage était alors sobre et précis. Je ne l'avais jamais entendu haranguer une foule nombreuse. Son intervention ardente entraîna l'adhésion de tous. On se leva à la fin de son discours, on l'entoura, on voulait le féliciter. Abou Salim était le premier convaincu. Il envoya sur-le-champ des plénipotentiaires au Grand Vizir et ordonna à ses généraux de partir dès le lendemain à l'aube, en direction de Fès.

Quelques jours plus tard, nous nous trouvions sur les collines qui surplombent Fès. Abou Salim discutait avec ses généraux de l'ordre de bataille lorsqu'on vint lui annoncer que le sultan Mansour s'était enfui de son palais et de sa ville, quelques heures plus tôt. Le Grand Vizir acceptait de se rallier au prétendant. Il quittait enfin la Ville-Neuve et s'en venait jurer fidélité à Abou Salim.

Le lendemain, le prétendant entrait en grande pompe dans la ville. Devant lui, les porte-étendards faisaient claquer au vent une multitude d'oriflammes vertes. Derrière lui, les cheikhs des tribus arabes se drapaient dans leurs jubbas de laine. Abou Salim avait invité Ibn Khaldoun à ses côtés. J'étais dans la foule des cavaliers qui suivaient le cortège. J'admirais mon maître qui, aux côtés du nouveau souverain, saluait les bonnes gens de Fès d'un air noble et assuré.

À peine installé au palais, sur la Colline du Nord, le nouveau sultan convoqua Ibn Khaldoun. Il le nomma secrétaire d'État et secrétaire des commandements, chargé de la correspondance et de la rédaction des messages du souverain. Encore une fois, les talents de mon maître, son style, son esprit de finesse et de décision l'avaient placé au centre même du pouvoir. Il devint vite le confident et le conseiller d'Abou Salim.

Les deux années suivantes furent riantes et pleines pour mon maître et moi. Il n'avait pas encore vingt-huit ans quand il fut nommé secrétaire confidentiel du sultan Abou Salim. J'en avais vingt-cinq. Mon maître complétait et affinait sa formation auprès des maîtres les plus éminents du Maghreb, même si je dois reconnaître que, jusqu'au dernier jour de sa vie, il ne cessera de lire, de poser des questions, de s'interroger sur le comment et le pourquoi, poussé par cette soif de connaître et de comprendre que j'avais vue en lui dès le premier jour.

Ibn Khaldoun était l'une des figures centrales de Fès. Il accomplissait son travail au palais, terminait son *Traité d'arithmétique*, lisait de nombreux ouvrages, travaillait assidûment, mais jouissait aussi des douceurs de la capitale du Maghreb Extrême. Par ma sœur, je savais qu'il témoignait de la tendresse à son épouse, dont il avait été longtemps séparé. Après la naissance de Mohammad, leur premier-né, elle était tombée enceinte à deux reprises et avait donné naissance coup sur coup à deux filles.

Ibn Khaldoun fréquentait aussi un cercle d'amis qui partageait ses goûts : l'émir Abou Abdallah, qu'il avait connu et fréquenté à son arrivée à Fès et dont l'amitié l'avait mené en prison, le grand lettré andalou Ibn al-Khatib, exilé à Fès avec son souverain, d'autres lettrés et poètes. Mon maître écrivait souvent des poèmes. Il les récitait devant le groupe restreint de ses amis. Quelquefois, sur l'insistance du souverain, il déclamait des poèmes de circonstance devant Abou Salim, dans des occasions solennelles. Je me souviens ainsi de l'avoir entendu réciter un poème lors de la célébration du Mawlid al-Nabi[1].

Une autre fois, on annonça l'arrivée prochaine à Fès de l'ambassadeur du roi du Soudan[2]. Abou Salim demanda à Ibn Khaldoun de composer un poème de circonstance. Lorsque l'ambassadeur arriva, mon maître dut modifier quelque peu la fin de son poème. L'ambassadeur amenait en effet un présent fort singulier au sultan : un curieux animal, à la peau d'un roux rayé, au cou tellement long qu'il fallait regarder vers le ciel pour voir sa tête, et qu'on appelait girafe. Nul n'avait jamais vu de bête pareille auparavant, et mon maître marqua dans ses vers l'étonnement général des Fassis.

Ibn Khaldoun allait aussi souvent présenter ses respects au souverain de Grenade, Mohammad le Cinquième. Le sultan d'Andalousie avait été déposé par un intrigant. Il s'était réfugié à Fès, comme je l'ai déjà mentionné. C'était un tout jeune homme, qui avait à peine un peu plus de vingt ans. Il était intelligent et éveillé et témoignait la plus vive attention et le plus vif respect à son vizir, Ibn al-Khatib.

Ibn al-Khatib était déjà venu à Fès en ambassade au début du règne de feu le sultan Abou Inan, que Dieu l'ait en Sa miséricorde. Mon maître l'avait brièvement rencontré alors. Mais depuis son exil à

Fès, leur amitié était devenue indéfectible. Quand il se fut bien assuré de l'attachement d'Ibn Khaldoun, Ibn al-Khatib lui demanda d'user de son influence auprès du sultan de Fès pour aider Mohammad V à retrouver son trône de Grenade.

Mon maître intervint discrètement auprès d'Abou Salim. Je suis convaincu que c'est en bonne partie grâce à ses efforts que le sultan de Fès jeta tout son poids derrière le sultan de Grenade pour l'aider à reconquérir son trône. Le souverain andalou quitta un jour Fès, en compagnie de son vizir. Ibn Khaldoun et Ibn al-Khatib s'étreignirent longuement au moment du départ. Ils se promirent de s'écrire : je sais qu'ils tinrent promesse. J'ai, pour ma part, recopié d'innombrables lettres que mon maître écrivit à son ami et rangé de nombreuses missives que l'Andalou allait, de son côté, écrire à Ibn Khaldoun.

Les mois coulaient, paisibles et heureux. Je pensais que nous allions vivre pour toujours à Fès, où se trouvaient nos familles et ceux que nous aimions. Le sultan Abou Salim donna même à mon maître une preuve éclatante de son attachement : il le nomma responsable de la Fonction de l'Injustice et des Abus. Ce n'était pas encore une éminente fonction de Cadi, mais mon maître en fut très fier. Un jour, il me dit : «Le sultan m'a nommé grand justicier du royaume.» Ce n'était peut-être pas tout à fait exact, mais il s'acquitta avec conscience de son nouveau rôle.

Tous les jours, il se rendait dans une salle d'audience du palais. Tous ceux qui s'estimaient lésés par les fonctionnaires, les percepteurs de l'impôt ou les douaniers aux portes de la ville venaient lui soumettre leurs doléances. Mon maître écoutait attentivement et rendait des décisions justes. Elles ne plaisaient pas souvent aux riches et aux courtisans, mais il montrera toujours, même quand il deviendra Grand Cadi plus tard, ce même mépris des puissants, cet attachement méticuleux à la justice. Pour ma part, je me retrouvais responsable du rangement des dossiers des plaignants, ce qui s'ajoutait à ma tâche habituelle de secrétaire particulier de mon maître.

Je sentais aussi que cette marque supplémentaire de faveur donnée par le souverain à Ibn Khaldoun avait ravivé les rancunes et les jalousies. Je captais quelquefois des bribes de conversations chuchotées dans les corridors du palais. Je devinais un venin distillé contre Ibn Khaldoun. Je saisissais vaguement qu'une campagne de calomnies voulait le desservir auprès du sultan, mais je me tranquillisais : Abou Salim ne venait-il pas de lui témoigner sa protection d'une façon éclatante ? Tant que le sultan serait sur le trône, Ibn Khaldoun n'avait rien à craindre…

Je ne savais pas que, dans mes ruminations, j'avais vu juste. Ce ne fut pas Abou Salim qui déclencha l'orage sur Fès et, par ricochet, sur mon maître et moi-même, mais ses ennemis.

Un matin, au moment où nous nous apprêtions à quitter notre demeure pour aller au palais, une rumeur terrible commença à circuler : un esclave avait entendu dire dans la rue que le sultan Abou Salim avait été assassiné. Hélas ! Ce n'était pas seulement une rumeur. Quelques instants plus tard, mon maître en eut confirmation par certains de ses amis qui venaient le consulter et se concerter chez lui.

Au fil des heures, nous apprîmes ce qui s'était passé : le vizir Amar, cet ancien ami de mon maître, qu'il avait longtemps fréquenté chez l'émir Abou Abdallah avant son emprisonnement, avait poussé la population à se révolter contre le sultan. Un fanatique s'était introduit pendant la nuit au palais et avait assassiné Abou Salim. Le vizir Amar espérait qu'il pourrait mettre sur le trône un prince jeune et inexpérimenté, afin de devenir Régent et de détenir lui-même la réalité du pouvoir.

Malheureusement pour lui et pour la ville de Fès, le plan du vizir ne se déroulait pas tout à fait comme prévu. La mort d'Abou Salim avait donné libre cours à toutes les convoitises. Au moment où le vizir se rendait en grande pompe au palais, entouré de sa garde, composée surtout de mercenaires andalous, et ayant à ses côtés le jeune prince qu'il voulait couronner, il se heurta à un autre prétendant, qui avait rassemblé ses amis autour de lui et qui s'en venait réclamer la couronne.

Les palabres entre les deux groupes ne durèrent pas longtemps : on dégaina tout de suite les poignards et les cimeterres. Un véritable combat s'engagea sur la place qui faisait face au palais. Le sang coula. La population qui était sortie de ses quartiers pour assister aux événements commença à fuir de tous les côtés. Ceux qui n'avaient pas le temps de retourner dans les faubourgs s'enfermèrent dans les mosquées. Partout, des cris et des supplications résonnaient, au milieu du cliquetis des armes et des imprécations des combattants.

Un groupe de partisans du vizir réussit à pénétrer dans le palais. Les autres conjurés sortirent leurs flèches et leurs arcs et commencèrent à tirer sur eux. Un capitaine, plus excité que les autres, ordonna d'attacher des étoupes enflammées aux flèches. On vit bientôt de la fumée sortir d'une fenêtre du palais.

Le bruit et le désordre étaient à leur comble quand on entendit soudain battre des tambours. Les combattants, surpris, s'arrêtèrent un bref moment : le caïd des chrétiens, entouré de ses mercenaires aragonais et catalans, débouchait sur l'esplanade. Je devais apprendre quelques jours plus tard que le prince qui s'opposait au vizir avait acheté les services du caïd des chrétiens. Celui-ci venait donc prendre part à la bataille pour honorer son contrat.

Le désordre devint indescriptible. Les combattants envahirent tous le palais. Dans la grande salle des audiences, un combat au corps à corps opposait la garde andalouse du vizir aux combattants chrétiens. Dans l'autre aile, des esclaves avaient réussi à éteindre le feu.

Pendant tout ce temps, mon maître et moi étions restés chez nous. D'heure en heure des messagers venaient nous informer de l'évolution des combats. Quand j'appris que le caïd des chrétiens avait pris parti dans la querelle, je commençai à m'inquiéter.

Vers le milieu de la journée, des bruits sinistres commencèrent à se répandre en ville : les mercenaires chrétiens, disait-on, allaient s'emparer du pouvoir. Ils avaient tout manigancé pour dominer les fidèles. Quelques fanatiques circulaient dans les faubourgs en excitant le peuple. Des groupes se rassemblèrent. Des histoires atroces couraient sur ce qui se passait au palais.

La foule s'enfla peu à peu. On entendait des cris de colère, on voyait des poings dressés. Quelqu'un cria : « Allons au Rabat al-Nassara ! » On hurlait, on trépignait. Des groupes d'excités s'ébranlèrent pour se diriger vers le faubourg des chrétiens et le faubourg des Juifs.

Quand un serviteur qui était parti aux nouvelles vint nous annoncer cette évolution inquiétante, je restai foudroyé.

La veille, Amal (je me surprenais moi-même à l'appeler ainsi de plus en plus souvent) m'avait dit qu'elle voulait rendre visite à son père et à sa mère, qu'elle n'avait pas vus depuis longtemps. Je ne m'y objectai pas, dans la mesure où sa maîtresse, Om-Mohammad, la femme d'Ibn Khaldoun, le lui permettait. Ma femme quitta donc la maison dans l'après-midi pour se rendre au Rabat al-Nassara. Elle avait emmené Zahra avec elle. Dans la soirée, un serviteur de mon beau-père était venu m'annoncer que ma femme souhaitait passer la nuit chez ses parents et qu'elle ne rentrerait donc que le lendemain.

Tout cela me traversa l'esprit comme un éclair quand j'appris que la tourbe voulait s'en prendre aux infidèles. Je sortis en courant ; les rues étaient pleines de gens. La plupart des Fassis se tenaient sur le pas de leurs portes, l'air craintif, prêts à se barricader chez eux à la moindre alerte. Les boutiques des souks avaient fermé leurs portes. En m'approchant du Rabat al-Nassara, je vis des groupes de provocateurs qui faisaient tournoyer des gourdins en l'air. Certains brandissaient des poignards. Déjà, quelques trafiquants chrétiens qui n'avaient pas regagné leurs demeures assez vite avaient été pris à partie. On bastonnait dans un coin un serviteur. Un Juif, reconnaissable à la cocarde rouge de son bonnet, avait eu le malheur de s'égarer dans le quartier : il fut appréhendé ; on l'entraînait avec brutalité…

Je compris en un instant la gravité de la situation : les mercenaires espagnols étaient suffisamment nombreux et armés pour repousser toute attaque contre leur quartier. Ils étaient cependant partis combattre au palais, laissant le Rabat sans défense. Les choses pouvaient empirer d'un moment à l'autre : dans l'atmosphère survoltée de la ville, tout pouvait arriver… Or, dans ce Rabat, se trouvaient ma femme et ma fille.

Je frissonnais d'inquiétude, d'appréhension. Mon imagination se donnait libre cours : je voyais un bain de sang, Amal et Zahra égorgées… À cette idée, tout mon corps se révulsait, une bile amère m'emplissait la gorge, m'étouffait.

Que pouvais-je faire ? Je pouvais à peine tenir une arme en main. J'étais absolument incapable de me défendre moi-même, à plus forte raison de défendre ma femme et ma fille. J'étais affolé, paralysé. Je balançais, à l'entrée du Rabat, entre mon instinct qui me précipitait vers Amal et ma raison qui tentait de se ressaisir.

Je finis par me dominer. Je réfléchis : il ne servirait à rien de rester plus longtemps au Rabat al-Nassara. Je revins rapidement chez mon maître. Seul Ibn Khaldoun pouvait faire quelque chose pour prévenir une possible tragédie, qui prendrait pour moi une résonance si terrible.

Je bousculai l'esclave qui m'ouvrait la porte et me précipitai vers la salle où se tenait mon maître. Ibn Khaldoun se trouvait avec quelques amis, des personnages haut placés à Fès. Il leva le sourcil avec étonnement en me voyant entrer en trombe. Mes habits étaient en désordre, toute ma mine trahissait mon désarroi. Jamais je n'avais osé l'interrompre de cette façon. Il comprit que quelque chose d'urgent se passait et me prit dans une petite pièce de côté.

Je lui racontai tout : d'une voix saccadée, je lui parlai de ma sortie dans la médina, de la lie de la population qui voulait profiter de la situation pour semer le trouble, de l'attaque sur les faubourgs des chrétiens et des Juifs. Quand j'en arrivai là, Ibn Khaldoun me regarda d'un air pénétrant. Je vacillai sous ce regard inquisiteur. Je finis par ajouter : « Amal et Zahra se trouvent là-bas. »

Ibn Khaldoun réfléchit quelques instants. Il tourna les talons et alla conférer avec ses amis. Je le suivis. Il leur dit, d'une voix brève, que la situation en ville évoluait dramatiquement. La bataille dans le palais était déjà dangereuse et créait une situation instable. Mais s'il fallait en plus que l'émeute s'installe en ville… On rapportait déjà des attaques contre certains quartiers, des gens de bas étage se promenaient avec des torches, menaçant de mettre le feu partout, les souks brûleraient en moins que rien…

Il ne lui fallut pas longtemps pour convaincre ses amis. Parmi eux se trouvaient certains des princes mérinides les plus influents. Ils suivaient, dans l'expectative, la lutte pour le pouvoir afin de décider de quel côté se rallier, mais la menace de la destruction de leur ville leur semblait autrement plus sérieuse et urgente.

Ils se rendirent chez d'autres membres du clan des mérinides. Je les suivis, en compagnie de mon maître. Des conciliabules s'engagèrent. Chaque minute qui passait me semblait une éternité. Je voulais leur crier de se dépêcher. J'imaginais le Rabat al-Nassara à feu et à sang. Chaque fois que l'image d'Amal ou de Zahra me traversait l'esprit, un vertige me saisissait, je tremblais de tous mes membres.

Ibn Khaldoun, pendant ce temps, gardait un visage impassible. Malgré mon trouble, je pus quand même constater que, chaque fois que la discussion s'enlisait, il intervenait pour inciter les émirs à une intervention immédiate. Il fallait agir, disait-il, avant que la situation ne nous échappe des mains…

Au milieu de l'après-midi, les émirs convinrent d'intervenir. Ils convoquèrent leurs gardes. Quelques dizaines de guerriers furent rassemblées en moins d'une heure. Les émirs se mirent à leur tête et commencèrent à traverser la ville. Partout, sur leur passage, la population sortait des maisons, des youyous de joie fusaient, quelques boutiquiers hardis rouvrirent même leurs portes…

Nous n'avions guère rencontré d'émeutiers jusqu'alors. Je savais qu'ils n'étaient pas dans la médina, mais plutôt dans les faubourgs. Mon cœur battait à se rompre dans ma poitrine. J'aurais voulu crier :

«Plus vite ! Plus vite !» Je devais me dominer, suivre mon maître, me fondre dans la masse, attendre les événements…

Nous parvînmes enfin aux abords du faubourg des chrétiens. Ce que je craignais s'était produit. C'était là que l'émeute grondait. Deux maisons à la lisière du quartier brûlaient. Des dizaines d'excités battaient les murs et la porte du faubourg, que quelqu'un avait eu la présence d'esprit de fermer, comme les vagues sur les rochers. Un grondement terrible, fait de cris de terreur, de hurlements, de cliquetis d'armes, du bruit mat des gourdins sur les murs et les portes, et du roulement funèbre et incessant d'un tambour, dominait la foule.

Les émirs comprirent vite. La scène se métamorphosa en un instant. Un ordre fut donné : les gardes dégainèrent leurs cimeterres. Un autre ordre fusa, et les chevaux s'ébranlèrent, en un trot lent et menaçant.

Les émeutiers avaient senti, dans leur dos, un mouvement inhabituel. Ils se retournèrent. En voyant les émirs et la garde, ils furent pris de panique. Certains jetèrent leurs armes et leurs gourdins. D'autres essayèrent de grimper aux murs des maisons et du quartier qu'ils voulaient attaquer et brûler deux minutes plus tôt, afin de s'y réfugier. La plupart enfin tentèrent de s'enfuir.

Malheureusement pour eux, la seule voie de sortie, dans la place étroite, était barrée par les gardes à cheval. Ce fut un carnage. Les émirs levèrent leurs cimeterres, le trot des chevaux s'accentua, ils furent en une minute sur la populace qui n'avait nulle part où se réfugier, les cimeterres s'abattirent, le sang gicla, les premiers émeutiers tombèrent, entravant ceux qui les suivaient. Le désordre, les cris, l'horreur étaient à leur comble.

Le tout ne dura que quelques instants. Les émirs ne voulaient pas d'un bain de sang. Après avoir sabré quelques malheureux, ils laissèrent les autres s'enfuir dans les darbs[3] voisins. Le silence tomba rapidement sur la place qui résonnait quelques instants plus tôt de bruit et de fureur. On emporta les blessés et la garde fit demi-tour.

Je quittai discrètement mon maître. Dès que je fus seul, je me précipitai dans le Rabat, dont on venait d'entrouvrir la porte avec précaution. Je courus jusqu'au cœur du quartier, là où se trouvait le fondouk. Le père d'Esperanza demeurait juste à côté. Je me précipitai sur la porte, que je faillis défoncer dans ma hâte, dans mon angoisse. À l'intérieur, je trouvai Amal, qui serrait étroitement Zahra sur son sein. Les parents de ma femme, ses sœurs, tous étaient rassemblés dans un coin de la pièce, pâles, terrifiés.

Sans me préoccuper des convenances, je pris ma femme dans mes bras. Toute la tension des heures précédentes se relâcha. Des larmes me montèrent aux yeux. Je serrais Esperanza à l'étouffer, je l'embrassais sur les yeux, sur le front, sur les joues, sur les lèvres, je prenais Zahra dans mes bras, je l'étouffais de baisers, puis je revenais à sa mère. Je n'arrivais pas à me rassasier de les voir saines et sauves, de les embrasser, de les toucher, de les serrer. Mon trouble, mon soulagement, ma joie étaient si manifestes, si violents, que la famille d'Esperanza et surtout ses jeunes sœurs, qui étaient au début figées par la crainte, se mirent à sourire, puis à rire franchement devant mes débordements.

Je finis par me calmer. Nous quittâmes le Rabat. Dans l'atmosphère orageuse qui régnait à Fès, je ne voulais pas laisser ma femme et ma fille loin de moi. Nous nous aventurâmes avec précaution dans les rues. Le calme y semblait revenu. Nous arrivâmes enfin à la maison. Amal me quitta pour retourner au quartier des femmes. Je me précipitai chez mon maître. Il était revenu chez lui, accompagné de certains émirs. Je ne pouvais me contenir, car je savais ce que je lui devais : je me dirigeai vers lui et d'une voix basse, je le remerciai. Il me regarda avec l'ombre d'un sourire, ne dit rien et retourna à ses amis.

La situation évoluait rapidement à Fès. Aucun des deux groupes qui se battaient dans le palais n'arrivait à prendre le dessus. Le soir approchait : les émirs envoyèrent des émissaires suggérer une trêve. Le calme revint. Chaque groupe campait sur ses positions.

On profita de la nuit pour mener des tractations confuses et obscures. Des émissaires allèrent du vizir Amar à l'autre prétendant. Le caïd des chrétiens intervint à son tour. Les conciliabules durèrent toute la nuit. À l'aube, on s'était entendu : les mercenaires catalans et aragonais retourneraient dans leur quartier ; le vizir Amar n'appuierait plus le jeune prince dont il défendait la cause : celui-ci, qui était d'ailleurs un peu simple d'esprit, serait enfermé au harem jusqu'à sa puberté ; le vizir, quant à lui, retiendrait ses fonctions et deviendrait donc le premier personnage de l'État, après le nouveau sultan. Ce dernier était le prétendant qui s'était heurté la veille au vizir. Il fut installé sur le trône dès le matin. La bonne ville de Fès retrouva dans l'allégresse son bruit, ses activités et ses souks. Tout le monde était satisfait, chacun ayant réussi à tirer son épingle du jeu.

Même mon maître avait des raisons de se réjouir. Le principal personnage de l'État, le nouveau maître du Maghreb Extrême n'était-il pas ce vizir Amar qu'il connaissait depuis longtemps, dont il avait été l'ami et le commensal et avec qui il avait si souvent goûté aux plaisirs délicats de la poésie ? Au début, Ibn Khaldoun eut toutes les raisons de croire que cette amitié allait en effet le servir et le mener aux plus hauts niveaux de la faveur et de la fortune dans l'État mérinide.

Le vizir Amar confirma Ibn Khaldoun dans ses fonctions de secrétaire personnel du souverain, ainsi que de responsable de la Fonction de l'Injustice et des Abus. Il se montra généreux, munificent. Il augmenta considérablement les terres et les propriétés qu'Ibn Khaldoun possédait déjà dans les environs de Fès et dont les revenus lui permettaient de mener grand train. Il fit plus : il haussa sensiblement son traitement.

Ibn Khaldoun fut d'abord satisfait de ces marques de faveur. Cependant, au bout de quelque temps, il commença à donner des signes d'impatience. J'étais dans sa confidence, je vivais dans son intimité. Il me dit qu'on ne le traitait pas à sa juste valeur. Il avait fini, me dit-il, d'étudier toutes les branches du savoir, qu'il maîtrisait maintenant peut-être plus et mieux que quiconque à Fès. Est-ce qu'on en tenait compte ? Est-ce que son ami le vizir mesuraid à sa juste valeur quel faqîh et alim[4] éminent il était devenu ? Combien d'autres professeurs et cheikhs à Fès brillaient-ils, comme lui, dans les sciences rationnelles autant que dans les sciences religieuses ou philosophiques ?

Je comprenais mal les raisons profondes de cette amertume de mon maître. Il occupait déjà des fonctions importantes et ses biens étaient nombreux. C'était d'autant plus remarquable qu'il était arrivé à Fès, quelque dix ans plus tôt, muni à peine d'un tapis de prière, de quelques bourses, de deux ou trois robes et d'une monture épuisée.

Ses succès lui étaient-ils montés à la tête ? Il souhaitait peut-être déjà devenir cadi. Cette fonction suprême n'était cependant confiée qu'à des gens d'âge mûr, dont l'expérience était garante de la sagesse. Or, mon maître avait à peine trente ans.

J'ai eu quelquefois l'occasion, plus tard dans sa vie, de constater cette impatience de mon maître, cette haute conscience qu'il avait de sa valeur. Il sentait, il savait qu'il dépassait de plusieurs coudées ceux qui l'entouraient. La plupart du temps, il réussissait à maîtriser ces sentiments. Quelquefois, cependant, il se laissait aller à l'agacement, voire à l'exaspération et à la colère. Il attisait alors l'envie et la jalousie qui l'ont toujours accompagnées, comme deux harpies ricanantes et venimeuses.

Déjà à Fès, ces honneurs dont le comblait le vizir son ami et qui ne lui semblaient pas suffisants, entraînaient dans leur sillage les murmures et la calomnie. Ibn Khaldoun n'y prêtait pas attention. Il commença par témoigner de la froideur au vizir et manifesta son mécontentement par des insinuations répétées. Des allusions amères lui échappaient quelquefois. Il rappelait en termes voilés les longues soirées d'antan, l'amitié de toujours.

Le vizir fut manifestement surpris. Il rappela à Ibn Khaldoun les faveurs dont il l'avait déjà comblé. Rien n'y fit. Mon maître prit la décision de ne plus se rendre au palais. Il préférait, répétait-il à l'envi, consacrer son temps à l'étude et à la méditation, plutôt que d'aller le perdre dans des emplois indignes de lui et de sa famille.

La situation s'envenima vite. Quand mon maître rencontrait maintenant le vizir Amar à l'extérieur du palais, celui-ci se détournait ostensiblement. Il ne voulait plus adresser la parole en public à Ibn Khaldoun, dont il persiflait l'ingratitude. Les deux hommes cessèrent peu à peu de se voir.

C'est alors qu'Ibn Khaldoun commença à évoquer un départ de Fès. Il se trouvait depuis douze ans dans la capitale du Maghreb Extrême. Il y avait reçu de nombreux honneurs. Il s'y était fait quelques amis sincères, qui joueront dans sa vie un rôle important, comme l'émir Abou Abdallah ou le vizir andalou Ibn al-Khatib. Il s'y était également attiré de nombreuses inimitiés. Je le sentais agité. Son impatience grandissait. Il avait le sentiment d'être enfermé à Fès. Il aspirait à d'autres horizons, d'autres rencontres, d'autres aventures.

Je me suis souvent demandé si c'était le froid entre le vizir Amar et lui qui l'avait déterminé à quitter Fès. Il lui en avait sûrement donné le prétexte, mais je crois que d'autres motifs, plus obscurs, ont joué un rôle important dans sa décision. Mon maître était un esprit libre. L'aventure, le large l'ont toujours attiré. À peine était-il installé quelque part qu'il voulait explorer d'autres pays, rencontrer d'autres hommes, lire d'autres livres. Sa curiosité a été un aiguillon qui l'a jeté sur toutes les routes qui entourent la vaste mer des Syriens.

Mon maître fit parvenir une missive au vizir Amar. Il y exprimait la nostalgie de son pays natal et lui demandait la permission de retourner à Tunis. Le vizir commença par refuser : j'appris, en entendant les amis de mon maître discuter avec lui, que le vizir craignait qu'Ibn Khaldoun n'aille mettre son immense talent et sa connaissance intime du Maghreb Extrême au service des princes de Tunis ou de Tlemcen. Dans la politique complexe du Maghreb, les luttes entre les souverains de l'Ifrîqîya, du Maghreb Central et du Maghreb Extrême étaient incessantes, et le vizir ne voulait pas trouver Ibn Khaldoun dans le camp des ennemis de Fès.

Ce refus exaspéra mon maître : du coup, il se sentit véritablement prisonnier. Ce n'était pas pour rien, cependant, qu'il avait patiemment tissé une toile d'amis et de connaissances à Fès. Il se rendit chez un vizir subalterne qui lui devait des faveurs et lui demanda d'intercéder auprès d'Amar.

Quelques jours plus tard, ce vizir revint. Il annonça à mon maître qu'Amar s'était laissé fléchir. Ibn Khaldoun était libre de quitter Fès. Une seule interdiction formelle : il lui était proscrit de se rendre à Tlemcen, car la guerre venait d'éclater entre le Maghreb Extrême et le Maghreb Central.

Mon maître jubilait. Lui qui avait été taciturne et grave pendant de longues semaines retrouva sa vivacité et son allant. Il donna des ordres pour préparer le départ. J'étais convaincu que nous allions à Tunis. Je lui demandai quelles routes nous allions emprunter pour nous rendre en Ifrîqîya. « L'Ifrîqîya ? me dit-il. Tunis ? Mais nous connaissons déjà fort bien Tunis. Pourquoi retournerions-nous à Tunis maintenant ? » Je restai sans voix. Je finis par demander à mon maître où nous allions. Il me répondit avec un grand sourire : « Mon cher Ibrahim, nous allons nous rendre dans le plus raffiné des États de l'Islam, le berceau de ma famille, l'honneur et l'orgueil de tous les vrais croyants. Nous allons en Andalousie. Nous allons à Grenade. »

Notes

1. Fête de la naissance du Prophète.
2. Le Mali actuel.
3. Rues étroites.
4. Faqîh : spécialiste du Fiqh, jurisprudence, droit, science de la loi. Alim : savant, singulier de Olama, qui a donné en français uléma.

7

Damas

« Plus tu m'en parles, et plus il me semble que le Maghreb est un vaste pays, dit Tamerlan à mon maître.

– Vous avez raison, Sire. L'Ifrîqiya est le plus petit des États du Maghreb. Le Maghreb Central et le Maghreb Extrême sont l'un et l'autre très vastes. Le Maghreb dans son entier est donc immense, surtout quand on pense aux vastes déserts qui le bordent au sud et qui le séparent du Soudan, le pays des Noirs.

– Il y a, me dit-on, un commerce incessant entre le Maghreb et ce pays des Noirs. Toi-même, tu m'as parlé d'ambassades et d'animaux curieux, qu'on appelle girafes.

– Vous avez raison, Votre Majesté. Le commerce entre ma patrie et le Soudan n'a jamais cessé. L'or du Soudan, qui est abondant dans ces contrées mystérieuses, arrivait au Maghreb par caravanes entières…

– Par caravanes ?

– Oui, Sire. Elles traversaient le désert pendant plusieurs semaines, avant d'arriver à Marrakech, à Fès ou à Tlemcen. Les souverains du Soudan étaient donc immensément riches. On raconte à cet égard une histoire bien curieuse.

– Laquelle donc ? Ne nous fais pas languir, Grand Cadi, car tu es un plaisant conteur.

– Eh bien, Votre Majesté, Moussa, le souverain du Soudan, s'est rendu à La Mecque en pèlerinage au début du siècle dernier. Son cortège comprenait plusieurs dizaines de chameaux chargés d'or. En chemin, il s'est arrêté plusieurs mois au Caire. Les commerçants de cette grande ville ont flairé l'aubaine et ont réussi à emberlificoter le souverain. Moussa a donc dépensé son or avec une telle prodigalité que le cours de la monnaie égyptienne s'est effondré du jour au lendemain. »

Tamerlan se mit à rire, puis il reprit son interrogatoire : « Tu as donc décidé de quitter Fès pour aller en Andalousie. Comment se rend-on du Maghreb Extrême en Ibérie ?

– Votre Majesté, j'ai embarqué à Ceuta.

– Ceuta ?

– Il s'agit d'un port sur la mer des Syriens.

– Et Tanger ?

– C'est encore un autre port, Votre Majesté.

– Tu m'as déjà parlé d'autres ports. Tunis, l'un des plus grands et des plus importants. Puis tu as évoqué Béjaïa, d'autres encore. Pourquoi n'as-tu pas embarqué à Tunis ou à Béjaïa ?

– Parce que Ceuta est bien plus proche de l'Ibérie, Votre Majesté. Juste en face d'Algésiras et de Gibraltar. »

Tamerlan se tut pendant de longues minutes. Puis il se tourna vers Ibn Khaldoun : « Cela fait plusieurs jours que tu me parles de l'Ifrîqîya, du Maghreb Central et du Maghreb Extrême. Tu as ressuscité sous mes yeux Tunis et Fès. Tu me parles de nombreux ports, de richesses et de commerce. Cela n'est cependant pas très clair pour moi. Tu rédigeras donc une description détaillée du Maghreb dans son ensemble, de ses montagnes et de ses vallées, de ses rivières et de ses mers, de ses villes et de ses ports, de ses habitants, de leurs richesses et de leur commerce. Tu n'oublieras pas de mentionner les principaux souverains, les peuples qu'ils dirigent, les tributs qu'ils lèvent. Je désire tout savoir sur le Maghreb. Va maintenant. »

Un désir de Tamerlan était un ordre catégorique. Mon maître se leva, s'inclina profondément, et nous retournâmes à la mosquée-madrasa Adeleyya, où nous résidions à Damas.

Mon maître se tourna vers moi : « Ibrahim, il faut obéir. Pourquoi Tamerlan veut-il tout savoir du Maghreb ? Tourne-t-il ses regards déjà vers d'autres conquêtes ? Pense-t-il pouvoir culbuter l'Égypte et s'avancer le long de la mer des Syriens jusqu'en Ifrîqîya ? Je l'ignore. Dieu dirige qui Il veut. Pour nous, cet ordre est presque insensé. Raconter tout le Maghreb en quelques jours, le ressusciter en quelques pages ? L'Empereur ne se rend pas compte que c'est une tâche surhumaine, presque impossible. Mais il nous faut obéir. Tu vas donc aller te procurer des cahiers et des plumes et nous nous mettrons au travail. »

Mon maître se plaignait, mais, pendant qu'il parlait, je voyais briller une flamme dans ses yeux. Rien ne pouvait plus l'exciter qu'un défi intellectuel, surtout un défi de cette ampleur. Les difficultés étaient énormes. Nous n'avions sous la main ni son *Kitâb al-'Ibar*, ni son *Histoire des Berbères*, ni sa *Muqaddima,* dans lesquels il aurait pu puiser son information. Les bibliothèques de Damas étaient soit détruites, soit fermées.

Mon maître se mit immédiatement au travail. Nous nous enfermâmes tous les deux. Il condamna totalement sa porte. Nous travaillions quinze heures par jour, nous accordant à peine quelques heures de sommeil par nuit. Il s'interrompait seulement pour faire ses prières et je dus le forcer à manger. Il prenait des repas frugaux et s'interrompait à peine d'écrire ou de dicter.

Nous travaillions dans la fièvre, dans le bonheur. Je revivais — et il revivait encore plus fortement que moi — les mois, les années intenses et magnifiques de Qal'at Ibn Salama, quand son esprit concevait dans toute son ampleur sa vision du monde, quand il embrassait à bras-le-corps, dans la fièvre et l'insomnie, l'histoire de l'univers tout entier.

J'ai dit que nous n'avions pas de documents, pas d'archives, pas de matériaux. Mon maître y suppléait par la mémoire. Il se rappelait tout : les noms, les dates, les faits, les alliances, les souverains, le moindre incident géographique. Le Maghreb l'habitait. Je sentais confusément que ce traité que lui imposait le maître des Mongols lui donnait l'occasion de redire, encore une fois, son amour pour son pays d'origine.

Quand sa mémoire se fatiguait et qu'il trébuchait sur un souvenir, il me demandait si je m'en souvenais. Je l'aidais de mon mieux. Quelquefois, tout se bousculait dans sa tête tellement vite qu'il dictait à un rythme accéléré, incapable de contraindre son esprit à respecter et à suivre le rythme plus lent de ma main.

Au bout d'une semaine, mon maître se présenta à nouveau devant Tamerlan, épuisé mais triomphant. Il tenait en main dix cahiers qui totalisaient deux cent quarante pages : tout le Maghreb y était, tout le Maghreb s'y épanouissait, du golfe de Tunis au détroit d'al-Zuqaq[1], de la mer des Syriens au désert du sud. Tamerlan, surpris par l'ampleur du travail, demanda qu'on lui en traduise sur-le-champ quelques fragments. Le cheikh al-Khawarezmi, son interprète, ouvrit au hasard un cahier. Ibn Khaldoun y décrivait le port de Ceuta, et comment les voyageurs qui voulaient se rendre en Andalousie le

105

choisissaient d'habitude, puisqu'il se trouvait à peine à vingt milles des côtes espagnoles. Tamerlan, satisfait de ce qu'il entendait, donna immédiatement l'ordre de traduire tout le document en mongol. Puis il se tourna vers mon maître pour le féliciter…

Je ne l'entendais plus… Al-Khawarezmi, en parlant de Ceuta et de l'Andalousie, venait de ressusciter devant mes yeux l'ample et poignante beauté de Grenade, la richesse de ses souks, la finesse de ses édifices et de ses mosquées, la douce sensualité des palais qui couronnaient sa Colline Rouge…

○

○ ○

Grenade

Nous avions traversé les jours précédents des montagnes austères. Depuis notre débarquement à Gibraltar, je redécouvrais avec surprise et curiosité l'Andalousie, dont je ne gardais depuis l'enfance que de vagues souvenirs. Des vallées fleuries creusaient des tranchées fécondes entre des monts pelés. Partout, de petits villages bourdonnaient d'une vie intense. Les musulmans avaient transformé ce pays sévère en une mosaïque d'oasis verdoyantes.

Nous avions débarqué une semaine auparavant à Gibraltar. Mon maître avait hâte d'arriver à Grenade. Il s'était cependant arrêté quelques heures à Algésiras pour écrire une longue missive à son ami le vizir Ibn al-Khatib, le deuxième personnage de l'Andalousie, le premier serviteur du sultan. Il lui annonçait son arrivée et le priait de transmettre ses respects au souverain.

J'avais été taciturne pendant les premiers jours de notre voyage. J'étais encore sous le choc de notre départ de Fès et de ma séparation de ma femme et de ma fille. Je soupçonnais fort qu'Ibn Khaldoun lui-même était affecté de se séparer de sa femme et de ses enfants.

Quand il m'avait annoncé que nous irions en Andalousie, j'avais jubilé. L'Ibérie, sa splendeur, ses richesses, son art, tout contribuait à en faire un mythe que chantaient les poètes dans tout le Dar al-Islam[2]. À Fès, les longues conversations qu'Ibn Khaldoun avait le soir avec ses amis portaient souvent sur l'Andalousie.

Il y avait autre chose : mon maître avait une conscience très forte, dont il tirait fierté, que le berceau de ses aïeux était à Séville, d'où ils avaient émigré en Ifrîqîya. Ses professeurs, les grands maîtres de Fès, étaient souvent des Grenadins. Son meilleur ami, celui dont il appréciait plus que tout l'art poétique, était vizir à Grenade. Un jour, sous le règne du sultan Abou Inan, que Dieu l'ait en Sa miséricorde, il avait assisté à la visite à Fès d'une importante délégation d'Andalous et à sa réception au palais. Il avait été fasciné par leur raffinement. Bref, l'Andalousie lui semblait le nouvel Éden.

Quand les préparatifs du voyage se sont précipités, je me suis rendu compte que nous irions en Andalousie accompagnés seulement de quelques esclaves. Mon maître me dicta en effet une lettre à ses beaux-frères qui demeuraient à Constantine. Il leur annonçait son départ imminent et leur demandait d'accueillir chez eux sa sœur et ses servantes.

Je lui demandai pourquoi sa femme et ses enfants ne nous accompagnaient pas. Il argua des dangers du chemin, puis il me fit une confidence : il préférait voir l'accueil qu'on lui ferait à Grenade avant d'y amener sa famille. Il se demandait s'il y resterait longtemps. Il trouvait plus sage d'envoyer donc sa femme pendant quelque temps à Constantine, chez ses frères.

J'étais atterré, mais je n'y pouvais rien : mon maître avait pris sa décision. Pour la première fois depuis mon mariage, quelques années plus tôt, j'allais me trouver séparé d'Amal et de Zahra. Amal avait beaucoup pleuré. J'étais bouleversé devant ce chagrin. Ma tristesse, mon désarroi à l'idée de cette séparation imminente redoublaient, mais je m'efforçais de réconforter ma femme. Je mentais et prétendais qu'il était décidé qu'elle nous rejoindrait quelques semaines plus tard. En mon for intérieur, cette séparation me semblait d'un triste augure. Les dernières semaines à Fès furent lugubres.

La veille du départ, j'avais longuement étreint Amal. Je l'avais embrassée avec une fièvre douloureuse : j'explorais chaque partie de son corps comme si je redoutais de ne plus la revoir, la toucher, la caresser. J'effleurais sa peau ambrée et soyeuse, je caressais ses hanches, j'enfouissais ma tête et mes lèvres entre ses seins, je voulais aspirer de tous mes pores sa senteur, son parfum, son doux velouté, comme un voyageur qui, au moment de quitter une oasis où il a trouvé le repos, s'abreuve à longues gorgées à l'eau de son lac avant de s'en arracher pour affronter le désert. Quand enfin, au milieu des larmes et des baisers, Amal et moi nous tendîmes nos corps dans l'étreinte finale, notre plaisir avait une violence âcre et triste.

J'appris aussi, par les confidences de ma femme et de ma sœur, qu'Ibn Khaldoun lui-même s'était laissé aller à une vive émotion. On parlait au harem de la tendresse qu'il avait manifestée plusieurs fois à sa femme, et dont elle s'était flattée devant ses servantes. Puis, tout le quartier des femmes l'avait vu étreindre et embrasser longuement ses enfants, et surtout son aîné, Mohammad.

La caravane emmenant les femmes et les enfants était partie un matin. Nous quittâmes Fès deux jours plus tard. Pendant toute la traversée des montagnes du nord, nous restâmes silencieux : j'étais triste et absorbé dans mes pensées. Nous arrivâmes à Ceuta où mon maître passa quelques jours, et l'accueil qu'il y reçut commença à dissiper sa morosité. Le chef de la ville, un chérif et un fin lettré, connaissait Ibn Khaldoun de réputation. Il l'accueillit dans sa demeure et lui fit les plus grands honneurs. Mon maître me dit le soir, dans un accès d'orgueil : « Il me traite mieux qu'un roi. » Quand le moment vint de quitter Ceuta, le chérif accompagna mon maître sur la berge et aida à pousser dans l'eau l'embarcation qui nous amenait à la nave.

La traversée fut brève. Gibraltar me parut petite. Nous partîmes pour Grenade. J'étais comme engourdi et mon maître aussi restait taciturne. Que nous réservait ce pays ? Que nous réservaient ses maîtres ? Le froid était vif, surtout dans les montagnes. Nous étions en hiver et la neige recouvrait de nombreuses cimes.

La réponse à nos questions commença à se dessiner à notre dernier relais. Nous étions à une journée de voyage de Grenade et nous nous étions arrêtés pour la nuit quand un messager remit une lettre à mon maître. C'était une longue missive d'Ibn al-Khatib. Le vizir annonçait à mon maître en prose rimée qu'il était le bienvenu à Grenade et que le sultan et lui-même se réjouissaient de l'y accueillir.

Le lendemain, nous entrâmes à Grenade. Nous étions à la fin de l'année 1362 de l'ère des chrétiens. À la Porte des Drapeaux, les grands officiers du sultan nous attendaient. Ils saluèrent mon maître avec déférence, lui souhaitèrent la bienvenue au nom de leur maître et l'invitèrent à les suivre. J'étais étourdi par l'étendue de la ville. Elle alignait à l'infinie ses rues, ses darbs, ses faubourgs. Nous la traversâmes pour arriver à la Colline Rouge[3]. Ibn al-Khatib nous attendait à la Porte de la Justice, qui menait au palais du sultan. Il étreignit longuement mon maître et lui annonça que le souverain avait donné des ordres stricts pour recevoir Ibn Khaldoun dès son arrivée.

Le vizir nous précéda jusqu'à la salle du Trône, qui occupait le haut d'une tour carrée dominant le nouveau palais du souverain. Celui-ci y recevait les ambassadeurs et les dignitaires étrangers. Mon maître s'inclina profondément dès qu'il vit le sultan. Mohammad V se leva de son trône, le releva et l'accueillit avec chaleur et émotion. Il lui demanda des nouvelles de sa famille et de ses enfants. Le sultan voulait aussi savoir comment s'était déroulé le voyage. Ses questions témoignaient d'une sollicitude particulière et personnelle à l'égard d'Ibn Khaldoun et mon maître en sembla très touché. Puis le sultan frappa dans ses mains. Des serviteurs entrèrent, portant une magnifique robe d'honneur de soie brodée d'or. Le sultan la tendit à mon maître, qui s'en revêtit aux applaudissements des courtisans.

À la fin de l'audience, le sultan annonça à Ibn Khaldoun qu'il avait fait préparer pour lui une demeure particulière. Ibn al-Khatib lui-même tint à y conduire mon maître. Précédés de la garde chrétienne du sultan, nous descendîmes de l'Alhambra pour traverser de nouveau la ville. La maison se trouvait près de la Porte des Amandes, dans le quartier d'Al Sari', dont je devais vite apprendre qu'il était le quartier aristocratique de Grenade. En plus de sa résidence dans l'Alhambra, Ibn al-Khatib y possédait également une villa luxueuse. Après nous avoir menés à notre demeure, ce dernier insista pour que mon maître retournât dès le lendemain au palais.

Ibn Khaldoun était tout étourdi par cet accueil exceptionnel. Je lui rappelai l'amitié que lui portait Ibn al-Khatib. J'évoquai le respect et la déférence que lui-même avait témoignés à l'égard du sultan lorsque celui-ci était exilé à Fès, quatre ans plus tôt. «Tu as bien raison, Ibrahim, me dit-il. Cependant, l'amitié la plus solide peut s'affaiblir.

– Cependant, ya sidi[4], Ibn al-Khatib vous a souvent écrit quand vous étiez à Fès.

– Oui, mais je ne suis plus à Fès. Je suis maintenant à Grenade. La proximité des grands n'est pas toujours de tout repos.

– Le sultan vous doit cependant beaucoup…

– Tu veux évoquer mes interventions auprès des puissants de Fès pour l'aider au moment de son exil ?

– Cela, ya sidi, mais autre chose aussi. Vous avez convaincu les princes mérinides de l'aider à reconquérir son trône. Vous avez même manœuvré pour qu'on lui accorde la place forte de Ronda, dont il s'est servi comme base pour la reconquête de Grenade, de l'Andalousie et de son trône.

– Décidément, mon cher Ibrahim, tu es bien bon de rappeler tout cela, dit Ibn Khaldoun avec le sourire. Mais les faveurs que l'on a faites aux grands de ce monde les agacent quelquefois. La reconnaissance est une vertu pesante.

– Même quand le service rendu est plus… personnel ?

– Que veux-tu dire ? » demanda mon maître après une imperceptible hésitation.

Il avait deviné à quoi je faisais allusion, mais il avait scrupule à le reconnaître de vive voix. Pour ma part, je savais que je lui ferais plaisir en le lui rappelant : « Quand le sultan a quitté Fès pour reconquérir son trône, vous avez témoigné la plus vive sollicitude à l'égard de sa famille et de ses enfants. Vous avez veillé sur eux, vous les avez visités, vous vous êtes assuré de leur bien-être et de leur sécurité. Mohammad V a dû certainement être sensible à tant de générosité.

– Mon cher Ibrahim, si tu le dis… Pour le moment, contentons-nous de jouir de notre bonne fortune. Nous sommes à Grenade, la belle et vieille Andalousie nous entoure, le sultan et le vizir nous aiment. *Si Dieu l'avait voulu, ils ne l'eussent pas fait* [5] ».

Dès le lendemain, nous revînmes au palais. L'affection de Mohammad V pour Ibn Khaldoun semblait sincère : il l'accueillit dans le cercle de ses amis intimes. Le souverain s'était entouré de nombreux poètes, de savants et de sages. Durant les longues soirées d'hiver, Ibn Khaldoun s'asseyait au milieu d'un groupe restreint d'esprits éminents. Le cénacle se réunissait dans une salle attenante à la cour des lions, que les architectes avaient achevée quelques années auparavant. Des brûle-parfums de céramique répandaient dans la pièce des odeurs suaves.

En traversant la cour, où de graciles colonnes soutenaient des arcades finement ciselées, en passant devant la fontaine soutenue par des lions dont la gueule crachait l'eau, en pénétrant surtout dans les pièces aux décorations gracieuses, avec les fins entrelacs des arabesques colorées entourant les murs, mon maître, enivré par l'harmonie de ce lieu magique, n'avait aucune peine à se convaincre que l'Andalousie était bien en effet la couronne du Dar al-Islam, la pointe extrême de sa civilisation.

Les discussions allaient bon train, les traits d'esprit fusaient. On évoquait quelquefois la politique et mon maître, là aussi, faisait montre d'une connaissance profonde des États et des souverains d'Ibérie. Il louait son nouveau maître de la politique qu'il menait, faite de subtilités et d'équilibre entre les deux grands rois chrétiens de la péninsule, le roi d'Aragon et le roi de Castille. Mohammad V l'écoutait attentivement et souriait. Ibn al-Khatib, l'architecte de cette politique, hochait la tête. Quand le souverain faisait une remarque particulièrement élogieuse à Ibn Khaldoun, je voyais le vizir devenir songeur.

Mohammad V insista pour que mon maître l'accompagnât à la prière, dans la mosquée privée du souverain au cœur de l'Alhambra, et se joignît à lui à l'heure de ses repas. L'intimité entre les deux hommes grandissait. J'avais quelquefois le sentiment, en les voyant deviser gaiement, rire ensemble ou se chuchoter des confidences, que le sultan, que l'écrasante personnalité d'Ibn Khaldoun fascinait, n'était pas loin d'éprouver pour lui une sorte d'affection fraternelle. Mon maître était plus âgé que le souverain de six ou huit ans et aurait fort bien pu être pour lui un frère aîné.

La vie du sultan n'était pas faite seulement de prières, de discussions érudites ou d'attention aux affaires de l'État. Mohammad V, comme ses aïeux, aimait aussi les plaisirs. Des banquets réunissaient quelquefois le soir de nombreux courtisans autour de lui. Un poète se levait au moment des desserts pour chanter en vers les vertus du sultan et la grandeur de sa famille. Un autre, plus hardi, évoquait les joies de l'amour. La beauté des femmes ensorcelait les cœurs, celle des garçons aussi. Et le poète audacieux s'aventurait alors à donner des conseils en vers :

Défais-toi de toute honte à propos des beaux garçons,
Soupire après eux, éperdu d'amour,
Et laisse dire les jaloux et les critiques

Qui n'obéit pas aux ordres des beaux garçons est un pécheur
Il n'a en rien compris le sens de sa vie en ce monde !

Il n'est de beauté que dans la blancheur, surtout si, comme chez toi,
C'est la blancheur d'une joue imberbe et rebondie.

L'assemblée s'esclaffa. Puis les musiciens entrèrent, portant leur luth, leur viole, leur flûte, leur tabla. Ils entamèrent des mélodies répétées avec d'infinies et subtiles variations. Un rideau s'entrouvrit : une chanteuse, suivie de deux ou trois danseuses, fit son apparition.

La chanteuse entonna des mowachahhat[6] andalouses, certaines en l'honneur du souverain, d'autres fois à thème amoureux ou légèrement érotique. Les musiciens suivaient ses broderies, quelquefois improvisées. Les danseuses se déhanchaient sur un rythme alangui, qui se précipitait soudain au claquement des castagnettes qu'elles faisaient tournoyer entre leurs doigts, les deux bras étendus au-dessus de leur tête, le pied frappant nerveusement le sol, la croupe cambrée, la poitrine altière et frémissante.

Mon maître avait déjà assisté à des festivités semblables chez certains de ses amis de Fès. Les danseuses andalouses le surprirent cependant. Dans leur grande majorité, elles étaient des esclaves chrétiennes converties. Les maîtres de Grenade trouvaient auprès d'elles des douceurs et des plaisirs qui haussaient les plus ardentes d'entre elles au pinacle du harem. Les mères de certains des aïeux du sultan n'étaient-elles pas d'anciennes esclaves chrétiennes ?

Ces esclaves venaient de l'Aragon, de l'Estramadure, du Léon. Elles avaient la peau claire, les cheveux châtains ou blonds. Mon maître, éloigné de sa femme, jetait des regards curieux sur ces femmes différentes de celles qu'il avait connues au Maghreb. L'avouerai-je ? Elles me fascinaient aussi et quand l'une d'entre elles passait devant moi, habillée de couleurs brillantes ou chaudes, entraînant dans son sillage de subtils parfums, je devenais distrait.

Cependant, l'hiver agonisait. La neige retraitait sur les montagnes entourant Grenade. Nous pûmes enfin sortir de la ville et visiter le pays voisin. La plaine de Grenade nous éblouit par sa beauté, sa fécondité, l'abondance des eaux qui l'irriguaient, la multitude des maisons qui la recouvraient. Elles étaient quelquefois si nombreuses, si rapprochées, qu'on se serait encore cru dans l'un des faubourgs de la ville. Leurs murets, cachés derrière des rangées d'arbres, étaient recouverts de fleurs, de roses muscades, de myrtes.

L'eau du Darro et du Chendjîl[7] était détournée dans mille canaux, mille rigoles qui arrosaient les vergers. Ah ! les vergers de la plaine de Grenade ! Notre destin nous a menés, mon maître et moi, dans mille pays, mille campagnes. Nulle part nous n'avons vu de jardins si beaux, de fruits si abondants, à la peau si douce et luisante. Des poiriers, des pêchers, des cerisiers, des pommiers, des pruniers, des mûriers, des grenadiers, des abricotiers offraient à longueur d'année aux habitants de la ville leurs sucs savoureux, leur chair giclante et tendre. Des vignes accrochées aux espaliers penchaient vers la terre leurs grappes comme des seins translucides et lourds. Sur les hauteurs, les oliviers, trapus, serrés comme des légionnaires sur un champ de bataille, barbouillaient le ciel vibrant de lumière de leurs taches compactes et sombres.

Quand le soir, après avoir longtemps galopé dans la plaine, après nous être arrêtés dans un verger pour goûter, sous un arbre à l'ombre fraîche, à des fruits chauds et mûrs, nous revenions vers Grenade, nous ne voyions de la ville que la triple enceinte blanche qui la ceinturait en cercles concentriques. Un rayon de soleil arrachait quelquefois un éclat aveuglant aux tuiles vernissées d'une maison. Les muezzins qui se répondaient d'un minaret à l'autre ridaient à peine la paix du soir qui tombait.

Cependant, à l'approche de la ville, notre fatigue, notre douce rêverie s'évanouissaient. Le soleil couchant dessinait de ses pourpres rayons la sanguine de la Montagne Rouge. L'Alhambra détachait contre un ciel incandescent la silhouette gracile, presque nubile, des palais que le sultan et son père avaient fait construire au cours des dernières années. À l'horizon, les cimes enneigées striaient le ciel d'une zébrure blanche et aveuglante. De l'autre côté de la crevasse au fond de laquelle roulait le Darro, l'Albaïcin, le faubourg des Fauconniers, groupait sur les flancs de la colline ses maisons blanches comme des brebis dans l'alpage, veillées par l'altière Colline Rouge. De ce spectacle, mon maître et moi ne fûmes jamais rassasiés. Chaque fois que nous revenions le soir vers Grenade, nous nous arrêtions pour regarder en silence, pendant de longues minutes intenses, la magique beauté de l'Alhambra.

Les semaines s'écoulaient ainsi dans une douceur et un bonheur pleins. Même le souvenir de nos plus belles années à Fès ne pouvait égaler ce sentiment de plénitude, d'autant plus sereine que le sultan ne cessait de donner à mon maître d'éclatants témoignages de sa confiance et de son amitié.

Un jour, Mohammad V convoqua Ibn Khaldoun. «J'aurais, lui dit-il, un service à te demander.

– Vous savez, Sire, que mon plus grand bonheur est de vous servir.

– Eh bien, Abdel-Rahman, tu connais maintenant, puisque tu vis avec nous depuis de nombreux mois, la nature exacte de nos relations avec le roi Pedro de Castille.

– Je sais que c'est un souverain puissant et que Votre Majesté recherche son amitié, afin d'éviter à vos sujets les attaques et les déprédations des infidèles.

– Tu l'as bien dit, c'est un roi puissant. Il y a bien longtemps, hélas ! que mes aïeux et moi devons verser un tribut à la couronne de Castille. Cependant, le roi Pedro s'est montré mieux disposé à notre égard que les souverains qui l'ont précédé.

– Je crois savoir qu'il souhaite que Votre Majesté devienne son alliée, ou du moins reste neutre, afin qu'il consacre toutes ses forces à la lutte qui l'oppose au roi d'Aragon.

– C'est bien cela. Il désire conclure un traité de paix en bonne et due forme avec moi et avec les rois musulmans du Maghreb. J'ai hâte que ce traité soit ratifié, afin que je puisse moi-même consacrer toutes mes énergies au bonheur de mes sujets.

– Je vois que Votre Majesté a des vues larges et pénétrantes.

– Pour la ratification de ce traité, il nous faut cependant envoyer une ambassade à Pedro. Sa cour siège à Séville. Et pour diriger cette ambassade, il nous faut un homme sage, prudent, qui ait déjà l'expérience du gouvernement et qui ait ma pleine confiance.

– La cour de Votre Majesté est pleine de serviteurs dévoués.

– Or, j'ai trouvé cet homme.

– Puis-je demander à Votre Majesté de qui il s'agit ?

– Mon cher Abdel-Rahman, dit le souverain avec un large sourire, c'est toi.

– Moi ? »

La surprise paralysait Ibn Khaldoun. Il resta une longue minute sans parler. Mohammad V éclata d'un rire sonore : « Oui, toi. Est-ce que par hasard tu hésiterais ?

– Oh, non, Votre Majesté !

– C'est peut-être la perspective d'aller à Séville qui ne te sourit pas, ajouta le sultan avec une mimique malicieuse.

– Votre Majesté sait parfaitement qu'en m'envoyant à Séville elle me comble et m'honore, dit enfin Ibn Khaldoun, avec un salut profond, la main sur le cœur.

– Alors, c'est entendu, conclut le sultan. J'ai donné des ordres pour que les préparatifs de l'ambassade soient accélérés. Abou Lissan[8] te donnera les instructions finales. »

En quittant le sultan, mon maître était dans l'exaltation la plus grande. En le nommant ambassadeur, Mohammad V manifestait de façon éclatante, aux yeux de toute la cour, la confiance qu'il portait à mon maître. Il confortait Ibn Khaldoun dans son orgueil, dans le sentiment qu'il avait de sa supériorité, dans sa conviction intime qu'il était appelé à jouer un rôle important dans tout le Dar al-Islam.

Mais cette ambassade touchait mon maître pour des raisons encore plus profondes. Il rappelait fièrement, chaque fois que l'occasion lui en était donnée, que ses aïeux étaient des patriciens de Séville et qu'ils l'avaient même gouvernée à certaines époques. Ce voyage lui permettait ainsi de revenir à ses racines, même si la ville était tombée entre les mains des chrétiens depuis déjà plus de cent ans.

L'observateur, l'esprit politique chez Ibn Khaldoun ne pouvait également que se réjouir d'aller chez le roi Pedro. Depuis six siècles, toute la péninsule avait résonné des luttes entre musulmans et chrétiens. Les rois chrétiens avaient lentement repoussé les fidèles, leur avaient arraché les joyaux qu'étaient Tolède, Séville et surtout Cordoue, avec sa mosquée, la plus belle de tout l'Islam. Il ne restait plus que le royaume de Grenade, affaibli, asservi, payant tribut aux chrétiens. Ibn Khaldoun connaissait tout cela. Il se passionnait à l'idée d'aller voir ce roi chrétien, afin de mieux comprendre ses forces et ses faiblesses et de conseiller ainsi utilement le souverain de Grenade dans sa lutte pour la protection du dernier bastion musulman en Europe.

Ai-je besoin de l'avouer? À peine avais-je entendu que nous allions à Séville que mon cœur avait bondi dans ma poitrine. Mon maître revenait à ses origines lointaines, et moi à mes racines proches. J'étais né à Séville, mon enfance heureuse s'y était déroulée. Hélas! le temps commençait à estomper les souvenirs, la lumière, les couleurs de Séville. Mon destin m'y ramenait et tout mon être tressaillait d'une attente fiévreuse et inquiète.

Le sultan avait raison : les préparatifs furent brefs. Un matin, Ibn al-Khatib remit solennellement à Ibn Khaldoun une missive de Mohammad V à Pedro de Castille. Elle était rédigée en arabe, avec une traduction en castillan préparée par la chancellerie et écrite à l'encre rouge, que l'on ne trouvait qu'en Andalousie. Avant de partir, mon maître alla prier à la Grande Mosquée. Puis l'ambassade s'ébranla. Ibn Khaldoun était accompagné de nombreux serviteurs. Le convoi comprenait plusieurs chevaux de race pourvus d'étriers en or, que Mohammad V offrait à Pedro. Des mules solides transportaient également des ballots remplis d'autres présents : de magnifiques soieries, des coffrets ciselés d'argent, de fins bijoux. Une escouade de douze hommes assurait notre protection.

La plaine de Grenade à peine quittée, le paysage changea. Il redevint aride, austère. Nous suivions le Chendjîl. Un matin, notre escorte se montra nerveuse et prudente. Nous approchions des terres chrétiennes. Un escadron de Castillans nous arrêta bientôt. Les interprètes s'avancèrent l'un vers l'autre. La lettre du sultan qui établissait notre ambassade fit merveille : on nous laissa passer.

Puis, un jour, la rivière vint se jeter, se dissoudre dans un grand fleuve calme et languide. D'un large geste de la main, Ibn Khaldoun me montra la vaste étendue liquide : « Al-Ouadi al-Kebir. » Je tressaillis. Je reconnaissais déjà les paysages, je devinais dans le nom arabe ce fleuve que ma mère appelait jadis le Guadalquivir.

Plus nous approchions de Séville et plus la nature redevenait souriante et les terres fertiles. J'étais surpris de l'attitude de mon maître : on eût dit qu'il avait déjà fait ce voyage, qu'il avait déjà vu ces paysages. Plus tard, à Séville même, il reconnut d'emblée des monuments qu'il voyait pour la première fois. Il avait beaucoup lu sur la ville de ses ancêtres, et les chroniques des voyageurs et des historiens n'avaient plus de secrets pour lui.

Nous entrâmes dans Séville, entourés d'une garde castillane. Nous fûmes logés dans une annexe de l'alcazar. Partout, je tressaillais. Partout, l'émotion me saisissait : je reconnaissais des rues et des places. Je me précipitai au bord du fleuve. La Torre del Oro était encore là, fière gardienne de la ville et du port. Mon maître qui m'accompagnait me dit qu'elle avait été construite par les sultans almoravides, les maîtres de l'empire andalou, qui avaient fait de Séville leur capitale. La tour était alors la pièce maîtresse des fortifications qui protégeaient la ville.

Mais il ne voulait pas s'attarder là : il reviendrait plus tard pour mieux la visiter, me dit-il. Pour le moment, il voulait aller voir le minaret de la Grande Mosquée, que les rois de Castille n'avaient pas rasé après la conquête de Séville.

C'était une énorme tour carrée, surmontée d'une tour également carrée, mais plus petite. À son sommet, quatre boules dorées superposées les unes sur les autres en taille décroissante lançaient de tous les côtés des éclairs de lumière aveuglante. Les quatre façades étaient décorées de figures géométriques en briques de différentes couleurs. L'édifice, malgré sa taille, était d'une grâce certaine. Mon maître le regarda longuement. Je savais qu'il l'admirait. J'étais cependant surpris de son visage grave. Je lui en demandai la raison : « Aucun muezzin n'appelle plus les fidèles du haut du minaret », me dit-il d'une voix brève. Et il se détourna.

Le lendemain, le roi Pedro devait recevoir mon maître dans le Real Alcazar. « Il s'agit, bien entendu, du Palais al-Mubarak, construit par les sultans de jadis », me dit encore Ibn Khaldoun. Il ne cessait ainsi de découvrir, dans la Séville chrétienne, les magnifiques restes de la ville de ses aïeux. Dans ses paroles, dans ses attitudes, la fierté le disputait à l'amertume.

En pénétrant dans le palais, je fus surpris : la décoration, les meubles, les objets, tout ressemblait à ce qu'on pouvait voir dans les palais de Grenade. Je devais apprendre que le roi chrétien amenait à Séville des artistes et des artisans de Grenade et de Tolède, qui reconstituaient ainsi dans la cour du souverain catholique l'ambiance et le décor des sultans musulmans.

Nous attendions dans une antichambre le début de l'audience lorsque des pas pressés résonnèrent dans le corridor. Un homme entra et se précipita vers Ibn Khaldoun, qu'il étreignit. Mon maître hésita un bref moment avant de le reconnaître et de le serrer lui aussi dans ses bras.

C'était Ibrahim Ibn Zarzar, le médecin et astronome juif dont mon maître avait fait la connaissance jadis à Fès et dont il était devenu l'ami. La fortune d'Ibn Zarzar l'avait amené à Séville, où il était devenu le médecin et le conseiller de Pedro. En apprenant l'arrivée d'Ibn Khaldoun comme ambassadeur de la cour de Grenade, il s'était réjoui. Il avait longuement parlé au roi de mon maître. Il avait réussi à piquer sa curiosité et Pedro avait hâte de rencontrer Ibn Khaldoun.

Il le reçut dans la Salle des Ambassadeurs, aux magnifiques stucs colorés. Ibn Khaldoun remit au souverain la lettre du sultan. Pedro la fit lire à haute voix par son secrétaire. Il exprima sa satisfaction des ouvertures que lui faisait Mohammad V. Il assura Ibn Khaldoun qu'il souhaitait lui aussi ratifier dans les plus brefs délais le traité de paix avec les souverains musulmans. Il ferait préparer, dit-il, une réponse officielle par la chancellerie de la cour. Puis il invita mon maître à s'asseoir.

Le roi chrétien était curieux d'entendre les dernières nouvelles de son voisin et vassal musulman. Il posa de nombreuses questions à Ibn Khaldoun sur Grenade, sa cour, son souverain, et sur le vizir

Ibn al-Khatib. Ibn Khaldoun répondit avec finesse et intelligence. Il évitait les détails qui auraient pu desservir son maître et s'étendait par contre longuement sur la solidité, les richesses, la force du royaume de Grenade.

J'assistais à un spectacle que j'avais déjà vu à maintes reprises, jadis à Tunis et à Tlemcen, naguère à Fès et à Grenade : Pedro tombait à son tour sous le charme de la conversation d'Ibn Khaldoun. Il écoutait attentivement mon maître, hochait la tête et ne se lassait pas de lui poser de nouvelles questions. À la fin de l'audience, il l'invita à revenir le voir.

Nous passâmes plusieurs semaines douces et heureuses à Séville. Mon maître partageait son temps entre Ibn Zarzar, avec qui il discutait astronomie et médecine, comme au temps de Fès, et le souverain castillan, qui semblait l'apprécier de plus en plus. Nous nous retrouvions souvent au palais, où les courtisans chrétiens eux-mêmes s'étonnaient de ces faveurs que leur roi accordait à un ambassadeur musulman.

Pedro s'intéressait de près à l'histoire et à la géographie du Maghreb et de l'Andalousie. L'érudition d'Ibn Khaldoun l'étonnait. Mon maître ne se lassait pas de jouer auprès de lui ce rôle qu'il a si souvent tenu dans sa vie, et qu'il aimait peut-être plus que tout, celui de conseiller des grands. Il était également fin et perspicace : dans ses conversations avec Pedro et le cercle de ses courtisans, il glanait discrètement, mine de rien, mille détails sur la politique, la force et les intentions des royaumes chrétiens d'Espagne.

Nous visitâmes aussi la ville et ses environs. Mon maître se rendit à la campagne, à l'ouest de Séville, sur les bords du Guadalquivir. Il cherchait manifestement quelque chose. Nous chevauchions depuis deux heures lorsque nous parvînmes à un village cossu et prospère, au milieu d'une campagne bien irriguée, cultivée et riche. Le village et les fermes alentour appartenaient, comme nous l'apprîmes en posant des questions au guide sévillan qui nous accompagnait, à un baron castillan, un proche du roi Pedro.

Je vis mon maître regarder la plaine, les champs de blé et de céréales, les maisons et les fermes proprettes, aux murs recouverts de clématites et de lierre, avec une lueur de mélancolie dans les yeux. Je lui en demandai la raison. Il m'apprit que ce domaine avait jadis appartenu à sa famille. Il en avait trouvé dans ses archives familiales des traces précises qui lui avaient permis de le localiser. Il resta longtemps immobile dans la douce campagne sévillane, à regarder le fleuve et la plaine, et je respectai son silence.

Quelques jours plus tard, Pedro invita Ibn Khaldoun à le rencontrer. « Je sais, dit le roi, que vous aimez vous promener autour de Séville. » Les espions du souverain avaient bien fait leur travail. Mon maître répondit : « C'est un bien beau pays, Votre Majesté.

– C'est aussi un pays riche et généreux, et je sais que vous y êtes attaché.

– Votre Majesté connaît les raisons de cet attachement.

– Oui, vos aïeux ont jadis été des princes ici. Eh bien, Ibn Khaldoun, il n'en tient qu'à vous de suivre leurs traces.

– Je ne saisis pas très bien, dit mon maître, dont la voix trahissait la surprise.

– Votre famille possédait non loin d'ici de vastes propriétés. Je vous les rends.

– Vous… me les rendez ?

– Oui, je vous les rends. Vous redeviendrez propriétaire des champs où vous vous promeniez il y a quelques jours. Le produit de leurs récoltes et de leurs fruits vous enrichira, comme il a enrichi jadis votre famille.

– Mais, Majesté, ces terres appartiennent déjà…

– Oui, elles appartiennent à l'un de mes compagnons. Mais il y a toujours moyen de le dédommager. La Castille est vaste et la province ici est riche.

– Cependant, reprit Ibn Khaldoun d'une voix altérée — et c'était l'une des rares fois où je le voyais ému au point d'en perdre ses moyens —, je ne comprends pas… Vous me rendriez les anciennes propriétés de ma famille, et… » Il se tut, hésitant, cherchant ses mots. Le roi reprit : « Et vous y demeureriez. Vous auriez aussi une demeure à Séville. Vous appartiendrez à ma cour. Vous serez, à l'égal d'Ibn Zarzar, un de mes conseillers. »

Tout devenait clair. Ce que mon maître et moi-même devinions déjà depuis quelques instants se vérifiait. Le roi castillan, séduit par la personnalité d'Ibn Khaldoun, par ses connaissances, par la justesse et la profondeur de ses vues, souhaitait se l'attacher. Il ne trouverait pas de meilleur conseiller pour sa politique à l'égard des États et des princes musulmans du Maghreb et de l'Andalousie. Il était pour cela disposé à payer le prix fort, à déposséder l'un de ses courtisans et à couvrir un musulman de biens et d'honneur.

Mon maître demanda à réfléchir. Il n'hésita cependant pas bien longtemps. Le lendemain, il déclina poliment et adroitement l'offre de Pedro. Je le connaissais suffisamment pour savoir qu'il lui paraissait inconcevable de se mettre au service d'un prince chrétien.

Pedro fut déçu, mais ne le manifesta pas. La fin de l'ambassade approchait.

Les derniers jours furent tristes et mélancoliques. Nous sentions, Ibn Khaldoun et moi, que le destin ne nous ramènerait pas une deuxième fois à Séville. Nous traversions ses portes pour longer les murailles, avant de revenir dans l'enceinte, de sillonner sans arrêt le labyrinthe des ruelles où mon maître découvrait des vestiges de mosquées, de palais ou de luxueuses résidences des musulmans. Pour ma part, j'avais retrouvé, avec une tristesse poignante, la maison où j'avais grandi. Tous deux, nous ne cessions d'admirer, pendant les longues soirées, le mouvement incessant du port, les jeux du soleil déclinant sur l'eau du Guadalquivir et la silhouette massive, dorée et sereine de la Torre del Oro.

Mon maître regrettait également de devoir quitter Ibn Zarzar. Il passa de longues heures avec lui en d'ultimes conversations. Puis un matin, nous nous rendîmes au palais pour faire nos adieux à Pedro. Le roi castillan se montra chaleureux avec mon maître. Il avait fait préparer des provisions nombreuses pour le voyage de retour. Il l'entraîna ensuite dans la cour de l'alcazar.

De nombreux serviteurs entouraient une magnifique mule, solide, aux poils soyeux, aux étriers et à la bride garnis d'or. Le roi l'offrit à Ibn Khaldoun en cadeau, afin, dit-il, de lui témoigner sa satisfaction sur la façon dont il s'était acquitté de son ambassade. Ibn Khaldoun remercia bien bas. Je ne me doutais pas que, quelque quarante ans plus tard, un autre souverain, infiniment plus puissant que Pedro de Castille, l'empereur des Mongols Tamerlan, allait, à l'autre bout du monde, parler de mules à mon maître.

Nous quittâmes Séville. Nous étions, mon maître et moi, taciturnes. La visite du domaine de ses aïeux l'avait profondément touché. Elle avait également éveillé en lui d'autres émotions. Un jour, il me demanda : « Depuis combien de temps avons-nous quitté Fès ?

– Depuis plus de six mois, ya sidi.

– Cela fait donc six mois que nous n'avons pas vu nos familles et nos enfants. »

Cette remarque trouvait en moi un écho profond. Moi aussi, Zahra me manquait, mais surtout Amal. J'étais sevré de son sourire, de ses profonds yeux en amande, de ses lèvres douces et chaudes. Souvent, la nuit, dans un demi-sommeil, mes paumes moites tâtonnaient à la recherche de son corps, de ses seins, de ses reins. Une tension douloureuse me projetait vers elle.

Ibn Khaldoun parlait de ses enfants, mais pensait probablement à sa femme. Il devait rêver, comme moi, de tendresse et d'étreintes. Nous chevauchions ainsi, lui en avant, moi derrière, silencieux et mélancoliques, sur les routes poudreuses et dorées qui mènent de Séville à Grenade.

Notre retour dans la capitale de l'Andalousie fut aussi glorieux que notre première arrivée, quelques mois plus tôt. Mohammad V avait déjà eu des échos du succès de l'ambassade. Il accueillit Ibn Khaldoun avec effusion. Mon maître eut alors un geste de grande générosité, dont je ne savais s'il l'avait médité ou non : il offrit au souverain de Grenade la mule que lui avait offerte le souverain de Séville. Mohammad V, surpris et touché par ce présent, redoubla ses marques d'amitié.

La route avait été longue et fatigante. Nous nous retirâmes tôt dans la résidence luxueuse qui était la nôtre depuis plusieurs mois. Le lendemain, à peine étions-nous debout qu'un serviteur vint annoncer que le vizir Ibn al-Khatib venait d'arriver et voulait voir mon maître.

Ibn Khaldoun se précipita. Le vizir était souriant. Il annonça à mon maître que le sultan, satisfait de ses services, voulait le remercier. Il lui concédait donc le village d'Elvira, dans la plaine de Grenade, avec toutes les fermes qui l'entouraient et leurs récoltes. Et le vizir remit à mon maître un acte de donation notarié en bonne et due forme.

Mon maître remercia son ami le vizir avec effusion et se promit d'aller à l'Alhambra dire sa reconnaissance au sultan. Pourtant, au moment où Ibn al-Khatib nous quittait, j'eus l'impression de voir dans ses yeux une lueur qui me surprit. Je ne m'y attardai cependant pas, tout à la joie de voir mon maître exulter, plein d'optimisme, d'assurance et de joie : « Vois-tu, Ibrahim, me dit-il, Dieu est grand et n'abandonne jamais ses serviteurs. Pedro m'a fait une offre bien tentante, que je ne pouvais accepter. Le sultan m'en fait une autre, encore plus généreuse, que je peux cette fois-ci accepter sans le moindre scrupule. » Il se tut un bref moment puis, se tournant vers moi, dans un grand geste conquérant, il me dit : « Et il est grand temps de faire venir ici nos familles et nos enfants ».

Notes

1. Gibraltar.
2. La Maison de l'Islam, l'univers musulman.
3. L'Alhambra.
4. Mon maître.
5. Citation du *Coran* (VI, 138).
6. Genre d'odes.
7. Le Genil.
8. Surnom donné par les contemporains au vizir Ibn al-Khatib.

8

Damas

Tamerlan était furieux.

Ses victoires en Syrie, la chute de Damas, son entrée dans la ville, la fuite apparente de l'armée égyptienne, le tribut arraché aux Damascènes terrorisés, tout aurait dû le satisfaire. Sa campagne s'achevait par un véritable triomphe. Pourtant, l'empereur restait morose. Quelquefois, il se laissait aller à de violents accès de colère devant son état-major. Les princes, les généraux se faisaient tout petits devant lui.

C'est que la citadelle de Damas résistait. Yazzadar, le vice-roi de la citadelle, avait traité les notables et les cheikhs de Damas de lâches et de couards quand ils avaient parlé de négocier avec le Mongol. Il n'avait pu cependant les empêcher de remettre les clés de la ville à Tamerlan. Au moment où l'empereur y pénétrait, il s'était enfermé dans sa citadelle avec un dernier carré de braves, des mamelouks égyptiens, et depuis lors il narguait le maître de l'univers.

Au début, Tamerlan et son état-major avaient pris ce contretemps avec philosophie. Ils avaient entouré la citadelle de troupes et avaient attendu de la voir tomber comme un fruit mûr. Mais Yazzadar, au lieu d'être terrorisé, avait lancé des projectiles sur les assiégeants. Des guerriers étaient morts. Tamerlan avait alors convoqué ses ingénieurs et poussé vigoureusement le siège.

Les Tatars commencèrent par construire trois plates-formes élevées qui surplombaient les murs de la citadelle et d'où les guerriers pouvaient tirer à l'arc sur les défenseurs. Puis on installa soixante catapultes qui entouraient les murs de tous côtés et qui faisaient pleuvoir sur Yazzadar et ses troupes une pluie de pierres et de boulets de fonte.

L'une de ces catapultes avait été placée dans la cour de la mosquée des Ommeyyades. Les Damascènes avaient été horrifiés en voyant les Mongols occuper l'une des plus vieilles et des plus augustes mosquées de Dar al-Islam. Shah Malik, le lieutenant de Tamerlan que l'empereur avait nommé gouverneur de Damas, était entré dans la mosquée avec son régiment, qui campait maintenant dans la cour. Le premier vendredi, il y avait fait dire la prière au nom de Tamerlan. Puis il en avait fermé les portes et interdit l'accès à la population. Maintenant, il y installait une catapulte.

Les flèches, les pierres, les boulets, rien n'y faisait : Yazzadar résistait à tout. Tamerlan était humilié : ses espions lui disaient que les défenseurs étaient à peine une quarantaine de soldats, qu'accompagnaient quelques esclaves, quelques femmes et enfants terrorisés. Cette poignée tenait tête au maître de l'univers. L'empereur ne décolérait pas.

Tamerlan ordonna à ses sapeurs de faire une brèche dans la muraille : ils creusèrent une tranchée et réussirent à s'approcher de la tour Tarima, la plus haute de celles qui jalonnaient la muraille. Ils en minèrent la base et mirent le feu au sommet. La tour s'écroula. Mais au moment où les guerriers mongols s'avançaient en hurlant pour s'engouffrer dans la brèche, une pluie de pierres et de flèches, des flots de poix bouillante arrêtèrent net les premiers rangs. Il y eut des cris, des hurlements atroces de ceux que la poix brûlait vifs. Toute l'armée hésita, puis reflua en désordre. Aussitôt, la brèche dans la muraille fut bouchée : on eût dit qu'il y avait là quatre mille défenseurs, et non quarante.

Les jours passaient. Tamerlan donnait des ordres. Les Damascènes, terrifiés, ne quittaient plus leurs maisons. Mon maître assistait en silence, le visage sombre, à l'écrasement de la ville, de sa population et de ses derniers défenseurs. Pour moi, au milieu du bruit, de la fureur, des cris de guerre et de haine, je m'évadais quelquefois en pensée vers des jours plus heureux. J'essayais d'oublier, en m'enfermant dans une douce rêverie, le vacarme, les dangers et les malheurs du présent. Et toujours mes pensées me ramenaient vers Grenade, vers l'Andalousie, vers cette terre où mon maître et moi avions vécu certains de nos plus intenses moments de bonheur...

Grenade

Cinq jours après notre retour de Séville, le sultan Mohammad V donna un grand banquet pour célébrer le Mawlid al-Nabi. À la fin de la fête, les poètes les plus brillants de la cour et du royaume se levèrent pour déclamer des poèmes en l'honneur du Prophète et de sa naissance. Ce fut bientôt le tour de mon maître : il avait préparé un long poème où il témoignait de sa foi vive, de sa vénération pour le Prophète et de sa reconnaissance de tous les bienfaits du sultan. Mon maître était heureux, euphorique même, à cause du cadeau royal que lui avait fait le sultan en lui concédant le village et le domaine d'Elvira, et cette émotion vraie transparaissait dans ses vers.

Dès le lendemain, nous partîmes inspecter le domaine. Elvira était au cœur de la plaine de Grenade. Ses champs parfaitement irrigués semblaient riches et féconds. Le village lui-même était propre et coquet. Ses habitants, prévenus de l'arrivée de leur nouveau maître, s'étaient rassemblés dans la petite mosquée. Ibn Khaldoun fit ses prières avec eux, puis les métayers vinrent faire rapport. Mon maître écouta attentivement et posa des questions précises sur les récoltes et leurs rapports, les méthodes d'irrigation, les saisons.

Au centre du domaine se dressait une grande et belle villa, toute meublée et équipée. Plusieurs pavillons s'élevaient non loin de là. Nous visitâmes la maison, dont les quatre côtés entouraient une cour fraîche au milieu de laquelle murmurait une fontaine. De minces colonnes formaient des arcades en ogive et soutenaient une galerie qui faisait le tour de l'étage. Les fenêtres du haut étaient fermées par des moucharabiehs. Sur le sol de la cour, des mosaïques de couleur dessinaient des arabesques et des motifs de fleurs et de plantes. Les tuiles vernissées du toit brillaient au soleil.

C'était une magnifique demeure, construite d'après le style des maisons de Grenade, mais en beaucoup plus grand. La vue des moucharabiehs sembla émouvoir mon maître. Il me dit : « Tout l'étage servira, bien entendu, de harem. Il faudra nous dépêcher de faire venir enfin nos familles. »

Ce n'était pas seulement un vœu pieux. Dès le lendemain, Ibn Khaldoun s'ouvrit de son désir au sultan. Mohammad V n'hésita pas et donna des ordres précis. Des émissaires furent envoyés à Constantine, d'autres aux gouverneurs des provinces et aux chefs de la marine. Quelques semaines plus tard, la femme de mon maître, accompagnée de ses enfants, d'Amal, de Zahra, de ma sœur et de ses servantes, quittait Constantine avec une caravane qui partait pour Tlemcen.

Le sultan avait ordonné à l'amiral de sa flotte d'aller la chercher au Maghreb. Il quitta Almeria avec quelques vaisseaux et retrouva la femme d'Ibn Khaldoun dans un petit port où elle l'attendait.

Entre temps, Ibn Khaldoun avait fait nettoyer la maison d'Elvira, pour y accueillir sa famille. Comme les semaines passaient, il devint impatient et demanda au sultan la permission d'aller attendre sa femme à Almeria. Quelques jours plus tard, nous étions de nouveau sur les rives de la mer des Syriens. Le navire parut à l'horizon. Mon cœur bondissait dans ma poitrine, comme, j'en suis certain, celui de mon maître, mais nous ne pouvions rien manifester publiquement.

Il fallut attendre que l'amiral débarque, il fallut le remercier, il fallut faire semblant de ne pas voir les barques qui amenaient sur la grève un groupe de femmes et d'enfants. Il me fallut refréner l'élan qui me poussait vers ma femme, ma fille, ma sœur. Il fallut attendre que le soir tombe pour qu'enfin, dans une maison discrète, nous retrouvions ceux que nous aimions, pour que je puisse serrer dans mes bras mon enfant, pour que je puisse étreindre ma femme, m'étourdir du parfum de ses cheveux, me perdre dans ses yeux, m'enivrer de son corps souple comme une liane.

Dès le lendemain, nous repartions pour Grenade. Quelques jours plus tard, Ibn Khaldoun installait sa femme et ses enfants dans le harem de la maison d'Elvira. Je disposais moi-même d'un des petits pavillons adjacents, où je pouvais me retrouver avec ma femme et ma fille.

Mon maître et moi habitions pourtant la maison que le sultan avait offerte à Ibn Khaldoun dans le faubourg de Grenade. Mon maître devait vivre à la ville à cause de ses obligations à l'Alhambra. Chaque quelque temps, nous quittions pourtant Grenade et au bout d'une heure de galop dans la plaine, nous nous retrouvions dans la maison d'Elvira où nous passions des heures heureuses avec nos familles.

L'influence de mon maître auprès du sultan grandissait. Il était de tous les conseils, de toutes les réunions, de tous les délassements. Lorsque Mohammad V célébra la circoncision de ses enfants, Ibn Khaldoun composa une poésie restée fameuse à la cour de Grenade. Les courtisans ne s'y trompaient pas, qui entouraient mon maître de respect et de déférence. Seul Ibn al-Khatib, le vizir, était plus puissant au palais.

Mon maître jouissait de cette faveur, de cette réputation, de ces marques de respect. Le milieu enchanteur de l'Alhambra le stimulait. Les bibliothèques de la ville lui fournissaient mille livres et manuscrits qu'il dévorait. Les savants et les lettrés de la cour l'obligeaient à raffiner ses arguments, à soumettre sa réflexion et sa pensée au creuset de ses contradicteurs. Un jour, après une discussion sur les mérites comparés de la littérature arabe avant et après l'Islam, son interlocuteur, le Grand Cadi de Grenade, lui dit : « Maître, on devrait écrire ce que tu as dit en lettres d'or ! » Mon maître se rengorgea.

Ce mélange d'action, d'influence politique, de réflexion et de discussion comblait mon maître : les deux pôles de son tempérament y trouvaient à se rassasier.

Mon maître était également devenu un régulier du cercle des poètes. Il y retrouvait son ami Ibn al-Khatib dont les vers, connus et récités partout dans le Maghreb et en Andalousie, faisaient autant pour sa réputation que son pouvoir à la cour. Il y côtoyait également le grand Ibn Zamrak, le poète officiel de la cour, dont les œuvres vivront éternellement dans toutes les mémoires.

Le sultan venait se mêler quelquefois à l'assemblée. On déclamait des poèmes d'amour et de gloire. Des jawaris al-lazza[1] se mêlaient librement aux hommes. Elles étaient jeunes et intelligentes. Elles avaient le visage découvert et déclamaient des poèmes quand on le leur demandait. Certaines savaient créer une tension toute voluptueuse quand elles récitaient les grandes poésies d'amour classiques. Quand l'une ou l'autre murmurait d'une voix chaude et rauque les vers de la princesse Wallada[2] :

Attends ma visite à la tombée de la nuit ;
La nuit, en effet, jette un voile sur nos secrets.
Ma passion pour toi est telle
Que, s'ils pouvaient la ressentir,
Le soleil cesserait de briller,
Et la lune de monter au zénith,
Et les étoiles de bouger au firmament

L'air soudain s'épaississait et les hommes se redressaient et dévoraient des yeux ces femmes belles et libres qui parlaient de désir.

Quelquefois même, une jariya[3] particulièrement douée récitait des poèmes qu'elle avait elle-même composés. Puis deux ou trois esclaves se levaient pour danser, au son d'un petit orchestre.

Un autre événement vint à cette époque mettre le comble au bonheur de mon maître. Je n'en aurais dû savoir que peu de chose, avant sa conclusion. Je vivais pourtant si intimement avec lui que je pouvais voir et apprendre des choses que même ses amis ne pouvaient percevoir.

Mon maître en effet me traitait comme un secrétaire dévoué, lorsque nous travaillions ensemble. J'étais son subalterne et j'agissais ainsi à son égard. Après le travail, ou quand nous voyagions ensemble pendant de longues semaines, il se laissait cependant aller quelquefois à des confidences. Il se détendait avec moi, riait, me posait des questions sur ce qu'on disait ou pensait de lui.

Dans les années qui ont suivi ces événements, il y a fait quelquefois allusion, à la fin des soirées où il s'était délassé avec ses amis, ou même, par des propos sibyllins, dans certains de ses poèmes. Enfin, beaucoup plus tard, quand le malheur le frappa, il m'en raconta bien plus, dans un moment de profonde détresse où nous étions seuls.

J'ai donc pu reconstituer ce qui s'était passé à l'Alhambra pendant ces semaines. Et même si je n'ai pas connu tous les détails, j'ai pu y suppléer par ce que je connaissais de mon maître et me représenter clairement l'exaltation, le bonheur d'Ibn Khaldoun. Mon maître en effet était tombé éperdument amoureux.

Ibn Khaldoun s'était rendu un soir au cercle des poètes. La soirée avait commencé comme d'habitude : les poètes et les courtisans se mêlaient les uns aux autres, discutant des derniers événements. On attendait peut-être, tard en soirée, la visite du souverain. Comme d'habitude, quelques esclaves du plaisir étaient là, préparant leurs instruments de musique, répondant gaiement aux saillies des hommes. Ibn Khaldoun ne leur prêtait pas attention, absorbé par une vive discussion qu'il avait avec Ibn Zamrak sur les difficultés de la prose rimée.

Les jawaris al-khadam[4] servirent un repas. Elles se déplaçaient avec discrétion, cachées par leurs voiles, et placèrent devant Ibn al-Khatib son plat préféré, du poulet aux amandes cuit dans une préparation de vinaigre et de sucre, tandis que mon maître se délectait de pâtés farcis de fromage et recouverts de cannelle, trempés dans le miel ou aspergés d'eau de rose. Les esclaves du plaisir, sans voiles, libres et fières, continuaient à circuler au milieu des hommes et regardaient avec dédain ces humbles servantes anonymes.

À peine le repas était-il fini que quelqu'un demanda le silence. Une jariya s'apprêtait à déclamer un poème. « C'est une nouvelle, murmura Ibn Zamrak aux oreilles de mon maître. Elle s'appelle Ons al-Qoloub[5]. » Ibn Khaldoun leva les yeux.

Une jeune femme se tenait debout au milieu du cercle des hommes. Elle portait une robe verte aux manches longues ; un voile de tulle verte avait glissé sur ses épaules. Elle avait choisi une couleur qui s'alliait subtilement à l'émeraude de ses yeux. Ses cheveux, lisses et libres, brillaient d'un brun roux à la clarté des chandelles. Elle avait des pommettes saillantes, des tempes veinées délicatement, des lèvres pleines qui avaient le teint mat et sanguin des pêches mûres, un cou gracile.

« Une nouvelle ? » demanda mon maître à Ibn Zamrak. « Oui, répondit le poète, qui était également kâtib[6]. Sa mère vient de Valence. Je les ai achetées il y a quinze ans. Ons al-Qoloub était alors une jeune enfant. Elle a grandi dans mon harem. Elle est intelligente et vive et a vite appris à lire et à déclamer. Je l'ai attachée aux jawaris al-lazza parce que je n'ai pas voulu priver mes amis de son talent. »

La jeune femme avait choisi les vers d'amour d'une autre princesse, Om al-Kirâm, et déclamait, d'une voix retenue :

Ma passion pour lui est telle
Que s'il m'abandonnait
Mon cœur courrait derrière lui,

Puis sa voix devenait un murmure, et les hommes tendaient l'oreille pour l'entendre soupirer.

Ah ! Être seule avec lui !
La vigilance des gardiens est mon supplice !
Qui le croirait ?
Je languis d'être seule avec celui
Qui demeure déjà dans mon cœur.

Ibn Khaldoun avait déjà entendu d'autres esclaves réciter des vers d'amour. Mais Ons al-Qoloub l'avait fasciné. Elle mettait une passion si retenue, une intensité si sensuelle dans les mots, que, dès le début, une onde avait parcouru la salle. Mon maître l'avait trouvée belle quand elle frémissait, quand ses mains se tordaient à l'évocation de l'amant lointain.

Ibn Khaldoun, qui aimait déjà ce milieu raffiné où l'on s'amusait entre gens de bonne compagnie, se montra dès lors très assidu au cercle des poètes. Ons al-Qoloub était là le plus souvent. Mon maître était de plus en plus distrait dans les débats animés qui agitaient les Grenadins. Quand Ons al-Qoloub dansait, circulait dans la salle ou s'approchait de lui, il devenait tout tendu. Quand elle déclamait des poèmes classiques célébrant la gloire ou l'honneur, il admirait son art et sa grâce. Mais quand elle choisissait de dire un poème d'amour, de sa voix de gorge qui devenait sourde de désir, alors mon maître frissonnait lui aussi.

Quelques semaines passèrent. Mon maître devint maussade. Il se concentrait moins sur sa tâche et se rendait tard au palais. Ses nuits et ses journées de travail n'étaient plus que l'intervalle qui le séparait de deux réunions au cercle. Il espaçait ses visites à Elvira et raccourcissait ses séjours auprès de sa famille. J'en souffrais moi-même, car je voyais moins souvent Amal. Zahra grandissait loin de moi ; cela aussi me faisait souffrir.

Un changement plus subtil se passait aussi lors des réunions du cercle. Mon maître prenait-il ses rêves pour des réalités ? Il avait cru, à deux ou trois reprises, qu'Ons al-Qoloub le fixait. Il levait les yeux. Il croyait la voir détourner la tête. Elle reprenait sa ronde, servait les courtisans présents, répondait à leurs demandes, jouait du luth, bavardait avec l'un ou l'autre, et même avec mon maître. Rêvait-il de nouveau ? Il avait le sentiment que, quand elle s'adressait à lui, Ons al-Qoloub était plus empruntée, moins naturelle qu'avec les autres.

Un jour, Ibn Zamrak dit à Ons al-Qoloub : « Ya Ons, récite-nous donc un poème.

– Oui, ya sidi. Que souhaitez-vous entendre ?

– N'aurais-tu pas quelque chose qui pourrait nous enchanter et que nous ne connaîtrions pas encore ?

La jeune femme hésita un moment : « Oui, ya sidi. Ce sont des extraits des poèmes de Hafsa al-Rak'uniyya.

– La grande poétesse d'al-Andalus ?

– Oui, ya sidi.

– Et quels poèmes vas-tu donc choisir ? Il me semble bien que nous connaissons tous ici son œuvre. Comment pourrais-tu nous surprendre ?

– Je crois, maître, qu'il s'agit d'extraits de poèmes… que l'on ne récite pas souvent.

– Eh bien, conclut Ibn Zamrak, nous allons t'écouter avec attention. »

Cet échange avait piqué la curiosité de l'assemblée. Le silence se fit. La jeune femme se mit à réciter avec frémissement, avec âme, un long poème d'amour. L'amante parle de ses sentiments pour l'aimé, de la perfection de son caractère ; puis elle décrit son visage, ses yeux, et s'écrie :

Je chante les louanges de sa bouche ;
Et, croyez-en ma parole, je sais de quoi je parle.
Je lui rends justice, et par Dieu je ne mentirais pas ;
Elle est plus douce au goût que le vin.

Ibn Khaldoun était immobile, silencieux, haletant. Ons al-Qoloub s'était approchée de lui. Elle passa à un autre poème où l'amante se plaint d'être délaissée par son amant. En récitant la dernière strophe, la voix de la jeune femme s'était brisée, était devenue presque une supplication :

Viendras-tu à moi ou moi à toi ? Mon cœur ira là où tu le désires ;
Tu n'auras plus soif si tu m'invites chez toi, et les rayons du soleil
ne seront plus brûlants.
Mes lèvres sont une source claire et profonde ;
Mes cheveux t'offriront une ombre douce.
Réponds-moi tout de suite…

Les hommes se levèrent pour applaudir ; ils entouraient l'esclave, la félicitaient, lançaient des boutades, faisaient des mots d'esprit un peu égrillards… Ibn Khaldoun, lui, restait silencieux.

Le lendemain, il alla voir Ibn Zamrak. Il demanda à son ami de lui vendre Ons al-Qoloub. Le chancelier hésita : il souhaitait la garder pour lui dans son harem. Mon maître insista, et le poète finit par accepter. Je n'ai jamais su combien mon maître l'avait payée : il n'en parla jamais.

Le lendemain, la jeune femme vint, accompagnée d'une matrone, à la maison que nous occupions à Grenade. Mon maître l'attendait : elle allait demeurer dans son appartement. Ibn Khaldoun redevint gai et heureux. Il n'allait plus aussi souvent aux soirées de ses amis, et les membres du cercle des poètes se moquèrent de ses absences nombreuses. Mon maître souriait à leurs plaisanteries.

Quelquefois, le soir, il quittait la maison, suivi d'Ons al-Qoloub enveloppée de mille voiles. Ils se rendaient à Djannet al-Arif[7], ce magnifique Jardin de l'Architecte, qui venait d'être aménagé quelques mois plus tôt comme un écrin de fleurs pour l'Alhambra. Je ne les accompagnais pas, mais j'imaginais leurs longues promenades sous la lumière des étoiles, au milieu du doux bruissement de l'eau qui coule dans les canaux, entrevoyant dans l'ombre laiteuse la tache sombre des citronniers et des myrtes, ou la fugitive silhouette des lièvres qui bondissent entre les buissons.

L'exultation, la joie un peu fanfaronne de mon maître ne me laissaient aucun doute : Ons al-Qoloub l'aimait, et il ne s'était pas trompé quand il avait senti peser sur lui son regard au cercle des poètes. Le poème de Hafsa al-Rak'uniyya qu'elle avait récité était une déclaration d'amour et une invite, la seule que son statut lui permettait. Quant à lui, la jeune femme avait bouleversé sa vie d'homme rangé, de savant et de politique froid et calculateur. Le soir, il ne tardait plus avec moi dans la salle d'études : il était pressé de la rejoindre dans ses appartements.

Ons al-Qoloub était la première femme qu'Ibn Khaldoun connaissait depuis son mariage, douze ans auparavant. Dans sa maison d'Elvira, sa femme trônait sans partage, à la tête de ses enfants et de ses servantes. Je me demandais s'il allait emmener la jeune femme dans son harem ou s'il allait s'en lasser au bout de quelque temps.

Mon maître devait me surprendre. Trois ou quatre mois après avoir amené chez lui Ons al-Qoloub, il m'annonça qu'il allait l'affranchir et l'épouser. Je pus alors prendre l'exacte mesure de son amour pour elle.

Quelque temps après, je me rendais chez le notaire pour retirer un acte d'affranchissement de la jeune femme. Mon maître n'attendit que quelques jours pour l'épouser. La cérémonie fut intime. Seuls Ibn al-Khatib, Ibn Zamrak et quelques autres hauts personnages de la cour assistèrent à la signature du contrat.

La vie reprit son cours, heureuse et remplie pour mon maître. Après l'exaltation des premiers mois de son amour, qui l'avait distrait de ses tâches à la cour, il y retourna avec plus d'assiduité. Nos journées au palais redevinrent longues. Ons al-Qoloub n'avait personne pour lui tenir compagnie. Elle sortait quelquefois dans la médina pour se promener dans le quartier d'Aboul Asi, fureter au marché aux puces d'al-Saqqatin ou se rendre au hammam du quartier des Noisetiers. Je crois cependant qu'elle s'ennuyait toute seule.

Trois mois après son mariage, Ibn Khaldoun m'annonça qu'Ons al-Qoloub était enceinte. Il rayonnait de joie et de fierté. Je le félicitai et lui dis : « Mais, ya sidi, il lui faut peut-être de l'aide.

– Tu as raison, Ibrahim, elle ne peut plus rester seule ici.

– Est-ce que vous souhaitez que je m'enquière pour acheter une ou deux fillettes qui pourraient la servir et la distraire ?

– Ce n'est pas une mauvaise idée…

– On pourrait aménager quelques chambres dans votre maison, pour en faire un harem.

– Elle sera cependant à l'étroit. Il y a peut-être une meilleure façon. »

Ibn Khaldoun réfléchit un moment, puis reprit d'un ton décidé : « Le mieux serait qu'elle aille à Elvira. Elle y rejoindrait le reste de ma famille. Il y a là-bas beaucoup de place. »

J'étais d'accord avec mon maître. Je me réjouissais même de cette décision : si Ons al-Qoloub s'installait à Elvira, Ibn Khaldoun retournerait régulièrement dans la campagne grenadine et je pourrais revoir plus souvent Amal. L'avouerai-je ? Le nouvel amour de mon maître éveillait en moi une nostalgie. J'étais éloigné de ma bien-aimée. Son doux sourire me manquait. La joie si visible de mon maître, depuis qu'il aimait, avait éveillé en moi un trouble, un bouillonnement que je voulais éteindre dans les bras d'Amal.

Quelques semaines plus tard, Ons al-Qoloub était installée à Elvira. Ibn Khaldoun avait décidé qu'elle vivrait dans l'un des pavillons du domaine. Il pourrait l'y retrouver plus facilement, dans l'intimité. Pendant la journée, surtout quand nous nous trouvions à Grenade, la jeune femme se rendait à la villa principale, où elle passait son temps avec la première épouse de mon maître et les autres femmes.

Amal et ma sœur me racontèrent que les deux femmes s'étaient entendues très rapidement. Ons al-Qoloub montrait beaucoup de respect et de déférence à la première épouse d'Ibn Khaldoun. Celle-ci savait bien qu'elle occupait une place irremplaçable auprès de mon maître : elle lui avait donné son premier garçon. Les servantes accueillirent avec curiosité et joie l'arrivée de la nouvelle épouse.

Ons al-Qoloub allait rompre la monotonie de leurs vies dans la campagne grenadine.

Quand nous nous rendions à Elvira, Ibn Khaldoun faisait prévenir sa famille. Il avait pris une décision tout à son honneur, en demandant à Ons al-Qoloub de se retirer dans son pavillon lorsqu'il se rendait chez lui : il voulait éviter à sa femme de le voir avec la nouvelle venue. Je peux ici témoigner solennellement que mon maître a continué à traiter son épouse avec respect, déférence et tendresse jusqu'au dernier jour. Quand il disait « ma famille », c'est à elle et à leurs enfants qu'il faisait allusion. Elle allait d'ailleurs le rendre heureux en lui donnant, quelques années après ces événements, un autre garçon, Ali. Ils eurent ainsi deux garçons et cinq filles.

Nous arrivions à Elvira, Ibn Khaldoun se rendait dans son harem pour saluer son épouse, embrasser ses enfants et jouer avec eux. Il s'enquérait des progrès de Mohammad, son aîné, qui commençait à apprendre à lire et à écrire. Puis il se rendait au pavillon d'Ons al-Qoloub.

Pour ma part, je me dirigeais immédiatement vers le pavillon où m'attendaient Amal et Zahra. Je passais de douces heures en leur compagnie. L'exemple d'Ons al-Qoloub, qui savait lire, apprendre des poèmes et les déclamer, m'avait intrigué et donné une idée : je voulais que Zahra apprenne elle aussi à lire. Amal avait été surprise. Elle ne pouvait cependant pas aider notre enfant, ne sachant pas lire elle-même. Je demandai que le vieux maître qui venait quelques fois par semaine pour faire ânonner Mohammad s'occupe aussi d'apprendre à Zahra à déchiffrer l'alphabet.

Le soir, je sortais quelquefois dans la campagne ou dans un verger avec ma femme. Nous retrouvions, dans l'obscurité de la nuit, les gestes de l'amour. Notre séparation avait exacerbé notre désir et je l'embrassais avec passion. Elle s'accrochait à moi avec une véhémence un peu désespérée. Le soir, dans notre lit, je défaisais avec hâte, avec maladresse, les boutons et les agrafes. J'admirais et caressais longuement une peau ambrée, une hanche ronde et douce, tandis qu'Amal, les yeux clos, le cou arqué, la tête renversée en arrière, semblait tendue dans une supplication silencieuse.

Après l'amour, ma femme se pelotonnait contre moi dans le noir, et me parlait longuement. Elle s'inquiétait de ne pas me donner d'autres enfants, surtout un garçon. Elle avait peur de perdre mon amour. L'arrivée d'une seconde femme de mon maître l'avait inquiétée : n'allais-je pas faire de même ? Je la rassurais, j'essuyais ses larmes avec mes lèvres, j'éteignais ses craintes avec mes baisers. Puis je lui demandais, pour la distraire et lui faire oublier ses alarmes, de me parler de sa vie à Elvira.

Une douce amitié s'était créée entre Ons al-Qoloub et elle. Amal avait pris la jeune épouse de mon maître sous sa protection au harem. Ons al-Qoloub, qui connaissait la confiance que me faisait mon maître, les liens étroits qui nous unissaient, était heureuse de se confier à ma femme. Quant à ma sœur, elle s'était plus particulièrement attachée à la première épouse.

Ons al-Qoloub accoucha au bout de quelques mois d'un vigoureux garçon. Ibn Khaldoun exultait : il l'appela Omar. La circoncision eut lieu à Elvira et Ibn Khaldoun invita au banquet les chefs du village. La mère s'absorba dans les soins de l'enfant ; Amal, qui était passée par là, s'attacha encore plus à elle.

Ibn Khaldoun avait retrouvé la sérénité que la violence de son amour pour Ons al-Qoloub avait balayée pendant quelques mois. J'avais de nouveau le sentiment que nous pourrions vivre toujours dans ce pays d'abondance et de bonheur. Hélas ! le malheur qui nous attendait devait vite me rappeler que la janna[8] n'est pas de ce monde. Dieu seul est maître des destins !

La famille d'Ibn Khaldoun avait quelquefois l'habitude de sortir d'Elvira pour visiter la plaine. Les femmes se voilaient complètement et quittaient la villa, accompagnées de deux ou trois serviteurs chargés de les accompagner et de les protéger. Elles se rendaient dans un autre village, ou s'arrêtaient dans des vergers où elles passaient de longues heures à l'ombre des arbres, à manger les repas qu'elles avaient apportés avec elles, ou à cueillir des fruits et à les croquer.

Mon maître avait permis ces sorties, car il se sentait coupable de ne pas être plus souvent avec sa famille. Ces promenades rompaient la monotonie de leur réclusion dans la villa : il avait ensuite moins de scrupules à rester de longues journées à Grenade sans retourner auprès d'elles. Quelquefois même, elles poussaient un peu plus loin, du côté de Ouadi Ach, de Basta ou de Lawsha, sur le Chendjîl. Elles pouvaient alors passer une ou deux nuits dehors, dans les quartiers féminins des caravansérails.

Ons al-Qoloub supportait moins sa réclusion que la femme de mon maître. Aussi accueillait-elle avec une joie particulière les occasions d'évasion. Amal me disait qu'elle insistait doucement pour qu'on sorte de la villa. La femme de mon maître, qui avait depuis plus longtemps l'habitude de rester au harem, souriait devant cette impatience.

Un jour qu'elle voulait sortir et que la femme de mon maître n'était pas d'humeur à quitter la villa, Ons al-Qoloub fit demander à Ibn Khaldoun si elle pouvait se promener quelquefois sans la compagnie de la première épouse. Mon maître accepta en faisant les recommandations d'usage. C'est ainsi que, de temps en temps, Ons al-Qoloub, toujours accompagnée d'Amal, partait, avec son fils et Zahra, une ou deux servantes et les serviteurs, pour des excursions à la campagne, tandis que le reste du harem restait à la villa.

Vers la fin du printemps, un jour que l'air embaumait particulièrement, que la campagne vibrait sous le soleil et que les couleurs éclatantes des fleurs piquetaient le paysage de tâches jaunes, rouges ou blanches, Ons al-Qoloub partit d'Elvira pour une excursion de vingt-quatre heures. Nous étions, mon maître et moi, à Grenade, et nous en avions été prévenus. Nous n'avions pas prêté une attention particulière à ce qui semblait maintenant une routine.

Deux jours plus tard, un serviteur vint, tout tremblant, annoncer à Ibn Khaldoun, de la part de sa femme, qu'Ons al-Qoloub n'était pas revenue à la maison. Ibn Khaldoun quitta immédiatement le palais. Je le suivis. Au bout d'une heure de galop, nous étions à Elvira.

Ons al-Qoloub, Amal, les deux jeunes enfants, deux servantes et les deux serviteurs qui les accompagnaient devaient être de retour la veille au soir. On les avait attendus tard dans la nuit : ils n'étaient pas revenus. L'épouse de mon maître avait estimé nécessaire de le faire prévenir tout de suite.

Ibn Khaldoun demeura silencieux. Pour ma part, ma sœur m'avait raconté la même histoire. Mon maître et moi tentions de nous convaincre que ce retard pouvait être dû à un détour, à une visite prolongée dans une région particulièrement belle. Comme les heures s'écoulaient cependant sans qu'on ait de leurs nouvelles, notre sourde appréhension augmentait.

Le soir vint confirmer nos pires inquiétudes : avant le coucher du soleil, un groupe de guerriers arriva à la villa. Ils encadraient l'un des deux serviteurs qui avaient accompagné les femmes. L'homme semblait hagard et épuisé, ses habits étaient déchirés. Les guerriers l'avaient trouvé, à deux jours de cheval de là, semblant perdu et désorienté, caché au milieu des rochers.

Il se jeta à terre devant Ibn Khaldoun. Celui-ci lui intima l'ordre de parler. « Nous sommes partis vers le nord, commença l'homme d'une voix hachurée par la peur. Nous avons pris la route en direction de Jaen. Dans la plaine, tout s'était passé si bien… » L'homme s'arrêta. Sa voix semblait une plainte pleine de détresse. Ibn Khaldoun reprit rudement : « Et puis ?

– Quand nous sommes arrivés à la limite de la plaine, nous voulions rebrousser chemin, mais la maîtresse voulait qu'on s'engage dans la montagne. Elle connaissait bien la plaine de Grenade. Elle disait qu'elle voulait voir d'autres paysages, un autre pays. Nous avons fini par céder.

– Et alors ?

– Dans le sentier, la maîtresse et les servantes s'exclamaient tout le temps. Elles semblaient contentes. Nous n'avons pas vu que, derrière ces montagnes, le soleil se couchait rapidement. Le crépuscule est vite tombé.

– Et vous n'êtes pas revenus ?

– Nous étions arrivés dans un petit hameau. Le cheikh de l'endroit, en nous voyant, nous a invités chez lui. La maîtresse et ses servantes ont dormi dans son harem. Nous nous sommes couchés en travers de la porte de la maison.

– Et qu'a dit la maîtresse ?

– Elle semblait aimer cette… aventure. Elle nous a rassurés en disant que, dès l'aube, nous rebrousserions chemin pour retourner à Elvira dans la journée. Elle avait raison : nous étions debout à l'aube, et nous avons quitté le hameau. »

L'homme se tut un instant. Ibn Khaldoun, qui bouillonnait malgré son apparente impassibilité, lui ordonna d'une voix sèche de poursuivre son récit.

– Le soleil n'était pas encore levé, reprit l'homme d'une voix tremblante. Il y avait peu de lumière. Nous venions de quitter le hameau et nous nous étions engagés dans une gorge profonde et sombre que nous avions traversée la veille. Nous savions que, de l'autre côté, on pouvait déjà voir la plaine. Nous étions au milieu de la gorge quand un groupe d'hommes a bondi de derrière les rochers pour se jeter sur nous.

– Un groupe d'hommes ? » La voix d'Ibn Khaldoun frémissait. « Combien étaient-ils ?

– Cinq ou six, ya sidi.

– Et… qu'as-tu fait ?
– Nous avons résisté, ya sidi. »

La voix de l'homme était désespérée, car il sentait bien la sourde menace dans la voix unie de mon maître.

– Nous avons résisté, répéta-t-il. Un homme s'est approché derrière mon compagnon et l'a assommé d'un coup de massue. Je me suis précipité alors avec mon épée vers l'un d'entre eux. Je n'ai pas vu un second, qui venait de côté en balançant une énorme hache. Il l'a abattue sur mon bras. Elle a entaillé mon épaule, j'ai lâché l'épée. Ils étaient trois ou quatre qui se précipitaient vers moi. J'ai dû bondir dans un sentier latéral. J'ai couru quelques pas, puis je me suis caché derrière un rocher.

– As-tu pu voir alors ce qui s'est passé ?
– Oui, ya sidi. Ils avaient cessé de me poursuivre. Je… je ne les intéressais pas. Entre les arbres, je les ai vus se saisir des femmes et des enfants. Ils les ont entraînés dans un sentier qui grimpait. Je les ai vite perdus de vue. »

L'homme se tut. Le silence était terrible. Ibn Khaldoun réfléchit un moment. Il se tourna vers le malheureux : « Tu as pu voir ces hommes pendant qu'ils entraînaient les femmes. As-tu pu observer quelque chose de particulier ? » L'homme semblait surpris de la question. Ibn Khaldoun reprit brutalement : « Comment étaient-ils habillés ? Comment étaient-ils armés ? » Une lueur traversa les yeux de l'homme. « Vous avez raison, ya sidi. Je m'étais dit sur le moment que je n'avais jamais vu des guerriers comme eux. Ils portaient des habits beaucoup plus courts que nos jubbas, comme des sarraus par-dessus de longues culottes. Ils avaient de drôles de bonnets. Leurs épées étaient droites et non recourbées. »

Ibn Khaldoun donna brièvement des ordres. Sa famille devait attendre à Elvira qu'il lui donne signe de vie. Pour lui, il avait à faire à Grenade. Nous quittâmes bientôt le village au grand galop.

L'heure qu'il nous fallut pour rejoindre les faubourgs de Grenade fut peut-être la plus terrible de toute ma vie. J'avais compris le sens des questions d'Ibn Khaldoun. La réalité froide et terrible s'imposait clairement à moi, comme elle avait dû s'imposer à mon maître : Ons al-Qoloub, Amal, nos enfants, les servantes, avaient été enlevés par des marchands d'esclaves, ou par des brigands œuvrant pour des marchands d'esclaves.

Les habits curieux des hommes qui les avaient enlevés montraient bien qu'ils étaient castillans. Des guerriers chrétiens ou leurs hommes de main s'infiltraient régulièrement dans le royaume de Grenade pour enlever des gens isolés, qui se retrouvaient quelques jours plus tard sur les marchés d'esclaves de Séville, de Valence ou même de Barcelone.

Cette pensée me glaçait : j'avais souvent vu, à Tunis, à Fès ou à Grenade, des marchés d'esclaves. J'imaginais Amal, tenant Zahra dans ses bras, debout dans une longue file. Des hommes passaient et repassaient devant elle, la regardant avec effronterie. L'un d'entre eux finirait par l'acheter.

Les chrétiens, comme les musulmans du royaume d'ailleurs, n'enfermaient pas la plupart de leurs esclaves dans les harems. Ils les faisaient travailler dans leurs champs, leurs maisons, leurs échoppes. Amal passerait de longues heures à effectuer des travaux pénibles. Peut-être son maître allait-il la brutaliser, ou, pire encore, l'aimer. Des images atroces me vrillaient l'esprit : je voyais Amal, nue, se débattant entre les mains d'un étranger qui la forçait en riant.

Pendant ce temps, que deviendrait Zahra ?

Les mêmes pensées terribles devaient fouailler mon maître. Il éperonnait son cheval avec rage. Je l'imitais. Les bêtes, écumantes, la gueule baveuse, couraient dans la plaine. En approchant de Grenade, le spectacle splendide de la ville et de sa Colline Rouge me sembla un tableau sinistre et sanglant.

À peine étions-nous arrivés à la maison qu'il se précipita dans la salle d'études. Je le suivais. Il se tourna vers moi : « Ibrahim, me dit-il, il faut agir vite.

— Oui, ya sidi.

— Prends une feuille. Écris. »

J'étais déjà à l'écritoire. Il me dicta d'une voix saccadée une lettre à Ibrahim Ibn Zarzar, le médecin et astronome conseiller de Pedro de Castille. Son rythme était si rapide que j'avais peine à le suivre. Il lui racontait brièvement ce qui venait de se passer et le priait d'user de son influence auprès du roi pour tâcher de se renseigner. Peut-être les officiers du souverain castillan pourraient-ils retrouver la trace des ravisseurs et leur destination ? Ibn Khaldoun était convaincu – et je l'étais aussi – que les hommes qui avaient enlevé nos femmes avaient déjà franchi la frontière, du côté de Jaen ou de Baeza, pour se réfugier dans le pays chrétien. Il fallait savoir le plus rapidement possible vers où ils se dirigeaient.

Nous quittâmes ensuite la maison. Ibn Khaldoun courait presque dans les rues désertes de la ville. Il alla frapper à la porte d'Ibn al-Khatib.

Son ami réagit immédiatement aux nouvelles. Il fit venir un messager du palais, lui donna un sauf-conduit et ordonna qu'il parte immédiatement pour Séville porter la missive de mon maître à Ibn Zarzar : « Tu crèveras sous toi tous les chevaux qu'il faut, mais tu remettras cette missive dans trois jours. » L'homme partit précipitamment.

Ibn Khaldoun n'avait pas fini ses démarches. La nuit était déjà avancée, mais il alla frapper à la porte d'une maison que je ne connaissais pas. Des lumières s'allumèrent. Une voix soupçonneuse demanda qui frappait. Ibn Khaldoun se nomma, la porte s'entrouvrit, un vieil homme passa la tête dans l'entrebâillement et, quand il reconnut mon maître, le fit entrer. Ibn Khaldoun prit la parole : « Cheikh al-Amine, que la paix, la miséricorde et les bénédictions de Dieu soient sur toi.

– Qu'elles soient sur toi également.

– Excuse-moi de te déranger au milieu de la nuit, cheikh al-Amine.

– Tu n'as pas besoin de t'excuser, Abdel-Rahman Ibn Khaldoun, que Dieu t'assiste. Que puis-je faire pour toi ?

– Sayedna el Cadi[9], un grand malheur s'est abattu sur ma maison. Un des membres de ma famille vient d'être enlevé. » Et il raconta brièvement ce qui c'était assé. Notre hôte n'hésita pas : « Dès demain, Ibn Khaldoun, nous interviendrons. Il faudra savoir où ils sont amenés. Peut-être que l'un ou l'autre de nos fakkaks[10] pourra nous aider. Je les fais appeler demain dès l'aube. Que Dieu nous guide et nous aide ! »

J'étais surpris de cette visite. Je ne connaissais pas ce cheikh al-Amine. Dans la rue, je posai la question à mon maître : « C'est le cadi bayna al-moulouks, le Juge entre les Souverains, me dit-il. Tu sais que ce qui vient de nous arriver n'est pas rare. Les chrétiens enlèvent des musulmans. Les musulmans enlèvent des chrétiens. En Andalousie et en Castille, des milliers de gens sont ainsi arrachés à leurs bien-aimés, réduits en esclavage. Les familles sont disloquées et détruites. Quand elles veulent payer une rançon, il faut bien qu'il y ait un intermédiaire, un arbitre qui les aide. C'est ce rôle que joue le cadi bayna al-moulouks.

– Le cadi a parlé de fakkaks. Je ne saisis pas trop ce qu'il faut dénouer.

– Ce sont les émissaires du cadi. Dès que nous saurons où les ravisseurs ont emmené nos… familles, un fakkak ira, au nom du cadi, négocier la rançon.

– Et les chrétiens… ils lui feront confiance ?

– Ils sont bien obligés. Ils ont autant d'intérêt que nous à négocier dans ces questions. Ils ont aussi des officiers qui tiennent le même rôle que nos cadis et nos fakkaks. Je crois même qu'ils les appellent alcalde et alfaqueque, dans leur langue.

– Et pourquoi n'irions-nous pas nous-mêmes, ya sidi, à la frontière nous renseigner, négocier, ou même attaquer les ravisseurs ? Vous pourriez emmener avec vous des gardes. Le sultan et le vizir n'hésiteraient pas à vous fournir toute la force dont nous aurions besoin.

– Non, Ibrahim, me répondit-il d'un air sombre. Les ravisseurs risqueraient de s'évanouir dans la nature, ou pire encore. Il faut laisser faire ces fakkaks.

– Les connaissez-vous personnellement, maître ?

– J'en ai rencontré quelques-uns au palais déjà. Ils accompagnaient le cadi bayna al-moulouks. Ce sont tous des gens de réputation irréprochable, le cadi les connaît personnellement. Ils parlent tous parfaitement la langue des infidèles. Ils peuvent donc négocier avec eux.

– Et nous, ya sidi, qu'allons-nous faire ?

– Rien, Ibrahim. Rien qu'attendre. Et que Dieu nous fortifie de Son Esprit ! »

Mon maître avait raison : il ne nous restait plus qu'à attendre. Dès le lendemain, le cadi avait alerté un fakkak à qui il faisait particulièrement confiance, un dénommé Ahmad. Ni le juge ni le fakkak ne pouvaient cependant rien faire tant qu'on ne savait pas où se trouvaient les captives.

Je rongeais mon frein. Ibn Khaldoun s'était enfermé dans un mutisme absolu. La nuit, j'avais des cauchemars terribles. Nous refusions d'aller à Elvira, pour attendre à Grenade la suite des événements.

Au bout de dix jours, un messager arriva de Séville. Ibn Zarzar avait fait merveille : le roi Pedro, qui gardait un excellent souvenir de l'ambassade d'Ibn Khaldoun, avait donné des ordres. Ses lieutenants ne tardèrent pas à retrouver la trace d'Ons al-Qoloub et d'Amal. Elles se trouvaient avec les enfants et les servantes dans une espèce d'entrepôt qui appartenait à un marchand d'esclaves à Valence. Elles seraient bientôt mises en vente, au marché du port.

Valence ! Je me souvenais de la ville où j'avais embarqué moi-même, à dix ans, pour ce voyage qui allait m'amener en Ifrîqîya et décider de mon destin. En plus de son chagrin et de ses inquiétudes, j'imaginais que mon maître ressentait aussi avec amertume l'ironie du sort : Ons al-Qoloub était née à Valence. C'est près de cette ville que sa mère et elle avaient été enlevées par les musulmans avant d'être vendues à Grenade. La roue du destin tournait implacablement ! Ramènerait-elle pour toujours Ons al-Qoloub de Grenade à Valence, comme elle avait amené la jeune enfant de Valence à Grenade ?

Immédiatement, le fakkak reçut des instructions du cadi et se mit en route. En Andalousie aussi bien qu'en Castille, il était intouchable. Il se rendit à Valence, revint avec une proposition de rançon. Le marchand valençois avait été intrigué par l'arrivée très rapide du fakkak. Il avait flairé la bonne affaire et demandé une rançon exorbitante. Mon maître n'hésita pas, et le fakkak repartit avec une bourse pleine d'or.

Les routes étaient peu sûres, les voyages lents. Tout cela prenait un temps qui me semblait infini. Au prix d'un énorme effort de volonté, mon maître était retourné au palais pour y reprendre ses tâches. Mais il ne se rendait plus ni aux banquets ni aux réunions du cercle des poètes. À la maison, il n'avait guère le cœur à l'étude, et nous restions lui et moi de longues heures dans l'obscurité du soir à ruminer notre inquiétude et notre chagrin.

Au milieu de l'été, le fakkak revint enfin. La transaction avait été conclue : les captives revenaient. En effet, au bout d'une autre semaine interminable, une charrette tirée par deux grosses mules arriva aux portes de la ville. Nous l'attendions, Ibn Khaldoun et moi. Nous emmenâmes les femmes à la maison. Dans mon appartement, je pus enfin serrer Amal et notre fille contre moi. Pour la première fois de ma vie, je me mis à pleurer, à sangloter bruyamment, en longs spasmes incontrôlables.

Amal me raconta leur terrible aventure. On ne les avait guère molestées, mais elles avaient voyagé jusqu'à Valence dans d'épouvantables conditions d'inconfort et de saleté. Elles avaient passé plusieurs semaines enfermées dans l'entrepôt, dans l'obscurité, la promiscuité, la puanteur, la crasse. Le pire avait été l'attente, l'incertitude, la crainte pour les enfants.

Ons al-Qoloub avait pleuré sans arrêt : elle se reprochait leur sort. Elle savait que son esprit d'aventure les avait entraînées trop loin. Tant qu'elles étaient dans la plaine, elles étaient en sécurité. Leur incursion dans la montagne était une imprudence qu'elle payait cher.

Je n'ai jamais su ce qui s'était passé entre Ibn Khaldoun et Ons al-Qoloub. Lui a-t-il fait des reproches ? Quelques jours plus tard, les femmes et les enfants retournèrent à Elvira et elles ne quittèrent plus que rarement la villa, et encore, uniquement pour de courtes excursions.

Notre cauchemar était fini. Mais cette ville splendide avait perdu son lustre pour moi. Cette aventure avait aussi secoué mon maître. D'autres événements n'allaient pas tarder à l'agiter de nouveau, à lui faire rêver à d'autres aventures, d'autres horizons…

Notes

1. Esclaves du plaisir.
2. Célèbre poétesse andalouse du XIᵉ siècle.
3. Esclave, singulier de « jawaris ».
4. Esclaves du service.
5. Délice des Cœurs.
6. Littéralement : écrivain. Il s'agit du chancelier de la cour, chargé de la correspondance officielle.
7. Le Generalife.
8. Le paradis.
9. Notre maître le cadi.
10. Littéralement, « celui qui dénoue ».

9

Damas

Tamerlan exultait.

La citadelle de Damas venait de tomber.

Le siège avait duré cinq longues semaines. Pendant cinq semaines, les guerriers tatars avaient lancé leurs assauts, vague après vague, contre les murs de la citadelle. Ils s'étaient heurtés chaque fois à une résistance désespérée de la poignée de défenseurs. Ils étaient quarante, disait-on. Ils avaient du courage pour mille, et même leurs adversaires mongols s'inclinaient devant tant de bravoure — tout en continuant à les bombarder férocement.

Les généraux de Tamerlan avaient en effet décidé que la seule façon de venir à bout de cette résistance était de démolir les remparts de la citadelle. Jour et nuit, les catapultes, les onagres et les balistes lançaient sans arrêt des boulets et des projectiles sur les portes et les murs de la citadelle. Les Mongols disposaient également d'engins que mon maître et moi n'avions jamais vus : les gens de Damas les appelaient des «nufut». La pièce chassait hors de son âme de la mitraille de gravier de fer grâce à de la poudre enflammée, selon une propriété singulière.

Des merlons étaient démolis, des parapets aplanis. Les créneaux d'où les défenseurs lançaient leurs flèches n'étaient plus que des trous béants. Les brèches se multipliaient et les défenseurs qui tentaient de les boucher tombaient sous une pluie de flèches et de lances.

Yazzadar, le vice-roi de la citadelle, savait que la fin était proche. Un matin, il envoya un plénipotentiaire au camp de Tamerlan pour négocier la reddition de la forteresse. L'empereur mongol, qui avait hâte d'en finir pour quitter Damas et la Syrie, promit l'aman : tous les valeureux défenseurs de la citadelle, y compris leur chef, auraient la vie sauve.

Le lendemain, ils sortirent de la citadelle, amaigris, déguenillés mais fiers, la tête haute. Les guerriers tatars, amassés des deux côtés de la porte principale, grondaient d'une façon menaçante, mais leurs officiers, fidèles à la parole donnée par leur maître, laissèrent passer les prisonniers.

Yazzadar fut le dernier à quitter la forteresse. Shah Malik, le gouverneur mongol de Damas, l'attendait. Il le fit immédiatement arrêter et traîner en prison : la magnanimité de Tamerlan pouvait bien s'exercer à l'égard des simples soldats, du menu fretin. Mais Yazzadar avait eu l'audace de le défier, l'impudence de le retarder. Nul aman ne pouvait tenir devant ce crime.

Dès que le dernier esclave, la dernière femme eurent quitté la citadelle, les sapeurs de Tamerlan se mirent à l'œuvre. Ils avaient des ordres stricts : ils devaient démolir la forteresse. Nous avons ainsi assisté, au cours des journées suivantes, à ce spectacle extraordinaire : la citadelle de Damas, orgueilleuse, jadis inexpugnable, qui faisait la gloire de la ville, était systématiquement détruite, jusqu'à ce qu'il n'en restât plus pierre sur pierre. Un voyageur aurait aujourd'hui bien de la peine à se représenter qu'en ce lieu désolé s'était élevée une haute forteresse.

Le lendemain de la reddition de la citadelle, toute l'armée tatare était réunie dans la plaine, à l'extérieur de la ville. Tamerlan et son état-major étaient là. Yazzadar fut sorti de son cachot, les fers aux pieds et aux mains. On l'avait traité ignominieusement : il avait la tête nue. Il fut amené devant l'empereur. Le bourreau s'avança. Un violent coup de pied dans les reins jeta Yazzadar à genoux. L'aide-bourreau tira brutalement sur la chaîne qui lui liait les deux mains, obligeant le guerrier à se pencher en avant, la tête baissée. Un rayon de soleil accrocha la lame du cimeterre au moment où le bourreau la levait en l'air. La tête de Yazzadar roula dans la poussière, tandis que son corps, maintenu en un grotesque équilibre pendant de longues secondes, restait à genoux, le sang giclant de son cou en gros bouillons, comme une fontaine écarlate, avant qu'il bascule lentement sur le côté.

L'empereur avait exigé que tous les notables de Damas soient présents. Mon maître et moi étions donc là. L'atrocité de ce spectacle me saisissait à la gorge. Hélas ! l'écrasement de Damas allait se poursuivre, et atteindre une horreur que nous n'avions pas encore imaginée...

○

○ ○

Grenade

L'enlèvement d'Ons al-Qoloub et son rachat avaient nourri les rumeurs et les conversations à Grenade pendant de longues semaines. Le sultan s'était montré particulièrement gracieux à l'égard de mon maître, qui avait retrouvé auprès de lui une place privilégiée.

Au palais, je percevais cependant un changement qui me troublait. C'était subtil, indéfinissable, mais mon instinct ne me trompait pas : des courtisans qui jusqu'alors étaient empressés auprès de mon maître l'évitaient discrètement. Quand ils se trouvaient face à face avec lui et qu'ils ne pouvaient décemment faire demi-tour, ils étaient empruntés, mal à l'aise et s'esquivaient rapidement. Mon maître aussi percevait ce changement : je le voyais froncer les sourcils, une interrogation dans le regard.

Les choses nous semblèrent plus sérieuses quand nous crûmes voir Ibn al-Khatib lui-même changer d'attitude. Le vizir était toujours le meilleur ami de mon maître. Les deux hommes avaient une estime réciproque pour leur talent, leur génie. Mon maître et Abou Lissan savaient qu'ils étaient des esprits supérieurs et que, même dans cette cour où pullulaient les poètes, les lettrés et les savants, ils appartenaient à une classe à part. Cela les rapprochait. Ils s'aimaient d'une affection sincère.

Pourquoi Ibn al-Khatib se montrait-il donc soudain plus réservé avec mon maître, même s'il conservait toujours son exquise courtoisie ? Je commençais à observer des choses : le vizir n'était jamais plus taciturne que quand nous nous trouvions avec le sultan et que Mohammad V, se penchant vers Ibn Khaldoun, lui souriait, parlait avec animation avec lui ou lui glissait une confidence dans l'oreille. Avais-je raison ? Il me semblait alors voir le vizir se crisper.

Des bruits parvinrent bientôt aux oreilles de mon maître. On disait dans les couloirs du palais que les intimes d'Ibn al-Khatib murmuraient contre Ibn Khaldoun. Il accaparait trop le sultan. Son influence n'était-elle pas trop grande ? Visait-il plus haut ? Visait-il le sommet ? Les rumeurs grandissaient, s'enflaient.

Un jour que mon maître ne s'était pas rendu au palais, il m'interpella : « Ya Ibrahim.

— Oui, ya sidi.

— Je sais que tu as de bons yeux et de bonnes oreilles. As-tu remarqué quelque chose au palais, ces dernières semaines ? »

J'étais embarrassé. Je ne savais pas s'il faisait allusion au changement de climat que je percevais. Il s'impatienta : « Je te demande si tu as observé, comme moi, un comportement... différent de la part de certains au palais.

— Oui, ya sidi. Vous avez pu voir, vous aussi, que l'on ne se précipite plus vers vous pour vous inviter, vous demander votre avis...

— Et, selon toi, à quoi cela est-il dû ?

— Je ne sais trop, dis-je avec prudence.

— Je vais te le dire, mon cher Ibrahim, même si je suis convaincu que tu le sais, puisque tu n'es pas un imbécile. Ibn al-Khatib est derrière tout cela.

— Ibn al-Khatib ? » Je faisais l'étonné. « Mais c'est votre meilleur ami...

— Eh oui, c'est mon meilleur ami, sauf qu'il veut être aussi mon seul ami.

— Je ne comprends pas...

— Eh bien, le sultan m'aime beaucoup. Il me fait confiance et ma compagnie lui plaît. Il me veut à ses côtés tout le temps, et même pendant les prières dans son oratoire privé. Abou Lissan s'est alarmé.

— Il ne devrait pourtant pas...

— Non, ya Ibrahim, il ne devrait pas, dit Ibn Khaldoun avec l'ombre d'un sourire, mais il s'alarme quand même. De bonnes âmes lui ont peut-être soufflé que je voulais lui ravir son poste, ou peut-être est-ce lui-même qui a fait part de ses inquiétudes devant ses intimes. Toujours est-il que ces bonnes âmes mènent contre moi une campagne au palais. Oh, rien de bien direct ! Une insinuation par-ci, un demi-mot par là, toujours un sourire entendu, et hop ! le tour est joué. Mes amis vont me rester fidèles, mes ennemis vont se lancer allégrement dans les sous-entendus, tandis que le reste de la cour va attendre l'issue de la partie...

— Il vous suffit, maître, de dire haut et clair que tout cela est de la calomnie. Vous pourriez rencontrer le vizir, avoir une explication avec lui...

– Je pourrais, en effet. Peut-être qu'Abou Lissan me croirait. Peut-être aussi ne me croirait-il pas. Et même s'il me croyait, peut-être qu'il ne ferait pas confiance aux… sentiments du sultan.

– Alors, que pourriez-vous donc faire, maître ? »

J'étais intrigué par ces dernières paroles d'Ibn Khaldoun. Je sentais qu'une idée lui trottait dans la tête.

– Pour ne rien te cacher, je suis las de Grenade. Je respecte trop Ibn al-Khatib pour souhaiter voir naître une animosité entre lui et moi. Je ne sais trop quels sont ses vrais sentiments, mais mes ennemis ne vont pas cesser de l'exciter contre moi. Et puis, il y a eu cet enlève-ment… Je sais que tu as souffert autant que moi, quand nos femmes ont failli être réduites en esclavage.

– Alors, ya sidi, que faire ? Je ne vous vois pas cesser d'aller au palais, ou vous contenter d'enseigner à la Grande Mosquée.

– Tu as raison, Ibrahim. C'est pourquoi je pense quitter bientôt Grenade. »

Voilà, ça y était. J'avais déjà deviné où mon maître voulait en venir. Je sentais qu'il était sincère quand il disait qu'il ne voulait pas ternir l'amitié qui le liait au vizir. Avait-il lui-même jamais caressé l'idée d'accéder aux plus hauts honneurs à Grenade ? L'amitié et la confiance du sultan lui avaient-elles donné des espoirs ? Je ne le saurai jamais, car il ne m'en a jamais rien confié, mais mon maître était un homme ambitieux.

Il avait une trop haute opinion de lui-même pour accepter de jouer indéfiniment les seconds rôles.

– Derrière ce départ souhaité, il y avait aussi autre chose, j'en étais certain. Quelques jours avant cette conversation, un messager était venu remettre une lettre à Ibn Khaldoun de la part de l'émir Abou Abdallah, que mon maître avait jadis connu à Fès.

– Je me suis alors souvenu de la grande amitié qui liait les deux hommes, des soirées de poésie qu'ils avaient passées ensemble. Les relations de mon maître avec l'émir l'avaient conduit en prison, quand le sultan Abou Inan avait cru y voir un complot.

L'émir avait fini par quitter Fès ; il avait rassemblé ses partisans, il s'était dirigé vers Béjaïa et avait mis le siège devant sa ville natale. Il s'en était emparé, et maintenant il était sultan de Béjaïa, l'un des grands souverains du Maghreb. C'est à ce titre qu'il écrivait à Ibn Khaldoun. Que disait cette lettre ? Je ne devais l'apprendre que plus tard, mais mon maître, après l'avoir lue, avait longuement souri. Il rayonnait. C'est depuis ce moment qu'il avait semblé trouver difficile son séjour à Grenade.

Quelques jours plus tard, Ibn Khaldoun fit part à Mohammad V de son souhait de quitter l'Andalousie. Le sultan, qui n'avait rien vu venir, fut surpris. Il s'enquit auprès de mon maître : lui manquait-il quelque chose ? avait-il besoin de plus de biens ? d'une pension plus élevée ? Mon maître le remercia avec effusion. Il lui dit encore sa reconnaissance de sa protection, ses bienfaits, son amitié. Mais il souhaitait retourner au Maghreb, sa vraie patrie.

Le sultan finit par accepter de le laisser partir. Il le combla encore de nombreux présents avant son départ et lui fit remettre une longue lettre de remerciements pour tous les services rendus à la cour de Grenade. Ibn al-Khatib eut un geste d'une grande élégance : il rédigea de sa propre main la lettre au nom du sultan, l'embellit de son style fleuri, inimitable, et y ajouta quelques vers à la gloire de son ami.

Nous franchîmes, un jour d'hiver gris et froid, la Porte des Potiers, puis la Porte du Najd. Après avoir traversé le cimetière des Apiculteurs, nous nous retrouvâmes dans la plaine, tournant le dos à la ville. En quittant Grenade, j'étais saisi d'une grande mélancolie : j'avais vécu dans cette ville raffinée des moments de grand bonheur. Je craignais ce que nous réservait l'avenir. Et surtout, j'étais triste de laisser ma femme et ma fille à Elvira. Il avait fallu en effet quitter encore une fois nos familles. Mon sort, et celui de mon maître, allaient nous imposer mille fois ces séparations douloureuses. En quittant Amal, en serrant sur mon cœur Zahra, je n'avais pu empêcher mes larmes de couler : c'était la deuxième fois que je pleurais à Grenade. Sur la route qui nous amenait vers la mer, mon maître lui aussi était sombre et silencieux.

Il s'anima cependant et retrouva le sourire quand nous approchâmes d'Alméria. Un soir, il m'expliqua la cause de cet optimisme : la lettre qu'il avait reçue d'Abou Abdallah, son ami, lui faisait une offre irrésistible. Le nouveau sultan de Béjaïa l'invitait à devenir son hajib al-hujjab, son grand chambellan, c'est-à-dire son principal vizir, le deuxième personnage de l'État, détenteur d'un pouvoir infini sur toutes les affaires du sultanat. Ibn Khaldoun atteignait enfin à l'un de ses buts les plus chers : il accédait au sommet du pouvoir. Il se savait digne de ces fonctions, il s'y préparait depuis toujours. Pour cela, il avait tissé dans tout le Maghreb la toile de ses amitiés et de ses alliances.

La traversée de la mer fut pénible : les vents d'hiver roulaient la pluie et les nuages. Nous arrivâmes enfin à Béjaïa au mois de mars 1365 de l'ère des chrétiens. À notre entrée dans la ville, nous oubliâmes bien vite la mélancolie de la séparation, les fatigues du voyage, les contrariétés du climat.

Le sultan Abou Abdallah avait prévu un accueil exceptionnel pour son ami et nouveau premier ministre : à Bab al-Bonoud, la Porte des Étendards, toute la cour était présente, en habits de cérémonie. La garde du sultan lui fit une haie d'honneur. Tout le peuple était rassemblé des deux côtés du chemin, applaudissant, criant des vivats. Des gens se précipitaient pour toucher le cheval de mon maître, pour embrasser sa main ou le pan de sa jubba.

Ibn Khaldoun s'était déjà trouvé dans des cortèges d'honneur, le plus souvent dans la foule, quelquefois aux côtés du souverain ou du vizir triomphant. Cette fois-ci, il était lui-même l'objet de toutes les ovations. Son visage rayonnait. Je ne l'avais jamais vu sourire d'une façon si franche. Il répondait aux cris de la foule en saluant à droite et à gauche.

Le sultan Abou Abdallah attendait mon maître au château de la Perle : il l'étreignit longuement. Les deux hommes se rappelèrent avec de grands éclats de rire les années où ils se fréquentaient à Fès, et quand ils avaient été emprisonnés en même temps. Ils s'émerveillaient du destin qui les amenait ensemble au sommet du pouvoir et de la puissance. Mon maître ne cessait de répéter : « Louange à Dieu ! il n'y a de force qu'en Lui ; Ses décrets sont irréversibles. »

Ibn Khaldoun n'allait pas se complaire longtemps dans les fêtes et les réceptions. Dès le lendemain, il se mit au travail. Nous nous levions à l'aube. Après ses ablutions et ses prières, il se rendait au château. Il passait sans s'attarder dans les magnifiques salons à parois de marbre rehaussé d'or, décorés d'inscriptions et de peintures murales. Nous arrivions dans la salle d'audience où il recevait les vizirs, les dignitaires, les chefs de tribus, les émissaires et les ambassadeurs.

Mon maître écoutait attentivement les questions qu'on lui soumettait, tranchait, réglait les problèmes, donnait des ordres. À dix heures, il faisait ouvrir les portes du château à la foule des quémandeurs et recevait lui-même les gens du peuple, les simples soldats, les imams des mosquées. À tous, il rendait justice.

Ibn Khaldoun présidait tous les jours les prières à la Grande Mosquée. Il y faisait les sermons, puis enseignait l'après-midi à une foule de disciples. Le soir, il rédigeait les décrets qu'il voulait soumettre au souverain et lisait les placets qu'on lui avait remis.

Quelquefois, pour se délasser, il allait se promener sur la grève. Nous franchissions Bab al-Bahr, la Porte de la Mer, et nous marchions ensemble en silence sur les galets de la plage. Le murmure des vagues ponctuait notre rêverie et nous pacifiait. Ibn Khaldoun fixait longuement l'horizon. Je savais qu'il méditait sur ses responsabilités. Il ne cessait de réfléchir aux qualités nécessaires d'un bon gouvernant. Un jour, il se tourna vers moi.

– C'est toute une aventure qui nous arrive, hein, ya Ibrahim !

– Oui, maître.

Je lui répondis avec chaleur. Je souriais, j'étais heureux quand il se laissait aller avec moi, qu'il m'ouvrait ainsi son coeur. Je savais alors qu'il était préoccupé, ou alors qu'il voulait réfléchir à haute voix, tester auprès d'un interlocuteur attentif et pas trop bête les idées qui lui traversaient l'esprit.

– C'est une chose tout de même remarquable de me retrouver là, exerçant, au nom du sultan, tout le pouvoir, d'être responsable de tout ce qui se passe dans le sultanat…

– Oui, maître », répondis-je encore.

Il tâtonnait, cherchait la meilleure façon de formuler quelque chose.

– Tu auras remarqué, reprit-il, que les spéculations à propos de la politique, ce n'est pas tout à fait la politique.

– Les spéculations ?

– Oui, tu sais, ya Ibrahim, ces savants, ces experts, qui s'enferment dans leur bibliothèque et pontifient sur l'art de gouverner les États. Ils se forment des idées et en tirent des conclusions générales.

– Tandis que, s'ils ne restaient pas dans leurs bibliothèques…

– Leurs vues seraient moins… comment dirais-je ? abstraites. Ils cesseraient de voir les faits du monde extérieur comme des cas particuliers de leurs idées générales. Ils cesseraient de vouloir faire entrer de force le monde et sa diversité dans le moule de leurs idées.

– Bref, si vous me permettez, ya sidi, il leur faudrait adopter les méthodes que vous suivez vous-même quand vous étudiez les sciences rationnelles, ou que vous les développez…

– C'est ça, c'est ça, tu l'as bien dit, ya Ibrahim, me dit-il en me regardant avec un large sourire et en clignant des yeux. Si l'on pense avoir une bonne idée, il faut s'efforcer de la confronter avec le monde extérieur, il faut donc en vérifier la valeur sur le terrain.

– Je me souviens, maître, de ce fragment que vous m'avez dicté à Grenade. Vous m'avez dit : « L'expérience est le fruit de nombreuses répétitions, qui permettent d'arriver à la connaissance ou à l'hypothèse. »

Nous nous tûmes quelques instants. J'étais passionné par notre discussion. Je voulais la relancer. Je lui dis : « Vous êtes maintenant sur le terrain, maître, et vous avez eu l'occasion de confronter certaines de vos idées avec la réalité. Qu'avez-vous donc découvert ? Êtes-vous parvenu à la connaissance ? Avez-vous formulé des hypothèses ?

Il réfléchit un long moment, puis me dit : « L'État repose sur la loyauté des gouvernés à l'égard des gouvernants. Or, cette loyauté, ou cette allégeance, si tu préfères, il ne faut jamais la considérer comme acquise.

– Quelles sont donc les conditions nécessaires pour garantir la pérennité de cette allégeance ? »

De nouveau, il réfléchit longuement, puis il se tourna vers moi avec l'ombre d'un sourire : « Pour bien répondre à ta question, ya Ibrahim, il faudrait des livres et des livres sur l'art de bien gouverner. Pour le moment, disons que le sultan, ou celui qui gouverne au nom du sultan, doit posséder de grandes qualités.

– Vous m'avez déjà dit une fois, maître, qu'un gouvernant doit avoir de l'humilité... De l'humilité ?

– Oui. Humilité en traitant avec ses sujets, avec ses subordonnés. L'humilité de se mettre à l'écoute de leurs sentiments. L'humilité de ne pas croire qu'il détient à lui tout seul toute la vérité.

– Et, en plus de cette humilité...

– Il faut aussi posséder d'autres qualités : générosité, pardon des fautes, tolérance pour les petits, hospitalité, aide aux nécessiteux et secours aux indigents, endurance dans l'adversité, respect de la parole donnée.

– Mais, maître, qui donc sur terre peut posséder de telles vertus ?

– Tu as raison, Ibrahim, peu de gens peuvent se targuer d'une telle élévation d'esprit et de cœur, mais ceux qui recherchent le pouvoir doivent au moins avoir l'ardent désir de posséder ces qualités, et d'autres encore.

– D'autres ?

– Oui, d'autres encore : grand respect des Anciens et des Maîtres, justice et soin des faibles, humilité envers les pauvres, attention aux plaintes des demandeurs, abstention de toute fraude ou ruse… »

Ibn Khaldoun se tut. Le soleil incendiait l'horizon au couchant. Il s'étira, puis me dit : « Tout cela est fort bon, Ibrahim, et notre bavardage est passionnant, mais nous avons autre chose à faire. J'ai trois placets importants que le chef des douanes, le chef de la police et le chef du service postal m'ont remis. Je dois les lire, car ils attendent mes instructions. Il est temps de retourner chez moi. »

Deux mois après notre arrivée à Béjaïa, la famille de mon maître et la mienne nous rejoignirent. Amal, qui me posait beaucoup de questions, était fière de me savoir le secrétaire et confident du premier ministre. Quant à Ibn Khaldoun, il allait quelquefois se délasser de ses fatigues auprès d'Ons al-Qoloub.

Les mois passaient ainsi, la vie à Béjaïa était douce, studieuse et cependant active et bien remplie pour mon maître et moi. En dehors du château, pourtant, la population de la ville se montrait de plus en plus rétive au pouvoir du nouveau sultan.

Abou Abdallah se révélait en effet un prince renfermé et méfiant. Autant, jadis à Fès, il était enjoué et détendu dans l'intimité, autant le pouvoir l'avait rendu soupçonneux, sinon misanthrope. Il croyait voir partout des complots. Mon maître avait beau le tranquilliser et lui assurer que la population était soumise et les cheikhs des environs tranquilles dans leurs fiefs, il s'imaginait que l'on voulait attenter à sa vie pour s'emparer du pouvoir.

Il fit arrêter certains des princes les plus importants et les fit mettre à mort. Son despotisme grandissait de jour en jour : il y avait à peine un an que mon maître et moi étions arrivés à Béjaïa que le bourreau avait déjà tranché plus d'une cinquantaine de têtes, seigneurs, bourgeois ou manants, quelquefois même de pauvres hères qui ne s'étaient pas écartés assez vite sur le passage du souverain. La population gémissait, ses chefs grondaient, et les complots imaginaires que le sultan craignait allaient maintenant être tramés pour de bon pour se débarrasser de lui.

C'est sur ces entrefaites que le sultan Aboul Abbas déclara la guerre à Béjaïa et à son maître. Aboul Abbas était le cousin du sultan Abou Abdallah et régnait sur la ville de Constantine, voisine et rivale de Béjaïa. C'était un prince puissant et ambitieux. Il souhaitait s'emparer du pouvoir à Béjaïa pour agrandir son territoire et devenir ainsi le prince le plus puissant du Maghreb Central. Il se saisit du premier prétexte venu pour lancer ses armées contre Béjaïa.

Ibn Khaldoun se montra alors énergique et décidé. Il m'avait déjà dit que le grand politique se révélait en temps de guerre comme en temps de paix. Il voulait être le vizir de l'épée, comme il était depuis de nombreux mois le vizir de la plume. Il rassembla les troupes, fit taire les dissensions parmi les émirs et les princes, organisa le ravitaillement. Un matin, le sultan sortit de la ville à la tête de l'armée, tandis qu'Ibn Khaldoun restait à Béjaïa pour y assumer tous les pouvoirs pendant la campagne militaire.

Quelques jours plus tard, des rumeurs inquiétantes commencèrent à circuler. Une grande bataille avait opposé les deux cousins. Abou Abdallah avait été battu, disait-on. Son armée avait été mise en déroute par les troupes de Constantine. Le sultan avait pris la fuite.

Ibn Khaldoun fit doubler la garde aux portes de la ville. Les rumeurs étaient fondées, car, dès le lendemain, on vit arriver des guerriers, seuls ou par petits groupes. Ils confirmèrent le pire : Aboul Abbas était bien victorieux et il avait juré de ne déposer les armes que lorsqu'il serait maître de Béjaïa.

Le lendemain, le sultan vaincu retourna dans son château, entouré d'une poignée de fidèles de sa garde. Il convoqua Ibn Khaldoun. Il fallait, lui dit-il, recruter de nouvelles troupes, armer de nouveaux soldats, pour s'opposer au tyran de Constantine. Ibn Khaldoun fit remarquer que le trésor public était à sec, les impôts avaient déjà servi à équiper la première armée, les emprunts n'étaient plus possibles. Le sultan fronça les sourcils. C'était à son premier ministre de se débrouiller, dit-il. Devant la mine sournoise et inquiétante du sultan, Ibn Khaldoun se retira sans dire mot.

Le soir même, il m'appela : « Ibrahim, nous partons demain.

– Partir ? Mais où donc, maître ?

– Nous nous rendons en Kabylie, dans les montagnes de Béjaïa. Il nous faut les meilleurs guerriers de la ville, de solides chevaux, quelques victuailles.

– Mais, ya sidi, la guerre... le sultan...

– Le sultan ? Tu l'as entendu cet après-midi : il s'en remet à moi pour reconstituer son armée. La guerre ? Ne sais-tu pas, ya Ibrahim, que l'argent est le nerf de la guerre ?

– Je sais, maître, mais... ne faut-il pas alors imposer une taxe spéciale ? Ne pouvez-vous convoquer les chefs des corporations, les principaux commerçants, le responsable des douanes du port ?

– Il n'y a plus d'argent en ville, Ibrahim. Le peuple a déjà beaucoup donné pendant les dernières semaines.

– Mais alors, pourquoi… partons-nous, maître ? » J'avais longuement hésité avant de poser la question. Ibn Khaldoun éclata de rire : « Tu crois que je veux quitter Béjaïa, m'enfuir ? Allons, allons, ya Ibrahim, nul ne me connaît mieux que toi… Non, l'argent n'est plus à Béjaïa, mais il est ailleurs. Il est en Kabylie et dans les montagnes de l'arrière-pays, chez les cheikhs des tribus berbères, qui ne payent leurs taxes qu'une année sur deux, et encore. Eh bien, nous allons essayer de récupérer certains de ces arriérés. »

Le lendemain à l'aube, nous quittions la ville, suivis de quelques centaines de guerriers. Au bout de plusieurs heures de marche dans la plaine, nous parvînmes au pied du mont Babour. Nous nous engageâmes dans un sentier qui montait. Au sommet de certains pitons, des guerriers nous observaient, le visage caché dans de longs voiles. Quand ils reconnaissaient l'étendard de mon maître, ils faisaient des signes à des gens invisibles. Quelquefois, nous voyions, au détour du sentier, une ombre s'éclipser derrière les rochers : « Ce sont les sentinelles, dit Ibn Khaldoun. Ils ont vu les signaux des vigies. Nous n'allons pas tarder à les trouver sur notre chemin. »

Le deuxième jour à midi, après avoir traversé les montagnes ocre, nous débouchâmes dans une vaste plaine. Mon maître regardait avec attention les pics alentour. Il donna des ordres : nous allions dresser notre camp au beau milieu de la plaine, et non sur les contreforts d'un mont. Le soir, les chevaux et les dromadaires furent enfermés dans un enclos et les tours de garde renforcés.

Le lendemain, nous n'avons pas bougé. La plaine restait vide et silencieuse. Certains des lieutenants d'Ibn Khaldoun conseillaient de partir à la poursuite des berbères. Mon maître s'y opposait : « Nous ne bougerons pas d'ici, expliqua-t-il. Ils nous attendent dans les montagnes, où il leur serait facile de nous tendre une embuscade. Quand ils se lasseront d'attendre, ils viendront à nous. » Les lieutenants grommelaient dans le dos d'Ibn Khaldoun : ils voulaient en découdre tout de suite avec les berbères. Mon maître restait de marbre.

Le cinquième jour, à l'aube, des cris, des roulements de tambour rompirent le calme de la plaine. Mon maître avait vu juste : les berbères venaient à nous. Ils sortaient de tous les sentiers de la montagne et se rassemblaient par petits groupes. C'est alors que les décisions de mon maître prirent tout leur sens. Les guerriers ennemis ne pouvaient sortir de leurs repères montagneux qu'un à un. Nous avions amplement le temps d'enfourcher nos montures et de nous préparer au combat. Ibn Khaldoun nous donna l'ordre de nous former en une cohorte compacte et d'avancer lentement dans la plaine.

Les berbères finirent par se lancer à l'assaut. Mon maître donnait des ordres. Je le voyais pour la première fois au combat. Il était calme et froid. Quand les chevaux et les dromadaires des ennemis ne furent plus qu'à quelques centaines de pieds, il dégaina son cimeterre et se mit à la tête des troupes.

Le combat fut violent, mais bref. Les guerriers de Béjaïa, galvanisés par Ibn Khaldoun, tuèrent un grand nombre d'ennemis. Les berbères tourbillonnaient autour d'eux, mais n'arrivaient pas à percer leurs rangs. Ibn Khaldoun était partout, donnant des ordres, dégageant un guerrier assailli par plusieurs adversaires, resserrant les rangs.

Au bout d'une heure, les berbères repartirent au galop vers les montagnes. Nous avions fait quelques prisonniers. Ibn Khaldoun choisit l'un d'entre eux et le chargea d'un message pour le cheikh de sa tribu. L'homme s'éloigna dans la plaine.

Le lendemain, un groupe de cavaliers surgit des montagnes. Nos soldats s'agitèrent et coururent vers leurs chevaux. Mon maître leur fit signe de rester tranquilles. Le chef des cavaliers s'avança : « Que Dieu t'assiste, ya Abdel-Rahman Ibn Khaldoun. » Mon maître s'inclina profondément et répondit sur le même ton. Le cavalier demanda si les cheikhs de la région pouvaient venir s'entretenir avec le vizir. Ibn Khaldoun assura qu'il en serait honoré.

Plusieurs cheikhs vinrent vers nous. Ibn Khaldoun avait fait préparer la plus belle de nos tentes. Il reçut les chefs des berbères avec courtoisie et s'enferma avec eux dans la tente. Plusieurs heures plus tard, ils repartirent vers les montagnes. Certains de leurs lieutenants restèrent au camp. « Ce sont les invités du sultan de Béjaïa », expliqua Ibn Khaldoun, qui prit cependant bien soin de faire désarmer les otages.

Dès le lendemain, d'autres émissaires revinrent, portant des bourses pleines : les cheikhs payaient enfin leurs « arriérés. » Nous pouvions lever le camp. L'expédition d'Ibn Khaldoun avait atteint son but.

Nous revînmes à Béjaïa. Avec l'argent frais, Ibn Khaldoun leva de nouvelles troupes, fortifia les murs de la ville, créa de nouveaux entrepôts d'armes. Au début de l'année 1367, nous apprîmes qu'Aboul Abbas avait pénétré à nouveau sur le territoire du sultanat. Abou Abdallah partit une seconde fois en autant d'années à la tête de son armée, pour tenter d'arrêter son cousin. L'attente reprit, pleine d'angoisse et d'incertitude.

Et comme la première fois, les rumeurs recommencèrent à se répandre : Abou Abdallah, décidément malheureux à la guerre, aurait été battu une deuxième fois. On disait même qu'il avait été surpris de nuit par son adversaire. Son camp aurait été détruit et c'est tout juste s'il avait pu fuir lui-même dans le désert, car Aboul Abbas lui avait coupé la route de Béjaïa et le poursuivait.

À ces nouvelles qui se confirmèrent très vite, une vive agitation s'empara de la ville. Ibn Khaldoun était dans la casbah et ne quittait plus le château de la Perle. Une délégation de notables vint le voir : elle lui demandait de proclamer la déchéance d'Abou Abdallah et de mettre sur le trône un de ses fils, un jeune enfant. Mon maître demanda à réfléchir. Dans la nuit, un messager arriva au palais : il était épuisé et fourbu. Il annonçait qu'Aboul Abbas avait rattrapé son cousin dans le désert et l'avait transpercé de coups de lance. Avec toute son armée, il était à deux jours de marche de Béjaïa.

Ibn Khaldoun passa la nuit éveillé. À l'aube, il m'interpella : « Ibrahim, combien de soldats reste-t-il dans l'enceinte de Béjaïa ?

– Quelques dizaines, maître. Les gardes du palais, quelques autres…

– Combien de dinars dans le Trésor ?

– Il est vide, ya sidi. Les taxes que vous avez levées en Berbérie ont toutes été utilisées par le sultan avant son départ en campagne.

– Abou Abdallah…, dit mon maître d'un ton mélancolique, et il resta silencieux et pensif quelques instants. Tu te souviens, Ibrahim, comment il était gracieux à Fès… C'est curieux, ce que le pouvoir peut faire… Abou Abdallah est devenu brutal et despotique. Il a brisé le courage et la résistance de son peuple, à cause de l'inertie qui se développe chez les opprimés. Quand on écrase les gens fiers, il ne faut pas s'étonner s'ils deviennent veules… Bien, ajouta-t-il d'un ton plus ferme, comme s'il s'ébrouait. Donc, pas de soldats, pas d'argent. La ville ne résisterait pas trois jours devant le maître de Constantine, et ce n'est pas un enfant-sultan qui saurait galvaniser ses défenseurs. Il ne nous reste plus qu'une chose à faire… »

Le lendemain, à l'aube, Ibn Khaldoun sortit de la ville par Bab el-Barr, la Porte de la Campagne, entouré de sa garde, de tous les grands de la cour, des principaux notables et bourgeois. Il arriva bientôt au camp d'Aboul Abbas, à quelques heures de marche de Béjaïa. Le maître de Constantine le reçut sous sa tente. Ibn Khaldoun lui tendit les clés de la ville, et les habitants de Béjaïa jurèrent fidélité au nouveau sultan.

Aboul Abbas était un homme décidé. Il n'avait ni les hésitations ni la sournoiserie de son cousin mort. Il demanda à mon maître de conserver ses fonctions à Béjaïa : « Tu connais mieux que nous, Abdel-Rahman, nos nouveaux sujets de Béjaïa, lui dit-il. Tu connais leurs besoins. Tu seras notre principal conseiller, le pilier de notre pouvoir et de notre couronne. » Dès le lendemain, Ibn Khaldoun était de retour au palais et expédiait les affaires courantes.

Hélas ! ces bonnes dispositions du nouveau sultan de Béjaïa à l'égard de mon maître n'allaient pas durer longtemps. Ibn Khaldoun commença à sentir des réticences de la part d'Aboul Abbas. Moi-même, je voyais bien que le sultan évitait son vizir. Que s'était-il passé ? Ibn Khaldoun me dit qu'il soupçonnait une nouvelle campagne de calomnies contre lui, comme celle qui l'avait fait quitter Grenade deux ans plus tôt.

Ibn Khaldoun était las de Béjaïa, qui lui semblait de plus en plus un vrai nœud de vipères. Il voulait se reposer, faire le bilan de ces années intenses qui l'avaient mené de Fès au pinacle du pouvoir. J'allais assister bien souvent à la répétition de ce cycle : quand il était aux affaires, mon maître soupirait après l'étude et la réflexion. Et quand il avait pris pendant quelque temps une retraite studieuse, le démon des affaires le reprenait et il se lançait de nouveau dans l'action.

Ibn Khaldoun demanda à Aboul Abbas la permission de quitter son service. Le sultan la lui accorda. Nous quittâmes un beau matin la ville, laissant derrière nous —une fois de plus ! — nos familles. Nous trouvâmes refuge chez les Arabes Dawawida, l'une des principales tribus de la puissante confédération des Riyah. Mon maître a toujours été accueilli chez les Arabes avec respect et affection, et cette fois-ci ne fit pas exception.

Au bout de quelques semaines de pérégrinations dans le désert avec les Arabes, Ibn Khaldoun les quitta pour se rendre à Biskra, où il avait des amis. À peine y étions-nous installés que des nouvelles alarmantes nous parvinrent de Béjaïa : le sultan Aboul Abbas s'était laissé convaincre par des courtisans jaloux que le départ d'Ibn Khaldoun était en réalité une fuite et que mon maître avait volé le trésor public. Le sultan, furieux, envoya ses gardes fouiller la maison de mon maître : ils n'y trouvèrent rien. Il fit alors arrêter Yahia, le plus jeune frère d'Ibn Khaldoun, et le fit jeter en prison. Cette nouvelle bouleversa mon maître, car il aimait tendrement son frère. Il écrivit lettre sur lettre à tous ses amis, partout dans le Maghreb, leur demandant d'user de leur influence pour faire libérer Yahia.

Hélas ! une mauvaise nouvelle en amène toujours une autre. Quelques jours plus tard, un cheikh vint demander à parler à mon maître. Ibn Khaldoun le reçut. L'homme lui dit qu'il venait d'arriver en ville avec une caravane, dont certains des voyageurs venaient de Béjaïa. Il les avait entendus parler des « exactions » et des « indignités » que le sultan Aboul Abbas avait fait subir à la famille de son ancien vizir.

À ces paroles, mon maître se leva, pâle et agité. Il demanda au voyageur s'il avait réussi à apprendre ce qui s'était vraiment passé, mais l'homme ne pouvait que répéter ce qu'il avait entendu. Mon maître le remercia et le congédia. Une terrible colère le faisait bouillonner. J'étais moi-même partagé entre une mortelle angoisse et la fureur : ma femme, ma fille, ma sœur étaient à Béjaïa et avaient pu, elles aussi, subir ces « exactions » et ces « indignités ».

Mon maître s'activa encore plus. Il paya quelques émissaires pour aller remettre en secret des messages à des amis en qui il avait confiance à Béjaïa. Il reçut bientôt des réponses, et mêmes certaines missives anonymes qu'il n'avait pas sollicitées. Nous pûmes alors savoir ce qui s'était passé.

Après avoir emprisonné Yahia, le sultan Aboul Abbas continua à accuser mon maître de comploter contre lui. Il craignait, dit-il, que des espions et des émissaires d'Ibn Khaldoun ne viennent agiter la population. La fouille de sa maison n'avait rien donné, mais il pouvait avoir caché des documents ou de l'argent ailleurs.

Un matin, des gardes du sultan vinrent entourer la maison, empêchant quiconque d'y entrer ou d'en sortir. Nos familles étaient donc prisonnières. Ajoutant l'insulte à l'injure, le sultan ordonna à des eunuques à sa dévotion d'aller surveiller le harem de son ancien premier ministre.

Cette dernière nouvelle mit le comble à la fureur d'Ibn Khaldoun — et à ses remords. Il regrettait d'avoir entraîné sa famille dans sa disgrâce. La surveillance de ses femmes le faisait surtout bouillonner : le sultan portait ainsi directement atteinte à son honneur. J'étais incapable de le calmer, étant moi-même dans une totale exaspération.

Malheureusement pour Ibn Khaldoun et pour moi, nous étions loin de Béjaïa, nous n'avions ni armée ni ressources. Les amis de mon maître lui envoyaient des missives pleines de conseils, mais semblaient incapables de l'aider vraiment.

Nos bien-aimées étaient emprisonnées à Béjaïa. Pour nous, libres de nos mouvements à Biskra, notre impuissance à les secourir était notre prison. Prison sans barreaux, mais prison terrible !

10

Damas

« Je vois, dit Tamerlan, que tu as été au service de nombreux princes, en Espagne et au Maghreb.

– Votre Majesté a raison, répondit mon maître, j'ai servi de nombreux princes. Si elle me fait l'honneur d'être patiente avec moi, je lui raconterai comment Dieu a conduit mes pas dans d'autres provinces du Maghreb, et comment j'ai servi des princes plus nombreux encore.

– Des princes plus nombreux encore? Tu as donc sûrement connu des souverains puissants ou faibles, des princes qui se saisissent du pouvoir et créent des dynasties, et d'autres qui le perdent. À ton avis, quel est le secret du pouvoir et de la puissance?

– C'est, sans conteste, la force plus ou moins grande de leur 'asabeyyah. »

Ibn Khaldoun avait répondu sans hésiter. Nous étions assis dans la grande tente des audiences, car Tamerlan avait quitté le Palais Gris et l'enceinte de Damas pour se retrouver au milieu de ses troupes. Pendant quelques jours, la longue et lente agonie de la citadelle l'avait exaspéré, et il avait cessé de réunir son conseil. Mais la chute de la citadelle et l'exécution du vice-roi Yazzadar l'avaient mis d'excellente humeur et il avait convoqué à nouveau ses érudits, ses savants et ses cheikhs pour de longues discussions.

J'ai vu de près le sultan mongol pendant de nombreuses semaines, car j'accompagnais fidèlement mon maître à ces rencontres. Je demeure, encore aujourd'hui, émerveillé et surpris par ce goût qu'il avait des discussions savantes, dans lesquelles il se révélait bien informé et opiniâtre. Un jour, Tamerlan pouvait assister sereinement à l'exécution de plusieurs prisonniers ou au pillage d'un quartier et le lendemain, il argumentait avec les savants sur le califat abbasside ou l'importance respective de Nabuchodonosor et d'Alexandre. Or, parmi les érudits dont il appréciait le plus le commerce, mon maître occupait une place de choix.

Quand Ibn Khaldoun parla de 'asabeyyah, l'interprète de l'empereur, le cheikh Abdel-Jabbar, eut une brève hésitation. Tamerlan s'en aperçut. Il se tourna vers Ibn Khaldoun : «Explique-nous donc, notre maître le cadi, ce que tu entends par 'asabeyyah.

– La 'asabeyya, Votre Majesté, c'est l'esprit de corps. C'est ce qui permet à un souverain, ou à un prince qui veut fonder une nouvelle dynastie, de compter sur un appui indéfectible. C'est le ciment qui permet de construire l'édifice d'un nouvel État.

– Que veux-tu donc dire, cheikh Abdel-Rahman, quand tu parles de ciment et d'appui indéfectible ? Tu nous as habitués jusqu'à maintenant à une pensée claire.

– Votre Majesté, quand un prince veut s'emparer du pouvoir, il a besoin d'appuis. Or, il les trouvera tout d'abord auprès de ses enfants, ses frères, ses cousins, sa parenté. C'est le premier cercle. Puis il ira les chercher dans des cercles plus éloignés, auprès des membres de son clan et de sa tribu. Tous ces gens se sentent unis comme les doigts d'une main par un sentiment très fort. C'est ce que j'appelle esprit de corps. Et plus ce sentiment de la 'asabeyya est vigoureux au sein d'un groupe, plus le prince qui dirige ce groupe sera puissant.

– Fort bien. Donc, si j'ai bien compris, ta 'asabeyya se fonde, au début, sur les liens du sang, puis sur les liens claniques et tribaux. Cependant, j'y vois un problème.

– Lequel, Votre Majesté ? »

Je voyais le visage de mon maître tendu vers l'empereur, le corps penché en avant, tout absorbé dans cette discussion. Pour moi qui avais travaillé si longtemps à ses côtés, cet échange sur la 'asabeyya me semblait ressasser des arguments que j'avais entendus mille fois déjà. Mais je savais que mon maître ne s'en lassait jamais : il n'avait cessé de réfléchir à la naissance et à la mort des dynasties et des États. Je devinais que cette discussion avec le prince le plus puissant de l'univers le passionnait.

«Eh bien, reprit Tamerlan, tu me dis que l'esprit de corps crée un lien très fort, et là-dessus, je suis bien d'accord avec toi. Supposons maintenant un prince qui dispose d'une grande 'asabeyya, et donc d'importants appuis. Il s'empare du pouvoir, il fonde une dynastie, il crée un empire. Cette dynastie va régner indéfiniment, puisqu'elle dispose de ce réservoir inépuisable d'esprit de corps. Or, tu m'as affirmé déjà que les empires naissent et meurent. N'y a-t-il pas là contradiction avec ce que tu viens de dire ?

– Je vois que la réflexion de Votre Majesté est profonde, dit mon maître, que je voyais littéralement frétiller sur son coussin. En effet, si l'esprit de corps demeurait toujours le même, les empires seraient éternels, et nous serions encore aujourd'hui sous la domination des Coptes et des Nabatéens. Mais la 'asabeyya finit par s'effriter, et avec elle la force et la puissance de la dynastie qu'elle a menée au pouvoir.

– Fort bien, notre maître le cadi, tu nous diras donc demain comment l'esprit de corps s'affaiblit, car aujourd'hui, il y a mille sujets plus terre à terre et plus immédiats qui requièrent mon attention.»

Mon maître se leva pour se retirer et s'inclina devant l'empereur. Pour ma part, j'étais déjà ailleurs, au Maghreb, là où mon maître avait pu voir sur le vif la naissance et la mort de ces dynasties, et où s'était imposée à lui de façon irrésistible l'importance de la 'asabeyya. Mais que d'aventures n'avions-nous pas vécues, que de routes n'avions-nous pas parcourues, que de dangers n'avions-nous pas rencontrés pour que lui apparaisse dans toute son ampleur et dans toute sa complexité l'arbre de vie des peuples et des États !...

○

○   ○

Biskra

Un tourbillon permanent, comme ces tempêtes soudaines qui soufflent sur le désert, soulève d'aveuglantes colonnes de sable qui tournoient, secouent, sculptent des dunes, en aplanissent d'autres, puis retombent pour laisser place à un calme surnaturel, telles m'apparaissent aujourd'hui ma vie et celle de mon maître, pendant ces frénétiques années qui vont de 769 à 776 de l'hégire, que les chrétiens comptent, pour leur part, de 1368 à 1375.

Courses éperdues dans le désert, entrées triomphales ou furtives dans les villes, longues discussions sous les tentes des cheikhs arabes, mal de mer, mal de montures, nuits glaciales et journées torrides, calme studieux dans les bibliothèques et fuites éperdues devant nos ennemis, attaque des lions, crainte des serpents et des scorpions : rien ne nous fut épargné pendant ces longues années, qui ont vu mon maître aller du pinacle de la gloire à l'ignominie de la prison.

Nous étions à Biskra, dépouillés de tout pouvoir et de toute influence, craignant pour notre liberté, craignant encore plus pour nos familles retenues de force à Béjaïa, lorsqu'un matin mon maître m'appela. Quelque chose dans sa voix me fit tout de suite dresser l'oreille : une vibration contenue, comme une jubilation qu'il avait peine à cacher.

« Ibrahim, me dit-il, louange à Dieu ! il n'y a de force qu'en Lui ; Ses décrets sont irréversibles. Un messager vient d'arriver...

– Un messager ? De Béjaïa ? Nos familles sont libres ?

– Non, Ibrahim, pas encore, mais cela ne saurait tarder maintenant. Non, le messager vient de la part d'Abou Hammou.

– Abou Hammou ? Le sultan de Tlemcen ?

– Lui-même. Le sultan a des mots très élogieux pour moi. Et devine donc l'offre qu'il me fait ?

– Je ne sais trop, ya sidi. Il vous invite à enseigner à la Grande Mosquée ?

– Tu n'y es pas, mon pauvre Ibrahim. Il m'invite tout bonnement à devenir son grand chambellan, son principal vizir, en un mot son premier ministre. »

Je restai sans voix. Mon maître était ostracisé, il vivait sans appuis dans une ville au cœur du désert, et voilà que le sultan de Tlemcen, le maître tout puissant du Maghreb Central, lui offrait de devenir son bras droit ! Je n'y comprenais rien. Ibn Khaldoun vit ma perplexité : « Bien évidemment, me dit-il avec le sourire, ce n'est pas par amitié qu'il me fait cette offre. Abou Hammou sait à quel point mes relations avec les tribus du désert sont bonnes. Il connaît la confiance que me font les principaux cheikhs des Arabes Dawawida. Or, il a besoin de s'allier à eux.

– Et il vous veut comme chambellan pour aller négocier ces alliances avec eux...

– Voilà, Ibrahim, tu as tout saisi.

– Pas tout, maître. Pourquoi voudrait-il conclure maintenant une alliance avec eux ? Les Dawawida sont tranquilles dans le désert et ne menacent guère le sultan de Tlemcen.

– Ce ne sont pas les tribus qui le menacent, mais ses voisins, le sultan de Fès en particulier. Abou Hammou craint une attaque imminente du souverain mérinide. Si la guerre devait éclater entre Tlemcen et Fès, il veut s'assurer d'avance de l'appui actif des Arabes Dawawida. »

Je comprenais tout. Les alliances de mon maître avec les Arabes et les Berbères allaient faire de lui un pivot de la politique du Maghreb pendant de longues années. Je repris : « Et quand partons-nous, ya sidi ?

– Partir ? Qui parle de partir ?

– Mais, maître... pour aller à Tlemcen.

– Mon cher Ibrahim, me dit Ibn Khaldoun avec un sourire las, pour la deuxième fois, tu ne comprends pas tout.

– Euh, non, maître, je... je ne comprends pas.

– Ibrahim, n'es-tu pas fatigué de faire confiance aux grands ? Moi, je le suis. Je n'ai jamais cessé de les servir, et vois ma récompense... L'envie, la jalousie, les intrigues, les complots dans mon dos, la persécution de ma famille. Non, la politique est un véritable marais... »

Je n'osais interrompre mon maître. Aurais-je pu lui dire que lui aussi était passé maître dans l'art de l'intrigue ? Aurais-je pu lui rappeler qu'il savait tisser les fils d'un complot aussi bien et mieux que quiconque ? Quand un changement de fortune se dessinait, mon maître savait être vif comme l'éclair. Il avait toujours su choisir le camp de la victoire et de la fortune. Ses ennemis disaient de lui avec hargne : « Ibn Khaldoun ? C'est du vif-argent ». J'étais donc étonné de sa sombre méditation sur les marécages de la politique.

Il reprit : « Je refuse de m'exposer aux périls du pouvoir. Je renonce à ses fausses illusions, et je m'en veux d'avoir si longtemps négligé de cultiver les sciences. » Il se tut un long moment, et je respectai sa rêverie. Puis il reprit : « Que veut donc Abou Hammou ? Il veut m'utiliser. Il veut tirer parti du prestige attaché au nom des Banou Khaldoun. Nous allons donc le satisfaire. »

Mon maître me demanda d'écrire une lettre sous sa dictée. Il remerciait avec effusion le sultan de Tlemcen de sa confiance, mais regrettait de ne pouvoir le rejoindre tout de suite. Cependant, ajoutait-il, dans son désir de le servir, il lui proposait de prendre son propre frère, Yahia Ibn Khaldoun, comme chambellan et premier ministre.

167

Cette offre de mon maître convenait à tout le monde. Son jeune frère, libéré de sa prison de Béjaïa, partit pour Tlemcen. Il devint chambellan d'Abou Hammou, qui y trouvait son compte, puisqu'il entraînait ainsi les Khaldoun dans son camp. Mon maître, je l'avais deviné, refusait d'aller à Tlemcen dans l'immédiat afin de se donner le temps de jauger les vraies intentions du sultan.

Par ailleurs, le sultan de Béjaïa ne pouvait indéfiniment séquestrer la famille de mon maître. Il finit par la laisser quitter sa ville et nous fûmes de nouveau réunis avec tous les nôtres. Ibn Khaldoun acheta une grande maison à Biskra, qui allait lui servir de refuge et de base arrière pendant les années turbulentes qui s'annonçaient.

Au bout de quelques semaines, mon maître se décida soudain à quitter Biskra pour répondre à l'appel du sultan Abou Hammou. Je soupçonne qu'il s'était rassuré en voyant Yahia Ibn Khaldoun accueilli avec faste à Tlemcen. Son frère cadet, envoyé en éclaireur, lui avait ouvert la voie. Il s'aventurait encore une fois sur de nouvelles routes, vers de nouveaux dangers. Mon maître ressemblait à un calme étang, dont la surface réfléchit les nuages et la turbulence du ciel, mais dont l'eau est profonde et les mystères insondables.

Nous quittâmes Biskra. J'embrassai ma femme et ma fille. Ce rituel du départ me semblait de plus en plus amer. Ma femme pleurait, ma fille, effrayée de voir sa mère essuyer ses larmes, se cachait dans les plis de sa robe. Je pris Zahra dans mes bras et la serrai sur mon coeur. Ma barbe lui piquait le visage et elle se mit à rire. Je finis par m'arracher à elles, mais sur mon cheval je me tournai souvent pour voir s'amenuiser, puis disparaître à l'horizon, leurs silhouettes.

Au bout de quelques jours de voyage, nous étions au Maghreb Central. Au lieu de se diriger immédiatement vers Tlemcen, mon maître s'enfonça, à ma grande surprise, dans le désert.

Un jour, nous arrivâmes au pied de hautes montagnes. Quelques cavaliers arrivèrent au galop, dans un tourbillon de sable. J'étais inquiet et j'avais mis la main sur la garde de mon poignard, quand Ibn Khaldoun me fit signe de rester tranquille. Les cavaliers étaient voilés. Seuls leurs yeux étaient visibles. Mon maître se présenta. Ils connaissaient son nom et le saluèrent avec respect. Il leur dit quelques mots. Je ne comprenais que difficilement, car le langage des Arabes du désert était bien différent de celui que j'avais appris à Tunis.

Les cavaliers nous précédèrent. Le sentier que nous suivions débouchait dans une petite vallée encaissée dans la montagne. De nombreuses tentes la couvraient. Des chèvres et des chameaux broutaient un maigre pâturage.

Nous fûmes conduits à la plus grande des tentes. Le chef de la tribu se trouvait là, entouré de ses principaux guerriers. Ibn Khaldoun lui embrassa la barbe et l'épaule. On l'invita à s'asseoir. Les Arabes connaissaient l'ancien chambellan de Béjaïa et mon maître semblait avoir déjà rencontré nombre d'entre eux.

Ibn Khaldoun s'enquit avec affabilité et respect des nouvelles du chef de la tribu, de sa famille et de son clan. La conversation dura longtemps. Mon maître n'ouvrait pas son jeu. À un moment donné, il évoqua les chefs des autres tribus de la région : il aurait, dit-il, grand plaisir à les saluer. L'allusion était claire et des messagers partirent aussitôt pour les convoquer à une importante réunion.

Le soir, autour du feu, nos hôtes égorgèrent pour nous quelques moutons, et le tam-tam obsédant des tambours résonna longtemps entre les parois des montagnes. Au moment où le feu s'éteignait, des myriades d'étoiles s'allumèrent dans un ciel noir. Leur paisible clignotement répandait sur le camp endormi une clarté laiteuse.

Le lendemain, les chefs de la confédération arabe du Maghreb Central s'enfermèrent dans la grande tente avec Ibn Khaldoun. Que leur dit mon maître ? Quels arguments a-t-il utilisés ? Je n'en sais rien, mais à la fin de la réunion, les cheikhs avaient promis leur concours à Abou Hammou et l'envoi de contingents de guerriers au sultan de Tlemcen.

Je dois répéter ici que ce ne fut ni la première ni la dernière fois que mon maître se réunissait avec des chefs arabes. Il allait même négocier un jour avec les dirigeants de la puissante confédération des Riyâh, ces maîtres absolus du désert, comme je le raconterai plus loin. Et j'ai toujours été surpris de voir comment il se trouvait à l'aise avec ces guerriers simples et fiers. Il agissait avec le même naturel sous une tente perdue dans le Rif que sous le dôme de la Salle des Ambassadeurs de l'Alhambra ou, plus tard, dans les prestigieuses madrasas du Caire. Avec les cheikhs arabes, il trouvait le ton juste, l'argument convaincant. Son talent pour les rallier à la cause de son souverain du moment n'a pas été pour peu dans la brillante carrière qu'il a connue au Maghreb.

Un jour, je lui demandai la recette de ses succès auprès des Arabes. Il haussa les épaules : « Les nomades, me dit-il, trouvent leur pain quotidien à l'ombre de leurs lances. Il s'agit, tout simplement, de les assurer que cette ombre couvrira non seulement le pain, mais le lait, le fromage et la viande de surcroît. »

Nous quittâmes le lendemain le campement arabe, entourés de plusieurs centaines de guerriers Dawawida. Quelques jours plus tard, Ibn Khaldoun arrivait à Tlemcen. Je me souvenais moi-même de notre première arrivée dans cette ville, quelque quinze ans plus tôt, quand mon maître, tout jeune homme encore, avait quitté Tunis pour courir l'aventure et chercher un destin glorieux.

Le sultan Abou Hammou reçut mon maître avec amitié. Quand il apprit qu'Ibn Khaldoun avait déjà rallié à sa cause les Dawawida, il le remercia avec effusion et lui demanda de prononcer le sermon à la Grande Mosquée. Mon maître s'exécuta et, le soir, au cours d'un grand banquet, il récita un poème qu'il avait composé à la gloire du sultan de Tlemcen.

Au cours des années suivantes, Ibn Khaldoun participa à d'autres négociations complexes avec les tribus arabes Riyâh et accompagna Abou Hammou dans ses campagnes militaires. Le sultan ne cessait de se louer de ses services.

Mon maître avait retrouvé avec plaisir et affection son frère Yahia. Dans toute la ville, on faisait des courbettes aux Ibn Khaldoun. L'un d'entre eux officiait à la Grande Mosquée, le second était le tout puissant grand chambellan du sultan. La fortune leur souriait, entraînant dans son sillage l'envie et l'obséquiosité.

Que s'est-il alors passé ? Mon maître a-t-il senti, avant tous les autres, les grands changements qui allaient à nouveau bouleverser le Maghreb ? Son instinct politique l'a-t-il prévenu des nuages qui allaient bientôt assombrir l'horizon ? Ou bien la mer plus proche, l'Espagne de l'autre côté du détroit l'ont-elles à nouvel ensorcelé ?

Je croyais que mon maître avait trouvé à Tlemcen un havre tranquille, fût-il provisoire. Je ne me faisais pas d'illusion : je savais qu'il n'y demeurerait pas toujours, le passé me l'avait bien enseigné, mais enfin j'espérais, je croyais qu'il y resterait quelques années, comme à Fès, à Grenade, à Béjaïa. Un jour de 1370, il me dit pourtant qu'il avait l'intention de partir de nouveau, voyageur infatigable, cavalier du vent, explorateur inassouvi et assoiffé de nouveaux horizons.

Cette fois-ci, il voulait retourner en Espagne. Je dois dire que cette destination ne me surprenait pas. Depuis que nous avions quitté Grenade, pas un jour ne se passait sans qu'Ibn Khaldoun n'évoquât l'Andalousie avec mélancolie, avec nostalgie. Malgré l'aventure qui avait précipité notre départ de la cour de l'Alhambra, il se rappelait avec bonheur le raffinement des poètes et des courtisans de Mohammad V. Autant il était attaché de toutes ses fibres au Maghreb, qui était pour lui chair et sang et patrie et enfance, autant l'Andalousie était rêve et culture, poésie et savoir. Et puis, n'est-ce pas à Grenade qu'il avait rencontré Ons al-Qoloub?

Nous voici donc repartis sur les routes. Le port de Hunayn où mon maître voulait embarquer pour l'Espagne ne se trouvait qu'à deux jours de marche. En y arrivant, nous apprîmes qu'aucun navire ne se préparait à partir pour Alméria, Algésiras ou Gibraltar. Le maître du port nous dit que les corsaires chrétiens étaient très entreprenants et que les patrons des naves ne voulaient plus s'aventurer au large.

Nous nous retrouvions seuls, isolés dans un petit port. Nous ne savions pas combien de temps allait s'écouler avant qu'un marin ne se risquât de nouveau à tenter la traversée du détroit. À nos questions, le maître du port haussait les épaules.

Mon maître n'était pas homme à se tourner les pouces. Cette inactivité forcée lui sembla un signe du ciel. Nous ne voyagions jamais sans papier et calames. Il se mit au travail, ou plutôt, nous nous remîmes au travail. Depuis notre départ de Grenade, quatre ans auparavant, mon maître n'avait eu que peu de temps à consacrer à ses écrits. Entre-temps, il avait été premier ministre d'un sultan et avait pu voir de près les problèmes de l'État et du gouvernement. Il voulait donc consigner ses nouvelles observations.

Nous logions dans une chambre obscure d'une petite hôtellerie. Ibn Khaldoun n'en avait cure. Il réfléchissait, écrivait ou me dictait des fragments. Je voyais revenir les mots de 'asabeyya, mulk, tamaddun, 'umrân[1]. Je comprenais certaines choses, mais l'ensemble me paraissait nébuleux. Il me répétait: «Mon propos est d'une conception nouvelle. Je veux créer une science indépendante, qui étudiera la civilisation humaine et la société humaine.»

C'est dans cette petite pièce studieuse que le destin allait nous accabler, une fois de plus. Nous étions un jour en train d'y travailler lorsque des coups violents frappés à la porte ébranlèrent toute la maison. À peine avions-nous eu le temps de nous lever que la porte fut forcée. Trois guerriers se précipitèrent sur mon maître. «Es-tu Abdel-Rahman Ibn Khaldoun?» demanda rudement celui qui semblait commander. À peine mon maître avait-il répondu par l'affirmative que les soldats lui attachèrent les poignets avec une corde. J'étais paralysé par la surprise. En voyant cependant mon maître traité ainsi, j'eus une réaction instinctive et me jetai sur le garde le plus proche. Hélas! je n'étais pas de taille à combattre et une violente bourrade me jeta à terre. Ibn Khaldoun me demanda de me calmer et me fit un signe impératif. Je compris ce qu'il voulait et me mis à rassembler les papiers sur lesquels nous écrivions, qui s'étaient éparpillés partout sur le sol.

Le soir était tombé. Le chef des gardes décida de reporter son départ au lendemain. Nous allions donc passer une nuit de plus dans l'hôtellerie. Mon maître devait dormir, flanqué d'un garde. Pour ma part, après ma piteuse tentative de résistance, on ne s'était plus occupé de moi. J'en profitai pour quitter l'hôtellerie.

Je voulais savoir ce qui s'était passé. Dans le village et au port, je trouvai une vive agitation. L'escouade venue arrêter mon maître était nombreuse et plusieurs soldats s'étaient éparpillés dans les tavernes de l'endroit. La population, surprise par tout ce mouvement, était sortie dans les rues. Les gens posaient des questions : que se passait-il donc? Pourquoi ce branle-bas de combat?

À mon tour, je me mis à interroger à droite et à gauche. Je m'enhardis même à bavarder avec certains des gardes qui étaient restés dehors et qui ignoraient donc ma position auprès d'Ibn Khaldoun. Ils ne savaient pas tout, mais à force d'arracher des bribes d'information par ci par là, je parvins à reconstituer ce qui s'était passé.

Nous avions à peine quitté Tlemcen quelques semaines plus tôt que le sultan Abdel-Aziz de Fès s'était mis en campagne contre son voisin le sultan Abou Hammou de Tlemcen. Cet Abdel-Aziz, le nouveau souverain mérinide du Maghreb Extrême, avait l'ambition de réunir sous son sceptre toutes les parties du Maghreb. La première étape de cette guerre de conquête et d'unification consistait à s'emparer du Maghreb Central et de sa capitale Tlemcen. Ensuite, Abdel-Aziz pourrait s'attaquer à l'Ifrîqîya et, en s'emparant de Tunis, réaliser son ambition d'un grand Maghreb unifié.

Le sultan de Fès avait donc attaqué Tlemcen. Abou Hammou, battu, avait fui sa capitale pour se réfugier au désert. Après son entrée victorieuse à Tlemcen, le sultan Abdel-Aziz avait demandé : «Où est donc l'illustre Abdel-Rahman Ibn Khaldoun?» On lui avait répondu que mon maître était à Hunayn, où il attendait de s'embarquer pour l'Espagne.

Y a-t-il eu à ce moment de bonnes âmes pour venir chuchoter des choses à l'oreille du sultan ? Ses espions lui ont-ils appris des manœuvres que j'ignorais ? Avait-il intercepté des correspondances compromettantes ? Toujours est-il qu'Abdel-Aziz se convainquit que mon maître partait en Espagne pour rallier contre lui le sultan de Grenade. Il ordonna donc son arrestation, sous le prétexte qu'il avait volé une forte somme d'argent qu'il voulait emporter en Espagne.

Il est un axiome bien connu de tous ceux qui observent aujourd'hui la politique du Maghreb, c'est que le sultan de Fès s'est toujours méfié du sultan de Grenade, et que le souverain de Grenade s'est toujours gardé du souverain de Fès. Les deux pays sont trop puissants et trop proches pour que leurs relations soient toujours empreintes d'harmonie. Abdel-Aziz pouvait légitimement craindre que le sultan de Grenade n'intervienne pour l'empêcher d'agrandir son domaine et d'augmenter ainsi sa puissance. Mon maître avait-il donc trempé dans des manœuvres occultes ?

Hélas ! je dois encore une fois affirmer mon ignorance. Mon maître m'avait assuré, en quittant Tlemcen, qu'il aspirait sincèrement à se retremper dans l'atmosphère magique de Grenade, à déambuler de nouveau avec ses amis dans la Cour des Lions, la Salle des Princesses ou les jardins de l'Alhambra, à se frotter aux savants de la nouvelle madrasa de la ville. Avait-il d'autres intentions ? Ses ennemis en étaient convaincus. Il est vrai qu'il avait beaucoup d'ennemis. Pour ma part, je l'ignore jusqu'à ce jour.

Le lendemain, l'escouade reprit le chemin de Tlemcen, où le sultan Abdel-Aziz avait demandé qu'on lui amenât mon maître. Ibn Khaldoun était entouré de gardes, les poignets liés. Je le suivais à quelques centaines de pieds en arrière, ne le perdant jamais de vue, gémissant en mon for intérieur, priant le ciel de nous protéger et maudissant à mon tour la politique et les souverains.

Nous arrivâmes à la Vallée des Oliviers, à l'extérieur de Tlemcen, où campait alors le sultan Abdel-Aziz. Le Mérinide voulait rester quelques mois dans la ville qu'il avait conquise afin d'y renforcer son pouvoir. C'était la première fois que je le voyais et je fus surpris de sa jeunesse. Il était énergique et coupant. Il reçut froidement Ibn Khaldoun.

Les deux hommes parlèrent longuement. Mon maître plaida sa cause, assurant le souverain qu'il n'avait eu aucune intention de comploter contre lui. Abdel-Aziz resta de marbre. À la fin, il fit un geste de la main et les gardes amenèrent Ibn Khaldoun en prison.

On me laissa le rencontrer dans sa cellule. Cette complaisance nous inquiéta au plus haut point, mon maître et moi. Ibn Khaldoun était convaincu que ses heures étaient comptées et qu'à l'aube il aurait la tête tranchée. J'avais beau protester faiblement, j'avais trop vu, dans mes pérégrinations avec lui, des courtisans, des puissants et des vizirs tombés en disgrâce et prestement éliminés.

La nuit fut longue et triste. Mon maître restait silencieux le plus souvent. Vers l'aube, il m'avoua qu'il craignait pour sa famille. Il me demanda instamment, si le pire survenait, de veiller à ce que sa femme et ses enfants soient amenés sains et saufs chez son frère Yahia, ou à Constantine, auprès de sa belle-famille. Il craignait aussi pour Ons al-Qoloub et son enfant. Je l'assurai qu'aucun mal ne leur serait fait. Je m'en portai garant.

Il me demanda ensuite de ramasser tous ses manuscrits et ses écrits. « Il s'agit, me dit-il, de quelques fragments, mais je ne voudrais pas qu'ils soient perdus. » De nouveau, je l'assurai que ses vœux seraient exaucés. Au moment où les premiers rayons du jour pâlissaient la lucarne, il déroula son tapis de prière et s'abîma longtemps dans l'adoration de Dieu. Je l'entendis réciter avec ferveur la prière des souffrants, des malades, des condamnés :

Mon Dieu, surveille-moi de Tes yeux qui ne dorment point !
Entoure-moi de Tes murs d'angle qui ne vacillent point !
Prends pitié de moi par la puissance que Tu as sur moi !
Tu es ma confiance et mon espoir !
Que de grâces Tu m'as faites, et parcimonieuse fut ma reconnaissance !
Que de maux par quoi Tu m'as éprouvé, et si faible fut ma patience !
Toi qui m'as vu dans les péchés et ne m'as pas trahi !
Tu es loué, glorieux !
Mon Dieu, aide-moi dans ma foi par ma vie en ce monde,
Aide-moi en vue de l'Autre Vie par la crainte de Toi
Ô mon Dieu, je Te demande proche délivrance et belle patience.
Je Te demande ta sauvegarde contre tout malheur

Je Te demande ma reconnaissance pour Ta sauvegarde
Je Te demande la constance de Ta sauvegarde
Je Te demande de n'avoir pas besoin des hommes
Il n'y a de savoir-faire et de force qu'en Dieu.

Lorsque nous entendîmes les clés du geôlier, il se releva et me serra longuement dans ses bras.

Les gardes amenèrent Ibn Khaldoun devant Abdel-Aziz. À ma stupéfaction, le sultan avait changé d'attitude. Il se montrait presque aimable avec mon maître. «Je sais que tu as été grand chambellan de Béjaïa, lui dit-il. Nous aimerions que tu nous parles de cette vieille et noble ville.»

Un éclair traversa les yeux de mon maître. Une négociation subtile allait s'engager. Abdel-Aziz, après avoir conquis Tlemcen, voulait se diriger vers l'est, vers l'Ifrîqîya, vers Tunis. Mais Béjaïa et son sultan étaient sur son chemin. Il devait faire sauter ce verrou avant de poursuivre ses conquêtes. Or, Ibn Khaldoun connaissait parfaitement les forces et les faiblesses de la ville, ses défenses, ses fortifications...

La conversation entre le sultan et son prisonnier dura plus longtemps que la veille. Ibn Khaldoun parla longuement de ses voyages et de ses pérégrinations. Le sultan l'écoutait attentivement, sans le bousculer. Après avoir longuement évoqué l'Andalousie et Grenade, il en vint enfin à son arrivée à Béjaïa comme grand chambellan. Le sultan restait impénétrable.

Ibn Khaldoun raconta dans le détail toute son action pendant qu'il était à la tête du gouvernement de Béjaïa. Il n'hésita pas à donner des précisions sur les fortifications nouvelles qu'il avait élevées. Il s'étendit sur les forces de la milice, le nombre de soldats, les tribus berbères alliées ou ennemies. Il en vint enfin à la guerre qui avait opposé le sultan de Béjaïa au sultan de Constantine, et au rôle important qu'il y avait joué lui-même. Il précisa à Abdel-Aziz les façons les plus efficaces de forcer les défenses de la ville. Le Mérinide ne l'interrompait pas, tandis que, dans un coin, deux secrétaires scribouillaient furieusement.

À la fin de l'audience, Abdel-Aziz était plus qu'affable. Il assura à Ibn Khaldoun que le malentendu entre eux était dissipé et qu'il était libre de ses mouvements. Quant à lui, Abdel-Aziz, il serait heureux pour sa part de le voir rester à Tlemcen.

À la sortie du palais, j'étais tellement soulagé que je gambadais presque dans les rues. Mon maître, lui, était d'humeur massacrante. Il m'intima l'ordre de me calmer.

Il alla s'installer au monastère du cheikh et saint Abou Madyane, dans le village d'al-Ubbâd, aux portes de Tlemcen. Le monastère comprenait dans son enceinte le mausolée du saint. Trois cents anneaux de cuivre et de bronze scellés dans la maçonnerie de la muraille étaient destinés à lier les chevaux et les mulets des fidèles. Le village, entouré de jardins et de prairies, était dans une région bucolique et paisible.

La mosquée du monastère avait un porche finement sculpté. Sa porte de cèdre, peinte et sculptée, était revêtue de ciselures de cuivre et menait dans un vestibule de mosaïque blanche. Une châsse de bois précieux couvrait le sépulcre de Sidi Abou Madyane. Des pèlerins se pressaient toute l'année dans la cour, pour demander l'intercession du saint.

Je comprenais le souhait de mon maître de se retirer à al-Ubbâd : il avait besoin de calme et de repos après la tornade des semaines précédentes. Il avait vu la mort de trop près pour ne pas souhaiter un moment d'arrêt, de réflexion, de méditation. Il se rendait tous les jours à la mosquée, où son enseignement était suivi par une foule avide. Le soir, il reprenait son travail avec moi, griffonnait de nouveaux fragments, notait des observations qu'il avait faites dans la journée, consignait de nouvelles idées.

Les cheikhs, les faqîhs et les étudiants qui se pressaient autour d'Ibn Khaldoun lui demandaient de les éclairer sur le mysticisme du saint. Il leur parlait alors de son soufisme, qui est recherche constante de la voie de Dieu, anéantissement dans son amour. Il leur commentait ce poème du *Diwan*[2] d'Abou Madyane

Dis : Allah ! et abandonne l'existence et ce qui t'entoure,
si tu veux l'accomplissement de la perfection.

Tout, sauf Dieu, si tu l'as bien compris, est néant
dans le détail et dans l'ensemble.

Sache-le bien : sans Lui, toute la création, toi compris,
se dissipe, s'efface.

Celui qui n'a pas dans son Essence la racine de son existence,
son existence, sans Lui, est radicalement impossible.

Les initiés sont annihilés. Peuvent-ils contempler autre chose
que le Très-Haut, le Magnifique ?

Tout ce qu'ils voient, qui n'est pas Lui, est en vérité
périssant dans le présent, le passé et le futur.

Du haut jusqu'en bas, sans que personne puisse en faire autant,
c'est Lui, leur Créateur, qui tient en mains toutes les choses.

Ibn Khaldoun, l'homme d'action, le penseur attaché aux sciences rationnelles, le politicien froid et calculateur, devenait alors l'homme de foi, pour qui le monde du surnaturel transcende tout.

Ce mélange d'enseignement, de prière et d'études convenait parfaitement à mon maître. Je crois bien qu'il était sincère dans son désir de retraite. Il était pour le moment parfaitement dégoûté de la politique, mais la politique le rattrapait toujours. Il m'avait d'ailleurs dit lui-même un jour : « L'homme est politique par nature. »

Nous avions à peine passé quelques semaines dans notre retraite d'al-Ubbâd que le sultan le convoqua à nouveau.

Abdel-Aziz piaffait d'impatience à Tlemcen. Il n'osait quitter la ville à la tête de ses armées afin de conquérir l'Ifrîqîya, car entre-temps Abou Hammou, le sultan dépossédé, rameutait des troupes dans le sud et jurait de reprendre son trône. Dans tout le Maghreb, des intrigues se nouaient, et les tribus arabes et berbères tâchaient de vendre cher leur appui aux quatre ou cinq sultans qui se guerroyaient sans cesse. Je me souvenais de nouveau de cette réflexion de mon maître : « Les nomades trouvent leur pain quotidien à l'ombre de leurs lances. »

Abdel-Aziz accueillit mon maître avec de vives démonstrations d'amitié. Il le vêtit d'une robe d'honneur et lui remit une bourse pleine. Puis il lui demanda d'aller s'assurer de l'amitié et de l'alliance de la confédération arabe des Riyâh.

Les Riyâh étaient alors les princes du désert. Leurs tribus étaient les plus nombreuses, les mieux armées. Aucun prétendant au pouvoir au Maghreb ne pouvait les négliger. Abdel-Aziz savait que s'il arrivait à conscrire les Riyâh, il écarterait la menace d'Abou

Hammou. Or, pour acheter les Riyâh, il avait besoin d'un négociateur de haut niveau. Ce négociateur, c'était Ibn Khaldoun, et voilà pourquoi mon maître avait été arraché à sa retraite d'al-Ubbâd.

Le sultan avait expliqué tout cela à mon maître. Celui-ci eut une hésitation. Le sourire d'Abdel-Aziz s'élargit : « Je suis sûr, dit-il, que mon ami Abdel-Rahman acceptera de nous rendre ce service, en reconnaissance de nos récents bienfaits à son égard. » Mon maître comprit. Il s'inclina profondément et promit de partir dès le lendemain.

Les mois suivants furent les plus agités d'une existence déjà bien tumultueuse. J'en garde le souvenir d'une véritable tornade. Mon maître et moi courions d'un désert à l'autre, du Maghreb Extrême à l'Ifrîqîya, de Masila à Biskra et de Biskra à Tlemcen. De longues chevauchées pendant des journées entières nous amenaient au camp de telle ou telle tribu. Mon maître était reçu avec tous les honneurs, les palabres duraient de longues heures, des accords étaient conclus, nous quittions un camp pour aller à un autre, sillonnant ainsi de vastes étendues désolées, les yeux brûlés par une incandescence de feu à l'horizon, courbés sur nos montures et le visage voilé pour éviter d'être cravachés par le sable qui, fouetté par le vent, nous transperçait comme un dard, nous arrêtant à midi pour repartir derrière nos guides au milieu de la nuit, surveillant à l'horizon les colonnes noires qui annonçaient une tempête de sable ou l'arrivée d'une troupe ennemie, scrutant le sol pour y détecter la trace des serpents, tendant l'oreille pour capter le rugissement des lions, toujours en mouvement, jamais en repos.

Les efforts de mon maître portèrent fruit : les chefs de la confédération des Riyâh jetèrent tout leur poids derrière Abdel-Aziz. Entre temps, Abou Hammou, tenace et résolu, avait rassemblé une armée pour reprendre sa capitale. L'appui des Riyâh devait cependant être déterminant dans le sort de la bataille : l'armée d'Abou Hammou fut surprise de nuit, en plein campement, dans le Zab. Les soldats furent réveillés en sursaut ; certains furent massacrés, d'autres réussirent à s'enfuir. Abou Hammou lui-même, qui veillait avec ses lieutenants, eut à peine le temps de s'évanouir dans le désert à la faveur de l'obscurité. Son camp, ses trésors, son harem tombèrent entre les mains des vainqueurs. Comble de l'ignominie, ses enfants furent dispersés et toutes ses femmes furent envoyées au palais d'Abdel-Aziz.

La victoire de ce dernier était complète, la défaite d'Abou Hammou cuisante, et tout le monde savait qui en était l'architecte : Abdel-Rahman Ibn Khaldoun, dont la négociation avec les Riyâh avait pesé lourd dans la balance. Quand j'appris la nouvelle, j'en vins à regretter qu'Abou Hammou ne fût pas mort. J'imaginais sa rage contre l'auteur de sa déconfiture et de son déshonneur, le fossoyeur de son rêve de restauration. Je m'imaginais qu'il n'aurait de cesse de poursuivre mon maître de sa vindicte. J'avais raison, mais en partie seulement, car je devais découvrir, à ma stupéfaction, que la politique a des raisons que même l'honneur quelquefois ne connaît pas.

La mainmise du sultan Abdel-Aziz sur le Maghreb Central était maintenant assurée, même si son adversaire était encore vivant et se cachait quelque part dans le sud profond. Mon maître retourna à Tlemcen après la bataille et fut reçu par le sultan avec les plus grands égards. Abdel-Aziz lui remit des robes d'honneur, des bourses pleines et de nombreuses montures. Mon maître le remercia avec effusion, mais quitta rapidement la ville, car il voulait retourner à Biskra où sa famille l'attendait.

Cela faisait bien longtemps que nous n'avions passé quelque temps avec nos familles et Ibn Khaldoun et moi-même retournâmes avec plaisir dans la vaste maison qui était depuis quelques années notre demeure. Je retrouvais toujours avec la même tendresse mon Amal, qui ne se résignait que difficilement à ma vie de nomade. Au terme de mes courses échevelées, elle était pour moi repos, oasis, source jaillissante, ma vraie demeure, ma vraie patrie. Ons al-Qoloub tenait toujours dans le cœur de mon maître la place qu'elle y occupait depuis Grenade et il retrouvait auprès d'elle la sérénité que sa vie tumultueuse battait si souvent en brèche.

Un jour, mon maître reçut une missive à Biskra. Le messager venait de Tlemcen. À sa lecture, mon maître eut un grand cri de joie : « Ibrahim, m'appela-t-il, viens voir qui m'écrit. » Je me précipitai. La lettre venait d'Ibn al-Khatib, le grand poète andalou, le vizir de Grenade, l'ami le plus proche de mon maître, dans l'intimité de qui il avait vécu à l'Alhambra.

Ibn al-Khatib écrivait à mon maître que ses adversaires à la cour de Grenade ne cessaient de monter le sultan contre lui. De peur que Mohammad V ne finisse par les croire et qu'il ne se retourne contre son vizir, Ibn al-Khatib avait préféré prendre les devants. Il avait quitté Grenade et l'Andalousie, avait traversé le détroit et se trouvait à Tlemcen. Il rappelait à son ami son amitié et son affection et lui demandait de ses nouvelles.

Quelles qu'aient pu être les rivalités politiques qui les avaient opposés quelquefois, je dois répéter ici qu'Ibn al-Khatib a toujours été le plus proche ami de mon maître. Les deux hommes se reconnaissaient frères par l'esprit et l'intelligence, tous deux amoureux de poésie, tous deux savants dans toutes les branches du savoir, tous deux hommes d'action autant que de réflexion. Aussi, l'arrivée de cette lettre d'Ibn al-Khatib combla d'aise Ibn Khaldoun. Il se rendit à la salle de travail, me demanda de prendre mon calame et me dicta la lettre suivante :

Mon seigneur, vous dont l'amitié est pour moi un trésor éternel, qui êtes pour moi le plus ferme appui,
Je vous salue comme l'esclave salue son maître, le serviteur soumis son roi ; ou plutôt comme l'amant s'adresse à l'être aimé, comme l'homme perdu dans la nuit accueille la lumière du jour.
Est-il besoin de réaffirmer ce qui pour moi a la force de l'habitude et l'immuabilité de l'instinct, ce dont vous savez mieux que moi la profonde sincérité : mon attachement à vous, ma très haute estime, ma tendance à dire de vous le plus grand bien, à entonner les plus belles louanges, à chanter dans tous les horizons vos belles actions. Dieu m'en est témoin.

Mon maître poursuivait en décrivant longuement à son ami la situation politique au Maghreb, en commentant les derniers événements et en lui parlant des péripéties des derniers mois. Avant de conclure, il ajoutait :

Et pour ce qui touche à ma vie personnelle et à mes enfants, mon messager, élevé par mes soins, vous en donnera les nouvelles les plus sûres. Permettez-lui de vous entretenir, encouragez-le aux confidences, ne le laissez pas s'arrêter au début de ses propos. Vous pouvez vous fier à lui en toute sécurité : il n'est pas indigne de garder un secret.

Je demandai alors à mon maître : « Ya sidi, qui est ce messager qui doit s'entretenir avec votre ami ? » Il me regarda avec malice : « Qui, ya Ibrahim, connaît vraiment le fond de mon cœur et peut donner à Abou Lissan³ des nouvelles de ma famille ? » Je commençais à comprendre. Mon maître voulait que je retourne de nouveau à Tlemcen pour rencontrer en personne Ibn al-Khatib et lui donner des nouvelles de première main.

J'avoue que j'étais épuisé par toutes ces pérégrinations. J'aspirais autant que mon maître à prolonger ce séjour à Biskra. Mais pouvais-je lui opposer un refus ? J'étais toujours son secrétaire, son serviteur, même s'il me traitait de plus en plus en ami. Ce n'est pourtant pas la servilité qui m'amena à dire oui. La vraie affection et l'admiration que je lui portais me firent accepter sans hésitation.

Le lendemain, au moment du départ, j'avais un curieux sentiment : je partais sans mon maître. Nous avions toujours voyagé ensemble. À de rares occasions, il avait pu aller seul, ou j'étais parti de mon côté, mais c'était toujours pour quelques heures. Jamais je n'avais été seul à l'aube d'un si long voyage.

Mon maître m'avait adjoint deux serviteurs et trois gardes, car la traversée du désert entre Biskra et Tlemcen allait durer plusieurs jours. Deux mules portaient nos bagages. Je m'émerveillais de voir les serviteurs et les gardes me parler avec déférence et me donner du « ya sidi ». J'étais, pour ces humbles gens, le double de notre maître et son bras droit. Je participais un peu à son prestige et à son pouvoir.

Je connaissais la routine du voyage dans le désert. La présence des serviteurs et des gardes me rassurait et je me laissais aller à de profondes rêveries, sinon à somnoler un peu au rythme de ma monture. C'est le troisième jour, au soir, que le malheur allait frapper.

Il nous restait quelques heures de marche, pour profiter de la fraîcheur qui tombait. Ce furent nos bêtes qui, les premières, sentirent le danger. Je vis mon cheval dresser l'oreille, hennir en levant la tête. Les autres bêtes s'étaient aussi arrêtées. Nous savions ce que cela voulait dire. Nous fîmes silence, dressés sur nos étriers, tendant l'oreille.

Le calme du désert était surnaturel. Et puis nous entendîmes le bruit qui fait frissonner de terreur le voyageur, se hérisser les cheveux des plus braves : au loin, un rugissement étouffé annonçait la présence de lions.

Nulle rencontre n'est plus terrible, dans les étendues de pierres et de sable, que celle du lion, bête gigantesque et féroce, rapide comme l'éclair, rusée comme l'hyène, qui paralyse le voyageur et sa monture. Malheur à celui qui voyage seul et rencontre sur son chemin un lion ! Sa vie ne pèse pas lourd dans la balance du destin.

Nous scrutions l'horizon avec angoisse ; l'obscurité qui tombait nous empêchait de distinguer clairement. Pourtant, les rugissements augmentaient. Les chevaux se cabraient, les mules tiraient sur leurs brides. Nous étions immobiles, tremblant de frayeur.

Au bout de longues, d'insupportables minutes d'angoisse, nous vîmes la silhouette de la bête se dessiner à l'horizon, au haut d'une petite butte de sable. Nous attendîmes une autre interminable minute : aucun autre lion, aucune lionne n'apparut à ses côtés. La bête était solitaire.

Nous savions où était l'animal. Nous pouvions encore tenter de lui échapper en galopant dans la direction opposée. Nous aurions ainsi sacrifié nos mules, qui portaient nos bagages, la nourriture, l'eau. Nous ne pouvions être sûrs, par ailleurs, qu'une autre bête ne nous attendait pas justement derrière les collines opposées. Le lion, nous le savions, est une bête rusée.

Nous préférâmes attendre. Le plus difficile était de contrôler notre panique et surtout celle de nos montures. Les chevaux se cabraient et hennissaient, le braiment des mules ressemblait à un rauque sanglot.

Le lion avançait vers nous en effectuant de longues boucles dans la plaine. Il devait être surpris de ne pas nous voir décamper. J'avais sorti une épée que je portais aux côtés. Les trois gardes se tenaient en avant, le cimeterre à la main, leurs lances baissées. Les deux serviteurs claquaient des dents derrière l'écran que nous faisions, en tirant désespérément sur la longe des mules.

Le lion n'était plus qu'à une centaine de pieds lorsqu'il se mit soudain à trotter, puis à galoper dans notre direction. Je n'avais jamais vu de lion de si près et j'étais figé d'horreur : la bête était encore plus gigantesque que ce que j'imaginais.

Les chevaux étaient devenus fous, se cabraient violemment, debout sur leurs pattes arrière. Nous luttions pour ne pas perdre notre équilibre, tandis que la bête féroce arrivait à toute vitesse sur nous. Elle se dirigeait vers le centre de notre groupe. Je m'attendais d'une minute à l'autre à la voir fondre sur l'un des trois gardes.

Soudain, au moment où les yeux luisants de la bête captèrent un dernier rayon réfléchi sur un cimeterre, le lion sembla hésiter une fraction de seconde, se ramassa puissamment sur ses jarrets pour bondir en l'air et, d'une détente vigoureuse, vola littéralement par-dessus nos têtes pour s'abattre sur l'un des deux serviteurs.

L'homme et son mulet se retrouvèrent à terre, la bête avait déjà la gueule grande ouverte et mordait en rugissant dans l'amas de chair vite sanglante.

Le tout s'était déroulé en quelques secondes. Le temps pour nous de maîtriser nos chevaux et de faire volte-face, et l'homme et sa monture s'étaient déjà tus. Nous entourâmes le lion. Les gardes tâchaient de le transpercer de leurs lances, mais leur pointe semblait glisser sur sa peau comme sur du cuir tanné. Finalement, la bête fut blessée. Elle se détourna alors de sa proie immobile. Nous fîmes tous un pas en arrière. Le lion bondit à nouveau au moment où l'on s'y attendait le moins.

La bête visait cette fois-ci l'un des gardes. Ce qui le sauva, c'est que son cheval, terrorisé, se dressa si haut sur ses pattes arrières que le lion, malgré son saut, le heurta à la tête. Les deux bêtes retombèrent. Les deux gardes encore debout et moi-même entourâmes le lion. Les lances maintenant le transperçaient. Il fallut recourir aux cimeterres, mais l'animal était d'une force extraordinaire et ses rugissements retentissaient dans la plaine.

Un moment, il se tourna vers moi, bondit, la gueule ouverte. Je l'esquivai, mais pas totalement. Je sentis une brûlure au torse, là où il avait lancé sa patte. Mon épée dut l'atteindre sur la gueule ; les gardes s'acharnaient sur lui par-derrière et sur les côtés. Les soubresauts de la bête étaient moins violents. On voyait, aux dernières lueurs du jour, des traînées de sang dans sa crinière.

Au bout de quelques minutes d'un combat terrifiant, dont le seul souvenir me hérisse encore les poils sur le corps, l'animal s'affaiblit. Nous réussîmes à le tuer. Épuisés, nous nous affalâmes en silence sur le sable.

Il fallut pourtant se relever. La lune brillait dans le ciel, jetant sur la plaine une nappe laiteuse. Le bilan du combat était terrible.

Le premier serviteur était mort, la moitié du visage dévorée. Sa mule aussi était morte, les entrailles à l'air. Le garde que le lion avait attaqué était tombé sous son cheval : il avait une jambe brisée. Il fallut achever sa monture, qui était blessée.

Pour ma part, j'avais une large entaille sur la poitrine et sur les flancs. Je dus la compresser avec du linge pour empêcher le sang de couler.

Il nous restait deux chevaux et une mule. Trois hommes étaient indemnes et deux étaient blessés. Les gardes décidèrent qu'il était plus prudent de s'éloigner rapidement, car les hyènes ne tarderaient pas. Nous marchâmes une heure, éperonnant de force nos chevaux aussi épuisés que nous. Enfin, nous dressâmes une tente.

Les gardes déroulèrent leurs tapis de prière. Ils se prosternèrent longuement, puis le chef de l'escouade se tourna vers moi et me dit : «Dieu agit envers Ses créatures et gouverne Son royaume comme il Lui plaît!»

Je fis quelques pas tout seul, dans le noir. Dans cette vaste étendue silencieuse, où le moindre chuintement du vent me faisait maintenant dresser l'oreille, l'épuisement, la peur, la brûlure de mon torse m'accablèrent. Je me sentais petit. Je me sentais seul. Je me cachai derrière une petite dune de sable et, le visage enfoui dans mes mains, je me mis à pleurer à longs sanglots silencieux.

Notes

1. Esprit de corps, pouvoir (royal) ou monarchie, fondation des cités ou urbanisation, civilisation : notions importantes dans la pensée d'Ibn Khaldoun.
2. Recueil (d'œuvres).
3. Rappelons qu'il s'agit du surnom donné à Ibn al-Khatib par les contemporains. Littéralement «le père de la langue», il soulignait ses talents d'orateur et d'écrivain.

11

Damas

« Donc, tu me disais hier, cheikh Abdel-Rahman, que la 'asabeyya, cette solidarité du sang et de la famille, cet esprit de corps du
clan est à la base de la naissance des dynasties royales.

– Oui, Votre Majesté, répondit Ibn Khaldoun à l'empereur. Et
c'est la personne ou la famille qui a les liens de sang les plus étendus
et les plus forts qui dirigera tout le groupe. C'est elle qui s'imposera
comme le chef naturel et incontesté de tous les autres membres de la
tribu et qui réunira en un seul et puissant faisceau toutes les 'asa-
beyyas du clan.

– Donc, si je comprends bien, cette personne ou cette famille
régnera à la tête de la tribu.

– Et puis, Votre Majesté, elle sera en mesure de créer un État, une
dynastie nouvelle qui s'imposera aux autres.

– Tu me disais également que les États suivent un cycle de vie,
qu'ils naissent et meurent. Et tu t'apprêtais à m'expliquer la relation
entre ce cycle et ton concept de 'asabeyya. »

À ce moment, un officier entra dans la tente et s'approcha de
l'émir. Il portait, comme tous les généraux tatars, un casque à pointe
et à oreillettes. Un petit fanion triangulaire accroché au bout de la
pointe effilée disait son haut rang. Je ne m'habituais pas à voir la
petite barbe taillée en pointe de l'entourage de Tamerlan, moi qui
étais accoutumé à la barbe fournie de mon maître et de ses amis.

Pendant que l'officier murmurait quelques mots aux oreilles de
l'empereur, mon maître rassemblait ses idées pour expliquer en peu
de phrases une des notions centrales de sa pensée. Par la suite, nous
allions être ainsi interrompus plusieurs fois par des officiers et des

courtisans qui chuchotaient à l'oreille de Tamerlan. L'empereur donnait de brefs ordres en langage mongol, puis revenait imperturbablement à mon maître.

«Oui, Votre Majesté, reprit Ibn Khaldoun. La création d'un État se fonde sur l'existence d'un grand nombre de personnes, qui partagent la même 'asabeyya. À cause de ce peuple de plus en plus nombreux, des villes se créent et grandissent. À leur tour, ces grandes cités donnent naissance au luxe.

– Au luxe ?

– Oui, Votre Majesté. La civilisation s'est transportée alors des déserts et de la campagne dans les villes. Un certain nombre d'habitants s'occupe de produire les biens qui sont nécessaires à la survie du peuple. D'autres, libérés de ce souci, travaillent alors à augmenter les commodités et le confort de tous. Enfin, un petit nombre, les artisans, les savants, s'élève au-dessus des contingences de tous les jours pour créer des objets de luxe ou s'adonner à la spéculation pure.

– Je ne vois rien là de répréhensible, rétorqua l'empereur. Tu n'es pas, j'espère, notre maître le cheikh, opposé au luxe ou à la réflexion ?

– Non, Votre Majesté, protesta vivement Ibn Khaldoun, bien au contraire. Il est vrai que le travail est le fondement du profit. Par ailleurs, la réflexion de l'esprit et la recherche de la vérité ne créent pas toujours des objets utiles ou nécessaires, mais répondent aux aspirations les plus élevées de l'esprit humain.

– Et alors, où est le problème ? Dans ta description de l'histoire et de la civilisation, ton cycle est, jusqu'à maintenant, toujours ascendant.

– Hélas ! Votre Majesté, cela ne dure pas longtemps. Le développement du luxe dans les villes introduit le ver dans le fruit. La simplicité, la force, la rudesse même qui existaient quand le clan vivait au désert ou dans les simples campagnes commencent à se corroder.

– Es-tu en train de me dire qu'il faudrait que nous retournions tous à la vie dans les déserts, ou que nous redevenions des bergers et des agriculteurs ? Faudrait-il donc, ajouta Tamerlan avec un gros rire, que je fasse mettre à mort tous les artisans, les cheikhs et les penseurs, qui nous éloignent de la pureté primitive ?»

Mon maître crut prudent d'esquisser un petit sourire, pour montrer qu'il appréciait le sel de cette bonne blague. Puis il reprit : « Votre Majesté me connaît maintenant suffisamment pour savoir que telle n'est pas mon intention. Ma vie, mes livres, mon enseignement témoignent avec suffisamment d'éloquence de mon attachement au progrès de la civilisation, à la recherche de la vérité, à la nécessité des sciences rationnelles. La civilisation urbaine et le luxe qu'elle permet sont inévitables et nécessaires. Mais elle a un prix.

– Et quel est-il ?

– Votre Majesté, prenons donc un clan dont la 'asabeyya est forte. Il accède au pouvoir à cause de la cohésion de ses membres. Le plus puissant d'entre eux devient leur souverain et crée une dynastie. Des villes sont bâties. Le luxe s'installe. Ce luxe affaiblit peu à peu les corps. Puis la cohésion du groupe s'en trouve affaiblie.

– Pour les corps, je veux bien, dit Tamerlan. Mais pourquoi la civilisation minerait-elle la cohésion entre les membres ?

– Parce que le luxe crée l'envie et la rapacité, Votre Majesté. Le voisin jalouse son voisin. Peu à peu, la 'asabeyya primitive se désagrège. Les membres de la cité n'ont plus l'étoffe morale de combattre pour leur souverain, qui n'est plus un chef de clan, mais un potentat corrompu et lointain.

– Et tu me diras que la dynastie va alors s'effondrer, et avec elle l'État qu'elle a constitué.

– Parfaitement, Votre Majesté. Et elle va s'effondrer sous les coups de boutoir d'un clan dont la 'asabeyya est encore pure, dont les mœurs sont encore vigoureuses. Il jettera à bas cette dynastie, la remplacera par une autre, et le cycle se répétera à l'infini. »

Le sultan mongol se tut un instant. Il réfléchissait. Peut-être se disait-il que l'empire qu'il avait créé et qui était alors au zénith de sa puissance se trouvait-il aussi au sommet de la courbe qu'Ibn Khaldoun avait décrite. Méditait-il sur l'effondrement possible de sa dynastie, qui s'écroulerait, s'il fallait en croire mon maître, sous les coups d'un chef plus vigoureux ? Ibn Khaldoun respecta quelques instants son silence, puis reprit : « Les dynasties et les États qu'elles créent sont comme un fruit sur la branche. »

Cette remarque sembla sortir Tamerlan de sa rêverie. « Un fruit sur la branche ? dit-il. Ma foi, notre maître le cheikh, voilà maintenant que vous vous exprimez de façon poétique. Que voulez-vous dire ? »

– Un fruit, quand il est vert, ne peut être mangé. Plus il mûrit et plus son goût devient passable. Quand il est tout à fait mûr, il est juteux et a un goût excellent. Il devient alors tentant. On veut le cueillir, le dévorer. Et, s'il reste sur la branche, il est à la veille de pourrir et de tomber de l'arbre. D'une façon ou d'une autre, il est à la veille de mourir. »

Pendant que j'entendais mon maître expliquer pour la centième fois la vie et la mort des dynasties, je me disais que, pendant notre long séjour au Maghreb après notre retour de Grenade, nous avions assisté à la fin de nombreux cycles, puisque nous avions vu mourir de nombreuses dynasties et s'effondrer et disparaître de nombreux souverains.

o

o   o

Biskra

J'étais dans notre jardin de Biskra. Le soleil était chaud et l'ombre des arbres fraîche. Les fruits des figuiers et des grenadiers gonflaient doucement sur les branches. Zahra gazouillait en courant derrière un papillon aux ailes mauves et rouges, qui se perdait dans un buisson de roses pâles et de gommiers odorants. Amal était assise à côté de moi. Elle me regardait avec tendresse. Un doux sourire plissait les commissures de ses lèvres, rayonnait sur son visage en ondes chaleureuses. Je me sentais bien. Entouré de ma femme et de ma fille, j'étais heureux. Je caressais son ventre qui s'arrondissait tous les jours un peu plus. Elle allait accoucher dans trois ou quatre mois.

J'étais revenu à Biskra depuis quelques semaines. Mon maître et ma femme, qui avaient appris ma mésaventure au désert, m'attendaient avec impatience. Je dus leur raconter à chacun dans ses moindres détails l'attaque du lion, revivre deux fois la peur qui nous avait paralysés, évoquer en frissonnant l'approche du fauve, décrire le bond gigantesque qui l'avait propulsé sur notre malheureux serviteur.

Le lendemain de notre combat contre le lion, je m'étais senti malade et faible. J'avais réussi à étancher le sang qui coulait de la plaie, mais je frissonnais sans arrêt. Nous avions repris la route. Le garde à la jambe brisée, que l'on avait attaché à un cheval, gémissait sans arrêt.

Au bout de quelques heures, je n'étais plus capable de me tenir sur mon cheval. Le chef des gardes m'obligea à me coucher sur son encolure et m'y attacha avec des cordes. Je crois que je perdis connaissance.

Quand je rouvris les yeux, nous étions à un point d'eau. Quelques bouquets de palmiers poussaient là. Le chef des gardes me dit que nous n'irions pas plus loin. Avec deux blessés, dont l'un grave, il n'était pas question de voyager tout seuls. Nous attendrions là le passage d'une caravane.

Nous passâmes deux jours dans la petite oasis. Ma plaie s'infectait. Je somnolais la plupart du temps. Le serviteur qui avait survécu à l'attaque du lion me soulevait la tête et m'obligeait à boire quelques gouttes d'eau.

Le troisième jour, une caravane s'arrêta pour bivouaquer près des puits. Un médecin vint nous voir. Il installa une attelle sur la jambe brisée du garde et recouvrit ma plaie d'un mélange d'herbes pilées et de cendres tamisées. Puis il nous donna un médicament opiacé pour nous aider à dormir.

Le lendemain, au moment du départ, on nous installa sur des brancards attachés sur les côtés d'un dromadaire. Le médecin remplaçait tous les jours la concoction d'herbes qui recouvrait ma plaie. Son opiat m'obligeait aussi à dormir tout le temps.

Au bout de trois jours, l'infection commença à se résorber. Je cessai de frissonner et de délirer. À l'approche de Tlemcen, j'avais recouvré suffisamment de forces pour monter de nouveau à cheval.

Dans la capitale du Maghreb Central, j'allai me présenter à Ibn al-Khatib. Le vizir andalou vivait dans une vaste et somptueuse demeure. Il me reçut avec bienveillance et eut la bonté de me reconnaître. Il m'avait souvent vu à Grenade en compagnie de mon maître, mais ne m'avait jamais, ou presque, adressé la parole. Je n'étais, après tout, que le secrétaire et l'ombre d'Ibn Khaldoun, et le ministre tout-puissant du royaume de Grenade n'avait pas alors jugé utile de me parler.

Il lut attentivement la longue missive d'Ibn Khaldoun, puis me demanda des nouvelles de la santé de mon maître. Il voulut savoir comment allaient sa noble épouse et ses enfants. Il connaissait fort bien les deux garçons, Mohammad et Ali, et s'enquit de leurs études. Il ne s'étonna guère quand il sut que mon maître poussait ses enfants dans la voie de la science et de la connaissance, comme son propre père l'y avait encouragé quand il était enfant. Je dus cependant admettre que la vie aventureuse et les multiples séparations d'avec sa famille ne permettaient pas à mon maître d'être aussi attentif aux progrès de ses garçons qu'il l'eût souhaité.

Abou-Lissan demanda aussi des nouvelles d'Ons al-Qoloub. Je m'empressai de lui répondre que mon maître lui était aussi attaché qu'à Grenade. L'Andalou me demanda alors si Ibn Khaldoun avait pris d'autres épouses, ce à quoi je répondis par la négative.

Le vizir mit alors le comble à sa bonté en me disant qu'il avait appris l'attaque du lion contre notre groupe. Il me demanda des nouvelles de ma blessure et insista pour m'envoyer dès le lendemain l'un des célèbres médecins de Tlemcen qui était son ami. Je fus profondément touché par la sollicitude d'Ibn al-Khatib, l'un des deux ou trois hommes les plus puissants du Maghreb et de l'Espagne. Qu'il ait daigné jeter les yeux sur moi me comblait. En me retirant, je lui embrassai la main.

Une semaine plus tard, je reprenais la route de Tlemcen. Abou Lissan m'avait remis une longue lettre à mon maître et m'avait chargé de cadeaux précieux. J'emportais plusieurs tissus de soie pour les femmes d'Ibn Khaldoun et, pour mon maître, un recueil des plus récentes œuvres du vizir poète et philosophe, luxueusement relié en cuir.

Le retour se fit sans encombre. Ma blessure était complètement cicatrisée. En arrivant à Biskra, Amal m'annonça qu'elle était enceinte de quelques mois. Ce qui était extraordinaire, c'est qu'Ons al-Qoloub tomba également enceinte à peu près à la même période. Pour la deuxième fois dans notre vie, nos femmes, à mon maître et à moi, allaient donner naissance au même moment.

Ma mésaventure dans le désert, et surtout sa grossesse, que nous attendions avec impatience depuis la naissance de Zahra, avaient rendu ma femme pleine d'abandon et de tendresse avec moi. Quand nous nous retirions dans notre pavillon, elle m'enlevait ma jubba et, dans l'or de la lumière tamisée par les volets, elle passait longuement sa main sur les bords friables de ma cicatrice, qui s'étendait de ma poitrine jusqu'à mon flanc. Puis elle se penchait et tendrement embrassait de ses lèvres les lèvres de ma blessure.

Mon fils naquit au début de 771, l'an 1370 de l'ère chrétienne. Je fus submergé de joie. Le dirais-je? J'aimais tendrement Zahra, mais j'étais impatient d'avoir un garçon. Je voyais Ibn Khaldoun qui, dans les rares moments qu'il passait avec sa famille, regardait avec orgueil ses deux garçons, leur enseignait à lire et à réciter le Coran. J'attendais, à mon tour, de vivre cette exaltation de voir grandir, à mes côtés, un autre moi-même.

Je le nommai Issa. Quelques semaines plus tard, mon maître exultait. Ons al-Qoloub venait de lui donner, à lui aussi, un garçon. Il l'appela Omar. Les notables de Biskra et les chefs des tribus voisines vinrent en grand nombre à sa circoncision. Ibn Khaldoun reçut aussi une missive d'Ibn al-Khatib, qui le félicitait de la naissance de son fils.

Nous passâmes deux années heureuses à Biskra. Mon maître était éloigné du pouvoir, mais loin d'être inactif. Le sultan Abdel-Aziz de Fès correspondait régulièrement avec lui et lui demandait constamment d'intervenir dans les affaires tribales de tout le Maghreb. Mon maître et moi quittions donc régulièrement la ville pour des randonnées chez les tribus Dawawida ou Riyâh, mais nous en revenions bien vite.

Une douceur s'installait tranquillement dans nos vies. Je voyais Zahra grandir, je voyais Issa babiller, je voyais Amal embellir. Ibn Khaldoun passait du temps avec ses enfants. Il retrouvait souvent Ons al-Qoloub. Dans Biskra perdue au milieu du désert, nous étions comme dans une oasis, reprenant souffle et force.

Le bonheur ne dure jamais longtemps. Un jour, Ibn Khaldoun reçut une lettre du sultan Abdel-Aziz le convoquant à Fès. Le ton de la lettre était comminatoire, Ibn Khaldoun ne pouvait s'y dérober. Qu'est-ce qui motivait ainsi la sécheresse d'Abdel-Aziz ? Je n'osais le demander à mon maître. Un malaise me saisit. Je me souvins des rumeurs qui ont toujours entouré Ibn Khaldoun. Avait-il tenté une manœuvre quelconque avec les tribus Riyâh ? Son influence et le véritable prestige dont il jouissait auprès des Arabes du désert avaient-ils excité des jalousies ?

Nous quittâmes Biskra le jour du Mawlid al-Nabi 774. Ce départ était pourtant bien différent de tous ceux qui l'avaient précédé : pour la première fois, mon maître et moi n'avions pas à dire adieu à nos familles. Ibn Khaldoun avait en effet décidé d'emmener avec lui toute sa maison. Plusieurs gardes, de nombreux serviteurs, des dromadaires surmontés d'une sorte de palanquin faisaient un équipage bruyant et coloré. Nous formions à nous seuls une petite caravane. Au bout de quelques jours, Ibn Khaldoun s'arrêta dans une tribu amie, qui lui donna une escorte nombreuse.

Nous quittions le campement au milieu de la nuit, pour profiter de la fraîcheur. Nous marchions jusqu'à ce que le soleil monte dans le ciel et que la chaleur commence à devenir suffocante, surtout pour les femmes et les enfants enfermés dans les palanquins. Nous nous arrêtions et les serviteurs dressaient des tentes, dans lesquelles nous nous réfugiions pour dormir, écrasés de fatigue et de chaleur. La nuit, un grand feu décourageait les bêtes sauvages et nous permettait de cuisiner le repas principal. Des mélopées mélancoliques s'élevaient ensuite dans le silence du désert.

Quelquefois, je profitais de l'obscurité pour m'éloigner dans les dunes avec Amal. Il fallait être vigilant pour éviter les scorpions, mais la paix de la nuit nous envahissait, dissipait les fatigues de la journée, nous emplissait d'une grande douceur.

Nous regardions le ciel. Des milliers d'étoiles le couvraient d'un voile laiteux, aux mailles clignotantes et serrées. Une lumière blanchâtre argentait les dunes. Je saisissais la main de ma femme. Je n'avais jamais l'occasion d'être seul avec elle en dehors de nos maisons. Je frémissais d'une émotion que je n'avais pas connue. Je me penchais vers elle, l'embrassant tendrement dans l'obscurité. Son souffle se précipitait, elle renversait la tête, nous restions longtemps enlacés. L'écho lointain et assourdi de l'aboiement des hyènes soulignait le calme apaisant de la nuit.

Il fallait regagner nos tentes, pour quelques heures de sommeil avant de reprendre les pistes immémoriales.

Nous avions déjà franchi la moitié du chemin lorsque nous rencontrâmes, à un point d'eau, des voyageurs qui venaient de Fès. Ils apprirent à mon maître que le sultan Abdel-Aziz venait de mourir. Il était malade depuis longtemps, mais l'avait caché à son entourage. La mort l'avait terrassé en quelques heures.

Mon maître fut attristé : il avait longtemps servi ce maître, dont il admirait l'énergie et la détermination. Il m'avait souvent dit que le dessein d'Abdel-Aziz d'unifier tout le Maghreb lui semblait admirable et qu'il était heureux de pouvoir l'y aider. Mais le souverain mérinide était mort sans avoir accompli son ambition, et Ibn Khaldoun n'était pas homme à se complaire longtemps dans les regrets.

Il se demandait ce qu'il devait faire dans cette circonstance : Abdel-Aziz l'ayant convoqué à Fès, la mort du souverain le libérait de l'obligation de s'y rendre. D'autant plus que la succession du sultan s'avérait aussi mouvementée que d'habitude : les prétendants plus ou moins légitimes et les vizirs assoiffés de pouvoir se disputaient déjà le trône de Fès.

Mon maître n'hésita pas longtemps : il avait déjà franchi une longue route, il allait poursuivre son chemin. Je crois surtout que les charmes discrets de Biskra avaient commencé à le lasser et qu'il voulait retourner dans une grande ville comme Fès. Trois jours plus tard, il devait regretter amèrement cette décision.

Nous étions dans les déserts du Maghreb Central, donc dans les territoires contrôlés par Abou Hammou. L'ancien sultan de Tlemcen qui, comme les chats, semblait avoir sept vies, avait reconquis son trône à force d'intrigues, d'alliances nouées et dénouées, d'argent distribué aux tribus. C'était lui qui, encore une fois, avait empêché le souverain mérinide d'unifier le Maghreb.

On racontait qu'à son retour dans sa capitale, il avait fait promptement couper le cou à tous ceux qui avaient collaboré avec son rival Abdel-Aziz. Ibn Khaldoun avait-il oublié qu'il avait été le principal architecte de la défaite d'Abou Hammou ? Ne se souvenait-il plus que c'étaient ses intrigues qui avaient ligué contre le sultan les Arabes Dawawida et permis que son camp soit attaqué, ses enfants dispersés et son harem outragé par son ennemi ?

Je ne sais si Ibn Khaldoun a été inconscient, ou s'il escomptait que les trois années écoulées depuis cet épisode avaient pu guérir la blessure cuisante d'Abou Hammou. De toute façon, pour nous rendre de Biskra à Fès, il nous fallait traverser son territoire. Mon maître n'avait pas hésité.

Nous nous apprêtions une nuit à lever le camp. Nous avions tardé un peu plus que d'habitude et une mince lueur pâlissait l'horizon. Les femmes et les enfants étaient déjà dans les palanquins, les serviteurs chargeaient les dernières tentes sur les dromadaires et Ibn Khaldoun et moi-même sellions nos chevaux lorsqu'un bruit terrible rompit le calme de l'aube. Des youyous rauques, terrifiants, s'élevèrent de partout, une armée d'ombres surgit de derrière les dunes de sable qui entouraient la cuvette où nous avions campé ; en un instant, un désordre affreux s'installa dans notre groupe.

Ibn Khaldoun et moi regardions de tous côtés pour tenter de deviner ce qui se passait. Nous cherchions désespérément des yeux, dans l'ombre qui tardait à se dissiper, la silhouette noire des dromadaires portant les palanquins qui abritaient nos femmes et nos enfants. Mais la confusion générale nous empêcha de les voir.

Les serviteurs couraient en effet dans tous les sens. Les guerriers qui nous accompagnaient commençaient à dégainer leurs cimeterres. Soudain, nos chevaux, énervés, s'arrachèrent à nous d'une brusque secousse et partirent au galop dans la nuit.

Je vis se diriger vers nous trois ou quatre des ombres surgies de nulle part. Je touchai le coude de mon maître. Il les vit aussi. L'instinct nous sauva : nous fîmes quelques pas pour nous fondre dans la foule affolée de nos gardes et de nos serviteurs et, profitant de la confusion, nous courûmes vers une dune plus haute que les autres, dont le versant opposé pouvait nous offrir un abri relatif.

Le jour se levait rapidement. Caché aux côtés de mon maître dans une espèce de trou naturel au sommet de la dune, je vis le chaos qui régnait dans le camp.

Nos assaillants portaient les habits des Bédouins de la région et avaient le visage complètement voilé. Ils attaquaient nos gardes et les membres de la tribu amie qui nous accompagnaient. Plusieurs, surpris, terrifiés par cette attaque venue de l'ombre, étaient déjà tombés sous les coups. D'autres avaient enfourché leurs chevaux et galopaient dans la plaine.

Je vis alors les dromadaires surmontés des palanquins où se trouvaient nos familles. Énervés par les youyous des Bédouins, ils trottinaient dans tous les sens dans le désert, avant de disparaître à l'horizon. Je craignis un moment de voir nos assaillants courir à leur poursuite, mais les Bédouins, après avoir tué ou mis en fuite tous les hommes, se précipitèrent pour rassembler les animaux qui portaient nos bagages, nos tentes, nos approvisionnements. Aussi rapidement qu'ils étaient venus, ils repartaient avec leur butin, et un calme surnaturel s'abattit en quelques instants sur le désert.

Ibn Khaldoun et moi-même finîmes par nous aventurer hors de notre cachette. Dans la cuvette en dessous de nous, plusieurs de nos gardes baignaient dans leur sang. Quelques chevaux blessés hennissaient. Deux ou trois serviteurs sortaient de derrière les dunes, l'air hagard.

Ibn Khaldoun avait l'air farouche. J'étais moi-même effondré : qu'était-il arrivé à nos familles ? Qu'était-il arrivé à Amal, à Zahra, à Issa ? Qu'arriverait-il à nos femmes ? Étaient-elles mortes ? Finiraient-elles dans le harem d'un chef quelconque de la région ? Ces questions me torturaient. Elles taraudaient aussi l'esprit de mon maître.

Nous ne pouvions nous éterniser à cet endroit. Nos attaquants pouvaient revenir. Le décompte de ce que nous avions était vite fait. Nous portions à peine nos habits. Nous n'avions plus de chevaux. Nous n'avions même pas les grands burnous que l'on porte dans le désert, qui protègent le jour du soleil et la nuit du froid : nous ne les avions pas encore mis quand l'attaque s'était produite.

Ibn Khaldoun décida de partir dans la direction que devait suivre la caravane. Deux serviteurs nous accompagnèrent. Le troisième, qui assurait qu'un puits se trouvait dans une direction différente, préféra partir seul.

Ce furent deux journées et deux nuits terribles. Nous avancions tout d'abord d'un bon pas, avec l'énergie du désespoir, mais nos pieds s'enfonçaient dans un sable friable et chaque pas nous épuisait un peu plus. À midi, il fallut s'arrêter, car le soleil ardent devenait intolérable. Quelques buissons épineux nous donnèrent un peu d'ombre. Il fallut relever sur nos têtes les pans de nos jubbas.

Le matin, nous avions trouvé sur les cadavres de nos compagnons deux outres de peau. C'était la seule eau que nous avions. Il fallait la rationner : nous eûmes droit chacun à trois gorgées.

Un peu avant le coucher du soleil, nous reprîmes la route. Nous avancions maintenant dans un espace désolé : le sol était fait de gros blocs de basalte noir qui flamboyait sous nos pieds. Nos chausses suffisaient à peine à nous protéger et nous avions le sentiment de marcher sur des braises couvertes de cendre. Il fallait cependant continuer à avancer.

Le froid s'abattit soudain sur nous. Nous avions suffoqué toute la journée. Maintenant, nous claquions des dents. Nos jubbas étaient trop minces pour nous protéger. Vers le milieu de la nuit, il fallut s'arrêter : nous nous serrâmes les uns contre les autres pour somnoler un peu.

À l'aube, nous étions déjà en marche. Un des deux serviteurs, un homme âgé, se plaignait de douleurs atroces aux pieds : des lambeaux de peau se détachaient de sa chair brûlée. Ibn Khaldoun ne disait pas un mot et continuait à avancer, les dents serrées.

Le soleil se levait. Le spectacle était, comme d'habitude au désert, magnifique. Une lumière souveraine arrachait des tons de rose et d'ocre aux collines. Elle allait vite flamboyer et son scintillement sur le sable brûler nos paupières.

À la pause de midi, nous vidâmes la deuxième outre d'eau. Au moment de reprendre le chemin, le serviteur malade refusa de se lever. Sa langue était enflée et violette et sortait grotesquement de sa bouche. Ibn Khaldoun s'agenouilla à côté de lui et les deux hommes firent la prière, le front dans le sable. Puis il l'embrassa sur l'épaule et lui promit de revenir le chercher. Nous partîmes sans tourner la tête.

La deuxième nuit fut plus glaciale encore. Nous étions affaiblis. Une fièvre avait gagné Ibn Khaldoun, il s'agita toute la nuit dans sa somnolence. Au loin, l'aboiement des hyènes se rapprochait. À l'aube, mon maître s'arracha au sable et, sans dire un mot, reprit la route, courbé en avant, les pieds trébuchant sur les gros cailloux noirs qui déchiquetaient nos chausses et nos pieds.

Je n'en pouvais plus. Je sentais ma langue se gonfler dans ma bouche. Je tombai à plusieurs reprises et il me fallait chaque fois un effort surhumain pour me relever. Mon maître aussi tomba ; je lui tendis la main. Nous avancions comme des automates.

À midi, je vis Amal et Zahra s'asseoir à côté de moi ; Amal tenait le petit Issa dans ses bras. Je voulus les embrasser et j'étreignis le rocher à côté de moi. Ibn Khaldoun marmottait des mots que je ne comprenais pas.

Je fermai les yeux. J'étais las. Un moment, je savais que je ne verrais plus ma famille, puis je revoyais le doux visage souriant d'Amal qui se penchait sur moi, je l'appelais, je criais de joie, je m'agitais, j'ouvrais les yeux pour voir le serviteur qui me retenait et me disait de cesser de me tourmenter.

Je finis par me coucher à l'ombre d'un gros bloc de basalte. J'eus un ultime moment de lucidité : ma langue écartait mes lèvres, c'était le bout du chemin. Ma vie n'avait-elle été que cette course brève et haletante ? Je voyais défiler dans mon esprit les visages alternés d'Ibn Khaldoun et d'Amal. Je sombrai.

Quand je rouvris les yeux, un visage que je ne connaissais pas se penchait sur moi. On tordait un linge mouillé au-dessus de mon visage, quelques gouttes d'eau tombèrent sur ma langue enflée. Je crois que je perdis de nouveau connaissance.

Combien de temps s'écoula ainsi ? Je ne sais. Quand j'ouvris à nouveau les yeux, le même inconnu penché sur moi me bassinait le visage avec un linge mouillé et continuait à mouiller ma bouche. Un mince filet de liquide arrivait à s'insinuer entre ma langue enflée et mes lèvres.

Je repris peu à peu mes esprits. D'autres hommes s'agitaient autour d'Ibn Khaldoun et du serviteur. Nous fûmes bientôt hors d'affaire. En quelques mots, nos sauveurs — des Arabes nomades — nous apprirent ce qui s'était passé : ils suivaient la piste quand ils aperçurent des ombres contre les rochers. Ils nous trouvèrent tous trois évanouis. Dans le désert, dans ces cas-là, on n'hésite pas. Ils s'arrêtèrent pour nous porter secours.

Nous étions vivants, mais désespérés. Dans mon cœur, je souhaitais même que ces Bédouins ne nous eussent pas trouvés. Je souhaitais être mort. Car, qu'était la vie sans ma femme et mes deux enfants, sinon une mort lente ? En me sauvant de la mort par la soif, ces Bédouins me condamnaient à une torture autrement plus raffinée. Je regardai mon maître : je sus, sans l'ombre d'une hésitation, que des pensées semblables lui traversaient l'esprit.

Le groupe reprit la route. À une journée de marche, nous dirent-ils, se trouvait une importante oasis, carrefour de nombreuses caravanes. Ils nous amèneraient là.

Le lendemain, des bouquets de palmiers à l'horizon signalèrent l'oasis. De loin, on voyait des groupes de gens, des dromadaires accroupis sous les arbres, des enfants entourant les margelles des puits et le petit étang.

Je ne crois ni aux prémonitions ni aux signes du ciel. Pourtant, je le jure par Dieu, en m'approchant de cette oasis, quelque chose me dit que mon destin se jouait là. Mon cœur, sans raison aucune, se mit à battre la chamade. Je lançai mon dromadaire au trot. Mon maître avait fait de même. Avait-il, lui aussi, senti quelque chose ?

Quelques bêtes couchées à l'ombre des arbres portaient des objets indistincts sur le dos. Il n'y avait plus moyen d'en douter ! C'étaient les palanquins avec lesquels nous étions partis de Biskra !

En un éclair, Ibn Khaldoun et moi avions sauté de nos bêtes. Nous courions comme des fous. Il vit Mohammad et Ali au moment où j'apercevais Zahra qui entrouvrait le voile qui fermait un des palanquins pour sortir sa petite tête et regarder l'agitation avec curiosité.

Jusqu'au jour de ma mort, je me souviendrai de ce moment. Qu'ai-je encore à parler de mort ? Je ressuscitais, je criais, je courais, je pleurais, je riais. J'ouvris d'un coup sec le rideau du palanquin : Amal était là, stupéfaite, saisie, puis secouée de sanglots.

Elle était vivante. Et moi, j'avais retrouvé ma terre originelle, ma patrie, mon ancrage.

Des hommes s'attroupaient autour de moi, autour de nous, puisque, dans deux autres palanquins, Ibn Khaldoun avait aussi trouvé ses épouses et ses filles. Il fallait se calmer et dérober les femmes aux regards des curieux.

L'explication de ce miracle est simple : les Bédouins qui nous avaient attaqués — et dont nous apprîmes assez vite qu'ils avaient été stipendiés par Abou Hammou, comme j'en étais déjà convaincu — ne s'intéressaient qu'à leur butin. Quand ils rassemblèrent les bêtes qui portaient nos biens, ils s'évanouirent dans le désert. Les dromadaires qui portaient nos familles et les servantes s'étaient égaillés dans les dunes. Quelques rescapés du combat — ceux qui, parmi les guerriers, étaient déjà à cheval au moment de l'attaque et avaient pu fuir — eurent tôt fait de les rassembler et de les conduire au point d'eau. N'ayant ni ordres ni directives, ils attendaient à l'oasis un signe du ciel.

Ibn Khaldoun ne voulait pas s'attarder dans une région aussi hostile. Nous repartîmes avec une nombreuse caravane et, quelques jours plus tard, nous atteignions Fès.

Nous avions quitté cette ville, Ibn Khaldoun et moi, depuis plus de dix ans. Nous y arrivions au milieu d'une lutte dynastique — une autre ! – confuse et féroce. Cependant, la réputation de mon maître était là aussi très grande, comme ailleurs au Maghreb et en Espagne. Les notables de la ville lui ouvrirent leurs portes et leurs bras, et le palais lui restitua les terres et les pensions qui avaient été confisquées au moment de son départ pour Grenade.

Comme nous avions passé deux ans à Biskra, nous allions passer deux ans à Fès. Si ma mémoire ne me trahit pas, c'est aussi environ deux ans que nous avons passés à Grenade. Et, maintenant que j'y pense, nous avons vécu un peu moins de deux ans à Béjaïa, un peu plus de deux ans dans les déserts des tribus Dawawida. Mon maître ne supportait-il nulle part un séjour prolongé ? Je sais pourtant qu'il était capable de constance, d'une patience infinie, qu'il pouvait, s'il le fallait, mener une vie d'ermite. Voilà le grand mot lâché : s'il le fallait, c'est-à-dire s'il avait une grande œuvre, un grand dessein qui le retenait quelque part. Nul n'a alors été plus persévérant que lui.

Mais ces années-là, au Maghreb, étaient des années de grand bouillonnement. Ce n'était pas mon maître qui était saisi d'une bougeotte maladive, c'était tout le Maghreb qui avait le vertige et qui communiquait à Ibn Khaldoun son tournis. Les États se constituaient et s'effondraient, les princes et les intrigants se bousculaient au portillon du pouvoir, et Ibn Khaldoun se trouvait entraîné dans l'ivresse générale.

À Fès, cependant, ces deux années furent heureuses. Mon maître ne pouvait jamais totalement se détacher du pouvoir et des intrigues qui le nourrissent : il avait ses entrées au palais, continuait à entretenir des relations cordiales avec tout ce qui comptait à la cour. Mais enfin, il avait décidé de se consacrer plus à fond à l'enseignement. La mosquée-université de la Qaraouyyîne et les innombrables madrasas de la ville ne pouvaient qu'exciter son zèle.

D'autant plus que l'enseignement d'Ibn Khaldoun était fort couru. Des dizaines de disciples se pressaient tous les matins dans la cour de la mosquée, accroupis sur les nattes, attendant impatiemment le Maître. Ibn Khaldoun arrivait, s'asseyait sur une petite estrade et commençait son cours.

Il se plaisait surtout à parler de la Tradition et de la jurisprudence. Il soumettait quelquefois des questions aux disciples et les encourageait à répondre. De vives discussions créaient alors de l'agitation, de la fébrilité. Ibn Khaldoun avait toujours le dernier mot et les disciples, après avoir vigoureusement défendu leur point de vue, attendaient humblement son verdict.

Dans les madrasas, Ibn Khaldoun s'attardait à enseigner l'arithmétique, les sciences rationnelles, la philosophie inspirée des Roum[1] et la littérature. Son savoir était immense. Même s'il n'enseignait pas la médecine, il utilisait quelquefois ses connaissances médicales dans les analogies qu'il utilisait.

Sa réputation était telle que ses meilleurs disciples commençaient déjà à lui demander de leur donner licence de transmettre à leur tour certaines parties de son enseignement.

Un grand bonheur et un grand malheur allaient émouvoir et affecter mon maître à Fès. Le bonheur, ce fut la rencontre d'Ibn al-Khatib. Le malheur, ce fut la mort de son ami andalou.

Abou Lissan, après avoir fui Grenade et séjourné à Tlemcen, était venu s'installer à Fès. Mon maître et lui se retrouvèrent avec émotion. Leur rivalité politique à Grenade était oubliée. Tous les deux avaient goûté aux honneurs suprêmes comme aux disgrâces abjectes. Cela les rapprochait.

Ils se voyaient régulièrement, comparaient leurs écrits, composaient des poésies. Ibn al-Khatib vivait dans une somptueuse demeure. Il avait acheté des propriétés immenses à l'extérieur de la ville, où il avait bâti des maisons superbes et planté de beaux jardins. Ses ennemis ricanaient : voyez, disaient-ils, voilà les fruits de la concussion et du pillage de l'Andalousie. L'ancien vizir haussait les épaules avec dédain. Il aurait dû cependant se méfier un peu plus.

En effet, la campagne des adversaires du vizir-poète se poursuivait sans relâche en Andalousie. On répétait à Mohammad V que son ancien bras droit avait fui l'Espagne en emportant une partie du trésor royal. Puis les menaces se firent plus graves : le Grand Cadi de Grenade déclara que certains de ses écrits « sentaient le matérialisme ». On lui fit un procès : il fut formellement déclaré infidèle et une fatwa exigea son châtiment. L'étau se resserrait autour d'Ibn al-Khatib.

Un jour, un messager arriva d'Espagne. Il apprit à mon maître qu'un autodafé avait eu lieu devant la Grande Mosquée de Grenade : on avait solennellement brûlé certains des livres de l'ancien ministre, pour cause de matérialisme et d'attaque à la vraie religion. Mon maître devint songeur.

Le même messager remit aussi à Ibn Khaldoun une missive de la part de certains milieux religieux de Grenade. On lui demandait une fatwa qui permettrait de trancher dans une querelle qui agitait les milieux soufis de la capitale andalouse.

Mon maître se mit au travail. Comme je ne saisissais pas trop l'objet de la fatwa, il me dit : « Tu sais, bien entendu, ce que sont les soufis.

— Oui, ya sidi, ce sont les fidèles qui cherchent ardemment la voie qui mène vers Dieu. Ce sont des mystiques, qui veulent se détacher de la terre pour mieux entrer dans l'intimité de l'Ineffable.

— Fort bien, mon cher Ibrahim, tu sais dire les choses succinctement.

— Mon maître, je me demande cependant d'où leur vient ce nom. J'ai entendu à ce propos mille choses.

— C'est vrai, il y a eu mille théories, mille élucubrations. Pourtant, la vérité est bien simple : leur nom vient de souf, laine. Tu sais qu'ils s'habillent de laine rugueuse, par humilité et ascétisme.

— Je vois bien, ya sidi, qu'il n'y a pas de question qui puisse vous prendre par surprise. Il est vrai que vous avez lu les écrits de nombreux soufis.

— Tu as raison, Ibrahim. Tu te souviens par exemple de Sidi Abou Madyane, ce saint cheikh dans le sanctuaire duquel nous avons vécu à Tlemcen ?

— Oui, maître.

— Eh bien, il a suivi la Voie et il a introduit le soufisme au Maghreb.

— Je sais, ya sidi. Je vous ai même entendu déclamer certains de ses poèmes, où il dit que tout est néant, sauf Dieu.

— Il dit aussi que l'amour de Dieu est au cœur de cette recherche de la Voie. Tiens, ajouta Ibn Khaldoun après un moment de silence, apporte-moi donc son *Diwan*.

Je cherchai le recueil. Ibn Khaldoun le feuilleta. Il me dit : « Écoute donc ce poème. » Et il se mit à lire d'une voix lente, presque incantatoire :

Lorsque ma patience est partie, lorsque ma résignation a pris fin,
lorsque j'ai cessé de pouvoir goûter dans mon lit
la douceur du sommeil,

Je me suis présenté devant le cadi de l'amour, et je lui ai dit :
mes amis m'ont traité avec rigueur,
et ils ont accusé mon amour d'imposture.

Pourtant, j'ai des témoins pour mon amour
et les maîtres corroborent mes allégations lorsque je viens déclarer

mon insomnie, mon amour, mon chagrin, ma tristesse, mon désir,
mon amaigrissement, ma pâleur et mes larmes.

Mon maître se tut. Je respectai un moment sa méditation, puis ma curiosité reprit le dessus. Je lui demandai : « Et que vous veulent donc les soufis de Grenade ?

— Ibrahim, tu m'as dit tantôt que les soufis sont des fidèles qui cherchent la voie vers Dieu. Tu te souviens ? La Tariqa, la Voie, est au cœur de leur démarche.

— Oui, maître.

— Pour la trouver et la suivre, ils sollicitent les enseignements d'un saint cheikh, qui a déjà parcouru le chemin de la recherche et de l'ascèse.

— Ce cheikh, maître, serait donc comme un guide spirituel ?

— Encore une fois, Ibrahim, tu y es. Or, certains des soufis de Grenade se demandent si la présence et les enseignements d'un cheikh sont absolument nécessaires pour trouver la Voie. Ils pensent que de bons ouvrages religieux pourraient jalonner aussi bien cette recherche, tout autant que les enseignements d'un saint homme.

— Mais, maître, quel est donc le problème ?

— Il faut que tu saches, ya Ibrahim, me dit Ibn Khaldoun avec un sourire, que la tradition du maître spirituel date des débuts de l'Islam. Ainsi, les soufis plus conservateurs ne veulent pas l'abandonner. Des discussions animées ont eu lieu entre ces saintes personnes de Grenade : le cheikh comme maître spirituel est-il absolument nécessaire ou seulement hautement souhaitable ? On me dit que, dans le feu de la discussion, des propos guère charitables ont été échangés.

– Et on vous demande, ya sidi, une fatwa sur la nécessité ou non du guide spirituel.

– Voilà, tu y es. Maintenant, trêve de bavardages. La fatwa doit être solidement étoffée. Va donc me chercher les ouvrages sur ce rayon-là. »

Mon maître s'enferma chez lui pendant deux mois. Nous étions trop absorbés, lui à relire les ouvrages sur le soufisme, moi à prendre des notes sous sa dictée, pour nous rendre compte des remous qui agitaient la ville. Un jour, cependant, un serviteur d'Ibn al-Khatib vint de la part de son maître : le vizir andalou reprochait amicalement à Ibn Khaldoun sa longue absence. Mon maître se rendit tout de suite chez son ami.

Abou Lissan était fort inquiet. Le sultan de Grenade, qui avait été si longtemps son ami avant même d'être son souverain, s'était retourné contre lui. Les adversaires de l'ancien vizir avaient réussi : leurs calomnies, leurs insinuations, leurs demi-mots avaient lentement sapé la confiance du souverain en son ex-ministre. Un jour, comme un château de sable rongé par l'eau à sa base, cette amitié et cette confiance s'étaient effondrées. Et comme toujours dans les amours déçues, la colère du souverain était grande et son ressentiment tenace.

Ibn Khaldoun avait entendu, comme moi, les accusations que l'on portait contre son ami : on parlait de vénalité, d'amour de l'argent et des richesses, d'esprit d'intrigues, de manigances tortueuses. Ibn Khaldoun préférait ne se souvenir que de l'ami, du poète, de l'auteur mystique, du politique habile qui avait fait la grandeur de l'Andalousie et embelli Grenade et l'Alhambra. Il ne ménagea ni son amitié ni son appui au vizir.

Le sultan de Grenade voulait faire extrader Ibn al-Khatib en Andalousie pour le juger. Il envoyait missive sur missive au nouveau souverain de Fès, Aboul Abbas — même s'il portait le même nom que l'ancien souverain de Béjaïa et de Constantine, il s'agissait de deux princes différents —, pour demander l'arrestation et la déportation d'Ibn al-Khatib.

Le souverain de Fès, sensible aux lois de l'hospitalité, résista d'abord. Mohammad V accrut la pression. Pour amadouer son voisin du Maghreb Extrême, il lui envoya un cadeau royal : de jeunes esclaves chrétiens des deux sexes, des meubles, des étoffes, des mulets.

Pris entre l'arbre de la politique et l'écorce de l'honneur, Aboul Abbas finit par choisir un compromis. Il décida de faire juger Ibn al-Khatib à Fès au lieu de l'extrader à Grenade. L'ancien vizir, l'homme jadis le plus puissant de l'Andalousie, fut arrêté et jeté en prison, comme un vulgaire malfaiteur.

Ibn Khaldoun alla le visiter. Il trouva un homme serein et qui ne se faisait pas d'illusions sur le sort qui l'attendait. Tous les jours, j'accompagnais mon maître jusqu'à la prison et j'attendais à l'extérieur du cachot. Tous les jours, après sa visite à son ami, Ibn Khaldoun courait chez les puissants de Fès pour intercéder en faveur du vizir déchu.

Que se sont dit Ibn Khaldoun et Ibn al-Khatib pendant ces longues rencontres ? Ont-ils parlé de politique ? Ont-ils évoqué l'Alhambra et sa grâce subtile, Grenade et sa plaine féconde ? Ont-ils maudit les princes et leur ingratitude ? Ont-ils prié Dieu ? Je ne saurais le dire, mais je suis certain qu'ils ont, ensemble, récité des poèmes.

Aboul Abbas convoqua une commission composée de grands officiers et de plusieurs dignitaires de la cour pour juger Ibn al-Khatib. Le vizir se défendit avec habileté. On réussit cependant à trouver dans son *Jardin de la Connaissance du Noble Amour* des phrases qu'on jugea compromettantes. Certaines de ses propositions sentaient un peu le soufre, selon des théologiens convoqués par la commission.

Les juges condamnèrent Ibn al-Khatib à subir une réprimande publique. J'étais, avec mon maître, dans la foule des curieux quand la sentence fut prononcée. Je souffrais de voir le vieux poète vilipendé par des ignares. Je souffrais encore plus devant la souffrance de mon maître, dont le visage contracté cachait difficilement sa douleur.

On demanda ensuite à Ibn al-Khatib de se rétracter. Abou Lissan refusa. Il fut immédiatement condamné à la question. Pendant que les gardes l'emmenaient, la foule huait, riait, lançait des quolibets.

Le soir, Ibn Khaldoun alla à la prison. Il trouva son ami effondré. On avait enserré son poignet droit et ses talons dans des étaux de bois, qu'on avait serrés jusqu'à ce que les os se brisent. Que se sont dit les deux amis dans cette ultime rencontre ? Seuls Dieu et Ibn Khaldoun le savent. Au moment où s'entrouvrait la porte du cachot, je vis mon maître qui se penchait sur le grabat où était couché Ibn al-Khatib, lui promettant de revenir le voir le lendemain et l'embrassant tendrement sur l'épaule.

Le lendemain matin, une rumeur terrible se répandit dans la ville. Des voyous avaient pénétré la nuit dans la prison, assommé les gardiens, forcé la porte du cachot et étranglé Ibn al-Khatib. Des voyous ? Peut-être. Mais la main qui les avait stipendiés était bien connue. Les adversaires d'Ibn al-Khatib avaient eu raison de lui.

Quand mon maître apprit l'affreuse nouvelle, il se préparait à aller donner un cours à la Qaraouiyyîne. Il envoya un messager à la mosquée pour l'excuser et s'enferma dans sa bibliothèque.

Deux jours plus tard, sa colère et son chagrin redoublèrent : des inconnus avaient profané la tombe d'Ibn al-Khatib pour mutiler et brûler en partie son cadavre. Je vis le visage de mon maître se contracter. Ses yeux étaient humides. Il médita longtemps. Puis il me dit : « Ibrahim, apporte-moi ce cahier. » Il en sortit une feuille que je n'avais jamais vue. Il reprit : « Ibn al-Khatib ne se faisait pas d'illusions sur son sort. Il m'a donné, quelques jours avant son procès, cette élégie qu'il a écrite en prison. Tu la feras recopier en plusieurs exemplaires. Je veux qu'on distribue dans cette ville, et jusqu'à Grenade, ces vers, qui témoignent de la grandeur d'âme de mon ami. »

Je m'inclinai. Je fis appeler plusieurs scribes. Puis je lus l'élégie du vizir andalou :

Puissants naguère, nous ne sommes plus qu'ossements ;
autrefois nous donnions des festins, maintenant nous sommes le
festin des vers.

Nous étions les soleils de la gloire ; mais à présent ces soleils ont
disparu,
et tout l'horizon nous déplore.

Combien de fois la lance n'a-t-elle pas abattu le porteur d'épée !
combien de fois le malheur n'a-t-il pas terrassé l'homme
heureux !

Combien de fois a-t-on enseveli dans un haillon
l'homme dont les habits remplissaient plusieurs malles !

Dis à nos ennemis : Ibn al-Khatib est parti !
il n'est plus ! et qui ne mourra donc pas ?

Dis à ceux qui se réjouissent :
réjouissez-vous si vous êtes immortels.

C'était à mon tour d'avoir les yeux humides. Hélas ! mon maître et moi allions, quelques mois plus tard, verser des larmes encore plus amères.

Notes

1. La philosophie grecque. Pour les Arabes du Moyen Âge, le mot Roum (pluriel de roumi) désignait les Grecs, les Byzantins, quelquefois même l'ensemble de l'univers gréco-latin.

12

Damas

Une grande clameur se répandit dans le camp tatar.

Tamerlan fronça les sourcils. Nous étions assis dans sa tente depuis une bonne heure et la discussion était vive sur le vrai et le faux califat. Des bruits, des remous se faisaient entendre de l'autre côté de la porte de toile. J'étais moins absorbé par les échanges et j'avais déjà perçu des bruits de pas qui couraient à l'extérieur. La rumeur s'enfla jusqu'à éclater en cris.

Un émir au casque surmonté d'un fanion pénétra dans la tente, l'air agité. Il murmura quelques mots à l'oreille de l'empereur. Celui-ci interrompit la conversation pour quitter la tente. Nous le suivîmes, au milieu de la bousculade des courtisans et des gardes.

À l'horizon, au-dessus de Damas, un mince filet de fumée noire montait dans le ciel bleu. Tamerlan donna des ordres pour qu'on lui amène son cheval. Ibn Khaldoun s'éclipsa discrètement. Nous nous précipitâmes vers la ville.

Au fur et à mesure que nous approchions des murailles, le désordre et l'agitation augmentaient. Les habitants quittaient la ville dans l'affolement. Des groupes couraient dans tous les sens. Des hommes, des femmes et des enfants étaient lourdement chargés d'habits, d'ustensiles et de tapis. Ibn Khaldoun essaya d'arrêter deux ou trois fuyards pour demander ce qui se passait. Ils se dégagèrent brusquement. Certains juraient, d'autres maudissaient les Mongols, les femmes se labouraient le visage, tous pleuraient.

Nous atteignîmes la porte de Jabiya. Le désordre et la panique étaient à leur comble. Nous avions de la difficulté à nous frayer un chemin au milieu de la marée humaine qui quittait la ville. Finalement, nous pûmes atteindre un darb un peu plus calme. Dans la rue, Ibn Khaldoun reconnut l'un des adjoints du cheikh Ibn Muflih. Il lui demanda la cause de ces larmes, de cette fuite éperdue.

L'histoire que l'homme raconta en quelques phrases saccadées était terrible. La ville avait été totalement pillée : il ne restait presque plus rien dans les maisons. Alors les guerriers mongols s'étaient amusés à ramasser les dernières hardes des habitants pour en faire des tas sur les places publiques, et ils y avaient mis le feu.

Un autre assistant du cheikh nous avait rejoints. Il interrompit son collègue et jura qu'il avait entendu des Tatars se vanter que l'ordre de mettre le feu à la ville était venu de Tamerlan lui-même.

Les flammes s'étaient propagées à certaines maisons voisines. Il faut savoir que les maisons de Damas sont construites en bois : le feu avait vite fait rage. Le vent soufflait et les flammes avaient sauté de maison en maison, comme un djinn dansant et capricieux. Un quartier s'était enflammé, puis un second, et maintenant toute la ville brûlait.

Depuis que nous avions quitté la tente de l'empereur, le voile de fumée noire qui recouvrait la ville s'était épaissi. Une odeur âcre saturait l'air. Nous toussions sans arrêt. Un ronflement continu dominait tous les bruits, comme si une nuée d'insectes géants vrombissaient sans arrêt autour de nous.

Ibn Khaldoun continuait à avancer dans la ville. L'air était brûlant, des flammèches volaient partout. Je suffoquais et je tremblais de peur, mais je n'osais quitter mon maître.

Nous étions maintenant sur la vaste esplanade qui se trouve devant la Mosquée des Ommeyades. Le feu n'avait pas encore atteint les maisons de la place et il y avait beaucoup de monde dans la cour de la mosquée. On vit même arriver des escouades de Tatars avec des seaux remplis d'eau : ils avaient ordre, nous dit-on, d'empêcher l'incendie de la mosquée.

Le ronflement du feu se rapprochait cependant. Une brusque saute de vent entraîna une pluie de flammèches sur les maisons de la place. Des cris de terreur éclatèrent. Le feu prit soudain à l'une des portes de la mosquée. Une flamme claire et crépitante s'élança dans le ciel, comme la pointe brûlante d'un cierge. Les soldats tatars s'agitèrent en vain. Le feu gagnait toute la mosquée, de proche en proche.

Mon maître était immobile au milieu de la place. Il semblait pétrifié par le brasier qui flamboyait sous nos yeux. Les portes brûlaient, les murs brûlaient, le toit, pourtant recouvert de plomb, brûlait. Le minaret de l'est, quoique construit en pierre, s'effondra dans un jaillissement de flammèches mêlées de cendre. Nous entendions des craquements secs : c'était le marbre à l'intérieur de la mosquée qui éclatait et se brisait.

Nous nous attendions à voir le minaret de la Fiancée, que les Damascènes appellent minaret de Jésus, flamber à tout moment, d'autant plus qu'il était fait de bois. Le feu se mit à lécher sa base, à danser capricieusement autour de lui. Il montait jusqu'aux premiers étages, puis reculait, semblait s'assoupir et rebondissait au moment où on s'y attendait le moins, en un ballet tragique et terrifiant. Il finit cependant par s'éteindre de lui-même.

Mon maître n'avait dit mot. Au crépuscule, le feu finit par mourir complètement. De l'orgueilleuse Grande Mosquée de Damas, construite par les califes ommeyyades, il ne restait que des murs noircis et un minaret de bois miraculeusement préservé. Un nuage de cendres voilait les derniers rayons du soleil couchant.

Mon maître baissa la tête. Je vis ses lèvres remuer. Priait-il ? Je tendis l'oreille et je l'entendis murmurer : « C'est Dieu qui a entre Ses mains le cours des choses ; Il agit envers ses créatures et gouverne Son royaume comme il Lui plaît. »

o

o   o

Fès

Après la mort d'Ibn al-Khatib, mon maître se remit au travail sur la fatwa que les soufis de Grenade lui avaient demandée. Au bout de quelques mois, il avait achevé le manuscrit de sa Réponse satisfaisante à celui qui cherche à élucider les questions. Je convoquai les scribes, qui en firent plusieurs copies. La fatwa fut envoyée à Grenade.

Mon maître avait écrit un ouvrage dense. Je dois reconnaître bien humblement ici que je ne saisissais pas toutes les nuances de sa pensée. Je suis, en effet, bien ignorant du tasawwuf, cette démarche mystique des soufis qui veulent se rapprocher de Dieu, mieux Le connaître afin de mieux L'adorer. Or, mon maître avait étudié tout cela. Oh ! je n'irais pas jusqu'à dire qu'Ibn Khaldoun était lui-même

209

soufi, loin de là! Il était trop dévoré par l'action et par la spéculation intellectuelle pour se livrer à la méditation mystique. Sa bibliothèque contenait pourtant tous les ouvrages soufis, ceux de Ghazali, de Qushayri, Le Jardin de la Connaissance du Noble Amour d'Ibn al-Khatib, des dizaines d'autres encore. Il avait aussi rencontré lui-même plusieurs cheikhs et mystiques et il était parfaitement au fait de la Voie.

Une autre difficulté que je rencontre aujourd'hui est que je n'ai pas sous la main un exemplaire de sa Réponse satisfaisante. Je ne voudrais donc pas que ma mémoire, affaiblie par l'âge et les malheurs, ne trahisse mon maître, mais enfin, je me souviens de l'essentiel de sa réponse aux religieux de l'Andalousie.

Mon maître leur écrivait que tout fidèle a le devoir de piété. Certains fidèles plus exigeants recherchent le combat de la rectitude. Pour ces deux catégories, les enseignements du Livre sacré et de la Tradition sont une garantie suffisante contre les égarements.

Certains soufis veulent cependant aller plus loin. Ils veulent lever le Voile. Ils aspirent à une saisie surnaturelle des secrets du Royaume des cieux et de la terre. À ceux-là, mon maître répond catégoriquement: il faut vous mettre sous la conduite d'un guide spirituel, d'un cheikh. Cette démarche en effet peut être dangereuse, et mener le mystique à des excès et à des aberrations. Seul un guide spirituel, qui a déjà suivi la Voie, peut prémunir contre ces déviations.

Une fois la fatwa terminée, mon maître se remit à ses travaux et à son enseignement. Sa double nature s'imposait cependant toujours à lui: il ne pouvait s'empêcher de fréquenter en même temps les cercles du pouvoir. C'est pourquoi la jalousie et la suspicion le suivaient partout. Parce qu'il avait visité un peu trop souvent l'un des émirs qui gravitaient autour du sultan et dont on disait qu'il avait des ambitions, il suscita la colère du vizir de l'heure. Un beau jour, des gardes vinrent l'arrêter. Je me souvins alors que la première arrestation de mon maître s'était produite dans cette même ville, près de vingt ans plus tôt. Ibn Khaldoun avait alors passé presque deux ans en prison. C'est à cette période que j'avais rencontré et aimé Amal. Allais-je me retrouver de nouveau libre de mes mouvements pendant des mois, voire des années?

Le lendemain, Ibn Khaldoun fut remis en liberté. Son ami l'émir avait protesté et fulminé. Il avait assuré le sultan que l'amitié que lui portait Ibn Khaldoun n'était que personnelle. Le sultan, fatigué des intrigues, l'avait cru, ou avait fait semblant de le croire.

Cette arrestation, toute brève qu'elle eût été, affecta beaucoup mon maître. C'était la troisième fois de sa vie qu'il voyait les murs d'une geôle. La première fois, à Fès, il était jeune et il avait profité de sa longue réclusion pour dévorer des dizaines de livres et parfaire son éducation. Plus tard, à Tlemcen, il avait cru, pendant une nuit interminable, voir la mort de près. Cette troisième arrestation, qui se terminait en tragi-comédie, lui sembla d'un fâcheux augure. Il craignait qu'une quatrième ne fût de trop et qu'il ne finisse sa vie sous le couperet d'un tyran capricieux ou d'un vizir vindicatif.

Il se remit à évoquer Grenade. Le rêve andalou ne le quittait pas. Il mit en branle ses amis, ses protecteurs, ses débiteurs. Il voulait arracher au sultan Aboul Abbas la permission de traverser le détroit pour se rendre en Espagne. Le souverain hésitait : l'Andalousie et le Maghreb Extrême étaient à couteaux tirés. En laissant partir Ibn Khaldoun, n'envoyait-il pas du même coup à son adversaire, Mohammad V de Grenade, un conseiller précieux, par ailleurs au fait de tous les secrets de Fès ?

Importuné par l'insistance d'Ibn Khaldoun et de ses amis, le sultan finit par céder. Cette fois encore, cependant, il choisit une solution mitoyenne : mon maître partirait, mais sa famille resterait à Fès. Les femmes et les enfants d'Ibn Khaldoun seraient des otages, sans en avoir le nom. Nous dûmes encore une fois nous arracher à nos bien-aimés.

À Grenade, le sultan Mohammad V nous reçut tout d'abord avec beaucoup d'urbanité. Le dirai-je ? Grenade n'inspirait ni à mon maître ni à moi les élans d'enthousiasme de notre premier voyage. Était-ce parce que nous y arrivions au mois de rabi' 776, au début de l'hiver de 1374 de l'ère des chrétiens, et que la plaine était rase et grise ? Était-ce parce que nous pensions tout le temps à nos familles que nous avions laissées à Fès ? Était-ce enfin parce que Grenade rappelait à Ibn Khaldoun la mort atroce d'Ibn al-Khatib, et que l'ancien vizir n'était plus là pour l'accueillir et l'enchanter de sa science et de sa poésie ?

Pourtant, Ibn Khaldoun aurait dû se réjouir. Sa réputation était maintenant immense dans tout le Maghreb et en Espagne. Les faqîhs et les lettrés de Grenade le supplièrent de donner des cours à la Grande Mosquée. Mon maître se passionna de nouveau pour son enseignement et, comme à la Qaraouiyyîne de Fès, il engageait ses auditeurs dans des discussions infinies, les incitant à rechercher dans toutes les sciences la vérité, à ne pas se contenter de l'autorité des Anciens, à juger de chaque chose à l'aune de sa vraisemblance et à utiliser l'esprit de jugement que le Créateur nous a donné. Il leur répétait constamment: «La puissance de la vérité est irrésistible.»

Une routine s'installait tranquillement dans nos vies. Allions-nous enfin trouver à Grenade le havre que recherchait maintenant avidement Ibn Khaldoun? Nous ne pouvions cependant être tranquilles tant que nos épouses et nos enfants seraient à Fès. Ibn Khaldoun envoyait message sur message à ses admirateurs dans la capitale mérinide, pour qu'ils supplient le sultan Aboul Abbas de les laisser partir. Peut-être aurait-il finalement réussi si la vindicte de ses adversaires ne l'avait encore rattrapé.

Ibn Khaldoun s'était attiré des amitiés inébranlables, mais aussi des haines féroces et inextinguibles. J'ai déjà raconté comment il avait dû quitter maintes villes, poursuivi par l'exécration des médiocres, le ressentiment des courtisans et des puissants qu'il avait manœuvrés adroitement et la suspicion des souverains qui craignaient cet homme aux mille astuces. J'ai tenté, en toute honnêteté, de montrer que la rancune qu'il soulevait était quelquefois justifiée par ses manœuvres sans merci contre ses adversaires.

C'est pourquoi je me sens en droit de dire ici que la campagne que l'on a menée contre lui à Grenade était injuste. Mon maître souhaitait une pause. Je sentais monter en lui l'impatience et la fatigue: cette vie de courses infinies, de voyages, de fuite en avant, de faveurs suprêmes suivies de disgrâces impitoyables lui pesait de plus en plus. Il voulait se consacrer à l'œuvre majeure qu'il sentait sourdre en lui. Il me disait: «Ibrahim, Ibrahim, quand est-ce qu'on me laissera tranquille! Le commencement de l'action est la fin de la pensée.»

Mon maître avait pourtant trop souvent labouré le champ du pouvoir pour ne pas récolter l'animosité. Ses adversaires se déchaînèrent à nouveau, sur le ton qui leur était coutumier, celui de la rumeur et des ragots. Mohammad V se souvenait de l'amitié d'Ibn Khaldoun pour Ibn al-Khatib. On s'empressa de lui glisser dans l'oreille que cette amitié avait été fort active, à Fès, au moment de l'emprisonnement de l'ancien vizir. Que dis-je? Fort active? Un peu trop serait le mot juste : Votre Majesté ne sait-elle pas que votre hôte, cet Ibn Khaldoun aux cent visages, a lancé contre vous mille insinuations en tentant de défendre son ami ? Ne sait-elle pas que ses imprécations contre les souverains et leur arbitraire retentissaient dans tout Fès ? C'est cet homme-là, que Votre Majesté a eu la bonté de recevoir naguère dans son palais, qui a déclamé contre vous. C'est ce serpent-là qui risque à tout moment de mordre que vous réchauffez de nouveau dans votre sein.

La calomnie, d'abord légère, aérienne comme une brise qui souffle le soir de l'océan, se faisait lourde, insistante, charriant dans ses insinuations des gouttes de vérité et des trombes de mensonge. L'orage grossissait autour de mon maître. Il finit par éclater quand le souverain de Fès, toujours inquiet à la perspective de savoir Ibn Khaldoun chez son adversaire de Grenade, envoya une missive pour demander sa déportation.

Un jour, le chef de la garde sultanienne vint annoncer à mon maître qu'il avait ordre de le conduire au port le plus proche et de l'embarquer pour le Maghreb. Mon maître demanda un délai de quelques semaines pour faire ses adieux à ses amis et à ses disciples de la Grande Mosquée. On lui laissa vingt-quatre heures pour ramasser ses manuscrits. Le lendemain à l'aube, nous quittions la ville, escortés par une garde nombreuse.

À Algésiras, le premier bateau qui partait pour le Maghreb se dirigeait vers le port de Hunayn. Mon maître protesta vivement : il ne voulait pas aller à Hunayn, il demandait qu'on attende une autre nave qui irait à Ceuta ou même à Béjaïa. Rien n'y fit : on nous força à monter sur le bâtiment, et le capitaine reçut ordre de nous débarquer à la première escale, c'est-à-dire à Hunayn.

Je comprenais les alarmes de mon maître et je les partageais. Hunayn se trouvait à un jour ou deux de Tlemcen, la capitale du Maghreb Central. Or, le souverain du Maghreb Central était encore cet Abou Hammou que mon maître avait contribué à détrôner jadis. J'ai déjà raconté comment Abou Hammou avait stipendié des Bédouins pour nous attaquer dans le désert et comment nous avions failli y perdre nos familles, l'honneur et la vie.

Je me souvenais avec des frissons de terreur qu'à son retour dans sa capitale, Abou Hammou avait fait proprement couper la tête à tous ceux qui avaient comploté contre lui. Or, le sultan de Grenade nous remettait entre ses griffes. L'horizon n'avait jamais été aussi sombre pour mon maître. Les trois souverains de Grenade, de Fès et de Tlemcen lui en voulaient, chacun pour des raisons différentes. Il était aux abois. Était-ce, pour lui, pour nous, le bout du chemin ?

Nous nous étions installés dans la petite auberge où nous avions déjà séjourné quelques années auparavant, juste avant l'arrestation de mon maître par les sbires du sultan Abdel-Aziz. Nous ne pouvions quitter Hunayn car nous n'avions nulle part où aller. Nous étions des prisonniers sans geôle et sans geôliers.

Mon maître écrivit à quelques amis qu'il avait encore à Tlemcen. Les jours et les semaines s'écoulaient, pleins d'angoisse. Au moindre bruit dans la rue, à la moindre agitation dans la foule, nous sursautions, convaincus que l'on venait nous arrêter.

Un mois environ après notre débarquement à Hunayn, un messager vint de Tlemcen. Ibn Khaldoun décacheta la lettre qui portait le sceau d'Abou Hammou. En lisant la longue missive, son visage passa de l'inquiétude à l'étonnement, puis à l'ébahissement le plus complet.

Le sultan de Tlemcen ne faisait aucune allusion au passé. Il se réjouissait d'accueillir au Maghreb Central le grand faqîh, le savant réputé Ibn Khaldoun. Il l'invitait à se rendre sans tarder dans sa capitale afin de bénéficier de ses bienfaits. Une fois sa première surprise passée, Ibn Khaldoun fronça les sourcils et se mit à réfléchir. Il se contenta de me dire : « Il y a là anguille sous roche, mais nous devons obéir. »

Quelques jours plus tard, nous étions à Tlemcen, où le sultan nous accueillit cordialement. La perplexité d'Ibn Khaldoun ne faisait qu'augmenter. Répondant à l'invitation d'Abou Hammou, il alla s'installer de nouveau à al-Ubbâd, au monastère du saint Abou Madyane.

Ce renversement de fortune me semblait extraordinaire, inexplicable. Ibn Khaldoun ne cessait de me répéter que tout se paie, et qu'Abou Hammou guettait son heure.

En attendant, mon maître reprit ses enseignements dans la mosquée du saint. Les foules de pèlerins qui venaient se recueillir sur le tombeau d'Abou Madyane l'entouraient constamment, avides d'entendre ses prêches et ses gloses sur le Livre sacré et la Sunna. Notre bonheur fut à son comble quand nos familles, enfin libres de quitter Fès, vinrent nous rejoindre. Nous étions au printemps de l'année 1375 et le sort semblait enfin nous sourire. J'avais vécu trop de retournements de fortune de mon maître pour ne pas profiter de cette halte, comme un voyageur qui a longtemps sillonné les pistes du désert et qui, arrivant dans une verte et douce oasis, s'émerveille de la douceur d'y vivre.

Ce furent en effet des mois calmes et pleins, dans les jardins et les prairies d'al-Ubbâd. Je voyais avec bonheur grandir mes enfants. Zahra était maintenant une belle jeune fille, et je me préoccupais de la marier. Issa bondissait dans les vergers, heureux de me voir courir derrière lui, le saisir à bras-le-corps et l'installer sur une branche basse. Amal nous regardait avec un doux bonheur et je retrouvais, la nuit, dans ses bras, la sérénité que je perdais chaque fois que je courais, haletant, derrière mon maître. Elle me lissait le front dans le noir, j'écartais ses voiles et je retrouvais, dans ses courbes et ses vallées, des prairies pour me reposer, des oasis pour me rafraîchir, une source qui étanchait ma soif, des bras qui me protégeaient des orages, des jambes qui m'ancraient en elle.

Ibn Khaldoun avait raison, la mansuétude d'Abou Hammou n'était pas gratuite. Quelques mois après notre installation à al-Ubbâd, il le fit appeler à la cour. Mon maître s'y rendit, fort inquiet. Je ne pouvais l'accompagner ce jour-là. Quand il revint de Tlemcen, il avait l'air impénétrable.

Le soir, il m'appela : «Ibrahim, il faut se préparer. Nous partons dans quelques jours.

— Comment, nous partons, ya sidi ?

— Oui, nous partons, toi et moi.

— Vous et moi… Si je comprends bien, nous partons seuls.

— Oui, nous serons seuls… pour le moment.»

Je ne m'attardai pas trop à comprendre l'ambiguïté de cette réponse. Ma curiosité était plus immédiate : «Et où allons-nous, maître ?»

— Où allons-nous ? Eh bien, comme d'habitude, dans le désert.

— Le désert ?

— Oui, ya Ibrahim, dit Ibn Khaldoun avec le sourire. Nous allons retrouver nos amis les Dawawida.

— Les tribus arabes ? Celles avec lesquelles vous avez négocié jadis ?

— Oui. Abou Hammou sent le vent tourner au Maghreb. Il a peur d'une nouvelle attaque des Mérinides de Fès. Il veut se forger des alliances avant que la guerre n'éclate. S'il a les Dawawida dans son camp, ses arrières sont assurés. Il veut leur proposer un pacte.»

Ibn Khaldoun n'avait pas besoin de poursuivre : je comprenais maintenant pourquoi Abou Hammou n'avait pas sévi contre lui. Sa première colère passée, le sultan s'était dit que les alliances tissées par Ibn Khaldoun pouvaient se révéler précieuses et que ce serait le gaspiller que de lui trancher la tête. C'est pourquoi il l'avait accueilli chez lui, dans la retraite d'al-Ubbâd, à portée de main. Maintenant, le temps était venu pour Ibn Khaldoun de payer sa dette : nul peut-être dans tout le Maghreb n'était plus proche des tribus arabes, nul n'avait plus de prestige à leurs yeux, de poids auprès de leurs chefs.

J'étais quand même surpris de la sérénité affichée par mon maître. Je me demandais ce que signifiait son énigmatique «pour le moment», quand il avait dit que sa famille ne l'accompagnait pas. D'habitude, quand nous partions pour ces missions, il n'était jamais question que les femmes et les enfants nous rejoignent plus tard.

Une autre cause d'étonnement à mes yeux fut la longueur des préparatifs. Ibn Khaldoun acheta quelques dromadaires, qu'il chargea lourdement d'effets personnels, d'habits, de manuscrits et de livres. Il me demanda de faire préparer plusieurs chevaux, car des serviteurs allaient nous accompagner.

Nous quittâmes Tlemcen un beau matin, vers l'est. Nous devions voyager quelques jours dans cette direction avant de rencontrer les premiers guerriers Dawawida. Le matin du troisième jour, cependant, nous bifurquâmes à droite, vers le sud. Je m'étonnai. Ibn Khaldoun me fit signe de m'approcher de lui, nous pressâmes le pas de nos chevaux pour être à l'abri des oreilles indiscrètes. Il me dit : «Ibrahim, je n'ai pas de secrets pour toi. Tu sais à quel point je suis fatigué de ma vie d'aventures et d'errances. J'ai décidé de ne point m'occuper de cette affaire que m'a confiée le sultan Abou Hammou. J'ai opté pour le renoncement et une vie loin du monde. Nous n'allons pas chez les Dawawida. Nous allons plutôt chez les Awlâd Arîf.

– Les Awlâd Arîf ?

– Oui, ce sont des tribus amies. Je connais fort bien leurs chefs. Je vais me réfugier chez elles.

– Et... où donc sont ces tribus ?

– Près du mont Guzul. Ici, dans le Maghreb Central. Nous ne sommes plus qu'à deux jours de marche avant d'y parvenir.

– Mais vous ne craignez pas de rester dans le Maghreb Central ? Le sultan Abou Hammou ne peut-il vous retrouver ? Il vous a confié une ambassade, il sera furieux et voudra peut-être se venger. Il n'aurait aucune difficulté à mettre la main sur vous, puisque vous seriez encore sur ses terres.

– Tu as raison, ya Ibrahim. Cependant, le Maghreb Central est un vaste pays. Nous serons en plein cœur du désert. Jamais les Awlâd Arîf ne laisseraient les sbires d'Abou Hammou s'approcher de nous. Et puis, il fallait couper le cordon ombilical, une fois pour toutes. Je suis fatigué, Ibrahim. »

Je me tus un moment, ému devant cette confidence spontanée. Puis une crainte me vrilla l'esprit : « Maître, et nos familles ? » Ibn Khaldoun sourit : « Tu penses bien que je ne les aie pas oubliées. J'ai mon idée là-dessus. Laisse-moi faire. »

Deux jours plus tard, nous arrivions à Qal'at Ibn Salama.

o
o   o

Qal'at Ibn Salama

Ah ! Qal'at Ibn Salama ! La simple évocation de ce nom soulève en moi, trente ans plus tard, de telles émotions, une telle bourrasque de bonheur, que mes yeux s'embuent et que ma main trace sur cette feuille des lettres tremblantes.

Et pourtant, quand j'y suis arrivé pour la première fois, je ne me doutais pas que ce lieu consumé de soleil allait abriter certaines des années les plus heureuses de mon existence. C'était un petit village désolé, en plein milieu du désert, perché sur un pic surplombant une profonde vallée. Il était à plusieurs jours de marche de Biskra. Sa dizaine de puits permettait aux Awlâd Arîf de faire pousser quelques légumes et de faire brouter leurs troupeaux de chèvres et de moutons sur une herbe rase.

Le village était surmonté d'une forteresse impressionnante. Le cheikh Abou Bakr, chef du village, y résidait. Quand on alla l'informer que des voyageurs étaient arrivés au village et désiraient le saluer, il vint à notre rencontre. À peine eût-il reconnu mon maître qu'il s'approcha de lui avec déférence, lui baisa l'épaule et donna des ordres pour qu'on égorge des moutons afin de fêter le très célèbre et très savant Ibn Khaldoun.

Mon maître s'isola avec Abou Bakr. Il lui dit qu'il souhaitait passer quelque temps loin de Tlemcen, de Fès et de leurs souverains, au milieu de ses amis les Awlâd Arîf. Le chef du village assura Ibn Khaldoun qu'il lui faisait à lui personnellement et à toute sa tribu un insigne honneur en cherchant une retraite au milieu d'eux. Et il ordonna immédiatement à tous les membres de sa famille de quitter la forteresse pour y loger Ibn Khaldoun et sa suite.

Nous étions dès le soir même logé dans la Qal'at. Je n'étais pas d'humeur à explorer les coins et les recoins de la forteresse : je ne cessais de penser à ma femme et à mes enfants. Ibn Khaldoun lui aussi se préoccupait des siens, et il avait immédiatement discuté d'un plan avec Abou Bakr pour les faire venir au village.

Dès le lendemain, celui-ci quitta Qal'at Ibn Salama pour discuter avec les chefs des autres clans des Awlâd Arîf. Tous se montrèrent honorés de savoir que le faqîh Ibn Khaldoun avait choisi de vivre au milieu d'eux. Ils envoyèrent dans la semaine une importante délégation à Tlemcen, pour offrir un marché à Abou Hammou. Ils l'assuraient de leur appui dans son conflit avec les Mérinides de Fès, à charge pour lui de permettre à la famille d'Ibn Khaldoun de le rejoindre.

Le sultan de Tlemcen dut ronger son frein en apprenant qu'Ibn Khaldoun n'avait pas mené à bien son ambassade auprès des Dawawida. Il n'hésita pourtant pas longtemps : il ne pouvait faire la fine bouche devant l'offre d'aide des Awlâd Arîf et promit de laisser partir la famille de mon maître.

Deux semaines plus tard, une caravane, escortée par les guerriers des Awlâd Arîf, arrivait au village. Nos femmes, nos enfants, les servantes, les vieux serviteurs qui étaient restés à Tlemcen, tout le monde s'y trouvait. Des couffins et des sacs remplis de provisions et d'ustensiles, des malles pleines d'habits, de coussins et de tapis indiquaient bien qu'Ibn Khaldoun avait quitté Tlemcen pour de bon.

Le lendemain de l'installation du harem dans la forteresse, Ibn Khaldoun m'appela. « Ibrahim, me dit-il, il faut se mettre au travail. » Je marquai mon étonnement. Mon maître m'expliqua : il avait quitté les grandes cités du Maghreb, il s'était éloigné des cours et des sultans parce qu'il voulait enfin travailler à la grande œuvre qu'il méditait. « Mais, ya sidi, lui dis-je, travailler ici, à Qal'at Ibn Salama ? Vos amis sont loin de vous, ils ne peuvent vous aider de leur science et vous éclairer de leurs lumières. Pis encore, vous n'avez ni bibliothèque ni livres ni archives.

– Mais si, mais si, Ibrahim, nous avons de nombreuses archives.

– Où ça, maître ? Je n'en vois aucune.

218

– Ibrahim, toi et moi, nous travaillons ensemble depuis de longues années. Nous avons lu des centaines d'ouvrages, étudié par cœur des milliers de textes, recopié un nombre infini de citations, de dits fameux, d'aphorismes, de généalogies dynastiques. Ne sont-ce point là des archives ?

– Oui, ya sidi, mais elles sont à Tlemcen, d'autres encore à Fès, et aussi à Grenade.

– Et elles sont également ici, me dit Ibn Khaldoun avec un large sourire en me désignant du doigt sa tempe.

– Ici ?

– Oui, dans notre tête, dans notre mémoire. Je me souviens de mille choses. Je suis sûr que tu pourras me suppléer quand j'aurai oublié tel ou tel détail. De toute façon, ajouta-t-il avec un geste d'impatience, il faut se mettre au travail.

– Oui, ya sidi, mais, au travail… pour quoi faire ?

– Je veux écrire une histoire universelle. »

Ces mots, dits tout uniment, me laissèrent sans voix. Une histoire universelle ? Ibn Khaldoun dut voir ma mimique, car il ajouta : « Oui, ya Ibrahim, une histoire universelle.

– Et pourquoi, maître, une histoire universelle ?

– Eh bien, parce que, sous prétexte d'histoire, on raconte souvent bien des âneries. On ne fait guère d'effort pour atteindre la vérité. La recherche historique est soit farcie d'erreurs, soit pleine d'invraisemblances. Je veux donc, dans la mesure de mes moyens et de mes connaissances, remédier à cette longue succession de contes ou merveilleux ou imbéciles, que l'on qualifie souvent d'histoire.

– Excusez-moi, ya sidi, je saisis bien ce que vous dites. Mais enfin, pourquoi vous préoccupez-vous tant de l'histoire, et surtout de redresser les erreurs, comme vous dites, et remédier aux carences de vos prédécesseurs ?

– Ibrahim, me dit-il de ce ton grave qu'il prenait quand un sujet lui tenait à cœur, l'histoire est une noble science. Elle présente beaucoup d'aspects utiles. Elle se propose d'atteindre un but élevé. Si l'on comprend bien le passé, on peut améliorer le présent. Il n'y a pas de tâche plus exaltante, plus nécessaire.

– Vous allez donc nous raconter l'histoire du Maghreb, de l'Espagne…

– Et aussi de l'Égypte, et de tous les autres pays de l'est, m'interrompit Ibn Khaldoun. Vois-tu, je veux traiter de l'histoire des

Arabes et des Berbères, tant sédentaires que nomades. Je veux explorer la naissance des races et des nations, des empires et des dynasties, depuis Adam jusqu'à nos jours.

– Cela vous fait tout un programme!

– Je veux aussi m'attarder à comprendre les changements qui sont survenus dans le passé», poursuivit mon maître, qui ne semblait pas avoir remarqué mon interruption. En fait, j'avais maintenant le sentiment qu'il parlait pour lui-même, qu'il réfléchissait à haute voix. Il ajouta: «Je ne veux pas oublier les prophètes et les religions, les villes et les villages, les puissants et les faibles, les multitudes et les minorités, les sciences et les arts, les gains d'argent et les pertes, la transformation du milieu, la vie sédentaire et la vie nomade, le passé et le présent et même le futur. Je veux, en un mot, comprendre la civilisation.»

Il s'était enfin arrêté. Pour la deuxième fois en quelques minutes, j'étais bouche bée. Je finis par reprendre mes esprits et tentai une boutade: «Vous avez bien raison, ya sidi. Nous n'avons pas une minute à perdre, il faut se mettre tout de suite au travail.» Ibn Khaldoun éclata de rire: «Tu ne crois pas si bien dire, Ibrahim. Va, cherche-moi des feuilles, des calames, apporte ton écritoire.»

Dès le début, une routine studieuse s'installa entre nous deux. Ibn Khaldoun me dictait de gros fragments de textes. Il me laissait ensuite les recopier pendant qu'il écrivait lui-même d'autres paragraphes ou des chapitres. Parfois, il s'arrêtait pendant quelques heures, ou même un jour ou deux, et se promenait longuement dans la forteresse, pensif, la tête baissée, les mains croisées dans le dos. Il réfléchissait alors à une difficulté, ou tâchait de saisir les liens entre différents événements, ou encore réorganisait dans sa tête l'ordre de ses chapitres et la structure de son œuvre.

Il émergeait alors de ces longues rêveries, se précipitait vers moi et me disait: «Ibrahim, j'ai trouvé. Écris donc.» Je redoutais ces moments, car j'avais à peine le temps de prendre une feuille vierge, un calame bien taillé, que mon maître commençait à dicter d'une voix fiévreuse, saccadée, à grande vitesse. Les idées se bousculaient alors dans sa tête, il avait peine à contenir le flot des mots, et j'avais encore plus de peine à laisser courir mon calame sur la feuille. Quand, une heure plus tard, il s'arrêtait, essoufflé, j'avais noirci plusieurs feuillets et je frottais piteusement mon poignet endolori. Il me regardait, souriait, et me disait: «Nous avons bien travaillé, non, Ibrahim?»

Je dois ajouter que mon maître reprenait souvent les feuillets que j'avais écrits sous sa dictée, surtout après ces séances où sa pensée, comme une source printanière, jaillissait avec abondance et cascadait en mots, en images, en métaphores qui, comme le soleil se levant à l'horizon dissipe les ombres et révèle peu à peu un vaste paysage accidenté, peignaient au fil des pages le destin de tel peuple, l'essor de telle dynastie, la chute de tel souverain, en un ample et puissant tableau de l'univers. Il relisait alors attentivement le texte de ma copie, corrigeait ici, raturait là et ajoutait dans les marges de multiples notes.

Nous ne travaillions pas tout le temps. Quand, épuisés d'écrire, lui et moi nous arrêtions, j'allais me dégourdir dans l'enceinte de la Qal'at. Il s'agissait en fait d'un véritable château, aux murs imposants qui entouraient de nombreux bâtiments. Un puits fournissait de l'eau. Un verger donnait tout le temps des fruits et un potager des légumes. C'était une demeure cossue et confortable, d'autant plus surprenante que de ses fenêtres on ne voyait, à l'horizon, que l'infini moutonnement des dunes de sable et, au bas de la butte sur laquelle elle était construite, les rangs humbles et serrés des maisons du village.

Il y avait, ai-je dit, plusieurs bâtiments. Le plus grand avait été réservé au harem. Ibn Khaldoun demeurait dans une maison plus petite. Ses deux aînés, Mohammad et Ali, y vivaient avec lui, car il eût été inconvenant qu'à leur âge ils restent dans la maison des femmes. Je n'étais pas seulement le secrétaire et le factotum d'Ibn Khaldoun, j'étais aussi l'intendant de cette petite colonie. À ce titre, je vivais avec ma famille dans une autre demeure, un peu à l'écart, adossée aux murailles. Je dois dire que j'appréciais l'intimité que cet arrangement me permettait d'avoir avec Amal, Zahra et Issa.

J'étais heureux à Qal'at Ibn Salama, même si j'y travaillais peut-être encore plus que dans les grandes cités. Les semaines et les mois passaient, tranquilles. Je crois bien que mon maître aussi était heureux. Amal me racontait qu'il passait de nouveau de longues heures avec sa famille. La nuit, il se glissait souvent dans la couche d'Ons al-Qoloub. Les femmes et les enfants, les serviteurs et les servantes descendaient maintenant tous les jours au village, pour se distraire, nous laissant, Ibn Khaldoun et moi, à notre studieuse frénésie. Le temps, à Qal'at Ibn Salama, semblait s'être arrêté, semblable au désert qui nous entourait, immuable, éternel.

13

Damas

Mon maître était très inquiet.

L'incendie de Damas, la destruction de sa Grande Mosquée, les rapines des soldats tatars, l'exécution des hommes, le viol des femmes, l'humiliation des cheikhs et des cadis, tout cet immense malheur qui s'était abattu sur la ville et ses habitants lui semblait une interminable apocalypse. Il se demandait maintenant si les caprices de Tamerlan ou de ses généraux n'allaient pas l'entraîner à son tour dans la captivité ou la mort.

Je soupçonne fort que mon maître, jusqu'à ce moment, se croyait à l'abri de l'adversité. Sans peut-être même s'en rendre compte, il assistait à ce qui se passait à Damas en spectateur. Spectateur attentif, certes, spectateur engagé et qui souffrait du martyre des Damascènes, mais spectateur tout de même. Maintenant, il se demandait s'il n'allait pas être emporté à son tour dans la tornade de feu qui avait consumé la ville.

Au début, mon maître avait été extrêmement flatté de l'attention que lui portait Tamerlan. Que le seigneur le plus puissant de l'univers connaisse son existence, qu'il demande de le rencontrer, qu'il l'accueille dans son conseil et qu'il discute longuement avec lui d'histoire, de science et de religion, voilà qui aurait suffi à tourner la tête à plus modeste que mon maître.

Tamerlan lui avait ensuite demandé d'écrire un résumé de l'histoire du Maghreb. L'historien, le philosophe, l'observateur de la société humaine s'étaient réveillés en lui. De longues journées durant, il avait oublié ce qui se passait autour de lui. D'ailleurs, le siège et la prise de Damas lui semblaient fascinants d'un strict point de vue historique. Il sentait bien qu'il était aux premières loges pour assister à un événement unique.

L'incendie de la ville l'avait sorti de son cocon. Les Tatars s'apprêtaient à lever leur camp. Tamerlan ne tarderait pas à quitter la Syrie pour retourner dans sa capitale, Samarcande. Des groupes de lettrés, de savants et d'artisans damascènes étaient déjà partis. Ibn Khaldoun se retrouverait-il dans le convoi suivant ?

Un jour, il me dit : « Ibrahim, l'heure est critique. Il faut amadouer Tamerlan. » Comme j'étais aussi inquiet sur mon sort que mon maître sur le sien, j'approuvai énergiquement. Je lui demandai comment il comptait s'y prendre. Il me répondit : « La flatterie, Ibrahim, la flatterie. C'est la plus vieille putain de l'histoire. C'est l'hameçon qu'a utilisé Ibliss pour appâter notre père Adam et notre mère Ève. Il faut flatter Tamerlan. Aucun souverain ne résiste à la flatterie. Mais il faut flatter intelligemment. »

Le lendemain, dans la tente impériale, Ibn Khaldoun dit à Tamerlan : « Sire, que Dieu vous assiste ! Cela faisait bien trente ou quarante ans que je souhaitais vous rencontrer. » Tamerlan leva le sourcil : « Et pourquoi donc, ô Cadi ?

– Pour deux raisons, Votre Majesté. La première, c'est que vous êtes le sultan du monde, le roi d'ici-bas. Je ne sache pas qu'il ait paru dans la création depuis Adam un roi qui vous fût comparable.

– Comment cela ? dit l'empereur d'un ton goguenard.

– Sire, je parle en homme de science. Vous savez que le pouvoir d'un souverain dépend de la force de la 'asabeyya qui le soutient. Quand les Arabes étaient unis autour de leur Prophète, leur 'asabeyya était souveraine. Puis les Tatars sont arrivés, ils sont aussi nombreux que les étoiles du ciel. Leur puissance est suprême, car leur 'asabeyya est la plus grande.

– Il y a eu cependant bien d'autres souverains puissants dans l'histoire du monde.

– Votre Majesté a raison, il suffit de penser à Chosroès, roi des Perses, à Nabuchodonosor, roi des Babyloniens, ou à Alexandre et César, rois des Roum. Cependant, aucun de ces souverains, si puissant qu'il ait pu être, ne peut se comparer à vous, puisque vous êtes l'empereur des Tatars, eux dont la 'asabeyya est aujourd'hui la plus étendue. »

Quand le traducteur eut fini de parler, Tamerlan changea de place sur ses coussins. Il souriait. Les généraux assis dans la tente se poussaient du coude, chuchotaient, bombaient le torse en se redressant.

L'empereur finit par dominer le brouhaha : «Fort bien, cadi Abdel-Rahman, tu nous as convaincus pour ce qui est de notre 'asabeyya. Mais tu disais au début que tu souhaitais nous rencontrer pour deux raisons. Quelle est donc la deuxième ?

– La deuxième, Sire, ce sont les prédictions que j'ai déjà entendues concernant Votre Majesté.

– Les prédictions ?

– Oui, Sire. Un jour, il y a de cela plus de quarante ans, j'ai rencontré dans la Grande Mosquée des Qaraouiyyîne de Fès un astrologue réputé. Il m'a dit que de grands événements se produiraient au moment de la dixième conjonction des deux planètes supérieures…

– Et quelles sont ces deux planètes ? l'interrompit Tamerlan.

– Saturne et Jupiter, Votre Majesté. Or, cette conjonction s'est produite il y a plus de trente ans…

– De grands événements, de grands événements… grommela l'empereur. A-t-il été plus explicite, ton astrologue ?

– Oui, Votre Majesté. Il m'avait dit que cette conjonction signalerait l'apparition d'un grand prince dans la région du nord-est, originaire d'une nation de nomades habitant des tentes, qui dominerait les empires, renverserait les États et posséderait la plus grande partie du monde.»

De nouveau, une houle parcourut l'assemblée des courtisans. Mais Tamerlan ne se laissait pas impressionner facilement. Il rétorqua : «Ton astrologue peut bien avoir inventé ces histoires…

– Aussi n'aurais-je pas osé en parler à Votre Majesté si sa prédiction n'avait été corroborée par d'autres.

– D'autres astrologues ?

– Pas seulement, Votre Majesté. Mon maître, le grand savant al-Abili, m'a souvent dit dans ma jeunesse, en me parlant de ces prédictions que l'heure était proche, et si je restais en vie, je verrais certainement ce grand prince. Et pas seulement El-Abili. Ibrahim Ibn Zarzar aussi…

– Et qui est-il, celui-là ?

– Un grand médecin juif, Votre Majesté, un mathématicien et un astrologue qui a servi dans les cours de Grenade et de Séville. Dans une de ses lettres, Ibn Zarzar m'avait dit que les savants d'Espagne prédisaient tous l'apparition d'un grand homme à l'est.»

Tamerlan souriait de nouveau. Il se redressa sur sa couche : «Décidément, cheikh Abdel-Rahman, tu me plais de plus en plus. Ta science est profonde et ta conversation agréable. » Il fit un geste de la main : c'était la fin de l'audience et ses généraux se rapprochèrent de lui.

En quittant la tente, je vis mon maître soucieux. Je devinais ce qui le préoccupait : son astuce n'allait-elle pas se retourner contre lui ? À force de vouloir séduire Tamerlan, ce dernier ne voudrait-il pas le garder auprès de lui ? Ne voudrait-il pas l'emmener avec lui dans ses bagages, jusqu'à Samarcande ?

○

○   ○

Qal'at Ibn Salama

Le silence était total, presque surnaturel. Dans ma poitrine, mon cœur battait à se rompre, m'assourdissant de son vacarme.

Je regardai autour de moi. Partout, derrière les rochers, mes compagnons étaient immobiles comme des statues. De l'autre côté du ravin, je vis nettement le burnous d'Abou Bakr, le chef de Qal'at Ibn Salama. À quelques pas de moi, Ibn Khaldoun ; plus loin, d'autres guerriers, six ou huit au total. Ils se confondaient tous avec les rochers couleur sable derrière lesquels ils se cachaient. Pas un mouvement, pas un bruit.

Toute la journée, nous avions galopé sans arrêt. Le signal avait été donné dès l'aube. L'un des guerriers — un vieil homme maigre comme du bois sec — avait reconnu les traces de l'animal dans le sable. Il s'était contenté de dire : « Une panthère. » Nous avions bondi sur nos chevaux. Le vieux chasseur, en avant de nous, découvrait sans hésiter la piste, et nous le suivions aveuglément à notre tour, même si, pour ma part, je ne voyais dans le sable que les griffures du vent.

C'est Abou Bakr qui avait eu l'idée de cette chasse. Nous étions depuis plusieurs mois à Qal'at Ibn Salama et mon maître et moi travaillions sans relâche. Quand le chef du village proposa à Ibn Khaldoun d'aller à la chasse, mon maître n'eut aucune hésitation : il accueillait avec un plaisir évident cette détente – et aussi cette diversion qui l'éloignerait pendant quelques jours de ses tableaux historiques et de ses fresques sociales.

Abou Bakr avait proposé une longue chasse. Il emmena avec lui ses meilleurs guerriers, tous chasseurs aguerris, et des provisions pour deux semaines. Nous nous enfonçâmes tout d'abord dans le désert où nous pourrions, aux approches de certaines oasis, trouver des proies.

Je me souviens encore de ces journées intenses. J'étais souvent épuisé, mais rempli d'une curieuse euphorie. Au bout de la deuxième journée, je me demandai pourquoi j'étais si heureux. La réponse s'imposa à moi, évidente et inattendue : je découvrais le désert.

J'avais, il est vrai, bien souvent sillonné le désert. J'étais allé, avec mon maître, et plutôt dix fois qu'une, du nord au sud et de l'est à l'ouest du Maghreb. Justement ! Je courais tout le temps, je devais me rendre dans une ville, arriver dans une oasis ou un campement de tribus. Notre destination m'obnubilait et m'empêchait de prêter attention à ce qui m'entourait. Le désert était alors un obstacle à franchir, une épreuve à surmonter.

Avec Abou Bakr et ses guerriers, nous chevauchions tranquillement. Quand le soleil montait à l'horizon, nous avions déjà quitté notre campement depuis deux ou trois heures. Ses rayons rasaient le sable, accrochant ici et là des paillettes d'abord sanglantes, puis dorées, enfin aveuglantes.

Le jeu de la lumière sur le sable, les cailloux et les rochers me fascinait. La montagne était ocre et grise, tandis que les gros cailloux sur lesquels sonnait le pas de nos chevaux, patinés par le vent et le sable, étaient d'un brun luisant. Lorsque le soleil était à son zénith, la lumière aveuglante plombait tout, noircissait les cailloux et les rochers, et sa réverbération intense flamboyait sans arrêt sous nos paupières. Quelquefois, des massifs d'un ocre rosé détachaient sur l'éclat lumineux du ciel leurs murailles déchiquetées et leurs remparts crénelés projetaient à l'horizon, comme des canines acérées, leurs sombres pointes.

Le sable des dunes était d'un brillant velouté. Lorsqu'un petit vent se levait, leurs rides hérissaient la plaine ondulée de sillons changeants et capricieux. Le désert tout entier frémissait alors : la brise allait-elle se changer en bourrasques qui soulèveraient des tourbillons de sable ? Le vent retombait, le sable cessait de frissonner et la plaine retrouvait sa peau soyeuse et ambrée.

Quand le soleil descendait à l'horizon, les dures couleurs s'avivaient de nouveau. Autour de nous, les dunes de sable aux formes alanguies captaient entre leurs flancs sensuels et indolents des coulées de lumière dorée, puis rose, mauve enfin.

Nous campions la nuit autour d'un feu qui crépitait longtemps. Quand les dernières braises avaient cessé de rougeoyer, le ciel épandait autour de nos têtes une clarté laiteuse, trouée de scintillements mystérieux et tutélaires.

À l'approche des oasis, nous voyions dans le ciel tournoyer des oiseaux. Les guerriers d'Abou Bakr décapuchonnaient la tête des faucons aux yeux fixes. La bête au poing, ils l'encourageaient par de rauques chuchotements. L'animal prenait son envol. Nous le perdions de vue. Soudain, dans l'éblouissement de la lumière, un point noir grossissait. Je voyais une noire météorite tomber du ciel, enserrant dans ses griffes un oiseau effaré.

Nous poursuivions aussi des autruches et des gazelles. Les grands oiseaux aux ailes effarouchées n'étaient pas une proie facile. Ils couraient à grande vitesse de leur démarche gauche et ridicule et épuisaient souvent nos chevaux. Les gazelles bondissaient sans arrêt à l'horizon, fugaces silhouettes contre le ciel flamboyant. Quand nous étions enfin à courte distance de l'animal, nous bandions nos arcs ou nos arbalètes. La gazelle ou l'autruche trébuchait soudain, comme si elle avait heurté une roche invisible, faisait quelques pas titubants avant de s'écrouler sur le sable brûlant, les yeux pathétiques et les flancs palpitants.

Un jour, Abou Bakr décida que ces proies étaient trop faciles. Il nous faut chasser le lion ou la panthère, dit-il. J'eus un frisson : l'évocation des énormes lions du désert était pour moi terrifiante. Le groupe pourtant s'excita soudain. Nous nous dirigeâmes vers des montagnes plus hautes que nous voyions à l'horizon. C'est là, disaient les guerriers, que nous trouverions plus facilement des proies dignes de nous.

Pourtant, la découverte des traces de la panthère se fit quand nous étions encore dans le désert. Nous suivions la piste de la bête dans une plaine brûlante : il n'était pas question de s'arrêter à midi, comme d'habitude, et le flamboiement de la lumière et de la chaleur épuisait hommes et chevaux.

L'animal que nous poursuivions se dirigeait vers la montagne. La bête avait dû nous sentir ; peut-être estimait-elle que les flancs escarpés et les ravins profonds de la montagne la protégeraient mieux du danger. Quand nous abordâmes les premiers contreforts, il fallut ralentir, car nos chevaux ne pouvaient s'engager de front dans les étroits sentiers.

Une heure avant le coucher du soleil, l'animal se trouva pris dans une espèce de cuvette entourée de gros éboulis de rochers. Nous encerclâmes le ravin, bloquant toutes les issues, nous cachant derrière les monolithes de pierre. Certains chasseurs avaient leurs arcs à la main, d'autres leurs lances. Pour ma part, je tenais dans ma main un cimeterre.

La sueur ruisselait sur mon front. Je fixais avec une telle intensité le fond de la cuvette que j'avais l'impression de voir frissonner les touffes de buissons. Ce mouvement me semblait toujours se diriger vers moi. Je serrais alors en tremblant la poignée de mon arme.

La fin fut soudaine et rapide. Un frôlement dans les hautes herbes, un dernier rayon du soleil couchant capté sur un pelage luisant, et la bête courait en feulant vers Abou Bakr. Le chef attendait de pied ferme, une lance à la main. Elle ne l'aurait probablement pas sauvé si l'un de ses guerriers, prompt comme l'éclair, n'avait bandé son arc. La flèche atteignit la panthère au moment où elle bondissait sur le chef du village. Son élan brisé dévia sa détente ; elle tomba en s'empalant sur la lance d'Abou Bakr. Au moment où les autres chasseurs se précipitaient sur elle avec leurs lances, elle agonisait déjà. Dans un ultime bond, elle avait creusé une large entaille dans l'épaule d'Abou Bakr.

Le chef de la tribu fut pansé. La plaie était longue, mais guère profonde. Elle le brûlait cependant, mais la vue du splendide animal à la peau ocellée qui gisait au milieu du groupe faisait sourire les chasseurs. Ils allaient pouvoir emporter au village un magnifique trophée.

Le lendemain, nous revînmes à Qal'at Ibn Salama. Mon maître et moi étions détendus. Ibn Khaldoun avait hâte de se remettre au travail. Il m'appela : «Ibrahim, ce que nous avons fait jusqu'à maintenant est inutile.

– Inutile, ya sidi ?» J'étais effaré. Nous avions travaillé comme des mulets pendant des mois. Il se reprit en souriant : «Non, pas inutile. L'expression est malheureuse. C'est au contraire fort utile, mais ce n'est pas suffisant.

– Comment cela, pas suffisant ?

– Dis-moi, Ibrahim, que faisons-nous depuis des mois ?

– Maître, vous écrivez ou vous me dictez des parties de votre histoire générale.

– Est-ce que toutes ces parties ou tous ces fragments, se valent ?

– Je… je ne sais pas, maître. Si vous les avez composés, c'est qu'ils sont valables.

– C'est là où tu te trompes, Ibrahim. Ce que nous rassemblons depuis quelques mois, ce sont les matériaux de mon histoire. Je mets par écrit ce que je connais de l'histoire. Je tâche de me rappeler — avec ton aide — ce que j'ai lu chez les historiens du passé. Je consigne avant de les oublier les événements que j'ai vus et les personnages importants que j'ai rencontrés. Mais cela ne veut pas dire que je retiendrai tout cela dans mon histoire universelle.

– Vous voulez dire qu'une partie de ce que nous faisons sera abandonnée ? Pourquoi, maître ?

– Pour une raison bien simple, Ibrahim. Tout ce qui vient du passé n'est pas digne de confiance. Un maçon ne retient, pour construire une maison solide, que les briques pleines et il rejette les briques creuses.

– Quelles sont donc, maîtres, ces… briques creuses que vous voulez rejeter ? »

Ibn Khaldoun me dit que les historiens ne faisaient aucun effort pour atteindre la vérité. Ils avaient une foi aveugle en la tradition. « Les ignorants qui se targuent d'être historiens se contentent de transmettre les faits bruts, me dit-il. Mais c'est à la critique de trier le bon grain de l'ivraie. »

J'étais un peu perdu. Que venaient faire dans cette affaire le bon grain et l'ivraie ? Ibn Khaldoun s'amusait de ma perplexité. Il se mit à m'expliquer — et je soupçonne fort qu'il le faisait également pour clarifier sa pensée, la formuler en mots et en phrases — que dans chaque civilisation, le climat chaud ou froid, le désert ou les champs cultivés, le milieu, les conditions dans lesquelles les gens vivent, les changements que la marche du temps apporte aux mœurs et aux coutumes sont aussi importants pour l'historien que les luttes des dynasties et les ambitions des vizirs.

« Et même quand ils parlent d'une dynastie particulière, me dit-il, ces ignorants racontent son histoire telle qu'elle leur a été transmise. Ils ne se soucient pas de savoir si elle est vraie ou fausse. Ils ne se demandent pas pourquoi telle famille a pu accéder au pouvoir. Ils ne disent pas pourquoi, après avoir brillé pendant quelques générations, telle dynastie finit par s'éteindre. Ils ne clarifient rien, et le lecteur doit par lui-même chercher une explication convaincante à la marche de l'histoire et aux changements du temps. »

Il se tut, puis se tourna vers moi. Il martela une phrase que je ne suis pas près d'oublier : « Nul ne résiste à la force de la vérité. Il faut combattre le démon du mensonge avec la lumière de la raison. »

J'étais ébahi, muet d'admiration. Je demandai timidement : « Vous avez, maître, l'intention d'expliquer tout cela ? » Il fit un mouvement négligent de la main : « Bien sûr. Tout cela fera l'objet de l'introduction de ce livre. Mais revenons à ce que je te disais tantôt. Tu sais, les briques pleines et les briques creuses ?

– Oui, maître. Celles dont le maçon a besoin pour que son ouvrage soit solide. Celles que vous voulez utiliser pour que votre œuvre soit neuve.

– Tu y es, mon cher Ibrahim, dit-il en souriant. Comment être certain qu'une brique est pleine et solide, c'est-à-dire qu'un fait historique est vrai ?

– Je ne sais pas trop, ya sidi. Peut-être s'il est mentionné par deux ou trois historiens ?

– Bien, Ibrahim, c'est déjà un bon début. Il faut, tu as raison, toujours revenir aux sources et remonter le torrent de commentaires, d'exagérations et d'embellissements que les historiens déversent sur les œuvres de leurs prédécesseurs. Mais même la source originale ne garantit pas qu'un fait est authentique.

– Alors, maître, dis-je avec audace, nous ne pourrons jamais connaître la vérité ?

– Il faut ensuite, dit-il sans répondre directement à ma question, s'en remettre à soi-même. Un esprit clair et le bon sens doivent distinguer entre le possible et l'impossible…

– Distinguer comment, ya sidi ? »

Il s'arrêta deux longues minutes. Je n'osais le relancer, car il avait la mine absorbée. Je lisais sur son visage aux sourcils froncés, aux yeux plissés, l'intensité de sa réflexion. Il finit par me dire : « Pour moi, il s'agit de la possibilité inhérente à la matière d'une chose donnée. » Je ne comprenais toujours pas. Il m'expliqua qu'il ne fallait admettre aucun fait pour vrai sans en être intimement convaincu. Il fallait douter de tout, jusqu'à ce que la nature même d'une chose ou d'un événement ne le rende vraisemblable. « Il faut, me dit-il, distinguer le connu du supposé et le certain du possible. »

Il se tourna brusquement vers moi avec un sourire malicieux sur le visage. « Veux-tu un exemple, Ibrahim ? Tu as recopié il y a deux ou trois ans ce fragment de Mas'udi qui affirme que Moïse a passé en revue l'armée des Israélites dans le désert. Tu t'en souviens ?

– Oui, maître.

– Qu'a dit cet historien quant aux effectifs de l'armée israélite ?

– Je crois bien, maître, qu'il disait que Moïse dirigeait une armée de six cent mille hommes.

– C'est faux.

– Faux ? Mais, maître, Mas'udi est un grand historien, et vous le respectez vous-même beaucoup.

– Oui, c'est un grand historien, mais dans le cas présent il se trompe. Mas'udi ne s'est pas demandé si l'Égypte et la Syrie d'alors pouvaient entretenir de tels effectifs. Un royaume ne peut subvenir par ses propres moyens aux besoins d'une troupe trop nombreuse, c'est un fait d'expérience, c'était évident hier comme ce l'est aujourd'hui. Mas'udi ne s'est pas demandé non plus comment une troupe innombrable aurait pu n'occuper qu'un territoire aussi exigu que celui du Jourdain. Il n'a pas expliqué comment les Perses de Nabuchodonosor, dix fois plus riches et puissants que les Israélites, n'avaient qu'une armée de cent mille hommes. Il y a bien d'autres questions que Mas'udi ne s'est pas posées et de choses qu'il n'a pas expliquées. Ce qui fait que, même si dix historiens ont répété après lui la même chose, ces effectifs sont tout simplement impossibles. Donc, ce chiffre est faux. »

Je commençais à comprendre ce que mon maître voulait dire quand il affirmait qu'il fallait douter de tout et soumettre les faits historiques à l'examen du bon sens et de la nature des choses. J'avais écouté avec une vive attention et j'étais fatigué. Il devait l'être lui aussi, puisqu'il coupa court à ses éclaircissements et me dit : « Bref, Ibrahim, je veux bien expliquer les preuves et les causes. Je veux scruter la vie et la mort des civilisations. En un mot, je veux saisir la philosophie de l'histoire. »

Dès le lendemain à l'aube, nous étions penchés de nouveau sur nos papiers et nos écritoires. Ibn Khaldoun semblait avoir réfléchi pendant la nuit. Il me dit : « Il faut, dès le départ, expliquer le but de l'entreprise. Prends donc un papier et un calame. » Et il me dicta d'un trait ces quelques phrases, qu'il allait insérer telles quelles dans sa Préface :

L'Histoire a pour objet l'étude de la société humaine, c'est-à-dire de la civilisation universelle. Elle traite de ce qui concerne la nature de cette civilisation, à savoir : la vie sauvage et la vie sociale, les particularismes dus à l'esprit de clan et les modalités par lesquelles un groupe humain en domine un autre. Ce dernier point conduit à examiner la naissance du pouvoir, des dynasties et des classes sociales.

Ensuite, l'histoire s'intéresse aux professions lucratives et aux manières de gagner sa vie, qui font partie des activités et des efforts de l'homme, ainsi qu'aux sciences et aux arts. Enfin, elle a pour objet tout ce qui caractérise la civilisation.

Maintenant que j'avais une meilleure idée du but que poursuivait mon maître, je m'y intéressais de plus près, je m'exaltais de participer à une entreprise qui me semblait neuve et dont je saisissais vaguement qu'elle ouvrait à Ibn Khaldoun des horizons infinis. Je n'étais, dans cette affaire, qu'un humble rouage, mais je tirais fierté et gloire de ce que chaque rouage est important.

Qal'at Ibn Salama était prisonnier du désert, et mon maître et moi étions prisonniers de la forteresse où nous restions enfermés des journées entières, esclaves de notre délire d'écriture, littéralement enchaînés à nos papiers et nos calames. Les rouleaux s'entassaient dans tous les coins de l'étude. J'avais déjà recopié ou écrit sous dictée des anecdotes concernant les Arabes, les Berbères, les Perses, les Turcs et les Roum. Les souverains et les sultans de tout le Maghreb et de l'Andalousie défilaient devant mes yeux. Je dois dire cependant que j'étais quelque peu surpris : c'étaient de beaux tableaux, mais disparates. Je ne voyais encore ni les causes, ni les preuves, ni la philosophie dont m'avait parlé mon maître, mais je n'osais l'interroger.

C'est parce que j'étais tellement absorbé par mon travail que je n'avais rien vu de ce qui se passait au village, et qui aurait pourtant dû m'intéresser au premier chef.

Un jour, au moment où, tôt le matin, je m'apprêtais à me rendre à l'étude, Amal me dit fermement qu'elle voulait me parler. Je perçus dans sa voix une note d'agacement. Surpris, je m'isolai avec elle.

Elle commença à me parler de Zahra. Avais-je remarqué à quel point elle avait grandi ? Avais-je noté comment elle était belle ? Ne devais-je pas me préoccuper de son avenir ? Ne devait-on pas envisager sérieusement son mariage ?

Je ne pouvais qu'acquiescer à tout ce que me disait ma femme : oui, ma fille était grande et belle, oui, à son âge – elle venait d'avoir seize ans – ses compagnes étaient déjà mariées et mères, oui, nous avions la responsabilité de lui trouver un époux, d'autant plus que je soupçonnais qu'on devait déjà (ce que me confirma Amal) cancaner dans notre dos sur la fille du secrétaire qui vieillissait sans mari.

Je me tournai vers Amal : « Que pouvons-nous faire ? Que dois-je faire ?

– Pas vraiment grand-chose.

– Comment, pas grand-chose ? Tu viens de me dire toi-même…

– Ibrahim, m'interrompit-elle, écoute-moi donc. Pendant que tu rêvassais avec notre maître ou que tu courais avec lui derrière des panthères et des autruches, nous, on s'ennuyait beaucoup ici.

– Je sais, mais…

– Je ne te reproche pas de faire ton travail, mais pendant ce temps, nous, nous descendions au village. On pouvait y rencontrer les gens, bavarder, trier le grain, coudre des étoffes et des toiles de tente.

– Je sais bien, mais en quoi cela touche-t-il Zahra et son mariage ? » J'étais vaguement inquiet de la tournure de la conversation.

« Eh bien, au village, Zahra a rencontré bien des jeunes gens, et notamment Hassan.

– Hassan ?

– Oui, Hassan, le fils du chef Abou Bakr. Tu le connais bien. »

C'était un grand et beau guerrier d'une vingtaine d'années. Il était droit comme le tronc d'un palmier royal et avait fière allure dans son burnous. J'interrogeai longuement Amal. J'étais furieux de ce qu'elle m'apprenait, mais je n'osais trop montrer ma colère : il était bien vrai que je ne m'étais pas beaucoup occupé de ma famille ces dernières années.

Le village formait une petite communauté. Hassan avait remarqué Zahra. Il en était tombé amoureux, particulièrement fasciné par ses yeux, qu'elle avait hérités de sa mère. Il avait manœuvré pour parler à ma fille. À ce moment de son récit, j'interrompis violemment Amal et lui reprochai de n'avoir pas su mieux protéger notre honneur. Elle me rappela avec flegme qu'une vingtaine d'années auparavant, je n'avais pas eu non plus beaucoup d'égards pour son honneur à elle, au moment de mes manœuvres d'approche à Fès. J'en restai coi.

Les deux jeunes gens s'étaient vus à plusieurs reprises, ils s'étaient parlés, Zahra avait pris son courage à deux mains pour s'ouvrir à sa mère. Hassan voulait épouser notre fille, mais son père hésitait à venir me rencontrer : le prestige d'Ibn Khaldoun auprès des Awlâd Arîf était tel qu'une partie en rejaillissait sur moi, son alter ego. Comment allais-je prendre une alliance avec le chef du village ?

Je grommelais, je faisais l'important, mais je sondais indirectement Amal. Qu'en pensait-elle ? Elle m'amena à conclure par moi-même que ce parti était, en somme, fort bon. Hassan était un guerrier vigoureux, un chasseur hors pair. Il allait succéder un jour à son père à la tête du village. Il appartenait à l'une des premières familles d'une tribu arabe nombreuse et puissante.

Nous vivions à Qal'at Ibn Salama depuis quinze ou dix-huit mois. J'avais l'impression que nous y étions installés pour de bon. Mon maître ne montrait aucune intention de quitter notre forteresse. L'œuvre sur laquelle il travaillait était encore informe. Mon sort – notre destin à tous – était lié à celui d'Ibn Khaldoun. À moins donc d'aller dans une grande ville lui chercher un époux, Zahra devait se marier au village.

Oui, Hassan était sûrement un bon parti. J'expliquai gravement tout ce raisonnement à Amal, sans faire la moindre allusion aux sentiments qui avaient pu naître entre les deux jeunes gens. Elle me félicita de ma sagesse et de mon esprit de décision. Je fis semblant de ne pas remarquer l'ombre d'un sourire sur son visage.

Quelques jours après, Abou Bakr vint me demander la main de Zahra. Il serait fort honoré, dit-il, que le collaborateur du grand Ibn Khaldoun, l'estimable et savant Ibrahim al-Andalusi, accepte de lier sa famille à la sienne. Je lui promis une prompte réponse. J'allai ensuite consulter mon maître et lui demander son approbation. Il fut ravi de l'affaire et se rappela soudain que ses filles, elles aussi, grandissaient et qu'il faudrait bientôt leur trouver des partis convenables.

Je sais, au moment où j'écris ces lignes, ce que le destin nous réservait. Si mon maître avait alors pu lire l'avenir, sonder l'insondable ! Si seulement il avait réussi à marier ses filles au Maghreb et à les laisser derrière lui, dans le pays qu'il chérissait comme sa propre chair, quand le démon de l'errance allait le reprendre ! Il n'aurait pas, un jour maudit, versé toutes les larmes de son corps, il n'aurait pas hurlé comme une bête blessée à mort… Allons, voilà que je m'égare ! Et moi qui voulais parler du bonheur de Zahra !

Le mariage eut lieu quelques semaines plus tard. Il fut précédé de palabres et de préparatifs.

Amal partit un matin à Biskra, qui était à trois jours de marche, pour acheter le trousseau de sa fille. Elle revint avec de lourds bijoux d'argent, des ustensiles et des tapis. Elle ramenait aussi un coffret de bois recouvert de cuir, rempli de fioles de parfum et de boîtes de teintures, de fards, d'onguent, de henné et de khôl.

Pour ma part, je signai le contrat de mariage avec le chef Abou Bakr, en présence de Hassan, d'Ibn Khaldoun et de nombreux invités venus des différentes familles de la tribu. La dot que promettait

Hassan était munificente et témoignait de la considération que sa famille accordait à la mienne : cent dinars, quatre femmes esclaves, du bétail, un coffret de parfum et un plateau de dattes.

Plus tard, Amal m'apprit que la famille du fiancé avait longtemps débattu de la somme à consentir. Les femmes voulaient en rabattre beaucoup : Zahra, disaient-elles, n'était ni impubère ni jeune. Les hommes tranchèrent en faisant remarquer qu'elle était vierge et que sa famille était honorable à cause de ses liens avec Ibn Khaldoun.

Le jour du mariage, Hassan s'habilla de blanc. Il avait fière allure, avec son turban dont les pans lui enveloppaient le cou et lui servaient de voile. Il recevait avec son père, à l'entrée du village, les nombreuses délégations des Awlâd Arîf qui venaient des quatre coins du désert.

Les femmes étaient venues chez nous le matin pour habiller Zahra. Je voulais voir ma fille et je dus attendre qu'elles quittent notre maison. Zahra était magnifique dans la longue robe azurée qui la recouvrait de la tête aux pieds, et qui était attachée aux épaules avec des boucles d'argent. Elle n'était pas encore voilée ; une raie noire était tracée entre ses sourcils, tandis que sur ses joues et ses paumes les parentes de Hassan avaient tracé des croix noires. J'étais ému, car je savais que je perdais ma fille, qui n'aurait plus dorénavant d'autre maître que son mari. Je la serrai longuement dans mes bras.

La fête des femmes se déroula dans le harem de la forteresse. Les hommes se réunirent dans plusieurs grandes tentes dressées à l'orée du village. On sacrifia une jeune chamelle et plusieurs agneaux, qu'on mit à rôtir sur des feux ardents. Des eunuques montaient jusqu'à la forteresse avec de lourds plateaux remplis des morceaux les plus tendres. Quand le vent soufflait de ce côté, nous entendions les youyous de réjouissance des femmes. À la fin du repas, on fit circuler des plateaux de dattes et de figues.

La fête, la musique et la danse durèrent jusque tard dans la nuit. Mais, dès le coucher du soleil, Hassan était allé attendre sa femme dans sa maison.

Une fois les réjouissances terminées, nous nous remîmes au travail, mon maître et moi. Les jours recommencèrent à s'écouler, tous pareils, infinis comme la vaste plaine qui nous emprisonnait dans ses sables. Notre travail avançait, mais je n'en voyais pas encore l'architecture. Les briques de mon maître — pour reprendre son analogie — me semblaient belles et pleines, mais je ne voyais pas encore l'édifice.

Mon maître cependant s'interrompait quelquefois pour bavarder avec moi. Bavarder est un bien grand mot ! En fait, il monologuait en se servant de moi pour affiner ses concepts. Je m'enhardissais quelquefois jusqu'à le contredire. Il revenait toujours à ses idées sur la naissance, la vie et la mort des civilisations, des sociétés et des cités. Il me parlait du rôle du commerce et de l'argent, de la place des artisans et des poètes, de l'importance des savants, de la 'asabeyya omniprésente dans sa pensée, de la religion, de tant d'autres sujets. Je devinais vaguement qu'un travail souterrain s'effectuait alors en lui, le cheminement d'une source qui n'arrivait pas encore à sourdre, mais dont on devinait que le jaillissement allait être soudain et vivifiant.

Quelquefois, un événement nouveau venait rompre le cours égal des semaines et des mois qui me semblaient maintenant monotones. C'est ainsi qu'un jour Zahra donna naissance à un vigoureux garçon, qu'elle insista pour appeler Ibrahim. J'avais quarante ans, j'étais fier d'être grand-père et je me pavanais dans le village comme un coq.

Un matin — jamais, jamais jusqu'à la fin de mes jours, quand mes yeux se fermeront enfin sur ce monde de fatigues, je n'oublierai ce moment — mon maître m'appela, d'une voix qui me fit tressaillir. Nous étions au printemps de 779, qui est l'année 1377 chez les chrétiens.

Je me rendis avec lui dans notre étude. Il était extrêmement agité et arpentait fébrilement la pièce. « Il faut maintenant écrire, il faut écrire, tout de suite », me dit-il. Je lui fis remarquer que nous n'avions pas cessé d'écrire au cours des dernières années. « Non, Ibrahim, maintenant est venu le temps, me dit-il de façon un peu sibylline. Il y a un temps pour ébaucher et un temps pour bâtir. J'ai enfin conçu le plan. Ça bouillonne ici (il me montrait sa tête). Un vrai torrent de mots et d'idées. Il faut écrire, te dis-je. Trêve de bavardages, prends ton écritoire. »

Et il commença, d'un ton solennel : « Ainsi parle le serviteur de Dieu, qui demande au Bienfaisant de le prendre en pitié : Abdel-Rahman Ibn Mohammad Ibn Khaldoun al-Hadrami (que Dieu l'aide !). Dieu soit loué ! Il est tout-puissant. Il tient en Sa main l'empire du ciel et de la terre. »

Ibn Khaldoun venait de commencer à me dicter le premier livre de son histoire universelle. C'est ce tome dont il allait faire plus tard la *Muqaddima,* sa célèbre *Introduction*. Je ne le savais pas encore, mais ces premières lignes que j'écrivais étaient le début d'une entreprise qui allait répandre la réputation de mon maître jusqu'aux confins des pays civilisés, lui valoir l'admiration sans bornes de ses disciples et déclencher les polémiques incendiaires de ses adversaires. C'est ce livre qui serait lu et commenté à Tunis et à Grenade, à la Qaraouiyyine de Fès comme dans les madrasas du Caire. C'est ce livre qui allait attirer sur lui l'attention et la bienveillance du sultan du Caire comme de l'empereur mongol.

Autant auparavant mon maître se contentait d'extraits, de scènes d'histoire disparates, autant cette fois-ci le flot de son éloquence coulait sans arrêt, construisant jour après jour un ouvrage à l'architecture harmonieuse. Il était bien vrai que, comme il me le dit expressément, notre solitude des dernières années lui avait permis de concevoir sa *Muqqadima* selon un plan original. « Au cours des dernières années, me dit-il un soir où nous prenions quelques instants de repos, mon esprit a été pris sous un torrent d'idées. Je les ai laissées décanter et mûrir. Maintenant, je peux en recueillir toute la moelle. »

Il a dicté et j'ai écrit pendant cinq mois d'affilée. Ai-je besoin de rappeler le plan de cet ouvrage ? Je ne sais trop qui verront un jour ces feuillets que je noircis sans arrêt, au soir de ma vie, pour tenter de capter dans ma mémoire chancelante, dans mon cœur assagi, le reflet des jours heureux. Peut-être mon fils, mon Issa bien-aimé, les retrouvera-t-il un jour, si le Tout-Puissant me permet de le revoir. Peut-être aussi, dans quelques années, un étranger les découvrira, les lira, et se dira : « Ah ! il a été un intime du grand Ibn Khaldoun ! Que dit-il donc de l'auteur de la *Muqaddima* ? »

Ce que je dis, c'est que mon maître a mis l'homme au centre de son livre, au centre de l'histoire et du monde. L'homme est un animal doué de raison. Il est vrai que Dieu est Tout-Puissant et Omniscient, mais c'est l'homme qui façonne son propre destin. Et ce destin est affecté par le milieu, les conditions dans lesquelles il vit. Un jour, mon maître s'arrêta, au beau milieu d'un développement, pour me dire d'une voix pressante : « Écris, écris ! » J'écrivais déjà, mais c'était sa façon de signaler qu'il venait de trouver une idée nouvelle, ou une formulation heureuse. Ce jour-là, je consignai cette pensée : « L'homme est l'enfant de ses habitudes et non le produit de sa nature et de son tempérament. Le milieu dans lequel il vit remplace sa nature, après être devenu pour lui comme une donnée de son caractère, et la matière de ses habitudes. »

Mon maître a donc examiné les circonstances qui façonnent l'homme : la vie sédentaire ou nomade, le froid ou le chaud, les montagnes ou les plaines, le désert aride ou l'oasis cultivée. Il a montré comment chacune de ces circonstances amène inévitablement des adaptations et des formes de civilisations différentes. Et il a montré comment ces civilisations naissent de la nécessité et de l'esprit de solidarité, et meurent de l'indolence, du luxe et de la richesse qui corrompent les mœurs, affaiblissent le courage et encouragent l'égoïsme.

Je me rends compte que je suis ici en train de vouloir exprimer la pensée de mon maître en quelques mots. Pourtant, je ne fais que la trahir. Car le monde d'Ibn Khaldoun était vaste comme le désert et vivant comme l'oasis. Mes balbutiements et mes incohérences d'aujourd'hui ne sont que le pâle reflet du feu qui a brûlé à Qal'at Ibn Salama pendant cinq mois et qui me réchauffait de sa flamme claire.

Un jour — nous étions sur le point d'achever la *Muqaddima* — je dis à mon maître : « Ya sidi, une fois que nous aurons achevé ce premier volume, qu'allons-nous faire ?

— Tu vois bien, Ibrahim, que ce premier volume, c'est ma vision de l'histoire et de la civilisation, ma méthode et comment elle diffère des autres. Il nous restera ensuite à écrire l'histoire universelle. En effet, le fondement de toute vertu est l'effort. Une bonne habitude, jointe à la patience, est la clé du succès. Mais, ajouta-t-il en souriant, tu n'as pas besoin de t'inquiéter beaucoup, puisque nous avons déjà bien des fragments de cette histoire qui sont prêts.

— Et comment allez-vous appeler votre ouvrage ? L'Histoire universelle ?

— Pas vraiment, Ibrahim. Il faudrait, ajouta-t-il après un moment de réflexion, donner un titre complet. Je vais d'ailleurs l'indiquer au début de mon Introduction. Écris. « Mon présent ouvrage est une histoire universelle complète... Je l'ai donc intitulé *Discours sur l'Histoire universelle — Livre des Enseignements et Traité d'Histoire ancienne et moderne, sur la Geste des Arabes, des Étrangers (Persans), des Berbères et des souverains de leur temps.* »

Je savais dès lors que nous n'allions pas de sitôt cesser d'écrire.

14

Damas

Les premières troupes de l'armée mongole s'apprêtaient à plier bagage. Tamerlan avait décidé de retourner à Samarcande. Pendant plusieurs semaines, mon maître avait cru que l'empereur tatar allait poursuivre sa marche victorieuse, s'emparer de l'Égypte et lancer ses hordes en direction du Maghreb. Tamerlan a-t-il jamais envisagé une telle entreprise? S'est-il senti fatigué? A-t-il craint d'affronter la redoutable puissance des Mamelouks du Caire? Nul ne l'a jamais su. Toujours est-il qu'un matin les ordres étaient partis de la tente impériale: l'armée devait rebrousser chemin, retourner dans la capitale de l'empire. Un gouverneur et une garnison resteraient à Damas.

L'armée mongole — je pense l'avoir déjà dit — était composée de plusieurs centaines de milliers de personnes: émirs et leurs harems, cavaliers avec leurs femmes, troupiers, savants, artisans, esclaves. Son départ devait s'échelonner sur plusieurs jours. Un matin donc, l'avant-garde démonta ses tentes et défila devant Tamerlan, les émirs aux casques pointus en tête, les bannières claquant au vent, suivis par une véritable marée de fantassins à pied ou entassés sur des charrettes. Sur les flancs des troupes, les éléphants barrissaient quand leurs cornacs les harcelaient de leurs épieux.

Tamerlan, qui avait réglé son sort à Damas et à la Syrie, passait maintenant plus de temps avec ses savants. Cet après-midi-là, il dit à mon maître: «Tu es arrivé ici avec le sultan d'Égypte. Le connais-tu bien?

– Oui, Votre Majesté.

– Es-tu de ses intimes?

– Je suis le serviteur du sultan Faraj. J'ai surtout bien connu son noble père, feu le sultan Barqouq. Il a daigné jeter ses regards sur moi.

– Qu'a-t-il donc fait pour toi ?

– Il m'a reçu avec bonté et m'a approvisionné pour le pèlerinage. Lorsque je suis revenu de la Mecque, il m'a accordé une pension et j'ai vécu sous sa protection, jouissant de ses bienfaits — que Dieu l'ait en Sa miséricorde et lui accorde Sa récompense. »

J'étais fasciné d'entendre mon maître s'exprimer ainsi devant Tamerlan. Après tout, les sultans d'Égypte n'étaient-ils pas les ennemis mortels de l'empereur tatar ? Yazzadar, l'un de leurs officiers, n'avait-il pas dirigé la résistance héroïque de la citadelle de Damas, enrageant Tamerlan et humiliant son armée ? Le Mongol ne venait-il pas de saccager la province syrienne du souverain égyptien ? Or, Ibn Khaldoun n'avait pas hésité à faire les louanges de Barqouq et à reconnaître publiquement sa dette envers lui.

Je me souviens encore des accusations que les ennemis de mon maître ont souvent lancées contre lui : inconstant, sans foi ni loi, prompt à se ranger dans le camp du vainqueur, incapable de fidélité dans le malheur. L'avouerai-je ? Quelquefois, au Maghreb, j'étais tenté, dans le fond de mon cœur, de leur donner raison. J'avais vu trop souvent mon maître quitter un souverain malheureux pour courir vers le camp de son vainqueur. Il est vrai qu'il me disait, quand il était d'humeur à faire des confidences, qu'il fallait toujours se ranger du côté de celui qui pouvait assurer une paix durable, rétablir l'ordre dans le Maghreb, faire cesser enfin les conflits sanglants, la division et la misère.

Il est vrai aussi que je sentais confusément que ce qui importait plus que tout à Abdel-Rahman Ibn Khaldoun était l'observation de l'histoire en train de se faire. Mais enfin, je l'aimais, et sa réputation d'opportuniste me chiffonnait beaucoup ; j'étais donc heureux de le voir ce jour-là défendre ses bienfaiteurs égyptiens, au risque de sa sécurité, de sa vie même.

Tamerlan reprit : « Je sais que tu as été Grand Cadi malékite d'Égypte. C'est Barqouq qui t'a nommé à cette fonction ?

– Oui, Votre Majesté.

– L'es-tu encore ?

– Non, Sire.

– Pourquoi donc ?

– Eh bien, mes ennemis ont comploté contre moi. »

Tamerlan se tut quelques instants. Il regarda mon maître avec insistance et dit : « Je ne comprends pas bien ce qui t'a amené en

Égypte, Grand Cadi. Tu as eu une belle carrière dans ton pays, tu as rencontré et servi les plus grands souverains du Maghreb et d'Espagne. Tu aurais pu demeurer à Fès ou à Tunis, respecté, entouré d'honneurs. »

Le maître des Mongols avait raison. Mon maître aurait pu, peut-être, vivre tranquillement au Maghreb. Mais son destin devait le conduire sur d'autres chemins, vers d'autres horizons. Son destin ? Mon maître m'a suffisamment répété que l'homme est le maître de sa destinée. C'est Ibn Khaldoun qui a voulu partir, c'est Ibn Khaldoun qui rêvait de l'Orient, c'est Ibn Khaldoun qui a succombé aux miroitements du Caire, cette éblouissante métropole de l'Islam…

o

o   o

Tunis

Mon maître était soucieux.

On l'aurait été à moins. La journée pouvait se révéler décisive. Ses ennemis n'allaient pas lâcher prise. Il le savait. Depuis plusieurs semaines, il avait réussi à parer leurs coups. Il les avait réduits au silence, il les avait même couverts de ridicule. Touchés dans leur orgueil, ils n'en étaient que plus enragés. Ils avaient perdu la face devant la masse des faqîhs. Ils allaient se montrer dangereux. Surtout cette vipère d'Osman, ce fourbe qui se cachait benoîtement derrière l'autorité et le prestige de Mohammad Ibn 'Arafa.

Osman était un jeune faqîh ignorant et prétentieux. Il s'était atta-ché à l'imam Ibn 'Arafa, suivait tous ses cours, couchait littéralement à sa porte et lui portait une dévotion maladive. Quand le Grand Mufti du royaume s'était agacé de mon maître et de ses succès, il n'avait pas voulu l'attaquer de face. Il menait contre lui une campagne de rumeurs et d'insinuations, puis il avait lancé Osman contre lui. Le faqîh avait vu là une occasion de briller aux yeux de son maître. Il harcelait depuis lors Ibn Khaldoun, mais derrière ses questions sour-noises, on entendait la voix de son maître.

J'avais l'impression de revivre un cauchemar. Cet antagonisme, ces attaques, nous les avions vécues partout où mon maître s'était ins-tallé quelques années. À Fès, à Grenade, à Tlemcen, les mêmes intrigues, les mêmes dénonciations, les mêmes rumeurs l'avaient accompagné, enrobées dans les mêmes sourires hypocrites de ceux qui l'accueillaient au palais ou le rencontraient dans la Grande Mosquée. Seul Qal'at Ibn Salama avait été un havre accueillant et paisible. C'est seulement à Qal'at Ibn Salama que nous avions échappé à cette haine palpable que je sentais vibrer tout autour de nous.

Ah! Qal'at Ibn Salama! Quelquefois je me mets à rêver : si seulement nous étions restés au village, dans la citadelle accueillante perchée sur son piton, nous aurions été heureux! Nous aurions été tranquilles! Mais, dans le fond de mon cœur, je sais bien qu'Ibn Khaldoun n'aurait pu vivre là indéfiniment.

C'est quand il eut fini la rédaction de la *Muqaddima* que les choses se sont précipitées. Nous avions travaillé cinq mois d'affilée à un rythme d'enfer. Il m'avait dicté d'une traite son ouvrage, la magistrale *Introduction* de son histoire universelle. Ensuite, il commença la deuxième partie, où il raconte l'histoire de la création du monde et des empires des Perses, des Coptes, des Nabatéens, des Chaldéens, des Hébreux et des autres peuples de l'Orient. Là aussi, nous avancions d'un bon train, car, comme je l'ai dit, de nombreux fragments étaient déjà prêts, certains même assez volumineux. Il s'agissait de les agencer, de combler les vides, de faire les liens qui manquaient. Jour après jour, les feuilles s'entassaient sur les tables de travail, dans les coins, partout.

Nous avions commencé la rédaction de cette deuxième partie depuis deux ou trois mois quand, un matin, je vis Ibn Khaldoun nerveux. Il se passait souvent la main sur le front, sa voix hésitait, il reprenait à plusieurs reprises la phrase qu'il me dictait, la laissant en suspens, l'air un peu perdu. Je finis par lui demander s'il se sentait mal. Il me dit qu'il était en effet fatigué et qu'il avait besoin de se reposer. Il se retira chez lui.

L'après-midi, j'étais à nouveau dans l'étude. Mon maître ne se montra pas. Je commençais à m'inquiéter. Je descendis au village où je trouvai Mohammad Ibn Khaldoun, son fils aîné. Je lui demandai d'aller s'enquérir de son père. Il monta en courant à la citadelle et se précipita dans la maisonnette qu'il partageait avec mon maître et son frère. Quelques instants plus tard, il en ressortait, l'air bouleversé. Il me fit un signe de la main. J'entrai dans la chambre d'Ibn Khaldoun. Ce que j'y vis me frappa de stupeur.

Ibn Khaldoun était étendu de tout son long dans la couche. Il avait repoussé ses couvertures. Ses yeux étaient révulsés, il bavait du coin des lèvres. Il gémissait et marmonnait des mots que je ne comprenais pas. Je m'approchai, l'appelai, doucement d'abord, puis de plus en plus fort. Il ne semblait pas m'entendre et continuait à s'agiter dans sa couche, tournant la tête frénétiquement dans tous les sens.

Je posai ma main sur son front. Il brûlait. Mohammad regardait son père avec des yeux épouvantés. Je finis par me secouer et lui ordonnai d'apporter une cruche d'eau et des serviettes. J'appliquai des compresses froides sur le front, les bras, les jambes de mon maître. Il finit par se calmer. Il avait pourtant les yeux toujours vagues et ne répondait à aucune de nos questions.

Je ne savais que faire. Je fis avertir les femmes du harem. L'épouse de mon maître et Ons al-Qoloub se rendirent à son chevet. Je devais donc quitter la pièce. Cependant, au bout de deux ou trois jours, elles me firent savoir qu'elles souhaitaient que je reste le plus longtemps possible avec Ibn Khaldoun, même en leur présence. Elles étaient presque complètement voilées ; j'éprouvais pourtant un curieux sentiment à me trouver en leur compagnie, moi qui les avais rarement croisées pendant plus de quelques instants. J'observai alors que la taille d'Ons el-Qoloub s'était épaissie. Mais ses yeux brillaient du même éclat qui avait naguère séduit mon maître à Grenade.

Les femmes de mon maître s'étaient résignées à enfreindre ainsi les coutumes parce qu'elles s'inquiétaient beaucoup pour leur époux. Ibn Khaldoun était en effet gravement malade. Il brûlait d'une fièvre que des compresses constantes parvenaient à peine à contenir. Il ne nous reconnaissait pas la plupart du temps, délirait souvent, et nous devions le nourrir par petites quantités.

Nous ne savions trop quelle maladie l'affligeait. J'avais lu certains des livres de médecine de mon maître, j'avais rédigé sous sa dictée certains paragraphes sur la science médicale ; je devinais donc qu'il s'agissait d'une affection humorale. Mais comment la traiter ? Comment le guérir ?

La nouvelle de sa maladie s'était répandue au village. Quelques guérisseurs bédouins montèrent à la citadelle pour offrir leurs services. L'un d'entre eux, particulièrement respecté dans le village, s'approcha d'un air grave d'Ibn Khaldoun et se pencha sur lui. Mon maître délirait. L'homme écouta attentivement. Il finit par se redresser d'un air triomphant. « Il a murmuré : farass[1] », dit-il, comme s'il venait de percer le secret des choses. Je ne comprenais pas, mais l'homme demanda une feuille de papier. Il écrivit séparément les lettres du mot « farass », qu'il fit suivre de chiffres. Il fit des additions, d'autres calculs, réfléchit longuement et déclara d'un ton péremptoire : « Il souffre de la bile noire. » J'en savais assez pour comprendre que c'était un adepte de la magie des lettres. Avait-il raison ? De toute façon, le traitement qu'il prescrivit, faire vomir sans cesse mon maître, me sembla de nature à tuer plus sûrement Ibn Khaldoun que sa maladie. Je le remerciai donc et le ramenai au village.

La santé de mon maître continuait à se détériorer. Les guérisseurs se succédaient à son chevet : on lui faisait des emplâtres de bouse de chameaux, on brûlait dans la chambre des ronces du désert qui dégageaient une fumée malodorante, on le couvrait de mille talismans. Je tâchais de lutter contre cette dernière pratique, car mon maître condamnait sévèrement la magie, la sorcellerie et les talismans. On n'a qu'à lire, à ce propos, sa *Muqaddima*.

Les efforts des guérisseurs restaient vains. Ibn Khaldoun délirait depuis une semaine et je sentais ses forces décliner. Je fis envoyer à Biskra, la ville la plus proche, pour un médecin. L'homme arriva au bout de quelques jours. Il se pencha longuement sur mon maître, palpa les différentes parties de son corps et se releva. « C'est la rate », dit-il. Et il prescrivit de lui donner du jus de citron et de lui faire un clystère chaque jour.

Le jus de citron me semblait une excellente idée. Mon maître buvait cependant avec difficulté et, au bout du premier lavement, son corps semblait exsangue, vidé de toute substance. Je décidai d'autorité d'interrompre les clystères.

Dans le village, on évoquait déjà à mots couverts la mort d'Ibn Khaldoun. Les vieux hochaient la tête. Les gens pieux répétaient partout : « Dieu agit envers Ses créatures et gouverne Son royaume comme il Lui plaît. » La femme de mon maître et Ons al-Qoloub, qui ne quittaient pratiquement plus son chevet, pleuraient et se lamentaient maintenant devant moi sans aucune retenue.

Trois semaines avaient passé. Mon maître ne mangeait plus et nous avions la plus grande peine à lui faire boire quelques gouttes d'eau chaque heure. J'étais convaincu que j'assistais à ses derniers jours.

Un matin, une vieille femme monta du village et demanda à parler à la femme de mon maître. Elle lui assura qu'elle pouvait nous aider. Nous étions désespérés. Nous l'écoutâmes.

C'était une pauvresse, vivant de la charité des gens du village. Elle demeurait dans une petite hutte misérable. Elle nous raconta qu'elle avait jadis vécu dans une grande et riche oasis. Son mari, un guerrier respecté, était mort à la guerre et elle avait eu la malchance de ne pas se remarier. Elle était tombée ainsi dans la pauvreté et avait été rejetée par les siens.

Dans son oasis natale, des guérisseurs utilisaient des herbes pour combattre les fièvres. Elle connaissait ces herbes. Elle en avait dans sa hutte, qu'elle avait séchées. Elle nous offrait de préparer des concoctions et des breuvages pour traiter le grand faqîh Ibn Khaldoun.

Nous étions à bout de ressources et nous acceptâmes son offre. Elle revint bientôt avec des étoffes pliées qui contenaient ses herbes. Elle demanda de l'eau chaude, dans laquelle elle fit infuser certaines feuilles qu'elle choisissait avec soin. Quand l'eau fut refroidie, nous en fîmes boire quelques cuillerées à mon maître.

Trois jours plus tard, j'étais seul au chevet d'Ibn Khaldoun. J'étais triste et je remâchais les pensées les plus sombres. J'aimais et j'admirais mon maître. J'avais le sentiment que sa mort allait marquer aussi la fin de ma vie. J'en étais là dans mes ruminations lorsque quelque chose me frappa. Un changement s'était produit, que mes sens avaient perçu et que ma conscience tâchait maintenant de capter. Je me redressai, je portai attention, et je compris soudain : le silence ! C'était le silence qui m'avait tiré de ma rêverie. Mon maître ne gémissait plus. Je me tournai vers lui. Il ne bougeait pas, il avait les yeux fermés, mais il respirait doucement, et ce gémissement continu des dernières semaines avait enfin cessé.

Je me levai, j'avais envie de danser de joie. Je me précipitai dehors et demandai à une servante de prévenir ses maîtresses. Elles vinrent en courant. En voyant Ibn Khaldoun plus calme, elles se mirent à pleurer bruyamment. Elles avaient perdu toute retenue, s'embrassaient devant moi. Je crus même un moment qu'elles allaient me serrer dans leurs bras.

La fièvre tomba peu à peu. Ibn Khaldoun sortit de sa torpeur. Il nous reconnaissait maintenant. Il demanda la cause de tout ce brouhaha. Je le lui expliquai. Au début, il fut sceptique et ne crut pas qu'il avait perdu conscience de ce qui l'entourait pendant plusieurs semaines. Quand il vit ses épouses et moi dans la même pièce, il comprit enfin que quelque chose de grave s'était passé.

Sa convalescence fut longue, car Ibn Khaldoun s'était considérablement affaibli. Je compris qu'il était complètement guéri quand, un jour qu'il était assis dans sa couche, appuyé sur une pile de coussins, il me demanda de lui apporter les derniers feuillets de son histoire universelle qu'il m'avait dictés avant sa maladie.

Nous nous remîmes doucement au travail. Mais Ibn Khaldoun avait changé : il était impatient, ne supportait plus les limites de Qal'at Ibn Salama et se plaignait maintenant du désert qui nous emprisonnait. Il évoquait un départ imminent. Il nous faut, me répétait-il sans cesse, retourner dans les bibliothèques et consulter les archives.

En me dictant sa *Muqaddima* et les premiers chapitres du corps de son ouvrage historique, Ibn Khaldoun avait cité de mémoire un grand nombre d'auteurs. Il est vrai que sa mémoire était prodigieuse et que je l'avais aidé de mes faibles lumières, mais il voulait maintenant vérifier ces citations, s'assurer de certaines dates, préciser certains détails. Notre pauvre village perdu dans le désert ne pouvait l'aider, il fallait retourner dans les bibliothèques. C'était devenu son idée fixe.

Mon maître avait raison, je le savais moi aussi : il ne pouvait terminer son ouvrage monumental dans un coin perdu du Maghreb Central. Mais était-ce là la seule raison de cette urgence de partir qui l'avait soudain saisi ? Je pressentais pour ma part autre chose aussi. Ces quelque quatre années que nous avions passées à Qal'at Ibn Salama avaient été pour lui fécondes. Les mois et les années avaient passé, peuplés de personnages, d'événements, de batailles, de la rumeur bruissante de l'histoire, du souffle épique des dynasties naissantes et des empires en déclin.

Maintenant que cette fresque somptueuse avait pris forme et consistance sur le papier, mon maître voulait la déployer aux yeux de l'univers — c'est-à-dire du Maghreb. Il voulait, plus obscurément, se colleter de nouveau avec le monde qu'il avait fui, avec la politique qui le fascinait, avec les savants qu'il voulait dominer, avec les souverains qu'il voulait séduire.

Partir, mais pour où ? L'idée de mon maître fut vite faite. Il décida de retourner à Tunis.

Nous avions quitté la ville vingt-six ans auparavant. Jamais Ibn Khaldoun n'y était retourné. Ses enfants n'avaient jamais vu la ville qui avait accueilli, protégé, enrichi leur famille. Ibn Khaldoun n'était plus loin de la cinquantaine. Voulait-il aller finir sa vie de savant et de professeur dans la capitale de l'Ifrîqîya ? Une chose est sûre : jamais, en ces semaines qui ont précédé notre départ, il n'a évoqué Fès la grande, Tlemcen la mystique ou Grenade la séduisante. Il ne cessait de me répéter : « Je veux retourner à Tunis, patrie de mes pères, où s'élèvent leurs demeures, où se conservent leurs traces et leurs tombeaux. »

Il écrivit une lettre au sultan Aboul Abbas. En effet, le pouvoir à Tunis appartenait maintenant au souverain de Fès, qui n'avait cessé de rêver à l'unification du Maghreb et qui avait conquis l'Ifrîqîya. Ibn Khaldoun se rappelait encore les démêlés qu'il avait eus jadis avec le souverain mérinide. Aboul Abbas lui en gardait-il encore rancune ?

La réponse ne tarda pas. La missive du souverain était gracieuse. Il promettait l'aman à Ibn Khaldoun et l'invitait chaleureusement à le rejoindre.

Les préparatifs ne furent pas longs. Nous partions seuls, mon maître et moi, avec deux serviteurs. Nous laissions nos familles au village, en attendant de nous installer. En quittant un matin Qal'at Ibn Salama, j'étais mélancolique. Je me tournai plusieurs fois sur ma monture pour regarder les humbles maisons des Awlâd Arîf groupées autour de la mosquée, et l'orgueilleuse citadelle qui les dominait sur son promontoire. Encore une fois, j'abandonnais Amal et Issa. Quant à Zahra, son avenir était dorénavant dans ce coin du Maghreb Central, avec son mari et sa famille.

La veille, je l'avais serrée dans mes bras. J'avais embrassé et cajolé Ibrahim, mon petit-fils. Les larmes m'étaient montées aux yeux, car je savais que je ne les verrais pas de sitôt – et peut-être jamais. Hassan, mon gendre, me dit gravement que je ne devais pas m'inquiéter pour eux.

Nous étions au mois de rajab 780, novembre 1378 pour les chrétiens. Nous nous arrêtâmes quelques semaines à Constantine, puis nous arrivâmes, après un détour par Sousse, à Tunis. Un mois s'était écoulé depuis notre départ de Qal'at Ibn Salama, c'était le mois de cha'ban, il faisait froid, mais un clair soleil inondait la ville.

Ibn Khaldoun s'arrêta un moment avant de franchir la Porte du Fanal. Il semblait ému. « Nous sommes revenus chez nous, me dit-il, nous sommes enfin revenus ! » Je crus percevoir un tremblement dans sa voix. Il ajouta : « Ibrahim, c'est ici que je vais jeter mon bâton de voyageur. »

Le sultan combla mon maître de ses bienfaits. Il avait donné des ordres : à notre arrivée à Tunis, nous trouvâmes une maison préparée pour nous recevoir. Ibn Khaldoun se vit aussi attribuer une généreuse pension et du fourrage en abondance pour ses bêtes. Cet accueil munificent dissipa les dernières inquiétudes de mon maître : il fit venir nos familles à Tunis. La séparation avait été, cette fois-ci, de courte durée.

Dès le lendemain de notre arrivée, mon maître et moi partîmes nous promener dans la ville. Nous étions insatiables ; nous nous enivrions de retrouver les rues de son enfance, de notre jeunesse. Nous passions et repassions par les mêmes places, les mêmes rues. Mon maître s'était précipité à la Zeïtouna. Dans l'auguste et vieille Mosquée des Oliviers, il avait longuement prié. Je sais qu'il voulait glorifier le Très-Haut et Le remercier de l'avoir ramené dans la ville de ses ancêtres.

J'éprouvais un curieux sentiment en me promenant dans le quartier des fondouks, entre la Zeïtouna et le Lac. En voyant les Aragonais et les Castillans se promener sur les lieux mêmes où j'avais mis les pieds pour la première fois en Ifrîqîya, je me rappelais ma mère. Ma vie avait bien changé, depuis qu'elle m'appelait, dans la campagne sévillane, pour m'offrir une grenade ou m'ébouriffer les cheveux en m'embrassant tendrement. Des larmes me montèrent aux yeux.

Un jour, dans la médina, nous nous étions longuement attardés dans le souk des Libraires. Dans les boutiques obscures, des Juifs, un ruban jaune cousu sur leurs turbans, fouillaient dans des amoncellements de vieux grimoires. Mon maître feuilletait avec avidité les livres rangés sur les étagères, découvrant les nouveautés, s'exclamant devant de nouvelles copies de livres anciens. C'est en sortant du labyrinthe de ruelles que je reçus un choc : nous traversions le marché aux Esclaves, qui était immédiatement adjacent aux souks des Libraires. C'était là que l'intendant des Banou Khaldoun m'avait acheté, il y avait une éternité. Ma vie se trouvait toute là, en un saisissant raccourci : j'étais passé de l'esclavage à la liberté, de l'asservissement par les corsaires au grand large que mon maître m'avait ouvert, quand il avait mis les livres au centre de ma vie, comme de la sienne.

Les embellissements de la ville par les sultans au cours des années de notre exil charmaient particulièrement Ibn Khaldoun. Il admirait le magnifique palais de Ras Tabia et se promenait de longues heures dans le jardin d'Abou Fitr. Les bosquets de verdure, les pavillons de marbre et de bois sculpté, le grand bassin où canotaient les dames de la cour, tout l'enchantait.

Au bout de quelques semaines de promenades ravies, Ibn Khaldoun se remit au travail, avec une énergie débordante. Il pouvait enfin se rendre dans les bibliothèques de la ville pour faire ses vérifications. Il frappait aux portes des savants et des ulémas pour leur demander des pièces d'archives, des ouvrages rares ou des éclaircissements.

L'*Histoire universelle* avançait à grands pas ; le bruit s'en répandait dans la ville. Dans les cercles érudits, on parlait de plus en plus de l'ouvrage que le grand Ibn Khaldoun était en train de compléter. La curiosité était vive. Les premières graines de la jalousie étaient semées.

Bientôt, de nombreux étudiants vinrent frapper à la porte de mon maître. Ils lui demandaient des leçons. Ibn Khaldoun n'hésitait jamais longtemps dans ces cas : il les accueillait à bras ouverts. Certains de ceux-là étaient même des disciples d'Ibn 'Arafa, ce qui n'était pas fait pour amadouer le grand juriste et tempérer son agacement croissant à l'égard de mon maître.

Ibn 'Arafa était une sommité du rite malékite. Grand savant, juriste éminent, homme imposant et aux mœurs irréprochables, il avait une très haute opinion de sa personne. Il était imam de la Grande Mosquée et Grand Mufti du royaume. Il régnait sans conteste sur les ulémas et les faqîhs de Tunis. Le retour d'Ibn Khaldoun dans sa ville natale l'avait indisposé, d'autant plus que les deux hommes s'étaient déjà rencontrés dans d'autres cours et qu'ils s'étaient heurtés dans des joutes feutrées mais féroces, où mon maître avait eu souvent le dessus.

L'éclatante protection que le sultan accordait à Ibn Khaldoun exacerbait l'agacement du savant. Aboul Abbas, politique retors et souverain impitoyable, était aussi un monarque éclairé. Il admirait l'intelligence et le savoir d'Ibn Khaldoun. Il l'invitait souvent au palais de la casbah. Surtout, il insistait auprès de mon maître pour qu'il achève son *Histoire universelle*. « Ton ouvrage, Abdel-Rahman, lui disait-il, nous permettra de mieux comprendre les sciences et de mieux saisir les événements du passé. Cette connaissance nous donnera les vertus nécessaires à la direction de nos sujets. »

La jalousie d'Ibn 'Arafa ne connut plus de bornes. C'est alors qu'il commença à tisser autour de nous la toile de ses intrigues. Je me suis quelquefois demandé si mon maître n'aurait pas dû renvoyer certains des disciples du Grand Mufti à leur maître. Un tel geste de conciliation aurait peut-être adouci Ibn 'Arafa, d'autant plus qu'il avait tenté lui-même de les dissuader de suivre les cours de « l'intrigant ». Mais mon maître n'a jamais été particulièrement enclin à la conciliation. Il faisait l'accueil le plus souriant, le plus chaleureux aux étudiants de l'imam de la Zeïtouna. J'appris que ce dernier vitupérait dans son cercle d'intimes contre ce «jeunot» qui faisait le paon. Il est vrai que mon maître avait seize ans de moins que le Grand Mufti, ce qui n'était pas fait pour arranger les choses.

L'un des étudiants de mon maître s'appelait Saïd. C'était un jeune homme de grande famille, avenant, bien de sa personne, toujours souriant. Il ne manquait jamais les leçons d'Ibn Khaldoun. Il voulait devenir juriste et demandait déjà à mon maître ijaza[2] de transmettre à son tour certaines parties de son enseignement. Ibn Khaldoun aimait beaucoup Saïd.

Le jeune faqîh demanda un jour, à la fin d'une leçon, si mon maître voulait bien lui accorder quelques minutes d'un entretien particulier. Ibn Khaldoun l'invita avec bonté dans son étude. Je mettais au net, dans un coin, un fragment de l'*Histoire universelle* sur les Zanata et les Berbères du Maghreb.

Saïd commença par réitérer à Ibn Khaldoun ses sentiments d'admiration et de respect filial. Mon maître souriait et l'appelait «mon fils». Puis le faqîh en vint au vif du sujet. Il demandait humblement à Ibn Khaldoun de lui accorder la main de sa fille. Surpris, mon maître demanda de laquelle il s'agissait.

Saïd était tombé amoureux de la fille que mon maître avait eue d'Ons al-Qoloub. L'avait-il entrevue dans la cour de la maison quand il venait prendre ses leçons? L'avait-il vue dans les rues étroites et grouillantes des souks, où il aurait pu facilement s'approcher d'elle? Lui avait-il parlé? Je ne l'ai jamais su, mais je me suis souvenu de ma rencontre avec Amal, du coup de foudre d'Ibn Khaldoun pour Ons al-Qoloub, et je me dis que la rigide séparation entre hommes et femmes au Maghreb n'avait jamais empêché l'amour d'éclore.

Cette demande aurait été normalement acceptée tout de suite, mais mon maître hésita et demanda au jeune homme de revenir le voir plus tard. Je comprenais les scrupules d'Ibn Khaldoun. Il aurait préféré tout d'abord marier la fille aînée qu'il avait eue de sa femme. Son épouse se formaliserait peut-être de voir ses filles délaissées au profit de la fille de l'Espagnole. Ons al-Qoloub n'était cependant pas une concubine, mon maître en ayant fait sa seconde épouse.

Je ne sais s'il en parla à sa femme ou s'il consulta d'autres personnes. Toujours est-il que Saïd revint pour avoir sa réponse et Ibn

Khaldoun l'accueillit avec un large sourire et lui dit qu'il serait heureux de le voir devenir son gendre.

Le mariage eut lieu avec tout le faste qui convenait à l'union de deux grandes familles de Tunis. Les courtisans, les savants, les ulémas se pressaient à la réception. Ibn 'Arafa lui-même était là. La vue de cette foule qui entourait mon maître n'était pas faite pour lénifier le Grand Mufti, d'autant plus qu'on vit même arriver des princes de la famille du sultan.

Ibn Khaldoun était un homme déterminé, que rien ne pouvait détourner du but qu'il poursuivait. Aussi, dès que les fêtes du mariage furent terminées, il se remit au travail pour achever son ouvrage. Il approchait du but. Le sultan lui demandait tous les jours quand il pourrait lire son livre. La ville l'attendait. Ce fut dans la fièvre et l'exaltation qu'il mit le point final à sa grande œuvre. Entre-temps, j'avais engagé un copiste professionnel, qui en préparait une belle copie. Quelques jours seulement après qu'Ibn Khaldoun eût achevé son livre, nous en avions un exemplaire complet, relié en basane.

Ibn Khaldoun demanda audience au sultan pour le lui offrir. Il écrivit une dédicace dans laquelle il exaltait les vertus du monarque. Il composa également un poème où il célébrait les exploits et les conquêtes d'Aboul Abbas et le déclama devant lui.

Ce poème n'était pas seulement fait pour flatter le sultan. Un ami de mon maître, un courtisan près du trône, lui avait révélé qu'Ibn 'Arafa s'était étonné à plusieurs reprises devant le monarque qu'Ibn Khaldoun ne lui eût pas encore dédié de poème. Le Grand Mufti avouait que cela le surprenait d'autant plus que mon maître n'avait jamais hésité à composer de longs poèmes en l'honneur des autres souverains du Maghreb qu'il avait servis. Et l'imam d'ajouter d'un ton benoît qu'Ibn Khaldoun était peut-être trop occupé par son œuvre pour penser à glorifier le sultan.

La réception du livre par le souverain fut un grand moment dans la vie d'Ibn Khaldoun. Le sultan le remercia et lui promit de le lire attentivement. Bientôt, des extraits en furent faits. Plusieurs copistes s'étaient mis à l'œuvre, mandatés par des savants et des ulémas. On commençait à discuter à Tunis des idées d'Ibn Khaldoun. On admirait l'ampleur de sa fresque et on se surprenait de la hardiesse de ses vues.

C'est alors qu'Ibn 'Arafa sentit que son heure était venue. Jusqu'alors, il ne pouvait attaquer mon maître que par des rumeurs, des ragots qu'il faisait répandre. Là, il pouvait se mettre du solide sous la dent. Du concret. Un groupe de ses fidèles se mit, sous sa direction, à éplucher l'œuvre. Puis le savant commença à y faire des références obliques dans ses cours.

Ibn Khaldoun allait régulièrement à la Grande Mosquée de l'Olivier ou dans des madrasas pour donner des cours, ou même pour entendre un de ses pairs traiter d'une question. Il y rencontrait quelquefois l'imam et les deux savants discutaient alors de jurisprudence devant un parterre passionné de jeunes faqîhs.

C'est lors d'une de ces discussions — toujours courtoises, d'ailleurs, même si elles étaient souvent vives — que mon maître rencontra pour la première fois le faqîh Osman, l'âme damnée du Grand Mufti. Le jeune homme connaissait par cœur un nombre effarant d'ouvrages de juristes et pouvait citer dans le moindre détail les différences entre les quatre rites de l'Islam. Mais il manquait de finesse et il était grossier. Pourtant, l'imam l'utilisa dans sa guerre d'usure contre mon maître.

Un jour que mon maître et Ibn 'Arafa avaient longuement discuté d'un aspect du rite malékite devant un parterre d'étudiants, Osman leva la main. Souvent, des étudiants intervenaient ainsi pour poser des questions ou demander des précisions. Mon maître se tourna en souriant vers lui.

Osman se leva et commença par féliciter mon maître sur son *Kitâb al-'Ibar*, cette « grandiose histoire universelle », et tout particulièrement sur la *Muqaddima*, cette « introduction qui était à elle seule un monument de science et de sagesse ». Ibn Khaldoun le remercia. Le faqîh demanda ensuite d'un ton doucereux si la jubba que portait mon maître était faite de drap.

Je restai un moment saisi. Puis je vis que le parterre d'étudiants s'agitait, mal à l'aise. Soudain, je compris la perfidie de la question.

Le drap dont étaient faits les habits des riches Tunisois venait le plus souvent de l'Italie, ou d'autres pays chrétiens. Certains rigoristes de la ville affirmaient que les infidèles assouplissaient le tissu en le frottant avec de la graisse de porc. Ne risquait-on donc pas l'impureté, en portant des habits de drap ?

Je savais que ces élucubrations étaient rejetées par la majorité des ulémas. Osman n'avait pas eu la main heureuse dans sa première attaque contre mon maître. Même Ibn 'Arafa semblait mécontent. Il se hâta d'intervenir. « Osman veut souligner à quel point notre ami, le sage et honoré Ibn Khaldoun, est bien habillé. Comme quoi, ajouta-t-il avec un sourire, nous, savants, nous pouvons aussi tenir notre place dans le monde !» L'assemblée se détendit. On entendait presque le soupir de soulagement de certains étudiants.

Quelques jours plus tard, Osman revint à la charge. Il leva la main. Ibn Khaldoun lui sourit, mais je devinai tout de suite, à un mouvement imperceptible de son corps, qu'il était tendu. Il connaissait maintenant d'où les coups allaient venir. Le jeune faqîh dit : «J'ai déjà eu le privilège, ya sidi, de lire votre *Muqaddima*, et comme je l'ai dit l'autre jour, je l'ai trouvée admirable.

– Je te remercie, Osman, répondit brièvement mon maître.

– J'y trouve cependant certaines choses que je ne comprends pas…

– Que veux-tu savoir, Osman ?

– C'est peut-être dû à mon ignorance…

– La science existe pour dissiper les ténèbres de l'ignorance. Que veux-tu savoir ? répéta mon maître, que ces sournoiseries agaçaient.

– Vous avez écrit que dans l'univers de la Création, le règne minéral, le règne végétal et le règne animal sont admirablement liés.

– Oui.

– Vous avez ensuite ajouté que, au sommet de cette Création, le règne animal se développe alors. Permettez-moi de vous citer exactement.»

Osman farfouilla dans ses poches et en sortit une feuille de papier. Il se mit à lire : «Le règne animal se développe alors, ses espèces augmentent et, dans le progrès graduel de la Création, il se termine par l'homme — doué de pensée et de réflexion. Le plan humain est atteint à partir du monde des singes…»

Osman avait prononcé cette dernière phrase à voix plus haute, en détachant les syllabes. Il s'arrêta, leva la tête et regarda mon maître avec un sourire mauvais. Ibn Khaldoun ne broncha pas. Le jeune homme reprit sa lecture : «Le plan humain est atteint à partir du monde des singes, où se rencontrent sagacité et perception, mais qui n'est pas encore arrivé au stade de la réflexion et de la pensée. À ce point de vue, le premier niveau humain vient après le monde des singes : notre observation s'arrête là. »

Osman se tut pendant une longue minute. Ibn Khaldoun finit par dire : «J'ai bien écrit cela.

– Vous dites donc, maître, que l'homme est un singe ?

– Je n'ai point dit cela, rétorqua calmement Ibn Khaldoun. J'ai bien dit que le plan humain est atteint à partir du monde des singes…

– Vous voulez donc dire que le Tout-Puissant a créé l'homme et le singe à partir du même moule ?

– Osman, voilà ce que j'ai dit : le premier niveau humain vient après le monde des singes. J'ai également dit que notre observation s'arrête là.

– Cependant, maître, permettez-moi de vous contredire respectueusement. Vous avez repris cette... idée beaucoup plus loin dans votre *Muqaddima*. Vous avez écrit – et le faqîh se mit à défroisser un autre papier —: "On a vu que l'univers, avec sa hiérarchie d'éléments simples et complexes, suit un ordre naturel, de haut en bas, de façon continue... De même encore, les singes, qui sont doués de sagacité et de perception, se trouvent au voisinage de l'homme, le seul être vivant doté de pensée et de réflexion. Cette possibilité d'évolution réciproque, à chaque niveau de la création, constitue ce qu'on appelle le continuum des êtres vivants." Vous avez bien écrit cela, n'est-ce pas, maître ?

– Oui.

– Vous avez donc affirmé avec insistance que le singe est "au voisinage de l'homme". Dieu donc aurait fait du singe un... parent de l'homme ?

– Osman, j'ai écrit ce qu'une observation attentive permet de découvrir. Dieu seul, qu'Il soit glorifié, dispose du cours des événements, connaît l'explication des choses cachées. »

Mon maître se leva. Les étudiants se dispersèrent dans un bruissement de conversations. Sur le chemin de la maison, je vis qu'Ibn Khaldoun était soucieux. L'attaque d'Osman pouvait être dangereuse. Il était évident qu'il allait tenter de le mettre en contradiction avec les préceptes de la religion et la teneur de la Révélation. Pour un rigoriste comme Osman, que venait faire, dans la Création du monde, cette histoire de singes ? La « possibilité d'évolution » et le « continuum des êtres vivants » dont parlait mon maître ne semblaient-ils pas, pour des esprits étroits, attenter à la Toute-Puissance du Créateur ?

Nous n'avions pas oublié, mon maître et moi, ce qui était advenu à Ibn al-Khatib. Il avait suffi aux adversaires du vizir de Grenade d'insinuer que certains de ses écrits attaquaient la religion pour que son destin fût scellé.

Heureusement que tous nos jours ne se passaient pas à la Zeïtouna, à affronter Osman ou Ibn 'Arafa. Nous étions déjà depuis trois ans à Tunis et cette longue halte dans une grande et belle ville

256

nous avait rapprochés, mon maître et moi, de nos familles. Les femmes ne se privaient pas de sortir de longues heures dans les souks. Elles jouissaient de cette liberté retrouvée, car à Qal'at Ibn Salama, elles étaient prisonnières du village et du désert.

Mon maître et moi passions de nombreuses soirées avec nos épouses. La cinquantaine proche cimentait la tendresse qui m'unissait à Amal, et Ibn Khaldoun à Ons al-Qoloub. Quelquefois, je soupirais dans mon for intérieur car Zahra et Ibrahim, mon petit-fils, me manquaient. Je recevais de temps en temps des nouvelles de Hassan, par un caravanier ou un voyageur qui arrivait en ville. Mon beau-fils m'assurait que tout allait bien à Qal'at Ibn Salama, que ma fille et son enfant étaient heureux. Je le croyais volontiers, mais leur souvenir s'estompait peu à peu, leur visage devenait flou dans ma mémoire. Je ne pouvais quitter Tunis pour les visiter. Le voyage eût pris plusieurs jours, sinon quelques semaines. Au fond de mon cœur, je pressentais que je ne verrais plus ma fille. Une amère mélancolie s'emparait alors de moi ; mais je devais vite m'ébrouer, pour accompagner mon maître dans le tourbillon de la grande ville.

Osman était patient comme Job et méthodique comme une taupe. Il creusait de longues galeries dans la *Muqaddima*, pour y découvrir enfin le point faible, la pierre friable qu'il pourrait en retirer pour ainsi démolir l'ouvrage et déconsidérer son auteur. Il soulevait objection sur objection dans les discussions publiques avec mon maître. Ibn Khaldoun n'avait, le plus souvent, que peu de difficultés à avoir le dessus sur l'apprenti juriste.

Un jour, Osman crut avoir découvert un filon particulièrement prometteur. Il leva la main. Ibn Khaldoun se tourna avec résignation vers lui.

« Maître, dit le faqîh, votre *Muqqadima* est une mine inépuisable de renseignements.

— Je suis heureux, Osman, que tu aies pu le constater, répondit Ibn Khaldoun d'une voix tout unie, où aucun fléchissement ne soulignait le sarcasme.

— Vous ne vous êtes pas contenté d'écrire une histoire universelle.

— Ah ! Et qu'ai-je donc fait ?

— Vous avez évoqué la culture sédentaire et la culture bédouine, la création des cités, leur organisation, et comment les gens gagnent leur vie, et le commerce, et l'argent, et les sciences, et la médecine…

— Bravo, Osman, c'est fort bien vu.

— Justement, maître, c'est à propos de la médecine que je voudrais vous demander un éclaircissement.

— De quoi s'agit-il ?

— En nous parlant de la « Signification de la Prophétie », vous avez consacré de nombreuses pages au cerveau de l'homme. J'avoue que je n'ai pas tout saisi, mais vous parlez de cavités dans le cerveau.

— Oui.

— Et vous allez même jusqu'à affirmer que, dans la première de ces cavités, l'avant est pour le sens commun, l'arrière pour l'imagination. Puis vous évoquez une autre cavité, située à l'arrière du cerveau, dont la moitié de devant est pour la faculté de réflexion et celle de derrière pour la mémoire. Vous parlez de la pensée, de sa place dans le cerveau...

— Oui, l'interrompit assez sèchement Ibn Khaldoun, j'ai parlé de la localisation des différentes facultés humaines dans différentes parties du cerveau. Qu'y a-t-il là-dedans que tu ne comprends pas, ya Osman ?

— J'avoue que ces vues sont fort intéressantes. C'est même, me semble-t-il, une nouveauté tout à fait curieuse, puisque nul n'en a parlé avant vous. Êtes-vous, maître, également médecin ?

— J'ai étudié la médecine et j'ai longuement questionné les médecins. J'ai aussi lu les ouvrages des médecins et des philosophes des Roum, j'ai rencontré les guerriers blessés à la guerre, j'ai étudié leurs blessures et leur comportement, et j'en suis venu aux conclusions que j'ai mises dans ma *Muqaddima*.

— Maître, je pensais que Dieu seul connaît Sa Création, que les secrets de l'esprit humain résident dans Sa Toute-Puissance et non dans telle ou telle partie du cerveau. »

L'attaque était stupide, mais dangereuse. Osman voulait entraîner Ibn Khaldoun sur le terrain du blasphème. La plus grande partie de l'assistance regardait le jeune faqîh avec dérision, et même Ibn 'Arafa s'enfonçait dans l'ombre d'une colonne. Mais en matière de respect de la religion, une poignée d'illuminés peuvent quelquefois l'emporter sur la masse des dévots sincères. Mon maître le savait. Il coupa court à la discussion. En quittant la réunion, il se contenta de me murmurer : « Ce jeune homme devient donc bien hardi ! Il est malsain, pour l'homme, de paître le champ de la bêtise. Hélas ! notre ami Osman semble s'en repaître. » Mais je devinais que cette pirouette cachait une véritable inquiétude.

Sur ces entrefaites, le sultan Aboul Abbas dut quitter Tunis pour une de ses nombreuses expéditions militaires contre les tribus turbulentes. Il demanda à mon maître de l'accompagner. Ibn Khaldoun aurait dû se sentir honoré de cette élection. Il en fut, au contraire, mortifié. Je crois que mon maître était sincèrement fatigué des courses sans fin. Mais surtout, il voyait, dans cette invitation, la main de ses adversaires. Ibn 'Arafa et ses amis auraient convaincu le sultan qu'il était dangereux de laisser mon maître à Tunis pendant son absence, car il se dépêcherait selon eux de comploter contre le pouvoir dès que le souverain aurait le dos tourné.

Quoi qu'il en soit, mon maître dut accompagner le sultan dans sa campagne. Il se rendit avec l'armée jusqu'à Tebessa, puis à Tozeur, à la frange du désert du sud. Je suis convaincu qu'à son retour à Tunis, le lit de mon maître était déjà fait : il ne resterait pas indéfiniment dans la capitale, à la merci de ses adversaires, de leurs ragots et de leurs intrigues.

Les ennemis de mon maître ont souvent eu bon dos quand il s'est agi pour lui de justifier ses multiples départs. Je ne conteste pas que les manœuvres d'Ibn 'Arafa et des autres courtisans jaloux étaient dangereuses. À certains signes, je voyais d'ailleurs qu'ils gagnaient du terrain dans l'esprit du sultan, mais enfin, Ibn Khaldoun n'avait jamais cessé, depuis toujours, de me parler de l'Orient, et surtout de cette perle éclatante de l'Orient qu'était l'Égypte et sa capitale.

Il avait visité toutes les grandes villes de l'Islam, sauf deux ou trois. Le Caire miroitait à l'horizon de son imagination dans un halo d'histoire et de gloire. Est-il consciemment parti pour voir Le Caire ? Je ne le crois pas. L'inquiétude, la peur de l'avenir ont certes été déterminantes dans sa décision. Mais son tempérament curieux et hardi avait préparé un terreau fertile, dans lequel sa décision germait déjà, ignorée de tous.

Le sultan se préparait à partir à nouveau en expédition, cette fois-ci beaucoup plus loin. Mon maître avait été invité à l'accompagner. Ibn Khaldoun ne décolérait pas dans l'intimité. « Il veut que j'aille jusqu'au Zab, me disait-il. Ah ! cette vipère d'Ibn 'Arafa ! »

Un jour, j'étais resté à la maison pour faire différents travaux, tandis que mon maître se promenait au port. Il revint plus tôt que prévu, dans un état de grande agitation. « Ibrahim, me héla-t-il dès qu'il me vit de loin, Ibrahim, nous partons.

— Nous partons ? Mais où donc, maître ?

– À Alexandrie.

– Alexandrie ? » Je restai bouche bée pendant quelques instants. L'ahurissement m'amena à poser la première question qui me vint à l'esprit : « Quand partons-nous ? »

– Demain », répondit Ibn Khaldoun d'une voix vibrante, un large sourire aux lèvres.

Pour le coup, je restai sans voix.

Notes

1. Cheval.
2. Rappelons qu'il s'agit d'une licence donnée par un maître à ses disciples.

15

Damas

Comme les préparatifs de départ de Tamerlan s'accéléraient, Ibn Khaldoun décida d'intervenir auprès du sultan mongol en faveur de ses amis emprisonnés à Damas. Il craignait en effet que le souverain ne les emmène avec lui à Samarcande.

De nombreux dignitaires avaient accompagné le sultan égyptien Faraj, quand il s'était précipité à Damas pour contrer Tamerlan. Après le retour hâtif du souverain au Caire, une bonne partie des responsables civils et militaires qui l'accompagnaient n'avaient pu quitter la capitale de la Syrie avant l'arrivée des Tatars. Comme Ibn Khaldoun, ils s'étaient retrouvés prisonniers de Tamerlan. Contrairement à mon maître, cependant, ils n'avaient pas séduit l'empereur et risquaient d'être emmenés en otage. Parmi eux se trouvaient des cheikhs, des cadis, des émirs.

Ibn Khaldoun se présenta donc devant Tamerlan: « Sire, il me reste une dernière requête à vous faire.

– Laquelle ?

– Elle concerne les membres de la suite du sultan d'Égypte restés ici après son départ: lecteurs de Coran, secrétaires, responsables de bureaux administratifs, gouverneurs, ils sont aujourd'hui soumis à votre autorité.

– Que souhaites-tu que je fasse pour eux ? »

Ibn Khaldoun était fin négociateur. Il n'allait pas demander une grâce à l'empereur sans lui faire miroiter un avantage pour lui. Il répondit: « Un souverain comme vous ne peut négliger des gens comme eux. Votre pouvoir est immense, vos provinces vastes: votre administration a le plus grand besoin de gens qualifiés pour l'exercice de toutes sortes de fonctions. »

Tamerlan était aussi habile que mon maître. Il avait tout de suite saisi l'intérêt de garder sur place des administrateurs qui géreraient sa nouvelle province, mais il voulait qu'Ibn Khaldoun se compromette et le lui demande directement. Il prit un air dubitatif et dit : « Que demandes-tu pour eux ?

— Un écrit d'aman en quoi ils puissent placer leur confiance et qui soit pour eux un sûr appui.

— Donne-leur un écrit d'aman, ordonna Tamerlan en se tournant vers son secrétaire.

J'étais heureux de voir mon maître prendre ainsi des risques pour ses amis. Il est vrai qu'il venait, du même coup, d'acquérir auprès d'eux un sérieux crédit, auquel il pourrait recourir une fois revenu au Caire.

Ibn Khaldoun s'inclina très bas devant Tamerlan et quitta précipitamment la tente des audiences, courant derrière le secrétaire. Il talonna l'homme pour lui faire rédiger la lettre d'aman. Le scribe n'était pas pressé, mais Ibn Khaldoun le harcela jusqu'à ce qu'il eût fini d'écrire les quelques lignes. Mon maître se saisit du papier et courut lui-même à la tente de Shah Malik, le lieutenant de Tamerlan et gardien de son sceau. Il le pria d'apposer sur la lettre le cachet du souverain. Shah Malik s'étonna d'une telle hâte, mais Ibn Khaldoun insista humblement. Il ne se détendit que quand il vit enfin, sur le papier, le sceau portant les trois mots « Émir Taymour Gurgan », véritable « sésame ouvre-toi » dans la moitié des pays de l'univers.

Mon maître semblait maintenant saisi d'un élan irrépressible. Le papier magique en main, il se précipita dans une des madrasas de Damas où étaient retenus prisonniers un certain nombre de dignitaires égyptiens. Il fit libérer sur-le-champ un de ses amis, le cadi Sadreddine al-Qaïssari, qui avait été inspecteur du bureau de l'armée mamelouk à Damas. Les deux hommes ne s'étaient pas vus depuis plusieurs semaines. Ils tombèrent dans les bras l'un de l'autre. On vint les interrompre au beau milieu de leurs effusions. Les serviteurs de Tamerlan couraient partout en ville, à la recherche d'Ibn Khaldoun. L'empereur le convoquait immédiatement à son camp.

Je vis mon maître changer de couleur. La sollicitude du sultan tatar pouvait être dangereuse. Qu'avait-il donc bien pu faire pour attirer l'attention de Tamerlan ? Il tremblait de tous ses membres en pénétrant dans la tente des audiences, mais se détendit immédiatement en voyant le sourire un peu goguenard de Tamerlan. « Grand

Cadi, lui dit l'empereur, tu étais bien pressé de nous quitter tantôt, après avoir obtenu l'aman pour tes amis. Maintenant que tu es tranquillisé sur leur sort, viens donc nous décrire la perle de l'Islam, la Mère du Monde, Le Caire... »

○

○   ○

Tunis

Les vingt-quatre dernières heures que nous passâmes à Tunis furent parmi les plus folles de ma vie.

Mon maître était allé se promener sur le port. Il fut attiré par un gros navire, sur lequel des esclaves chargeaient des jarres d'huile. Il s'approcha du patron, l'entendit crier des ordres et reconnut tout de suite le dialecte égyptien. Il accosta le marin et commença à bavarder avec lui.

Ibn Khaldoun apprit que le navire était égyptien et qu'il repartait le lendemain pour Alexandrie. Au détour d'une réflexion du raïs du navire, il comprit qu'il emportait également des passagers : c'étaient, dit l'Égyptien, soit des pèlerins qui commençaient le long voyage qui les amènerait à la Mecque, soit des commerçants qui transportaient des marchandises.

Ibn Khaldoun eut soudain un tressaillement : ce bateau qui partait pour l'Égypte était-il un signe du destin ? Il s'enquit auprès du patron s'il avait des places libres. Le raïs affirma qu'il pouvait emmener encore plusieurs voyageurs. Quand partait-il ? Le lendemain, au milieu du jour.

Cette réponse tomba comme la foudre sur Ibn Khaldoun. Elle balayait toute hésitation, l'empêchait de peser le pour et le contre, de tergiverser, d'argumenter avec ceux qui, à Tunis, n'allaient pas manquer de lui souligner la folie d'une telle entreprise. Et puis, Ibn Khaldoun, dont la foi était inébranlable et la piété connue de tous, m'avait dit souvent qu'il souhaitait faire le pèlerinage avant de mourir.

Il revint à la maison, m'annonça avec allégresse sa décision et demanda à son serviteur de lui sortir sa jubba la plus élégante, son turban le plus immaculé. Un esclave vint lui tailler la barbe et lui teindre les quelques poils qui y grisonnaient. Resplendissant ainsi dans ses plus beaux habits, Ibn Khaldoun se dirigea vers le palais.

Il se précipita aux genoux du sultan et lui demanda de l'autoriser à partir pour accomplir le pèlerinage sacré. Un navire dans le port l'amènerait à Alexandrie, où il pourrait embarquer sur une autre nave jusqu'en Syrie. De là, il se joindrait à une caravane de pèlerins. Il espérait être de retour dans un an, peut-être dans dix-huit mois, afin de continuer à servir le souverain.

Aboul Abbas n'hésita pas longtemps. Il accorda volontiers la permission à Ibn Khaldoun de quitter l'Ifrîkîya. Mon maître lui embrassa les mains et se dépêcha de rentrer chez lui pour se préparer.

Il était hors de question que je ne l'accompagne pas; j'étais l'ombre de mon maître. Jusqu'où nous mènerait cette nouvelle aventure? Je n'avais pas le temps de me poser cette question. De toute façon, je suivrais Ibn Khaldoun jusqu'au bout du monde.

La nuit fut frénétique et triste. Frénétique, parce qu'il fallait tout préparer en quelques heures, tout prévoir pour une longue absence. Triste, parce que nos femmes pleuraient. Amal, qui se plaignait rarement, était amère. Elle me rappela que Zahra l'avait déjà quittée et qu'elle se retrouverait seule avec Issa, qui était encore bien jeune. Je l'embrassais tendrement, j'essuyais de mes lèvres les larmes qui coulaient sur ses joues. Elle finit par m'arracher la promesse de revenir au plus vite, sans aller au terme du voyage. Cette nuit-là, notre volupté fut douce et mélancolique.

Le bruit s'était répandu à Tunis que le grand Ibn Khaldoun quittait la ville. En sortant de la maison, nous trouvâmes, à notre grande stupeur, une foule énorme qui attendait dans la rue. Il y avait là des faqîhs, des étudiants de mon maître, des ulémas, des courtisans, et des badauds encore plus nombreux que cet attroupement attirait comme des mouches sur un gâteau de miel. Tout le monde voulait saluer mon maître; ses étudiants lui baisaient les mains; il était ému, embrassait sur l'épaule tous ceux qui l'approchaient et leur promettait de revenir dès qu'il aurait accompli le pèlerinage.

La foule franchit derrière nous la Porte de la Mer et nous suivit jusqu'au port, grossie de plus en plus par les curieux et les désœuvrés. Le raïs du bateau crut à des troubles et s'apprêtait à lever l'ancre en hâte, lorsqu'un de nos serviteurs sauta sur la passerelle et se mit à vociférer. Quelques instants plus tard, nous étions debout sur le pont, agitant la main à ceux qui nous regardaient du quai.

Dans un sac de toile que je gardais en main se trouvait un exemplaire du *Kitâb al-'Ibar*, l'histoire universelle de mon maître. La veille au soir, Ibn Khaldoun, avant même de préparer ses bagages, s'était précipité dans sa bibliothèque et m'avait solennellement confié une copie de son ouvrage. «Ibrahim, m'avait-il dit, tu en es responsable, et tu veilleras sur mon livre comme sur la prunelle de tes yeux.»

Nous étions au mois de sha'bân 784, qui est le mois d'octobre 1382. Le soleil brillait d'une lumière douce et chaude en cette belle journée d'automne et le Lac miroitait sous ses rayons. La ville étalait devant nous ses terrasses plates, l'entrelacs serré de ses ruelles et de ses darbs, surmontés du minaret de la Zeïtouna. Plus loin, à l'ouest, la casbah dressait fièrement la masse de son palais. La mer, que nous venions d'atteindre après avoir traversé le Lac, scintillait sous la lumière drue. Mon cœur se gonflait de tristesse à l'idée de quitter cet endroit où j'avais passé ma jeunesse et où je laissais mes bien-aimés. Ah! Si seulement j'avais su que je ne reverrais plus Tunis! Et si Ibn Khaldoun l'avait su, aurait-il quitté sa ville natale avec tant d'allégresse, tant d'insouciance?

J'avais déjà navigué à trois ou quatre reprises sur la mer, tout d'abord quand ma mère avait voulu aller à Majorque, puis, plus tard, quand mon maître avait fait deux voyages en Espagne. Mais les traversées avaient toujours été courtes: quelques heures, deux ou trois jours tout au plus. Ce voyage-ci allait me révéler l'immensité effrayante de la mer des Syriens. Je savais bien que le Maghreb était à son extrémité ouest et l'Égypte à son extrême est, mais je n'avais jamais imaginé l'étendue sans fin des flots, l'horizon qui fuyait toujours plus loin, les vents qui soudain se déchaînaient, venant de la côte et se jouant de notre nave comme d'un fétu de paille.

Nous sommes passés au large de l'île de Djerba. Le capitaine longeait maintenant les côtes de la Cyrénaïque pendant le jour et jetait l'ancre pendant la nuit, sauf lorsque les vents étaient calmes et qu'une pleine lune lui permettait de voir tout le temps la masse bleutée de la terre. Il osait alors faire quelques encablures de plus, craignant tout de même de heurter dans le noir un banc de sable ou un rocher.

La côte était désolée; de temps en temps, un bouquet de cactus ou de figuiers rabougris rompait sa ligne basse et jaune. Le voyage était long et lent, ses péripéties minimes – sauf les deux ou trois fois où, un brusque vent agitant la coque, je m'étais trouvé penché à la rambarde, déversant dans la mer le contenu de mon estomac, hoquetant et le visage violet.

Les passagers qui faisaient le voyage avec nous firent vite connaissance avec mon maître. Quelques pèlerins venaient du Maghreb Extrême, et même d'Andalousie, mais Ibn Khaldoun se lia plus particulièrement avec un voyageur qui portait un habit égyptien. Mon maître aimait en effet beaucoup, comme la plupart des Maghrébins, l'accent égyptien.

L'homme s'appelait Mansour. Mon maître se serait vite lassé de sa compagnie si la conversation de l'Égyptien ne s'était révélée fort agréable.

Mansour était l'intendant et le confident d'un émir égyptien puissant. Il faisait de temps en temps un voyage de commerce pour son maître. Il était parti d'Alexandrie quelques mois plus tôt avec des chevaux et des armes, qu'il avait vendus partout au Maghreb, et revenait avec un important chargement d'huile d'olive.

Comme les Maghrébins et les Andalous sur le bateau, Mansour connaissait déjà le nom de mon maître, qu'il avait quelquefois entendu au Caire. Il ignorait cependant tout de son œuvre et de son rôle politique. Les autres voyageurs se dépêchèrent de lui préciser qu'il conversait avec l'une des lumières du Maghreb, un uléma dont le nom était connu dans tous les pays d'Islam.

Mansour demanda à mon maître s'il avait déjà visité l'Égypte. Quand il sut qu'Ibn Khaldoun ne s'était jamais rendu sur les rives du Nil, il s'anima beaucoup. Il lui demanda ce qu'il connaissait de l'Égypte. Mon maître sourit et lui dit qu'il avait lu tous les livres écrits sur l'histoire de Misr[1], depuis ses débuts sous le règne des Coptes, au commencement du monde, jusqu'à sa domination par les mamelouks.

Je me permis alors d'intervenir dans la discussion. Je signalai à l'Égyptien que mon maître avait déjà parlé de son pays, non seulement dans son histoire universelle, mais aussi dans sa *Muqaddima*. Devant son ignorance, je lui expliquai ce qu'était cette *Introduction* d'Ibn Khaldoun à son *Kitâb al-'Ibar*. Je sortis ensuite l'ouvrage de ma sacoche et lui en lus plusieurs passages où mon maître soulignait la fondation du Caire, sa culture raffinée, ses savants qui faisaient la gloire de l'Islam.

Mansour semblait impressionné par l'érudition de mon maître. Il opina vigoureusement de la tête quand je lui lus le passage où Ibn Khaldoun, évoquant « le luxe et la richesse » des habitants de l'Égypte et du Caire, mentionne que les pauvres du Maghreb rêvent tous d'y émigrer. « Vous avez parfaitement raison. Et pas seulement les pauvres du Maghreb. Le Caire abrite aujourd'hui des populations qui viennent de tous les pays d'Islam, et même d'aussi loin que du Hind et du Sind[2]. » Puis, après un bref silence : « Tous les grands esprits ont voulu parler de l'Égypte. Vous connaissez sûrement ce que Ibn Battûta a dit du Caire et d'Alexandrie. »

Ibn Khaldoun sourit : « J'ai bien lu les *Voyages* d'Ibn Battûta. Je l'ai même entrevu dans ma jeunesse, quand il a visité le sultan Abou Inan à la cour de Fès.

— Vous vous souvenez donc de ce qu'il a dit d'Alexandrie ?

— Je dois avouer, répondit mon maître, que je me souviens de son enthousiasme, mais je ne me rappelle pas précisément ce qu'il a dit…

— Comment ? s'étonna l'Égyptien. Ibn Battûta est l'une des gloires du Maghreb, comme vous, et vous ne connaissez pas ses écrits ?

— Je les ai bien lus, mais les détails m'en échappent maintenant.

— Permettez-moi alors de vous rappeler ce qu'il a vu dans cette Alexandrie où nous allons bientôt débarquer. »

Et Mansour se mit à déclamer d'un ton emphatique : « Alexandrie est un joyau dont l'éclat est manifeste, et une vierge qui brille avec ses ornements ; elle illumine l'Occident par sa splendeur ; elle réunit les beautés les plus diverses, à cause de sa situation entre l'Orient et le Couchant. Chaque merveille s'y montre à tous les yeux, et toutes les raretés y parviennent. Alexandrie a un port magnifique ; je n'en ai pas vu de pareil dans le reste de l'univers… »

L'Égyptien était manifestement fier de son pays. Il connaissait par cœur de larges extraits des chroniques du grand voyageur de Tanger. Il voulait communiquer son enthousiasme à Ibn Khaldoun, qui se laissait haranguer avec bonhomie.

Mansour n'était pas seulement enthousiaste, il était aussi fort érudit. Ibn Khaldoun ne cessait de l'interroger sur l'histoire de l'Égypte et de sa province syrienne ; l'autre abondait en anecdotes et en précisions. À quelques reprises, mon maître me dit : « Prends donc ton calame et inscris ce détail, car je m'étais trompé dans mon histoire universelle… Il faudra la corriger. »

Grâce à Mansour, le voyage fut agréable, même si quelques tempêtes violentes nous épouvantèrent et nous éprouvèrent physiquement. Quand la vague semblait vouloir recouvrir la nave ballottée sur l'eau, tous les passagers levaient les mains au ciel et récitaient ensemble à haute voix la Litanie de la Mer, demandant au Tout-Puissant d'épargner leurs vies.

Le matin du quarantième jour, la côte verdoya soudain. Mansour ne tenait pas en place. Il était fébrile et agitait frénétiquement les mains, même si nous étions encore à plusieurs encablures du port.

En débarquant de la nave, Ibn Khaldoun me chargea de me renseigner sur le premier bateau en partance pour un port syrien. Je revins bredouille : aucun des navires à quai ne partait pour l'Orient. Ibn Khaldoun se résigna à chercher un logement dans un des caravansérails de la ville.

Nous sortîmes ensuite pour nous promener. La ville retentissait de cris d'allégresse. On y célébrait la fête de la rupture du jeûne, ainsi que le couronnement du nouveau souverain, le mamelouk al-Zahîr Barqouq, qui venait d'accéder au trône quelques jours plus tôt.

Toute la population de la ville s'était rassemblée sur une vaste esplanade à l'extérieur de la Porte de Rachid[3]. Des amuseurs publics, des montreurs d'animaux, des charmeurs de serpents dont l'art et l'aspect nous fascinaient, mon maître et moi — car ce n'étaient pas des Égyptiens : ils venaient, nous dit-on, du Hind —, divertissaient la foule.

Mon maître se lassa vite du bruit et de la cohue. Suivant les indications que lui avait données Mansour, il se dirigea vers le bord de mer, à la recherche du phare. Une longue jetée s'avançait dans l'eau. À son extrémité, une montagne de débris, de gravats, de gros blocs de pierre marquait l'emplacement du phare de l'Antiquité. On arrivait à peine à reconnaître vaguement une base carrée, de plusieurs dizaines de pieds de côté. Ibn Khaldoun m'apprit que le phare des Anciens s'élevait jusqu'au ciel.

Des planches de bois enjambaient les gravats. Nous grimpâmes jusqu'au sommet de la montagne de débris : un gardien vivait dans une petite hutte et allumait la nuit venue un feu de bois. C'était tout ce qui restait du splendide monument que les Roum avaient bâti.

Tous les matins, Ibn Khaldoun m'envoyait au port pour m'enquérir des navires en partance. Il y avait de nombreuses naves dans la rade, mais elles partaient pour Gênes, Livourne ou Marseille. Les marins m'apprirent que le commerce avec la Syrie se faisait surtout par voie de terre ; peu de navires allaient donc à Tyr ou à Tripoli.

Au début, mon maître se trouva fort contrarié par ce retard. Puis je crus voir un changement dans son attitude. Il semblait moins impatient, moins pressé de partir. Je savais d'où venait cette sérénité retrouvée : Mansour faisait le siège d'Ibn Khaldoun pour le convaincre de passer quelque temps en Égypte.

L'Égyptien rassemblait en effet une caravane pour emporter son huile d'olive et d'autres biens au Caire. Il demeurait dans le même caravansérail que nous et entreprenait tous les jours mon maître. Il l'invitait de façon pressante à visiter la capitale. Ce ne serait, lui disait-il, même pas un détour, puisqu'il pourrait ensuite se joindre à une caravane de pèlerins qui partirait par Suez pour se rendre au Hedjaz.

Mansour s'exaltait. Il chantait les louanges de sa ville avec des vibrations dans la voix. Il demandait à mon maître s'il connaissait ce qu'Ibn Battûta avait dit de « la Mère du Monde. » Il n'attendait même pas la réponse et commençait à déclamer une tirade fiévreuse du voyageur de Tanger. Ibn Khaldoun l'interrompait en souriant ; il s'était procuré à Alexandrie un exemplaire des *Voyages* d'Ibn Battûta, et pouvait donc lire lui-même les éloges dithyrambiques du Maghrébin.

Mansour n'aurait jamais réussi à convaincre mon maître si ses invitations pressantes n'étaient tombées dans un terreau déjà fertile. Quel savant du Maghreb, ou même de tout Dar al-Islam, n'a-t-il jamais rêvé de visiter Le Caire ? Quel musulman n'a-t-il jamais souhaité prier à al-Azhar ? Quel historien n'a-t-il jamais aspiré à parcourir la plus grande ville de l'univers, enseigner dans ses madrasas, s'enfermer dans ses bibliothèques, admirer ses palais ?

Il y avait plus : un jour, mon maître m'avait raconté qu'il avait assisté, étant enfant, à l'arrivée d'une ambassade égyptienne à Tunis. Son père l'avait entraîné au palais (c'était avant que je ne devienne son serviteur). Là, le jeune enfant avait vu les ambassadeurs égyptiens offrir au sultan de Tunis un cadeau munificent de la part de leur maître, le sultan du Caire. Il s'agissait de nombreux esclaves, dont de fort belles femmes, des chevaux de race, des dizaines d'arbalètes et de lances aux fers bleutés, des tissus de soie, des coffres ciselés. Depuis ce jour-là, m'avait-il confié, Le Caire miroitait dans son imagination et il aspirait à visiter le lieu de tous ces trésors.

L'Égyptien avançait par ailleurs un autre argument qui avait beaucoup de poids auprès d'Ibn Khaldoun. Il l'assurait qu'il le présenterait aux grands du Caire. Il était lui-même intendant et serviteur d'un puissant émir, un certain al-Jubani, qui serait fort heureux de connaître l'éminent savant maghrébin. Ces paroles sonnaient comme de la musique aux oreilles de mon maître. Elles flattaient sa vanité. Après avoir connu les grands du Maghreb et de l'Andalousie, son destin allait-il l'amener à côtoyer les puissants de l'Orient et de l'É-gypte ? À ces pensées, un sourire lui plissait tout le visage.

Au bout de deux semaines, Mansour finit par vaincre les dernières réticences de mon maître en lui annonçant qu'il avait réuni sa cara-vane et qu'il s'apprêtait à partir pour Le Caire. Comme si souvent dans sa vie, mon maître se décida sur-le-champ : il voyait dans ce départ de l'Égyptien un appel du destin. Il lui annonça qu'il l'accom-pagnerait dans la capitale. Mansour jubilait : on eût dit qu'il ramenait dans ses bagages un prix de valeur.

Quelques jours avant notre départ, mon maître sortit de la ville par la Porte du Jujubier sauvage, pour visiter la colonne des Piliers[4]. Celle-ci est située dans une forêt de palmiers. Son élévation prodi-gieuse la place au-dessus de tous les arbres. Mon maître regardait avec admiration le bloc de marbre dressé sur des estrades carrées. Je lui demandai qui l'avait construite. Il m'apprit qu'on ne savait rien de positif sur la façon dont elle avait été érigée et sur ceux qui l'avaient élevée en cet endroit.

Mon maître a-t-il seulement voulu visiter la colonne quand il a décidé de franchir la Porte du Jujubier sauvage ? J'en doute. Cette porte s'ouvre dans les murailles de l'ouest. Le chemin du Maghreb y aboutit. Au bout de cette route, à des centaines de parasanges[5] de là, l'Ifrîqîya et tout le Maghreb s'étendent. Nos familles, nos femmes se trouvaient au-delà de cet horizon lointain. Mon maître passa de longues minutes pensives à regarder vers l'Occident.

Trois jours plus tard, nous quittions Alexandrie ; la caravane passa par Damanhour, Tanta et Mahallah al-Kobra avant d'arriver au Caire, dans lequel nous pénétrâmes exactement un mois après avoir débar-qué à Alexandrie. Je partis immédiatement à la recherche d'un cara-vansérail. On me désigna un vaste bâtiment : je crus tout d'abord qu'on s'était trompé, car l'édifice était aussi vaste qu'une petite ville. Tout le rez-de-chaussée servait d'auberge aux visiteurs, tandis que les dix étages comprenaient 360 appartements. L'un des gardiens m'assura que quatre mille personnes y vivaient.

Les premiers jours au Caire furent un éblouissement. Tout pré-venu qu'il fût de l'étendue de la ville et de la splendeur de ses monu-ments, mon maître n'en restait pas moins bouche bée devant les mos-quées, les madrasas et les tombeaux grandioses qui l'embellissaient. Il me raconta alors une anecdote : il se trouvait, plus de vingt-cinq ans plus tôt, à la cour du sultan Abou Inan de Fès. On annonça le retour en ville du cadi des armées, que le sultan avait envoyé en ambassade en Égypte. Abou Inan le convoqua immédiatement pour lui demander ses impressions sur Le Caire. Le cadi, un faqîh fort savant, répondit alors : « Pour exprimer mon impression avec le minimum de mots, je dirai ceci : ce que l'homme imagine est toujours supérieur à ce que l'homme voit, car l'imaginaire est plus vaste que le sensible. À cela une seule exception : Le Caire ; cette ville dépasse tout ce que l'on peut imaginer à son propos. »

Mon maître partageait l'opinion du cadi-ambassadeur : je m'épuisais littéralement à le suivre pendant plusieurs semaines dans ses courses à travers la ville et ses visites des monuments ; je partageais sa stupéfaction devant le grouillement incessant des souks qui s'étendaient sur deux parasanges de longueur. Dès le deuxième jour, il m'avait demandé de prendre une écritoire avec moi, ainsi que des feuilles et un calame. Il s'arrêtait quelquefois au milieu de nos déambulations, se retirait dans la cour calme et sereine de quelque mosquée et me dictait ses impressions.

Je griffonnais rapidement des exclamations, des tronçons de phrases, des réflexions personnelles : « Métropole du monde... jardin de l'univers... lieu de rassemblement des nations... fourmilière humaine... haut lieu de l'Islam... degré extrême de civilisation et de prospérité. » Il se faisait même lyrique : « Des palais sans nombre s'y élèvent ; comme les astres éclatants, y brillent les savants. La ville s'étend sur les bords du Nil, rivière du Paradis, réceptacle des eaux du ciel, dont les flots étanchent la soif des hommes, leur procurent abondance et richesse. Dans ses rues, les foules se pressent, les marchés y regorgent de toutes sortes de biens. »

Mon maître n'allait jamais renier ces annotations fiévreuses des débuts de son séjour en Égypte. Je le sais bien, puisque je l'ai aidé, plus tard, à les mettre en forme et à les transcrire dans sa révision de la *Muqaddima* et de l'*Histoire universelle,* et surtout dans son *Voyage d'Occident et d'Orient.*

Mansour nous accompagnait quelquefois dans nos promenades. Il jouissait positivement de la surprise, de l'ébahissement d'Ibn Khaldoun devant les richesses de sa ville natale. Il vint nous visiter régulièrement dans le caravansérail où nous logions. Au bout de quatre semaines, il ne tenait plus en place. Il voulait absolument présenter le grand savant maghrébin à son maître, l'émir al-Jubani. Il me faisait penser à un chasseur qui, de retour d'une longue absence au désert, exhibe triomphalement une prise précieuse et rare.

Ibn Khaldoun ne se fit pas longtemps prier. Un matin, Mansour nous accompagna jusqu'au palais de l'émir, non loin de Bab Zuweila. C'était une magnifique demeure entourée de jardins et gardée par des mamelouks en armes. L'émir Altunbunghâ al-Jubani était en effet Amir al-Majlis, l'Émir du Conseil du sultan, et à ce titre le deuxième personnage de la cour de Barqouq, juste après le Grand Chambellan.

L'intendant nous fit entrer dans une grande salle tapissée de draperies ; au mur, des boucliers ronds et des cimeterres étaient accrochés. L'émir ne tarda pas à apparaître. C'était un homme petit et replet. Sa silhouette ronde était bonhomme, mais son regard vif et perçant trahissait l'homme de pouvoir.

Ibn Khaldoun salua respectueusement et l'émir lui fit signe de s'asseoir sur un coussin. Il engagea vivement la conversation : après les salutations d'usage et les formules de bienvenue, il demanda à mon maître des nouvelles de Tunis, de l'Ifrîqîya et du Maghreb en général.

Je compris tout de suite qu'al-Jubani connaissait mon maître de réputation. Il savait le rôle qu'avait joué Ibn Khaldoun dans l'histoire récente et mouvementée du Maghreb et de l'Andalousie. Surtout, il avait entendu parler de son *Histoire universelle*, dont il possédait quelques extraits dans sa bibliothèque.

L'émir ne s'attarda pas trop aux questions de politique, qu'il semblait bien connaître. Il était surtout curieux d'en apprendre davantage sur les écrits d'Ibn Khaldoun. La conversation entre les deux hommes, pleine de saillies et de finesse, dura deux longues heures. En quittant l'émir, Ibn Khaldoun était souriant : il avait le sentiment d'avoir séduit al-Jubani.

Il ne se trompait guère. J'allais apprendre que l'Émir du Conseil s'enorgueillissait de la protection princière qu'il accordait aux « hommes de la plume. » Avec Ibn Khaldoun, ce rôle de mécène allait très vite se doubler d'une amitié sincère, née de l'admiration que le politique égyptien éprouvait pour le savant maghrébin.

Leur première rencontre fut suivie de plusieurs autres. Al-Jubani semblait subjugué et trouvait le temps, malgré sa présence presque permanente au palais, de consacrer de nombreuses heures à bavarder avec Ibn Khaldoun sur les sujets les plus divers. Au bout de trois semaines, il annonça à mon maître qu'il souhaitait le présenter au sultan Barqouq. Ibn Khaldoun baissa modestement la tête. Quand il la releva, l'éclat de ses yeux disait assez la joie, l'orgueil, le triomphe, l'excitation qu'il éprouvait.

Trois jours plus tard, Ibn Khaldoun fut invité à se rendre après la prière de midi au palais du sultan, situé dans l'enceinte de la Citadelle sur la colline du Mokattam. Je l'accompagnais, comme d'habitude. J'avais déjà assisté à des présentations de mon maître à mille sultans, à mille princes et souverains du Maghreb et de l'Ibérie. Je m'attendais donc à de la pompe et de la solennité. Jamais je n'aurais pu imaginer le spectacle qui nous attendait.

Nous dûmes grimper dans les darbs étroits qui mènent à la Citadelle. À l'arrivée, je restai sans souffle : nous nous trouvions sur une vaste esplanade gazonnée. De jeunes cavaliers la traversaient au galop, penchés sur l'encolure de leurs chevaux et poussant devant eux une petite balle avec une espèce de bâton à la pointe recourbée. Au bout de l'esplanade, une haute muraille d'une parasange de circonférence entourait une véritable ville.

Quand nous pénétrâmes par la porte de l'enceinte, nous découvrîmes un foisonnement de mosquées, de palais et de marchés. Dans un coin, cinq bâtiments imposants se succédaient : il s'agissait de la prison, de l'arsenal, du Trésor, de la Monnaie royale et du Palais de justice. Plus loin, une odeur entêtante disait assez que les étables du sultan abritaient plusieurs centaines de chevaux, parmi les plus beaux de l'univers. Au fond, une haute muraille où ne s'ouvrait que la Porte du Voile cachait les innombrables appartements et jardins du harem. Partout, des eunuques bedonnants se promenaient, le visage luisant, le rire gras. Les mamelouks qui les croisaient se détournaient avec mépris.

À l'entrée, un officier envoyé par al-Jubani nous attendait. Il nous escorta à travers une succession de cours et de passages voûtés où se tenaient au garde-à-vous des mamelouks aux somptueux uniformes. Nous montions sans arrêt, et je comptai huit longues volées d'escaliers.

En pénétrant dans les appartements du sultan, j'observai avec curiosité que les mamelouks de la garde intérieure étaient armés d'une sorte de lance étonnante, que je n'avais jamais vue : sa lame arrondie était surmontée de plusieurs pointes, dont l'une était plus grande que les autres et recourbée. Chaque fois que nous passions entre deux gardes, ils entrechoquaient leurs lances au-dessus de nos têtes. La première fois, je sursautai de frayeur à ce bruit soudain, puis je m'habituai à ce cliquetis qui ponctuait notre marche.

Nous arrivâmes enfin dans une salle énorme, divisée en trois travées séparées par des colonnes de pierre. Au fond, sur une espèce d'estrade, trônait le sultan Barqouq. Derrière lui, un mamelouk levait en l'air d'une main une épée et de l'autre son fourreau, un autre une aiguière et un troisième un long tube doré plein de pièces d'or. Dans un coin, un orchestre nombreux jouait de plusieurs instruments.

Nous nous précipitâmes à genoux, Ibn Khaldoun et moi, le front contre le sol de marbre que nous embrassâmes humblement. Nous étions devant le sultan d'Égypte, le souverain de la Syrie, le protecteur des Lieux Saints de la Mecque et de Médine, un prince dont la puissance était incomparable et les richesses infinies.

J'ai déjà dit que le sultan Barqouq venait d'accéder au trône. Il avait manœuvré pendant de longues années pour écarter ses rivaux, les autres émirs mamelouks, et avait fini par triompher de tous en recourant à la ruse, l'intelligence et la force. Il régnait en maître absolu sur les mamelouks, cette caste d'anciens esclaves turcs, slaves et circassiens qui domine l'Égypte depuis près de deux siècles.

Le sultan nous fit signe de nous relever. Al-Jubani nous invita à nous approcher du trône et nous présenta à Barqouq. Le sultan avait environ le même âge que mon maître. Il était petit, ramassé sur lui-même, large d'épaules. Il louchait fortement et, quand on le voyait pour la première fois, on ne pouvait s'empêcher d'être fasciné par ses yeux divergents. On n'était jamais sûr s'il vous regardait ou s'il fixait un point éloigné. Sa physionomie n'en était que plus inquiétante.

Barqouq demanda à mon maître des nouvelles du sultan de Tunis, « son frère ». Ibn Khaldoun répondit brièvement. L'audience ne dura pas longtemps, car d'autres visiteurs et ambassadeurs attendaient d'être présentés au souverain.

Ibn Khaldoun semblait déçu à sa sortie du palais. Il n'allait pas le rester longtemps. Dès le lendemain, al-Jubani nous fit parvenir un message dans lequel il indiquait que le sultan convoquait de nouveau mon maître.

Notre seconde visite au palais fut aux antipodes de la première. Le même officier nous attendait à la porte de l'enceinte, mais au lieu de nous emmener par le long chemin protocolaire où se tenaient les gardes, il nous fit entrer au palais par une porte discrète.

Barqouq attendait mon maître dans une antichambre meublée de quelques coussins. Il coupa court aux salutations et lui demanda de s'asseoir. Je me souviens encore de cette première vraie rencontre entre les deux hommes, comme si c'était d'hier. Elle allait préluder à l'une des amitiés les plus étonnantes qu'il m'ait été donné de voir.

Le sultan commença par demander à Ibn Khaldoun de lui raconter son voyage. Mon maître parla de la nave, des quarante journées passées sur la mer des Syriens, du débarquement à Alexandrie et de l'arrivée au Caire. Barqouq l'interrompit : «L'Émir du Conseil me dit que tu es dans Misr, notre capitale, depuis plusieurs semaines. Est-ce que tu t'y plais ? Y es-tu à ton aise ? » Ibn Khaldoun saisit la balle au bond. Il demanda la permission au sultan de lui raconter une anecdote.

Barqouq sembla intrigué. Mon maître poursuivit : «Mon ami al-Maqqari, le Grand Cadi de Fès, à son retour de pèlerinage au Maghreb, il y a de cela bien longtemps, m'a dit : «Celui qui n'a pas vu Le Caire ne pourra jamais mesurer le degré de puissance et de gloire de l'Islam». Je sais maintenant, Votre Majesté, que le Grand Cadi n'exagérait pas.» À ces paroles, le souverain mamelouk sourit en se lissant la barbe.

Barqouq demanda alors à Ibn Khaldoun de lui rappeler brièvement les grandes étapes de sa carrière politique. Il connaissait dans ses grandes lignes l'enchevêtrement des alliances, les suspicions, les haines personnelles, les oppositions de clans et de tribus qui rendaient la carte politique du Maghreb et de l'Andalousie si ondoyante. Ce qui l'intéressait, dans le témoignage de mon maître, c'était la touche personnelle : il voulait des précisions sur les sultans, leurs habitudes, leur caractère.

Barqouq engagea ensuite Ibn Khaldoun à lui parler des savants de Fès et de Grenade. Mon maître s'apprêtait à répondre lorsqu'un officier vint murmurer quelques mots à l'oreille du sultan. «Je dois te quitter, dit celui-ci à Ibn Khaldoun, mais nous nous reverrons.»

Dès lors, Ibn Khaldoun fut convoqué régulièrement au palais. Barqouq était une personnalité complexe. Il était impitoyable sur le champ de bataille et dans les intrigues politiques, mais se montrait plein d'attentions et d'urbanité quand il rencontrait des savants, des poètes et des écrivains. Sa cour était pleine de lettrés, qu'il protégeait et traitait avec largesse. Dès la deuxième ou la troisième rencontre avec mon maître, Barqouq donna des ordres : une généreuse pension allait dorénavant être versée à Ibn Khaldoun, prise sur la cassette personnelle du sultan. Ce n'était que le début des bienfaits dont il allait le combler.

Cette haute protection couronnait une série d'événements qui mettaient le comble à la félicité de mon maître. Il y avait eu d'abord l'amitié d'al-Jubani. Puis mon maître donnait maintenant des cours à al-Azhar. Enfin, le sultan daignait étendre sur lui sa main protectrice, lui versait une pension et lui promettait un domaine au Fayoum, des terres et d'autres faveurs.

Les cours de mon maître à al-Azhar étaient fort courus. Le tout avait commencé très simplement : nous n'étions pas dans la capitale depuis une semaine que le bruit s'était répandu dans les milieux lettrés que le grand historien maghrébin Ibn Khaldoun était au Caire. Tout de suite, des étudiants étaient venus solliciter sa protection et des leçons. Mon maître rayonnait : il retrouvait là un des rôles qu'il aimait le plus, celui de professeur.

Comme le nombre de ses disciples et de ses étudiants augmentait, il fut invité à donner ses leçons dans la grande cour d'al-Azhar. Ibn Khaldoun s'était déjà rendu, dès notre arrivée au Caire, dans la vénérable mosquée-université pour y faire ses dévotions. Il n'avait pas vu sans une vive émotion le minaret à double pointe connu dans tout l'Islam. Maintenant, il atteignait au pinacle de tout savant : enseigner à al-Azhar.

Ses leçons faisaient un malheur : une foule énorme d'étudiants, de faqîhs, d'ulémas et même de cheikhs connus et de savants réputés s'y pressait. Les jeunes étudiants, les faqîhs débutants et imberbes se battaient entre eux pour avoir l'honneur de porter les babouches et les pantoufles de mon maître. C'est à peu près à cette époque que ses disciples commencèrent à lui donner le surnom qui lui restera à jamais attaché, celui de Wali al-Dîn[6].

Tout concourait donc au bonheur de mon maître. Une seule chose lui manquait cependant : sa famille. Cela faisait déjà de nombreux mois que nous avions quitté le Maghreb. Nos femmes, nos enfants nous manquaient. Je n'osais me plaindre à haute voix, mais je me réjouissais dans mon for intérieur chaque fois que je voyais Ibn Khaldoun lui-même aborder la question de leur absence.

Quand mon maître comprit qu'il resterait fort probablement quelque temps en Égypte, il décida d'y faire venir ses bien-aimés. Il écrivit une missive à Tunis. Plusieurs mois plus tard, la réponse lui parvint : derrière les phrases ampoulées et les circonlocutions du scribe qui l'avait écrite, et qui lui disait que le temps n'était pas encore venu pour sa femme et ses enfants de quitter le Maghreb, il comprit ce qui s'était passé.

Le sultan Aboul Abbas gardait sa famille en otage. Le souverain de Tunis avait laissé partir mon maître en pèlerinage, mais attendait son retour de pied ferme. Il avait dû apprendre avec agacement que le chemin de La Mecque avait abouti au Caire. Il perdait ainsi un des grands savants du Maghreb, l'une des lumières de l'Ifrîqîya, le lettré dont la réputation dans tout Dar al-Islam donnait à sa cour un éclat particulier. Heureusement, la famille d'Ibn Khaldoun était encore dans la médina tunisoise : Aboul Abbas tenait en main une carte maîtresse pour ramener le savant dans sa patrie.

Le lecteur qui a eu la patience de me suivre dans les mille péripéties de ma vie à la suite de mon maître et que les déficiences de ma plume et la faiblesse de mon récit n'auront pas découragé, se souviendra que celui-ci s'était déjà trouvé dans cette situation à plusieurs reprises. De nombreux souverains avaient gardé la famille d'Ibn Khaldoun « sous leur protection », pour garantir son retour auprès d'eux, ou pour être certains qu'il ne mettrait pas son immense talent au service de leurs adversaires. Chaque fois, à Tlemcen, à Béjaïa ou à Grenade, Ibn Khaldoun avait mis en branle le réseau de ses amis, il avait fait intervenir les puissants auprès des princes, et chaque fois sa famille avait pu le rejoindre.

Ibn Khaldoun était convaincu qu'il réussirait, cette fois encore, à dissiper les nuages qui s'étaient accumulés sur la tête de ses bien-aimés. Il demanda audience à Barqouq et lui exposa humblement son souhait d'être réuni à sa famille « afin que, l'esprit en repos, je puisse encore mieux servir Votre Majesté ».

La réponse du souverain d'Égypte fut immédiate. Il décida d'écrire une lettre personnelle au sultan de Tunis. J'ai sous les yeux ce document fatidique. Chaque fois que je le relis, les larmes me montent aux yeux.

Après avoir étalé sur deux longues pages ses propres titres de noblesse, ses qualités et ses vertus, le souverain mamelouk s'adressait à la « Très Noble Majesté, victorieuse et favorisée », le sultan de Tunis, à qui il n'épargnait guère non plus les titres et les qualificatifs les plus élogieux. Il lui apprenait que sa nature et son inclination le portaient à « glorifier la science et ceux qui la portent, à la placer très haut et à lever son étendard, à aimer ses serviteurs, à exaucer leur désir, à les secourir et à chercher par ce moyen à nous rapprocher de Dieu, en pensée et en actes ».

Barqouq expliquait en effet que « les savants sont les héritiers des prophètes, les fils bien-aimés des saints, les guides des créatures sur la terre – en particulier ceux d'entre eux que Dieu a doués de l'intelligence profonde de ce qu'ils savent, à qui il a inspiré la meilleure voie d'accès au savoir ».

Or, poursuivait le sultan d'Égypte, tel est bien le cas « de celui qui a motivé notre présente lettre ». Et Barqouq se lança dans un panégyrique de mon maître que je dois citer ici en grande partie, afin de montrer comment la réputation d'Ibn Khaldoun avait dépassé les frontières du Maghreb et s'étendait maintenant à l'Orient :

... le savant aux séances élevées, le très grand maître, le très glorieux, le très éminent, le très savant, le très vertueux, le grand guide, l'unique, le vérificateur, l'ami de la religion, la beauté de l'Islam et des musulmans, la beauté des savants, le plus vertueux des hommes, l'exemple de l'éloquence, le plus grand savant de la « umma », l'imam des imams, celui qui éclaire tous les chercheurs, le serviteur zélé des rois et des sultans : Abdel-Rahman Ibn Khaldoun le malékite, que Dieu lui garde Ses faveurs...

Barqouq poursuivait encore sur le même ton, et concluait cette partie de sa lettre en affirmant : « Mais la langue serait impuissante à décrire et à énumérer toutes les vertus que nous avons trouvées en lui. Quel homme extraordinaire nous est venu de votre pays, avec tant de choses merveilleuses. »

Mon lecteur n'aura aucune difficulté à se représenter la fierté de mon maître à la lecture de ces mots. J'ai déjà dû reconnaître à quelques reprises qu'il était orgueilleux de nature et qu'il ne pratiquait guère cette humilité dont il disait, dans ses écrits, qu'elle est essentielle chez les puissants et les gouvernants. La lettre de Barqouq allait le conforter dans la bonne opinion qu'il avait de lui-même. Peut-être même l'a-t-elle quelque peu incité à arborer cet air de hauteur qui lui attirera au Caire des rancunes tenaces.

Le sultan égyptien poursuivait sa missive en demandant au souverain de Tunis de permettre à la famille de mon maître de quitter l'Ifrîqîya pour le rejoindre au Caire. Il lui demandait de mettre à leur disposition un navire de sa propre flotte, en promettant une récompense généreuse aux marins maghrébins à leur arrivée à Alexandrie. Il envoyait enfin un cheikh vénérable du Caire porter cette missive en mains propres au souverain de Tunis.

Ibn Khaldoun était convaincu du succès de l'entreprise. Nul prince du Maghreb ne pouvait résister à une telle sollicitation du sultan le plus puissant de l'Orient.

Mon maître, hélas, avait raison. En voyant partir le porteur de la missive, nul pressentiment, nulle intuition n'était venue jeter une ombre sur la joie de mon maître et la mienne. Si Dieu avait levé devant ses yeux le voile de l'avenir, Ibn Khaldoun se serait alors précipité aux pieds de Barqouq pour le supplier de rappeler ce messager du malheur, d'annuler cette ambassade de la mort.

Notes

1. Nom arabe de l'Égypte, confondu souvent avec celui de sa capitale.
2. L'Inde et le Pakistan.
3. Rosette.
4. La colonne de Pompée.
5. Une parasange égale 5 250 mètres.
6. Le Protecteur de la Religion.

16

Damas

La vie est faite d'ombre et de lumière. Le tragique et le trivial y voisinent sans cesse. Mon long voyage auprès de mon maître m'aura appris à deviner dans la nuit les prémisses de l'aube, à pressentir au milieu de l'affliction l'irruption imminente du grotesque.

Nous allions, à Damas, avoir une autre manifestation des caprices de ce destin aveugle, qui se joue de nos sentiments et fait succéder la bouffonnerie à l'horreur.

Nous approchions rapidement du moment où nous allions enfin quitter la ville asservie. Depuis de trop nombreuses, de trop longues semaines, Ibn Khaldoun et moi assistions à l'écrasement et à l'agonie de Damas, au calvaire de ses habitants. Les guerriers mongols, leurs généraux et leur empereur humiliaient et détruisaient leurs ennemis vaincus avec une sorte de joyeuse férocité.

Mon maître seul échappait au fléau qui broyait allégrement les Damascènes. Sa réputation, son prestige l'avaient sauvé, et aussi cette curieuse soif de connaissances qui transformait l'impitoyable sultan mongol en auditeur intéressé et opiniâtre lorsqu'il discutait avec les lettrés. Mais je sentais qu'Ibn Khaldoun n'en pouvait plus : il se sentait écrasé de fatigue et faisait des efforts surhumains pour bavarder avec Tamerlan alors même qu'on entendait au loin les rumeurs de la destruction de Damas et les cris de souffrance de son peuple. C'est pourquoi mon maître avait si hâte de partir, de retourner au Caire. On me permettra de dire ici, bien humblement, que je partageais cette impatience : j'étais, moi aussi, fatigué et écœuré.

Quelques jours avant notre départ, un officier d'état-major vint convoquer Ibn Khaldoun chez Tamerlan. Nous avions vu le sultan la veille. Que voulait-il à mon maître ? Comme je l'ai dit, une invitation de Tamerlan était toujours inquiétante. Ibn Khaldoun se rendit promptement devant l'empereur.

Tamerlan coupa court à ses salutations et lui dit : « Tu as ici une mule ? »

Je vis mon maître hésiter un moment. La question était si inattendue, si saugrenue ! Il finit par dire : « Oui, Sire.

– Belle ?

– Oui, Votre Majesté.

– Veux-tu me la vendre ? »

Je vis clairement Ibn Khaldoun vaciller de surprise. Le maître des Tatars voulait lui acheter sa mule ! Il se reprit vite cependant : « Que Dieu vous assiste, Sire ! Suis-je homme à faire des affaires avec un homme tel que vous ? Avec cette mule, je ne puis que vous servir, et je le ferais avec d'autres si j'en avais.

– Je voulais, en échange, t'offrir mes bienfaits.

– Pourrais-je espérer d'autres bienfaits après ceux dont vous m'avez déjà comblé ? Vous m'avez réservé dans votre conseil une place parmi vos intimes, vous avez manifesté à mon égard votre générosité et votre bonté. Puisse Dieu agir de même à votre égard. »

Les esclaves qui nous accompagnaient partirent rapidement chercher la mule. On l'amena bientôt. Tamerlan la regarda d'un air connaisseur et satisfait et fit signe à mon maître de se retirer. Je dois dire que, lorsque nous revînmes au Caire, un émissaire de l'empereur mongol frappa un jour à la porte de mon maître, plusieurs mois plus tard, et lui remit une somme généreuse en paiement de sa mule. Tamerlan n'oubliait pas le savant maghrébin qui l'avait tellement impressionné.

J'étais abasourdi par cette histoire de mule. L'interprète de l'empereur nous apprit alors que Tamerlan aimait beaucoup ces bêtes : partout où il allait, il demandait à ses officiers de lui ramener les plus belles mules de la région. Il en avait ainsi des dizaines.

Mon maître avait vécu, plus de trente ans plus tôt, une autre aventure avec un souverain et une mule. Nous étions alors à la cour de Séville et le roi chrétien Pedro, qui voulait remercier mon maître de son ambassade auprès de lui, lui avait offert une magnifique mule harnachée d'or. Ai-je déjà raconté cette histoire ? Je ne m'en souviens plus… L'âge et la fatigue me brouillent les idées et ma mémoire est comme un spectre insaisissable, derrière lequel je cours souvent en vain.

La mule de mon maître devait particulièrement plaire à Tamerlan, parce qu'elle était très belle. Elle était grande, solide sur ses jarrets, avec de longs poils gris, lisses et soyeux. Ibn Khaldoun l'avait reçue au moment où il avait été nommé Grand Cadi au Caire. C'était le symbole de son autorité et les mules des Grands Cadis étaient les plus belles en ville, les seules à avoir le poil gris…

Je me souvins alors de la première fois où mon maître avait été nommé Grand Cadi. C'était il y avait dix-sept ans déjà. Soudain, les événements de ces semaines fatidiques où mon maître était passé de la plus grande allégresse à l'affliction extrême me revinrent à la mémoire.

○

○   ○

Le Caire

Nous étions enfermés, mon maître et moi, dans la grande bibliothèque de sa maison. Sur les murs, des étagères ployaient sous le poids de ses livres, de ses archives et de ses manuscrits. J'avais interdit l'accès de la pièce à quiconque et les esclaves avaient reçu l'ordre strict d'empêcher qu'on nous dérange.

Nous étions seuls dans la vaste pièce et mon maître sanglotait sans arrêt. Je ne savais que faire, j'étais accroupi sur un coussin devant lui et je ne cessais de répéter machinalement : « Ya sidi ! Ya sidi ! » Ibn Khaldoun ne semblait pas m'entendre ; ses sanglots redoublaient et je m'effrayais de voir cet homme si assuré, si dominateur, si maître de lui-même, se cacher le visage entre les mains, les épaules secouées par un tremblement convulsif, et toujours ce rauque sanglot, ces larmes qui coulaient entre ses doigts et mouillaient sa barbe…

Cela faisait près de vingt-quatre heures que nous nous étions enfermés dans la bibliothèque, après avoir écouté le messager du destin. Vingt-quatre heures où nous avions à peine pu somnoler quelques heures ; le reste du temps, Ibn Khaldoun restait hébété, en silence, puis soudain, on eût dit que des vannes s'étaient rompues, et la plainte déchirante s'élevait de nouveau, et les larmes lui coulaient sur le visage. Son turban était tout de travers, sa robe de fonction froissée. Je pleurais avec lui, terrassé par son malheur, bouleversé par son chagrin, maudissant le sort aveugle, me haïssant d'être démuni devant son désespoir.

Deux semaines ! Deux semaines seulement avaient suffi pour le précipiter du pinacle des honneurs et du pouvoir dans un gouffre de chagrin et d'affliction. Deux semaines plus tôt, Le Caire fêtait Ibn Khaldoun. Aujourd'hui, Ibn Khaldoun maudissait Le Caire et le destin qui l'y avait mené.

Nous travaillions la veille dans sa bibliothèque. Il lisait certains des placets que des plaignants lui avaient remis, j'en résumais d'autres pour lui, lorsqu'un esclave était venu nous interrompre. Un messager venait d'arriver et désirait parler à mon maître. «Dis-lui d'attendre», dis-je avec agacement.

L'esclave paraissait inquiet et fébrile : «Il insiste pour parler tout de suite au Grand Cadi.» Je finis par donner l'ordre de le laisser entrer. Ibn Khaldoun semblait lui aussi irrité par cette interruption.

Deux hommes pénétrèrent dans la pièce et saluèrent profondément. Je connaissais vaguement l'un d'eux : il était l'un des gardiens du grand caravansérail. L'autre, d'allure plus humble, portait la livrée du gouverneur d'Alexandrie.

Je demandai sèchement ce qui justifiait cette interruption. Le gardien du caravansérail commença à parler. Il semblait incapable d'aller au bout de ses phrases et je dus le houspiller à quelques reprises. Peu à peu, l'horreur de ce qu'il nous racontait me frappa. Je me tournai vers Ibn Khaldoun : il avait cessé de lire et regardait l'homme fixement. Nous étions tous deux foudroyés, incapables de proférer un mot.

Le messager du gouverneur venait d'arriver au caravansérail. Il avait quitté Alexandrie quatre jours plus tôt et avait voyagé sans arrêt. Il racontait qu'un grand malheur venait d'arriver.

Un navire était apparu à l'horizon. C'était une grande nave, avec de nombreux rameurs et une belle voile. Les Alexandrins avaient commencé à se rassembler sur les berges pour le voir entrer dans la rade, lorsqu'un brusque coup de vent avait agité la mer.

En quelques minutes, une violente tempête soufflait. La nave avait de la peine à ramener sa voile. Soudain, un coup de vent plus violent que les autres l'avait drossée contre les récifs — ces traîtres récifs d'Alexandrie, que tous les marins de la mer des Syriens craignent comme la peste —, à quelques encablures du port, à la pleine vue de tous les habitants.

Les Alexandrins avaient vu la coque de bois s'ouvrir comme un fruit mûr. Sur le pont, des silhouettes s'agitaient. En quelques instants, le navire avait coulé, avalé par les flots. Aussi soudainement que le vent avait soufflé, il s'était calmé. Les habitants, qui couraient sur la berge, avaient commencé à voir des planches de bois dériver sur l'eau. La scène, qui n'avait duré qu'une heure, semblait absolument irréelle.

Soudain, un cri avait retenti. Un homme nageait dans l'eau. On se précipita, on le tira des flots. Il était ensanglanté, car les récifs l'avaient tailladé. Il s'évanouit. On le laissa se reposer. Quand il rouvrit les yeux, le gouverneur de la ville était à ses côtés. Il lui demanda des précisions sur le navire qui venait de faire naufrage.

C'était une nave de la marine du sultan de l'Ifrîqîya. À son bord, les meilleurs marins de Tunis. Le gouverneur demanda si elle amenait une ambassade.

Oui, avait répondu le rescapé. Un émir, porteur d'une lettre du sultan au souverain égyptien, accompagnait la famille du grand faqîh Ibn Khaldoun, qui venait le rejoindre au Caire.

Un voile sanglant était descendu devant mes yeux. La famille du grand Ibn Khaldoun… Une douleur terrible me déchira les entrailles : Amal, Issa étaient morts. Ma femme, mon fils reposaient au fond de l'eau.

L'homme continuait son récit. Les mots m'arrivaient assourdis ; j'étais dans un brouillard. Quelque chose, cependant, se frayait un chemin dans ma conscience. Que disait l'homme ? Je m'arrachai avec effort du vertige où je sombrais, j'écoutai de nouveau.

Le gouverneur avait insisté : qui était à bord de cette nave ? Le rescapé, qui était le second du navire et savait tout, avait donné des précisions.

À Tunis, la famille d'Ibn Khaldoun avait embarqué sur la nave. La femme du savant était accompagnée de ses cinq filles, d'une proche suivante et de quelques esclaves.

Je vacillais, j'allais m'évanouir. L'homme était formel : la femme d'Ibn Khaldoun n'était accompagnée que d'une suivante et d'esclaves. Il n'y avait pas de jeunes enfants. Il n'y avait sûrement pas eu de garçon sur le navire.Soudain, je compris tout : la suivante, c'était ma sœur. Je me souvins qu'elle était particulièrement attachée à la femme de mon maître. Elle ne s'était jamais mariée. Elle aimait l'épouse d'Ibn Khaldoun comme j'étais moi-même attaché à ce dernier. Elle quittait rarement le harem et aidait la femme de mon maître à élever ses enfants. Il était normal qu'elle l'accompagnât partout.

Une vague me submergea : Amal et mon fils étaient sains et saufs. Que leur était-il arrivé ? Pourquoi n'étaient-ils pas sur cette nave ? Et pourquoi les deux garçons de mon maître, Mohammad et Ali, n'étaient-ils pas venus avec leur mère ?

Ces questions pouvaient attendre. Je me tournai vers Ibn Khaldoun et je le vis trembler et vaciller. Je compris qu'il allait s'effondrer. Je poussai les deux hommes dehors, je hurlai des ordres aux serviteurs stupéfaits, je barricadai la porte.

J'avais perdu ma sœur, mais mon maître venait de perdre sa femme et ses cinq filles !

Au début, Ibn Khaldoun resta prostré. Il tremblait de tous ses membres. Je mis une couverture de laine sur ses épaules. Ses dents claquaient. J'entendis soudain une plainte, un gémissement de bête blessée : mon maître pleurait.

L'image de ma sœur s'imposa à mon esprit. Je ne l'avais vue que peu au cours de mes années de courses au Maghreb, mais une douce tendresse me liait à elle. Jadis, une petite fille heureuse et insouciante courait dans les prés sévillans, sur les berges du Guadalquivir... Et maintenant, elle était morte ! Elle emportait dans la mer impitoyable mon enfance. Avec elle disparaissait le dernier lien qui m'attachait à l'Ibérie, à Séville, à ma mère. Des larmes brûlantes, pressées, jaillirent de mes yeux...

Mon maître cependant passait de la prostration à l'agitation la plus extrême, avant de retomber de nouveau dans l'hébétude. À un moment donné, dans un grand mouvement de douleur, il arracha son turban qu'il jeta par terre et se mit à le fouler. Un dernier sursaut de dignité le ramena à la raison : il le ramassa et le remit sur sa tête.

Ibn Khaldoun aimait sa femme et ses enfants ; il n'en parlait que rarement devant moi, et jamais devant les étrangers, mais mille indices m'avaient déjà laissé comprendre la tendresse qu'il avait pour elles. Ces vingt-quatre heures fatidiques me dévoilèrent soudain la force de ce sentiment. L'univers de mon maître s'écroulait. L'homme d'action venait de perdre ce qui le soutenait, le foyer où il revenait toujours, le lieu clos et secret où il retrempait ses énergies.

Nous devions apprendre plus tard que mon maître avait également perdu toute sa fortune dans le naufrage. Sa femme avait réalisé ses biens à Tunis, vendu ses propriétés, et apportait avec elle des sacs remplis de pièces d'or. Ibn Khaldoun allait vite se remettre de cette perte, grâce à la générosité du sultan d'Égypte. Jusqu'à son dernier jour, il allait cependant souffrir dans sa chair de la disparition de sa femme et de ses filles.

La raison me revint peu à peu : dans cette affliction extrême, tout n'était pas perdu. Il était certain qu'Ons al-Qoloub et son jeune fils, ainsi que les deux aînés de mon maître, n'étaient pas sur ce navire de malheur. Je n'osais dire cela à haute voix. Dans l'épouvante où j'étais, je m'épouvantais encore plus à l'idée que toute la famille de mon maître — et la mienne aussi ! — eût pu se trouver sur la nave tunisoise.

Au bout de vingt-quatre heures, j'ouvris la porte. Les serviteurs se cachaient dans les recoins des corridors ; ils étaient terrifiés. L'intendant s'approcha de moi : de nombreux visiteurs voulaient voir mon maître. Je lui dis de les inviter à revenir le lendemain.

J'obligeai Ibn Khaldoun à prendre une nuit de repos. Le lendemain, un flot de visiteurs l'attendait dans la salle de réception : des émirs, des courtisans, des cheikhs, des professeurs, ses élèves, et même des gens modestes qui le connaissaient de réputation. Le Caire entier défilait chez lui pour lui offrir ses condoléances.

Au milieu de la matinée, al-Jubani, l'Émir du Conseil, vint aussi. Il n'était pas là seulement en ami. Barqouq l'envoyait pour porter au Grand Cadi les condoléances du souverain.

Le Grand Cadi ! C'était bien en effet la même foule qui se pressait, deux semaines plus tôt, dans les mêmes salons, pour féliciter Ibn Khaldoun, pour voir le nouveau Grand Cadi malékite du Caire, et pour être vue en compagnie d'une des principales personnalités de la cour du sultan.

En effet, tout souriait à Ibn Khaldoun dans la capitale égyptienne... Cela faisait déjà deux ans et demi que nous y étions arrivés. Que de chemin parcouru par mon maître en deux ans !

Il était le protégé du sultan Barqouq. Il se rendait régulièrement au palais pour conférer avec lui. Le souverain lui versait une pension et lui avait offert un grand domaine dans l'oasis du Fayoum, au sud du Caire. J'étais déjà allé une fois avec lui inspecter ses terres, visiter ses paysans, admirer la campagne égyptienne.

Les cours qu'il donnait à al-Azhar suffisaient déjà à établir sa réputation dans tous les milieux lettrés du Caire. Ce n'était cependant qu'un début. Cela faisait à peine un an que nous étions arrivés dans sa capitale que le sultan l'imposa comme l'un des grands maîtres de la jurisprudence dans les célèbres madrasas de la ville.

Au mois de moharram 786, qui est le début de l'an 1384, Barqouq le nomma en effet professeur de fiqh, de droit et de jurisprudence à la madrasa Qamheyya. Cet honneur immense flatta mon maître au-delà de toute mesure : la Qamheyya avait été fondée près de deux siècles plus tôt par le grand Salah al-Dîn[1]. Elle jouissait au Caire d'une grande réputation. L'édifice vénérable de la madrasa se trouvait au Vieux Caire.

La décision du sultan avait surpris certains des courtisans du palais, car le souverain avait reçu une longue missive d'Ibn 'Arafa, l'imam de la Grande Mosquée de Tunis, l'adversaire déclaré d'Ibn Khaldoun. Le savant tunisois, que le départ de mon maître — il disait « la fuite » — avait enragé, car il le mettait hors de la portée de son venin, voulait « éclairer » Barqouq sur Ibn Khaldoun. Sa lettre, pleine de fiel, accusait essentiellement mon maître d'être ignorant en fiqh et de n'avoir qu'un vernis superficiel de science. Barqouq avait haussé dédaigneusement les épaules. Il avait pu prendre lui-même la vraie mesure de son nouveau protégé.

Les personnalités les plus importantes de la cour et de la ville se pressaient dans la cour de la médressa pour la leçon inaugurale d'Ibn Khaldoun. Les turbans blancs des cheikhs d'al-Azhar voisinaient avec les turbans verts des soufis. Les émirs mamelouks étaient précédés de leurs porte-étendards. À leur tête, l'Émir du Conseil, al-Jubani, était venu témoigner de son amitié pour mon maître. L'arrivée des quatre Grands Cadis de la ville avait déclenché un mouvement dans la foule : on se poussait du coude, on chuchotait devant l'insigne honneur que les magistrats faisaient à Ibn Khaldoun.

Je vois encore mon maître, assis sur l'estrade, dominant du regard cette foule énorme qui comprenait certains des plus grands savants de Dar al-Islam. A-t-il été intimidé ? Devant ce parterre illustre, son cœur s'est-il mis à battre ? Je ne le crois pas. Ibn Khaldoun avait confiance en sa science. Je crois qu'il n'a jamais été aussi heureux dans sa vie qu'en ces moments où, assis devant des étudiants, des auditeurs, il s'apprêtait à partager avec eux les fruits de son labeur.

Ce jour-là, il a peint une vaste fresque des débuts de l'Islam et de la prédication du Prophète. Il a montré comment la protection de Dieu a permis aux Arabes d'étendre le domaine de l'Islam et de vaincre les infidèles et les polythéistes. Il a ensuite fait l'éloge de Salah al-Dîn, le fondateur de la madrasa et le vainqueur des Croisés, avant de remercier le sultan Barqouq de ses bienfaits multiples.

La leçon fut reçue avec respect et admiration. On se pressait autour de mon maître ; les cheikhs le félicitaient, les étudiants lui baisaient les mains. Ibn Khaldoun rayonnait.

L'ascension fulgurante d'Ibn Khaldoun faisait déjà des jaloux au Caire. La décision suivante de Barqouq allait faire souffler un vent brûlant sur les braises de l'envie.

Au début du mois de juin 1384, Barqouq convoqua Ibn Khaldoun au palais. Il lui annonça qu'il avait décidé de le nommer Grand Cadi malékite du Caire. La surprise de mon maître fut complète. Il commença par supplier le sultan de ne pas lui imposer ce fardeau : sa tâche de professeur lui suffisait déjà. Le sultan écarta ses objections du revers de la main.

Trois jours plus tard, une cérémonie solennelle rassemblait à la Citadelle tous les dignitaires civils et religieux. Le sultan remit à mon maître le décret de nomination et lui passa une grande robe d'honneur. Les trois autres Grands Cadis vinrent embrasser leur nouveau collègue. Un cortège d'honneur l'accompagna jusqu'à ses bureaux, situés dans une annexe de la madrasa Saleheyya. En quittant le palais, mon maître trouva à la porte une magnifique mule grise : plus peut-être que la robe d'honneur, elle était, aux yeux des Cairotes, le signe éclatant de son élévation.

Chacun des quatre grands rites avait au Caire un Grand Cadi. Mon maître devenait juge suprême du rite malékite, qui est surtout suivi par les fidèles du Maghreb. Ses nouvelles fonctions le mettaient à la tête d'un grand nombre de juges subalternes et d'une armée de greffiers, d'huissiers, de notaires et de témoins.

En devenant Grand Cadi malékite, mon maître s'affirmait de façon éclatante et quasi officielle le chef incontesté des Maghrébins du Caire. Il était déjà une sorte de consul de facto du Maghreb dans la capitale égyptienne.

J'ai déjà eu l'occasion de dire que mon maître a toujours été fier d'être maghrébin. Au Caire, il troqua vite la robe d'honneur du Grand Cadi pour l'austère jubba de son pays. On critiqua cette décision, qu'on prit pour une ostentation de modestie, mais mon maître n'en avait cure.

Il ouvrait ses portes à tous les voyageurs qui venaient du Maghreb. Les marchands, les pèlerins illustres se précipitaient chez lui. Ils lui demandaient d'être présentés au sultan, ou d'intercéder auprès de Barqouq pour obtenir une faveur. Ibn Khaldoun ne disait jamais non. Je me souviens par exemple qu'une caravane de pèlerins maghrébins avait été attaquée par des voleurs sur la route de La Mecque. Pressé par mon maître, Barqouq intervint et réussit à faire restituer les biens volés.

Une autre fois, Ibn Khaldoun écrivit au sultan de Tunis pour lui mentionner l'amour de Barqouq pour les chevaux du Maghreb. Le souverain de l'Ifrîqîya envoya alors à «son frère d'Égypte» cinq magnifiques chevaux. Malheureusement, ces bêtes se trouvaient sur le même navire qui avait fait naufrage à Alexandrie, entraînant dans la mort la famille de mon maître. J'imagine cependant que le souverain égyptien a dû être sensible à la démarche de mon maître. Quoi qu'il en soit, il envoya, à la suggestion d'Ibn Khaldoun, une délégation d'émirs au Maghreb pour ramener de nouvelles bêtes.

Les amis maghrébins et andalous de mon maître continuaient à correspondre assidûment avec lui. Que de fois n'ai-je pas fait mettre au net, par des copistes, les longues missives qu'il envoyait à Fès ou à Grenade ! Il avait ainsi reçu plusieurs lettres d'Ibn Zamrak, son ancien ami à la cour de Grenade, devenu entre-temps grand vizir. Ibn Zamrak lui envoya un poème de condoléances de 150 vers à la mort de sa famille.

À plusieurs reprises, les lettrés du Maghreb et de l'Espagne demandèrent à mon maître de leur envoyer des ouvrages rares. Ainsi, Ibn Zamrak le pria un jour de lui faire parvenir les ouvrages des docteurs de la loi égyptiens, et particulièrement leurs commentaires du Coran.

Mon maître accumulait donc les succès et les honneurs. Il était un professeur respecté. Il attendait d'un moment à l'autre le retour de sa famille. Il haussait les épaules d'un air méprisant quand je lui disais que sa nomination comme Grand Cadi avait suscité des jalousies et des murmures au Caire.

Les Égyptiens trouvaient que le sultan, décidément, en faisait un peu trop pour cet étranger. Mais ils n'étaient pas les seuls à grommeler. Il y avait dans la capitale égyptienne une nombreuse communauté maghrébine. Certains de ses membres étaient là depuis longtemps et travaillaient comme juges ou ulémas. Ils se dépitaient de se voir devancer par ce nouveau venu.

Cette jalousie a-t-elle joué un rôle dans le malheur qui allait vite l'accabler ? Beaucoup d'amis de mon maître — et ses ennemis aussi — sont convaincus que le mauvais œil des jaloux a précipité son infortune.

C'est donc deux semaines après sa nomination comme Grand Cadi que mon maître apprit le naufrage de sa famille. Pendant plusieurs semaines, et jusqu'à la fin des quarante jours de deuil rituel, sa maison ne désemplit pas de visiteurs. Il recevait tout le monde, sombre, silencieux, le regard vague.

Quand le deuil officiel fut terminé, mon maître m'appela : « Ibrahim, me dit-il, il faut préparer nos bagages. Nous partons.

– Où donc, ya sidi ?

– Nous quitterons Le Caire dans quelques jours, pour aller au Fayoum, dans mon domaine.

– Vous comptez vous y reposer quelques jours ?

– M'y reposer ? fit-il en levant vers moi un visage amer. Non, je compte m'y installer pendant quelque temps.

– Mais, mon maître, et votre enseignement ? Et le tribunal ? Vos fonctions de Grand Cadi…

– Mon enseignement ? Il y a bien assez de rhéteurs comme cela au Caire. Ils me remplaceront. Quant à mes fonctions de Cadi, je les abandonne. Tiens, à ce propos, prends ta plume… »

J'étais atterré, mais hésitais à réagir. Ibn Khaldoun me dicta une lettre à son ami al-Jubani, dans laquelle il lui faisait part de ses décisions et lui demandait de soumettre au sultan sa démission à titre de Grand Cadi. Il m'ordonna de la faire porter à l'Émir du Conseil.

Le lendemain, al-Jubani frappait à la porte de mon maître. Je n'assistai pas à leur entretien. Deux heures plus tard, l'émir partait, l'air sombre. Il revint le lendemain, accompagné de chambellans du palais, de cheikhs d'al-Azhar et d'autres notables. Une véritable délégation, qui s'attarda longtemps auprès de mon maître.

Ibn Khaldoun finit par mollir. Ses amis lui disaient comprendre parfaitement sa douleur. Cependant, sa démission, quelques semaines seulement après sa nomination, pourrait être mal prise par Barqouq. Le sultan serait insulté. De plus, ajoutait al-Jubani, en s'exilant au Fayoum, en abandonnant toute activité, il ne ferait que raviver tout le temps sa douleur. Tandis qu'en se plongeant dans l'action, au Caire…

Mon maître retira sa démission. Le soir même, il écrivait une longue lettre à ses garçons restés à Tunis. Il leur annonçait la mort de leur mère et de leurs sœurs et leur demandait de le rejoindre le plus rapidement possible au Caire. Il souhaitait aussi qu'Ons al-Qoloub les accompagnât.

Ensuite, il se lança à corps perdu dans ses fonctions de Grand Cadi. Chaque fois que je me souviens de cette année où il a été juge pour la première fois au Caire, je ne peux m'empêcher d'être partagé entre l'admiration et l'exaspération.

Je dois dire tout d'abord que ce fut un feu roulant. Je pensais déjà que j'étais très occupé avec Ibn Khaldoun. Pendant ces mois où il se rendait tous les matins au tribunal, je crois bien que nous ne cessions, lui et moi, de travailler de l'aube jusque tard dans la nuit.

Ibn Khaldoun était un juge scrupuleux, d'une honnêteté et d'une rigueur à toute épreuve. Sa science du fiqh était grande, son esprit droit, son raisonnement imparable. Il aurait dû jouir de l'admiration et de la considération générales. Or, au bout de quelques semaines, il s'était attiré des rancunes qui allaient dégénérer en haine froide et agissante.

C'est que mon maître pénétrait dans un véritable nid de vipères, où la concussion et la prévarication dominaient. Les témoins, ces agents du tribunal qui se portaient garants de l'exactitude des preuves et aidaient les juges à rédiger les actes juridiques, étaient les pivots du système de corruption. Ils acceptaient des pots-de-vin qu'ils partageaient ensuite avec les huissiers, les secrétaires, les gardiens, les portiers, et jusqu'au plus humble employé du tribunal.

Quelquefois, les plaignants étaient des personnages importants, émirs ou notables. Ils dédaignaient le menu fretin des témoins et autres huissiers et rencontraient discrètement les juges. Des promesses étaient chuchotées, des bourses changeaient de main…

Les pauvres, les humbles, les veuves étaient les laissés-pour-compte, les grands perdants de cette corruption érigée en système. Et quand, d'aventure, un juge honnête décidait de rendre une décision juste qui favorisait le faible, il y avait d'autres recours pour les grands.

En effet, Le Caire pullulait de muftis vrais ou faux. N'importe quel étudiant de fiqh s'affirmait savant et professeur et s'arrogeait le droit de donner des fatwas. Aucune autorité ne réglementant cette inflation de titres, il suffisait à un émir qui venait de perdre sa cause devant le tribunal d'aller rencontrer discrètement un mufti de fraîche date, à la science incertaine et aux poches profondes.

Le lendemain, une fatwa était émise: ce jugement du tribunal, proclamait l'obligeant mufti, contredit la loi de Dieu et doit être cassé. L'émir triomphait, le juge honnête cachait sa déconfiture, le plaignant pauvre était ruiné.

Mon maître décida de changer tout cela. Il ferma sa porte à quelques puissants qui voulaient, disaient-ils, mieux lui expliquer leur cause. On crut un moment que c'était de sa part une manœuvre et on lui fit savoir qu'on était prêt à être plus généreux que d'habitude. Il fit mettre rudement à la porte le messager.

Il s'attaqua ensuite aux témoins. Il commença par renvoyer du tribunal ceux dont la corruption était la plus avérée. Puis il questionna longuement les autres, pour se faire lui-même une opinion sur les preuves qui lui étaient soumises. Il lisait attentivement les actes juridiques rédigés par eux, afin d'être certain qu'on n'avait pas subtilement modifié le jugement qu'il avait prononcé.

Mon maître veilla ensuite à ce que les cours inférieures qui dépendaient de lui suivent la même voie. J'ai déjà expliqué que de nombreux juges subalternes du rite malékite se rapportaient à lui. Il demandait des rapports, détectait tout de suite les causes louches, flairait la prévarication et annulait rapidement les jugements incertains ou complaisants.

Ce fut, dans les milieux juridiques du Caire, une véritable révolution. Le mot se répandit comme un feu de brousse : Ibn Khaldoun était juste et ferme. Les pauvres, les déshérités, tous ceux qui ne pouvaient payer de pots-de-vin, se présentèrent à son tribunal. Certains plaignants qui comparaissaient devant des juges subalternes, ou même devant les Grands Cadis des autres rites, voulurent être jugés par lui.

J'étais heureux et fier de l'honnêteté et de la droiture de mon maître. Je savais que le peuple bénissait son nom. Je m'inquiétais cependant de la colère, sourde d'abord, puis de plus en plus ouverte, qui grondait contre lui dans les milieux judiciaires, chez les notables, et même au Palais.

C'est que mon maître ne se contentait pas d'être droit : il était raide. Il ne s'encombrait pas de subtilités et ignorait les formes. Il heurtait de front les notables.

J'ai déjà montré à quel point mon maître pouvait faire preuve d'urbanité avec ses amis, avec les grands et les puissants. Il savait séduire et n'hésitait pas à le faire, mais il était impitoyable avec ses ennemis, détestait les pédants et ne supportait guère les médiocres. J'allais, au Caire, ajouter quelques touches supplémentaires à ce tableau, en découvrant qu'Ibn Khaldoun ne pouvait souffrir les incompétents, les hypocrites et les faux savants.

Ainsi, une fois qu'il était convaincu de la prévarication des témoins corrompus, il les renvoyait sur-le-champ, refusait de les écouter ou de les recevoir. Avec les juges subalternes, il se montrait aussi ferme. On avait beau lui laisser entendre qu'il y avait peut-être des accommodements possibles, il se montrait inflexible. On murmurait contre sa hauteur. On l'accusait ainsi de ne pas se lever de son siège pour accueillir les juges subalternes qui venaient délibérer avec lui.

Il était exigeant, certes, quelquefois même sans pitié. Un jour, un secrétaire avait égaré un document qu'Ibn Khaldoun demandait. Mon maître ordonna une punition : l'un des gardes se mit à frapper le malheureux sur la nuque avec le plat de sa lance. Ce châtiment fut infligé à plusieurs autres secrétaires et notaires dont les services ne plaisaient pas à Ibn Khaldoun.

On parla d'extrême sévérité et d'arrogance. On fit des gorges chaudes sur la jubba maghrébine qu'Ibn Khaldoun persistait à porter au tribunal. Vous voyez, disaient ses détracteurs, c'est bien un étranger. Il veut s'habiller en étranger, il agit en étranger, il ne connaît ni nos coutumes ni nos habitudes. On critiquait même ma présence auprès de lui : son secrétaire privé, son âme damnée, murmurait-on, est également un étranger venu de la lointaine Espagne.

La rumeur s'enflait de semaine en semaine. J'appris qu'on s'était plaint à Barqouq. Le sultan écartait dédaigneusement les courtisans furieux. Il connaissait bien Ibn Khaldoun et continuait à lui témoigner la plus grande confiance.

Mon maître rencontrait officiellement le souverain le premier de chaque mois, en compagnie des trois autres Grands Cadis du Caire. Les juges félicitaient tout d'abord le sultan de l'arrivée du nouveau mois. Puis ils faisaient rapport à Barqouq des causes importantes qu'ils devaient traiter ; la discussion portait ensuite sur les principes de la loi et sur la jurisprudence de l'Islam. Le souverain remettait enfin à chaque magistrat une bourse contenant ses émoluments mensuels. Quelquefois, quand il était particulièrement satisfait de l'un d'entre eux, il lui offrait une robe dorée, un titre de propriété ou un coffret précieux.

Les trois autres Grands Cadis étaient jaloux d'Ibn Khaldoun. Nul n'ignorait en effet que mon maître était régulièrement convoqué au Palais, en dehors de cette rencontre protocolaire. Il s'entretenait en privé avec le sultan, ou participait à des réunions restreintes avec le souverain, al-Jubani et d'autres émirs influents. Le Grand Cadi chaféïte, en particulier, se plaignait en privé de ne plus jouir de sa primauté traditionnelle : la grande majorité des Égyptiens étant de rite chaféïte, ce magistrat suprême marchait d'habitude au-devant des autres Grands Cadis.

Un soir que je revenais à la maison, un homme m'aborda dans la rue. Je me souvins vaguement de l'avoir vu au tribunal. Il me fit un grand sourire et m'invita à le suivre. J'hésitai un moment puis, poussé par la curiosité, je lui emboîtai le pas.

Il m'amena à une maison discrète, m'invita dans un salon et frappa des mains. Un esclave parut. Il commanda du thé.

« Je sais qui vous êtes, me dit-il. Ibrahim al-Andalusi, le secrétaire et l'ami de notre maître, le Grand Cadi malékite. Permettez-moi de me présenter. Je m'appelle Younis et je suis l'intendant de l'émir X***. »

Il me nomma l'un des principaux émirs de la cour, un prince puissant. Qu'on me pardonne de ne pas dévoiler son nom, car il est encore vivant et joue un rôle important à la cour du sultan. Dès que l'intendant me nomma son maître, je me redressai, curieux, attentif : j'avais en effet lu les documents d'un procès intenté par l'émir contre les gardiens d'un wakf. La cause allait être bientôt entendue par le Grand Cadi.

« Mon maître, reprit l'intendant, admire beaucoup le Protecteur de la Religion, le savant équitable et aimé de Dieu, Abdel-Rahman Ibn Khaldoun.

– Que Dieu garde et protège toujours l'émir X***, répondis-je prudemment.

– Il sait aussi la place éminente que tu occupes auprès du Grand Cadi.

– Mon maître m'honore de sa confiance. Je ne suis que son humble serviteur.

– Allons, allons, reprit Younis avec un sourire, tu es son serviteur, et aussi son secrétaire, son confident et son ami. »

Je ne savais où voulait en venir l'intendant. Je restai silencieux.

« C'est justement parce que tu es son ami que j'ai voulu te rencontrer ce soir, reprit l'intendant.

– Et pourquoi donc ?

– Vois-tu, Ibrahim, me dit-il d'un ton complice et familier, ton maître et le mien sont des personnages puissants et occupés.

– Il est vrai que le Grand Cadi se donne tout entier à sa tâche.

– Justement ! Vois-tu, je ne voudrais pas le déranger pour des broutilles, et mon maître non plus.

– Des broutilles ?

– Oui. Oh ! rien de bien important ! D'ailleurs, tu es probablement déjà au courant. Il s'agit de ce procès…

– À propos d'un bien de mainmorte ?

– Oui. C'est un petit monastère qu'occupe un groupe de bigots. Mon maître a voulu le racheter, mais ils prétendent que c'est un wakf, donc un bien inaliénable…

– Et… pourquoi l'émir veut-il le racheter ?

– Vois-tu, ce monastère jouxte le palais de l'émir… »

Je comprenais tout. X*** avait un magnifique palais, adossé au Mokattam. Il voulait probablement l'agrandir, ou étendre ses jardins. Il ne pouvait creuser la montagne : il devait donc acheter les propriétés avoisinantes. Et l'une de ces propriétés, c'était le monastère protégé par un wakf. Je devinais déjà la suite.

« Mon maître, reprit Younis, veut être juste. Il est disposé à payer un prix raisonnable. Mais les gardiens du monastère s'entêtent. Ils refusent de discuter.

– Mais, dis-je d'un air innocent, s'il s'agit d'un wakf…

– Justement, rétorqua l'autre un peu trop vivement, mon maître ne croit pas qu'il s'agisse d'un wakf.

– Ils ont pourtant produit des titres.

– Nous sommes convaincus que ces titres sont des faux. C'est ce que mon maître a dit dans son placet au Grand Cadi.

– Je suis sûr qu'Ibn Khaldoun lira attentivement ce placet.

– C'est que, justement… »

Nous fûmes interrompus par l'esclave qui amenait le thé. Younis sembla soulagé. Il prit son temps pour verser le breuvage brûlant.

« C'est pourquoi j'ai pensé te rencontrer aujourd'hui. Ton maître, nous sommes d'accord là-dessus, est un homme très occupé. La cause est claire. Pourquoi lui faire perdre son temps ?

– Et… comment pourrait-on lui éviter de perdre son temps ?

– Je sais que tu tiens ses dossiers. Tu pourrais…

– Oui, dis-je, en me penchant vers lui, je pourrais…

– Tu pourrais retirer du dossier ce vieux grimoire qu'ils disent être un titre de propriété. Cela nous ferait gagner à tous un temps précieux.

– C'est vrai », dis-je, en me grattant le turban. Je commençais vraiment à m'amuser. « Mais il me faudrait, moi, retrouver ce dossier. Il me faudrait le compulser. Il me faudrait trouver le… vieux grimoire. C'est moi qui perdrais mon temps.

– Je sais, je sais, reprit l'autre, manifestement soulagé. Nous ne serons pas ingrats.

– Pas ingrats…, dis-je, en laissant traîner la dernière syllabe.

– Oui. Tu te seras donné bien de la peine. Il faudra te compenser. »

Et, joignant le geste à la parole, il tira nonchalamment une bourse ronde de derrière un coussin. Je me raidis. Il crut que j'hésitais. « Il est bien entendu, ajouta-t-il, que mon maître te sera encore plus reconnaissant et saura te le témoigner quand toute cette histoire sera réglée. »

Je ne m'attendais pas à l'apparition immédiate de cette bourse. Il n'était pas question de la prendre. Je prétendis être intéressé par l'offre. Je devais cependant, avant de l'accepter, être certain que je pourrais avoir accès au dossier. Je dis à Younis que j'allais lui faire signe dans quelques jours. En me quittant, il se frottait les mains de satisfaction.

Je savais qu'on avait déjà tenté de circonvenir mon maître. Les solliciteurs avaient toujours échoué. X*** ne voulait pas courir ce risque. Il s'était dit que je serais une proie plus facile.

Le soir même, j'en parlai à Ibn Khaldoun. Mon maître ne dit mot. Il me demanda de lui sortir le dossier de X***. Il ne devait juger la cause que quelques semaines plus tard. Le lendemain, au tribunal, il fit savoir qu'il suspendait indéfiniment le procès. À toutes fins utiles, il déboutait X***. Younis, qui était au tribunal, me jeta un regard noir.

Cette fois-ci, Ibn Khaldoun avait déplu à l'un des hommes les plus puissants d'Égypte. Soudain, d'autres plaintes contre le Grand Cadi, qui avaient été étouffées ou qui n'avaient pas eu de suites, refirent surface.

Un groupe de notaires et de témoins, contre lesquels Ibn Khaldoun avait prononcé l'interdit quelques mois plus tôt, écrivit une pétition au sultan. Ils affirmaient que cette sanction était illégale, que le Grand Cadi s'était fondé sur une opinion personnelle, alors que le consensus de la communauté était requis.

Au lieu de rejeter dédaigneusement ce pamphlet, comme il l'avait déjà souvent fait, Barqouq en parla à mon maître. Puis un groupe de plaideurs mécontents alla crier à l'injustice devant le sultan. Je voyais clairement la main de X*** derrière tout ce fracas. C'est d'ailleurs peut-être pour cela que le sultan chercha cette fois-ci un compromis : il se trouvait pris entre son ami le Grand Cadi et l'un des princes puissants de sa cour.

Barqouq décida de confier ces plaintes à une vaste assemblée de juristes : il invita tous les cadis de quelque importance, et un grand nombre de muftis, à se réunir au palais pour examiner l'affaire. Le Hajib al-Kabir, le Grand Chambellan du Palais, présiderait les débats.

L'Assemblée devait se tenir le samedi suivant. J'étais persuadé de la justesse des décisions de mon maître. Je savais qu'Ibn Khaldoun lui-même en était convaincu. Pourtant, je le sentais inquiet et tendu. Je l'étais moi-même. Ce tribunal extraordinaire était un assaut frontal des ennemis de mon maître. Que le sultan lui-même l'ait convoqué me troublait plus que tout. Et si Barqouq, excédé de tout ce brouhaha, abandonnait son ami ?

Note

1. Saladin.

17

Gaza

Je suis épuisé. Les dernières semaines ont été éprouvantes. J'admire la résistance de mon maître, qui ne se plaint jamais. Moi qui ai trois ou quatre ans de moins que lui, je me sens moulu de fatigue.

Et pourtant, nos tribulations ne sont pas finies. Il nous faut encore traverser le Sinaï et, après ce qui nous est arrivé dans le désert de Syrie, je tremble à l'idée de m'engager de nouveau au milieu des dunes de sable et dans les défilés de montagnes.

Nous avons quitté Damas il y a près d'un mois. L'empereur des Tatars se préparait lui aussi à retourner à Samarcande. Jusqu'à la dernière minute, nous avons craint que Tamerlan ne nous oblige à le suivre dans sa capitale. Ibn Khaldoun le souhaitait-il ? Je ne le crois pas. Autant l'écrasante personnalité du Mongol le fascinait, autant il était fatigué de courir les routes et les pistes. Le Caire était devenu sa seconde patrie. Il aspirait à y retourner.

Tamerlan lui facilita les choses. Un jour, au terme d'une audience, il lui demanda abruptement : « Veux-tu partir en Égypte ?

– Que Dieu vous assiste, Sire ! Mon désir est le vôtre, vous qui m'avez offert le gîte et assuré la subsistance. Je ferai ce voyage, si c'est pour vous servir ; sinon je n'en ai aucun désir.

– Non ! Tu partiras auprès de ta famille et des tiens. »

L'empereur se tourna vers son fils Miran Shah et se mit à discuter avec lui en mongol. Le savant al-Khawarezmi, l'interprète de l'empereur, dit à Ibn Khaldoun que Tamerlan le recommandait à son fils, qui s'apprêtait à quitter le camp tatar le lendemain.

Mon maître remercia humblement l'empereur, mais le pria de le laisser partir pour Safad, non loin de la côte. C'était à l'opposé de la

299

direction que Miran Shah allait prendre. L'empereur accepta et le remercia encore une fois avant de le laisser partir. Quelques heures plus tard, nous tournions le dos à Damas, en compagnie de quelques fonctionnaires et officiers égyptiens libérés grâce à l'intervention d'Ibn Khaldoun.

Nous nous dirigions vers la côte. Au lieu de traverser les hautes montagnes du Liban, nous bifurquâmes vers le sud. Deux jours plus tard, nous atteignions la Palestine. Safad n'était plus qu'à une ou deux journées de marche. J'étais heureux et soulagé : nous avions enfin quitté le camp des Tatars. Malgré toute l'amitié que l'empereur témoignait à mon maître, je ne me suis jamais vraiment senti à l'aise au milieu des guerriers mongols. La destruction de Damas, le vol de ses richesses, le viol et le meurtre de ses habitants, tout cela m'avait affecté outre mesure. J'avais hâte de me retrouver au Caire, au chaud dans ma maison, et de me réfugier dans les bras de ma femme.

Nous traversions une petite plaine désertique ; je somnolais, perdu dans ces rêveries heureuses, lorsque des cris rauques me redressèrent sur ma monture. Un tourbillon de poussière se dirigeait vers nous. En quelques instants, nous fûmes entourés par une troupe nombreuse de guerriers voilés, montés sur des dromadaires. Ils brandissaient des cimeterres et tournoyaient autour de nous tout en poussant des clameurs effrayantes. Mon cœur bondit dans ma gorge, je compris que ma dernière heure était venue.

Le carrousel des guerriers finit par s'arrêter. Leur chef s'avança et commença à déverser un flot de paroles ponctuées de mouvements de son cimeterre. Était-ce de l'arabe ? Probablement. C'était cependant un dialecte que je ne comprenais pas.

Point n'était besoin pourtant de comprendre son langage, les gestes du chef étaient suffisamment éloquents. Nous fîmes avancer les mulets qui portaient nos bagages. Il rit et continua à agiter son arme. Ibn Khaldoun et les fonctionnaires égyptiens sortirent alors leurs bourses de leurs ceintures. Le chef riait de plus belle, ses troupes s'esclaffaient, mais ne desserraient pas leur étau.

La mimique était claire. Nous fûmes obligés de descendre de nos chevaux et de nos mulets, qui furent promptement regroupés. Je pensais que nous avions atteint le fond de l'ignominie, mais il nous restait une dernière épreuve à subir.

Nous nous serrions les uns contre les autres au milieu du tournoiement des guerriers. Soudain, l'un d'entre eux se dirigea vers nous, son arme levée. Je fermai les yeux, croyant mourir dans l'instant. Rien ne se produisit. J'ouvris les yeux : le guerrier, d'un coup de cimeterre, avait renversé le turban d'un officier. Toute la troupe se tordait de rire.

Il fallut en passer par ce qu'ils voulaient. Nous nous déshabillâmes tous, ne gardant sur nous que nos turbans et nos habits de corps. Ils nous prirent même nos babouches. Puis, riant et poussant des cris de triomphe, ils disparurent en emportant leur butin.

Nous étions debout au milieu de nulle part, nus, bedonnants, ridicules, frissonnant dans la bise aigre. Nous finîmes par nous diriger vers un mince filet de fumée : c'était un petit hameau. Les habitants nous accueillirent, nous logèrent deux jours chez eux et nous donnèrent à manger. Malheureusement, ils étaient trop pauvres pour nous fournir même des hardes pour nous couvrir.

Le troisième jour, nous repartîmes, à pied, vers la petite ville voisine d'al-Subayha. Là, l'officier mamelouk responsable de la garnison nous fournit quelques vêtements et une petite garde pour nous amener à Safad. Une semaine plus tard, nous arrivions au port d'Akka, sur la mer des Syriens.

Il y avait dans la rade un navire de la flotte du sultan ottoman Abou Yazid Ibn Osman[1]. Le navire avait à son bord un ambassadeur égyptien qui revenait d'une mission auprès du sultan. Il invita mon maître à embarquer avec lui, jusqu'aux côtes égyptiennes.

Ce fut un court voyage. Nous longions la côte de la Palestine. Le vent soufflait cependant sans arrêt, secouant notre navire, et je me retrouvai malade à plus d'une reprise. Nous atteignîmes enfin Gaza.

Nous sommes dans le caravansérail de cette ville depuis quelques jours, pour nous reposer et nous préparer à traverser le Sinaï pour retourner au Caire. Je crains cette nouvelle traversée du désert, car de nombreuses tribus de bédouins le sillonnent sans arrêt. Certaines sont amicales, mais il suffirait d'un clan de renégats pour que nous nous retrouvions de nouveau nus au milieu du désert. Et le Sinaï est bien plus vaste que le désert de Syrie.

Que je suis fatigué et que j'ai hâte de me retrouver dans la cohue du Caire !

Le Caire

« Comme ça, Grand Cadi, tu estimes que le Tout-Puissant ne protège pas toujours ceux qu'Il a mis à la tête des musulmans, et qu'Il ne fournirait donc pas aide et secours à notre maître le sultan ? »

La question était insidieuse. Elle avait été amenée tout naturellement. Je m'étonnai qu'Ibn Khaldoun ne l'ait pas vue venir. Mais mon maître avait baissé sa garde et s'était lancé dans une longue explication de sa théorie sur le gouvernement des pays. A-t-il eu, un moment, l'illusion qu'il donnait un cours magistral dans une grande madrasa du Caire ?

La matinée s'était pourtant bien déroulée jusque là. C'était le jour fixé pour l'audition de la plainte de certains Cairotes contre Ibn Khaldoun. Le Hajib al-Kabir, le Grand Chambellan de Barqouq, trônait dans une salle du palais. À sa droite et à sa gauche, une nombreuse assemblée de cadis et de muftis faisait demi-cercle.

À son entrée dans la salle, mon maître fut accueilli avec la plus grande aménité. Le Grand Chambellan se leva pour le saluer. Il prononça quelques mots conciliants : nous ne sommes pas ici, dit-il, pour juger un magistrat éminent, mais pour éclaircir une situation confuse.

Les plaignants s'avancèrent. On reconnaissait parmi eux des notaires et des témoins, mais aussi des notables, des commerçants importants, et surtout des intendants ou des secrétaires de certains émirs. Devant une telle diversité de mécontents, je compris encore plus les haines que mon maître avait accumulées contre lui.

On exposa le cas : Ibn Khaldoun, disaient les plaideurs, avait suspendu leurs procès de façon arbitraire, les privant ainsi d'une juste réparation. On entra dans les détails. Mon maître n'eut aucune peine à réfuter leurs arguments. Il cita les textes juridiques sur lesquels il s'était basé dans ses décisions, mêlant à ses réponses des citations du Coran et des hâdiths du Prophète.

Les plaignants étaient dans l'impasse : ils ne pouvaient dire à l'assemblée qu'ils avaient tenté de corrompre le Grand Cadi. Tout le monde savait que c'était là le nœud de la question ; il était cependant impossible de l'évoquer à haute voix. On parla alors, en termes vagues, de l'incapacité de mon maître « de bien comprendre les usages du pays ». On rappela qu'il ne se trouvait au Caire que depuis deux ou trois ans.

Ibn Khaldoun triomphait tranquillement. Il demanda quels étaient ces usages qu'on lui reprochait de ne pas bien comprendre. Les plaignants bafouillèrent. Le Grand Chambellan souriait.

J'étais dans la foule massée au fond de la salle et je m'étonnais de la tournure de l'audience. Après tout, un grand nombre de cadis et d'ulémas rassemblés dans cette salle avaient motif à se plaindre de mon maître. Il avait remis en question la compétence de certains. Il en avait rudoyé d'autres. Or, ils prenaient des pincettes pour lui poser des questions. J'étais perplexe devant tant de magnanimité.

L'assemblée se concerta brièvement. Elle fut unanime : Ibn Khaldoun fut innocenté de la façon la plus nette. Le Grand Chambellan annonça qu'il allait faire rapport au sultan et invita mon maître à continuer « à prononcer tes verdicts selon les lois de Dieu ».

Ibn Khaldoun s'apprêtait à quitter la salle quand un mufti — je devais apprendre plus tard qu'il s'appelait Abdel Bâsset — s'adressa à lui à haute voix : « Grand Cadi, que Dieu te protège, tu viens de nous prouver encore une fois que ta science de la Loi de Dieu et des enseignements de Son Prophète est grande.

— Cette Loi et ces enseignements sont au cœur de la vie de tout bon musulman, répondit poliment mon maître.

— D'ailleurs, nous savons tous que ta science déborde les limites de la religion et englobe toutes les sciences du savoir.

— C'est Dieu qui a donné à l'homme la capacité de réfléchir. C'est le don par excellence qu'Il nous a fait.

— Nous savons également que c'est l'étendue de ta science qui a fait de toi un ami et un protégé du sultan, l'épée du monde et de la religion… »

Je dressai l'oreille quand j'entendis le mufti évoquer Barqouq. Où voulait-il en venir ? Abdel Bâsset poursuivait : « Nous avons tous lu ton *Histoire universelle*, ou, à tout le moins, ta *Muqaddima*. Quel ouvrage remarquable !

— Ce n'est qu'une humble branche de l'arbre de la science islamique, dit Ibn Khaldoun, dont le sourire contredisait cette formule toute faite.

— J'ai moi-même lu et relu tes chapitres sur le climat et son influence sur l'homme et sur la communauté.

— Il est vrai que la civilisation ne peut fleurir que dans les régions tempérées, là où il ne fait ni trop chaud, ni trop froid.

– Grand Cadi, tu nous as, bien plus, clairement expliqué que c'est le climat et la fertilité du sol qui façonnent le caractère de l'homme, son apparence, ses coutumes et ses traditions. »

Ibn Khaldoun souriait. Les cheikhs et les cadis hochaient la tête. Nul n'avait quitté la salle. Abdel Bâsset avait l'expression d'un pêcheur qui a bien ferré le poisson. Il reprit : « Il y a, cependant, tout un aspect de ton livre que je n'ai pas bien saisi.

– Et lequel ?

– C'est toute cette question des cycles du pouvoir. »

Je suis sûr que le mufti avait fort bien saisi que c'était là le noyau central de la pensée de mon maître sur le pouvoir et le gouvernement des pays et des empires. Ibn Khaldoun se lança tout de suite dans une longue explication de sa théorie de la 'asabeyya. Il rappela comment les empires et les dynasties, les civilisations même, naissent, grandissent et meurent. Abdel Bâsset le laissa parler jusqu'au bout. Je sentais mon malaise augmenter.

« Donc, un souverain, si puissant qu'il soit, voit nécessairement son pouvoir s'étioler, sa famille s'affaiblir, son empire se désintégrer ?

– L'histoire nous l'enseigne », reprit Ibn Khaldoun, qui n'avait pas encore vu le piège qu'on lui tendait. Le mufti reprit doucement : « Ainsi, Grand Cadi, tu estimes que le Tout-Puissant ne protège pas toujours ceux qu'Il a mis à la tête des musulmans, et qu'Il ne fournirait donc pas aide et secours à notre maître le sultan ? »

Le piège se refermait sur mon maître. Toute l'assemblée avait les yeux rivés sur lui. S'il disait que Dieu ne se tiendrait pas toujours aux côtés de Barqouq, il commettait un crime de lèse-majesté. S'il disait le contraire, il désavouait son oeuvre.

Mon maître, je crois l'avoir déjà assez prouvé, était d'une intelligence fulgurante. Je le vis littéralement s'ébrouer : il se réveillait de sa discussion purement savante. Il regarda autour de lui, nota les yeux brillants, les têtes penchées. Il prit quelques instants avant de répondre : « Notre maître le sultan est l'esclave et l'ami de Dieu, le combattant assisté par Dieu. Je suis convaincu que le Tout-Puissant lui permettra toujours d'être le saint défenseur des frontières et le sultan de l'Islam et des musulmans.

– Pourtant, tu as dit dans ton livre…

– Je crois, notre maître le mufti, que tu n'as pas bien lu ma *Muqaddima*.

– Pas bien lu…

304

– Oui, l'interrompit Ibn Khaldoun. Ou alors, tu l'as lue un peu vite. Sinon, tu aurais vu que mes écrits ne laissent aucun doute : Dieu sera aux côtés du sultan.

– Comment cela ?

– Ma réflexion sur la 'asabeyya montre bien que les fondateurs de dynasties jouissent tous de l'aide de Dieu, qui leur permet de s'établir et de créer un empire. Or notre maître est un fondateur de dynastie, et Dieu favorisera ses armes, à lui, à ses enfants et à ses petits-enfants. »

Abdel Bâsset semblait un peu perdu. Il était vrai que Barqouq venait de saisir le pouvoir et qu'il était donc fondateur de dynastie. Or, selon les vues de mon maître, c'était le moment où celle-ci était la plus forte, la plus assurée, la plus triomphante. L'assemblée se dispersa en murmurant.

En quittant le palais, mon maître était d'humeur maussade. Je comprenais pourquoi : ce qu'il n'avait pas dit, et que le mufti n'avait pas eu l'esprit de rappeler, c'est qu'il avait également écrit qu'une dynastie s'effondre au bout de la quatrième génération. Il s'était tiré de ce mauvais pas par une pirouette, en ne mentionnant que les enfants et les petits-enfants du souverain.

Surtout, il avait pu mesurer la détermination de ses adversaires. Ils l'avaient laissé s'en tirer aisément dans l'affaire des plaignants pour mieux l'attaquer. Et ils n'y allaient pas de main morte : ils voulaient discréditer ses écrits et jeter une ombre sur ses relations avec le sultan.

Ce ne fut pas la seule attaque de ce genre. Un jour, Abdel Bâsset, imperméable semble-t-il au ridicule, assista à une conférence d'Ibn Khaldoun. Il leva la main. Mon maître se raidit en le voyant. Le mufti dit, avec un sourire engageant : « Maître, j'ai continué à lire ta *Muqaddima* et j'y ai trouvé mille autres perles de science.

– Je suis heureux de t'être utile, répondit prudemment mon maître.

– Cependant, le chapitre v de ton Deuxième Livre, sur les diverses façons de gagner sa vie, m'a semblé quelquefois obscur. »

Le mufti se tut une bonne minute, attendant une réaction d'Ibn Khaldoun. Mon maître ne broncha pas. Abdel Bâsset reprit : « Ainsi, tu décris fort bien divers métiers, mais tu parles ensuite de notions dont je n'ai pas bien saisi l'utilité.

– Lesquelles ?

– Eh bien, maître, tu évoques le profit et l'accumulation de quelque chose que tu nommes « capital ». Tu parles de la relation entre les profits, les gains et le travail des hommes. Tu assures que la subsistance n'est pas la même chose que ce « capital ». Tu évoques la transmission de ce « capital » aux héritiers. Tu prétends que le paiement de l'impôt est une marque de docilité et d'asservissement. Tu…

– Fort bien, fort bien, l'interrompit mon maître, et en quoi ces notions ne sont-elles pas claires ? Je pensais avoir donné des explications complètes et des exemples concrets…

– C'est que, maître, reprit le mufti qui avait de la difficulté à dissimuler son sourire, ce ne sont pas les notions qui sont obscures. Malgré mon peu d'intelligence, je les ai comprises. Mais j'ai cherché en vain dans ce chapitre mention du sultan. Le souverain que Dieu donne aux musulmans n'est-il pas le premier pourvoyeur de leur subsistance, le père bienfaisant qui subvient à leurs besoins ? Quand on doit payer de l'impôt au sultan, comment peut-on être asservi ? Comment peux-tu affirmer que la circulation de l'argent, son accumulation, et les flots de commerce et de ce que tu appelles « capital » ont plus d'importance pour le bien-être des musulmans que les actions de notre sultan ? »

Encore une fois, le mufti voulait entraîner mon maître sur le terrain glissant de la critique du sultan et de son rôle. Encore une fois, Ibn Khaldoun n'eut pas de peine à se sortir de ce piège — plus grossier que le précédent —, mais ce harcèlement l'agaçait au plus haut point.

Pourtant, la cabale contre lui allait se poursuivre et prendre d'autres formes. Comme on n'avait pu l'atteindre en se plaignant directement au sultan, on s'adressa aux principaux personnages de la cour. Les émirs qu'Ibn Khaldoun avait repoussés dans son tribunal étouffaient de rage : comment, disaient-ils, peut-on laisser un étranger nous humilier ainsi ? Il n'est pas digne de notre rang que notre honneur soit si peu ménagé et notre intercession repoussée. Et l'on trouvait toujours d'autres cadis, d'autres muftis pour aller répétant qu'au fond de toutes ces affaires, il y avait l'ignorance de mon maître de la terminologie des tribunaux égyptiens…

Ibn Khaldoun, qui continuait à jouir de l'appui de Barqouq, poursuivait son travail. La tâche ne manquait pas, les causes s'accumulaient. En effet, l'intégrité de mon maître et sa réputation de probité et de justice amenaient au tribunal une foule de nouveaux plaignants, qui n'avaient pas les moyens de circonvenir d'autres cadis. Cette popularité augmentait la rage de ses adversaires.

Un jour, le sultan convoqua mon maître à la Citadelle. Barqouq voulait son avis sur un cas que le Grand Chambellan lui avait soumis.

Une rumeur s'était répandue dans les ruelles du marché de la Voûte : on disait qu'une musulmane avait eu des relations avec un changeur juif. Le chef du guet du marché, ayant eu vent de l'affaire, arrêta la femme et le Juif et, pour faire bonne mesure, le muletier qui avait mené la femme au marché et un savetier qui connaissait les deux accusés.

Le sultan et le Grand Chambellan penchaient pour l'application stricte de la loi : ils avaient décidé que la femme serait lapidée et que le Juif aurait la tête tranchée. Quant au savetier et au muletier, ils seraient fouettés. Cependant, avant d'ordonner le supplice, le sultan voulait avoir l'opinion de son ami le Grand Cadi malékite.

Ibn Khaldoun demanda à voir le chef du guet. On amena l'homme. Mon maître l'interrogea : avait-il vu l'homme et la femme ensemble ? Non, pas vraiment... Connaissait-il quelqu'un qui les avait vus ensemble ? Le chef du guet tremblait de tous ses membres. Il ne connaissait pas de témoin direct, mais jurait par Allah qu'il pourrait amener tout de suite cent personnes qui affirmaient connaître le fin fond de l'histoire.

On renvoya l'homme. Mon maître n'insista pas. Le sultan lui-même s'était ravisé. Il ordonna au Grand Chambellan un complément d'information. En attendant la fin de l'enquête, le Juif fut jeté dans la prison de Dailam et la femme incarcérée dans la Hujra.

Je n'ai jamais su la fin de l'histoire. Je ne sais si le Juif et la femme furent libérés, exécutés, ou s'ils croupissent encore dans quelque prison.

Malgré cette protection ostensible du sultan, Ibn Khaldoun commençait à être excédé de ses fonctions. L'écho des rumeurs que les courtisans propageaient contre lui et des jérémiades dont ils accablaient le sultan lui parvenait. Comme si souvent dans sa vie, après être parvenu au pinacle des honneurs, il aspirait soudain à une retraite studieuse.

Mon maître avait en effet découvert l'extraordinaire richesse des bibliothèques du Caire. Rien de ce qu'il avait vu à Fès, à Tunis ou même à Grenade n'était comparable aux collections d'al-Azhar ou des madrasas et des collèges cairotes. Il dévorait, dans les rares moments libres que lui laissait sa tâche, les livres et les archives. Ils lui ouvraient des perspectives beaucoup plus précises sur l'histoire du monde, et particulièrement de l'Orient. Il devinait que son *Histoire universelle* nécessitait une relecture, des révisions peut-être. L'homme de réflexion reprenait le pas sur l'homme de pouvoir.

Ce fut Ibn Khaldoun qui demanda à Barqouq de le relever de sa tâche de juge. Le sultan en fut surpris. Il déclara à mon maître qu'il lui faisait toujours confiance et que le venin de ses adversaires ne pouvait l'atteindre.

Mon maître assura le sultan de sa soumission, mais lui répéta que la blessure de la mort de ses proches était toujours vive et qu'il souhaitait se retirer de la vie publique. Il insista tant et si bien que le sultan finit par céder. Mon maître avait été juge pendant un an environ.

Sa démission fut diversement accueillie au Caire. Ses adversaires triomphaient. Les notaires et les avoués retrouvaient leur morgue. Les plaignants les plus humbles se lamentaient. Mon maître ne prêtait aucune attention à la rumeur. Il s'enferma dans sa maison, se remit à l'étude, tout en continuant à recevoir ses amis, notamment l'Émir du Conseil al-Jubani, et à se rendre au palais pour s'entretenir avec le sultan.

C'est à cette époque que le reste de sa famille le rejoignit. En effet, ses deux garçons, Mohammad et Ali, accompagnés d'Ons al-Qoloub et de son fils Omar, avaient enfin quitté l'Ifrîqîya où ils désespéraient de voir jamais revenir leur père.

Ce fut une grande fête à la maison. La silhouette d'Ons al-Qoloub avait un peu épaissi, mais je savais qu'elle était encore belle. Dès son retour au harem, Ibn Khaldoun retrouva le sourire qu'il avait perdu à la mort de sa femme.

Il n'était pas le seul à être heureux. J'avais retrouvé mon Amal avec une vive émotion. Cela faisait quelque trois ans que nous nous étions quittés. Il est vrai que ma vie aventureuse m'avait obligé à partir souvent, à la laisser seule ou avec nos enfants, mais jamais pour une aussi longue période.

Quand la nouvelle nous parvint d'Alexandrie qu'ils y avaient débarqué et qu'ils faisaient route pour Le Caire, je devins fébrile. Un matin, ils arrivèrent, les hommes sur des mulets, les femmes sur un chariot. Je reconnus la silhouette de ma femme : mon cœur se mit à battre. Quand elle entra dans notre appartement et que je pus enfin relever le voile, je couvris son visage de baisers, je l'étreignais en tournant comme un fou dans la pièce, je fredonnais une mélodie qu'un joueur de flûte installé devant notre maison répétait toute la journée.

Je me calmai enfin, je regardai son beau visage. Quelques rides supplémentaires lui plissaient le coin des yeux, mais ceux-ci brillaient en me regardant ; depuis près de trente ans, ce regard, ces yeux me chaviraient. Une douce émotion m'envahit, mes mains s'égarèrent sous sa robe, je reconnus la courbure de la hanche qui m'émouvait tellement. Je devins impatient, j'arrachai presque les voiles et je retrouvai dans ses bras la houle originelle, la vague déferlante, la faim toujours recommencée, jamais assouvie...

Je retrouvais aussi avec tendresse Issa, notre fils. Il était devenu un grand garçon d'une quinzaine d'années. Il s'entendait avec Omar, le fils d'Ons al-Qoloub, qui avait le même âge que lui, comme larrons en foire. Les deux jeunes gens étaient éblouis par Le Caire. Ils partaient le matin pour l'explorer et ne revenaient que le soir, les yeux brillants, évoquant dans un bavardage incessant les surprises qu'ils découvraient au marché des Fabricants d'arbalètes ou à celui des Chameliers, ou encore les oiseaux exotiques et colorés de la volière du sultan.

Quelques semaines après le retour de sa famille, Ibn Khaldoun décida d'aller passer un mois ou deux au Fayoum. Un matin, nous partîmes en un nombreux équipage : des chameaux et des mulets transportaient la troupe nombreuse d'Ibn Khaldoun et de ses proches, les serviteurs et les esclaves, des meubles et des victuailles. Le sultan avait fourni une petite garde.

Le voyage ne fut pas long. Nous passâmes tout d'abord par l'île de Rodah, dont les jardins et les vergers débordaient en toute saison de fruits et de fleurs. Sur les berges du fleuve que nous traversâmes ensuite pour passer à l'occident de la vallée, les crocodiles se prélassaient au soleil, parfaitement immobiles. Seul un brusque coup de queue, qui lançait en l'air des gerbes de boue, signalait leur présence, et le batelier s'éloignait alors prudemment.

Dans le village de Guizeh, où nous fîmes halte, mon fils me demanda quelles étaient ces montagnes qui se dressaient à l'horizon ; je lui expliquai qu'il s'agissait des pyramides construites par les anciens Coptes.

Nous longeâmes le Nil pendant quatre jours, avant de bifurquer dans le désert. Une courte étape nous mena dans l'oasis du Fayoum.

Mon maître, je l'ai déjà dit, y avait un vaste domaine, offert par le sultan.

J'étais déjà venu au Fayoum en coup de vent. Cette fois-ci, je pus mieux mesurer la beauté et la fertilité de l'oasis. Sur son vaste lac, des felouques aux voiles triangulaires se détachaient contre l'or aveuglant du ciel. Les pêcheurs jetaient d'un ample geste leurs filets à l'eau.

La campagne était verdoyante et hérissée de pigeonniers. Les silhouettes des chadoufs griffaient partout l'horizon. Une armée de fellahs, penchés sur la terre noire, bêchait, semait, sarclait. Ici et là, deux hommes portant un harnais tiraient en ahanant un lourd soc de bois qui éventrait le limon.

J'avais déjà vu une belle plaine fertile, celle de Grenade. Mais le contraste était grand entre l'Andalousie et le Fayoum. La plaine espagnole était bordée de hautes montagnes aux sommets enneigés, tandis qu'un vaste désert aveuglant emprisonnait l'oasis égyptienne. En Andalousie, la plaine était colorée, allant du jaune au fauve au vert tendre. En Égypte, des champs au vert sombre et dru tranchaient sur l'or des sables.

Ce premier séjour au Fayoum — comme tous ceux qui allaient le suivre — fut heureux. Nous sortions toute la journée dans les champs. Mon maître s'intéressait aux récoltes, au cycle des saisons, au rendement de ses terres. Les métayers lui faisaient rapport régulièrement.

Les deux garçons, Omar et Issa, couraient dans les champs, se cachaient dans les pigeonniers, tâchaient de harponner des poissons dans le lac. Quant aux deux aînés de mon maître, Mohammad et Ali, ils retournèrent assez rapidement au Caire : l'agitation et les plaisirs de la grande ville leur manquaient.

Ce furent surtout les femmes qui aimèrent la campagne. Là, elles étaient libres. Les paysannes égyptiennes travaillaient dans les champs avec les hommes, le visage découvert, le pan de leurs robes pris entre leurs dents. Ons al-Qoloub, Amal, des servantes aussi s'enhardirent à sortir de la villa du domaine. Elles se promenaient dans les champs, allaient bavarder avec les paysannes — bavarder est un grand mot, car elles se comprenaient à peine, mais enfin, elles riaient ensemble avec de grands éclats.

Les fellahas s'émerveillaient de ces citadines qui leur adressaient la parole. Quant à Ons al-Qoloub et à Amal, jamais elles ne s'étaient senties aussi libres, aussi heureuses. Elles offraient pour la première fois leur visage en toute liberté au soleil, respiraient la brise tiède, cueillaient les fruits dans les arbres. Elles s'enhardirent même à tremper leurs pieds dans l'eau du lac.

Je ne sais trop ce que pensait mon maître de ces licences. Au Caire, il ne les aurait pas tolérées. Ici, il faisait semblant de ne rien voir. En tout cas, il ne dit rien et ne leur interdit jamais de quitter la maison.

Un jour, l'intendant du domaine vint l'informer que des visiteurs souhaitaient le rencontrer. C'étaient des cheikhs de tribus bédouines qui bivouaquaient dans le désert, non loin de l'oasis. Mon maître les reçut avec empressement. Il avait toujours aimé les Arabes du désert. Cette rencontre avec les bédouins d'Égypte lui rappelait ses visites aux tribus du Maghreb, ses chevauchées dans le désert pour négocier un traité avec un cheikh, ou simplement pour se réfugier quelque temps dans les vastes solitudes de sable, loin du pouvoir et de ses tentations, hors de portée de ses ennemis et de leurs tentacules.

Quand nous revînmes au Caire, nous étions tous mélancoliques.

Mon maître s'enferma à nouveau dans son étude. J'avais recommencé à prendre des notes, à lire des ouvrages pour les lui résumer. Quand il eut compulsé un grand nombre de livres et consulté les principales archives, il s'attaqua à réviser son *Kitâb al-'Ibar*, son *Histoire universelle,* et plus particulièrement la *Muqaddima*.

Ce fut un travail de longue haleine. Mon maître avait fait faire une deuxième copie de la *Muqaddima* pour me permettre de travailler avec lui. Il relisait à haute voix certains passages ; quand il décidait de faire des changements, il me dictait des notes ; je les écrivais sur des feuilles séparées, ou quelquefois en marge du passage en question.

Parfois, mon maître fronçait les sourcils et s'absorbait dans son travail. Je respectais son silence. Il prenait alors un calame et griffonnait lui-même un nom, un mot, des phrases, des expressions, dans la marge de son exemplaire. Le soir, je tentais de les mettre au net. Ce n'était pas toujours facile car, dans sa hâte à courir derrière sa pensée, le gribouillage de mon maître était souvent illisible.

Nous étions heureux et menions une vie ordonnée et studieuse. Nous sortions peu, sauf Omar et Issa, qui dépensaient leur folle énergie en courses incessantes. L'hippodrome les fascinait et ils grimpaient en courant sur les pentes du Moqqatam pour voir les mamelouks galoper furieusement en essayant de se dépasser, ou jouer à ce jeu curieux qui consiste à pousser une balle devant eux avec une sorte de batte.

J'appris également, par des indiscrétions des serviteurs, que l'on voyait de plus en plus souvent les deux garçons se rendre à l'étang d'al-Râtli ou au lac d'al-Ezbékieh, pour lorgner du coin de l'œil les bourgeoises du Caire qui canotaient sur l'eau, enveloppées de voiles aux couleurs châtoyantes.

Au bout de deux ans de cette vie rangée, mon maître décida de partir en pèlerinage. Il avait quitté Tunis cinq ans plus tôt dans l'intention d'aller à La Mecque, mais son destin l'avait mené au Caire. Sa santé était bonne, il avait cinquante-cinq ans. C'était un homme profondément religieux, d'une grande piété, et il ne voulait plus retarder la visite des Villes saintes.

Il demanda à Barqouq la permission de quitter Le Caire. Le sultan la lui accorda volontiers; bien plus, il insista pour lui fournir les approvisionnements nécessaires au voyage. Des émirs qui admiraient mon maître contribuèrent eux aussi à le défrayer.

Mon maître me demanda de m'occuper de sa famille et de ses biens pendant son absence. Son domaine du Fayoum représentait une bonne partie de sa fortune en Égypte. Chaque année, il s'était rendu dans l'oasis à la saison des semailles et au moment des récoltes. Il voulait que je sois là afin de veiller au travail des métayers.

Au milieu du mois de ramadan de l'an 789, qui est le mois de septembre 1387, mon maître se joignit à un groupe nombreux de pèlerins. C'était la principale caravane de l'année, celle qui accompagnait le mahmal[2] jusqu'à La Mecque.

Les pèlerins et leurs familles se rassemblèrent sur la vaste esplanade située devant la Porte des Victoires. La caravane allait être commandée par un émir mamelouk important.

La caravane s'ébranla. À sa tête défilaient deux bataillons richement équipés, précédés des éléphants recouverts de riches tapis et ornés d'étendards. La musique de la fanfare et des hautbois, les roulements des tambours se mêlaient aux acclamations de la foule massée dans la rue. Les femmes cachées derrière les moucharabiehs lançaient des cris stridents.

Le dromadaire qui portait le mahmal, une bête légère et dansante, se trouvait au milieu de la caravane, suivi par quinze files de dromadaires, munis de selles de velours multicolores ou de drap jaune. Les pèlerins plus riches montaient des chevaux caparaçonnés d'acier, tandis que les femmes étaient assises dans des litières couvertes de drap. Une armée de chariots portant les bagages, sur lesquels s'étaient juchés les pèlerins les plus pauvres, fermait la marche.

L'émir du pèlerinage avait déployé devant lui son étendard de soie rouge ; il était entouré de fonctionnaires, de cadis et de militaires, en tout deux cents hommes environ. Le spectacle était grandiose.

Les pèlerins avaient embrassé leurs familles en pleurant avant de se jucher dans les paniers sur le dos des dromadaires. Ibn Khaldoun, lui, allait voyager à cheval. Le matin, il avait fait ses adieux à Ons al-Qoloub. Sur l'esplanade, il étreignit ses garçons, puis se tourna vers moi et m'embrassa. J'avais les larmes aux yeux : c'était la première fois que nous allions nous quitter pour plusieurs mois et le pèlerinage était plein de danger, à cause des bandits qui infestaient les routes.

Quelques jours après son départ, nous quittâmes Le Caire pour nous rendre au Fayoum. Ons al-Qoloub et Amal étaient ravies : elles voulaient rester dans l'oasis pendant toute l'absence d'Ibn Khaldoun. Rien ne nous retenait vraiment au Caire, tant que le maître n'y était pas, plaidaient-elles.

Je savais pourquoi elles insistaient : cette liberté qu'elles avaient d'aller dans les champs, de sortir au soleil, à la lumière, au vent, les grisait. Au début, je résistai pourtant : le temps des semailles était proche et je n'avais l'intention de rester à la campagne que deux ou trois semaines. Le destin allait pourtant en décider autrement.

Pendant son pèlerinage, mon maître nous écrivit régulièrement. Il remettait ses missives aux caravanes qu'il rencontrait sur sa route et qui revenaient au Caire. Nous reçûmes ainsi plusieurs lettres, qui nous permirent de suivre son voyage, dont il nous parla par ailleurs longuement à son retour.

La caravane traversa le désert d'Égypte pour se rendre à Tor, un petit port à l'est de la mer de Suez, d'où Ibn Khaldoun s'embarqua pour la traversée de la mer Rouge. Il parvint au port de Yanbo, sur la côte ouest de l'Arabie, au bout d'un mois de navigation.

La caravane du mahmal poursuivit sa route jusqu'à La Mecque. Mon maître y accomplit son obligation. Plus tard, il n'allait pas tarir sur la profonde émotion qui l'avait saisie quand il avait vu la Kaaba et la Pierre noire. Il avait côtoyé, dans l'enceinte de la Grande Mosquée de la Ville sainte, des Arabes et des Maghrébins, des Turcs et des Tatars, des Noirs et des Abyssins, des gens aux yeux bridés et aux habits étranges.

Une fois le pèlerinage accompli, il revint à Yanbo. Là, la malchance allait le retarder. Les vents soufflaient dans la mauvaise direction. Aucun patron de navire n'osait quitter la rade. Ibn Khaldoun dut passer cinquante jours dans le port d'Arabie. Finalement, le vent ayant changé de direction, il put monter à bord d'une nave.

Le voyage était presque achevé et les minarets de Tor apparaissaient à l'horizon lorsqu'un vent violent souffla de la côte. Le navire fut repoussé au large. Pendant plusieurs jours, le patron essaya de louvoyer, mais le vent ne cessait de l'éloigner de la mer de Suez. Finalement, le bateau dut se réfugier dans la rade de Kosseir, en plein désert égyptien, loin au sud.

Ibn Khaldoun et ses compagnons traversèrent le désert, escortés par des Arabes de la région. Ils arrivèrent non loin du village de Louxor. Mon maître me dit qu'il y avait vu des temples gigantesques, ainsi que les statues des idoles qu'adoraient les anciens Coptes. « Ils n'ont guère changé, ajouta-t-il, puisque, dans leurs églises, ils se prosternent encore devant les images. » J'osai le contredire : je savais depuis mon enfance, lui dis-je, que les chrétiens n'adoraient ni les statues ni les images dans leurs églises. Mon maître ne dit rien, mais me fixa longuement.

Après s'être reposé quelque temps en Haute-Égypte, mon maître embarqua à bord d'une felouque qui descendait le Nil jusqu'au Caire. Il retourna enfin chez lui huit mois après nous avoir quittés.

Ces huit mois, je les avais passés au Fayoum. Voilà ce qui s'était passé.

Au bout de deux semaines, les enfants d'Ibn Khaldoun et le mien retournèrent au Caire. Je croyais que je ne tarderais pas à les rejoindre et je les laissai partir. Je savais que Mohammad et Ali étaient des hommes sérieux et qu'ils surveilleraient Omar et Issa.

Les semailles avaient commencé. Je sortais tous les matins dans les champs pour surveiller les fellahs. J'aimais sentir sur mon visage la brise légère qui soufflait du lac, respirer l'odeur un peu fade de la terre éventrée. J'allais d'un groupe de paysans à l'autre. Ils s'inclinaient bien bas en ma présence : j'étais le représentant du maître, son bras droit, j'étais donc le maître. Au début, ils me craignaient ; je faisais de mon mieux pour les mettre à l'aise.

Ons al-Qoloub et Amal sortaient elles aussi, accompagnées par leurs suivantes et leurs servantes ; elles se rendaient dans les villages voisins, visitaient les épouses des métayers et des cheikhs, ou encore allaient dans les champs travailler avec les fellahas. Ce travail ajoutait à leur griserie de liberté : elles pouvaient l'interrompre quand elles étaient fatiguées – contrairement aux Égyptiennes, qui peinaient quinze heures par jour.

Quelquefois, les deux femmes allaient dans une petite palmeraie non loin du lac. Elles étendaient des couvertures sur le sol et invitaient les paysannes à les joindre. Les métayers grommelaient dans leurs barbes, mais n'osaient protester. Les femmes ramassaient des dattes qu'elles croquaient à belles dents. Des cris joyeux ponctuaient de longs bavardages.

Pendant ce temps, je faisais la tournée des champs. Un jour, m'approchant d'un groupe de femmes qui puisaient de l'eau dans un canal, je remarquai parmi elles une jeune fille aux grands yeux en amande. Elle portait une robe de couleur rose vif, quoique le tissu en fût rapiécé et fatigué. Il y avait quelque chose dans son allure, dans le bref regard qu'elle me jeta, qui me bouleversa.

Le lendemain, j'allai vers le même canal. Elle s'y trouvait encore. J'appris plus tard qu'elle vivait dans un petit hameau voisin ; son père était ouvrier des champs. Elle l'aidait avec sa mère, en puisant de l'eau, en liant les gerbes d'épis et en faisant mille autres menus travaux.

Je la regardai de nouveau, et de nouveau son regard, ses yeux, quelque chose dans sa silhouette, dans sa manière de lever le bras pour tenir le ballass[3] en équilibre sur sa tête, de renverser le cou en arrière en portant la gargoulette d'eau à sa bouche, me touchait profondément.

Je m'adressai au groupe de femmes ; elles me répondirent humblement. Je leur demandai leurs noms. Je n'en retins aucun. Elle, elle s'appelait Badra.

Toute la journée, je me dis que ce nom était prédestiné. Je lui trouvais quelque chose de frais, de doux et de vaporeux, comme l'aube qu'il désignait.

Je revins souvent dans ce même coin du domaine. Les femmes se détendaient maintenant avec moi. Elles me donnaient du « ya sidi » à tour de bras. Je leur souriais, et je regardais Badra.

Les paysans du domaine, des serfs plutôt, peinaient toute la journée pour ne pas mourir de faim. Ils se distinguaient à peine des quelques animaux qui les aidaient dans les champs. La famille de Badra était pauvre parmi les pauvres. Mais la jeune fille n'avait pas encore ployé sous le poids de la misère. Elle gardait toujours un sourire éclatant et me regardait tranquillement.

Je m'étonnais qu'elle ne fût pas encore mariée. Elle devait avoir dix-huit ans bien sonnés, peut-être même vingt. Je posai quelques questions indirectes autour de moi. J'appris que ses parents ne pouvaient fournir les quelques robes, les deux ou trois pots, l'agneau ou la chèvre qui auraient pu lui servir de dot. Elle était déjà, aux yeux du village, une vieille fille, et la honte en rejaillissait sur sa famille.

Je lui demandais à tout bout de champ de me montrer tel canal, de m'amener à telle sakieh ou chadouf. Elle me précédait ; j'admirais son doux balancement, et la pauvre robe rose et maculée qui glissait sur ses hanches me semblait de brocart et de soie.

Au bout de deux semaines — nous devions en principe retourner bientôt au Caire —, je n'en pouvais plus. Une tempête soufflait dans mon cœur et dans mes sens. Dès que je sortais le matin, je cherchais des yeux Badra dans les champs. Je me débrouillais pour la voir seule.

Un jour, je lui demandai de m'amener au pigeonnier du village. C'était une construction ronde, conique, blanchie à la chaux. Des dizaines de pigeons roucoulaient dans les trous. Une petite porte menait dans une chambre basse.

Je l'y entraînai. Dans la pénombre, je me penchai vers elle et je commençai à l'embrasser. Elle ne résista pas, mais se mit à gémir : « Ya sidi ! Ya sidi ! » Elle sentait le pain cuit au soleil et l'herbe. Cette odeur me grisait.

Ce soir-là, je demandai à Ons al-Qoloub et à Amal si elles voulaient retourner au Caire ou si elles souhaitaient prolonger leur séjour au Fayoum. Elles battirent des mains : elles ne demandaient pas mieux que de rester là, aussi longtemps que possible. Je les approuvai : après tout, pendant l'absence de notre maître, notre présence au Caire n'était pas nécessaire. Et puis, il y avait les garçons qui gardaient notre maison là-bas.

Le pigeonnier n'était pas un endroit sûr. Le régisseur du domaine avait une petite construction au milieu des champs, dans laquelle il rangeait quelques outils et des registres de récoltes. J'en avais la clé de bois. J'y entraînai Badra.

J'étais dans un brouillard. Je ne voyais plus rien, je ne raisonnais pas. Ce corps tendre et soumis me rendait fou. Un jour, je la déshabillai. Elle disait « ya sidi ! ya sidi ! » pendant que je mordais ses seins. Quand je la pénétrai, elle poussa un grand cri, puis ne dit plus rien.

Tous les jours, je l'entraînais dans la petite cabane, après avoir envoyé le régisseur aux confins du domaine. Je m'étendais sur elle avec rage, avec frénésie. Elle ne disait rien, ne gémissait pas, ne protestait pas. Mais maintenant, dans les champs, elle ne souriait plus.

Je me demandais pourquoi elle restait insensible sous mes caresses. Se pouvait-il que sa passivité fût due à sa circoncision ? Toutes les Égyptiennes subissaient cette pratique, je le savais.

Je passai plusieurs semaines, quelques mois mêmes, dans un vertige absolu. Depuis mon mariage avec Amal, je n'avais pas connu d'autres femmes. J'étais heureux avec elle, je l'aimais d'amour tendre. Badra avait soufflé dans ma vie comme une tempête de sable au désert, qui aveugle et désoriente. Je ne savais plus où j'en étais. Pendant de longues semaines, je ne voulus pas le savoir.

Les enfants de mon maître et le mien vinrent nous visiter à deux ou trois reprises. Ils nous demandaient pourquoi nous ne retournions pas au Caire. Ons al-Qoloub, Amal et moi, pour des raisons différentes, répondions que nous nous trouvions fort bien au Fayoum. Mohammad nous disait alors que les amis d'Ibn Khaldoun étaient surpris. Les émirs mamelouks, les courtisans, les notables, les grands d'Égypte s'étonnaient que nous restions au milieu des fellahs. Ils crachaient le mot fellah comme on crache du poison.

Dans ma folie, je gardais suffisamment de lucidité pour tâcher d'être discret. Je ne pouvais tromper le régisseur et les métayers, mais j'étais le maître tout puissant, leur sort était entre mes mains, et ils ne diraient rien.

Un jour, au début du printemps, je revenais à la villa lorsque je croisai Ons al-Qoloub et Amal qui riaient en bavardant avec animation. Que s'est-il soudain passé ? C'est comme si je voyais ma femme pour la première fois depuis trois ou quatre mois. Pendant ces semaines terribles et douces, je ne l'avais entrevue que dans un brouillard. Elle m'apparut soudain, telle que je l'avais toujours connue, telle que je l'avais toujours aimée. Sa voix redevint distincte, je l'entendis de nouveau, au lieu de ce murmure confus des derniers temps.

Le lendemain, j'appelai le régisseur. Je lui demandai de faire déménager Badra et sa famille dans une hutte plus grande et plus propre. J'ordonnai qu'on les fournisse en ustensiles et en habits et qu'un lopin de terre soit alloué à son père, ainsi qu'une petite bourse.

Je cessai en même temps d'appeler Badra. Quelques jours plus tard, le régisseur vint m'informer que le village tout entier s'émerveillait de mes bontés et que de nombreux prétendants s'étaient présentés pour épouser la jeune fille.

Nous venions de recevoir une missive qui nous indiquait qu'Ibn Khaldoun se trouvait à Louxor et qu'il s'apprêtait à revenir au Caire. Nous quittâmes le Fayoum pour retourner dans la capitale.

Pourquoi donc ai-je raconté ce qui m'est arrivé pendant ces quelques mois de folie au Fayoum ? En prenant le calame, en noircissant ces cahiers, je me proposais de montrer comment la rencontre de mon maître, quand j'étais enfant, avait bouleversé pour toujours ma vie. Je voulais graver pour moi, et pour ceux qui trouveraient peut-être ces feuillets après ma mort, les détails de cette odyssée, à la suite d'un homme que j'admirais profondément.

Alors, pourquoi rappeler ce vertige ? J'en éprouve un grand remords. Je sais que je me suis laissé aller à quelques semaines de turpitude. Le feu qui me brûlait, la soif qui desséchait ma bouche et que je ne désaltérais que sur les lèvres, les seins et le ventre de cette fellaha ne me semblent plus, aujourd'hui, tout justifier. Ils expliquent simplement que je n'étais plus maître de moi-même. Un djinn s'était emparé de moi. On m'avait jeté un sort.

Peut-être, plus obscurément, que l'absence d'Ibn Khaldoun m'avait désorienté. C'était la première fois que nous nous séparions pour de bon. Jusqu'alors, ma vie avait été semblable à la sienne, mes pas réglés sur les siens, mes journées et mes nuits rythmées par ses courses et ses travaux. Il avait disparu de devant mes yeux, ma boussole s'était affolée, m'entraînant dans des contrées interdites.

J'ai commis une faute devant Dieu. Lui seul sonde les cœurs et les reins. J'espère en Sa Miséricorde, je demande Son pardon.

Notes

1. Bajazet.
2. Long voile de brocart et d'or destiné à recouvrir la Kaaba, à La Mecque. Tissé au Caire pendant des siècles, il était offert par les souverains égyptiens.
3. Vase de grès pour puiser de l'eau.

18

Le Caire

Notre traversée du Sinaï s'est faite sans encombre.

Nous venons d'arriver au Caire. Le retour de notre troupe — car Ibn Khaldoun était toujours accompagné des émirs, des cadis et des fonctionnaires qu'il avait fait libérer —, a provoqué une vive agitation dans la capitale égyptienne. Nous sommes parmi les premiers notables à y revenir après la prise de Damas. Le sultan et sa cour veulent apprendre de nous le sort exact réservé par le sultan mongol à la province syrienne et à sa capitale. Mon maître s'apprête à monter à la Citadelle pour faire rapport au sultan Faraj.

J'ai encore quelque difficulté à écrire «le sultan Faraj». Jusqu'à il y a à peine deux ans, et pendant dix-sept ans de suite, j'avais pensé «sultan Barqouq». Barqouq avait été le seul souverain que nous eussions connu en Égypte. Le sort de mon maître, et par ricochet le mien, avait été décidé par le sultan Barqouq. Ses emplois de professeur et de cadi au Caire, une généreuse pension, une grande propriété, tout lui avait été octroyé par Barqouq. Barqouq l'avait protégé contre le fiel des envieux et la furie des puissants. Mais Barqouq n'était plus, et il fallait maintenant accepter que l'empire égyptien fût dirigé par un tout jeune homme, presque un enfant, à peine âgé de treize ans.

Je me souviens encore du jour où mon maître est revenu de La Mecque au Caire. Après avoir embrassé sa famille et ses enfants, il s'était précipité à la Citadelle pour présenter ses hommages au sultan. Barqouq le reçut avec amitié et mon maître en profita pour le remercier encore une fois de lui avoir fourni des approvisionnements pour le voyage et pour lui faire part des voeux qu'il avait formulés pour lui dans la Grande Mosquée de la ville sainte.

Les deux ou trois années qui suivirent son retour de La Mecque furent parmi les plus heureuses de la vie de mon maître – certainement les plus heureuses de son séjour en Égypte. La protection du sultan n'allait pas en effet tarder à se manifester de nouveau à son égard.

Quelques mois après son pèlerinage, le sultan nomma Ibn Khaldoun à la chaire de hâdith de la madrasa Çarghatmecheyya. Mon maître profita de la leçon inaugurale pour faire une magistrale présentation de la vie et de l'œuvre de l'imam Mâlik Ibn Anas, fondateur du rite malékite. En effet, l'ouvrage principal de l'imam est l'un des fondements de la science de la tradition du Prophète, que mon maître allait enseigner.

Comme d'habitude, un impressionnant parterre de personnalités écouta mon maître avec la plus vive attention et, comme d'habitude, les applaudissements et les bravos éclatèrent à la fin de sa conférence. Le dirai-je ? Comme d'habitude encore, mon maître me dit, ce soir-là : « As-tu vu, Ibrahim, comment ils me regardaient avec admiration et respect ? Je suis convaincu que, dans le fond de leur cœur, ils estiment que je suis digne des plus hautes fonctions. »

La chaire de hâdith était l'un postes d'enseignement les plus prestigieux au Caire, mais les honneurs n'allaient pas s'arrêter là pour mon maître.

Trois mois plus tard, l'intendant de la khanka¹ Baybarseyya mourut. Barqouq désigna mon maître pour le remplacer. Ibn Khaldoun cumulait ainsi les fonctions d'enseignement de la chaire de hadîth et la direction de l'un des collèges les plus prestigieux du Caire.

La khanka Baybarseyya est construite à l'intérieur des murailles, vis-à-vis de la Porte de la Victoire. L'édifice, comme tous ceux qui ont visité Le Caire peuvent en attester, est l'un des plus vastes et des plus beaux monuments de la ville. Le waqf qui l'a établi est riche et les émoluments de son intendant sont fort généreux. La fortune de mon maître grandissait à vue d'oeil.

Ibn Khaldoun dut cependant subir un rite d'initiation avant d'occuper ses fonctions. Le wakf qui a créé ce collège stipule en effet que son intendant et tous ses professeurs et employés doivent être soufis.

J'ai déjà raconté comment mon maître s'est toujours intéressé au soufisme. Les soufis de Grenade lui avaient même demandé une fatwa pour trancher l'une de leurs controverses. Son meilleur ami, le vizir Ibn al-Khatib, était un soufi de grand renom. Mon maître connaissait donc la doctrine et son histoire, mais il n'était jamais devenu soufi lui-même.

Il soumit sa candidature à la khanka comme étudiant. On l'y accueillit en grande pompe. Il passa une journée au milieu des étudiants et des soufis qui y vivaient, méditaient et priaient. La khanka le reconnut alors comme soufi à plein titre et il put ainsi accepter dans les règles le poste que lui offrait le sultan.

Mon maître était célèbre dans tout Le Caire. Il avait accumulé une fortune qui compensait la perte de ses biens, perdus dans le naufrage du bateau qui amenait sa famille en Égypte. Il occupait deux fonctions qui l'introduisaient dans le cercle étroit des plus grands professeurs et savants de l'Islam. Le sultan lui témoignait ouvertement son amitié et les portes de la Citadelle lui étaient toujours ouvertes. Ibn Khaldoun n'hésitait d'ailleurs pas à les franchir et avait souvent des audiences privées avec Barqouq.

Bref, tout souriait à mon maître. C'est alors qu'il décida de se remarier.

Cela faisait près de cinq ans qu'Ibn Khaldoun avait perdu sa femme et ses filles. Après une longue période où l'on avait respecté son deuil, ses amis du Caire le pressèrent de prendre une autre épouse. Mon maître hésita longtemps. Puis ses aventures de cadi et son départ en pèlerinage l'occupèrent pendant quelques années.

Maintenant, il était installé au Caire pour de bon. Il ne pensait plus à un éventuel retour au Maghreb — ou du moins il ne l'évoquait pas ouvertement. Sa fortune était faite, sa réputation établie. Il n'hésita plus : il ne pouvait rester indéfiniment veuf. Les convenances voulaient qu'il se remarie.

Dès qu'il cessa de résister aux sollicitations de ses amis, il fut inondé de noms de jeunes filles de bonne réputation. Il n'y avait pas un riche bourgeois du Caire, pas un émir du palais qui n'eût trouvé honorable de lier sa famille à celle du savant de l'Islam, protégé du sultan.

Ibn Khaldoun porta son choix sur une veuve de trente ans, parente éloignée de son ami al-Jubani. Elle avait un garçon de quinze ans, qui occupait des fonctions de page au palais, et deux filles plus jeunes.

On rapporta à mon maître que les bonnes gens du Caire avaient confronté les horoscopes des deux futurs époux et qu'on avait trouvé les signes favorables. Comme mon maître ne croyait pas en l'astrologie, il écarta avec agacement ce qu'il prenait pour de la faiblesse d'esprit. Il fixa cependant la date des noces après les moissons, car il se rendait toujours au Fayoum à ce moment-là.

Quelques semaines avant la cérémonie, des amies de la veuve étaient venues frapper à la porte du harem d'Ibn Khaldoun : elles voulaient probablement mieux connaître l'autre femme de mon maître, dont le caractère allait compter pour beaucoup dans le bonheur ou le malheur de la nouvelle épousée. Ons al-Qoloub dut les séduire, car elles repartirent en souriant et en bavardant avec animation.

La cérémonie de la signature du contrat se déroula dans la maison du frère aîné de la veuve (son père, en effet, était décédé). Celle-ci, que mon maître n'avait pas encore rencontrée, se tenait dans un petit salon désert, parée d'une magnifique robe, un Coran ouvert sur la tête. Dans le grand salon attenant, les invités bavardaient en attendant le cadi. Al-Jubani et d'autres notables étaient là.

Le cadi et les témoins arrivèrent, armés d'une écritoire. Le cadi demanda quel était le montant de la dot qu'Ibn Khaldoun versait à sa future épouse, et mon maître se montra munificent. En plus d'une importante somme d'argent et de nombreux bijoux, il offrit un ensemble de bassins de cuivre jaune incrusté d'argent, remplis de lampes, d'aiguières, de lanternes, de brûle-parfums.

On envoya alors deux témoins requérir le consentement de la veuve. Ils revinrent en disant qu'elle était fort satisfaite des conditions et le contrat fut signé. On psalmodia ensuite une sourate du Coran.

La nouvelle épousée parut alors, coiffée d'un diadème orné de fleurs d'oranger et de jasmin, les yeux agrandis au khôl les mains et les ongles teints au henné. Un grand voile dont elle s'enveloppait la dérobait aux regards des hommes. Les applaudissements et les cris l'accueillirent et on lança à la volée des pièces d'argent et des bonbons aux invités.

La noce se déplaça ensuite dans la maison d'Ibn Khaldoun. Celui-ci avait invité des dizaines de Cairotes, qui se pressaient dans les moindres recoins de sa demeure. J'avais ordonné que l'on gardât sévèrement les portes, pour empêcher les parasites professionnels, déguisés en émirs ou en ulémas, de se mêler aux convives.

Un grand banquet fut offert. On servit des viandes et du gibier, du caviar d'Ispahan, des prunes de Balkh, des olives indiennes et des pommes de Syrie.

Ibn Khaldoun se retira enfin au harem avec sa nouvelle femme, où des appartements spéciaux lui avaient été préparés. Ses deux filles avaient déjà déménagé dans la demeure de mon maître.

Aux yeux des Cairotes, la « famille » d'Ibn Khaldoun était sa jeune épouse. Au harem cependant, la nouvelle venue se montrait déférente à l'égard d'Ons al-Qoloub, et cette dernière l'avait prise sous sa protection. Et mon maître ? Je ne saurai le dire avec certitude, car il se montrait farouchement discret sur ces questions, mais je soupçonne fort – et Amal était là-dessus d'accord avec moi – que son attachement premier était pour l'Andalouse, dont il était amoureux depuis plus de vingt ans. Il se montrait cependant amène et bienveillant à l'égard de sa nouvelle femme, dont il honorait régulièrement la couche.

Tout me semblait donc présager un avenir calme et heureux au Caire. J'y étais maintenant tout à fait à l'aise et je m'évertuais à utiliser les expressions des Cairotes et à prendre leur accent, ce qui les faisait rire. Le complot contre le sultan Barqouq et tous les malheurs qu'il entraîna allaient donc sonner comme un coup de tonnerre dans un ciel bleu.

Comme j'étais fort occupé avec mon maître, et fort heureux des aménités et des plaisirs du Caire, je n'avais rien vu venir. Cela faisait déjà sept ans que je vivais dans la capitale de l'Égypte et je m'émerveillais de la stabilité de son gouvernement. Mes amis cairotes avaient beau m'affirmer qu'avant l'accession de Barqouq au trône, une période d'anarchie avait entraîné des troubles sanglants, j'avais de la difficulté à les croire : le sultan me semblait tellement puissant que j'avais de la peine à imaginer une époque où il n'avait pas été au pouvoir.

Un jour que je me promenais dans le marché des Papetiers, un homme m'aborda. Il me prit par le bras, m'offrit à boire un sorbet rafraîchissant et se mit à me parler avec animation.

Il était, me dit-il, l'ami et le confident de plusieurs grands personnages du Caire. Je lui demandai qui étaient ces personnages, mais il éluda ma question et reprit son bavardage. Il voulait, disait-il, devenir mon ami. Il admirait mon maître, il savait que j'étais son confident, je ne pouvais donc qu'être un esprit supérieur, ajoutait-il avec un sourire faux.

Je trouvais le personnage équivoque. J'avais tout de suite compris qu'il voulait quelque chose. J'entrai dans son jeu et me montrai jovial avec lui. Quand nous nous quittâmes, nous étions les meilleurs amis du monde. Il me donna rendez-vous pour «mieux nous connaître».

Pendant quelques semaines, je fréquentai assez régulièrement Mahmoud (c'était son nom). Nous nous rencontrions dans les souks, nous déambulions ensemble dans leurs ruelles, nous entrions dans les boutiques et les échoppes. Mahmoud se montrait gai et chaleureux. De temps en temps, il me posait des questions sur mon maître et sur mon travail auprès de lui. Je répondais de façon générale. Il n'insistait pas.

Un jour, il m'invita chez lui : il demeurait dans une petite maison à l'entrée du domaine d'un émir important. Je souhaite ne pas citer son nom, car il est encore vivant et tient à la cour un rôle important. Mahmoud me dit qu'il était «au service» de cet émir. Puis il m'offrit un thé délicieux, des sorbets, des fruits. Il se montrait avenant. Je ne sais pourquoi je restais cependant sur mes gardes, tout en lui faisant la figure la plus gracieuse.

Je n'avais pas parlé à Ibn Khaldoun de mes rencontres avec Mahmoud. Mon instinct me soufflait d'aller au fond de cette histoire avant de déranger mon maître.

Mahmoud se montrait maintenant volubile sur l'état du pays. Il me raconta en termes voilés comment Barqouq s'était emparé du pouvoir par la ruse et la violence, sept ans plus tôt. Il citait force versets du Coran et force hadîths pour montrer que Dieu punit toujours les injustes et les usurpateurs. Je répondais en termes vagues. Je ne savais toujours pas où il voulait en venir.

Je commençai à le soupçonner quand Mahmoud me demanda si mon maître était au courant d'un «malaise» au palais. Je fis l'innocent, ne répondis ni oui ni non et dit que mon maître ne me parlait jamais de ses visites à la Citadelle – ce qui était faux, puisque je l'y accompagnais souvent.

Mon nouvel ami ouvrait peu à peu son jeu. Il me laissait entendre que des gens pieux et sages voulaient «écarter» l'usurpateur et rétablir la justice dans le pays. Je compris que ces «gens pieux et sages» cherchaient partout des complicités. Les causes de la soudaine et profuse amitié que me portait Mahmoud m'apparurent alors dans une lumière aveuglante.

Je commençais à trouver la situation comique. Devais-je tout dire à Ibn Khaldoun ? Je décidai d'attendre encore un peu, pour voir jusqu'où irait Mahmoud.

Un jour, il m'aborda avec encore plus de bonhomie que d'habitude : « La paix soit sur toi, ya Ibrahim, et la miséricorde de Dieu et Ses bénédictions.

– Que la paix soit sur toi, Mahmoud.

– Comme cela, tout va bien pour toi ces temps-ci ?

– Il faut remercier Dieu et Le glorifier. Je ne peux guère me plaindre.

– Et... tu es bien occupé ?

– Oh, mon travail habituel de secrétariat : lire des documents, les résumer, les classer... La routine, quoi !

– Tu sais, Ibrahim, ce malaise dont je t'ai quelquefois parlé ?

– Oui...

– Eh bien, il y a des gens qui pensent que la situation ne peut pas durer ainsi indéfiniment.

– Seul Dieu décide du cours des événements, dis-je d'un air plein de componction.

– Tu as bien raison, me dit-il d'un ton agacé, mais...

– Mais ?

– Peut-être que le moment est venu de rétablir la justice...

– Et comment ces gens comptent-ils s'y prendre pour rétablir la justice ?

– Tout d'abord, ils ont besoin de beaucoup d'amis. C'est pourquoi ils ont tant de respect pour ton maître. »

Le chat sortait du sac. Je décidai de ne pas répondre directement : « Mais... ont-ils des moyens d'agir ?

– Oh, il y a bien des moyens. D'ailleurs, se décida-t-il soudain, si tu as du temps, je t'en montrerai un. »

Je l'assurai que j'avais tout le temps qu'il fallait. Il me donna rendez-vous le soir même, non loin du marché des Vendeurs de balances.

Je le retrouvai au crépuscule. Il m'entraîna dans les darbs de la ville. Nous en sortîmes par la Porte de la Qarâfa. La nuit était tombée et je ne voyais presque rien, mais Mahmoud avançait d'un pas assuré. Je suivais le vague reflet de son turban dans l'obscurité.

Nous étions dans un terrain vague. De temps en temps, une hutte misérable se dressait au milieu de monticules d'immondices.

L'endroit était sinistre. Je commençais à me demander dans quel guêpier m'entraînait mon « ami ».

Nous parvînmes enfin à une espèce de grande cabane en bois, tout à fait isolée. Elle était noire et je croyais que nous allions y être seuls, Mahmoud et moi, lorsque, au moment d'en franchir le seuil, j'entendis un murmure de voix. Mes yeux s'habituèrent peu à peu à la pénombre. Quelques lanternes sourdes éclairaient à peine une grande pièce en terre battue, qui occupait toute la superficie de la cabane.

Il y avait là quatre ou cinq hommes, accroupis en cercle par terre. Ils marmonnèrent un vague salut, sans me prêter la moindre attention. Mahmoud m'entraîna dans le cercle.

Un long silence suivit. Je dois avouer que j'étais inquiet, dans ce silence et cette obscurité. Je me rendis bientôt compte que tous les regards étaient tournés vers un vieil homme, en haillons et au visage émacié. Il avait la tête penchée ; on eût dit qu'il était ailleurs.

Il finit par relever la tête et tira vers lui une marmite que je n'avais pas remarquée, ainsi qu'un vase rempli d'eau. Il versa l'eau dans la marmite et commença à pétrir une espèce de pâte. Ses doigts agiles se mirent bientôt à la sculpter. Sous mes yeux fascinés, je vis surgir entre ses mains une vague silhouette humaine.

Je commençais à frissonner. L'homme, pour sa part, devenait fébrile ; il continuait à malaxer la pâte, à créer avec son pouce, ici un creux, là une bosse. Bientôt, je n'eus plus de doute : devant mes yeux surgissait l'image d'un émir mamelouk, reconnaissable à son turban à deux queues, au cimeterre qui pendait à son côté, à son bouclier concave. L'effigie était hallucinante de ressemblance. Dans le clair-obscur, je n'en voyais pourtant pas bien les traits du visage.

Quand la statuette fut prête, l'homme la posa sur ses jambes croisées, puis commença à marmonner des paroles inintelligibles. Ses mains dessinaient dans l'espace des cercles autour de la tête de l'émir. Sa parole se précipitait, devenait haletante. Je reconnaissais parfois un mot, mais l'ensemble restait obscur. Soudain, je sursautai : je devinai, au milieu de son baragouin, le nom d'un émir du palais, l'un des plus proches alliés de Barqouq.

Les hommes autour de moi respiraient lourdement. Mahmoud haletait. Le sorcier continuait à marmonner d'une voix rauque et basse. Soudain, il se mit à crier : il appelait les djinns. Je frissonnais de tous mes membres ; l'homme devenait hystérique, invoquait les diables et les afârits[2]. Puis il se tut, déglutit bruyamment et cracha sur la figurine, d'un jet puissant, épais et jaune.

Nous tremblions tous ; pour ma part, je claquais des dents. Le sorcier semblait épuisé. Quand il finit par rouvrir les yeux, il prit la statuette, la plaça dans un panier sur le dessus duquel il noua un nœud avec une cordelette, puis il s'affaissa.

C'était le signal du départ. Mahmoud et moi fûmes les premiers à quitter la cabane. Je n'y avais pas prononcé un seul mot. Nous revînmes en hâte en ville. Avant de me quitter, Mahmoud me dit : « Tu vois, nous disposons de beaucoup de moyens. Celui-là en est un. »

Le lendemain matin, ma décision était prise : je devais tout dire à Ibn Khaldoun. Comme il était à la mosquée, j'en profitai pour sortir faire une course. Sur l'esplanade qui s'étend devant Bab Zuweila, j'entendis des conversations fiévreuses. Je demandai à un boutiquier ce qui se passait : il m'apprit que l'émir dont j'avais entendu le nom la veille dans la cabane, l'ami intime du sultan, était soudain tombé malade au milieu de la nuit. À l'aube, il était dans une espèce de catalepsie : on le disait à l'article de la mort.

Je revins à la maison tout tremblant. J'allai droit à l'étude. Mon maître y était. Je lui racontai tout : mes rencontres avec Mahmoud, nos longues conversations, sa confiance croissante à mon égard. J'arrivai à l'aventure de la veille au soir ; je n'en omis pas un seul détail.

Ibn Khaldoun m'avait écouté avec attention. Il se tut un instant, puis me dit : « Rien de ce que tu as vu hier ne m'étonne. Aucune personne intelligente ne doute de l'existence de la sorcellerie, dont l'influence est réelle. D'ailleurs, il en est question dans le Coran. J'ai moi-même déjà vu de mes yeux un sorcier fabriquer l'image d'une personne qu'il voulait envoûter.

— Comment donc, maître, le sorcier opère-t-il ?

— Tu te souviens de cette statuette qu'il a façonnée ?

— Oui, maître.

— Cette image et les maléfices qu'il a prononcés sont porteurs d'un esprit mauvais.

— Peut-être, mais le sorcier était bien loin de l'émir dont il a fabriqué l'image.

– C'est là où tu te trompes, Ibrahim, car cet esprit mauvais sort de l'envoûteur avec son souffle. C'est sa salive qui le véhicule. C'est sa salive qui l'a transmis à l'image de l'émir. Par la suite, le mal que le sorcier souhaite à sa victime retombe effectivement sur elle. Tu l'as bien vu : ce matin, l'émir envoûté est effectivement malade. »

Je restai songeur. Mon maître crut-il que j'étais sceptique ? Il reprit : « J'ai moi-même déjà vu des sorciers montrer du doigt un vêtement ou une peau tout en marmottant quelques paroles : cela suffit pour que l'objet tombe en morceaux.

– Leur pouvoir peut donc s'exercer toujours à distance ?

– Absolument. Au Maghreb, certains sorciers font le même signe en direction du ventre de moutons ou de chèvres : les boyaux de ces bêtes tombent par terre ! J'ai entendu bien d'autres histoires curieuses sur les sorciers de l'Inde, du Soudan ou du pays des Turcs.

– Cet émir n'a donc pas grande chance de survivre.

– Dieu seul décide du destin des hommes, et Ses décrets toujours se réalisent. Nous verrons bien… Cependant, nous ne sommes pas là pour discuter tranquillement du pouvoir des sorciers. Nous devons prévenir Barqouq de ce qui se trame contre lui. » Et mon maître m'ordonna d'envoyer un messager solliciter une audience avec le sultan.

Mon maître, en d'autres temps, se serait précipité chez son ami al-Jubani. Celui-ci cependant n'était pas au Caire. Barqouq l'avait envoyé quelques mois plus tôt en Syrie pour devenir gouverneur de Damas. Comme les émirs de Syrie s'agitaient, Barqouq crut qu'al-Jubani était de mèche avec eux, lui ordonna de revenir en Égypte et le fit mettre en prison à Alexandrie.

Le messager que mon maître avait envoyé au palais revint : le Grand Chambellan faisait dire à mon maître que Barqouq, qui était fort occupé, ne pourrait le recevoir que dans deux semaines.

Mon maître ne devait jamais revoir le sultan pour lui parler du complot dont j'avais eu vent. Les événements se précipitaient en effet dans tout l'empire. Le gouverneur d'Alep, un certain al-Nasseri, un émir plein d'ambition, s'était ouvertement révolté contre Barqouq. Il avait levé des troupes en Syrie et marchait sur Le Caire pour renverser le sultan.

Barqouq battit le rappel de ses troupes fidèles pour repousser l'usurpateur. Son armée campa au pied de la Citadelle, sur les flancs du Moqqatam. Bientôt l'armée d'al-Nasseri parut et dressa ses tentes à quelques centaines de pieds de là. Une vive agitation s'empara du Caire. Les bourgeois les plus riches s'enfuirent, les commerçants fermèrent boutique, la population se terra dans ses maisons.

Que s'est-il passé ce soir-là? Personne ne l'a jamais vraiment su. Barqouq a-t-il estimé que ses adversaires étaient supérieurs en force? A-t-il craint une trahison de ses propres troupes? Toujours est-il qu'il profita de l'obscurité de la nuit pour regagner son palais. Il en ressortit sous un déguisement et disparut dans la ville.

Le matin, les troupes de Barqouq, se trouvant sans chef, se rallièrent aux insurgés. Al-Nasseri entra en triomphe dans la Citadelle, s'empara de tous les biens de Barqouq et fit proclamer le jour même un nouveau sultan, un émir obscur et sans envergure. Nul ne s'y trompa: le vrai maître de l'Égypte était maintenant l'émir al-Nasseri.

Al-Nasseri ordonna la mise en liberté de l'émir al-Jubani, l'ami de mon maître, qui avait été emprisonné, comme je l'ai dit, à Alexandrie. Quelques jours plus tard, al-Jubani était de retour au Caire et le nouveau maître du pays lui offrit de reprendre des fonctions importantes au palais.

Al-Nasseri était cependant inquiet. Sa victoire ne serait complète et sa domination sur l'empire incontestée que quand Barqouq aurait été mis hors de cause. Or, l'ancien sultan s'était littéralement volatilisé. Nul ne savait où il se cachait. Al-Nasseri ordonna donc à tous les mamelouks de fouiller Le Caire maison par maison afin de retrouver le sultan en fuite.

Quand les soldats mamelouks commencèrent à quadriller les rues de la ville, Barqouq comprit que son destin était scellé. Il envoya un serviteur fidèle prendre contact avec l'émir al-Jubani. Les deux hommes se rencontrèrent en secret. Barqouq fit savoir qu'il était disposé à se rendre à ses ennemis, pourvu qu'on lui promette la vie sauve.

Al-Jubani négocia avec le nouveau chef de l'Égypte et l'aman fut promis à Barqouq. L'ancien sultan se rendit alors et fut assigné à résidence dans l'un de ses palais.

Nous suivions au Caire ces péripéties avec grande inquiétude. Mon maître s'était enfermé dans sa maison, comme la plupart des notables du Caire. On craignait encore des troubles et les commerçants des souks n'osaient rouvrir leurs portes.

Ils avaient bien raison ! La situation était loin de s'être calmée. Mon maître apprit de ses amis que les nouveaux dirigeants du pays étaient loin de s'entendre sur le sort qu'il fallait réserver à Barqouq. Une faction nombreuse et bruyante faisait le siège d'al-Nasseri pour obtenir la mort de l'ex-sultan. Des émirs venus de Syrie et des provinces égyptiennes tenaient le même langage : tant que Barqouq serait vivant, le nouveau pouvoir ne serait pas assuré. Il fallait fendre en deux l'ex-sultan, ou lui trancher la tête !

Seul al-Jubani résistait à cette haine vociférante. Il se souvenait d'avoir promis l'amân à Barqouq et insistait pour que le souverain déchu ait la vie sauve. Al-Nasseri finit par se rallier à cette opinion et envoya Barqouq sous bonne garde à la forteresse de Kérak, dans le désert de Palestine, au sud du Jourdain, où il serait gardé prisonnier.

Le Caire avait à peine eu le temps de respirer que les troubles recommencèrent. Les émirs mamelouks qui s'étaient ligués pour renverser l'ancien souverain se disputaient maintenant entre eux, chacun cherchant à accéder au pouvoir suprême. Mon lecteur qui a vécu au Caire pendant cette période se souviendra sûrement de ces mois terribles : tous les jours, une faction nouvelle apparaissait, les alliances se faisaient et se défaisaient, les émirs montaient un jour dans un cortège triomphant à la Citadelle, pour en redescendre le lendemain les fers aux mains et aux pieds. La population se terrait, le commerce périclitait et, comme les porteurs d'eau, ne se sentant plus en sécurité, avaient cessé d'exercer leur métier, les maladies commençaient à se répandre.

Finalement, un émir plus entreprenant ou plus retors que les autres, du nom de Mintâsh, finit par éliminer tous ses adversaires. Il mit al-Nasseri et al-Jubani en prison et alla s'installer en grande pompe au palais du sultan.

Ses conseillers revinrent alors à la charge : Barqouq était toujours dangereux ! Ses partisans dans le pays étaient encore nombreux. Son long règne de sept ans lui avait permis de placer partout ses fidèles et il suffirait d'une occasion propice pour qu'il redevienne menaçant. Il fallait donc le tuer !

Mintâsh, pusillanime autant qu'il était féroce, hésitait encore. Afin de trancher la question, il convoqua un Grand Conseil pour examiner le cas de l'ex-sultan Barqouq et déterminer son sort.

Un matin, un mamelouk vint du palais, porteur d'un message pour mon maître. Mintâsh, le nouveau maître du pays, invitait Ibn

Khaldoun à siéger au sein du Grand Conseil qui entendrait la plainte contre Barqouq. Mon maître répondit humblement que, n'étant plus Grand Cadi, il n'était plus membre d'office du Grand Conseil et ne souhaitait pas en faire partie.

Le lendemain, le messager revint avec une nouvelle lettre : sous les mots fleuris, le message de Mintâsh était comminatoire : Ibn Khaldoun devait siéger au sein du Grand Conseil.

Une semaine plus tard — je me souviens que c'était le mois de novembre de l'année chrétienne 1389 —, j'accompagnai Ibn Khaldoun à la Citadelle. Je pénétrai dans la grande salle du trône pour la première fois depuis plusieurs mois. Au fond, sur le trône royal, était assis le nouveau sultan, un jeune homme falot. À ses côtés se tenait Mintâsh, le vrai maître, l'homme fort du pays. Les courtisans se dépêchaient de s'incliner devant le sultan avant de se précipiter pour embrasser les mains de Mintâsh.

Celui-ci avait réuni un véritable aréopage : outre le sultan, il y avait là le calife, les quatre Grands Cadis en exercice, tous les anciens Grands Cadis, les principaux ulémas, le cheikh d'al-Azhar, le Grand Chambellan, l'Émir du Conseil et les principaux officiers du Palais.

Derrière les membres du Grand Conseil réunis en cercle, une foule nombreuse d'ulémas, de bourgeois et de secrétaires se pressait. Je me tenais un peu en retrait, face à mon maître, et je m'étonnais de ne trouver dans cette salle que peu de visages connus : à part les Grands Cadis et les autres hommes de la Religion, les officiers du nouveau régime m'étaient tous inconnus.

Après la récitation du Coran, la séance commença. Un émir, qui était debout derrière Mintâsh, s'avança au milieu du cercle du Grand Conseil. Il remercia ses membres de s'être déplacés pour rendre justice et affirma d'entrée de jeu qu'il se proposait de leur prouver que l'ex-sultan Barqouq était non seulement un danger pour l'État, mais aussi un ennemi des musulmans.

En entendant cette entrée en matière, je frissonnai : l'accusation était inattendue et violente. Elle montrait bien que Mintâsh — dont on disait qu'il haïssait Barqouq d'une haine viscérale — n'allait reculer devant rien pour amener sa condamnation. D'ailleurs, je n'étais pas le seul surpris. En entendant l'expression « ennemi des musulmans », la foule avait eu un grand mouvement. Une rumeur avait mis de longs instants avant de s'éteindre et les membres du Grand Conseil avaient échangé des regards.

L'émir commença à lire l'acte d'accusation. Il avait en mains une épaisse liasse de papiers. Le réquisitoire dura une longue heure. Au fur et à mesure que l'émir énumérait les crimes qu'on imputait à Barqouq, je voyais les visages de l'assemblée devenir de plus en plus graves. Certains baissaient la tête. Mon maître regardait devant lui, le regard crispé. Un homme à mes côtés, que je connaissais vaguement, me donna un coup de coude dans les côtes et me souffla à l'oreille : « Barqouq est cuit ! Il ne pourra pas en réchapper. »

C'est que l'émir procureur n'y allait pas de main morte ! Il accusait l'ancien sultan d'avoir déposé son prédécesseur de façon violente et illégitime et d'avoir emprisonné le calife. C'était peut-être vrai, mais je trouvai ironique que ceux qui venaient de s'emparer du pouvoir par la force portassent la même accusation contre leur adversaire.

Ce n'était pourtant là qu'une aimable entrée en matière. L'émir accusa ensuite Barqouq d'avoir assassiné un chérif, un descendant du Prophète, pendant le mois de muharram et, pour faire bonne mesure, dans l'enceinte de la Ville sacrée ! Il faisait allusion ainsi au gouverneur de La Mecque qui s'était soulevé contre Barqouq et avait péri dans la répression de la révolte. L'accusateur sauta sur les circonstances de l'affaire pour s'attarder longuement sur l'horreur de l'assassinat d'un homme de si sainte ascendance.

C'était là le plat de résistance. La garniture vint sous forme de mille accusations, moins dramatiques peut-être, mais les unes plus épouvantables que les autres : Barqouq avait volé les biens de l'État, pillé les particuliers, assassiné ses adversaires, bref, il n'y avait pas de crime qu'il n'eût commis. L'émir conclut en demandant à l'auguste assemblée de prononcer une fatwa contre Barqouq.

J'étais atterré. L'assemblée se dispersa dans le plus grand silence. Elle devait se retrouver le lendemain pour les délibérations et la décision. Les spectateurs qui quittaient la salle du trône hochaient la tête.

Le soir, Ibn Khaldoun s'enferma dans sa chambre et condamna sa porte à tout le monde, moi y compris. Quelles pensées ont-elles bien pu traverser son esprit ? Quelles images ont-elles bien pu ressusciter devant ses yeux ? Sa première rencontre avec Barqouq ? Le jour où le sultan l'avait revêtu de la robe d'honneur de Grand Cadi ?

Le lendemain, le Grand Conseil se retrouva à nouveau dans la salle du trône. L'émir qui avait porté les accusations s'avança: «Nous avons tous entendu les crimes horribles perpétrés à la face de Dieu et des hommes par le renégat Barqouq. Sa culpabilité ne fait pas de doute, comme peuvent en attester d'innombrables hommes de bien, dont certains sont réunis ici – et il désignait d'un geste ample Mintâsh, le nouveau sultan et les émirs qui les entouraient. C'est pourquoi nous demandons à cette auguste assemblée de prononcer contre lui une fatwa.» Puis, d'un grand geste théâtral, il sortit de sa manche une feuille de papier: «Voici la liste de ses crimes, tels que je les ai énumérés hier. En apposant leurs noms au bas de cette feuille, les membres de cette assemblée mettront cet homme et ses sbires au ban de la communauté des musulmans.»

C'en était fait de Barqouq. La fatwa signifiait que le djihad était permis contre lui. Les Grands Cadis, les notables, les officiers, dont la plupart avaient été nommés par Barqouq et avaient servi sous lui, allaient-ils signer le document?

L'émir frappa dans ses mains. Un esclave se précipita avec une écritoire, des calames, un encrier. L'émir présenta impérieusement le document au Grand Chambellan qui s'apprêtait à prendre le calame lorsqu'une voix claire s'éleva dans le silence: «Ces crimes sont effectivement épouvantables, s'ils ont bien été commis. Cependant, je prie cette assemblée de délibérer quelque peu pour savoir si l'ex-sultan est vraiment coupable de tout ce qu'on lui reproche.»

Tous les regards se tournèrent vers celui qui venait de parler. C'était un vieux cadi, nommé Mohammad al-Rakraki, qui n'avait jamais occupé les fonctions de Grand Cadi. Je le connaissais pourtant, car il avait en ville une réputation de grande probité.

L'émir accusateur se tourna vers lui: «Notre maître le cheikh trouve-t-il donc anodins ces crimes épouvantables contre les musulmans?

– Point, point, répondit vivement al-Rakraki. Je demande simplement que les preuves soient détaillées.

– Nierez-vous que al-Ajlan (c'était le nom du gouverneur de La Mecque) ait été tué sur les ordres de Barqouq?

– Il est bien mort, mais c'était dans le cadre d'un conflit.

– Et les vols et les exactions contre les honnêtes gens du Caire?

– Je ne mets guère en doute les paroles de l'émir. Puisqu'il les profère, c'est qu'il doit avoir des preuves irréfutables, des témoins, des documents écrits qui nous montreront sans le moindre doute l'étendue de ces crimes. Je demande simplement de les voir.»

Le dialogue dura longtemps. Au début, Mintâsh regardait d'un air indulgent le vieux cheikh opiniâtre. Mais plus il s'entêtait à exiger des preuves, et plus le maître du Palais se renfrognait. À un certain moment, il interrompit son inquisiteur et demanda d'une voix qui me fit passer des frissons dans le dos : «Notre maître le cheikh veut-il bien nous dire pourquoi il insiste à prendre le parti d'un criminel ?» Al-Rakraki baissa humblement la tête, puis répondit : «La justice fait partie de la religion. Et puis, Barqouq m'a comblé de ses bienfaits. Il m'a nommé cadi. Il m'a offert une pension. Il n'a jamais cessé d'étendre sur moi, qui ne suis qu'un de ses humbles serviteurs, sa protection et sa bienveillance.» Pendant qu'il parlait, je regardais mon maître. Il n'avait pas bronché, mais ses lèvres se crispèrent. D'autres notables dans l'assemblée baissèrent la tête.

Mintâsh ne maîtrisait plus sa colère. Il avait écarté du revers de la main l'émir des basses besognes et parlait maintenant directement au Grand Conseil. Il renvoya l'assemblée et promit que le lendemain il fournirait des preuves irréfutables des crimes de Barqouq.

En marchant en silence aux côtés de mon maître, je me sentais mal à l'aise, malheureux. La voix du vieux al-Rakraki aurait pu être celle d'Ibn Khaldoun. Lui aussi avait reçu d'innombrables marques de bienveillance de Barqouq. Bien plus, l'ancien souverain le recevait dans son palais, dans son intimité. Je sentais que de pareilles pensées devaient agiter mon maître.

Le lendemain, Le Caire bruissait de mille rumeurs. Nous ne tardâmes pas à apprendre que Mohammad al-Rakraki avait été attaqué le soir alors qu'il s'en retournait chez lui. Quelques voyous avaient surgi de l'ombre et l'avaient roué de coups. Les passants crurent un moment qu'il était mort sur le pavé. Il ouvrit cependant les yeux, on le releva et on le ramena chez lui. On ne savait pas si ses blessures mettaient sa vie en danger.

Le chef du guet, informé de l'agression, avait tout de suite accusé certains voleurs qui écumaient les rues la nuit. Il avait promis solennellement de retrouver les coupables et de les châtier. Un Cairote un peu niais lui fit alors remarquer que ces voleurs-là n'avaient rien volé au cheikh. Le chef du guet – un émir de mille –, s'était mis en colère et avait renvoyé l'importun à coups de pied au derrière.

Nous nous retrouvâmes au palais. L'ambiance était lourde. Tout le monde attendait en silence l'arrivée de Mintâsh. Al-Rakraki était absent.

Le maître de l'Égypte arriva enfin, entouré de ses mamelouks et précédé du sultan fantoche. Il était tout sourires, saluait à droite et à gauche. Quand tout le monde se fut assis, il prit la parole : « Nous voulons que cette assemblée soit pleinement convaincue des méfaits du renégat Barqouq. Nous n'avions pas voulu vous importuner avec son plus grand crime, car vos sentiments de musulmans en eussent été offusqués au-delà de toute mesure. Mais puisqu'il faut tout dire… »

Il fit signe à l'émir accusateur, qui sortit de nouveau un grand papier du cahier qu'il tenait en main. Au moment où il s'apprêtait à parler, un brouhaha se fit entendre au fond de la salle. J'étais pressé de partout et je ne voyais pas la cause de ce désordre, mais les spectateurs se séparèrent et laissèrent un vaste espace libre entre eux. Je vis alors s'avancer le cheikh al-Rakraki. Il s'appuyait d'une main sur une canne et de l'autre sur le bras d'un serviteur. Un bandage lui enserrait le front et dépassait de sous son turban. Un silence soudain tomba sur l'assemblée, jusqu'à ce que le cadi fût parvenu à l'endroit où il devait s'asseoir. Ses voisins, gênés, détournaient la tête.

L'émir accusateur reprit alors la lecture du nouveau texte de la fatwa. Il reprenait tout d'abord la même litanie que la veille, puis on en vint à la nouvelle accusation : Barqouq aurait enrégimenté dans son armée six cents mercenaires chrétiens et aurait ainsi eu recours à des infidèles pour faire couler le sang des vrais croyants.

Je savais que Barqouq était un souverain impitoyable, bien capable de commettre certains des méfaits qu'on lui imputait. Pourtant, cette accusation me parut ridicule : j'avais vu, dans différentes villes du Maghreb, des mercenaires chrétiens, catalans ou aragonais, au service des sultans de Fès ou de Tunis ; on ne pouvait manquer de les rencontrer partout dans la ville. Ils demeuraient dans des quartiers séparés, mais sortaient de leurs ghettos, se rendaient au palais, entouraient le souverain qui achetait leurs services.

Il est vrai que Le Caire était plus grand que Tlemcen ou Grenade, mais enfin, six cents mercenaires chrétiens ne pouvaient y passer inaperçus. J'en étais là dans mes réflexions lorsque la voix d'al-Rakraki s'éleva de nouveau, faible, mais aussi nette que la veille. Le cadi demandait à l'émir de bien vouloir indiquer à l'assemblée où étaient les casernes de ces chrétiens-là. L'autre rétorqua qu'ils n'étaient pas au Caire. Le cadi voulut savoir dans quelle ville ils cantonnaient.

Mintâsh eut la même réaction que la veille. Il écarta violemment l'émir. Sa voix vibrait de colère. Il fit une longue tirade sur ceux qui voulaient s'élever contre le calife et le sultan. Il se demanda quels étaient les vrais motifs de ceux qui protégeaient les défenseurs des infidèles. Les vrais musulmans ne pouvaient qu'être les ennemis de Barqouq.

La menace était claire et terrible. Les membres du Grand Conseil courbaient l'échine. Mintâsh fit un geste et l'émir se précipita avec son document d'accusation. Il suffisait que les cadis et les notables présents le signent et c'en était fait de Barqouq. La fatwa allait être impitoyable, puisqu'elle l'assimilait à un ennemi de la religion.

L'émir présenta le document au Grand Chambellan et aux autres officiers de la cour, qui signèrent en souriant. On en vint au premier des Grands Cadis. L'homme avait la tête baissée et la main tremblante. Il signa sans mot dire. Le second Grand Cadi, puis les deux autres paraphèrent ensuite. Puis ce fut le tour des cadis subalternes. Le silence était total dans la grande salle, chacun retenait son souffle. Le premier et le second signèrent. Le troisième était al-Rakraki. Le vieil homme leva la tête. Il avait l'air las. Il prit la parole : « Que le calife, le sultan et l'émir (il voulait dire Mintâsh) me pardonnent, mais en mon âme et conscience je ne peux approuver cette fatwa. Je n'ai pas vu de preuves probantes des crimes dont on accuse l'ancien souverain. Ce que j'ai vu, cependant, au cours des sept dernières années, c'est sa bonté à mon égard. J'ai donc décidé de m'abstenir. » Et le vieil homme se leva dans le silence et quitta la salle d'un pas pesant.

L'émir passa alors aux autres cadis en exercice. Ils signèrent tous. Il arriva enfin aux anciens cadis, aux ulémas et aux notabilités. Les trois premiers signèrent. Le quatrième était Ibn Khaldoun.

Quand l'émir s'arrêta devant lui, mon maître leva la tête. Nos regards se croisèrent. Qu'ai-je vu alors dans ses yeux ? Un abîme insondable. Mon maître resta silencieux et immobile une longue minute. Mintâsh s'impatientait. Il fit sonner son cimeterre sur le sol de marbre.

Ibn Khaldoun prit le calame et signa.

19

Le Caire

Mon maître était désespéré. Il avait tout tenté pour rencontrer Barqouq, s'expliquer avec lui, mais le sultan demeurait lointain et invisible. Le palais, haut perché au sommet du Mokattam, était maintenant inaccessible. Les portes de la Citadelle demeuraient obstinément fermées devant lui.

Qui aurait pu imaginer pareil renversement de fortune ? Pendant que l'usurpateur Mintâsh s'agitait au Caire pour obtenir une fatwa contre Barqouq, celui-ci, prisonnier dans la forteresse de Kérak, dans le désert de Palestine, préparait dans l'ombre de sa geôle son retour au Caire. Il avait pu entrer en contact avec ses émirs et ses anciens officiers. Le gouverneur de la prison, pour qui l'ex-sultan avait eu jadis des bontés, s'était montré complaisant. Il avait facilité l'évasion de Barqouq. En quelques semaines, celui-ci avait réuni autour de lui des troupes, des alliés, des amis.

Mintâsh avait à peine pu jouir du pouvoir pendant quelques mois. Maintenant, il devait se défendre contre l'ancien souverain. En effet, Barqouq s'agitait aux frontières de la Syrie. Il ne tarderait pas à marcher sur Le Caire.

L'usurpateur tentait de rallier autour de lui les différentes factions de mamelouks. Il affirmait que la guerre contre Barqouq était un djihad, une obligation pour les musulmans, puisqu'il y avait eu fatwa contre l'ancien souverain.

En effet, il y avait bien eu fatwa ! J'en avais une conscience aiguë et douloureuse, puisque j'étais là au moment où mon maître avait apposé son nom au bas d'un document qui accablait son bienfaiteur, son ami.

Jamais auparavant, au Maghreb où Ibn Khaldoun s'était trouvé mêlé à mille péripéties et au renversement de nombreux souverains, je n'avais éprouvé un tel sentiment de malaise. C'est que j'avais vu le souverain égyptien combler le savant maghrébin de ses bienfaits. Barqouq était pour Ibn Khaldoun non seulement un mécène, mais un protecteur amical et intéressé.

Pourquoi mon maître avait-il signé ? Aurait-il pu s'abstenir, comme al-Rakraki ? Le vieux cadi savait qu'en s'opposant à Mintâsh, il mettait sa sécurité, sa vie même en danger. Et peut-être al-Rakraki ne serait-il plus aujourd'hui de ce monde si Mintâsh n'avait dû consacrer toute son attention à combattre Barqouq.

Mon maître affirmera mille fois plus tard que c'est contraint et forcé qu'il avait signé. Il avait vécu assez longtemps pour savoir que lorsqu'on s'oppose aux puissants, on risque d'être écrasé comme un moucheron. Je le savais moi aussi. Dans les luttes qui opposaient les différents émirs mamelouks, Ibn Khaldoun n'était qu'un fétu de paille. Mais j'aimais trop mon maître pour ne pas me sentir humilié chaque fois que je me souvenais de ce moment où, prenant un calame des mains d'un séide de Mintâsh, il avait signé.

Barqouq avait battu les alliés de Mintâsh en Syrie, puis il s'était avancé vers Le Caire. Ses amis s'emparèrent de la Citadelle et, après maintes péripéties, l'ancien sultan reprit le pouvoir. Il avait perdu son trône pendant à peine dix mois.

Dès l'installation de Barqouq au palais, Ibn Khaldoun sollicita une audience pour lui présenter ses respects. La réponse ne tarda pas. Un matin, un messager vint lui remettre une courte missive de la part d'un des fonctionnaires subalternes de la cour. On lui annonçait sèchement que le sultan venait de le relever de ses fonctions d'intendant de la khanka Baybarseyya.

Cette mesure contre Ibn Khaldoun faisait partie de plusieurs autres décisions que le souverain avait prises à son retour pour récompenser ceux qui lui étaient restés fidèles et punir les félons.

J'ai déjà, je crois, observé à maintes reprises que Barqouq était un souverain à la fois impitoyable et habile. Il avait besoin d'une période de calme pour reprendre en mains les rênes du pouvoir. Il décida de se montrer magnanime. Il fit libérer al-Nasseri, le premier usurpateur, et pardonna à son vieil ami et complice, l'émir al-Jubani, ses hésitations et ses ambiguïtés pendant la sédition. Bien plus, il nomma al-Jubani vice-roi de Syrie et al-Nasseri commandant en chef de l'armée, et les chargea d'aller réprimer en Syrie les derniers soubresauts de la révolte de Mintâsh, qui s'y était réfugié.

Le cadi al-Rakraki, qui avait résisté aux menaces et à l'intimidation dans l'épisode de la fatwa, fut nommé Grand Cadi du rite malékite. D'autres officiers et juristes subalternes reçurent des promotions.

Barqouq savait aussi qu'il fallait punir pour dissuader. Il éloigna de lui, et quelquefois même de la capitale, tous les juristes et notables qui avaient participé à la fatwa. Il les démit de leurs fonctions et les dépouilla de leurs honneurs. C'est pourquoi il enleva à mon maître sa direction du grand collège du Caire.

Les notables s'en tiraient à bon compte. Barqouq voulait en effet frapper les imaginations. Il fit arrêter quelques émirs subalternes, émirs de dix ou émirs de cent, qui avaient montré un peu trop d'enthousiasme pour les révoltés, et les condamna à mort. La peine devait être publique afin que l'exemple enlevât aux autres officiers mamelouks toute nouvelle velléité de sédition.

Une semaine plus tard, un grand concours de peuple s'était réuni sur la Place Rumaila. Les cinq condamnés furent amenés sur une charrette. On leur avait enlevé leurs turbans et lié les mains derrière le dos. Une musique militaire précédait la charrette et une garde nombreuse la suivait : le spectacle allait donc être savoureux.

Quelques condamnés — notamment un jeune émir d'une vingtaine d'années — regardaient la foule avec des yeux effarés. Le chef du groupe, un homme dans la force de l'âge, ne cessait d'injurier Barqouq et de le maudire. Ses imprécations faisaient rire la foule : un garde finit par s'impatienter et le poussa dans les reins avec sa pique, pour le faire tomber.

Au milieu de la place, un curieux échafaud se dressait. Il s'agissait d'une croix de bois, aux bras tronqués, d'où pendait une poulie.

Le premier supplicié fut descendu de la charrette. L'aide-bourreau défit le nœud qui emprisonnait ses mains dans le dos. Ce n'était que pour mieux les attacher par devant. Puis il accrocha le crochet de la poulie dans le nœud et commença à tirer sur la corde. L'homme dut hausser les mains en l'air, puis il se dressa debout sur la pointe des pieds, les bras étirés, tout le corps tendu.

C'est alors que le bourreau s'avança : il tenait en mains un large cimeterre à la lame effilée. Il prit son temps, mesura l'angle avant de se caler sur ses deux jambes et de lever la lame en l'air. Un brusque sifflement : le cimeterre tournoya, la lame s'abattit et l'émir fut tranché en deux au niveau de la taille. Aussitôt, les aides-bourreaux se saisirent du tronc et le jetèrent dans un vaste récipient plein de soude. La foule se mit à rire et à lancer des quolibets en voyant la moitié de corps tressauter pendant quelques instants dans l'acide.

Le supplice se répéta pour les quatre autres condamnés. La foule se dispersa pendant que les chiens errants, affolés par l'odeur du sang, hurlaient dans les darbs.

Mon maître, quant à lui, était grandement affecté par la sanction prise contre lui par Barqouq. Son intendance de la khanka Baybarseyya a été, je crois, le poste qu'il a le plus prisé au Caire. En le renvoyant, Barqouq non seulement lui enlevait une rémunération généreuse, mais il lui ôtait le prestige et l'honneur qui accompagnent ce poste, l'un des plus importants dans le monde de l'enseignement au Caire.

J'ai déjà dit qu'Ibn Khaldoun tenta à plusieurs reprises, en vain, de rencontrer le sultan. En désespoir de cause, il se tourna vers son ami al-Jubani. Celui-ci s'apprêtait à partir pour Damas, où Barqouq l'avait nommé vice-roi de Syrie. Mon maître lui envoya une longue lettre de plus de cinquante vers.

Il y suppliait l'émir d'intercéder pour lui auprès du sultan, de lui présenter ses excuses et de solliciter son pardon. Il demandait à son vieil ami, « son abri », de ne pas l'oublier dans son épreuve. Il se plaignait amèrement de la perte de l'intendance de la khanka Baybarseyya et affirmait qu'on lui avait « brisé les os ». Il insistait pour expliquer son rôle dans l'affaire de la fatwa et « dissiper les calomnies ». On l'avait forcé à siéger au sein du Grand Conseil et c'est sous la contrainte qu'il avait signé le document. « Ils m'ont imputé, écrivit-il, des mots que tous ceux qui me connaissent savent bien que je ne pouvais prononcer. Comment aurais-je pu être si ingrat ? »

Al-Jubani a-t-il voulu, ou eu le temps, d'intercéder auprès de Barqouq ? Je ne le sais guère jusqu'à aujourd'hui. En effet, quelques jours après qu'il eût reçu cette lettre, l'émir quitta la capitale égyptienne. Ibn Khaldoun ne devait jamais le revoir, car al-Jubani fut tué dans la guerre contre Mintâsh, vers la fin de cette année-là.

Quand Ibn Khaldoun apprit la mort de l'émir, il en fut profondément affecté. Al-Jubani avait été son premier ami au Caire, il l'avait présenté au sultan, il l'avait accueilli dans son cercle et introduit dans les cénacles les plus fermés de la capitale égyptienne. Ibn Khaldoun perdait un ami et un protecteur.

Cette perte était d'autant plus douloureuse que le sultan continuait d'ignorer mon maître. Celui-ci imputait sa disgrâce aux machinations du vice-roi d'Égypte, un certain émir Soudoun, qui avait perdu certains procès jugés devant lui quand il était Grand Cadi.

Ibn Khaldoun finit par se résigner à la perte de son poste de direction à la khanka. Il s'estimait heureux que le sultan ne lui eût pas confisqué du même coup ses propriétés du Fayoum, qui lui permettaient de continuer à vivre confortablement.

Les dix années qui vont de çafar 791 à ramadan 801, que les chrétiens calculent pour leur part de février 1390 à mai 1399, furent parmi les plus calmes et les plus studieuses de la vie de mon maître.

Ibn Khaldoun n'avait plus de poste officiel. Il est vrai qu'on l'invitait quelquefois à donner une leçon ou à prononcer une conférence, mais il n'avait plus de chaire, il ne dirigeait plus de khanka, il n'était plus attaché à la moindre madrasa. En marge du milieu officiel des lettrés, il disposait maintenant de beaucoup plus de temps pour polir et parfaire son œuvre.

Mon maître n'avait pas encore soixante ans quand il encourut la disgrâce du sultan. Il était plein d'énergie et se remit avec vigueur à relire et corriger son œuvre. Ce qu'il avait fait jusqu'à maintenant de façon désorganisée, il l'entreprit systématiquement.

Je me retrouvai bientôt dans mon rôle habituel de secrétaire, de confident, de rédacteur et de premier lecteur. J'ai déjà dit à quel point les bibliothèques du Caire avaient ébloui mon maître. Il y retourna, relut attentivement tous les ouvrages qu'il connaissait et emprunta ceux qu'il n'avait pas encore lus. Il compulsa les archives des différentes madrasas, ainsi que celle de certains émirs et notables.

Je nous revois encore dans la pénombre studieuse de la bibliothèque de telle madrasa, ou de telle khanka. Nous ouvrions des coffres aux ferrures compliquées. Nous en sortions des rouleaux de parchemins, des manuscrits reliés de cuir cordouan, des ouvrages ciselés ou dorés. Nous nous penchions de concert sur des livres en triptyques, que nous dépliions pour y découvrir des enluminures aux couleurs vives et aux marges en fins arabesques. Nous peinions sur des encres pâlies, ou des graphies anciennes. Quand nous étions épuisés, nous jouions quelques parties d'échec. Mon maître aimait bien gagner, mais j'avais appris à lui opposer une rude résistance.

J'aimais ces longues journées, ces soirées que nous passions ensemble à travailler studieusement. Ibn Khaldoun relisait surtout son *Kitâb al-'Ibar.* Il modifia sensiblement certains passages de cette *Histoire universelle* et corrigea nombre de détails.

Je me souviens en particulier des soins qu'il a mis à raconter les moindres circonstances de l'histoire de l'Égypte sous Barqouq. Il était aux premières loges et connaissait mieux que la plupart des habitants du Caire ce qui se passait derrière les murs du palais.

D'ailleurs, tout ce qui concerne l'Orient musulman, et le monde oriental en général, a fasciné mon maître pendant son séjour au Caire. Il n'en avait qu'une connaissance générale quand il était au Maghreb. C'est pourquoi, à Qal'at Ibn Salama, il avait surtout écrit l'histoire du Maghreb, de l'Espagne et des Berbères.

Au Caire, il a acquis une connaissance intime des Mongols et il a pu mieux décrire leur civilisation, leur marche triomphale vers l'ouest et leurs extraordinaires victoires sur la plupart des souverains du monde. Je n'ai pas besoin de rappeler ici comment mon maître a connu de près Tamerlan, le grand empereur des Tatars.

Mon maître a aussi mieux connu à cette époque les religions des anciens Persans, des zoroastriens, des Juifs et des chrétiens. N'importe quel lecteur de son livre y verra des détails intéressants sur le Grand Kôhen, sur les différences entre le pape et les patriarches des chrétiens et sur leurs cérémonies religieuses.

Mon maître cherchait, comme d'habitude, à aller droit aux sources. Je sais qu'il a attentivement lu et annoté, pendant ces années-là, l'Avesta des zoroastriens, la Torah des Juifs et les Évangiles des chrétiens.

Un jour, il me demanda de l'accompagner au Vieux Caire. J'étais intrigué, car je ne lui connaissais pas d'amis dans ce quartier. Il m'apprit qu'on lui avait donné le nom d'un certain prêtre copte qu'il voulait consulter. Il se rendit ainsi jusqu'à l'Église suspendue, mais refusa d'en franchir le seuil. C'était son habitude : il répugnait à entrer dans les lieux de culte chrétien.

Le prêtre l'accueillit dans une maison voisine, en compagnie de deux ou trois mo'allems[1] célèbres. Ibn Khaldoun les questionna longuement sur leur interprétation des Écritures. Quand il les quitta, ils lui remirent quelques ouvrages religieux écrits par certains de leurs érudits.

Ibn Khaldoun les lut attentivement. Quand il les eût finis, il maugréa : «Ces gens du Livre, qu'ils soient Juifs ou chrétiens, interprètent de travers leurs livres révélés.» Il se tut un instant puis ajouta :

«Comment ces coptes peuvent-ils se tromper à ce point ? Tu sais comme moi que ce sont des fonctionnaires compétents et d'habiles percepteurs de taxes. Leurs boutiques au marché des Libraires sont parmi les mieux fournies, ils ont d'excellents artisans et certains de mes meilleurs fermiers au Fayoum sont coptes. D'ailleurs, ce sont leurs évêques et leurs prêtres qui, les premiers, ont parlé aux Arabes des sciences philosophiques. » Puis il haussa les épaules.

Nous allions maintenant régulièrement au Fayoum. Nous y passions chaque année plusieurs mois, au moment des semailles et des moissons. Je n'y ai jamais revu Badra.

La famille de mon maître se plaisait beaucoup à la campagne. Ibn Khaldoun lui-même, quand il n'était pas aux champs, se plongeait dans ses livres et ses manuscrits. Je me souviens avec nostalgie de longues soirées tièdes passées à l'ombre d'un sycomore. Ibn Khaldoun s'installait à une table et nous travaillions tranquillement, à peine distraits par le pépiement des oiseaux, le crissement de la poulie d'une sakieh ou le bruissement du vent dans les palmes des dattiers.

Les quatre garçons – les trois fils de mon maître et mon Issa –, pour leur part, s'ennuyaient au Fayoum. Ils y faisaient une brève apparition puis retournaient au Caire. D'ailleurs, ils devenaient de plus en plus indépendants. L'aîné, Mohammad, se maria à peu près à ce moment-là.

Ibn Khaldoun avait pris l'habitude, pendant qu'il était au Fayoum, d'aller visiter les tribus bédouines du désert. Comme au Maghreb, il n'avait pas tardé à nouer des liens cordiaux avec les chefs arabes, qui le recevaient avec générosité et courtoisie sous leurs tentes.

Nous partions ainsi souvent de l'oasis à la rencontre des Arabes. Leurs guides nous attendaient pour nous emmener dans les dunes du désert égyptien. Nous y passions quatre ou cinq jours. Le plus souvent, mon maître se retirait à l'écart, pour réfléchir et méditer.

Le soir, nous nous réunissions avec nos hôtes autour du feu. Les jeunes bédouins récitaient des poésies, qu'ils improvisaient quelquefois. Souvent, ils se lançaient des défis à qui serait le plus inspiré. Nous passions des heures à les écouter vanter leurs exploits guerriers ou amoureux. La lune montait à l'horizon. Les jeunes gens se taisaient. Au loin, les hyènes aboyaient. On passait des boules de hachisch, que mon maître refusait. La nuit était calme et apaisante.

Au bout d'une ou deux visites chez les bédouins, mon maître me demanda de prendre du papier avec moi, pour y transcrire les poèmes qu'il entendait. Il en a fait un chapitre spécial, à la fin de sa *Muqaddima*.

Je me retrouvais donc, certains soirs, me crevant les yeux à la lueur dansante du feu, en train de griffonner les poèmes que récitaient les jeunes gens. L'un se plaignait de ne pas avoir assez d'appuis au sein de sa tribu. L'autre racontait une chasse absolument fabuleuse. Tous en revenaient cependant au thème de l'amour.

Je me souviens encore de ce jeune homme élancé, à la mine fière et aux yeux de braise, qui déclama :

J'ai frappé à la porte de la tente. Elle a demandé : Qui frappe ?
J'ai dit, Celui qui aime, ni voleur ni ravisseur.
Elle a souri. L'éclair aveuglant de ses dents m'a frappé.
Je suis revenu troublé, perdu dans l'océan de mes larmes.

Un autre renchérissait :

Ma blessure est encore fraîche et le sang coule encore.
Celle qui m'ôte la vie se plaît au désert,
Ô mon frère !
Ils ont dit, Nous te vengerons. J'ai répondu, Ce serait pire,
Car celle qui m'a blessé seule me guérira !

Quand nous revenions au Caire après quelques semaines au Fayoum, mon maître était détendu et reposé.

Ce fut aussi à cette époque qu'Omar, le fils d'Ons al-Qoloub, et Issa décidèrent de retourner au Maghreb.

Mon fils était profondément attaché à Omar, qui le traitait plus comme un ami que comme un subalterne. Ils étaient inséparables. J'ai déjà raconté comment ils se perdaient ensemble dans les coins et les recoins du Caire.

Ils avaient fini cependant par s'y ennuyer. Tous deux se souvenaient fort bien du Maghreb, où ils avaient vécu jusqu'à l'adolescence. Omar tirait grande fierté de l'illustre histoire de sa famille au Maghreb. Il voulait à son tour vivre des aventures exaltantes et, qui sait, y parvenir à des fonctions éminentes, comme son père, son grand-père et, avant eux, la noble lignée des Banou Khaldoun.

Omar demanda à son père la permission de partir, comme Issa demanda la mienne. Même si mon maître et moi étions tristes à la perspective de les voir nous quitter, peut-être pour longtemps, nous ne pouvions nous opposer à leur souhait.

Un matin, les deux jeunes gens nous firent leurs adieux. Le harem retentit de cris et de pleurs. Amal et Ons al-Qoloub se labouraient le visage, s'accrochaient aux deux jeunes gens. Ibn Khaldoun et moi étions émus. Nous leur fîmes d'ultimes recommandations, avant de les voir disparaître au coin de la rue.

Omar a fait carrière auprès du sultan mérinide de Fès, où il est aujourd'hui l'un de ses principaux secrétaires. Quant à Issa, il est auprès de lui, fidèle comme je l'ai été avec mon maître.

Je reçois parfois des lettres de mon fils. Il m'y témoigne toujours une affection filiale et déférente. Il a fini par se marier avec une jeune Andalouse dont le père s'était réfugié à Fès pour fuir l'avance des chrétiens. Il a déjà deux garçons et une fille. Amal me reproche souvent de ne pas connaître ses petits-enfants. Mais comment pouvais-je quitter mon maître ? Ma vie était avec lui, ici au Caire. Peut-être que maintenant je pourrais retourner au Maghreb. Je suis cependant si vieux, si fatigué…

Quatre ou cinq ans après le retour au pouvoir du sultan Barqouq, Ibn Khaldoun décida d'écrire son autobiographie.

Il avait déjà attaché, à la suite de son *Kitâb al-'Ibar*, plusieurs pages résumant l'essentiel de sa carrière. Elles faisaient partie de son œuvre historique, comme pour témoigner de la compétence et du sérieux de l'auteur. Maintenant, il voulait un ouvrage plus ambitieux.

Mon maître a-t-il voulu jeter un éclairage plus personnel sur certains des événements qu'il rapportait dans son *Kitâb al-'Ibar* et sa *Muqaddima* ? A-t-il voulu montrer comment sa vie a été étroitement liée au bouillonnement politique du siècle dernier ?

Quoi qu'il en soit, il se mit à compléter les esquisses autobiographiques qu'il avait déjà rédigées au Maghreb. Il consacra de longues pages à son voyage en Égypte, à ses relations avec Barqouq et à ses démêlés avec certains notables égyptiens. Plus tard, il a continué à enrichir son récit : il y a raconté sa rencontre avec l'empereur mongol, ainsi que les développements de sa carrière, jusqu'à son ultime terme. Il a intitulé cet ouvrage *Autobiographie d'Ibn Khaldoun, et son Voyage d'Occident et d'Orient*.

Une fois qu'il eût terminé le récit de sa vie, il estima que son œuvre historique et sa *Muqaddima* avaient été suffisamment modifiées pour mériter d'être remises au net. Il me chargea de cette tâche.

Je voulais m'assurer les services du meilleur copiste du Caire. On me nomma Abdallah Ibn al-Fakhkhar, dont on me dit qu'il était un véritable artiste. Je rencontrai l'homme, il me plut, et je lui demandai de faire une copie de l'œuvre.

Il y passa plusieurs mois. Le résultat de son labeur dépassait toutes mes espérances. Le livre de mon maître était maintenant écrit d'une graphie claire et nette, d'une grande élégance, toujours égale. Sa lecture était un véritable plaisir pour les yeux. Je récompensai généreusement Ibn al-Fakhkhar et lui demandai d'entreprendre immédiatement un autre exemplaire.

Mon maître envoya la première copie à son fils Omar, qui était à Fès, pour qu'il l'offre en son nom au sultan mérinide. Le sultan fut fort heureux de ce présent. Omar écrivit une lettre à son père où il l'informait que sa *Muqaddima* et son *Kitâb al-'Ibar* avaient été déposés dans la bibliothèque de la Qaraouiyyîne, la grande mosquée-université où mon maître avait jadis enseigné quand il était encore jeune homme. Ibn Khaldoun devint pensif : la fin de sa carrière bouclait ainsi la boucle, car elle rejoignait, par delà quatre décennies et plusieurs pays, le début du grand voyage d'aventures, de science et de connaissance qu'avait été sa vie.

La fin de sa carrière ? Mon maître était excusable de le croire. Il abordait maintenant la vieillesse, il y avait six ou sept ans que le sultan l'avait banni de sa cour, et on l'aurait bien surpris si on lui avait dit que la vie lui réservait encore des aventures extraordinaires. Pourtant...

Mon maître, après avoir offert son ouvrage remis à neuf au sultan de Fès, en adressa la seconde copie à Barqouq. Il y ajouta son *Voyage d'Occident et d'Orient,* et écrivit au sultan une lettre d'offrande déférente et soumise. Son ouvrage historique et son autobiographie ne lui furent pas retournés. Il vit dans cette acceptation un présage heureux.

D'autres signes annonçaient aussi un dégel : des gens qui l'évitaient depuis de nombreuses années le saluaient maintenant dans la rue ; des émirs qui avaient condamné leur porte au Maghrébin l'invitèrent de nouveau chez eux. Ibn Khaldoun, toujours sensible au moindre frémissement de la fortune ou du pouvoir à son égard, captait avec délice ces ondes positives.

C'est que mon maître voulait se colleter une fois de plus avec le monde. Cela faisait plusieurs années qu'il lisait, étudiait, travaillait. Maintenant, il devenait impatient, les responsabilités lui manquaient, il aspirait de nouveau aux honneurs. Je ne m'étonnais de rien, car j'avais souvent vu ce cycle se répéter. Ainsi, après quatre ans de vie recluse, une vraie vie de soufi, à Qal'at Ibn Salama, il était retourné à Tunis affamé d'action et s'était plongé avec délices dans ses médressas et ses intrigues.

Ibn Khaldoun comprit que les choses prenaient décidément un tour pour le mieux quand l'un de ses amis lui rapporta que Barqouq s'était mis en colère en prenant connaissance d'un jugement prononcé par le Grand Cadi malékite du temps et avait marmonné : « Ah ! ce n'est pas Ibn Khaldoun qui aurait été si sot ! »

Cette réflexion du sultan (vraie ou fausse, qui le sait ? Peut-être l'ami de mon maître voulait-il seulement le flatter) allait se révéler prémonitoire. Les sages ont souvent dit que le temps guérit toutes les blessures. Les années avaient-elles apaisé la colère du sultan contre ce qu'il estimait être une félonie de la part de mon maître ? Ibn Khaldoun avait-il vu juste quand il avait accusé le vice-roi, l'émir Soudoun, de monter tout le temps le sultan contre lui ? En tout cas, Soudoun mourut en 798, et c'est à peu près à la même époque que les premiers signes d'un réchauffement nous parvinrent du Palais.

Un jour, un messager de Barqouq convoqua Ibn Khaldoun devant le sultan. Mon maître exultait. Il s'habilla de sa plus belle robe et se fit teindre et parfumer la barbe. Il se prosterna avec la plus grande humilité devant le souverain égyptien. Le sultan, qui ne l'avait pas vu depuis quelques années, lui adressa la parole avec affabilité, sans faire la moindre allusion au passé.

Barqouq voulait consulter mon maître à propos d'une ambassade qu'il s'apprêtait à envoyer au Maghreb. Il souhaitait se procurer des chevaux maghrébins, car, disait-il, les chevaux égyptiens, à force d'être bien nourris, étaient devenus gras et indolents. Il demanda à mon maître où et comment il pourrait se procurer les meilleurs coursiers.

Ibn Khaldoun lui conseilla d'écrire des lettres aux trois sultans de Tunis, de Tlemcen et de Fès. Barqouq suivit ce conseil : il envoya un de ses intimes porter ces lettres avec des cadeaux aux trois souverains. L'ambassade fut un grand succès : l'émir revint quelques mois plus tard avec des émissaires des souverains maghrébins qui amenaient des présents au sultan d'Égypte : plus de cent chevaux, des selles brodées d'or, des brides dorées, des épées ornées, des tissus de soie, de lin et de laine.

Les présents furent offerts au souverain dans la grande salle du Trône, où ils restèrent exposés. Barqouq s'en montra satisfait. Il distribua à ses émirs les étoffes et les épées, ainsi que quelques chevaux, mais garda les plus beaux coursiers pour ses écuries. Il remercia mon maître du conseil judicieux qu'il lui avait donné. Ibn Khaldoun rayonnait et bombait le torse quand les courtisans se précipitaient vers lui pour le saluer.

Au milieu du mois de ramadan 801, nous étions au Fayoum. C'était le printemps, les arbres ployaient sous les fruits, la plaine était couverte d'une verdure sombre et drue. Mon maître se promenait un matin dans son domaine en compagnie de l'intendant lorsqu'on l'appela à grands cris de la maison.

Un messager venait d'arriver du Caire. Le sultan lui demandait de retourner immédiatement dans la capitale. Même si Barqouq témoignait de nouveau sa bienveillance à l'égard de mon maître, celui-ci se montra surpris et vaguement inquiet de cette convocation inopinée.

Cinq jours plus tard, nous étions à la Citadelle. Barqouq l'accueillit avec un large sourire et lui fit savoir qu'il le nommait Grand Cadi malékite.

Quatorze ans s'étaient passés depuis que mon maître avait été obligé d'abandonner cette fonction à cause des intrigues des puissants contre lui. Je sais qu'il n'avait jamais cessé d'y penser. Il aspirait à occuper de nouveau les plus grandes responsabilités. L'air raréfié du sommet et des honneurs lui manquait : il le trouvait vivifiant. Le jour où Barqouq lui remit la robe d'honneur de sa fonction, le murmure flatteur des courtisans lui sembla plus mélodieux qu'une musique andalouse.

Ibn Khaldoun se remit au travail avec la même énergie et la même détermination que la première fois. Sa réputation de probité était maintenant bien établie et les plaideurs à la mémoire courte qui tentèrent de le circonvenir en furent pour leurs frais. Mon maître les éconduisit avec rudesse. Les petites gens et tous ceux qui craignaient de ne pas avoir les bourses assez fournies pour fléchir les témoins, les avoués et les secrétaires des autres juges, tous se précipitèrent au tribunal de mon maître.

Je me souviens d'un procès en particulier. Ibn Khaldoun avait tranché en faveur d'un humble porteur d'eau qui n'avait pas été payé plusieurs mois de suite par l'intendant d'un émir. L'intendant, un homme arrogant, faisait sonner haut et fort le nom de son maître. Le porteur ne pouvait que répéter qu'il avait livré l'eau sans être payé. Après les avoir écoutés attentivement, Ibn Khaldoun condamna l'intendant, non seulement à payer les arriérés, mais aussi à continuer à utiliser les services du pauvre diable. L'intendant s'était en effet vanté de l'acculer à la famine en lui faisant fermer au nez les portes des palais des émirs.

Ce soir-là, Ibn Khaldoun se tourna vers moi et me dit : « Tu as vu cet intendant ? Ce sont des gens comme lui qui ruinent l'État. » Je dis que je ne comprenais pas : il voulait bien ruiner le porteur d'eau, mais l'État ? Mon maître sourit : « Ya Ibrahim, l'État est comme un marché sur la place publique : quand le gouvernement évite l'injustice, la partialité et la corruption, alors son marché ne traite que l'or pur et l'argent fin. Mais que l'État laisse libre cours à la tyrannie, l'injustice et la déloyauté, et voilà que la fausse monnaie seule a cours sur la place ! »

Quelques semaines après avoir revêtu la robe d'honneur, Ibn Khaldoun fut invité par le Grand Chambellan à siéger en conseil avec les autres Grands Cadis, pour trancher un cas extraordinaire.

La rumeur voulait qu'un copte du sud du pays, nommé Abd al-Massih, eût tenu des propos irrévérencieux à l'égard de l'Islam. Le juge de son village recueillit des témoignages et envoya l'accusé au Caire. On offrit au prénommé de se convertir à l'Islam, ce qu'il refusa. Le Grand Chambellan décida alors de convoquer un tribunal suprême pour le juger.

Abd al-Massih comparut devant les quatre Grands Cadis. On lui demanda de rétracter les paroles qu'on lui imputait, ce qu'il refusa. On lui offrit de nouveau de se convertir à l'Islam : il refusa encore. Il fut alors condamné à mort, mais auparavant, on le promena dans les rues de la ville, attaché à un chameau, pour en faire un exemple aux yeux du peuple.

La sentence fut exécutée sous les fenêtres d'une des madrasas de la ville. Le copte fut décapité. La populace, qui était extrêmement montée contre lui, se précipita sur son cadavre, érigea un bûcher et l'y brûla. La nuit venue, les chiens dispersèrent ses ossements.

Ce triste épisode n'était que l'un des multiples procès auxquels Ibn Khaldoun se consacrait avec fougue. Les honnêtes gens louaient sa probité et il eut à cette époque d'autres preuves de son crédit auprès des Cairotes : de nombreux bourgeois, et même des émirs, déposèrent chez lui de larges sommes d'argent. Cette coutume de confier sa fortune à des personnes d'irréprochable probité, que je n'ai vue qu'en Égypte, avait pour objet d'empêcher le pouvoir de confisquer les biens de façon arbitraire. Mon maître se flattait, à juste titre, de la confiance que les riches Égyptiens lui témoignaient ainsi.

Quelques mois passèrent. Soudain, des rumeurs se répandirent au Caire. Le sultan était malade, disait-on. Il ne quittait plus sa couche. Les médecins se disputaient à son chevet sur la nature de sa maladie.

Un jour, mon maître fut invité à monter à la Citadelle. Au palais, il trouva un grand concours de notables : il y avait là le Calife, les autres Grands Cadis et les principaux émirs de la cour. Le Grand Chambellan les invita à entrer dans la pièce où reposait le souverain.

Barqouq était étendu dans sa couche. Il était pâle et avait le souffle court. Il remercia les notables, puis leur annonça qu'il les avait fait venir pour contresigner son testament.

Un secrétaire lut le document. Barqouq désignait son fils aîné Faraj pour lui succéder sur le trône. Il nommait ensuite ses autres garçons par ordre d'âge, pour monter sur le trône en cas de vacance. Comme Faraj n'avait que dix ans, Barqouq désignait l'émir Aytamish, le chef de l'armée, comme tuteur du prince et régent.

Les notables présents jurèrent de respecter les clauses du testament et y apposèrent tour à tour leur signature. Lorsque je vis mon maître prendre le calame et se pencher pour écrire son nom au bas du testament, je me rappelai ce moment, dix ans plus tôt, où mon maître, en contresignant une fatwa, abandonnait Barqouq. Cette deuxième signature rachetait la première.

Quelques jours plus tard, le souverain mourait. Ibn Khaldoun en fut profondément affecté. Barqouq avait été le sultan qu'il avait servi le plus longtemps. Les deux hommes s'estimaient, même si la politique et ses méandres les avaient dressés un moment l'un contre l'autre. Barqouq n'avait jamais cessé de gratifier mon maître de ses bienfaits, même si l'épisode de la fatwa l'avait refroidi un temps. Dans son *Voyage d'Occident et d'Orient*, Ibn Khaldoun a redit mille fois son attachement au souverain égyptien et sa reconnaissance pour ses innombrables faveurs.

Maintenant, le maître du Palais était un enfant de dix ans. La jurisprudence voulait qu'à la mort d'un souverain, tous les Grands Cadis qu'il avait nommés, et qui étaient ses représentants personnels, perdent leurs postes, à moins que le nouveau souverain ne les renomme et ne leur redonne ainsi une nouvelle légitimité. Faraj n'hésita pas un instant à confirmer Ibn Khaldoun dans ses fonctions.

Au début, le règne du nouveau sultan commença sous les meilleurs auspices. Bientôt cependant, l'esprit d'intrigue et de division qui semble si courant chez les émirs mamelouks amena certains d'entre eux à se dresser contre Aytamish, le régent désigné par Barqouq.

Faraj venait d'avoir onze ans. Certains courtisans lui murmurèrent à l'oreille qu'il était bien capable de diriger le pays tout seul, qu'il n'avait pas besoin d'un régent et que son honneur lui imposait de secouer la tutelle de l'émir Aytamish. Le garçon écouta ces sirènes et renvoya le régent. L'émir, ulcéré, s'enfuit en Syrie où il se révolta contre le sultan et commença à rassembler des troupes pour marcher sur Le Caire.

Faraj, qui apprenait décidément très vite le métier de prince, décida de le prendre de court. Il partit à la tête de l'armée pour combattre son ancien tuteur avant qu'il ne devienne trop fort. Comme le veut la coutume, mon maître, comme les autres Grands Cadis, devait accompagner le souverain dans cette expédition militaire.

Nous partîmes un matin avec le gros des troupes. À la suite du sultan, nous traversâmes le Sinaï et arrivâmes bientôt à Damas, que mon maître et moi découvrions pour la première fois. Pendant que Faraj et son armée partaient à la poursuite de l'émir Aytamish, mon maître s'installa à la madrasa Adeleyya et nous visitâmes longuement la ville, sa Grande Mosquée bâtie par les Omeyyades et ses madrasas.

Je voyais mon maître s'exclamer devant les beautés de l'antique cité. Ses lèvres bougeaient, comme s'il récitait une prière. Je profitai d'un moment où nous étions seuls pour lui demander ce qu'il en était. Il sourit et me dit: «Les plus grands poètes de l'Islam ont chanté Damas. Connais-tu ce qu'en a dit Arkala le Damascène?» J'avouai mon ignorance. Il déclama alors:

Damas est le grain de beauté de la joue du monde,
Son myrte te présente un paradis sans fin,
Et son anémone une géhenne qui ne brûle pas.
On y voit les garçons et les houris
Le son que la lune y fait entendre sur ses cordes imite le chant de
la tourterelle et du merle,
Et les cottes de mailles que les doigts des vents entrelacent sur
l'eau, comme elles sont belles!

Pendant ce temps, le jeune sultan avait engagé les rebelles et les avait battus à plate couture. Il revint en triomphe à Damas et s'apprêta à retourner au Caire. Mon maître lui demanda alors la permission de quitter son cortège sur le chemin du retour pour aller visiter Jérusalem, Bethléem et les autres sites chrétiens de Palestine.

C'est pendant ce voyage à Jérusalem que je décidai pour la première fois, je ne sais trop pourquoi, de commencer ce journal. Jusqu'alors, j'avais toujours écrit sous la dictée de mon maître ou à sa demande. Était-ce l'émotion de visiter une ville sainte pour l'Islam et les autres religions du Livre ? Était-ce l'âge qui soudain me faisait prendre conscience du passage du temps ? Je ne sais, mais un soir, à Jérusalem, je sortis un cahier et je me mis à écrire, pour moi…

Notes

1. Maîtres ou professeurs. Titre courant donné en Égypte aux notables coptes.

20

Jérusalem

Pourquoi est-ce que j'éprouve, aujourd'hui, cette soif d'écrire ? Je n'ai cessé d'écrire toute ma vie. Écrire ? Je prenais des notes sous la dictée de mon maître. Tandis que ce soir, un élan impérieux m'a poussé à prendre un cahier neuf, à tailler mon calame, à me retirer dans une pièce isolée…

Est-ce parce que je suis à Jérusalem que je veux, soudain, m'arrêter, scruter ma vie afin d'y capter mon vrai reflet, me détourner pendant quelques instants de ce chatoiement à l'horizon, de ces mirages sur la route, qui m'ont fait si longtemps voyager ?

Cette ville me touche profondément. Pas à cause de ses monuments : ils sont beaux et émouvants, mais j'en ai vu de plus gracieux, de plus majestueux, de plus élégants, à Grenade, à Fès ou au Caire.

Non, il y a des cités plus belles que Jérusalem. Mais cette ville me semble une halte désaltérante, comme ces oasis que je cherchais jadis dans le désert, pour éteindre ma soif brûlante. Aujourd'hui, j'ai une autre soif, de comprendre, d'être lucide, de déchiffrer mon destin.

Mon destin… Un seul mot peut le résumer : courir. Ma vie a été une course sans arrêt, haletante, derrière mon maître. Mon destin a été le sien. Et il n'a jamais eu de cesse, lui, que de repartir, de démonter sa tente, de chercher de nouveaux chemins, de nouveaux amis, de nouveaux livres…

Je ne me plains de rien, au contraire. Quiconque lira ces pages pourra dire : Ibrahim al-Andalusi, tu as eu une vie glorieuse et pleine, puisqu'elle s'est confondue avec celle du grand Ibn Khaldoun. Tu as vécu dans son intimité, tu as assisté aux premiers tâtonnements de son génie, tu as vu éclore cet arbre magnifique de science et de connaissance, tu étais son ombre même quand, à Qal'at Ibn Salama, un puissant jaillissement, une passion brûlante lui a dévoilé la vérité sur l'homme et sur le monde…

Nous étions il y a quelques jours, lui et moi, à Damas. Sa vie, me semble-t-il, a été une longue quête, un chemin de Damas où il a découvert, dans la fulguration de son génie, que l'homme, cette créature si faible, est au centre de tout, et que son honneur est de façonner ici-bas son destin.

Ici-bas… Car mon maître a cru aussi, passionnément, de toutes ses fibres, en une transcendance divine. Dieu a été aussi au centre de sa vie. Et avant-hier, quand nous sommes arrivés dans cette ville blonde, il a fait ce qu'il fait toujours quand il arrive dans un lieu nouveau : il s'est précipité à la Grande Mosquée.

Al-Haram al-Charif, ce lieu saint pour les musulmans, l'a ébloui. Il a admiré la mosquée al-Aqsa, l'Extrême Mosquée, recouverte d'or et de couleurs brillantes. Puis il a visité le Dôme du Rocher, d'où les musulmans croient que le Prophète est monté vers le ciel. Les escaliers qui y mènent, l'extérieur de l'édifice autant que son intérieur, tout est en marbre d'un travail élégant.

Nous avons fait le tour de la mosquée. Plusieurs portes monumentales, ornées de mosaïques, de plaques de cuivre incrusté et d'arabesques en or y donnent accès. Dix chrétiens exempts de la capitation s'y occupent des nattes et des tapis, tandis que vingt Juifs sont préposés à l'entretien des lampes et au balayage de la cour.

Après avoir prié, mon maître a quitté l'esplanade bruissante de pèlerins et de fidèles. Il cherchait quelque chose et les gens à qui il posait des questions lui donnaient des réponses contradictoires. Nous finîmes par arriver à une zâwiya, une petite chapelle appelée le Waqf Abou Madyane. Mon maître se tourna vers moi : « Tu te souviens du grand saint Abou Madyane et de son monastère de Tlemcen où nous avons vécu quelque temps ? C'est son petit-fils qui a fondé cet oratoire. » Je comprenais pourquoi mon maître voulait voir cette humble chapelle : en s'y recueillant, il bouclait une boucle de son itinéraire spirituel, entre l'Occident et l'Orient.

Mon maître est allé le lendemain visiter les lieux saints des chrétiens. Dans un vieux quartier, nous parvînmes à une église que le gardien appelait l'église de la Résurrection, mais que mon maître, quant à lui, disait être l'église des Immondices[1]. Ibn Khaldoun ne voulut pas y pénétrer. Je lui en demandai la raison et il me dit qu'il éprouvait une certaine répulsion à mettre le pied dans un lieu construit par les nations chrétiennes. Ces nations, me dit-il, prétendent qu'en ce lieu même Jésus est mort sur la croix, ce qui est en contradiction avec le Coran.

Je lui demandai pourquoi ce nom d'église des Immondices. Il m'expliqua : « Hélène, la mère de l'empereur romain Constantin, était chrétienne. Elle se rendit à Jérusalem pour y chercher le bois de la croix sur laquelle, selon les chrétiens, le Messie aurait été crucifié. Ayant appris que la croix avait été jetée aux ordures, elle l'exhuma et bâtit sur place l'église des Immondices, que les chrétiens croient située sur le Sépulcre de Jésus. Elle fit recouvrir d'ordures le Rocher pour faire payer aux Juifs ce qu'ils avaient fait au tombeau du Messie. »

Comme je n'avais pas les mêmes scrupules que mon maître, j'entrai dans l'église. C'était une petite chapelle obscure. Au fond, une lampe rouge annonçait le sanctuaire. Des chandelles éclairaient dans un coin quelques icônes. Je bavardai un peu avec le gardien, un vieux prêtre barbu. Il me dit que toute personne qui se rend en pèlerinage à l'église doit payer au profit des musulmans un tribut et supporter diverses sortes d'humiliations.

Cette petite lumière rouge qui brillait dans l'obscurité réveilla en moi des souvenirs longtemps enfouis : je me rappelai Séville inondée de soleil et ma mère m'entraînant dans la chapelle du barrio, où une petite flamme vacillante trouait l'ombre fraîche. J'entendis soudain la voix de ma mère me répétant à Tunis, d'un ton pressant, désespéré : « Alfonso, n'oublie pas la foi de tes ancêtres ! »

La foi de mes ancêtres ! J'avais suivi Ibn Khaldoun dans son voyage qu'a toujours éclairé la flamme d'un Islam brûlant, intransigeant. Pour ma part, j'étais resté discret et quand mon maître déployait son tapis de prière, je me retirais dans un coin. Je croyais en un Dieu souverain, tout-puissant, miséricordieux. Était-ce le Deo des moines de mon enfance ? L'Allah de mon maître ? Je souffrais de cet obscur déchirement au fond de moi-même. J'avais aimé la foi chaleureuse de ma mère ; j'admirais la foi impérieuse de mon maître. Dans mon cœur, une seule prière les réconciliait.

Hébron

Nous allons passer la nuit ici, dans cette ville du Khalil, Abraham, l'Ami de Dieu. La journée a été longue et fatigante.

Hier matin, nous avons quitté Jérusalem. Je me retournai plusieurs fois sur ma monture. Dans le soleil levant, la ville était dorée et chaude. Bientôt, nous parvînmes à Bethléem, petit village où Jésus est né.

Les chrétiens ont construit sur son lieu de naissance une église reposant sur deux rangées de colonnes taillées dans la roche. Ibn Khaldoun m'apprit que ce sont les Césars des Roum qui l'ont édifiée. Peut-être, m'a-t-il précisé, est-ce Hélène et son fils Constantin qui ont voulu créer ainsi dans la pierre un témoignage de leur foi.

Ibn Khaldoun fut fasciné par l'édifice. Au sommet des colonnes, on voyait des effigies des Césars. Nous n'avions vu nulle part, dans Dar al-Islam, des images des souverains, et cette représentation des traits des anciens empereurs des latins lui semblait une curiosité extraordinaire. Nous grimpâmes sur des échelles, face à certaines colonnes. Sur l'entablement, nous vîmes de nombreuses inscriptions.

Mon maître était intrigué. Que disaient ces signes mystérieux? C'est alors qu'il se tourna vers moi : « Ya Ibrahim, peux-tu me lire ces inscriptions? » Il se rappelait qu'avant que mon destin m'amenât dans sa maison, j'avais grandi dans un pays chrétien et que j'avais appris à déchiffrer l'écriture des Francs.

Cela faisait pourtant si longtemps... Pour faire plaisir à Ibn Khaldoun, je me juchai cependant sur les échelles et je commençai à déchiffrer péniblement une lettre ici, une autre là. Je suais au soleil, je souffrais d'ânonner comme un enfant, j'enrageais de ne pas distinguer entre un « n » et un « m », mais je parvins peu à peu à transcrire certains mots.

Il y en avait assez pour que je susse que c'était du latin. Je déchiffrai « Iesus », je pus lire aussi les noms de Constantin et d'Hélène, et certaines dates. D'autres phrases me semblaient des prières. Ibn Khaldoun me remercia, mais au discret soupir qu'il poussa, je compris qu'il aurait aimé un traducteur plus compétent.

Nous quittâmes Bethléem et arrivâmes à Hébron le soir. La ville était située au fond d'une vallée. Dès l'aube du lendemain, Ibn Khaldoun se dépêcha de se rendre au tombeau d'Abraham.

La mosquée était une construction solide, fort élevée, bâtie en pierres de taille. À l'intérieur, nous descendîmes dans la grotte vénérable où se trouvent les tombeaux d'Abraham, d'Isaac et de Jacob, auxquels font face les trois tombeaux de leurs épouses. Plus loin s'élèvent aussi les tombeaux de Joseph et de Loth.

Après avoir prié dans la mosquée, mon maître monta sur une éminence d'où l'on voit le lac de Loth[2]. En tournant nos regards vers le

Nord, on admirait la vallée du Jourdain et ses champs cultivés d'un beau vert.

Le soir, mon maître me dit : « Nous partons demain pour Gaza, d'où nous joindrons Le Caire. »

Le Caire

J'ai abandonné ce cahier pendant plusieurs années. Je devrais plutôt dire « ces cahiers », car pendant notre deuxième séjour à Damas et notre rencontre avec l'empereur des Tatars, je n'ai cessé tous les soirs de noircir des pages et des pages, saisi de cette frénésie d'abord sentie à Jérusalem de mettre ma vie à plat devant moi, de saisir et de suivre le fil de ce destin qui nous avait amenés, Ibn Khaldoun et moi, sur la route de Damas.

J'ai cessé d'écrire car, ces dernières années, j'ai travaillé sans relâche avec mon maître. Je prenais de l'âge, lui aussi, mais le passage des ans n'entamait en rien son énergie, son activité débordante. Quand il me voyait soupirer et geindre, il éclatait de rire et me disait : « Allons, Ibrahim, nous aurons l'éternité pour nous reposer ! » Et il reprenait son livre ou sa plume, ou mettait son burnous sombre de Maghrébin pour se rendre au tribunal.

Nous étions revenus au Caire après notre visite de Jérusalem, et mon maître s'absorba dans ses fonctions de Grand Cadi. Bientôt, des intrigues se nouèrent contre lui.

Un des adjoints de mon maître était un faqîh malékite bien connu. Chaque fois que le poste de Grand Cadi devenait vacant, on faisait appel à lui pour assurer l'intérim. L'homme avait été ainsi plusieurs fois Grand Cadi pour de courtes périodes. Il avait pris goût aux responsabilités et aux honneurs de la fonction et aspirait à l'occuper de façon permanente.

Il profita de l'absence de mon maître en Syrie pour intriguer contre lui. Il distribua d'importantes sommes dans l'entourage du sultan. Ses avances tombaient en terrain fertile : les émirs, surtout les plus haut placés, continuaient à en vouloir à mon maître de sa sévérité, de son impartialité et de son caractère abrupt.

Le sultan Faraj se laissa influencer. Il démit mon maître de ses fonctions de Grand Cadi. Les ennemis d'Ibn Khaldoun poussèrent leur avantage. Ils profitèrent de la jeunesse du souverain pour accabler le

Maghrébin. Le Grand Chambellan, importuné par leurs plaintes, fit arrêter mon maître, qui passa quelques jours en prison. C'était la quatrième fois de sa vie qu'il se retrouvait dans une geôle. Cette fois-ci cependant, il approchait de soixante-dix ans. L'inconfort de la prison lui pesait et il put alors mesurer combien la protection de son ami Barqouq lui manquait en cette épreuve.

Cependant, les bonnes gens du Caire s'agitèrent devant une telle injustice et mon maître sortit bientôt de prison. Il s'apprêtait à retourner à ses chères études lorsqu'on apprit que Tamerlan, l'empereur mongol, avait envahi la province syrienne. Faraj se mit à la tête de l'armée pour aller défendre Damas.

Tous les Grands Cadis devaient l'accompagner, même s'ils n'étaient plus en exercice. Mon maître, qui était revenu de Syrie à peine quelques mois plus tôt et qui craignait les fatigues du voyage, tenta de s'excuser, mais le secrétaire du sultan insista tant et si bien qu'Ibn Khaldoun comprit qu'il n'avait pas le choix.

Un matin du mois d'octobre de l'an 1400 des chrétiens, nous quittâmes donc la ville dans le cortège du sultan. Nous arrivâmes rapidement en vue de Damas. Les éclaireurs de l'armée avaient vu les hordes mongoles camper non loin du village de Baalbeck. Faraj disposa ses troupes en ordre de combat, tandis que les civils qui l'accompagnaient s'installaient à Damas.

Mon maître alla loger à la mosquée-école Adeleyya. Il se rendait tous les jours à la citadelle pour apprendre les dernières nouvelles. La population et l'armée étaient confiantes : même si les Tatars étaient nombreux comme des sauterelles, nul n'ignorait la valeur des guerriers mamelouks.

D'ailleurs, plusieurs escarmouches avaient déjà eu lieu et chaque fois les troupes du jeune sultan avaient mis en fuite les contingents mongols. Tout le monde savait cependant que ce n'étaient là que des préliminaires et l'on attendait avec impatience le jour de la grande confrontation.

Sur ces entrefaites, un messager arriva au camp du sultan. Il venait du Caire et avait galopé sans arrêt pendant plusieurs jours. L'homme expirait presque d'épuisement. On le pressa de questions. Ce qu'il racontait jeta partout la consternation.

Quelques émirs félons qui étaient restés dans la capitale pour diriger le pays en l'absence du souverain s'étaient laissés tenter par le pouvoir. Ils trouvaient l'occasion belle : le sultan était un enfant qui n'avait pas encore douze ans, il était loin de sa capitale et de son pays, ses meilleures troupes allaient être saignées par les Mongols, il n'y avait plus qu'à tendre la main pour se saisir du trône.

Faraj rassembla ses principaux émirs. Ils délibérèrent pendant la journée. Nous ne devions apprendre le résultat de ces conciliabules que le lendemain.

En effet, à l'aube, une rumeur terrible se répandit dans Damas : pendant la nuit, le sultan et son armée avaient levé précipitamment le camp. Le sultan avait pris au sérieux la menace d'une sédition contre lui. Il retournait à marches forcées au Caire, avec le gros de ses troupes. Il savait qu'il perdait ainsi à coup sûr sa province syrienne, mais il préservait son trône. Il ne laissa à Damas que des civils et quelques contingents trop éloignés pour être prévenus.

Quand ces nouvelles se confirmèrent, un morne désespoir s'abattit sur Damas. La ville se trouvait nue et désarmée devant un conquérant dont la réputation était terrible. Quelques semaines auparavant, Tamerlan et ses hordes avaient mis la ville d'Alep à feu et à sang, tuant les hommes, violant les femmes.

Les ulémas et les bourgeois se réunirent : que faire ? C'est alors qu'ils décidèrent de livrer leur ville au conquérant, dans l'espoir que cette soumission l'attendrirait quelque peu.

J'ai déjà raconté comment mon maître a participé à ces réunions des notables et comment il a opiné lui-même pour s'en remettre à Tamerlan. Je sais que, jusqu'au dernier jour de sa vie, il s'est reproché d'avoir ainsi fait pencher la balance, mais nul n'avait pris alors l'exacte mesure de la violence et de la férocité du souverain mongol.

Nul, peut-être, sauf Yazzadar, le vice-roi de la citadelle, qui voulait résister à l'armée mongole et qui interdisait à la délégation de notables de quitter la ville. Et c'est ainsi qu'un matin, Ibn Khaldoun, qui voulait lui aussi se rendre chez Tamerlan, se vit obligé de descendre le long des murs accroché à une corde.

Mon maître eut alors avec le seigneur des Tatars un extraordinaire face-à-face qui dura plusieurs semaines. Il revint ensuite au Caire, après avoir échappé à mille dangers.

Dès son retour, le sultan lui offrit de nouveau de redevenir Grand Cadi malékite. Pendant les cinq années qui ont suivi sa rencontre avec Tamerlan, mon maître occupa ainsi quatre fois les fonctions de Grand Cadi. Il l'avait déjà été deux fois auparavant.

Les mêmes causes entraînaient les mêmes effets. Le sultan suivait les traces de son père : malgré son jeune âge, il avait pris pleinement conscience de l'intelligence, de la sagesse et de la probité de mon maître. Il décida donc à plusieurs reprises de le nommer Grand Cadi. Mon maître a accepté chaque fois cet honneur avec fierté, avec allégresse, avec une soif d'agir et d'intervenir qui ne s'est jamais démentie.

Il devenait donc Grand Cadi ; il le demeurait quelques mois, et même un an ou un an et demi. Puis les intrigues recommençaient.

Je suis las de répéter les mêmes phrases, les mêmes mots : intrigues, rumeurs, soupçons. Mon maître a été Grand Cadi malékite au Caire à six reprises. Il a été destitué ou a dû quitter ses fonctions cinq fois. Était-ce toujours la faute des autres ?

J'examine ma conscience, je revis les événements, je repasse dans mon esprit ces années brûlantes. Je crois pouvoir dire, en mon âme et conscience, que mon maître a toujours été honnête. On lui pardonnait d'ailleurs beaucoup à cause de cette probité.

Il pouvait même s'opposer au sultan quand il estimait que la loi de Dieu l'imposait. Le procès de 'Amr en témoigne clairement.

Cette affaire faisait jaser tout Le Caire, tant les circonstances en étaient extraordinaires. Amal me dit que, dans les harems de la ville, les femmes s'étaient passionnées pour la question et qu'elles se divisaient en deux camps bien tranchés, le premier exigeant la rigueur la plus extrême à l'égard des coupables, le second — comprenant surtout les femmes jeunes et jolies — prêchant l'indulgence.

Un certain Khalil, l'adjoint d'un cadi, avait une fort jolie femme. Un de ses collègues, adjoint d'un autre cadi, un nommé 'Amr, en était tombé éperdument amoureux et tâchait depuis longtemps de se ménager un rendez-vous avec elle, ou du moins de s'en approcher.

Il semble bien, comme la suite des événements l'a révélé, que la dame en question était non seulement belle, mais fort délurée. D'autres voisins, d'autres bourgeois, d'autres jolis cœurs avaient remarqué sa beauté et en étaient ensorcelés, mais elle avait repoussé dédaigneusement de nombreux soupirants et jeté son dévolu sur le 'Amr en question.

Un jour, Khalil, l'époux de la belle, devait s'absenter de la ville. Elle fit parvenir un message à 'Amr, qui se dépêcha, le soir venu, de s'enrouler dans un ample manteau et de se glisser comme une ombre dans la maison de son collègue.

L'une des choses qui a le plus surpris, dans cette histoire, est la facilité avec laquelle la dame et son soupirant ont pu communiquer. Où l'avait-elle vu ? Comment lui avait-il fait savoir ses sentiments ?

Les Cairotes, scandalisés, déploraient le relâchement des mœurs et évoquaient le bon vieux temps où de telles turpitudes n'auraient jamais pu se produire. Cet étonnement me surprenait. J'ai toujours observé — et je crois l'avoir déjà dit — que, malgré les voiles et les harems, la passion, une fois qu'elle s'est insinuée dans le cœur de quelqu'un, lui donne une intelligence et une finesse qui contournent tous les interdits.

'Amr était donc depuis quelque temps avec sa bien-aimée lorsque de grands coups retentirent à la porte. Que s'était-il passé ? L'un des amoureux éconduits de la dame faisait souvent le guet à sa porte, pour la voir sortir de chez elle ou, à défaut, pour entrevoir derrière le moucharabieh l'éclat d'une paire d'yeux noirs. Ce soir-là, au lieu de voir sortir la dame, il vit entrer un homme. Il en fut ulcéré. Il savait où le mari devait passer la nuit et se dépêcha d'aller l'alerter.

C'était donc Khalil, le mari, qui cognait à la porte. Comme elle ne s'ouvrait pas, il la fit défoncer, se précipita dans sa chambre et trouva sa femme nue sous les couvertures, en compagnie de son collègue 'Amr. Il en perdit la raison, se mit à les abreuver d'injures effrayantes et à menacer de les dénoncer. L'amant et la femme le supplièrent de n'en rien faire. 'Amr lui promit mille dinars, l'épouse infidèle jura de lui abandonner tout le mobilier de la maison : rien n'y fit. La colère aveuglait le mari trompé. Il barricada les deux amants dans la maison et se précipita chez le chambellan pour porter plainte. Que n'eût-il écouté les supplications de sa femme ! Il se fût évité bien des malheurs.

Le chambellan envoya les gens du guet pour amener les coupables devant lui. On les interrogea, 'Amr dût avouer sa culpabilité, le chambellan fit quérir sur-le-champ un des adjoints du Grand Cadi chaféïte — c'était le rite auquel appartenait l'accusé — pour dresser procès-verbal d'interrogatoire, puis condamna illico les deux condamnés à être fouettés.

On déshabilla l'amant malheureux qui, en cette nuit dont il avait tant rêvé, passa des délices les plus enivrantes aux plus atroces souffrances. Il fut fouetté avec une telle violence qu'on le laissa pour mort. Quant à l'épouse volage, on ne la déshabilla pas : ç'eût été attenter à la moralité publique. Le bourreau se contenta de la hisser sur ses épaules pour permettre à son aide de bien l'atteindre avec ses verges. La malheureuse subit alors une sévère correction.

Le lendemain, le chambellan fit promener les coupables dans les rues du Caire dans une position infamante : ils étaient juchés sur le dos de deux ânes, assis à l'envers, la face tournée vers le derrière de l'animal. La population se tordait de rire en voyant les deux amants dans une telle posture. On leur lançait des quolibets ; quelques personnages plus graves voulurent même leur faire un mauvais sort et il fallut que les gardes s'interposent pour empêcher qu'on ne les attaque.

L'affaire aurait dû s'arrêter là. Or, elle ne faisait que commencer.

Le chambellan, une fois la promenade déshonorante finie, imposa de plus une amende de cent dinars à l'épouse infidèle. Celle-ci déclara que son mari avait mis la main sur tous ses biens. Le chambellan demanda au mari de verser l'amende. Khalil, offusqué, trouva qu'on lui en demandait trop : non seulement était-il cocu, mais on voulait, en plus, lui faire monnayer son déshonneur. Il refusa donc. Le chambellan le fit arrêter.

Le Caire se mourait de rire. Les échos en parvinrent au sultan. Il demanda de savoir ce qui s'était passé. On lui raconta l'affaire. Faraj, qui avait alors seize ou dix-sept ans, entra dans une vive colère et convoqua les quatre Grands Cadis de la ville. Il leur reprocha l'inconduite de leurs adjoints et leur licence. Non seulement buvaient-ils du vin et rançonnaient-ils la population, mais voilà qu'ils commettaient l'adultère.

Mon maître restait un peu en retrait : il savait que les reproches du sultan ne lui étaient pas adressés. C'étaient les adjoints des autres Grands Cadis qui avaient été mêlés à cette déplorable affaire. Le sultan se montait de plus en plus. Il reprocha amèrement aux magistrats la légèreté de la peine infligée aux coupables et déclara qu'ils méritaient la lapidation, comme à l'époque du Prophète. Le Grand Cadi chaféïte approuva la décision, vitupéra « les gras pâturages du péché », et des instructions furent immédiatement données pour faire creuser deux fosses pour la lapidation.

L'exécution de la sentence fut retardée de quelques jours, car le sultan était sur le point de quitter la ville pour un court voyage. Des amis de 'Amr, l'amant condamné à mourir lapidé, se mirent à plaider sa cause. Il avait rétracté ses aveux, disaient-ils, et ceux-ci étaient maintenant nuls et non avenus.

Quand le sultan revint en ville, il demanda si 'Amr et l'épouse de Khalil étaient morts sous les pierres. On l'informa des derniers développements. On lui précisa que la jurisprudence reconnaissait le cas où une personne convaincue d'adultère se rétractait : on ne pouvait plus rien alors contre elle. Le sultan devint furieux et convoqua un Grand Conseil.

Ce jour-là, dans la salle du Trône, il y avait les quatre Grands Cadis, de nombreux autres cadis, des magistrats à la retraite et quelques ulémas. Le sultan prit la parole au début de la séance : « Un homme va au domicile de son prochain et se rend coupable de fornication avec la femme de celui-ci. Non seulement le trouve-t-on sous les couvertures avec elle, mais il signe des aveux. Est-il coupable, oui ou non ? »

Le Grand Cadi chaféïte, qui est le rite de la grande majorité des Égyptiens, répondit : « Oui, Sire, il est coupable.

– Donc, 'Amr est coupable.

– Oui, Votre Majesté, jusqu'à sa rétractation.

– Qu'est-ce que c'est que cette histoire de rétractation ?

– C'est la Loi de Dieu, Sire, et il y a de nombreuses traditions à cet effet. »

Et le Grand Cadi se mit à citer des textes juridiques et des exemples historiques. Le sultan se contenait à peine. Il finit par l'interrompre : « Un peu de raison, ô musulmans ! L'homme était nu et cette femme était dans ses bras, et tu me dis qu'il n'est pas coupable ? Tiendrais-tu le même langage si tu découvrais ta femme dans la même posture ?

– Votre Majesté dispose de l'autorité et du pouvoir, reprit courageusement le Grand Cadi chaféïte, mais ce jugement doit se faire dans le cadre de la loi religieuse. Si vous condamnez ces deux individus à mort, vous devrez payer le prix du sang. »

Le sultan resta silencieux quelques instants, puis se tourna vers le Grand Cadi hanbalite. L'homme dit : « La rétractation après l'aveu est une chose prévue et en ce cas, on ne peut plus appliquer la peine. » Le Grand Cadi hanéfite opina dans le même sens. Faraj se tourna vers Ibn Khaldoun : « Et toi, Abdel-Rahman, que dis-tu de cela ? » Mon maître répondit : « Majesté, ce que viennent d'exposer les Grands Cadis au sujet de la rétractation est parfaitement exact. L'imam Chaféï et de nombreux ulémas ont nettement établi qu'il ne faut pas tenir compte de l'aveu en matière d'adultère lorsqu'il est rétracté. »

On voyait bien que le sultan était furieux de la tournure de la séance. Il renvoya les Grands Cadis et les autres ulémas. Le Caire bruissait de mille rumeurs. On disait que le sultan, après la réunion du Grand Conseil, avait tempêté devant ses intimes. Il était seul maître en Égypte et il montrerait à ces juristes que, sous son règne, l'adultère ne serait pas toléré. On commençait déjà à murmurer que sa colère allait s'abattre sur tous ceux qui avaient participé à la séance. On pariait que les Grands Cadis ne feraient pas long feu dans leurs fonctions. On voyait les signes avant-coureurs de cette défaveur dans le fait que le sultan avait ordonné la mise en prison de 'Amr et de l'épouse de Khalil en attendant qu'il statue sur leur sort final.

Plusieurs mois passèrent. Le sultan semblait avoir oublié l'affaire. Un matin, une nouvelle se répandit au Caire. Les deux amants avaient été pendus. Qui en avait donné l'ordre ? On ne le sut jamais vraiment. Était-ce un uléma subalterne, ulcéré de voir l'adultère et la fornication impunis ? Était-ce un ennemi personnel de Khalil, le mari cocu et malheureux ? Dans les harems, les matrones applaudirent, les jeunes femmes versèrent quelques larmes.

Malgré le courage montré par mon maître à cette occasion, les émirs, les notables et les nantis ne désarmaient pas. J'ai déjà beaucoup parlé de sa sévérité : il suivait la loi à la lettre. Il ne se laissait ni attendrir ni influencer par les circonstances, les événements, les hommes. Il a repoussé avec dédain, avec violence même, les tentatives de corruption.

Cette intégrité mettait d'autant plus en relief les combines, les malversations, la corruption des puissants. Son ostentation de droiture, le tranchant de ses opinions jetaient du sel sur les plaies de ceux qu'il condamnait dans son tribunal. Une coterie d'intrigants s'était formée contre lui au Palais ; des deux côtés, l'animosité était palpable. Les émirs mamelouks ne lui ont jamais pardonné ce qu'ils estimaient être l'intolérable arrogance d'un étranger. D'où sa carrière en dents de scie.

Parfois, il souriait avec ironie et me disait : « Tu vois bien, ya Ibrahim, que j'avais raison quand je disais que la 'asabeyya, l'esprit de corps, la solidarité de clan, est la clé du succès en tout. C'est parce que je suis un étranger, c'est parce que je n'ai ni parents ni amis ni compatriotes en nombre suffisants autour de moi que l'on peut me persécuter si aisément. Penses-tu que si nous étions au Maghreb, les choses se seraient passées ainsi ? » Je n'osais lui rappeler qu'au Maghreb, les choses s'étaient bel et bien passées ainsi, et qu'il avait subi maintes humiliations, maints ostracismes, sans parler des prisons où il avait croupi.

Quand mon maître était relevé de ses fonctions, ou qu'il les quittait quand il sentait la soupe trop chaude, il se remettait immanquablement au travail. Ainsi, après notre second retour de Damas, il a longuement étoffé son autobiographie, son *Voyage d'Occident et d'Orient*, pour y raconter sa rencontre avec Tamerlan le Boîteux. Mais il a aussi continué de mettre des notes en marge de sa *Muqaddima* et de son *Histoire universelle*.

En l'année 807, que les chrétiens comptent comme l'an 1405 de leur calendrier, mon maître venait d'être nommé Grand Cadi pour la cinquième fois lorsque la grande famine a étendu sur le pays son sombre manteau de mort et de souffrance.

Les Égyptiens connaissent la famine, ils sont ses familiers. Elle les a accompagnés dans leur longue histoire, comme un spectre menaçant, dont on ne sait jamais quand il jettera ses maléfices, ou comme un hôte indiscret qu'on repousse, mais qui frappe avec insistance aux portes. Ils ont donc appris à ruser avec elle, mais celle qui a frappé à leurs portes, ou plutôt qui a déferlé sur leur pays en cette année-là, a été vicieuse et terrible. Les Égyptiens ne sont pas prêts à oublier ses ravages.

Le tout a commencé, comme d'habitude, par une crue basse. L'été précédent, les Cairotes s'agglutinaient au nilomètre de l'île de Rodah comme jadis j'avais vu les pèlerins entourer le tombeau du saint au monastère de Sidi Abou Madyane. Ils étiraient leurs cous, scrutaient le fond du puits, murmuraient entre eux, turbans rapprochés, barbes entremêlées. Le fleuve impassible ne voulait pas monter.

Les fellahs n'ont pas pu, cet automne-là, semer leurs grains. Il n'y a pas eu de récolte. La famine a frappé avec soudaineté et violence. Et son sinistre corollaire, la peste, a suivi de près.

Les rats ont fait leur apparition dans les rues. Mon maître et moi les avions vus sortir de leurs trous, plus de cinquante ans plus tôt, quand la Grande Peste avait ravagé l'Ifrîqîya et vidé Tunis. Ils avaient de nouveau la même insolence, déboulaient entre les jambes des passants, moustaches dressés, chancelants d'ivresse, bavants d'arrogance.

En même temps, les vivres commencèrent à se faire rares. Les Égyptiens passaient le plus clair de leurs journées à la recherche d'un morceau de pain, de quelques oignons ou d'une botte de radis. On ne trouvait même plus de dattes, ce qui révoltait particulièrement le peuple, car qu'a donc à voir la crue avec les fruits du palmier ?

On commença à abattre des chevaux et des ânes. Les chiens errants, comme s'ils sentaient le danger, se cachaient le jour et ne sortaient que la nuit, hurlant de faim eux aussi.

Les autorités prirent tout d'abord des mesures énergiques. Faraj ordonna la distribution des vivres des greniers sultaniens. Pendant quelques semaines, des meutes de malheureux se pressaient aux portes des greniers, tendant leurs écuelles pour avoir quelques poignées de grains.

Bientôt, les greniers furent presque vides et les autorités ne savaient plus où donner de la tête. Les Cairotes commencèrent à mourir, les enfants et les vieillards d'abord. Certains mouraient de faim et leurs cadavres n'avaient qu'une peau parcheminée sur les os. D'autres trépassaient de la peste et leurs corps enflés étaient mauves et grotesques.

Les fossoyeurs faisaient des affaires d'or, mais bientôt ils furent dépassés par les événements. Les Cairotes ne voulaient plus ou ne pouvaient plus donner une sépulture décente à leurs morts, trop occupés qu'ils étaient à lutter contre la faim ou à se défendre des rats. Ils abandonnaient les cadavres sur le pas des maisons ou dans des terrains vagues où ils commençaient à pourrir au soleil printanier. Entre-temps, les diseuses de bonne aventure, les voyantes, les vendeurs d'amulettes et les jeteurs de sorts prospéraient.

Pendant ces mois terribles, les tribunaux, les cadis et les Grands Cadis ne chômèrent pas. En effet, les malhonnêtes et ceux qui ne craignent pas Dieu voulaient profiter de la misère générale pour s'enrichir.

Dans une ville aussi étendue que Le Caire, tout le monde savait qu'il y avait des réserves de nourriture, mais elles avaient disparu du jour au lendemain. Les boulangers, les légumiers, les bouchers, les fruitiers juraient leurs grands dieux qu'ils n'avaient plus rien à vendre et vitupéraient les temps difficiles. Pourtant, les riches émirs, leurs familles et leurs serviteurs continuaient à parader dans les rues, gras et luisants. Le peuple commençait à gronder.

Ce qui déclencha sa colère, ce fut l'effondrement d'un immeuble à l'entrée du marché des Chameliers, non loin de la ruelle des Tourneurs de bois. À côté de l'immeuble se trouvait la boutique d'un légumier. L'homme et son âne moururent sous les décombres. Quand on enleva les gravats, on trouva dans une cache de la boutique plusieurs sacs de carottes. Les Cairotes, d'habitude si prompts à se moquer de tout, et d'abord d'eux-mêmes, n'avaient pas le cœur à rire.

Les commerçants et les profiteurs n'étaient pas à court de ruses. Certains, moins finauds, cachaient les vivres. Les plus futés, pour leur part, voulaient bien vendre, mais ils avaient subtilement altéré leurs poids, et la commère qui pouvait, le mois d'avant, nourrir toute sa famille avec trois galettes devait dorénavant en acheter quatre ou cinq. D'autres trafiquaient leurs balances.

Bientôt, les autorités sévirent : chaque fois qu'un boutiquier était convaincu de méfait, il était promptement traduit devant les tribunaux. Les cadis se montrèrent particulièrement rigoureux, mon maître aussi : tant de rapacité dans un si grand malheur révoltait les cœurs.

Le Grand Chambellan décida que des exemples étaient nécessaires. Quand les tribunaux avaient fait leur office, il aggravait la peine infligée aux condamnés. Il décida ainsi qu'un certain nombre de sentences seraient exécutées en public.

On arrêta un jour un changeur juif qui avait trafiqué dans l'alliage des monnaies. Il fut reconnu coupable par le tribunal. Le Grand Chambellan lui fit couper la main, qu'il accrocha à son nez. Puis on le promena en ville sur un bourricot.

Quand des prévenus étaient fortement soupçonnés et qu'ils refusaient d'avouer leurs crimes, on les emmenait sur la place Rumeila, où des milliers de Cairotes s'assemblaient tous les jours. On leur compressait les talons entre des tenailles de bois, ou on leur insérait sous les ongles des baguettes auxquelles on mettait le feu. Certains avouaient, d'autres continuaient à nier, quelques-uns moururent, les poignets ou les chevilles écrasées. À défaut de pain, le peuple avait là tous les jours un spectacle qui le distrayait et lui faisait oublier, l'espace de quelques instants, la faim qui le tenaillait.

La faim s'imposait pourtant de nouveau. Elle poussait aux extrêmes. Les gens, même ceux qui d'habitude étaient patients, devenaient irascibles. Mon maître eut ainsi à juger un commerçant qui, agacé par les supplications d'un client, l'avait assommé d'un coup de sa pantoufle de bois bien placé sur la tête.La misère publique était à son comble. Elle dura plusieurs mois. Dans la famille de mon maître, des serviteurs et certains des enfants de ses enfants moururent de la peste.

L'année suivante, la crue fut abondante, les semailles précoces, les rats retournèrent dans leurs trous et Le Caire retrouva son insouciance habituelle, au milieu de la cohue et du vacarme.

C'est à peu près à ce moment là que mon maître quitta son poste de Grand Cadi pour la cinquième fois. Pas pour longtemps : neuf mois à peine plus tard, Faraj le revêtit de nouveau de la robe d'honneur. Nous étions au début de l'année 1406.

○

○   ○

La foule était innombrable et se pressait au soleil.

Ils étaient venus nombreux pour lui rendre leurs derniers hommages. Il y avait les trois autres Grands Cadis, le Grand Chambellan, de nombreux émirs du palais, une foule de cadis, d'ulémas et de notables.

Mais si mon maître avait été là, il aurait été surtout touché par la présence de ses étudiants et il en aurait tiré grande fierté.

Il y avait là, au premier rang, al-Maqrizi, ce jeune homme à l'intelligence vive et au regard aigu, dont mon maître m'avait dit un jour qu'il ferait un grand historien. Il y avait Ibn Ammar, al-Askalani, al-Bisati, al-Biskri et toute une cohorte d'autres faqîhs, les plus brillants étudiants de mon maître, dont on sentait déjà la finesse et l'amour des sciences et de la connaissance. Et il y avait une foule plus anonyme de jeunes gens qui avaient suivi avec dévotion les cours d'Ibn Khaldoun.

On connaissait mes liens étroits avec mon maître, l'affection qu'il me portait, la vénération que je lui témoignais. On m'avait donc fait l'honneur de porter sa dépouille, avec ses plus proches amis. Nous nous frayions difficilement un passage dans la foule du Caire, que même la mort n'empêche ni de bruire ni de bourdonner. Perdu dans mon chagrin, je m'étonnais vaguement du poids léger qui reposait sur mon épaule. Un homme aussi immense, peser si peu…

Il est vrai que, ces trois dernières semaines, je l'avais vu fondre à vue d'œil. Il se recroquevillait de plus en plus dans son lit et sa couche en devenait plus grande…

Tout avait commencé au premier jour du jeûne. Mon maître était revenu tôt du tribunal. Se plaignant d'un malaise, il se mit au lit.

Au moment de la rupture du jeûne, j'entrai pour le réveiller afin qu'il puisse se nourrir. Il me sourit et me dit qu'il préférait rester se reposer. Je lui apportai quelques victuailles sur un plateau.

Le lendemain, mon maître ne se leva pas. Il brûlait de fièvre.

Ibn Khaldoun avait toujours eu une bonne santé. Il n'avait été malade qu'à Qal'at Ibn Salama quand, épuisé par la rédaction de la

Muqaddima, il semblait avoir perdu toute énergie et la force même de rester en vie, et que nous avions craint de le voir nous quitter.

Sa vie de courses lui avait endurci le corps. Il avait trop souvent traversé le désert, couché à la dure et souffert de privations pour ne pas avoir une constitution solide, nerveuse. Quand il avait un malaise, il se couchait quelques heures et se relevait frais et dispos.

Quand je le vis fiévreux, je m'inquiétai donc tout de suite et fis appeler un médecin. Il hocha sentencieusement la tête et proféra quelques phrases que je ne compris pas.

Les jours suivants, Ibn Khaldoun continua de brûler. Le médecin était revenu avec d'autres collègues. Ils tenaient de graves conciliabules, d'où il ressortait que mon maître souffrait de déperdition de fluide nerveux, de faiblesse généralisée et de bien d'autres maux. Ils conseillaient une diète compliquée et une saignée par jour. Pour la diète, mon maître était incapable d'avaler plus que des soupes claires. Quant à la saignée, je n'en voulais rien savoir.

Au bout d'une semaine, mon maître s'était beaucoup affaibli. La nouvelle de sa maladie s'était répandue au Caire. C'était un défilé continuel de visiteurs. Je les recevais de mon mieux, mais j'en vins à vouloir condamner notre porte afin de pouvoir rester avec mon maître.

Un jour que nous étions seuls, il soupira et me dit : « Ce sera donc en ramadan. La fin, comme le commencement : tu te souviens, Ibrahim, que je suis né en ramadan ? » Je protestai vivement : pourquoi parlait-il de sa fin ? Il fit un geste las de la main. Il se tut et reprit : « La *Muqaddima* aussi, je l'ai finie en ramadan. Le commencement, la fin et l'essentiel. Dieu m'a comblé, puisqu'Il a permis que tout ce qui compte dans mon existence survienne pendant le mois sacré. »

Je faisais parvenir régulièrement des nouvelles de mon maître à ses épouses. Au bout de la deuxième semaine, n'y tenant plus, Ons al-Qoloub et son épouse égyptienne quittèrent le harem pour venir à son chevet. Elles se relayaient tour à tour, lui bassinaient le front, tâchaient de le nourrir.

Ons al-Qoloub était vieille et épaissie, mais gardait dans sa démarche un peu de la grâce et dans ses yeux un peu de l'éclat qui avaient jadis séduit le jeune Ibn Khaldoun dans le Paradis de l'Architecte, à l'Alhambra. Quant à la jeune épouse, elle était grasse à souhait, comme aspirent à l'être les Égyptiennes qui veulent être belles.

Malgré les médecins, malgré mes soins constants, malgré la tendresse de ses épouses, mon maître s'affaiblissait de jour en jour. Sa barbe, maintenant blanche, se confondait avec les draps. Ses yeux s'enfonçaient dans ses orbites. Mais il me parlait quelquefois, rappelant des souvenirs de Tunis, de Grenade ou de Tlemcen, évoquant Pierre le Cruel, Barqouq le Louche ou Tamerlan le Boîteux. Il me demandait même de lui relire certaines phrases de sa *Muqaddima*. Jusqu'à la fin, son œuvre l'a obsédé.

Je n'ai cessé, pendant ces jours et ces semaines passées à son chevet, à penser à cette œuvre. Elle avait valu à mon maître certaines inimitiés féroces. Même ses amis et ses disciples qui l'admiraient ne le comprenaient pas toujours : sa pensée hardie les désarçonnait. Ses intuitions fulgurantes sur le fonctionnement de la société humaine et sur la naissance et la mort des civilisations, son observation scientifique des motifs du comportement des hommes, ses méthodes de recherche historique, l'accent qu'il a mis sur le rôle de l'argent dans les États et les sociétés, et bien d'autres choses encore, tout cela était trop nouveau pour ne pas heurter de front les savants et les sages établis. Ainsi, l'opposition à sa *Muqaddima* est surtout venue des milieux lettrés des madrasas.

Je disais cela à mon maître. Je lui répétais que j'étais convaincu que les hommes sauraient reconnaître à l'avenir la nouveauté de sa pensée. Il souriait, hochait la tête, puis il revenait à Dieu et répétait sa foi au Créateur.

Mon maître s'éteignit doucement le 25 ramadan 808, qui est le 17 mars 1406. Il avait plus de soixante-seize ans d'après le calendrier de l'Islam, et quelque soixante-quatorze ans d'après le calendrier des chrétiens. Ses épouses, qui l'avaient veillé jusqu'au bout, l'étreignaient, ne voulaient pas se séparer de lui. Pour ma part, dans un coin de la pièce, je pleurais à gros sanglots.

Et voilà que je me retrouvais dans la rue, le portant vers sa dernière demeure. Nous traversâmes la ville et franchîmes la Porte de la Victoire, pour nous rendre au cimetière des soufis. Mon maître n'avait jamais été soufi, mais il allait reposer au milieu des mystiques.

On le mit de côté dans la fosse, le visage tourné vers l'est, vers La Mecque, vers le soleil levant.

Je suis maintenant tout seul dans la maison. Tout seul, pour la première fois depuis que j'ai l'âge de dix ans. Je suis seul et orphelin.

Je me suis dirigé vers le mur. Sur une étagère, j'ai pris un livre, relié de beau cuir de Cordoue. C'était la *Muqaddima*. Je l'ai ouvert, pour commencer à le lire, mais les larmes dans mes yeux faisaient danser les lettres, les brouillaient.

Je l'avais assez lu, je le connaissais par cœur. Et dans le silence de la pièce où flottait encore l'esprit, le souffle de mon maître, je commençai à réciter, à mi-voix : « Au nom d'Allah, le Bienfaiteur miséricordieux ! Ainsi parle le serviteur de Dieu, qui demande au Bienfaisant de le prendre en pitié : Abdel-Rahman Ibn Mohammad Ibn Khaldoun, que Dieu l'aide… »

Notes

1. L'église de la Résurrection : kanissat al-Qiyâma. L'église des Immondices : kanissat al-Qumâma.
2. La mer Morte.

Postface

Ibn Khaldoun
L'honneur et la disgrâce

Abdel Rahman Ibn Khaldoun est un homme du XIVᵉ siècle. Il est né en effet en 1332 et est mort en 1406. Sa vie prodigieuse s'est déroulée avec, pour toile de fond, des événements qui allaient façonner pour longtemps l'avenir de l'Orient arabe et du monde musulman.

Le XIVᵉ siècle est un siècle charnière. Aucun souverain ne règne plus sur l'ensemble du monde que nous appelons aujourd'hui « arabe », soit les pays qui s'étendent de l'Atlantique à l'Euphrate. L'empire créé pendant les siècles précédents par les souverains de Damas, puis de Baghdad, ensuite du Caire s'est morcelé et a cédé le pas à de multiples suzerainetés.

Au Maghreb, les souverains de Fès (au Maroc) et ceux de Tunis se querellent sans cesse pour dominer l'ensemble de l'Afrique du Nord. Leurs démêlés seront un terrain d'observation précieux et fourniront à Ibn Khaldoun les matériaux de sa théorie politique.

En Espagne, le royaume andalou s'est rétréci comme une peau de chagrin autour de Grenade. Mais sa civilisation est encore brillante et raffinée, et ses souverains finissent, au moment même où Ibn Khaldoun arrive à Grenade, de construire l'Alhambra. Notre héros sera un des premiers à admirer la Cour des Lions et les innombrables autres chef-d'œuvre du palais de Grenade. Il sera, jusqu'à la fin de sa vie, un admirateur passionné de la culture et de la civilisation andalouses.

En Orient, les Mamelouks règnent en Égypte et en Syrie. Ce sont les souverains les plus puissants du monde arabe, mais déjà, en

Asie, de puissantes forces se mettent en branle qui modifieront pour toujours le monde musulman.

Il y a d'abord les Mongols qui, avec Tamerlan, vont conquérir un territoire presque aussi vaste que celui qu'avait soumis Alexandre le Grand dans l'Antiquité. Mais l'empire mongol sera éphémère. D'autres Asiatiques sont cependant déjà en marche : les Turcs s'emparent de l'Anatolie (la Turquie) et se rapprochent de Constantinople. Le monde musulman ne sera plus dominé par les Arabes : il sera essentiellement turc ottoman pendant cinq siècles.

C'est dans ce siècle trouble et agité qu'a vécu Ibn Khaldoun. Son extraordinaire destin l'amènera à rencontrer tous les acteurs essentiels des drames dont nous venons d'esquisser les grandes lignes. Il sera l'ami et le conseiller des souverains du Maghreb. Il admirera la personnalité et l'œuvre de Mohammad V, l'un des plus grands sultans de Grenade qui, à son tour, reconnaîtra en lui un génie hors pair.

Mais Ibn Khaldoun sera aussi le confident des sultans mamelouks du Caire et aura une rencontre fascinante avec Tamerlan le Mongol. Il aura ainsi vu de près tous ceux qui sont en train de façonner le monde musulman.

Ce destin est déjà suffisamment singulier pour nous intéresser. Mais si le nom d'Ibn Khaldoun est parvenu jusqu'à nous et brille d'un éclat incomparable, c'est bien parce que cet homme d'action était également un homme de réflexion et de méditation.

L'œuvre d'Ibn Khaldoun est immense, et pas encore complètement connue. Il est vrai que le joyau central en est son *Histoire universelle*, dont la célèbre introduction, la *Muqaddima,* longtemps connue en Occident sous le titre de *Prolégomènes d'Ibn Khaldoun*, est le cœur éblouissant. Mais Ibn Khaldoun a également composé des œuvres de philosophie, de logique, de mystique, de mathématiques et de jurisprudence. On a de lui également des lettres, dont certaines sont de véritables petits traités.

La plupart de ces œuvres sont maintenant publiées, même si certains ouvrages mineurs sont encore inédits. Mais il n'est pas impossible, il est même probable que d'autres écrits du grand penseur tunisien dorment toujours dans quelque archive du Maghreb, d'Espagne, du Caire ou de Turquie.

Que savons-nous de précis sur la vie d'Ibn Khaldoun ? Beaucoup et peu tout à la fois. Beaucoup, parce que l'on peut reconstituer dans ses grandes lignes, et même souvent dans le détail, les fluctuations de sa carrière politique, ses voyages, ses joutes intellectuelles avec les lettrés et les savants et ses rencontres avec les grands de ce monde.

Mais nous ne connaissons presque rien de la personne d'Ibn Khaldoun. Sa vie personnelle et familiale est entourée d'un voile opaque. On devine son caractère et son tempérament à travers ses actions, certains cris du cœur qui lui échappent dans ses lettres, certains indices glanés dans son œuvre historique et dans son autobiographie intitulée *Le Voyage d'Occident et d'Orient*.

Quelles sont les sources de notre connaissance de l'homme Ibn Khaldoun ? Son ami andalou, le grand lettré Ibn al-Khatib, avait raconté sa vie dans son *Histoire de Grenade*. Mais Ibn al-Khatib écrivait au début des années 1370, quand Ibn Khaldoun n'avait pas encore quarante ans. On trouve également des références à l'historien chez les chroniqueurs arabes de son époque et des quelques décennies qui ont suivi sa mort.

Reste son autobiographie. Comme le voulait la tradition musulmane, il ne s'agit pas d'une confession de l'individu (à la Jean-Jacques Rousseau), mais d'un exposé neutre, quelquefois même sec, de ses études, de ses rencontres, de ses voyages et des fonctions qu'il a occupées auprès de nombreux souverains. L'ouvrage ressemble plus souvent à une nomenclature qu'à un récit. Nous en avons une excellente traduction en français, faite par l'érudit tunisien Abdesselam Cheddadi.

Le sort réservé à l'œuvre et à la pensée d'Ibn Khaldoun est en soi presque aussi étonnant que son destin et mériterait de longs développements. Quelques décennies après sa mort, son renom, sinon son nom même, commencèrent à glisser dans l'oubli. De temps en temps, on trouvait dans une œuvre arabe, turque ou même occidentale une allusion au Maghrébin ou à sa pensée, mais fragmentaire, de seconde ou de troisième main et quelquefois complètement erronée.

Le XIXe siècle redécouvrit Ibn Khaldoun. Sa *Muqaddima* fut d'abord publiée en arabe au Caire en 1857, puis à Paris un an plus tard. En Occident, ce furent surtout les Français qui s'intéressèrent à Ibn Khaldoun. Quatremère traduisit la *Muqaddima* en français sous le titre des *Prolégomènes*. Ce fut la version de référence partout en Occident pendant quelque cent ans, jusqu'à ce que nous disposions, au cours des cinquante dernières années, de deux excellentes traductions, l'une en français par Monteil, l'autre en anglais par Rosenthal.

Depuis cinquante ans, les études khaldouniennes explosent et sa bibliographie comprend déjà plusieurs centaines, sinon quelques milliers de titres. Pourquoi cet intérêt? Pourquoi cet engouement?

Pour le monde arabe, Ibn Khaldoun représente l'un de ses plus grands penseurs et son œuvre est importante non seulement par ses qualités intrinsèques, mais parce qu'elle s'insère également dans le vaste mouvement de redécouverte du patrimoine culturel et intellectuel des Arabes. En Occident, on reconnaît de plus en plus dans le Maghrébin un penseur de génie, dont l'œuvre et les intuitions précèdent et préfigurent un grand nombre de «découvertes» occidentales des cinq derniers siècles.

Ibn Khaldoun étudie l'homme dans son milieu géographique, naturel et social. Il tâche de démêler dans «la civilisation humaine et la société humaine» ce qui relève des influences du climat et ce qui vient des traditions historiques ou culturelles. Il veut comprendre ce qui mène à la «naissance... des classes sociales.» Il s'intéresse de près au rôle de l'argent, du commerce et de l'accumulation du capital dans le destin des États et des nations. Bref, il crée la sociologie bien avant Auguste Comte et l'on pourra à juste titre faire certains rapprochements entre lui et Montesquieu — qui écrivait quatre siècles plus tard.

Ibn Khaldoun se considérait essentiellement comme un historien. À cet égard, il aura fait œuvre de pionnier. Il va élaborer, à partir de l'observation d'un milieu restreint (celui des tribus arabes et berbères, ainsi que des cités du Maghreb et de l'Andalousie), une théorie de la cyclité de l'histoire qui rappellera l'œuvre du philosophe italien Vico. Il insistera dans ses écrits historiques sur les notions d'exactitude, d'examen des sources et de vraisemblance qui rappellent certaines des pages du Voltaire de l'*Essai sur les mœurs*. Plus qu'un historien, il sera un philosophe de l'histoire et on a évoqué tour à tour, en parlant de la *Muqaddima,* Machiavel, Gibbon, Condorcet ou même Hegel.

Si l'œuvre d'Ibn Khaldoun avait été plus tôt et mieux connue en Occident, peut-être aurait-il eu une place à côté de celle qu'y occupent Avicenne et Averroès. Mais la diffusion croissante de son œuvre amène de plus en plus de spécialistes, et tout simplement de gens cultivés, à acquiescer à l'opinion du grand historien britannique Arnold Toynbee qui écrivait en 1935, dans son *Study of History*, que la *Muqaddima* demeure «sans aucun doute, la plus grande œuvre de son genre qui ait jamais été créée encore par qui que ce soit, en tout temps et en tout lieu»[1].

Note

1. Nous donnons ici la traduction de Vincent Monteil. Voici le passage original de Toynbee: la *Muqaddima* est «the greatest book of its kind that has ever yet been created by any mind in any time or place».